Hinter dem Namen Franka Villette verbirgt sich eine erfolgreiche deutsche Autorin historischer Romane. Im Rowohlt Verlag erschienen bereits *Die Frau des Wikingers* (rororo 23708) und *Das Dorf der Mütter* (rororo 23957).

Ihre Mutter kam aus einem Land im Süden, von dem sie oft erzählte. Und so zieht es auch die junge Wikingerin Hela nach dem Tod des Vaters fort von dem Hof am kalten Nordmeer. In stürmischer Liebe entbrennt sie zu Goldar und folgt ihm in den Orient. Doch dann fällt sie arabischen Seeräubern in die Hände und verbringt lange Zeit in einem Harem. Nach gelungener Flucht landet Hela schließlich in Irland, wo sie sich in den jungen Druiden Bran verliebt. Als es zum Konflikt mit der christlichen Bevölkerung kommt, ergreift Hela leidenschaftlich Partei für das Volk im Wald. Da taucht Goldar auf, der nie aufgegeben hat, Hela zu suchen ...

Franka Villette

Odinstochter

Historischer Roman

Rowohlt Taschenbuch Verlag

Originalausgabe
Veröffentlicht im Rowohlt Taschenbuch Verlag,
Reinbek bei Hamburg, Dezember 2006
Copyright © 2006 by Rowohlt Verlag GmbH,
Reinbek bei Hamburg
Umschlaggestaltung: any.way, Barbara Hanke/
Cordula Schmidt (Foto: Artothek)
Satz Walbaum PostScript bei
Pinkuin Satz und Datentechnik, Berlin
Druck und Bindung Clausen & Bosse, Leck
Printed in Germany
ISBN 13: 978 3 499 24331 8
ISBN 10: 3 499 24331 8

*Für Eva, Ute und Eva,
ohne die dieser Roman
niemals begonnen worden wäre.
Danke Euch*

Erster Teil
Der Aufbruch

Schwarze Feuer

Ein frischer blauer Wind fegte über den Fjord. Er verkündete das Nahen des Frühlings. Der Steppenreiterin Vala trug er den Ruf des Mannes heran, den sie liebte.

«Eirik», antwortete sie und lauschte auf seine Stimme. Und noch immer löste sie dieses wohlige Schaudern in ihr aus. Noch immer fühlte sie die ganze, überwältigende Süße ihrer ersten Begegnung. Auch damals hatten sie an dem Ufer eines Meeres gestanden, welches das Schwarze Meer genannt wird. Es war im schwärzesten Jahr ihres Lebens gewesen. Heute aber lag die silbern im Sonnenlicht gleißende Ostsee vor ihr, das Bernsteinmeer, ihre neue Heimat. Sie war Eirik hierher gefolgt, durch alle Gefahren, und auch jetzt folgte sie, ohne zu zögern, seinem Ruf.

«Vala.» Seine warme, tiefe Stimme ließ sie lächeln. Sie sah ihn stehen, dicht am Strand. Hinter ihm die Wasserfläche gleißte. Der Himmel war so tiefblau, dass man sich darin verlieren konnte. Der Wind wirbelte die Möwen umher, und ihre Schreie zersplitterten im Sonnenlicht.

«Vala.» Seine Hände legten sich um ihr Gesicht. Sie schmiegte sich mit geschlossenen Augen hinein und spürte ihre Wärme auf der Haut. «Vala.»

Dann empfing sie seinen Kuss. Und es war alles darin: das Beben, die Woge und das Zerfließen, eine Vollkommenheit, die beinahe wehtat. Vala seufzte. Warum musste es heute, warum musste es jetzt sein, da ihr das widerfuhr?

Warum hatte es nicht früher geschehen können? Sie öffnete die Augen.

Doch er war von ihr fortgetreten, stand nun bis an die Hüften im Wasser und ließ nachdenklich seine Hände darüber gleiten. Da entdeckte sie am Horizont das Schiff. Es ging eine Gefahr aus von diesem Schiff, sie wusste es. Hatte Eirik es schon bemerkt?

Sie wollte rufen, ihn darauf aufmerksam machen. Doch er hatte sich bereits mit Schwung ins Wasser geworfen, wie ein Junge, der baden gehen will. Sie sah seine weißen Fersen aufleuchten, als er tauchte. Vala warf noch einen Blick auf das Schiff, das stumm über den Horizont wuchs, dann sprang sie ihm nach. Eirik hatte sich umgewendet, um auf sie zu warten. Das lange blonde Haar wogte um sein Gesicht, das im grünen Dämmer des Fjordes bleich aussah. Die Finger seiner erhobenen Hände waren ausgestreckt, als hielte er sich im Wasser fest. Letzte Kringel von Sonnenlicht spielten auf seinen Schultern, wie eine fremdartige, lebendige Tätowierung. Er lächelte. Nie war er so schön gewesen.

«Willkommen, Vala Wasserfrau.» Es waren dieselben Worte gewesen, mit denen er sie seinerzeit zum ersten Mal gegrüßt hatte. Silberne Blasen stiegen aus seinem Mund wie Klänge. Vala schwamm mit kräftigen Zügen auf ihn zu. Doch er wich zurück. War das ein Scherz? Jetzt aber winkte er ihr. Und sie folgte ihm nach. Weiter und weiter, tiefer und tiefer. Das Wasser schloss sich fest und kalt um ihre Glieder. Dann hörte sie über ihnen ein Donnern, und das Licht verschwand. Es war der schwarze Schiffsrumpf, der das Wasser pflügte. Fremdes Geräusch drang von dort oben herunter. Eine Weile verharrte Vala und starrte hinauf. Dann winkte Eirik ihr wieder.

Da glaubte sie hinter sich ihren Namen zu hören.

Bei dem Ruf warf Vala sich herum. Doch ehe sie erkannte, woher er kam, schien alles um sie herum zusammenzustürzen. Sie hörte Lärm. Feuer fraß sich durch das Wasser wie glühendes Gewürm, abstürzende Kometen, die alles in ein blutiges Licht tauchten. Sie sah Menschen und blitzende Waffen, Wellen, zum Schreien geöffnete Münder, Pferderücken, ein Wogen, dem niemand widerstand, Wolfsrachen.

«Mutter!»

Vala erhielt einen Stoß. Sie trat um sich. Verzweifelt spürte sie ihre Lungen brennen. Wer rief nach ihr? Wo war Eirik? Nur noch einen Moment, einen Augenblick. Sie paddelte herum, oben und unten längst nicht mehr unterscheidend, bis sie ihn fand: weit jenseits des Getümmels. Er schwebte vor einer Wasserwand, schwarz wie die Nacht. Kaum dass sie bewegliche Schatten dort unterscheiden konnte, die umherwolkten wie Qualm. Eine Kälte fasste Vala an, die ihr beinahe den Atem nahm. Und doch verharrte sie unverwandt, starrte auf Eiriks Gesicht, das nur noch ein verschwommener Fleck war, dem plötzlich Augen wuchsen, riesige Augen. Und mandelförmig wie die ihren. Sein Gesicht wurde schmal, faltig die Haut, wie eine Maske, die aus einer Wurzel geschnitten war. Sie kannte diese Züge. Es war der Schamane, der heilige Mann ihres Volkes, der sie einst für tot erklärt und ausgestoßen hatte.

Vala öffnete den Mund; schwarze Schatten flogen heraus, wie Geister. «Du bist tot», schrie sie, verzweifelt gegen die Angst ankämpfend wie damals. «Du bist tot, und ich lebe.» Ihr Stimme klang durch das Wasser fremd in ihren Ohren.

Das Gesicht verzog sich erneut. Nun war es wieder Eirik. Und die Trauer in seinem Lächeln schnitt ihr ins Herz. «Verzeih mir», stammelte sie, «verzeih mir.» Sie streckte die Hände nach ihm aus, spürte warme Tränen über ihr Gesicht laufen und wunderte sich, wie man das unter Wasser fühlen konnte.

Vala spürte einen Stoß in ihrem Rücken, wie einen heftigen Schlag, wie den Angriff eines Hais. Sie warf Kopf und Arme im Wasser zurück, ein Gurgeln entrang sich ihrer Kehle. Für einen Moment wurde ihr schwindelig, und sie verlor die Richtung, doch dann suchte ihr Blick wieder Halt suchend den Geliebten. Dort! Dort war er, vor den schwarzen Feuern. Dort wollte sie hin.

Etwas packte Vala wie eine Faust und preschte mit ihr durch die Fluten zurück. Das Meerwasser rauschte in ihren Ohren. Letzte, silbrig schimmernde Luftblasen schwebten aus ihrem Mund und markierten in schmaler Reihe die Distanz zwischen ihr und der fernen Gestalt, die immer weiter zurückblieb. Wie eine Nabelschnur, die länger und länger wurde, tanzte, sich wand und schließlich verschwand. Vala wurde es schwindelig. Doch die Faust hielt nicht inne. Dann wurde alles schwarz.

Frühlingserwachen

«Mama.» Unsanft rüttelte Hela an Valas Schulter. Der tiefe Schlaf ihrer Mutter beunruhigte sie; er machte ihr Angst. Selbst aus wüsten Träumen aufgewacht, hatte sie Vala in ihrem Alkoven stöhnen hören, war unter den eigenen Fellen hervorgekrochen und hatte mit klammen Fingern die Glut der Feuerstelle so weit angeschürt, dass ein unruhiges rotes Licht aufflackerte, an dem sie den Docht einer Talglampe entzünden konnte. Mit der Schale in der Hand hatte sie den Ledervorhang von Valas Bettstatt vorsichtig beiseite geschoben. Was sie sah, ließ sie sofort hineinklettern.

Die Hände ihrer Mutter wedelten durch die Luft, in hilflos suchenden Bewegungen. Ihr Mund stand offen, als versuchte sie verzweifelt, nach Luft zu schnappen. Doch ihrer Kehle entrangen sich nur merkwürdig kehlige, verzerrte Laute, halb wie die Beschwörungen eines exotischen Zaubermannes, halb wie das Lallen höchster Angst, das keine

Worte mehr findet, während Tränen aus ihren Augenwinkeln rannen. Hela rief ihren Namen, da lächelte sie plötzlich und tastete nach ihr, mit offenen Augen, doch ohne sie zu erkennen. Dann wieder packte sie sichtbare Panik.

«Vala», rief sie, bemüht um einen ruhigen Ton. Doch ihre Stimme kippte bedenklich, als sie spürte, dass es keinerlei Wirkung hatte, und verzagt fügte sie hinzu: «Wach doch auf.» Verdammt, dass sie sich auch nicht mit Kräutern auskannte. Ihre Mutter hätte gewusst, was man jemandem unter die Nase halten musste, um ihn aus so einem Zustand zu holen. «Mama.» Hilflos rüttelte sie an der Schulter der Schlafenden. Und wenn es der Schlag war, der sie getroffen hatte?

Hela kannte diese Krankheit, ihre Mutter war schon zu einigen Leuten gerufen worden, die umgesunken waren, «wie vom Schlag getroffen», um danach nie wieder richtig zu sprechen oder auf ihren eigenen Füßen zu stehen. Aber alle waren sie alt gewesen!

Nein, das durfte nicht sein, das durfte nicht geschehen! Helas Blicke wanderten hastig umher, vom Gesicht ihrer Mutter zu dem Haken, an dem der Lederbeutel mit ihren Kräutern hing, über den dunklen Umriss auf dem hintersten Schlafpodest zur Feuerstelle, wo von der Bewirtung der Gäste gestern noch ein wenig Met übrig war. Vielleicht würde ein scharfer Trunk …

«Mutter!» Es war mehr ein Wimmern. Hela spürte es in ihrer Brust beben, aber hatte sie es laut ausgesprochen?

Sie hielt die Lampe höher und ließ ihr Licht auf Valas Gesicht fallen. Ihre Augen waren weit aufgerissen, die Iris so schwarz, dass sie von den Pupillen nicht zu unterscheiden war. Und für einen Moment schien es Hela, als wölkte etwas darin, wie dunkler Qualm, der sich zu fürchterlichen Gestalten formen wollte. Unwillkürlich schrie sie auf.

Sie ließ die Lampe fallen, die vom Podest kollerte und erlosch, und wich zurück bis an den Balken, der Valas

Schlafstätte vom Hauptraum trennte. Halt suchend drückte sie sich an das warme Holz. Sie fuhr mit den Fingern über die vertrauten Schnitzereien, die ihr Vater dort an langen Winterabenden angebracht hatte, schaute sich um nach der langen Feuerstelle, von der sie jeden Stein kannte. Dort lag die unfertige Näharbeit auf dem Schemel, ein umgefallener Eimer und da, nahe der wärmenden Glut, ruhte ihr struppiger Hund, dessen Schwanz vernehmlich auf den Boden pochte, als er dieses flüchtige Zeichen ihrer Aufmerksamkeit wahrnahm. Er hob den Kopf, stellte die Ohren auf und winselte leise. Still, dachte Hela, und er legte sich wieder hin. Das Knistern der schwächer werdenden Glut war nun das einzige Geräusch im Raum. Doch all das gab ihr Kraft. Ihre Geistesgegenwart kehrte zurück. Sie würde ihre Mutter dem dort nicht kampflos überlassen. Sie tastete nach Valas Körper, der noch immer zitterte und bebte.

Ohne darüber nachzudenken, was sie tat, legte sie sich neben ihre Mutter, nahm deren Kopf in ihre Hände und presste ihre Stirnen aneinander. Ihr langes schwarzes Haar floss über ihre beiden Gesichter und verbarg sie wie unter einem gemeinsamen Schleier, der ihren Atem einfing. Hela wusste nicht, warum, aber sie fühlte voller Gewissheit, so war es richtig. Sie spürte den langsamer werdenden Herzschlag der anderen an ihrer Brust, doch sie achtete nicht mehr darauf, ihr Wille war ganz darauf gerichtet, Vala dort, wo sie war, zu erreichen. «Komm zurück.» Dachte sie es, oder sprach sie es aus? Hela wusste es nicht, doch sie spürte das Echo in ihrer beider Gedanken.

Der Ruck, mit dem der Körper ihrer Mutter sich straffte, traf Hela unvorbereitet. Doch sie ließ die andere nicht los, die sich nun wand wie ein Fisch an der Angel. «Komm zurück.» Kräfte begannen, an ihr zu zerren, und bald bebten sie beide. Wie hilflose Puppen, von einer mächtigen Hand geschüttelt, rollten sie über die Lagerstatt. Hela machte sich so steif sie konnte und hielt die Augen so verschlossen wie ihre Sinne, an denen die Angst zerrte wie eine kalte Wasserströmung, ein mächtiger Sog, der sie mitreißen würde, wenn sie ihm nachgab. Der Hund stand wimmernd auf und schnupperte an ihren zuckenden Fußsohlen. Hela spürte die Wärme seiner Zunge. Sie biss die Zähne zusammen. «Komm!» Sie wusste, es war ihr letzter Befehl. Mehr Kraft war nicht in ihr.

Etwas ließ los, und sie glaubte zu fallen. Hela riss die Augen auf und griff Halt suchend um sich. Ihre Finger krallten sich ins Bettzeug. Sie glaubte für einen Moment, nicht atmen zu können, bis sie begriff, dass der Hund auf ihrer Brust saß. Verärgert und erleichtert zugleich schob sie ihn beiseite, setzte sich auf und starrte heftig atmend vor sich hin. Dann erinnerte sie sich an ihre Mutter. Hastig tastete sie nach Vala, die leblos dalag. Angst packte sie.

Doch da schnappte Vala nach Luft, als wäre sie aus tiefen Gewässern aufgetaucht. Sofort war Hela an ihrer Seite und half ihr, sich aufzurichten.

«Ist ja gut, ist ja alles gut.» Ihre Mädchenstimme zitterte, doch nur vor Erleichterung, während Vala noch immer mit den Händen unsichtbare Vorhänge beiseite zu ziehen suchte. Ihr Blick aber war nun klar. Sie fand die Hände ihrer Tochter, die sich dankbar mit ihren verschränkten.

«Du hast mich zurückgerufen», sagte sie.

«Ach was.» Hela sprach rau vor Erregung. «Ich habe dich nur ein wenig gerüttelt. Und dich gerufen, um dich zu wecken. Du hast schlecht geträumt, das war alles.» Sie nahm einen Haken und begann, ziellos in der Glut zu schüren. Sie wollte sich nicht mehr an Valas Blick erinnern, nicht an das, was sie gesehen hatte, als sie kurz vor dem Ende die Augen aufriss. Schwarze Glut, dachte sie und ließ mit ihrem Atem das warme Orange aufglimmen, in dessen Flimmern die weiße Holzasche zitterte. Kann es das geben? Kann man das denken? Woher kommen die Worte?

Vala schüttelte den Kopf. «Ich habe nicht geträumt», sagte sie. «Ich habe deinen Vater gesehen.»

«Ei...», begann Hela, um dann zu verstummen, um einen weiteren scheuen Blick ans Ende des Langhauses zu werfen. «Aber dann *muss* es ein Traum gewesen sein.»

«Nein.» Valas Antwort war bestimmt. «Er kam, um mich zu sich zu rufen. Und ich folgte ihm. Bis nahe an die Grenze.»

«Was redest du da, Mutter.» Hela wich ein wenig zurück und beobachtete unbehaglich, wie Vala ihre Füße und Hände untersuchte.

«Kalt wie Eis», stellte sie mit grimmiger Befriedigung fest.

«Du hattest dich abgedeckt.»

«Ich habe das Jenseits schon einmal gesehen. Ich weiß, wovon ich rede.» Valas Stimme wurde nachdenklich. «Die schwarzen Schatten. Den wirbelnden Rauch der Totenfeuer, die nicht wärmen.»

Hela schüttelte den Kopf so nachdrücklich, dass ihre Haare wild umherflogen. Als könnte sie so die Bilder vertreiben, von den schwarzen Schatten in den Augen ihrer Mutter. Sie wagte einen Seitenblick. Doch jetzt war dort nur der ruhige, warme Schimmer, den sie kannte. «Was redest du da?», sagte sie mit unsicherem Lachen.

Vala beendete ihre Inspektion. «Wenn du es nicht gespürt hast, warum bist du dann hier?», fragte sie.

«Na hör mal. Ich bin aufgewacht. Das ist kein Wunder, so wie du gestöhnt hast und ...» Sie hielt inne. Nein, erinnerte sie sich, das stimmte nicht ganz. Sie war aufgewacht, weil sie einen Traum gehabt hatte, einen unangenehmen Traum, vor dem sie in die vertraute Umgebung ihres Zuhauses geflüchtet war. Erst dann hatte sie Valas Stöhnen vernommen.

«Was hast du geträumt?», fragte Vala und strich ihr mütterlich über die Haare.

Mürrisch wich Hela der Geste aus. Es war unangenehm, eine Mutter zu haben, die Gedanken lesen konnte. Sie empfand es nicht zum ersten Mal. Natürlich konnte Vala nicht wirklich Gedanken lesen, rief sie sich zur Ordnung. Dass sie in die Köpfe von Tieren kriechen und ihnen Befehle erteilen konnte, das war ein Märchen, Teil der vielen wunderbaren Erzählungen, die sich um ihre Mutter rankten. Sie alle spielten noch vor ihrer Geburt. Und Hela liebte diese Geschichten, wie jeder im Dorf. Aber es waren Geschichten, nicht mehr. Die abergläubische Scheu der anderen vor ihrer Mutter teilte sie nicht. Mama war nur einfach eine Heilerin, aufmerksam und mitfühlend, und dabei eine verdammt kluge Frau, zu klug manchmal. Sie kannte die Menschen und vor allem ihre Tochter genau, jede ihrer Regungen, das war wahr. Und lastig manchmal. Aber Gedanken lesen konnte sie nicht.

Trotzdem hatte Hela letzten Sommer, als sie kurz in Flokis Sohn verliebt gewesen war, mehrere Wochen lang versucht, nicht seinen Namen zu denken. Es war mühsame Arbeit gewesen, und sie konnte sich dabei das Gefühl nicht verkneifen, dass ihre Mutter alles wusste und dabei permanent schmunzelte. Aber eines musste man ihr lassen: gesagt hatte sie kein Wort.

«Ach», antwortete Hela schließlich auf die Frage ihrer Mutter. «Nichts weiter.» Sie zögerte. «Nur von einem alten Mann. Er hatte ein Gesicht wie Baumrinde und …» Sie verstummte.

«Und?», insistierte Vala.

Hela wandte den Kopf ab. «Er hatte Augen wie unsere», murmelte sie.

Ihre Mutter fasste sie am Kinn und wandte das Gesicht ihrer Tochter wieder ihrem eigenen zu. Sie beide waren einzigartig in der Welt der Wikinger. Nicht nur wegen ihrer zierlichen, biegsamen Gestalt und der langen Haare, die schwarz wie Kohle waren und glänzend wie geschmolzener Teer. Sondern vor allem wegen ihrer seltsamen, in diesem Kontinent nie gesehenen Augen: mandelförmig und zu den Schläfen hin geschweift. Katzenaugen sagten die, die sie nicht leiden konnten.

Himmelsaugen hatte ihr Vater gesagt und sie auf die Lider zu küssen gepflegt. «Du bist mein Nachthimmel» – damit hatte er Vala umarmt, die sich in seine Liebkosung schmiegte – «und du bist mein Taghimmel.» Hela glaubte noch, das Stupsen seines rauen Fingers auf ihrer Nasenspitze zu fühlen, und sie blinzelte einen Moment, ehe sie den Blick ihrer Mutter wieder ruhig erwiderte – mit Augen, ebenso länglich wie die Valas. Und dabei so blau wie der Himmel über den Fjorden.

«Du hast den Schamanen gesehen.» Vala stellte es mit Befriedigung fest. «Du kennst ihn, ich habe dir von ihm erzählt. Er war es, der damals das Urteil über mich sprach. Als ich noch bei meinen Leuten lebte.»

«Ja, ja», unterbrach Hela ihre Mutter. Sie kannte auch diese Geschichte, liebte sie und hasste alle, die darin vorkamen, für die Rolle, die sie gespielt hatten. Aber nun wollte sie nichts davon hören. «Er nahm dir die Waffen und das Amulett und verstieß dich vor den Augen der anderen, um dich in der Steppe dem Hungertod zu überlassen. Und so begann deine lange Reise, die dich schließlich hierher führte. Ich weiß.» Sie hielt inne. «Aber es war nur ein Traum.»

«Ich habe ihn ebenfalls gesehen», sagte Vala ungerührt. «Heute Nacht.» Noch einmal fing sie den Blick ihrer Tochter ein. «Was hat er gesagt oder getan?»

Hela biss sich auf die Lippen. «Ich weiß nicht», murmelte sie abweisend und ging dann zu ihrem Hund hinüber, der sich sichtlich über die kraulenden Hände freute.

Vala ließ von ihr ab. Gedankenversunken starrte sie ins Feuer. «In meinem Traum kam er, um mich zu holen», sagte sie leise. «In Eiriks Gestalt wollte er mich doch noch hinüberrufen. Lebend zu den Toten.» Sie schwieg lange, dann griff sie nach der eisernen Stange und stocherte in der Glut, bis sie wieder aufflackerte. Sich vorneigend, ergriff sie ein Holz und legte es hinein. Ihr Gesicht war für einen Moment rot erleuchtet, dann lehnte sie sich ins Halbdunkel zurück. «Und um Eiriks willen wäre ich mit ihm gegangen. Gerne.»

Hela hielt den Atem an.

«Aber dann hörte ich dich rufen, fühlte deine Hand.» Sie legte ihre eigenen Finger dorthin, wo Hela sie berührt hatte. «Die mich zurückzog.»

Hela erschauerte. Sie konnte die Miene ihrer Mutter nicht erkennen, dennoch war sie sicher, dass Vala lächelte. «Du kannst es nicht leugnen», hörte sie sie sagen.

Der Hund unter ihren Händen brummte wohlig. Hela gab ihm einen Klaps. Unwillkürlich seufzte sie in der Stille. Doch, sie leugnete es. Sie wollte nichts davon hören. Auch nichts vom Tod oder von schwarzen Feuern. Von all dem Nichts. So wollte sie nicht sein. Sie wollte doch nur leben und die Wärme der Sonne auf ihrer Haut spüren. Die Kraft ihres eigenen Herzschlags darunter. Auf ihre Hände vertrauen, ihre Geschicklichkeit, die Macht ihres Lachens. Wollte rennen und tanzen und danach atemlos ins Gras fallen und das Kitzeln der Halme genießen, das Summen der Insekten. Wollte sich nicht fragen, was darunter lag.

Ihr Blick wanderte unstet. Angezogen vom Feuer, folgte er dem dünnen weißen Rauchfaden hinauf zur Öffnung im Dach. Dort zeichnete sich ein erstes schwaches Lila ab; die Sterne waren nicht mehr zu sehen. Es wurde Tag, unweigerlich und unausweichlich war es so weit. Bald hörte sie auch die Stimmen: brummelnde Männerbässe, Klirren und Stiefelstampfen, und weiter fort das hohe Anschlagen der Hündin, die die Gäste am Zaun begrüßte. Holz knarzte vernehmlich, als das Gatter sich in den Weidenangeln drehte. Das schief sitzende Gatter, erinnerte sie sich. Krumm war es, wie alles. Nie wieder würde Eirik es richten.

Mit einem weiteren Seufzer erhob sie sich, und die Schatten der Nacht und des Unsichtbaren verschwanden zugunsten eines trüben, grauen Tages und seiner Verpflichtungen.

«Komm, Mutter», sagte sie. «Sie sind schon da.» Und mit bewusster Grausamkeit, grausam auch gegen sich selbst, setzte sie hinzu: «Wir müssen ihn beerdigen.»

Der schwere Gang

Hela stand auf und ließ die Gäste und die Morgendämmerung herein. Die Männer waren ernst und sprachen wenig. Als sie ihre Last geschultert hatten, traten Hela und ihre Mutter in ihrem Gefolge hinaus in den klammen Morgen. Dort wartete bereits der Rest der Dorfbewohner auf sie. Es waren nicht mehr so viele wie früher; Waldweide hatte einige harte Jahre hinter sich. Und viele Gesichter waren von Not und Hunger schmal gemeißelt. Keines, das sie nicht gut kannten, und keines, das nicht die Augen senkte, wenn der Blick die beiden schmalen Frauen zu treffen drohte, die eng umschlungen hinter Eiriks totem Körper hergingen.

Auch Hastein war da mit seinem Jüngsten, stellte Hela mit einem Seitenblick fest. Der Kleine hatte das Gesicht an die Hüfte des Vaters gedrückt, der mit roter, rissiger Hand immer wieder gedankenlos die blonden Locken des Kindes zauste. Hela zögerte, ob sie auf ihn zugehen und ihn ansprechen sollte. Doch sie war sich ihrer selbst nicht sicher. Würde sie das Kind trösten, oder würde sie es anschreien: «Du bist schuld. Deinetwegen ist er gestorben.» So ging sie nur weiter steif neben ihrer Mutter her und würgte an dem Kloß in ihrem Hals. Das war ihr Vater dort vorne auf den Schultern der Männer, eingeschnürt in Häute wie eine Mumie. Hier draußen, ohne die tröstliche Hülle der Hütte und der alltäglichen Verrichtungen, drohte der Kummer sie zu überwältigen.

Sie erinnerte sich noch gut an den Tag, als Hastein und die anderen gekommen waren, aufgeregt und besorgt, um Eirik zu holen. Drei der Jungen waren verschwunden in den Klippen der Anhöhe. Aus dem Reisigsammeln hatten sie ein Spiel gemacht, aus dem Spiel ein Abenteuer, aus dem Abenteuer eine Mutprobe. Ihre heimgekehrten Kameraden hatten es beschämt gestanden. Die Dämmerung hatte Nacht und Wolfsgeheul gebracht, aber keine Kinder. Diesen Morgen wollten sie aufbrechen, sie zu suchen.

Hela sah noch, wie ihr Vater sich aufrichtete, die Axt beiseite legte, sah die Atemwolke, die vor seinem Gesicht stand, als er sich in die klammen Fäuste hauchte. Durch den Dunst lächelte er ihr zu. Dann brach er mit den anderen auf. Vala hatte allen noch eine Schale warmer Suppe gereicht. Sie selbst war mitgelaufen bis zum Gatter und dann mit Vala an ihre Arbeit zurückgekehrt. Wenn sie etwas gesprochen hatten, dann, dass Kinder selten geworden waren in Waldweide und dass jedes Leben als kostbar galt und behütet werden musste. Es war ein selbstverständlicher Tag gewesen, eine selbstverständliche Tat.

Einmal hatte sie sich aufgerichtet und die Augen beschattet gegen die grelle Sonne, die ihr kaltes Silberlicht über einen blassen Spätwinterhimmel schickte. Ihr war, als hätte sie kleine schwarze Gestalten gesehen, die in den Felsen kletterten. Dort, die eine, hangelte sie sich nicht auf einen Vorsprung hinab?

«Mutter, schau!», hatte sie gerufen und hinübergedeutet. Im selben Moment, als Vala sich umdrehte, um der Aufforderung Folge zu leisten, war die schwarze Gestalt abgestürzt, so fern und klein und lautlos, dass Hela erst gar nicht begriff, was es bedeutete. Mehr als über den Anblick erschrak Hela darüber, dass ihre Mutter in die Knie brach. Sie lief sofort hinüber, um sie zu stützen, doch es dauerte eine Weile, bis sie eine Antwort auf ihre dringenden Fragen bekam. Vala sagte nur: «Ich habe ihn nicht mehr erreicht.»

Da begann Hela langsam zu begreifen. Noch einmal schaute sie zu den Felsen hinüber. Um sie herum wirbelten die Daunen des Huhns, das Vala gerade hatte rupfen wollen, wie zärtliche Schneeflocken, während sich Verstehen in ihre Gedanken schlich. Als die Männer kamen, am Abend, mit dem Jungen, dem Eirik das Leben gerettet hatte, waren sie bereit: für die Geschichte, für den Dank, für die Botschaft. Aber nicht für die Leiche, die, wie die Männer stammelnd hervorbrachten, vor der Hütte lag. Als hülfe es gegen das Schreckliche, ihre Existenz zu leugnen.

Es war Hela, die schließlich bat, ihn einzuhüllen und hereinzutragen, nach hinten, dort, wo es kühler war und dunkel. Sie hatte sich abgewandt, als sie ihn anschleppten. Ein paar blonde Haarsträhnen waren der Verhüllung entgangen und hatten im Licht des Feuers aufgeleuchtet. Da hätte Hela schreien mögen. Der Schrei steckte auch jetzt noch in ihrer Kehle.

Das Ziel des Leichenzugs war der Schlangenstein, wo in einem schiffsförmigen Kranz aus Findlingen Eiriks Vorfahren begraben lagen. Hela konnte sich noch vage an ihre Großmutter erinnern, eine kerzengerade, knochige Gestalt, die ungebeugt sich doch dem Alter hatte ergeben müssen. Auf derselben Bank soll sie friedlich eingeschlafen sein, auf der ihr Mann einst entschlummert war. Hela wusste es nicht mehr, nur ein Bild hatte sich ihr eingeprägt, von einem scharfnasigen Gesicht, das ein Schmetterling umgaukelte. Es blinzelte nicht, es schnaubte nicht, um sich gegen den Falter zu wehren. Es reagierte nicht, als Hela «schau!» rief. Dann waren warme Arme da gewesen, die sie forttrugen von dem seltsamen Antlitz, in die Hütte hinein.

Hier nun stand in Runen der Name ihrer Großmutter geschrieben, Inga, und die Namen der anderen, die nur ferne Sagen waren. Was hatte ihr Vater, ihr fröhlicher, gütiger, starker Vater dort bei ihnen verloren?

Es folgte eine nervenzermürbende Weile, in der der Boden aufgerissen wurde, um Eirik aufzunehmen. Nur zäh gab er nach, doch als die gefrorene Schicht erst durchstoßen war, ging es schneller. Die feierliche Stille wurde von Knirschen und Keuchen unterbrochen, die Beistehenden wurden unruhig und begannen zu murmeln, schnieften und husteten. Manche wagten eine leise Unterhaltung.

Still!, hätte Hela am liebsten gebrüllt. Haltet den Mund! Verschwindet! Verreckt! Ich hasse euch, hasse euch alle. Sie keuchte beinahe von der Anstrengung des lautlosen Schreiens, der Intensität ihres Hasses auf alle, die da wagten, einfach weiterzuleben.

Dann war es so weit. Eirik wurde hinuntergelassen; ihre Mutter trat vor. Sie sagte kein Wort. Der Wind zerrte an ihrem Haar, das sie offen gelassen hatte, und wehte es wie einen Vorhang vor ihr Gesicht. Mit einer fließenden Bewegung hob Vala den Arm und fing es ein. Dann, ehe jemand sie daran hindern konnte, hatte sie es mit ihrem Messer abgeschnitten und warf es in die Grube, ihrem Mann hinterher. Ein Stöhnen ging durch die kleine Schar.

Fassungslos starrte Hela auf den nackten, verletzlichen Nacken ihrer Mutter. Sie griff nach ihrem eigenen Zopf und ließ ihn wieder los. Es wäre nur eine schwache Nachahmung gewesen. Nach dieser Geste blieb ihr nichts mehr. Sie konnte nichts tun. Dennoch zog sie ihr Messer, genau wie Vala. Und ehe sie selber recht begriff, was sie da tat, hatte sie es mit einer Bewegung in die Grube geschleudert. Da steckte es zitternd neben Eiriks Kopf.

Ihr Vater hatte die Klinge gekauft und den mühevoll und reich verzierten Griff selbst geschnitzt. Und er hatte sie gelehrt, das Messer zu werfen, so sicher, dass sie einer huschenden Maus den Schwanz damit an den Boden nageln konnte. Es war als Gabe angemessen, fand Hela. Das ablehnende Murmeln der Waldweidler in ihrem Rücken sagte etwas anderes. Aber Hela scherte sich nicht darum.

Als Erde das Grab bedeckte und frostige Moos-Soden daraufgelegt waren, atmeten alle auf. Es war, als würde selbst der Himmel ein wenig heller. Nahe dem Mittag gab die Sonne all ihre Kraft für den kurzen Tag und schaffte es, die Dämmerung ein wenig aufzuhellen.

Helas Mutter ging vor Hastein in die Knie. «Komm», sprach sie den Jungen an, der an den Beinen seines Vaters lehnte und es nur zögernd wagte, sein Gesicht zu zeigen. Tränenspuren hatten sich durch die Schmutzschicht auf seinen Wangen gezogen. Sie fuhr zart darüber. «Wir haben noch etwas zu erledigen.»

Hela wusste, was es war. Sie schnaubte. Ihre Mutter: Immer musste sie trösten und heilen und an die anderen denken. Sie würde jetzt mit dem Schlingel ans Wasser gehen und ein kleines Holzboot hinaus aufs Meer schicken. Weil die Seele eines Wikingers immer das Meer sucht. Und weil kleine Jungs nun einmal zu gern mit Booten spielten. Selbst wenn sie etwas ganz Schlimmes angestellt hatten. Tatsächlich lächelte das Kind.

Hela presste die Lippen zusammen. Und wer kümmerte sich um ihren Kummer?

«Vala, wir haben zu reden.» Es war Gardar, der an sie herangetreten war. Er war nun der Älteste im Dorf und ihr Führer. Sofort pflanzte Hela sich aufrecht hinter ihrer Mutter auf. «Nicht jetzt», warf sie ungefragt ein. Gardar würdigte sie keines Blickes; für ihn war sie noch ein Kind. Sein Bruder Ragnar, der hinter ihn getreten war, zwinkerte ihr mit seinem einen Auge beschwichtigend zu.

«Komm zum Thing», sagte er. Es sollte autoritär klingen, doch es war eine Bitte. Das wusste er so gut wie alle Zuhörer, die sich nun um sie scharten. Niemand befahl Vala irgendetwas, dazu hatten alle zu viel Respekt vor ihr. Noch immer war sie fremdartig genug unter dem Firnis der alltäglichen Vertrautheit, um ein wenig Furcht zu erregen. «Morgen», setzte Gardar hinzu, «vor dem Eismarkt.»

Ihr wollt den Eismarkt abhalten, hätte Hela am liebsten ausgerufen, wo Vater tot ist? Doch sie schwieg. Sie wusste, es war albern; genauso gut hätte sie der Sonne verbieten können aufzugehen. Sie waren knapp an allen Gütern und brauchten den Eismarkt, um ihren Mangel zu beheben. Niemand konnte darauf verzichten. Und doch hätte sie es am liebsten gesehen, die Sonne selbst hätte Eirik ihre Reverenz erwiesen, indem sie fortblieb.

Mitten in ihrem Brüten bemerkte sie die Reaktion ihrer Mutter. Vala kauerte noch immer vor dem Jungen, den Kopf gesenkt, als dächte sie nach. Nur Hela wusste, was in ihr vorging: Vala hatte Angst. Sie kämpfte gegen eine sinnlose, unausrottbare Panik, die sie stets befiel, wenn eine Thing-Versammlung anstand. Es musste die Erinnerung an das erste Treffen dieser Art sein, als sie neu gewesen war in Waldweide und um ihr und Eiriks Leben hatte fürchten müssen angesichts der Feindseligkeit der Dorfbewohner. Aber wie lange war das nun her! Hela, die selbstverständlich als ein Kind von Waldweide aufgewachsen war, verstand es nicht.

Sie trat an ihre Mutter heran und beugte sich zu ihr herunter. «He», sagte sie leise und stupste sie kameradschaftlich. «Du hast der Hälfte von denen auf die Welt geholfen und der anderen ihren Durchfall kuriert.» Erleichtert sah sie, wie ihre Mutter lächelte, und richtete sich auf.

«Wir werden da sein», verkündete sie mit heller, lauter Stimme. Diesmal ignorierte Gardar sie nicht mehr; er nickte ihr zu, ehe er ging. Hinter seinem Rücken ahmte Ragnar nach, wie Hela kurz zuvor ihr Messer geschleudert hatte, und machte eine anerkennende Geste dazu. Sie nickte huldvoll. Ragnar war in Ordnung. Aber die anderen konnten ihr gestohlen bleiben mit ihren betretenen Gesichtern.

Was sie wohl von ihnen wollten?

Der hohe Rat

«Nein», sagte Vala, als sie hörte, was Gardar im Namen des Dorfes vorzutragen hatte. Es klang entschieden und endgültig.

Doch auch Gardar wusste, was er wollte. «Es ist mein Ernst, Vala.» Er stützte sich auf sein Knie und neigte sich vor. «Du musst wieder heiraten.»

Die Steppenreiterin schüttelte den Kopf; das ungewohnt kurze Haar umspielte ihr Kinn und kitzelte sie. «Es ist gegen jeden Brauch», erklärte sie. Und Hela sekundierte. «Ihr könnt uns nicht zwingen.» Vala packte sie am Ärmel, um sie zum Verstummen zu bringen.

«Nimm es nicht persönlich, Vala», fiel Ragnar auf seine direkte, behäbige Weise ein.

«Es geht nicht um mich, ich weiß schon», unterbrach Vala ihn spöttisch. Sie hob ihre Stimme: «Ihr wollt den Hof haben.» Ihr Blick wanderte von einem der Männer zum anderen, die dort im Halbkreis auf den Baumstämmen saßen, zottige Felle unter sich gebreitet, dick vermummt, mit Reif in den Bärten und zunehmend verlegen. Und?, schien ihre Miene zu fragen. Wer von euch will derjenige sein? Tatsächlich wandten einige die Augen ab. Andere aber pressten entschlossen die Kiefer zusammen.

«Du beleidigst uns, Vala», antwortete Gardar entrüstet.

Hela schnaubte empört.

Gardar kaute auf der Spitze seines Schnurrbartes herum und überlegte. «Schau uns doch an», sagte er schließlich. Er streckte den Arm aus. Seine Geste schloss alle ein, die anwesend waren: den sitzenden Kreis der Männer, die Frauen und Kinder, die dahinter standen. «Wir sind wenige geworden. Und diejenigen, die da sind, sind nicht reich. Im Gegenteil.» Er machte eine Pause und musterte seine Gemeinde. «Wir sind hungrig», gestand er, wütend über die Schmach. Und die Erinnerung an bessere Zeiten brannte in ihm. «Und hungrig werden wir bleiben, wenn wir nichts unternehmen.» Er räusperte sich und fuhr dann mit normalerer Stimme fort. «Der Schlangenhof ist zu groß für zwei Frauen. Ihr könnt ihn nicht alleine bewirtschaften. Ihr werdet Flächen brachliegen lassen müssen. Und das können wir uns nicht leisten. Noch weniger Getreide, noch weniger Nahrung. Das wird uns alle ruinieren.»

«Wenn du allerdings ein paar Leibeigene nehmen würdest ...», warf Ragnar ein. Es war versöhnlich gemeint.

Aber Vala ließ ihn gar nicht ausreden. «Ich halte keine Sklaven», erklärte sie. «Das wisst ihr.»

Die Waldweidler nickten. Aber sie taten es ingrimmig. Nicht einmal Hela verstand die Haltung ihrer Mutter vollkommen. Natürlich kannte sie die Geschichte von dem griechischen Sklaven, der ihre Mutter geliebt und dann doch schmählich verraten hatte, weil seine Seele verkrüppelt war von der Sklaverei. Aber war das ein Grund, eine so vernünftige Lösung auszuschlagen?

Wie oft, wenn sie mit verzweifelter Mühe den Pflug über das Feld trieb, weil ihr Vater auf einer Handelsreise war, hatte sie sich nicht gewünscht, sie besäßen einen Leibeigenen, so wie Floki einen hatte, der alle schwere Arbeit verrichtete. Es war das Natürlichste auf der Welt, alle hielten es so. Und sicher, die Kinder erlaubten sich manchmal grobe Scherze mit ihnen, aber sie bekamen vernünftig zu essen, solange genug da war. Was wollten sie mehr?

«Mama ...», versuchte sie sogar leise einzuwenden. Aber Vala wehrte sie ab. «Das ist mein letztes Wort.»

Gardar seufzte und nickte seinem Bruder viel sagend zu. «Das habe ich gewusst», sagte er. «Und deshalb, Vala, kann ich von unserer Forderung keinen Abstand nehmen. Du musst heiraten.» Seine Faust krachte auf das Knie. Die Götter wussten, er fühlte sich wahrhaftig unwohl dabei. Aber sie hatten keine Wahl. Es gab keinen anderen Weg.

«Einen von euch?», fragte Vala spöttisch.

Gardar schwieg erbittert.

«Sind schon Namen gefallen?», provozierte Vala weiter.

«Allerdings», konterte Gardar und wölbte die Brust. Er musste nichts weiter sagen. Alle wussten, dass seine Frau im Winter zuvor gestorben war. Selbst Vala hatte ihr nicht helfen können. Alle wussten auch, wie sehr er um sie trauerte, noch immer. Und dass jede Werbung von ihm um eine andere nur vorgetäuscht sein konnte. Aber Himmel, es war notwendig. Gardar wurde langsam wütend. Die Rolle gefiel ihm nicht, die er da spielen musste, also sollte sie es ihm nicht so verdammt schwer machen.

«Ich weigere mich», sagte Vala und verschränkte die Arme. Energisch hob sie das Kinn. «Ich verlange einen Kämpfer für meine Sache.»

Ein Raunen ging durch die Menge. Auch Gardar riss die Augen auf. «Bei allem Respekt, Vala», sagte er schließlich, «ich glaube nicht, dass du hier einen finden wirst.» Beifall heischend schaute er sich um und lehnte sich, nun seinerseits die Hände verschränkend, zurück.

Das war zu viel für Hela. «Ihr glaubt wohl, weil Vater tot ist, könnt ihr mit uns machen, was ihr wollt.»

«Hela.» Valas Stimme klang scharf.

Aber ihre Tochter war nicht mehr zu bremsen. «So ist es doch.» Sie drehte sich im Kreis. «Ihr alle habt euch gegen uns verschworen. Schämen solltet ihr euch. Feiglinge.»

Da standen sie: Floki, von dem es hieß, er habe ihre Mutter seit jeher verehrt. Hastein, der für Eirik wie ein Sohn gewesen war. Ragnar, dem sie das Leben gerettet hatte. Hockten da und starrten Löcher in die Luft und taten, als geschähe hier kein Unrecht. In Hela kochte es.

«Aber Mutter ist nicht allein, falls ihr das glaubt.» Ihre Stimme drohte überzuschnappen, deshalb machte sie eine Pause, um zu Atem zu kommen. «Sie hat einen Kämpfer», sagte sie dann, ruhiger nun und klar. Es wurde so still, dass man das Knacken des Schnees hören konnte. Eine Krähe flatterte heran und setzte sich mit rauen Rufen in die Zweige. Hela wartete, bis der Vogel sein Gefieder geordnet hatte. Dann zog sie das Schwert, das Eirik einst für sie gekauft hatte, lachend über diesen Wunsch eines Mädchens, aber mit zunehmendem Stolz, als er erkannte, wie empfänglich sie für die Lektionen damit war, wie geschmeidig und geschickt. Und dass sie niemals weinte, wenn sie sich beim Training verletzte.

Mit einem scharfen Geräusch zog sie es aus seiner Hülle und durchschnitt die Kälte. Hela packte es mit beiden Händen und stieß es in den Schnee. «Sie hat mich!», verkündete sie und betete im Stillen, dass ihre Mutter nichts Peinliches sagen würde. Aber Vala blieb stumm. Hela spürte ihre Zustimmung, und warmer Stolz stieg in ihr auf.

«Ich bin der Kämpfer für Vala vom Schlangenhof», rief sie noch einmal laut und drehte sich langsam, einmal um sich selbst. «Wer Ansprüche gegen sie vorzutragen hat, der soll vortreten.»

«Wer glaubst du, dass du bist?» Der Ruf kam aus der Menge der Frauen, schrill, im überschnappenden Ton maßloser Empörung hervorgestoßen. Hela wandte sich der Stimme zu und legte den Kopf schräg, als betrachte sie etwas ihr völlig Neues, Hochinteressantes. Sie kannte das Mädchen mit den roten Zöpfen und den Jungen, an dessen Schulter sie sich schmiegte. Hela schenkte ihm ein knappes Lächeln, bei dem es ihm eiskalt den Rücken hinunterlief: Sigurd, Flokis Sohn. Einen kurzen Sommer lang hatte sie gedacht, in ihn verliebt zu sein. Bis die anderen Mädchen angelaufen kamen, um ihr zu hinterbringen, was Sigurd überall erzählte: Sie küsse besser als die rothaarige Vigdis. Es war nicht böse gemeint gewesen; jeder sprach doch über jedermanns Qualitäten in dieser Hinsicht, kichernd und voller Spannung auf die Zukunft als Erwachsene, die sie dabei erprobten.

Man war allgemein der Ansicht gewesen, Hela könne stolz auf dieses Urteil sein, und mehr als erstaunt, als sie wutentbrannt loslief, Sigurd stellte und ihn zornig anfunkelte. Sie brauchte noch einen Moment, um zu überlegen, was sie übler fand: dass er ihre heimlichen Küsse hinausposaunte oder dass er neben ihr noch eine andere küsste. Dann, während sie sein unsicheres Lächeln betrachtet hatte, kam sie zu dem Schluss, dass alles gleichermaßen widerwärtig war, ballte ohne weiteres Zögern die Faust und hieb sie Sigurd mitten ins Gesicht. Ihre Mutter hatte das tiefblaue Auge später mit Umschlägen gekühlt.

Jetzt starrte Hela ihn an und tippte sich, wie beiläufig, mit dem Finger an den Augenwinkel. Dann wandte sie sich an Vigdis.

«Ich bin die, die besser küsst als du», sagte sie. «Schon vergessen? Aber wenn du glaubst, du kannst es in einer anderen Hinsicht mit mir aufnehmen, dann komm näher.»

Empört schüttelten die Ältesten die Köpfe. Doch niemand stand auf, niemand zog seine Waffe. Und keiner fand sich, der gegen Hela antreten wollte. Seufzend erhob Gardar sich schließlich von seinem Platz und klopfte sich den Schnee aus den Zotteln seines Bärenfells.

«Wir sehen uns auf dem Markt, Vala», sagte er.

Helas Mutter anerkannte sein Bemühen, so etwas wie Normalität herzustellen. «Ich werde da sein. Das Pferd braucht Heu.»

«Heu», murmelte Gardar und schaute in den Himmel, als wären dort wichtige Antworten zu finden. «Gibt nicht mehr viel davon heutzutage.»

Hela öffnete den Mund und wollte vortreten, um etwas zu sagen. Aber Vala hielt sie mit einer schnellen Geste zurück. «Aber der will uns doch erpressen», flüsterte Hela. Ihr Atem ging scharf vor Empörung. Ihre Mutter schüttelte den Kopf. «Er hat Recht», sagte sie nur. «Nicht mehr viel Heu dieser Tage.»

Als alle gegangen waren, zog Hela ihre Waffe aus dem Schnee und reinigte sie liebevoll. Dann ließ sie die Klinge probeweise ein paar Schleifen durch die Luft ziehen. «Sie ist nicht gut ausbalanciert», stellte sie mit kritisch gerunzelter Stirn fest. «Und ein wenig zu leicht für mich. Ich sollte mir eine neue besorgen.»

«Du kannst von Glück sagen, dass Gardar nicht gegen dich angetreten ist.» Vala, schon auf dem Heimweg, sprach über die Schulter.

Hela folgte ihr tänzelnd und um sich hauend, einen unsichtbaren Gegner in Schach haltend.

«Pah», sagte sie nur. Sie wusste, was sie konnte. Am Ende hatte sie sogar ihrem Vater hier und da die Stirn zu bieten vermocht. Sicher, sie hatte nicht seine Stärke. Aber sie hatte gelernt, das durch Wendigkeit auszugleichen, durch eine gute Taktik und einen fließenden, fast tänzerischen Stil, den sie während langer Nachmittage auf der Schafweide oder dem Heuboden ganz alleine für sich entwickelt hatte. Sie kannte keinen Namen dafür und keine Vorbilder. Aber sie war sich sicher, sie hätte Gardar wie einen alten Tanzbären aussehen lassen. «Der», fügte sie nur, halb fröhlich, halb abfällig hinzu. Und ihre Klinge zischte durch die kalte Luft. Einige schwarze Amseln flogen aus einem Gehölz, aus dem rote Beeren durch den Schnee leuchteten.

«Sprich nicht so verächtlich von ihm», wies ihre Mutter sie zurecht.

Hela schloss zu ihr auf und hieb einen Fichtenzweig vom Ast. Würziger Harzgeruch stieg auf. «Du bist immer so verdammt bedacht, dich anzupassen», sagte sie mit Vorwurf in der Stimme.

«Und du legst es immer darauf an, die Außenseiterin zu spielen», gab ihre Mutter ungerührt zurück.

«Und? Sind wir das nicht? Etwas Besonderes?» Hela stieß die Klinge vor in die Luft. «Vater hat immer gesagt ...»

Vala umfasste das Handgelenk ihrer Tochter und hielt die Bewegung auf. «Dein Vater gehörte von Anfang an hierher», sie machte eine Pause. «Genau wie du.» Dann ließ sie ihre Tochter los. «Für euch war das alles hier stets selbstverständlich.» Als Hela trotzig den Blick abwandte, stapfte sie weiter. Der Schlangenhof kam in Sicht. «Glaub mir, ich weiß, was es heißt, keine Heimat zu haben. Und es ist kein Privileg.»

Sie blieben einen Moment stehen und starrten auf das tief im Schnee vergrabene Gehöft, grau das Holz, grau das alte Moos, mit dem es gedeckt war, und grau der dünne Rauchfaden, der sich aus der Dachluke in einen gestaltlosen Himmel schlängelte. Einsam und freudlos sah es aus, und nichts wartete dort mehr auf sie als harte Pflichten. Hela bedrückte der Anblick fast mehr als die Worte ihrer Mutter. Sie atmete erst auf, als die Stimme ihres Hundes erklang und sie seine zottige Gestalt sah, die in langen Sprüngen zum Zaun eilte, um sie zu begrüßen. Mit einem durchdringenden Pfiff rief sie ihn heran, woraufhin er mit einem großen Satz über das Gatter sprang. Ihre Stimmung stieg, als sich die warme Schnauze in ihre Hand drückte.

«Brav, Wolf, brav.» Zu ihrer Mutter gewandt, entgegnete sie: «Du kannst dich leicht mit all dem hier zufrieden geben.» Und sie wies auf das Anwesen mit einer Geste, so beiläufig und leicht, dass es Vala ein wenig wehtat. «Du hast die Welt ja schon gesehen. Du bist fast überall gewesen. Aber warte nur, eines Tages werde ich auch auf Fahrt gehen. Ragnar hat gesagt, wenn er im Sommer ein Schiff ausrüstet, darf ich ...»

«Ragnar ist ein Narr», unterbrach Vala sie, ungewollt scharf. Der Gedanke, dass ihre Tochter sie verlassen könnte, traf sie schmerzhafter, als sie gedacht hatte. «Er weiß nicht, was er redet, du solltest klüger sein.» Als sie Helas Gesicht sah, fuhr sie ruhiger fort:

«Du weißt doch, wie unwahrscheinlich es ist, dass sie in

Waldweide noch einmal das Kapital für eine Handelsfahrt aufbringen.» Hela biss sich auf die Lippen. Hungerleider waren sie geworden; es war nur zu wahr.

«Und außerdem», schloss Vala ihre Argumentation, «dulden sie keine Frauen an Bord.»

«Dich haben sie geduldet.» Helas Widerspruchsgeist flackerte wieder auf. Und sie überschüttete ihre Mutter mit den überlieferten Geschichten von der Reise, die sie damals mit Eirik auf dem Drachenboot gemacht hatte. Die Kämpfe, die Irrfahrten, die Gefahren und die Feste. War das alles etwa nicht geschehen? Hatte sie das alles etwa nicht selber erlebt?

Vala war inzwischen an der Tür, die sich quietschend öffnete. Sie verzichtete auf eine Antwort, die ihr zu kompliziert und langwierig erschien. Wie sollte sie ihrer Tochter erklären, wie das damals alles gewesen war? Wie gefährlich und schmerzhaft und … sie seufzte, als sie ins Halbdunkel des Raumes blickte, in dem Kühle und Unordnung herrschten. Mit einem Mal überfiel sie ihr ganzer Kummer erneut. Halbherzig hob sie den zerbrochenen Webrahmen auf, der vor Eiriks Schlafpodest lag und den er nicht mehr hatte reparieren können. Sie wendete das herabhängende Holzstück hin und her. «Ich sollte …», begann sie. Da setzte das Meckern der Ziegen ein, die ihre Anwesenheit bemerkt hatten und dringend gemolken werden wollten. Vala senkte den Webrahmen und schaute sich suchend nach dem Eimer um, als sähe sie all das zum ersten Mal.

Helas Ärger verflog. Wortlos ergriff sie den Eimer und ging zu der Tür in der Westwand, die in den angebauten Stall führte. Mit dem stechenden Tiergeruch schlug ihr auch Wärme entgegen. Leiber drängten sich an sie, Hörner scheuerten über ihre Kleider. Ihre Mutter im Nebenraum sagte leise: «Es ist nicht immer alles so einfach, wie du dir das ausmalst.»

Hela drängte die Leitziege gegen die Wand, klemmte sich den Dreibeinhocker unters Gesäß und machte sich daran, das pralle Euter des widerstrebenden Tieres zu melken. «Eines Tages», dachte sie, während die Milch in scharfen Strahlen rhythmisch in den Eimer zischte. Sie gehörte also hierher, nun gut. Sie wurde hier gebraucht. Hela akzeptierte es zähneknirschend. «Aber eines Tages, eines Tages, du wirst es sehen.»

Ferne Welten

«Ah!» Mit einem Aufschrei warf Hela sich gegen den Pflug, der zum x-ten Male in dem zähen Boden hängen blieb. Das Pferd stand still, mit zitternden Flanken und Schweiß auf dem Fell.

«Warte», rief Vala. Sie hatte den metallischen Laut gehört und bückte sich, um mit einem Stock den Stein aus dem Boden loszumachen, gegen den die Pflugschar gestoßen war. Es war Knochenarbeit, und auch ihr lief der Schweiß übers Gesicht. Endlich gab das zähe, lehmige Erdreich den Findling frei. Er war größer als ein Pferdekopf, und sie schauten einander einen Moment an, ehe sie in die Knie gingen, zupackten und auf drei versuchten, ihn hochzuheben. Schließlich gelang es, ihn zu rollen, doch er war uneben geformt, und es kostete all ihre Kräfte. Mit einem dumpfen Laut kollerte er schließlich zu dem Haufen mit den anderen Brocken, die sie bereits aus dem Feld geholt hatten. Schwer atmend, die Hände in den Hüften, standen sie da und lachten über ihre roten Gesichter.

«Vielleicht hat Gardar Recht», meinte Vala. «Vielleicht brauchen wir wirklich einen Mann hier auf dem Hof.»

Hela nahm den scherzhaften Ton auf. «Wir haben doch Wolf», entgegnete sie und klopfte dem Hund den Hals, der eifrig an dem nach frischer Erde duftenden Stein herumschnüffelte und mit den Pfoten nach den Asseln tätzelte, die herumrannten, um neue Löcher zu finden, die sie vor der Sonne verbargen. «Und Vahr.»

Das Pferd spitzte die Ohren, als es seinen Namen vernahm, doch es hob den Kopf nicht. Hela ging zu ihm hinüber, um auch ihn zu liebkosen. «Er ist müde», meinte sie besorgt, als sie ihn betrachtete.

Vala trat an ihre Seite. «Er spricht zu dir, nicht wahr?»

«Unfug.» Angelegentlich kraulte Hela dem Tier die Ohren. «Wir haben ihn schlecht gefüttert diesen Winter. Wenig Heu dieser Tage», ahmte sie Gardars Ton nach, den sie nicht vergessen hatte. «Schau nur, man kann ja seine Rippen zählen. Da braucht es keine Wahrsagerei.»

«Mit Wahrsagen hat das nichts zu tun», setzte Vala nach.

Aber Hela ignorierte sie. «Trotzdem müssen wir das Feld heute fertig bekommen.» Sie kniff die Augen gegen die Frühlingssonne zusammen und überblickte die Fläche. Sie durften nichts davon an die Wildnis verlieren; wenigstens darin hatte Gardar Recht gehabt. «Hoh», rief sie dann entschlossen. Der Hengst legte sich keuchend wieder ins Geschirr. Und Hela drückte den Pflug ins Erdreich, bis ihre Hände bluteten.

Als sie abends in der Hütte saß und ihre Wunden bandagierte, kam Hela auf das Thema zurück. «Weißt du», sagte sie, an ihre Mutter gewandt, die am Feuer stand und die lange eiserne Schaufel über die Glut hielt, auf der sie ihr Fladenbrot buken, «ich habe nochmal über die Sache nachgedacht. Mit dem Mann meine ich.»

Vala nahm die Sache heiter. «Willst du Gardar künftig ‹Vater› nennen und ihm die Morgensuppe vorsetzen?», fragte sie scherzend.

Hela schüttelte den Kopf. «Nein, und jetzt geh bitte nicht gleich wieder hoch. Aber ich habe nochmal überlegt, wie das wäre mit einem Leibeigenen. Ragnar hat da einen …»

«Nein.» Das Broteisen schepperte auf den Steinen, als sie es unsanft absetzte, um sich umzuwenden.

«Ich wollte doch nur ...», verteidigte Hela sich. Anklagend hob sie ihre verwundeten Hände.

Vala ging auf sie zu und nahm die verbundenen Finger ihrer Tochter in die ihren. «Es ist ein Unrecht», sagte sie dabei eindringlich.

«Aber alle ...», setzte Hela an und unterbrach sich dann. «Es gibt doch nun einmal Sklaven. Warum soll man dann nicht davon profitieren?»

Energisch schüttelte Vala den Kopf. Als sie sah, dass ihre Tochter den Kopf senkte, griff sie ihr unters Kinn und hob ihr Gesicht an, bis sie ihr in die mandelförmigen blauen Augen schauen konnte. «Es gibt keine Sklaven», sagte sie eindringlich und fuhr, als sie die Frage im Blick ihrer Tochter sah, fort: «Es gibt nur Menschen. Zu Sklaven werden sie gemacht.» Ihre Stimme wurde hart. «Erst raubt man ihnen die Freiheit, dann die Selbstachtung. Man verbiegt, was gerade war. Jedem kann das zustoßen. Keinem sollte es widerfahren.»

«Du hast nicht zugelassen, dass es mit dir passiert.»

Vala lächelte. «Und auch du wirst es nie mit dir geschehen lassen.» Sie strich ihrer Tochter über das Haar. «Versprich es mir.»

Hela nickte und spürte eine Gänsehaut über ihren Körper laufen wie eine Vorahnung.

Das Thema war damit vorläufig beendet. Beide Frauen wandten sich wieder ihrer Arbeit zu. Irgendwann äußerte Hela im Plauderton: «Am einfachsten wäre es, wenn Onkel Helge wiederkäme.»

Vala lachte auf. «Ja, das wäre schön.» Hela hatte ihn nicht mehr persönlich kennen gelernt, aber sie selbst erinnerte sich noch gut an Eiriks kleinen Bruder. Sein Bild stand wieder vor ihr, wie damals, als sie ihn kennen gelernt hatte: die schlaksige Gestalt, fast noch ein Junge, aber doch schon ein Mann, mit den blauen Augen seines Bruders, aber schalkhafter, naiver und manchmal noch voll von pubertärem Selbstmitleid. Doch meistens war er ein fröhlicher Bursche gewesen. Bis zu jenem letzten Sommer.

«Ich glaube nicht, dass er wiederkommt», sagte sie versonnen.

«Schade», meinte Hela, die die Erzählungen von ihm mochte. «Was ist eigentlich aus ihm geworden?»

Vala überlegte, wo sie anfangen sollte. «Es war im Jahr, ehe du geboren wurdest. Er bereitete seine erste Fahrt vor. Ich erinnere mich noch gut. Deine Großmutter, Inga, war den ganzen Winter dort drüben gesessen und hatte am Segel gewoben. Trotzdem hat Eirik erst mitbekommen, wofür es geplant war, als sie beinahe damit fertig war.»

Hela stimmte in ihr Lachen ein. «Es hat ein Riesendonnerwetter gegeben, was?», fragte sie.

«Ja», bestätigte Vala. «Aber Helge fuhr. Und er kam sehr verändert zurück.»

«Wie verändert?» Hela horchte auf. Sie ließ die Näharbeit sinken, die sie begonnen hatte und die sich mit den Verbänden ohnehin nur schlecht bewältigen ließ. Alles, was mit den Fahrten der Wikinger zu tun hatte, interessierte sie brennend.

Vala zuckte mit den Schultern. «Verstummt. In sich gekehrt.» Sie stupste ihre Tochter anzüglich an. «Schlecht gelaunt und melancholisch.»

Hela gab den Stoß zurück. «Und man hat nie herausgefunden, warum?»

«Ich schon», sagte Vala.

Und für einen Moment war es ihr, als fühlte sie wieder die Wärme jenes fernen Sommerabends, an dem Helge sich zu ihr auf die Bank gesetzt und sie gefragt hatte, woran man merke, dass man jemanden wirklich liebe.

«Und woran merkt man es?», unterbrach Hela sie und sah ihre Mutter neugierig an.

Vala senkte den Blick und dachte an Eirik, der sie nie mehr berühren würde. «Am Schmerz», sagte sie leise.

Hela kämpfte gegen das Unbehagen an, das sie zu überwältigen drohte. «Na, dann liebte Sigurd mich im letzten Sommer aber heiß», sagte sie betont burschikos, deutete einen Schlag an und wandte den Blick ab, während ihre Mutter so tat, als wischte sie sich eine Strähne aus dem Gesicht.

«Jedenfalls erzählte er mir dann von diesem Mädchen», fuhr Vala schließlich fort, «das er nördlich von Antiochia kennen gelernt hatte. Sie war die Anführerin einer Räuberbande, die in einem Kastell über der Küste hauste, ein wildes Ding, mit funkelnden schwarzen Augen und Locken wie Pech.»

«Sie hat ihn an dich erinnert, hm?», fragte Hela, aber Vala ging nicht darauf ein.

«Sie war wie niemand, den er kannte, leidenschaftlich, maßlos, aber launisch und wechselhaft dabei wie das Wetter.»

Hela lauschte voller Begeisterung. Eine Kämpferin, die Anführerin einer Bande, die in ihrem eigenen Schloss nach eigenen Regeln lebte – sie war vollkommen fasziniert.

Vala fuhr fort. «Er sagte, er war sicher, dass sie ihn liebte, sie überschüttete ihn mit den heißesten Zärtlichkeiten. Aber mitten in einer Liebkosung konnte sie plötzlich die Krallen ausfahren und sie ihm quer über das Gesicht ziehen.» Vala ahmte die Geste nach. «Ohne Anlass.»

Hela staunte.

«Sie weinte in seinen Armen wie ein Kind und bettelte um seine Zuneigung. Dann wieder belog sie ihn schamlos und konnte höhnisch sein bis an die Grenze des Erträglichen. Schließlich, als er sein Schiff und seine Mannschaft verlassen hatte, um sich ihr und ihren Männern anzuschließen, als er alles für sie aufgegeben hatte, verriet sie ihn und überließ ihn der Eifersucht des zweiten Anführers.

Eines Morgens fand er sich nackt und gefesselt auf dem Hang unter dem Kastell wieder. Sie hatte ihm alles von Wert genommen. Bis auf das letzte Geschenk, das sie ihm gemacht hatte, einen einzelnen Ohrring, den er als Anhänger um den Hals trug, eine kleine Schlange aus Gold» – ihr Finger malte die Gestalt in die Luft – «mit einem Smaragd als Auge.»

«Warum sollte sie ihm den lassen?», fragte Hela erstaunt.

Vala ging nicht darauf ein. «Er zeigte ihn mir. Aber ich erkannte ihn schon nach der Beschreibung.»

Hela riss die Augen auf.

Vala lächelte. «Ich besaß das Gegenstück dazu. Es war das Geschenk eines kleinen, wilden Mädchens gewesen, dem ich auf meiner Reise begegnet war; in Antiochia. Sie war eine Diebin und eine Hure, die ich dennoch geliebt hatte wie eine kleine Schwester und die ich aus diesem Leben hatte retten wollen.» Sie schwieg einen Moment, von der Erinnerung überwältigt. «Die es aber vorzog, mich zu verraten und mich in die Sklaverei zu verkaufen. Für ein Pferd.»

Hela schnappte nach Luft.

«Und das Seltsame ist», beendete Vala ihre Geschichte, «dass ich vollkommen davon überzeugt bin, dass sie mich dennoch ebenfalls liebte.»

Sie lächelte erneut, als ihre Tochter den Kopf schüttelte. «So war sie nun einmal. Sie traute der Liebe nicht, sie machte ihr Angst. Vielleicht ist das das Traurigste am Sklavendasein, dass man dabei verlernt zu lieben.»

Hela hob die Hände. «Schon gut, ich habe es begriffen.»

«Ihr Name war Thebais.»

Hela wartete auf mehr, doch ihre Mutter war offenbar am Ende der Erzählung angekommen. Thebais! Sie schmeckte dem fremden, exotischen Klang nach. «Kann ich den Ohrring einmal sehen?», fragte sie.

Vala schüttelte den Kopf. «Ich habe ihn Helge gegeben, damals. Als ich ihm alles erklärte. Ich habe ihm gesagt, wer Thebais ist, was sie getan hat und möglicherweise tun wird. Dass sie imstande ist, ihn zu töten, eines Tages, obwohl – oder weil – sie ihn, und das glaube ich wirklich, aufrichtig liebte. Und dass es an ihm läge zu entscheiden, was er tun wollte.»

«Und?», wollte Hela wissen.

Vala zuckte mit den Schultern. «Am nächsten Tag war er fort.»

Hela spürte ein Flattern im Bauch. «Du denkst, er ist zu ihr?»

«Was glaubst du?»

Hela überlegte. Vor ihrem inneren Auge entstanden Landschaften von grandioser Fremdheit, heiß und staubig. Palmwipfel ragten über die Lehmmauer einer Burg, in deren Hof turbantragende Banditen mit Krummschwertern die Hufe ihrer Pferde klappern ließen. Ihr Onkel war vielleicht einer von ihnen, schwarze Kholstriche um die blauen Augen, den Dolch zwischen den Zähnen und das Pferd mit dem Silber seiner Raubzüge beschlagen. Sein Leben war Kampf, und er trotzte allen Gefahren. Ihr Herz schlug schneller bei dem Gedanken. Ja, auch sie hätte nichts anderes gewollt.

Die Farbenprächtigkeit ihrer Phantasie raubte ihr den Atem. Antiochia! Allein der Klang, wie der Ruf einer fernen Flöte, untermalt vom Schreien der Kamele und den Zimbeln der Tänzerinnen. Unter den Arkaden der Schatten der Geschichte. Orient! Unwillkürlich stieß sie einen Seufzer aus. «Dann lebt er ja vielleicht noch», begann sie langsam.

«Das war vor über sechzehn Jahren.» Vala ließ keinen Zweifel an ihrer Haltung.

«Aber es könnte doch sein», bestand Hela auf ihrem Bild. «Dann wäre er der Erbe, und keiner könnte uns mehr zu irgendetwas zwingen.» Sie redete sich in Begeisterung.

«Man müsste nur losziehen und ihn finden und ... Gardar würde vielleicht dumm schauen», fügte sie hinzu. Obwohl Gardar der Letzte war, an den sie jetzt dachte. Ihre Vorstellungskraft hatte die Flügel ausgebreitet und flog in vollem Schwung nach Osten.

Wie hatte sie seit ihrer Kindheit den Erzählungen ihrer Mutter gelauscht. Wie sehr hatte sie sich immer dorthin gewünscht. Zur Hälfte stammte ihr Blut doch von dort. Dass sie hierher gehörte, eine Bäuerin aus Waldweide, das war doch von jeher nur die halbe Wahrheit gewesen. Und nun, mit dem Bericht über ihren Onkel, hatte ihre unbestimmte Sehnsucht zum ersten Mal ein Ziel erhalten. Eines Tages, das wuchs in ihr zur Gewissheit, würde sie losziehen und ihren Onkel finden. Sie würde Abenteuer erleben und die Fremde kennen lernen. Und dabei noch etwas Gutes tun für ihre Mutter daheim.

Helas Augen leuchteten in einem Feuer, das Vala gar nicht gefiel.

«Weißt du», sagte sie, um das Mädchen auf den Boden zurückzuholen, «eigentlich hatte ich bei dem ganzen Gerede über Männer etwas anderes im Sinn.» Sie machte eine Pause. «Ich dachte, *du* könntest vielleicht bald heiraten.»

Mit offenem Mund starrte Hela sie an.

Ein Schiff, ein Schwert

«Ragnar, Zähne zusammenbeißen», kommandierte Vala. «Hela, du kannst ...» Doch sie kam gar nicht dazu, den Satz zu Ende zu sprechen. Noch ehe sie die Verbände von Ragnars Fuß abgenommen hatte, stach der brandige Geruch der Wunde ihrer Tochter bereits in die Nase, und diese suchte das Weite.

«Hast du mir die Pfeilspitzen mitgebracht?», fragte Hela von der Tür her und wartete nur auf Ragnars bestätigendes Nickens, um sie aus seinem Bündel zu nehmen, das er neben dem Eingang abgestellt hatte, und ins Freie zu verschwinden.

Puh, hier war die Luft frischer. Sie mochte die Krankenstuben nicht. Nicht ihre Dünste, nicht den Anblick und nicht die ängstlichen Blicke der Kranken und ihrer Angehörigen, die so bedrückend auf einem lasten konnten. Ihrer Mutter schien das nichts auszumachen. Sie beschwichtigte und tröstete; immer fand sie die richtigen Worte. Sie zitterte nie, auch wenn sie noch so üble Wunden verband und noch so schlimme Nachrichten überbringen musste.

Hela suchte sich einen Platz in der Scheune. Sie hatte bereits einige Haselzweige zurechtgeschnitten. Ja, sie waren gerade und kräftig genug. Konzentriert begann sie, die neuen Spitzen einzusetzen, strich den Klebstoff aus Harz in die Kerben und wickelte die extra dünn gezwirbelte Schnur um die Verbindungsstelle, ein Vorgang, der ihre ganze Aufmerksamkeit erforderte. Jeder Handgriff, jeder Knoten musste sitzen. Befriedigt hielt sie schließlich das Ergebnis hoch: Der Pfeil war perfekt. So sah sie dem Tod doch weit lieber ins Auge als mit einem Kräuterbündel in der Hand. Pfeifend griff sie zum Bogen und ging auf den Hof, um nach einem geeigneten Übungsziel Ausschau zu halten.

Vala, die sie durch die offene Tür beobachtete, entschuldigte sich bei Ragnar. «Sie wird es noch lernen», meinte sie.

Ragnar überhörte den Tadel in ihrer Stimme. «Sie ist so wild wie du, als wir dich fanden», sagte er. Auch sein Blick folgte den Bewegungen des Mädchens. Er seufzte. «Ach, wenn mein Sohn nicht so ein behäbiger Idiot wäre ...»

Vala lachte und gab ihm einen Klaps, als der frische Verband fertig war. «Mach dir keinen Kopf», meinte sie. «Ich habe kürzlich erst ihr gegenüber das Thema angeschnitten.» Sie verzog das Gesicht, als sie an Helas Reaktion dachte. «Und es ist ihr noch völlig fremd.»

Ragnar betrachtete Hela, ihre schlanke, geschmeidige, durchaus nicht mehr kindliche Gestalt, und hatte dazu seine eigene Meinung. Als sie zielte, schoss und ein Häher vom Himmel stürzte, pfiff er anerkennend. «Mit dem Bogen ist sie womöglich noch besser als du.»

«Es wäre mir lieber …» Vala hielt inne. «Vielleicht im nächsten Jahr», fuhr sie dann unvermittelt, den früheren Gesprächsfaden aufgreifend, fort. Sie sagte es nachdenklich, mehr zu sich selbst.

Erstaunt blinzelte Ragnar sie an. Wie konnte eine so kluge Frau so blind sein? Er tippte sich an seine leere Augenhöhle. «Es gibt für sie in Waldweide keinen passenden Mann», sagte er mit für ihn untypischem Ernst. «Genauso wenig wie für dich.»

Valas Kopf fuhr hoch. Sie musterte ihn streng, doch es war nur freundliche Anteilnahme in seinem Gesicht. Schließlich seufzte sie. Es waren genau die gleichen Worte, mit denen Hela ihr Ansinnen, doch zu heiraten, zurückgewiesen hatte.

Spielerisch knuffte Ragnar sie mit der Faust gegen die Schulter. Er mochte die ernste Stimmung nicht und fragte sich schon, was in ihn gefahren war, so daherzureden. «Weißt du doch eh», sagte er.

Vala öffnete den Mund. Sie wollte protestieren, doch es gelang ihr nicht. Sicher hatte Ragnar Recht. Wenn sie ehrlich war, konnte auch sie sich keinen der netten, unbedarften Dorfjungen an Helas Seite vorstellen. Aber die Konsequenzen, die daraus folgten, gefielen ihr ganz und gar nicht. Sie wollte nicht einmal daran denken.

«Heh, Mädchen», brüllte Ragnar mit seinem lauten Organ quer über den Hof. «Passen sie?»

Hela wandte sich um und machte eine Geste der Zustimmung. Triumphierend schwenkte sie den Vogel.

Ragnar kam auf sie zugehumpelt. Anerkennend griff er ihr unters Kinn und betrachtete das lachende Mädchengesicht. Wahrhaftig, sie war schön, schöner als alles, was er je gesehen hatte. Er seufzte. «Die Fahrt», begann er dann, «von der wir einmal gesprochen haben, weißt du noch?»

«Und ob.» Sofort begann Helas Herz schneller zu schlagen.

Vala kam dazu. Sie nahm ihrer Tochter den Vogel aus der Hand und hielt ihn Ragnar hin. «Der ist für dich; die Pfeilspitzen als Bezahlung für die Behandlung sind zu viel.»

Als Ragnar zögerte, bekam er den Häher gegen die Brust gepresst. Er fühlte sich samt dem Kadaver sanft gegen das Tor zu geschoben.

«Was ist mit der Fahrt?», drängte Hela.

«Je, nun.» Ragnar fand den Faden nicht sofort. Er kratzte sich am Kopf und wich Valas Blick aus. «Also, die Fahrt.»

«Ich dachte», fiel Vala ein, «es würde dieses Jahr keine geben.»

«Nun, es ist nichts Großes», brummelte Ragnar. «Gar nichts Besonderes, wirklich. Aber Gardar sagt, wir brauchen Eisen, und Floki ... also ...» Er kam ins Stottern. Zum Teufel mit den Weibern, dachte er dann, und Vala allen voran. Was konnte die funkeln mit ihren Mandelaugen. Er holte Luft. «Wir wollen nach Haithabu.» Jetzt war es heraus.

«Haithabu.» Hela schnappte nach dem Wort wie ein Fisch nach dem Köder. Gewiss, es war nicht Antiochia. Aber immerhin: Haithabu. Wie viel hatte sie schon von der Wikingerstadt gehört, die an der Küste gegenüber lag. Befestigt sollte sie sein wie eine Burg und so groß, dass die Dörfer, die sie kannte, ein Witz dagegen wären. Und die Menschen erst, von denen es dort wimmeln sollte: Händler und Krieger und Reisende aus aller Herren Länder. Ja, der Name Haithabu genügte, um sie in helle Aufregung zu versetzen. Sie wandte sich um.

«Bitte, Mutter.»

Vala stand da, die Lippen aufeinander gepresst. Sie überlegte. Schon wollte sie den Kopf schütteln. Nein, würde sie sagen, ich kann dich hier nicht entbehren, die Arbeit und ... – und die Einsamkeit in der Hütte, dachte sie. Es war ihr, als könnte sie das Gefühl der Leere bereits jetzt körperlich spüren. Dann sah sie Helas Gesicht.

«Haithabu», wiederholte sie leise. Nun, das war nicht aus der Welt. Es war nicht die unbekannte Ferne, die Gefahr eines Gefechtes auf dem Weg schien relativ gering. Sie würde dort unter Wikingern sein. Und heimkehren. Ihr Blick wanderte zu Ragnar. «Du wirst auf sie aufpassen?», fragte sie.

Doch ihre Stimme und seine Antwort wurden bereits übertönt von Helas Jubel. In begeistertem Singsang wiederholte sie den Namen ihres Reisezieles und tanzte dazu herum. Verunsichert, doch in dem Bemühen, ihre Stimmung zu teilen, sprang der Hund an ihr hoch und wedelte bellend mit dem Schwanz. Hela ging in die Knie und umarmte ihn. «Ich werde auf Reisen gehen, Wolf, ich werde die große Welt sehen. Das gefällt dir, nicht wahr, jaaaah.» Herzhaft kraulte sie das große Tier, das sich an sie drängte. «Ich glaube, Wolf will auch mit», sagte sie plötzlich. «Darf ich ihn mitnehmen, Mama? Bitte!»

Lächelnd schaute Vala auf sie hinunter. «Es ist mir sogar ganz recht», meinte sie. Dann wandte sie sich ab und ging zum Haus. «Wenigstens einer dabei, der Verstand hat.»

Grinsend schauten Ragnar und Hela ihr nach. Dann trafen sie ihre Verabredungen. «Ich werde mich nach einem neuen Schwert umsehen», beschloss Hela laut. Sie gab ihres Ragnar, der es prüfend führte und dann zustimmte. «Spielzeug für Kinder», brummte er.

«Eben.» Sie nickte eifrig.

«Ich kenne einen Schmied in Haithabu», meinte er, «der hat im Orient gelernt, Schwerter zu machen, die aus vielen, vielen Schichten geschmiedet sind. Das sind Waffen.» Er lächelte wehmütig bei dem Gedanken. Dann rieb er Daumen und Zeigefinger aneinander. «Aber sie kosten Geld.»

Hela wurde nachdenklich, doch nur kurz. Dann gewann die Vorfreude wieder die Oberhand. «Wusstest du», plauderte sie, während sie Ragnar zum Gatter geleitete, «dass ich einen Onkel habe, der im Orient als Räuberfürst lebt? Ganz ehrlich.» Die Geschichte sprudelte aus ihr heraus, und Ragnar ließ sie gutmütig gewähren. Er wusste wie alle, dass Helge verschwunden war, um nie wieder aufzutauchen. Keiner tat das, nach so vielen Jahren.

«Glaubst du, dass man in Haithabu etwas von ihm weiß?»

Verlegen betrachtete Ragnar ihr Gesicht mit den glühenden Wangen. «Vielleicht», meinte er unsicher. «In dieser Stadt kommen Leute zusammen, die überall gewesen sind. Dort in den Schänken werden Geschichten erzählt, Geschichten, sage ich dir …» Bei der Erinnerung daran verklärte sich sein Blick. «Aber da nehme ich dich besser nicht mit hin», fiel es ihm dann ein. Er errötete, als er an sein Versprechen Vala gegenüber dachte. Die Hafenschänke in Haithabu war sicherlich der letzte Ort, an dem sie ihre Tochter sehen wollte.

«Oh», protestierte Hela, aber es geschah nur halbherzig. Mit den Gedanken war sie bereits bei ihrer Reise und den Plänen, die sie dafür spann. Sie würde schon ihre Erkundigungen einziehen. Auf eigene Faust, wenn es sein musste. Keines der Geheimnisse Haithabus würde ihr verborgen bleiben.

«Räum die Kräuter auf.» Valas Stimme war schroff. Kaum hatte ihre Tochter die Hütte betreten, da schickte sie sie mit Aufträgen herum. Sie ließ kein Gespräch zu und das Mädchen gar nicht erst zu Worte kommen.

Hela musste fast den gesamten Heilkräutervorrat wieder in seine Beutel und Kästchen sortieren und wurde dabei gnadenlos nach der Wirkungsweise und Anwendung jeder Pflanze befragt. Sie ließ es ohne Protest über sich ergehen, ganz anders als die früheren Schulstunden, in denen sie gemault und protestiert hatte, wenn Vala ihr das Heilerwissen weitergeben wollte. Brav sagte sie auf, was sie wusste, bis ihre Mutter schließlich klein beigab und verstummte.

«Mama», begann Hela und legte ihr die Hand auf den Arm.

Vala machte sich los. «Du wirst warme Kleider brauchen», murmelte sie und begann, in einer Kiste zu wühlen. «Ich arbeite dir was von Eirik um, ist es recht?», fragte sie und hob ein gefüttertes Wams hoch.

Hela konnte nur nicken. Sie schluckte an Tränen und wusste nicht, warum. War es der traurige Anblick des verwaisten Kleidungsstückes? Oder die heroischen Versuche ihrer Mutter, ihren Ärger und die eigene Angst zu überspielen?

«Ja, natürlich», brachte sie schließlich hervor.

Vala nickte und suchte nach Nähzeug. Hela setzte sich neben sie und schaute ihr bei der Arbeit zu.

«Danke», wagte sie irgendwann zu sagen. Vala schnaubte nur.

«Aber weißt du ...»

«Au», unterbrach Vala sie mit einem ärgerlichen Ausruf. «Verdammt, jetzt habe ich mich gestochen.»

«Schafgarbe und Salbei», leierte Hela automatisch, «blutstillend.»

Dann mussten sie lachen. Vala griff nach ihr und zog sie an sich. So saßen sie lange da und wiegten einander. Schließlich nahm Vala den Kopf ihrer Tochter, strich ihr das Haar aus dem Gesicht und studierte lange ihre Züge. «Warte», sagte sie dann.

Sie kletterte auf der primitiven Leiter hoch unter das Dach, wo ein Sims über den Schlafkojen Ablagefläche bot.

Es knarrte und knirschte; Staub wirbelte auf und sank langsam in der Säule aus Tageslicht herab, die durch die Rauchluke im Dach fiel. Dann kam Vala wieder herabgeklettert. In ihrer Hand lag ein Ledersäckchen.

Hela betastete es erstaunt, ehe sie es öffnete. Was sie sah, verschlug ihr den Atem.

«Ist das, ist das ... Gold?», fragte sie.

«Manches.» Vala lächelte. Vorsichtig holte sie eines der Schmuckstücke heraus und legte es auf ihre flache Hand. «Das hier hat mir dein Vater geschenkt, er brachte es von seiner Reise nach Haithabu mit, kurz bevor du geboren wurdest.» Sie griff nach einer Fibel. «Das hier war vor zwei Jahren. Er konnte nie der Versuchung widerstehen, mich zu schmücken.» Sie lächelte wehmütig.

Unwillkürlich legte Hela ihr die Hand an die Wange. Vala schmiegte sich kurz hinein, dann holte sie ein weiteres Stück heraus. «Das ist von Inga; es ist schon sehr alt.»

«Wunderschön», hauchte Hela und fuhr mit dem Finger über den schwarzen Stein, der glänzend in Ornamente aus Silber eingebettet war.

«Und dann noch das», fuhr Vala fort und griff in ihren Nacken.

«Nicht dein Amulett», rief Hela aus, doch Vala hatte es bereits zu den anderen Sachen in den Lederbeutel gleiten lassen. Sie zog ihn zu und drückte ihn Hela in die Hand.

«Das ist reiner Eigennutz», erklärte sie kategorisch, der Tochter das Wort abschneidend. «Wir brauchen eine neue Pflugschar, das weißt du so gut wie ich.»

Hela nickte, wenig überzeugt.

«Außerdem dachte ich mir, wenn du schon in Haithabu bist, dann willst du doch bestimmt dort etwas Besonderes finden.» Sie lächelte. «Etwas, was Waldweide dir nicht zu bieten hat.»

Helas Gesicht leuchtete auf. «Ein Schwert», hauchte sie.

«Und wenn du es hast ...» fuhr sie fort.

«... werde ich Onkel Helge suchen.» Mit funkelnden Augen richtete Hela sich auf. Sie sah es schon vor sich.

«... kommst du nach Hause», beendete Vala ihrerseits leise den Satz. Hela hatte es nicht gehört. Aber sie umarmte ihre Mutter wild und schmiegte sich an sie.

Vala strich ihr über den Scheitel. Sie kämpfte mit sich und widerstand der Versuchung. Nein, sie würde nicht in die Gedanken ihrer Tochter dringen, würde nicht zu erfahren suchen, was sich dort unter ihren Händen verbarg. Sie wusste es: Dort war ein wildes Wogen, bunt, berauschend, hungrig nach Leben, gefährlich, unbekümmert, verheißungsvoll.

Hela schmiegte sich an ihre Mutter. «Und dann wird alles gut.»

Vala antwortete nicht.

Die Fahrt hinaus

Um das Schiff herum war ein Gedränge und eine Fröhlichkeit, wie sie schon lange nicht mehr im Dorf geherrscht hatten. Hela stand ganz vorne, wo ein schmaler Streifen Wasser über die Kiesel gluckste, und wartete auf eine Gelegenheit, ihr Bündel an Bord zu werfen und hinterherzuspringen. Etwas stieß ihr in die Kniekehlen, und als sie sich umwandte, sah sie Sigurd, der mit vor Anstrengung verzogenem und hochrotem Gesicht versuchte, einen Schafbock ins Wasser zu zerren. Vigdis dahinter half ihm mit halbherzigem Schieben und Schimpfen. Sie war selbst vollbeladen und trug ein Jungtier auf den Armen, dessen Beine sie vorsorglich gefesselt hatte. Erstaunt betrachtete Hela das Treiben.

Es war Ragnar, der sie schließlich aufklärte. «Sie ziehen nach Haithabu, zu Verwandten. Mit all ihrem Hausrat.»

Helas Blick traf flüchtig den Sigurds, der, rot von der Mühe, noch röter wurde und sich abwandte. Ein weiteres Schaf drängte gegen ihre Beine. Sie wich ihm aus und wäre um ein Haar ins Wasser gefallen. Hinter sich hörte sie Vigdis' Gelächter. Hela wandte sich nicht um.

Nun, das war nicht ganz das, was sie sich vorgestellt hatte. Enttäuscht, aber dennoch entschlossen packte sie ihr Bündel fester.

Ragnar stupste sie kameradschaftlich; beinahe wäre sie wiederum im Wasser gelandet. «Heh, dem Jungen kannst du doch erhobenen Hauptes ins Gesicht schauen.»

Hela fing sich wieder und klopfte ihre Kleider aus, an denen Tierhaare hingen. «Schon», entgegnete sie brummig. «Ich wusste bloß nicht, dass wir Weiber an Bord haben würden.»

«Weiber!» Ragnar brüllte es vor Begeisterung und schlug sich auf die Knie. «Das muss ich Gardar erzählen.» Lachend verschwand er in der Menge.

Jemand streckte Hela die Hände entgegen, und sie reichte ihr Gepäck herüber. Doch wurde sie selber mit Schwung am Ärmel gepackt, und ehe sie sich's versah, stand sie auf den Planken des Schiffes. Es war ein seltsames, neues Gefühl, dieses Schwanken und Wiegen. Als schwebe man im Nichts. Dabei lagen unter dem flachen Kiel nur wenige Handbreit Wasser, klar wie flüssiges Glas, leuchteten dort noch ertrunkene Grassoden zwischen Steinen, die nicht anders aussahen als jene, die aus den Wiesenmatten ihrer Weiden ragten, waren Meer und Land noch längst nicht klar geschieden, und die kleinen Fische, die einander dicht unter der Oberfläche jagten, wirkten unentschlossen wie fremde Gäste.

Hela setzte die Beine breiter, um festen Stand zu finden; es fiel ihr leicht, als hätte sie nie etwas anderes getan. Sie sah Vigdis fluchend inmitten der bläkenden, strauchelnden Schafe umherstolpern und lächelte. Ja, es gefiel ihr, an

Bord zu sein. Sie wandte sich der Reling zu und suchte den Blick ihrer Mutter.

«Mama!» Sie winkte, als sie Vala entdeckt hatte, die sich mit Hastein unterhielt, den Arm um dessen Sohn gelegt, und die nun aufschaute. «Warte, ich komme nochmal», rief Vala und machte sich daran, über die Reling zu hechten. Doch Ragnar hielt sie am Kragen zurück. Im selben Moment bohrten sich Stangen ins Ufer, das Schiff wurde abgestoßen, der Wasserstreifen zwischen Reisenden und Land wurde breiter, tiefer, blauer, eine Böe ergriff seine Oberfläche und raute sie auf. Sie fuhr auch in Helas Haare und ließ sie aufwirbeln, mit den Flügeln der Möwen um die Wette.

«Mutter!» Es lag ein wenig Angst in dem Ruf. So plötzlich war der Abschied gekommen! Doch da sah Hela, wie Vala den Arm hob und lächelte.

Wild winkte sie zurück, ehe ihre Hände sich wieder an die Reling klammerten, als wäre es Valas tröstliche Schulter. «Ich liebe dich.» Sie flüsterte es nur, dennoch war sie sicher, dass ihre Mutter es hörte.

Auf einmal kam Unruhe in die Menge. «Wolf!», schrie Hela, als sie ihren Hund erkannte, der sich zwischen den Abschiednehmenden hindurchdrängte, an der Uferkante kurz zögerte und dann mit einem Riesensatz ins Wasser hechtete.

«Wolf.» Sie neigte sich über die Bordwand und streckte die Hand nach dem paddelnden Tier aus, das angestrengt und stumm mit angelegten Ohren durch das Wasser pflügte. Aber sie konnte ihn nicht erreichen. Es war Ragnar, der schließlich einen Fischspeer nahm und den Widerhaken daran unter das Halsband des Tieres schob. Gemeinsam zerrten und zogen sie den tropfnassen Wolf an Bord. Hela vergrub das Gesicht in seinem stinkenden Fell. «Wie konnte ich dich nur vergessen.»

Als sie sich wieder aufrichtete, war das Land weit entfernt. Die Gesichter waren verschwommen, die Gestalten kleiner, die Rufe von denen der Wasservögel nicht mehr zu unterscheiden. Für eine Weile sah man ringsum ernste Gesichter; es war still, und Hela konnte das Plätschern der Wellen gegen den Bug hören. Doch bald war der Bann des Abschieds abgeschüttelt, und es kam Leben in die Männer. Ragnar brüllte seine Befehle, die Ruder wurden ergriffen. Auch Hela packte eines der dunklen, von vieler Arbeit blank gescheuerten Hölzer.

Ragnar schaute sie kurz an, dann lachte er und machte Platz für sie auf einer Ruderbank. Stolz folgte Hela den Kommandos, und fast berauscht nahm sie das Zittern des Schiffskörpers wahr, als er wendete und langsam Fahrt aufnahm. Sie ruderten, bis endlich der Fausthieb des Windes ihr Segel traf, es erst knallen, dann flattern und schließlich sich prall entfalten ließ, leuchtend rot und weiß vor der blassen Sonne des Frühlings.

«Na?», fragte Ragnar.

«Ein wunderbarer Anblick», nuschelte Hela und verbarg ihre Hände, die rot und geschwollen waren, ein pochendes Etwas aus Knochen, Sehnen und Schmerzen.

«Hm», machte Ragnar und verkniff sich ein Grinsen. «Immer gut, wenn es bläst. Aber wird nicht so bleiben. Dann müssen wir wieder ran.»

Am ersten Tag waren Helas Finger steif, am zweiten rohes Fleisch, am dritten wie abgestorben. Aber sie biss die Zähne zusammen. Sie versorgte sich mit der Salbe, die ihre vorausschauende Mutter ihr eingepackt hatte, sprach ein stummes Dankgebet für Vala und hielt durch. Nach einigen Tagen konnte sie in den freien Stunden wieder den Griff ihres Schwertes packen, ohne das Gesicht zu verziehen. Erleichtert stellte sie mittels einiger Übungshiebe fest, dass sie an Sicherheit und Exaktheit nichts verloren hatte.

«Hornhaut», kommentierte Vigdis abfällig, die ihr über

die Schulter sah, als sie eines Tages ihre Handinnenflächen inspizierte.

«Wer hat dich gefragt», gab Hela zurück.

«Rau und rissig, das mögen die Männer gar nicht.» Die Rothaarige ließ sich nicht einschüchtern.

«Du stinkst dafür nach Schaf», meinte Hela. «Glaubst du, das beeindruckt sie mehr?»

Vigdis holte tief Luft und stemmte die Fäuste in die Hüften. Wolf duckte sich knurrend an die Seite seiner Herrin. Sigurd, der gerade beim Melken war, schaute angespannt zu ihnen hinüber, sichtlich besorgt, ob er eingreifen müsse. Doch als er sich aufrichtete, zog etwas anderes seine Aufmerksamkeit auf sich.

«Schiff voraus!» Der Ruf kam im selben Moment vom Bug. Als hätte er es gehört, setzte in dem Moment der Wind aus, und das Schiff wurde langsamer. Still glitt es auf das fremde Gefährt zu, das vor ihm sichtbar geworden war.

Die Männer standen an der Reling; auch die Frauen hatten ihren Zwist vergessen. «Ist das die ‹Windstier›?» «Oder die ‹Braunbär›?» «Vielleicht eins von Seeland?» Die Mutmaßungen überboten einander.

«Wir kennen sie nicht», stellte Ragnar schließlich fest. Er kaute auf einem Stück Zweig und spuckte es schließlich aus. «Schilde hoch», verkündete er das Ergebnis seiner Überlegungen.

Eilig liefen alle, um ihre runden Holzschilde zu holen und an der Reling zu verankern, die sie nun wie eine Befestigung überragte.

«Lasst eure Waffen sehen», knurrte Ragnar. «Wir wollen doch den richtigen Eindruck machen.» Das fremde Schiff war nun sehr nah; sie konnten bereits erkennen, dass auch dort eine Schildreihe aufgebaut war. Dahinter sah man Köpfe mit Helmen.

«Bei Odin!», kreischte Vigdis.

«Und lasst die Frauen verschwinden. Wenn sie sehen,

dass wir Weiber und Vieh an Bord haben, werden sie sofort über uns herfallen.» Sigurd drückte Vigdis' Kopf hinunter. Gehorsam und voller Panik krabbelte sie nach mittschiffs, wo sie gemeinsam mit ihrem Mann begann, in geduckter Haltung die Schafe festzubinden und ihre Mäuler mit Riemen zu umwinden, damit sie nicht blökten. Hela half, so gut sie konnte, und redete beruhigend auf Wolf ein, der die allgemeine Erregung nur zu gut spürte und am ganzen Körper zitterte. Schließlich band sie ihn an den Mast.

«Unten bleiben», zischte Sigurd ihnen zu, ehe er zurück auf seinen Platz in der Verteidigungsreihe hastete. Die Schiffe lagen nun einander beinahe gegenüber, auf halbe Pfeilschussweite entfernt. Nicht mehr lange, und die ersten Rufe würden laut.

«Warum sagen sie nichts?», flüsterte Vigdis mit erstickter Stimme. Sie hielt den Schafbock eng umschlungen und starrte auf die Rücken der Männer, die ihnen verbargen, was auf dem Wasser vorging. «Was tun sie da nur?»

«Sie versuchen abzuschätzen, wer der Stärkere ist», gab Hela ebenso leise zurück.

«Ja, aber warum sagen sie keinen Ton?» Vigdis schauderte.

«Das braucht man gar nicht», sagte Hela und stand auf.

«Heh», rief die Rothaarige und vergaß vor Überraschung für einen Moment, dass sie leise sein sollte. «Komm wieder her», setzte sie dann mit unterdrückter Stimme hinzu.

Aber Hela achtete nicht darauf. Sie hatte sich einen Helm genommen, der herrenlos über das Deck kollerte, und stopfte im Gehen ihr Haar darunter. Der Bogen hing ihr bereits über der Schulter. Als sie sich neben Ragnar in die Reihe schob, sah sie aus wie ein junger Krieger.

«Was ...?», fragte der Hüne erstaunt, der einen Moment brauchte, ehe er sie erkannte.

Gelassen in seinem Schatten stehend, musterte Hela die Gegner, eine wilde Horde Männer mit langen Haaren und geflochtenen Bärten. Einige reckten ihre Äxte, und einer, wohl der Anführer, war auf ein Fass geklettert, klammerte sich am Mast fest und stieß nun ein drohendes Gebrüll aus. Die Männer aus Waldweide packten ihre Waffen fester und antworteten mit stiller Entschlossenheit.

«Sie sind in der Überzahl», murmelte Ragnar, «und sie wissen es. Eine falsche Bewegung, und sie hängen uns an der Kehle.»

Hela nickte nur. «Dann wollen wir mal.» Ehe Ragnar sie hindern konnte, hob sie ihren Bogen, peilte sorgsam und schoss. Der Pfeil überquerte das Wasser in hohem, vermeintlich zu hohem Bogen. Schon wollte sich Jubel bei den Fremden erheben, die ihn für schlecht gezielt hielten.

Da schlug er mit vernehmlicher Wucht ein. Er durchbohrte den fellbesetzten Ärmel des Anführers und nagelte seinen Arm eng an den Mast. Die Axt entfiel seiner Hand. Ein hämischer Ruf aus den Reihen seiner Mannschaft klang auf und erstarb sofort erschrocken wieder. Niemand war verletzt worden, doch ebenso war allen klar, dass der Schuss genau das Ziel gefunden hatte, das er treffen sollte. Erschreckend genau. Hela legte den nächsten Pfeil auf.

Sonst geschah nichts.

Die Schiffe glitten weiter aneinander vorbei, lösten sich voneinander, ein Streifen Horizont wurde zwischen ihnen sichtbar, verbreiterte sich. Dann waren die Fremden vorüber.

«Wir sind noch nicht aus ihrer Reichweite», sagte Ragnar, und lauter setzte er hinzu: «An die Ruder.»

Es dauerte einen Moment, bis die Männer sich aus ihrer Erstarrung lösten. Ragnar musste von einem zum anderen gehen, sie an der Schulter rütteln, sie ansprechen und auffordern, die Waffen wegzustecken. Zuletzt blieb er vor Hela stehen, die betont langsam ihren Bogen weglegte, den Helm absetzte und ihn schließlich herausfordernd ansah.

Sie tat es nicht ohne inneres Beben. Eben noch, im Angesicht der Feinde, war sie ganz ruhig gewesen, so kühl, dass es sie selbst erstaunte, obwohl ihr Herz heftig geschlagen hatte. Sie hatte nichts gespürt als eine wilde, kalte Freude. Aber nun war sie unsicher.

Grimmig starrte Ragnar mit seinem einen Auge auf sie hinunter. Dann, unvermittelt, warf er den Kopf in den Nacken und lachte. Er warf seine mächtigen Arme um Hela, hob sie hoch und drückte sie, dass es ihr den Atem verschlug.

«Bei Odin, Mädchen, du hast mehr Mumm in den Knochen ...», begann er, brachte den Satz aber nicht zu Ende, sondern drückte sie stattdessen noch ein bisschen mehr.

Hela schnappte nach Luft; sie klopfte ihm auf die Schultern.

«Ja, aber sie brechen trotzdem», japste sie.

Da ließ er sie wieder herunter. «So, und jetzt wird gerudert. Ah!» Er streckte sich, dass seine Gelenke knackten. Über ihm das Segel begann wieder zu flattern und beflügelte seine Freude.

«Weiber», rief er, noch immer lachend. Ach, wenn sein eigener Sohn nicht so ein verdammter Lahmarsch wäre.

Hela setzte sich. Erst jetzt spürte sie das Zittern in ihren Beinen und das Jagen ihres Pulses. Aber es war ein gutes Gefühl, ein wunderbares sogar. Es fühlte sich an wie das Leben selbst. Sie schloss die Augen und hob das Gesicht in den aufkommenden Wind, der warm war und mit Goldpfeilen gegen die Lider prickelte, als käme er direkt aus der Sonne.

Um sie herum begannen die Männer zu singen.

Zweiter Teil
Die Irrfahrt

Haithabu

«Pass doch auf!» «Heda!» «Vorsicht!» «Fang auf!» Haithabu kam Hela als ein Stimmengewirr entgegen, so laut und vielfältig, dass es sie schwindelte. Dennoch konnte sie es nicht erwarten, sich hineinzustürzen. Wolf, der mit gesträubtem Fell an der Reling stand und dem Getriebe am Kai die Zähne zeigte, wurde zum Mast gezerrt, festgebunden, mit flüchtigem Trost bedacht und ohne Reue verlassen.

Schwungvoll setzte Hela über die Bordwand – und landete mit beiden Füßen im Matsch. Ragnar lachte und zog sie heraus. Er ermahnte sie, dicht vor ihm zu bleiben, und schob sie durch das Gedränge am Hafen. Schnell vergaß Hela ihre feuchten, schmutzigen Füße. Keinem hier erging es besser, und keiner scherte sich darum. Die ausgetretenen, schlammigen Pfade zwischen den Holzhütten waren voller Menschen, die meisten davon Wikinger wie sie selbst, mit zottigen Pelzen und hellen Haaren. Meckerndes Vieh wurde hindurchgetrieben; Fischernetze, zum Trocknen aufgehängt, verbreiteten ihren charakteristischen Geruch; Holzfeuer qualmten aus geöffneten Türen.

Ragnar grüßte und wurde gegrüßt, doch nirgendwo blieb er stehen, und die Bilder vor Helas Augen wechselten so rasch, dass sie kaum mitkam. Noch immer waren um sie herum nur Häuser. Und noch immer riss der Menschenstrom nicht ab. Hela nahm alles mit wachen Sinnen auf. Sie wünschte nur, sie hätte mehr Ruhe gehabt, all dies zu betrachten.

Metallenes Klirren erregte schließlich ihre Aufmerksamkeit; es verriet ihr, dass sie an einer Schmiede vorbeigekommen sein musste. Neugierig scherte Hela aus dem Verband der Leute von Waldweide aus und trat an das Hoftor. Sie sah das Feuer glühen und rotes Licht in einen halbdunklen Verschlag werfen, in dem mächtige Schatten arbeiteten. Ein Pferd stand da und zitterte nervös, während es auf das Beschlagen wartete. Das Tier warf den Kopf und verdrehte die Augen.

Ruhig, dachte Hela, die klar wahrnahm, dass es bald versuchen würde auszubrechen, und sie schaute sich nach dem Besitzer um. Da sie niemanden entdecken konnte, trat sie selbst an das Tier heran und fuhr ihm über die bebenden Nüstern. Ruhig, mein Guter, dir wird bald geholfen.

Sie sagte es nicht laut, dennoch verstand das Tier sie; Hela war es gewöhnt. Sie spürte die Furcht sich unter ihren Händen zitternd beruhigen und lösen.

«So», rief eine tiefe Stimme, «hier kommt das Eisen.»

Der herangetretene Schmied nahm den Lauf des Pferdes hoch und begann mit dem Beschlagen, ohne sich darum zu kümmern, wer das Tier hielt. «Das Vieh ist ja noch nie so willig gewesen», brummte er, als er fertig war. Dann schaute er auf. Seine Kinnlade klappte herunter. «Da brat mir einer ... Heh», rief er seinen Gehilfen zu, «schaut euch das an.» Noch während er sprach, kam er um das Pferd herum und baute sich vor Hela auf. Sie hob das Kinn, um ihm ins Gesicht zu sehen; er war mehr als zwei Köpfe größer als sie.

«Was ist denn?», tönte es vom Verschlag, und kurz darauf tauchten zwei Kerle auf, nicht kleiner und nicht schmaler als der Schmied. Der griff nach Helas Kinn und wendete ihr Gesicht mit seiner Pranke hin und her, um es besser betrachten zu können. «Schaut euch das an», wiederholte er, «Augen wie eine Katze.» Seine Zunge fuhr heraus, sehr rot in dem vom Ruß geschwärzten Gesicht. Er leckte sich über die Lippen und begann zu lächeln.

Auch Hela öffnete leicht den Mund. «Mein Dolch», sagte sie, «zielt genau auf dein Herz.» Es dauerte eine Weile, bis der Schmied die scharfe Spitze der Klinge unter seinem erhobenen Arm spürte und das Grinsen in seinem Gesicht nachließ.

«Hela», rief da eine Stimme vom Tor her. «Alles in Ordnung?» Der Druck des Metalls auf die Achsel des Schmiedes verstärkte sich. Schließlich stieß er sie von sich. Hela hob die Hand, um dem Rufer zu signalisieren, dass sie wohlauf sei. «Alles in Ordnung», erwiderte sie.

«Natürlich, was wohl sonst», grummelte der Schmied. Er warf dem neuen Besucher einen wütenden Blick zu. Sigurd erwiderte ihn grimmig und verharrte am Hoftor, bis Hela neben ihm stand. Dann zog er sie mit sich auf die Straße.

Unwillig machte sie sich los. «Ich bin sehr gut alleine zurechtgekommen.»

«Das habe ich gesehen», gab er zurück, «gegen drei Kerle, wie? Was wolltest du denn da?»

Hela antwortete nicht.

«Ich hab dich was gefragt.» Sigurd packte sie am Arm.

«Vorsicht», zischte sie und schüttelte ihn mit einer heftigen Bewegung ab. «Ich hab ein Schwert gesucht», gab sie schließlich zu.

«Bei einem Hufschmied?», fragte er ungläubig.

«Konnte ich ja nicht wissen, dass das bloß ein Hufschmied ist», fauchte sie. «Es ist schließlich mein erster Besuch. Und überhaupt, was machst du denn hier? Solltest du nicht bei deinem Frauchen sein?»

Er runzelte die Stirn. «Sie ist schon zu ihren Verwandten auf dem Hof vor der Stadt. Ich muss noch ein paar Sachen regeln.» Plötzlich verstummte er und schaute beiseite. «Hela ...», begann er dann.

Die schnitt ihm das Wort ab. «Dann regel das mal», beschied sie ihn. «Und ich erledige, was ich zu tun habe. Ah, da ist Ragnar.» Erleichtert winkte sie dem Einäugigen zu.

Sie ließ Sigurd in der Menge stehen, der ihr nachschaute und es ignorierte, dass die Vorüberströmenden ihn mit den Schultern anstießen.

Wie sie ging. So geschmeidig und frei, wie ein wildes Tier. Sigurd seufzte. Ob sie noch einmal zurückschauen würde? Doch Hela wandte sich nicht um.

«Heda!» Hela hob die Hand und signalisierte ihre Ankunft. Ragnar allerdings reagierte nicht. Er war zu beschäftigt, um ihr zu antworten. Hela bemerkte, dass er von seinen Männern dicht umgeben war. Aufgeregt standen sie beieinander und gestikulierten. Auch andere Zuschauer hatten sich bereits eingefunden und verdeckten die Ursache der ganzen Aufregung. Hela musste sie energisch beiseite schieben und sich zwischen fremden Leibern durchzwängen, bis sie endlich sah, was alle hier zusammengeführt hatte. Im ersten Moment hätte sie beinahe gelacht.

Die Gasse war an jener Stelle zu einem Platz erweitert, den die Schneeschmelze und Regenfälle in einen wahren Sumpf verwandelt hatten, auf dessen Oberfläche zudem Abfälle und Exkremente umherschwammen. Um den Ort dennoch begehbar zu machen, hatte jemand Planken darübergelegt, die auf Bündeln von Knütteln ruhten. Auf einer dieser dünnen, schwankenden Brücken nun stand ein Mann, ein Männchen vielmehr.

Hela bemerkte zunächst vor allem, wie klein er war. Dürre Ärmchen und ein schütterer Bart zeigten sein hohes Alter an. Doch neben ihm im Dreck, bedeckt mit verfaulten Strohhalmen und angesengten Federn, saß mit ebenso verschmutztem wie verdattertem Gesicht ein Waldweidler und spuckte Brackwasser in seinen Bart. Kein Zweifel, dass der dürre Alte ihn dorthin befördert hatte, denn er trug, wie Hela nun bemerkte, ein Schwert in seiner knochigen Greisenhand. Doch wie sollte er das um Himmels willen angestellt haben?

«Also gut», rief Ragnar in diesem Moment, und Hela hörte die unterdrückte Erregung in seiner Stimme. «Ich sage es nur noch ein Mal: Du machst Platz und gehst jetzt beiseite, Schlitzauge.»

Der Satz traf Hela schmerzhaft. Entsetzt schaute sie Ragnar an, der rot vor Wut sein Schwert gezogen hatte. Dann erst begriff sie, was er bedeutete. Ihr Blick folgte dem Hünen, als er auf den schwankenden Balken stieg, und glitt an ihm vorbei bis zu seinem Gegner, der ihn ruhig, ohne weitere Vorbereitungen erwartete. Und seine Augen ... Es durchfuhr Hela wie ein Schlag: Sie waren tatsächlich geschlitzt wie die ihren. Es war das erste Mal, dass sie jemand anderen ihrer Art sah, von ihrer Mutter abgesehen. Das erste Mal, wenn man von jenem Traum absah, der sie geweckt hatte in der Nacht, als auch Vala mit ihren Dämonen kämpfte. Diese Erkenntnis raubte ihr fast den Atem.

Dennoch waren sie einander nicht ähnlich. Gierig nahm sie jedes Detail auf, voller Erregung, voller Hast auch, da der Kampf bevorstand. Und sie zweifelte nicht daran, wie er enden würde, ja, enden musste. Sollte sie nicht eingreifen und Ragnar um Schonung bitten? Sie konnte doch nicht zulassen, dass der fremde Chinese vor ihren Augen massakriert wurde, noch ehe sie ein Wort mit ihm hatte wechseln können. Ob er die Sprache ihrer Mutter sprach? Vala hatte Hela ein paar der Worte beigebracht, und vielleicht ... All das wirbelte in ihrem Kopf herum. Doch noch ehe sie einen Entschluss fassen und den Mund öffnen konnte, war es bereits vorüber. Hela begriff kaum, wie alles geschehen war.

Ragnar hatte sein Schwert mit beiden Händen erhoben und stürmte auf seinen Gegner zu, dass die Brücke bebte und die Schwingungen allein beinahe ausgereicht hätten, den Alten abzuwerfen. Doch er stand sicher. Als das Schwert über seinem Haupt war, bereit, ihn bis zum Rumpf zu spalten, machte er eine kleine Bewegung, so rasch, dass Hela kaum sagen konnte, was vor sich ging. Doch der Effekt war bemerkenswert. Ragnars Schrei veränderte leicht die Tonlage, während er abhob, flog, in die Horizontale geriet und schließlich in voller Länge im Schlamm aufschlug, mit einem dumpfen Ton, der diejenigen, die ihm nahe standen, veranlasste, mitleidig die Augen zuzukneifen.

Als sie sie wieder öffneten, hatte Hela Ragnars Platz eingenommen. Mit gezogenem Schwert ging sie dem Fremden entgegen. «Aijamike», rief sie, als sie knapp außerhalb der Reichweite seiner Waffe stehen blieb. Es war der Begrüßungsruf beim Volk ihrer Mutter. Der Alte aber antwortete nicht, und die tiefen, ledrigen Falten in seinem Gesicht, die zu einem höflichen Lächeln verzogen waren, zuckten nicht einen Moment. Er versteht mich nicht, dachte Hela, nein, und er ist mir auch nicht ähnlich. Die Männer des Stammes waren nicht so klein und zierlich, Mama hat sie anders beschrieben. Und auch unsere Gesichter unterscheiden sich. Meine Wangenknochen sind viel stärker und meine Stirn nicht so niedrig, mein Gesicht nicht so spitz, nein: Wir beide sind nicht verwandt. Aber das war bereits zweitrangig geworden. Was ihr wahrhaftig den Atem geraubt hatte, das war diese eine, sparsame Bewegung gewesen, mit der der Alte Ragnar die gesamte Wucht seines Angriffs geraubt hatte. Sie hatte Helas Puls so schnell schlagen lassen, dass ihr nun beinahe die Hände zitterten.

Das, genau das war es, wonach sie während der einsamen Übungsstunden in ihrer Scheune gesucht, was sie sich selbst zu erarbeiten versucht hatte: ein Stil des Ausweichens, des Ausnutzens der gegnerischen Kraft, des eleganten Fließens und des Tanzes. Sie hatten sie ausgelacht im Dorf, wie sie diesen Greis hier ausgelacht hatten. Bis sie das Ergebnis sahen. Hela begriff sofort, dass er meisterhaft beherrschte, was sie nur blind und tastend angegangen war. Er war dort, wo sie hinwollte. Nur das hatte in ihren Gedanken Platz.

«Wie habt Ihr das gemacht?», fragte sie, atemlos vor Erregung.

Nun lächelte der Fremde breiter. «Ah, die junge Frau ist eine Lernende?», sagte er, und er verneigte sich mit zusammengefalteten Händen vor ihr. Hela erwiderte die Geste linkisch und hätte beinahe ihr Gleichgewicht verloren. Der Sumpf um sie herum schwappte.

«Du meinst», fuhr er fort, «wie ich *das* gemacht habe?» Und ehe sie es sich versah, kam der Schlamm näher. Kurz bevor ihr Gesicht darin eintauchte, hielt etwas sie zurück, und für einen Moment schwebte sie. Der Alte hielt sie am Kragen und zog sie mühelos wieder auf das Brett, wo sie verdattert vor ihm stand. Nun spürte sie auch den Schmerz, wo seine Klinge sie getroffen hatte. Sie fasste hin, fühlte aber kein Blut. Er musste mit der Breitseite zugeschlagen haben. Wollte er sie schonen oder vorführen? Das sollte ihm nicht gelingen. Voller Entschlossenheit packte sie ihre Waffe fester.

«Oder wie ich *das* gemacht habe?»

Diesmal war Hela vorbereitet. Sie verlagerte das Gewicht, wie sie es unzählige Male auf dem Heuboden geübt hatte, ließ den Gegner ins Leere laufen und schickte sich an, ihn mit einem Stoß des Schwertknaufs in den Rücken weiter in die Richtung zu schicken, in die er sich bereits durch seinen eigenen Schwung bewegte. Dann wollte sie sich spielerisch ihm nachdrehen. Doch sie fühlte ihren Schwertarm gepackt und geriet ins Schwanken. Der Alte seinerseits nutzte ihre Bewegung aus, um sie auszuhebeln. Dann tat er etwas, was Hela ganz und gar verblüffte. Auf ihren Arm und ihre Schulter gestützt, sprang er in die Luft, überschlug sich und landete nach diesem Salto da, wo er vorher gewesen war: nunmehr in ihrem Rücken. Und während sie noch um ihr Gleichgewicht rang, spürte sie den Stoß, der sie wiederum Richtung Schlamm schickte. Wieder hielt seine Hand sie kurz vor dem Aufprall gnädig auf.

«Ja», keuchte sie, als er sie erneut auf die Füße gestellt hatte, «ja! Das meine ich.» Ihre Wangen flammten vor Anstrengung und Begeisterung.

«Dann lerne», sagte der Chinese.

Noch drei Mal griff er sie an. Beim letzten Mal hielt Hela sich beinahe eine Minute, ehe sie erneut ihrem Schicksal ins brackige Auge sah.

Diesmal lächelte der Alte, als er sie wieder in die Senkrechte zog. «Tatsächlich», stellte er fest, «eine Lernende.» Er verneigte sich, und als Hela es ihm nachtat, hörte sie ihn sagen: «Du findest mich im Haus von Sven Gelbbart. In den Morgenstunden. Sie sind für das Training am besten.»

Als sie aufschaute, hatte er sich bereits abgewandt und entfernte sich leichtfüßig wie ein Tänzer auf dem Brett. Das Murmeln in der Menge ringsum wurde leiser. Die Zuschauer begannen, kopfschüttelnd und diskutierend, sich in die umliegenden Gassen zu zerstreuen. Auch Hela kam wieder zu sich. Sie schaute sich um und sah Ragnar, der noch immer in dem Unrat saß und sie anstarrte wie eine Erscheinung. Sie steckte ihr Schwert weg und streckte ihm helfend die Hand entgegen. Ragnar ergriff sie mit einem Ächzen.

«Wie hast du das gemacht?», fragte er, während er sich hochstemmte.

«Du meinst *das*?» Hela wartete, bis er beinahe aufrecht stand, dann gab sie ihm einen Stoß, der ihn schwer auf den Rücken fallen ließ. Es spritzte so heftig, dass einige Kinder kreischend beiseite sprangen. Auch Hela bekam einige braune Tropfen ins Gesicht. Sie wischte sie mit dem Ärmel weg. «Das war für das ‹Schlitzauge›», rief sie, «du dämlicher Bär.» Und damit stolzierte sie fort.

«Götter.» Ragnar stützte sich schwer auf die Schultern seiner Männer. Die Brühe troff aus seinem Fell, als er ihr nachschaute. «Was ist die Frau empfindlich.»

Er prustete und spuckte. «Ein wenig Met könnte ich

jetzt gebrauchen, wahrhaftig», erklärte er und fand Anhänger für diesen Plan.

«Und sie?», fragte einer der Umstehenden mit einer Bewegung des Kinns in Helas Richtung.

Ragnar holte tief Luft. «Du gehst aufs Schiff und bleibst da», brüllte er Hela hinterher. «Hast du mich verstanden?» Sie gab durch nichts zu erkennen, dass sie ihn auch nur gehört hatte.

Ragnar zuckte mit den Schultern. Er hatte das Nötige gesagt, seine Pflicht war erfüllt. Und wirklich, er brauchte dringend seinen Met.

Tanz der Schwerter

Hela benötigte eine Weile, um das Haus Gelbbarts in den Straßen von Haithabu zu finden. Der seltsame Alte hatte ihr keinerlei Wegbeschreibung mitgegeben. Doch erwies sich das zum Glück als unnötig: Jeder schien hier jeden zu kennen, ganz wie in ihrem Dorf daheim, und wen immer Hela fragte, konnte ihr die Richtung weisen, in die sie zu gehen hatte. Einmal bog sie falsch ab, einmal lief sie an der richtigen Toreinfahrt vorüber, bis ein Mädchen, das sie ansprach, sie bei der Hand nahm und direkt an den Eingang führte. Die Tür war nur angelehnt, und Hela trat neugierig ein.

Wieder lag ein Hof vor ihr, wie der der Schmiede an ihrem Ankunftstag. Hier allerdings stieg kein Rauch auf, keine Männerstimmen waren zu hören, alles lag still da. Hela umrundete einen Karren und wollte schon auf die Haustür zugehen, da entdeckte sie ein Gestell, das ihre Aufmerksamkeit fesselte. Sorgfältig in hölzerne Halterungen gelehnt, standen da Schwerter, Stäbe und ihr unbekannte Waffen, klobige Stangen mit Ketten an den Enden, die wiederum kurze Scheite trugen, Speere, mit den üblichen

Spitzen, aber auch stärkere Exemplare, die eiserne Kugeln voller Stacheln als Kopf besaßen. Hela versuchte, eine davon anzuheben, und vermochte es nicht. Es klirrte leise, als sie das Ding zurückstellen wollte. Da ertönte ein Schrei.

Hastig fuhr Hela herum, um gleich darauf erleichtert auszuatmen. Ein Huhn hatte hysterisch gekreischt und kreuzte nun aufgebracht über den Hof, aufgescheucht von einer dicken Frau, die in der Haustür erschienen war. Sie wischte sich die Hände an ihrer Schürze ab und starrte Hela an, ohne etwas zu sagen.

Hela trat einen Schritt von den Waffen weg und grüßte. Sie erhielt keine Erwiderung. «Ich suche den alten Mann», sagte sie und fügte, da sie, wie ihr erst jetzt auffiel, ja nicht einmal seinen Namen kannte, hinzu: «Den, der so gut kämpfen kann.»

Die fremde Frau erwiderte kein Wort. Sie verschwand einfach im Haus. Hela, im Zwiespalt, ob sie ihr folgen oder lieber hier warten und die interessanten Waffen weiter untersuchen solle, zögerte einen Moment. Im Haus blieb es still. Was sollte sie tun, wenn niemand erschien? Einen zweiten Versuch wagen? Er hatte sie immerhin eingeladen! Komm, das hatte er gesagt. Und diese Schwerter hier verrieten, dass er da sein musste. Sie konnte sich nicht im Haus geirrt haben. Verzückt nahm sie eine der Klingen und zog sie aus der Scheide. So etwas hatte sie in ihrem ganzen Leben noch nie gesehen, noch nicht einmal davon erzählen hören. Was für seltsame Zeichen darin eingelassen waren. Und die Troddeln am Griff, rot wie Blut flossen sie über ihre Hand. Und was war das, womit der Griff eingelegt war? Es fühlte sich an wie Stein, grün und milchig. Unter ihren Fingern erwärmte es sich und schien beinahe lebendig zu werden. Hela ließ das Schwert versuchsweise durch die Luft schneiden. Verzückt lauschte sie dem Zischen.

«Ja», flüsterte sie, «sprich mit mir.»

Da fühlte sie einen schmerzhaften Schlag am Ellenbogen. Ihre Finger wurden taub, und das Schwert entglitt ihrem kraftlosen Griff. Ehe es auf dem Boden aufschlagen konnte, hatte der Alte es aufgefangen, der wie aus dem Nichts plötzlich hinter ihr stand. Sorgsam stellte er es zurück an seinen Platz. «Es ist erforderlich, dass man dazu seine Sprache spricht», sagte er ruhig. Dann, als wäre nichts geschehen, verneigte er sich höflich mit vor der Brust zusammengelegten Händen vor ihr.

Ungeschickt erwiderte Hela die Geste. Noch immer schmerzte ihr Ellenbogen, und sie bewegte versuchsweise die Finger, in die das Leben nur langsam zurückkehrte. «Das war unnötig», beschwerte sie sich, «ich wollte nur mal schauen. Ich hätte es nicht ...»

Er schnitt ihr das Wort ab. «Der Kämpfer fragt sich nicht, was sein Gegner will. Er fragt, was er selbst will.»

Hela reckte das Kinn. «Ich weiß genau, was ich will», sagte sie beleidigt. «Ich möchte lernen, so mit Stock und Schwert umzugehen wie Ihr.»

Der Alte neigte den Kopf ein wenig und betrachtete sie eine Weile. «Du bist vom Grasvolk», sagte er dann.

Hela merkte auf. «Ja», antwortete sie hoffnungsvoll. «So hat Mutter unsere Leute genannt. Kennt Ihr sie?» Sie konnte nicht verhindern, dass ihr Herz ein wenig klopfte.

«Nein», sagte der Alte und wandte sich ab. Er nahm sich einen Stock und ging bis zur Mitte des Hofes. Dort machte er eine einladende Geste mit der Hand.

Hela biss sich auf die Lippen, dann aber wählte auch sie einen Stab. Mit schmerzendem Ellenbogen und nicht wenig verwirrt, folgte sie ihm auf den Kampfplatz.

«Pst, da kommt sie.» Ragnar zog seinen Kopf zurück und winkte seinen Männern, sich unauffällig zu verhalten. Diese drapierten sich in Posen aufdringlichen Müßigganges, betrachteten ihre Fingernägel und pfiffen unmelodisch, bis Hela durch die Tür ihres Quartiers getreten war. Dann brandete ihr Gelächter entgegen, Scherzworte wurden ihr zugerufen, doch nach und nach verebbte der fröhliche Lärm, während Hela an ihnen vorbei zum Wassertrog schlurfte. Sie reagierte mit keiner Miene auf den Empfang. Sie hinkte. Schweigend sahen die Wikinger zu, wie sie sich zum Wasser schleppte. Eines ihrer Augen war blau verschwollen, ein Ärmel zerfetzt. Blut rann von ihrem Mundwinkel herunter, schon halb angetrocknet. Als sie ihr Gewand auszog, um sich in einem ärmellosen Wollhemd über den Trog zu neigen und sich Wasser auf Gesicht und Hals zu schütten, wurde ihr Rücken sichtbar, voller Striemen und Prellungen. Man hätte eine Maus laufen hören können.

Da winselte Wolf und trabte zu ihr hinüber. Besorgt stieß er ihr die feuchte Schnauze gegen die Schenkel. Nicht jetzt, dachte Hela, und er verstummte. Sie schob ihn beiseite, wusch sich und ging dann zu dem Kessel, der über dem Feuer hing, stocherte mit dem Löffel, der darin stak, kurz im Inhalt herum, entschied sich aber anders und steuerte ihren Schlafplatz an. Erst als sie die Ledervorhänge zuzog, wurde wieder geflüstert.

Sigurd, der für einige Geschäfte zurückgekommen war, wollte zu ihr eilen. Ragnar hielt ihn zurück. «Ich bring den Kerl um», zischte der junge Mann. Er zitterte vor Erregung am ganzen Körper. «Sie so zuzurichten. Ich werde ...»

«Gar nichts wirst du.» Ragnar schüttelte ihn sanft. «Es ist ihre Entscheidung.» Auch er warf einen Blick auf die Vorhänge, hinter denen es still war. «Sie ist eine Odinstochter», sagte er nach einer Weile. Noch einmal musste er zupacken, als der Jüngere sich von ihm losreißen wollte. «Sie hat es sich ausgesucht», erklärte er, nun eine Spur strenger. «Sie wird es auch aushalten. Verstehen wir uns?» Wolf kehrte auf seinen Schlafplatz zurück und ließ sich mit einem resignierten Schnauben darauf nieder. Ragnar wies mit dem Kinn auf das Tier: «Nimm dir ein Beispiel an ihm», sein eines Auge funkelte, «Sigurd, Flokissohn.»

Der senkte den Blick. Aber nur für kurze Zeit. «Ich ...»

«Verstehen wir uns?», wiederholte Ragnar drohend. Unwillig riss Sigurd sich los. Doch er antwortete nicht. Sein Entschluss stand fest. Er würde Hela die nächste Zeit im Auge behalten. Vigdis war ohnehin vorausgefahren. Sollte sie noch eine Weile auf ihn warten. Wenn sonst keiner sich darum kümmerte, was Hela geschah, würde er es tun. Auf ihn konnte sie sich verlassen.

«Uff!» Hela stöhnte und hob den Stab mit beiden Händen. «Ich brauche eine Pause.» Wie sie es erwartet hatte, erfolgte nach ihren Worten noch eine letzte Attacke, die sie abzuwehren verstand. Grinsend senkte sie die Waffe.

Ihr Lehrmeister rang sich ein anerkennendes Nicken ab. Dann setzten sie sich nebeneinander auf eine Bank an der Sonnenseite des Hofes. Sie blinzelten schweigend ins Licht.

«Du musst», begann er dann, «stärker auf dein Gleichgewicht achten. Ein, zwei Attacken, ein wenig Bedrängnis, und du vergisst, auf welchem Fuß dein Gewicht ruht. Dann stemmst du dich mit beiden Beinen in den Boden und kannst gefällt werden wie ein Ochse.» Seine flache Hand kippte in der Luft und simulierte ihren Sturz.

Hela lachte verlegen. Er ging darüber mit einem Kopfschütteln hinweg. «Du darfst dich nicht aus deinem Rhythmus bringen lassen, darfst nicht vergessen ...»

«... was du willst», ergänzte sie ergeben. Hela seufzte. «Warum ist es immer so wichtig zu wissen, was man will?» Sie sagte es mehr klagend als fragend.

Ihr Lehrmeister lächelte und schwieg.

«Ich weiß doch, was ich will: kämpfen lernen», fuhr Hela fort.

Der Alte ließ sich zu einer Antwort herab. Wie es für ihn

typisch war, kleidete er sie in eine Frage. «War es das, was du wolltest, als du herkamst nach Haithabu?»

Hela überlegte. Dann schüttelte sie den Kopf. «Nein», gestand sie lachend. Wie gut die Sonne doch tat. Sie streckte die Beine aus, rutschte auf der Bank tiefer und legte den Kopf zurück. So, mit geschlossenen Augen, konnte sie beinahe den Schlangenhof vor sich sehen. Wie lange war das her? Ein paar Tage? Und doch schien er ihr eine Welt entfernt.

«Nein», wiederholte sie. «Ich wollte eine Pflugschar kaufen für daheim.» Sie errötete sanft, als sie sich erinnerte, dass sie das immer noch nicht erledigt hatte. «Oh, und ich wollte meinen Onkel suchen, der im Orient war und ...» Sie verstummte, und die Farbe auf ihren Wangen wurde kräftiger. Angesichts dieses Fremden vom anderen Ende der Welt, der so viel gesehen haben musste, kam ihr die Geschichte vom Räuberhauptmann aus Antiochia ein wenig lächerlich vor. Doch dann packte sie der Trotz. Stimmte es etwa nicht? «Er hat alles gesehen, was ich gerne kennen lernen würde», sagte sie, und die Schwärmerei erfasste sie erneut. «Die weite Welt, den Osten ...»

Der Alte hüstelte höflich. «Du bist also hier, um einerseits mit Hilfe für die nächste Ernte heimzukehren», fasste er zusammen, «andererseits suchst du einen Begleiter für eine Reise in die Ferne.»

«Ja, nein, ich ...» Hela geriet ins Stammeln. Dann wurde sie ärgerlich. Wütend funkelte sie den Chinesen an. Ihr Gegenüber blieb so ruhig und unbeteiligt, wie er immer schien. «Ach verdammt», rief sie dann und kapitulierte. «Versteht Ihr das nicht? Mein ganzes Leben lang bin ich mit diesen Geschichten aufgewachsen. Vom Grasvolk und der langen Reise meiner Mutter. Wie sie in Bagdad Sklavin wurde und der Sultan persönlich sie freiließ. Wie sie in Antiochia mit einer Diebesbande lebte und am Schwarzen Meer mit einem Rudel Löwen. Wie sie Konstantinopel sah und die großen Flüsse der Rus, ach!» Mit einer Geste der Vergeblichkeit hob sie die Hände und ließ sie wieder sinken. «Das alles war ein Teil meiner Kindheit, so als wäre es mein eigenes Leben. Aber wenn man es genau betrachtet, stimmt das gar nicht. Denn was habe ich wirklich selbst erlebt? Waldweide. Das Sähen, die Ernte, den Eismarkt. Suppe kochen und Zäune reparieren. Und so soll es in alle Ewigkeit weitergehen. Dabei gehört diese andere Welt doch auch zu mir. Sie ist ein Teil von mir, und ich will sie erleben.» Sie hielt inne und schöpfte Luft. «Versteht Ihr das nicht?»

Zu ihrem Erstaunen lächelte der Alte voll tiefer Befriedigung. Er stemmte die Hände auf die Knie und schickte sich an aufzustehen. «Du bist also hier, um ein ganzer Mensch zu werden», erklärte er. «Sehr gut. Sehr gut.» Er sprach es schon im Fortgehen.

«Ich ...» Hela blieb der Mund offen stehen. «Das habe ich nicht gesagt», rief sie ihm verwirrt nach. Dann erhob sie sich ebenfalls. Das hatte sie doch nicht gesagt, oder? Und was überhaupt meinte er damit. «Und ...»

Sie kam nicht dazu weiterzusprechen. Er warf ihr einen Stock zu, und sie konnte ihn gerade noch auffangen. «Wer sein Leben will, der wird es nicht wegwerfen», verkündete er kategorisch. «Das ist schon ein Anfang.»

Hela musste ihre Fragen hinunterschlucken. Denn es begann der nächste Kampf.

Die versteckte Schmiede

Anderntags wartete sie vergebens im Hof von Gelbbart, den sie noch niemals zu Gesicht bekommen hatte. Der Alte, der sonst immer schon in der Tür zu stehen pflegte, als hätte er ihre leichten Schritte auf dem Lehmboden gehört, ließ heute auf sich warten. Hela beschloss, sich eine

Weile in Geduld zu üben. Es zog sie nichts in das fremde Haus mit der unfreundlichen Frau, die ihr am ersten Tag begegnet war. Sie griff sich einen Stock, ließ ihn durch die Luft zischen, vollführte ein paar Schläge und legte ihn dann zurück. Ihre Finger glitten über die übrigen Waffen. Wieder zog das Schwert sie magisch an. Doch kaum hatte sie danach gegriffen, hörte sie Schritte hinter ihrem Rücken. Schuldbewusst wandte Hela sich um. «Ich ...», setzte sie zu einer Entschuldigung an. Doch der Satz blieb ihr im Halse stecken. Vor ihr stand nicht ihr Lehrer.

Ein unbekannter junger Mann war durch das Hoftor getreten. Sie mochten im selben Alter sein, doch auf gewisse Weise war er ihr genaues Gegenteil. Sein Haar war so blond und lockig, wie ihres glatt und schwarz war. Es leuchtete wie Kornfelder im Herbst, wenn die Nachmittagssonne darauf stand, fand Hela, genauso satt und golden. Seine Augen waren braun, aber nicht nachtdunkel, wie die ihrer Mutter, sondern von einem warmen Bernsteinton, dessen Strahlen ihre Haut sanft überrieselte. Er überragte sie nicht, wie die meisten Männer ihrer Umgebung, ohne dabei klein zu sein. Auch war er schlank und bewegte sich wie ein Tänzer. Doch seine gerade, kühne Nase und das Lächeln um seinen Mund ließen keinen Zweifel an seinem Selbstbewusstsein. Ja, es umgab ihn sogar so etwas wie – Hela konnte es schwer fassen – ein Hauch von Gefährlichkeit, der sie nur noch mehr anzog. Er kam ihr fremdartig vor, und zugleich hatte er etwas an sich, das ihr überaus vertraut anmutete und das Bedürfnis in ihr weckte, in seiner Nähe zu sein.

Erst nach einer Weile wurde Hela bewusst, dass sie ihn anstarrte. Bei Odin, wie schön er war! Er hatte Wimpern, schwarz und lang wie die eines Mädchens, und seine Honigaugen! Dabei blitzte etwas darin, das sie dazu brachte, energisch das Kinn zu recken. Machte er sich etwa über sie lustig? Wie er sie anlächelte. Er sollte nur nicht glauben, dass er sie nicht ernst zu nehmen hatte.

Er nahm ihr das Schwert aus der Hand. Seine Hand, warm und kräftig, streifte kurz die ihre. Hela schauderte zusammen. Sie musste sich ermahnen, nicht vom Leuchten seiner Augen abgelenkt zu werden. Heftig riss sie die Waffe wieder aus seinem Griff. Gleich darauf war ihr das peinlich. «Das ist kein Übungsschwert», brachte sie heraus.

Er zog eine Augenbraue hoch, was seinem Gesicht einen überaus ironischen Zug verlieh. «Ich verstehe.» Er lächelte. «Es muss einem also ernst sein.»

Hela errötete und wusste nicht, warum.

«Wollen wir also?», fragte er und zog ebenfalls seine Waffe. Helas Atem ging schneller. Ohne lange nachzudenken, packte sie das Jadeschwert fester und ging in die Ausgangsposition. Sorgsam beobachtete sie, wie auch er in Stellung ging, ja sie verschlang geradezu jede seiner Bewegungen. Ihr Kämpferhirn registrierte alle nötigen Details, doch darüber hinaus war sie bezaubert von der Eleganz seiner Bewegungen und ihrer tödlichen Effizienz. Nein, er war nicht so groß wie die Wikinger, die sie kannte. Aber es wäre ein gefährlicher Fehler, ihn zu unterschätzen. Er blies eine Locke aus seiner Stirn, als er sich vorneigte. Eine keilförmige Falte über seiner Stirn zeigte seine Konzentration. Hela entging nichts davon, und nichts, was sie sah, minderte ihr Entzücken.

Da kam sein Hieb. Sie parierte ihn mit traumwandlerischer Sicherheit und zog sich wieder zurück, um ihn weiter betrachten zu können. Ein erneuter Angriff; sie kamen einander nahe, bewegten sich wie an unsichtbaren Fäden. Als tanzten wir, fuhr es Hela durch den Sinn. Für einen kurzen Moment stieg ihr sein Geruch in die Nase. Dann lösten sie sich wieder voneinander. Er stürmte vor. Sie bog sich zur Seite, ließ ihn ins Leere laufen, genoss es, die Geschicklichkeit zu sehen, mit der er herumfuhr, schnell wie eine Eidechse, parierte erneut. Sie hörte seinen rauen Atem an ihrem Ohr und erschauerte. Rasch trat sie zurück.

Mit erhobenen Klingen standen sie einander gegenüber, schließlich begannen sie ein vorsichtiges Umkreisen. Die Spitzen ihrer Schwerter wippten, ihre Münder waren geöffnet. Auf seiner Stirn erschien ein Tropfen Schweiß. Da fuhr er mit einer Bewegung vor. Hela hatte es nicht erwartet. Nur mühsam gelang es ihr, den Schlag zu parieren. Fast zu spät hörte sie in ihrem Inneren die Stimme des Meisters: Du achtest nicht auf dein Gleichgewicht. Unbeholfen belastete sie den linken Fuß, schwankte beiseite, fing sich aber und schaffte es, mit einer Drehung in seine Seite zu kommen. Überrascht fuhr er zu ihr herum, als die Spitze ihres Schwertes sacht seine Rippen berührte. Nun war es an ihr zu lächeln.

«Ah, bah!» Die Stimme des Meisters klang böse. Seine weiten Ärmel flatterten, als er über den Hof zu ihnen gelaufen kam.

Wie ertappte Kinder schauten sie zu ihm hinüber. Hela wollte das Jadeschwert rasch in seiner Scheide versenken. Aber der Alte riss es ihr aus der Hand. «Da, da!», rief er verärgert und stocherte damit nach der Seite des jungen Mannes, die noch immer ungedeckt war. «Warum stößt du nicht zu? Bah!», wiederholte er nur lauter, ihren Antwortversuch abwehrend. Schließlich wandte er sich mit verschränkten Armen dem Besucher zu.

Der verneigte sich, ohne dabei die Augen von Hela zu lassen. «Werter Chinamann», begann er nicht ohne leisen Spott. «Ich habe nur mit Eurer Tochter ...»

«Oh, ich bin nicht seine Tochter», fiel Hela hastig ein, «nur seine Schülerin.»

Der Alte hob die Hand, und sie verstummte. Der Fremde lächelte gewinnend. «Das freut mich zu hören. Denn ich habe schon einiges von Eurer Kunst gehört und mich gefragt, ob Ihr sie wohl unterrichten würdet.»

Das Gesicht des Alten blieb verschlossen.

Ratlos ließ der junge Mann seinen Blick herumwandern, ehe er ihn wieder auf den Chinesen richtete. Hela seufzte, als sie ihn sah. Ihr Meister allerdings war ungerührt.

«Ich würde auch gut dafür bezahlen, und ...»

Eine Handbewegung ließ den Fremden innehalten. «Was ...?», wollte er fortfahren.

Der Alte schüttelte den Kopf. «Ich nehme keine Schüler», verkündete er knapp.

«Aber», wandte der andere ein und wies auf Hela, die ebenfalls ratlos schaute. «Hat sie nicht eben gesagt, dass Ihr sie unterrichtet?»

Der Alte winkte ab. «Das ist keine Schülerin. Ist nur ein dummes Wikingermädchen, das alles besser weiß.» Damit steckte er das Schwert nachdrücklich in die Scheide und stellte es an seinen Platz zurück. Hela öffnete den Mund, um zu protestieren. Die Scham darüber, vor dem schönen Fremden so behandelt zu werden, brandete und tobte in ihr. Doch schließlich bezwang sie sich und senkte den Kopf.

«So», hörte sie den Fremden erwidern. «Nun, vielleicht taugt Ihr auch einfach als Lehrer nichts, für dumme Wikinger wie uns.»

Hela wagte einen Blick unter gesenkten Wimpern hervor und sah sein Zwinkern. Angestrengt biss sie sich auf die Lippen, um nicht zu deutlich zu lächeln.

«Was sollte das?», wandte ihr Lehrmeister sich an sie, als der Besucher verschwunden war. «Lässt hier fremde Männer herein, gibst vor ihnen an und schwänzelst mit ihnen herum?» Bei jedem Vorwurf machte er einen Schritt auf sie zu und zwang sie zurückzuweichen, wenn sie nicht angerempelt werden wollte.

«Also!» Die Empörung raubte Hela beinahe den Atem. Sie hatte ihn schließlich nicht hereingelassen, es war ja nicht einmal ihr Haus. Angegeben hatte sie schon gar nicht, und: «Ich habe nicht scharwenzelt», verkündete sie im Brustton der Überzeugung. «Wir haben gekämpft.» Sie stellte sich breitbeinig hin und verschränkte die Arme.

«Gekämpft, so.» Der Ärger ihres Lehrers war noch nicht verraucht. «Das nennst du kämpfen, nach all den Stunden? Soll ich dir zeigen, wie viele Gelegenheiten du ausgelassen hast, ihn zu treffen? Hast nur herumgetanzt und ihn angegafft, ja», bekräftigte er, als er die heftige Röte sah, die in ihre Wangen schoss. «Hier hättest du ihn treffen können und hier, und hier.» Er unterstrich jedes Wort mit einem kräftigen Stoß durch den Stock, den er sich aus der Halterung genommen hatte. Hela rang verbissen darum, ihm zu entkommen, um ebenfalls den Ständer zu erreichen. Schließlich hielt sie einen Stab in Händen.

«Immer nur in Abwehr», fuhr er ungerührt fort und attackierte ihre Position.

«Gar nicht wahr», keuchte sie, blieb aber, wo sie war.

«Hah!» Ein neuer Hieb. «Nur Getänzel, jawohl. Was sollte das vorhin nur, häh? Was wolltest du?»

Hela zögerte einen Moment. Da war sie schon wieder, die lästige, schwer erträgliche Frage. Ein Schrei entrang sich ihrer Kehle, und sie ging zum Angriff über.

Ein paar Stunden später nahm Hela einen Umweg zurück ins Quartier. Dort war alles so eng; die feixenden Männer im Hof ihrer Herberge gingen ihr allmählich auf die Nerven. Ganz Haithabu erschien ihr mittlerweile klein und einengend. Sie wollte hinaus, wenigstens ein paar Stunden, um dem Gestank der Siedlung und ihrem Schmutz entrinnen, um die Sonne, die nun jeden Tag kräftiger schien, im Duft der Felder zu genießen. Und sie wollte einen Platz, um in Ruhe über das Geschehene nachzudenken.

«Was will ich, was will ich», äffte sie ihren Lehrer nach. «Mir nicht immer von anderen vorsagen lassen, was ich zu tun habe, das will ich.» Ihr war, als hörte sie etwas rascheln, und sie fuhr zusammen. Waren das Schritte gewesen? War da jemand, der ihre Selbstgespräche belauschte? Hela verharrte einen Moment, in dem sie jedoch nichts anderes hören konnte als das Zwitschern der Vögel und nichts anderes wahrnehmen als das Sichneigen der Baumwipfel im leichten Wind und den taumelnden Flug der Insekten. Nein, sie war alleine. Sie brach sich einen Haselzweig und köpfte damit ein paar frühe gelbe Blüten, während sie ihre Gedanken fortspann.

War sie deswegen ihrer Mutter entkommen, um sich jetzt hier noch schlimmere Vorschriften machen zu lassen? Sie richtete ein paar weitere Blumen hin. Und was für glänzendes Haar er gehabt hatte. Bestimmt fühlte es sich ganz glatt und weich an. Die Haare der meisten Männer im Dorf waren zottig wie Schafwolle, und sie rochen wenig besser. Der Fremde hatte ganz anders gerochen, samtig und mild, wie ein unbekanntes Gewürz. Wahrhaftig, er hatte gerochen wie nichts, was sie jemals wahrgenommen hatte. So musste der Orient duften, beschloss sie. Ganz genau so. Hela streckte die Arme aus und warf den Kopf zurück. Wie wunderbar die Sonne heute schien. Es war endgültig Frühling geworden. Zu Hause würden sie bald mit der Aussaat beginnen. Sofort mischte sich eine leise Wehmut in ihre Gedanken.

Da hörte sie ein metallisches Klopfen.

Hela schaute sich um. Sie hatte sich unbeabsichtigt dem Palisadenwall Haithabus wieder genähert. Dort war ein Tor, das sie noch nie durchschritten hatte, und davor stand eine kleine Ansammlung Hütten außerhalb der Befestigung. Von einer stieg Rauch auf, und sie glaubte nun auch, den typischen Geruch von Holzkohle und Metall wahrzunehmen. «Eine Schmiede», dachte Hela, und ihr fiel die Pflugschar wieder ein, die sie ihrer Mutter versprochen hatte. Unwillkürlich tastete sie nach dem Beutel mit Schmuck, den sie immer unter der Kleidung um den Hals trug. Ich kann mich ja einmal umsehen, dachte sie. Ich habe es Mutter immerhin versprochen. Auf ein Schwert, wie sie es außerdem suchte, machte ihr die schäbige Hütte wenig Hoffnung. Aber was sollte es. Zu dem Schmied ihrer ersten Begegnung würde sie ganz sicher nicht zurückkehren.

«Hallo?», rief Hela, als sie sich der ersten Behausung näherte. «Hallo, wer ist da?»

Das Hämmern hörte auf. In der einsetzenden Stille betrat sie das Innere der Schmiede, wo die Wärme des Frühlings sich zur Gluthitze steigerte. Im Schatten neben der orangefarbenen Lohe saß der Schmied und schaute ihr ruhig entgegen. Sie grüßte und brachte ihr Anliegen vor. Der Schmied erhob sich. «Draußen», erklärte er und schlurfte an ihr vorbei. «Im Schuppen.» Hela folgte ihm ins Freie. Er hatte ein Tuch dabei und wischte sich damit Schweiß und Ruß vom Gesicht. Unter dem Gewebe konnte sie seine Stimme nur mühsam verstehen. «...kaputt ...», fing sie auf. Dann hob er den Kopf. «Aber sie ist preiswert, und ich könnte sie Euch bis morgen reparieren.»

Er war erneut verstummt, und auch Hela fand keine Erwiderung. Sie standen einander nur gegenüber und starrten sich ins Gesicht. Hela schüttelte den Kopf, das konnte nicht sein. Und doch: Wenn der Ruß nicht wäre und die Müdigkeit, wenn die grauen Strähnen an den Schläfen nicht wären und ein Ausdruck von Resignation, den Eirik niemals besessen hatte, dann stünde hier im hellen Sonnenlicht ihr Vater vor ihr. Vielleicht so, wie ihn ein ungnädiges Schicksal in einigen Jahren hätte aussehen lassen. Doch es waren unzweifelhaft seine Augen, blauer als die Fjorde, und es war dieselbe Art, wie ihm das lange blonde Haar aus der Stirn fiel, die ebenso hoch war. Es war dieselbe Nase, derselbe Mund, der so liebevoll lächeln konnte, es waren dieselben breiten Schultern, an die sie sich immer so gerne gelehnt hatte und von denen sie sich vor allem beschützt gefühlt hatte.

«Vater?», stammelte sie, und Tränen schossen ihr in die Augen.

Der Schmied hob die Hand und wischte sanft einige davon fort. «Ich kenne diese Augen», sagte er nachdenklich.

Hela nickte und umklammerte seine Hand. Seine Worte waren die Bestätigung, die sie gebraucht hatte. «Du bist Helge», stieß sie schluchzend hervor, «Helge, Vaters Bruder. Du musst es sein.»

Er schüttelte den Kopf und wollte sich ihr entziehen, doch sie ließ ihn nicht. Glücklich lächelte sie ihn unter Tränen an. «Aber ja. Ich bin sicher. Ich weiß es doch.»

Er biss sich auf die Lippen und mied ihren strahlenden Blick. Noch immer umgab sie die Stille des friedlichen Frühlingstages.

«So», sagte er nur irgendwann und entzog ihr seine Hand. «Mein Bruder ist also Vater geworden. Seltsam.» Er hustete und überlegte, als wäre er nicht sicher, was als Nächstes zu tun wäre. «Und wie geht es ihm?»

«Er ist tot.» Hela musste neu aufsteigende Tränen hinunterschlucken.

Er stand nur vor ihr und nickte. «So», wiederholte er, als hätte er es im Grunde bereits gewusst. Sein Blick ging in die Ferne, als betrachtete er dort eine lange Reihe von Toten. «Und deine Mutter?»

«Sie lebt, sie ...» – Hela kämpfte mit ihrer Rührung und lächelte – «sie braucht eine Pflugschar.»

«So.»

«Ja», rief Hela mit Emphase. «Ja. Onkel.» Erneut ergriff sie seine Hand. Und da war es endlich, als fiele seine Erstarrung von ihm ab. Zum ersten Mal lächelte er. «Entschuldige», sagte er, «ich bin ein alter Einsiedler geworden. Gäste bin ich nicht gewöhnt. Du musst hungrig sein.»

Hela lachte. «Ich komme nicht gerade direkt vom Schiff», sagte sie, «aber ja, Hunger habe ich. Onkel.» Glücklich wiederholte sie das Wort.

Familienbande

Helge, der Schmied, führte seine Nichte in den Wohnraum, der fast ebenso rußig war wie die Schmiede selbst. Hela erkannte in der Ecke eine Bettstatt, voll gehäuft mit Dingen des täglichen Gebrauchs, Kleidern, Decken, Werkzeug und einem Teller mit eingetrocknetem Essen. Ansonsten gab es noch einen wackligen Tisch mit zwei geflochtenen Hockern, von denen sie sich den stabileren auswählte, um sich vorsichtig darauf niederzulassen.

Helge blies auf die schwache Glut, unbesorgt darum, dass die Asche herumflog. Während Hela sich mit der Hand vor dem Gesicht herumwedelte und höflich ein Husten unterdrückte, schaute sie sich weiter um. Es gab nicht viel zu sehen: ein wenig irdenes Geschirr in einem Regal, eine Kiste, wohl für Mehl. Doch als ihr Blick auf den Boden glitt, bemerkte sie einen leuchtend bunten Teppich, dessen kunstvoll verschlungene Muster das Auge schwindeln machten, bis sich dem geduldigen Betrachter der Anblick eines Paradiesgartens enthüllte. Fasziniert sah Hela Gazellen, die ihre schlanken Hälse zwischen Palmstämmen hindurchbogen, Fontänen inmitten stilisierter Blüten, die sich wie Sterne drehten. Das Stück wirkte neu und kostbar, es passte ganz und gar nicht in die Umgebung, in der es sich befand. Ebenso wenig wie der Lehnstuhl, den sie nun erst bemerkte. Er stand mit dem Rücken zum Raum, achtlos, so als würde er nicht benutzt. Und die Kleider, mit denen er überhäuft war, glichen eher Lumpen. Doch das Holz, das darunter hervorschimmerte, war seidig und fein geschnitzt.

Vorsichtig streckte Hela die Hand aus, um es zu berühren. Etwas dieser Art, da war sie sicher, wuchs nicht in den Wäldern des Nordens. Als sie ihre Finger zurückzog, glaubte sie einen Duft zu riechen, fremd und doch auch bekannt. Wie ein Parfüm klebte er an ihren Fingerspitzen, und sie sog ihn gierig ein.

«Es gibt nur Grütze von gestern», sagte Helge vom Herdfeuer her.

Hela äußerte etwas Zustimmendes und bemühte sich, ihr Lächeln zu bewahren, als er ihr die Schüssel mit dem steifen Brei hinhielt, der nicht warm genug war, sodass das Fett in einer weißlichen Schicht am Rand klebte und sich beim Essen zäh auf die Zunge legte. Verstohlen schnupperte sie noch einmal den Holzduft. Zweifellos gab es im Leben ihres Onkels Geheimnisse, die seine Kochkünste wettmachten. Und sie würde sie erfahren. Ob er all die Kostbarkeiten aus seinem Räuberleben gerettet hatte?

Vorerst war von Kühnheit und Abenteuer wenig zu bemerken. Vor Hela saß ein Mann, mit gebeugtem Rücken, vorzeitig gealtert und ohne Zuversicht im Blick. Sie musste sich immer wieder in Erinnerung rufen, dass Helge der jüngere der beiden Brüder gewesen war, denn im Unterschied zu Eirik, ihrem Vater, wirkte er kraftlos, trotz der Armmuskeln, die sich unter seiner schmutzigen Haut abzeichneten, und trotz des sehnigen Halses. Hela suchte nach etwas, das ihren Eindruck genauer fasste. Mutlos, dachte sie, ja, so sieht er aus. Irgendwie mutlos und – verzagt. Vater ist nie so gewesen, befand sie und lächelte rasch, als er ihren Blick kreuzte, damit er nicht sah, was sie dachte.

«Und du bist also Valas Tochter», begann Helge schließlich die Unterhaltung.

«Hm.» Hela nickte mit vollem Mund.

«Wie alt bist du jetzt?»

Hela nannte ihr Alter. Helge überlegte. «Dann muss sie dich in dem Jahr getragen haben, nachdem ich von zu Hause aufbrach.» Er starrte vor sich hin, als sähe er jene Tage auf dem Schlangenhof vor sich. «Nicht in jenem Sommer, unserem ersten. Und letzten.» Sein Blick wurde nachdenklich. «Das waren Tage.»

Hela lachte pflichtschuldigst. «Mama hat mir davon erzählt», wagte sie dann zu sagen und hoffte, er verstünde die Anspielung auf die Unterredung, die er damals mit Vala über seine Zukunft und seine Räuberbraut geführt hatte.

Aber ihr Onkel nickte nur. «Ich mochte deine Mutter», meinte er und nahm einen weiteren Löffel.

«Na, ich hoffe, du magst sie noch», versuchte Hela zu scherzen.

«Sicher», entgegnete Helge. Es klang alles andere als das. Nicht zum ersten Mal fragte Hela sich, wo er mit seinen Gedanken weilte. Nach einer Weile, in der nur das Schaben ihrer Holzlöffel in den Schalen zu hören war, hielt sie es schließlich nicht mehr aus und platzte heraus: «Mama hat mir erzählt, dass du mit einer Räuberkönigin im Orient gelebt hast.»

Er stand so abrupt auf, dass sie erschrak. Aber so schnell wollte sie nicht klein beigeben. «Sie sagte, die Frau hieß Thebais», schob sie nach.

Helge riss ihr die Schüssel aus der Hand. Eine ganze Weile sah sie nur seinen Rücken, während er vollauf damit beschäftigt schien, die Reste aus ihren Schalen in den Kessel zurückzukratzen. Seine Bewegungen waren wütend und eckig.

Hela wagte einen letzten Versuch. «Was ist aus ihr geworden?», fragte sie sanft.

Helge hielt in seinen Bewegungen inne und hob den Kopf. «Ich habe sie getötet», sagte er dann. Es war eine simple Feststellung.

«Ach», entfuhr es Hela. «Mama meinte, es würde umgekehrt kommen.» Erschrocken schlug sie sich mit der Hand auf den Mund, doch Helge schien es nicht übel zu nehmen. Er lachte sogar; doch es klang bitter.

«Deine Mutter ist eine kluge Frau.» Er wandte sich zu ihr um. «Und sie hat Recht. Thebais hat mich getötet. Ich bin nicht schnell genug gewesen.»

Während Hela ihn noch stirnrunzelnd betrachtete, um über das Gehörte nachzudenken, wandte er sich wieder ab. Hela stand auf und trat an den Kessel. «Was ist passiert?», fragte sie.

Er schüttelte den Kopf. «Das willst du nicht wissen.»

«Aber ganz gewiss.» Hela war empört. Wenn es etwas gab, was sie brennend interessierte, dann war es das.

«So?», fragte Helge. Sein Ton klang böse. Es war das erste Mal, seit sie einander begegnet waren, dass Hela eine Gefühlswallung bei ihm wahrnahm. Doch sie verglomm so rasch wieder, wie sie gekommen war. «Nein», wiederholte er, «du willst nicht hören, wie sie im Streit unser Kind nahm, unser kleines Kind, und drohte, es über die Mauer zu werfen.» Er schüttelte den Kopf, als suche er die Erinnerung zu verscheuchen. «Du willst nicht wissen, wie ich mein Schwert packte und ausholte, wie ich das Kind, triefend von ihrem Blut, aus den Armen des kopflosen Körpers nahm. Niemand will das zu seinen Erinnerungen zählen. Und auch nicht den Gedanken seither, so quälend, dass es besser gewesen wäre, es wäre damals das Kind gestorben.» Er verstummte.

Hela stand mit offenem Mund da. Er hatte Recht, dachte sie. Die Szene stand ihr vor Augen, und es zerriss ihr das Herz. Sie konnte die giftigen Worte hören, die zornverzerrten Gesichter, das Geschrei des Säuglings. Den Hohn der Frau, die noch schrie: ‹Das wagst du nicht›, und das ungläubige Entsetzen in ihrem Gesicht, als sie ihr Sterben begriff. Sie sah den warmen Blutstrahl und den Kopf, der ihr vor die Füße rollte, in den Zügen noch immer den Hass.

Tatsächlich, sie hätte das alles lieber nicht gesehen. All den Schmerz, die Gefühle – es überstieg ihr Vorstellungsvermögen.

Sie taumelte unter dem Gehörten zurück, stieß gegen etwas Hartes, ertastete den großen Holzstuhl und ließ sich auf seine Armlehne sinken. Und dennoch, dachte sie, hätte er lieber sie leben lassen als das Kind. «Du musst sie sehr geliebt haben.» Hela konnte es nur flüstern.

«Hah!», stieß Helge hervor. Dann ließ er ein paar bellende Laute hören, die Gelächter sein mussten, doch sie trieben Hela eine Gänsehaut über den Rücken. Was, fragte sie sich verzweifelt, war so komisch? Oder hatte ihn die Erinnerung wahnsinnig werden lassen?

Helge verstummte rasch wieder. Er wandte sich um und machte ein paar Schritte auf sie zu. Unwillkürlich rutschte Hela tiefer in den Stuhl. Doch was immer er hatte sagen oder tun wollen, er überlegte es sich anders. Mit einem Mal schien er das Möbelstück zu bemerken, in dem sie kauerte. Statt des Ausbruchs, den sie erwartet hatte, stieß er nur leicht mit dem Fuß dagegen.

«Du solltest nicht hier sein», sagte er. Für einen Moment erschien Sorge in seinem Gesicht. Er wirkte nun wieder wie ein alter, ein wenig ängstlicher Mann, und ihr Mitgefühl kehrte zurück. «Nein wirklich, das solltest du besser nicht.» In seiner Stimme schwang eine hektische Furcht mit, doch er blieb stehen, wo er war, als fiele ihm nicht ein, was als Nächstes zu tun wäre. Und im folgenden Augenblick schon schien er auch seine Furcht wieder vergessen zu haben. Mit einem Schulterzucken ließ er sich auf seinem Hocker nieder und verbarg erschöpft das Gesicht in den Händen.

Hela wagte es, sich hinüberzuneigen und ihm einen Arm um die Schultern zu legen. «Du aber auch nicht», sagte sie. «In dieser Hütte, ganz allein.» Sie holte tief Luft. «Eigentlich bin ich ja hier, um dich nach Hause zu holen.» Die Worte erschienen ihr wahr in dem Moment, als sie sie aussprach.

Helge zuckte kurz zusammen, aber sie konnte die Geste nicht deuten. «Komm mit mir», wiederholte sie werbend, «komm heim.»

«Heim», wiederholte er, als lausche er dem Wort nach.

«Ja, heim», bekräftigte Hela.

Helge schüttelte den Kopf. «Ich weiß nicht», sagte er, und dann noch einmal versuchsweise: «Heim.»

Hela wartete mit angehaltenem Atem. Doch es kam nur ein erneutes Kopfschütteln. «Ich bin tot.»

«Das ist nicht wahr», protestierte Hela heftig. Dann besann sie sich und versuchte es mit einem Witz: «Zumindest kochst du wie ein Toter. Bei Mama würde es besser schmecken.»

Er erwiderte ihr Lächeln nicht.

«Und wir brauchen dich so, bitte.» Hela ergriff seine Hand, die schlaff in der ihren liegen blieb.

«Nein. Ja. Ich weiß nicht.»

«Heda, Schmied!» Sie wurden von einer Stimme draußen auf dem Hof unterbrochen. Helge stand mit einem Seufzer auf, strich sich über den Schurz und schlurfte hinaus. Hela hörte, wie draußen ein Mann nach seinem Werkstück fragte. Er klang laut und respektlos und schimpfte, dass es noch nicht fertig sei. «Nichts kann man dir überlassen, du fauler Hund. Hast du je im Leben mal was zu Ende gebracht?»

Empört lauschte sie der Tirade, die gar kein Ende nehmen wollte und auf die Helge nicht das Geringste zu seiner Verteidigung zu erwidern schien. Hatte er denn überhaupt keinen Stolz? Schon war sie versucht hinauszugehen, um dem Unbekannten ihrerseits kräftig die Meinung zu sagen, da verdunkelte sich das Viereck der Tür.

«Tja, ja», sagte eine Stimme voller Ironie, «so ist er, mein Vater: Nie wird etwas fertig. Wartest du auch noch auf eine Arbeit?»

Hela erhob sich und trat näher an das Tageslicht. Sie hatte ihn schon erkannt, als nur sein Schattenriss zu sehen war, an der Lässigkeit seiner Haltung und dem goldenen Dunst, den die Sonne um sein Haar gelegt hatte. Sie musste sich räuspern, ehe es ihr gelang, einen Ton herauszubringen. «Helge ist dein Vater?», fragte sie.

Helge und Goldar

Nun erkannte auch er sie. Zu ihrer tiefen Befriedigung stellte Hela fest, dass es ihm keineswegs egal war, sie wiederzusehen. Seine ganze Gestalt straffte sich, und er wischte sich die Haare aus der Stirn, ehe er sagte: «Ja, so ist es wohl. Und wer will das wissen, schöne Fremde?»

«Er ist mein Onkel», erwiderte sie eifrig, «der Bruder meines Vaters Eirik.» Erwartungsvoll lächelte sie ihn an. Er trat einen Schritt näher, dann noch einen. So dicht stand er vor ihr, dass sie seinen Duft wieder wahrnehmen konnte; es war der des fremdartigen Holzes. «Ich heiße Hela», fügte sie noch hinzu, als mache sie ihm ein Geschenk.

Einen bangen Moment lang sagte er gar nichts. Doch in seinen Augen tanzten Funken, die Hela hoffnungsvoll und ängstlich zugleich machten. Was hatte er vor, was würde er als Nächstes tun? Sie konnte es nicht sagen. Er war fremdartig und unberechenbar für sie. Und beides war gleichermaßen faszinierend.

Noch immer stand er da und berührte sie nicht. Das war auch nicht nötig, seine Augen hielten sie völlig gefangen. «Wusstest du», sagte er dann leise, «dass in den alten Zeiten Cousin und Cousine als einander fest versprochen galten?»

Hela schnappte nach Luft. Er fasste ihr Kinn. «Du gehörst also mir», murmelte er und näherte seinen Mund dem ihren. «Vom Schicksal bestimmt.» Sie spürte seinen warmen Hauch bereits auf ihren Lippen.

Da wurde Helges Schlurfen hörbar. Sein Schatten verdunkelte die Tür. «Goldar», schnaufte er.

Widerstrebend richtete der Junge sich wieder auf. «Na Vater», fragte er, ohne sich umzuwenden oder Hela loszulassen. «Hast du dir wieder angehört, was du für einer bist?» Sein Ton war hart. Verlegen trat Hela von ihm fort. Er warf sich mit Schwung in den Lehnstuhl, der leise knarzte.

Goldar tätschelte die Lehne. «Da hast du mein Geschenk also hingestellt, das gute Stück.» Verächtlich schaute er sich um. «Ein Juwel in einem Misthaufen.»

Helge stellte sich vor ihn hin. «Du solltest gehen, Goldar», sagte er.

Sein Sohn antwortete nicht.

«Gehen und uns in Ruhe lassen.»

Noch immer erfolgte keine Reaktion. Goldar fläzte sich in dem Stuhl und ließ die Beine baumeln. Helge schien ein wenig kleiner zu werden. Einen Moment stand er noch da, dann wandte er sich unverrichteter Dinge ab. «Ist ja auch egal», murmelte er.

«Wo willst du hin, Onkel?», fragte Hela.

Er antwortete über die Schulter. «Muss noch etwas arbeiten.»

Goldar erhob die Stimme. «Du bist ein Sklave, Vater!», rief er ihm nach. «Ein Sklave aus freien Stücken.» Er erhielt keine Antwort.

«Aber du bist keiner?», fragte Hela nach einer kurzen Weile des Schweigens, um die Stille zu unterbrechen.

«Niemand sollte sich damit zufrieden geben», antwortete er.

Helas Augen leuchteten. «Das sagt meine Mutter auch.»

Goldar wandte sich ihr voll zu. «Ich bin Kapitän», sagte er. «Ich bin der Herr meines Schiffes, meiner Mannschaft und meiner Pläne.»

«Wirklich?», fragte Hela. Ihr Herz klopfte. Das klang nach allem, was sie sich immer gewünscht hatte. «Handelt ihr?»

Er zeigte in einem Grinsen die Zähne. «Wenn es sein muss», meinte er, «handeln wir schnell und entschlossen.»

Etwas unsicher stimmte Hela in sein Gelächter ein, aber er gefiel ihr, bei Odin, er gefiel ihr so gut, dass sie es ihm besser nicht so deutlich zeigte. Sonst glaubte er noch, sie gehörte ihm wirklich. Dabei war etwas an diesem Gedanken, dass sie vom Schicksal füreinander bestimmt seien, das ihr überaus zusagte und ihr Herz dazu brachte, schnell und wild zu klopfen. Hieß es nicht, dass auch er ihr gehörte, ihr allein?

«Das ist ein schöner Stuhl», sagte sie, um etwas zu sagen. «Er duftet.» Sie verkniff es sich gerade noch zu sagen: wie du.

«Es ist Sandelholz.» Er schwieg. «Und der Teppich ist aus Seide. Ich habe ihn in Konstantinopel erworben.»

«Konstantinopel», entfuhr es ihr.

«Kennst du die Stadt?»

Ja, hätte sie beinahe ausgerufen, doch dann besann sie sich und schüttelte den Kopf. «Nein. Aber meine Mutter war einmal da. Vor meiner Geburt.»

«Möchtest du es sehen?», fragte er.

Helas Augen leuchteten bei dieser Frage. Und ob sie wollte.

Er ließ ihr keine Zeit für eine Antwort. «Möchtest du dir mein Schiff einmal anschauen?»

Hela nickte. «Oh ja, ich meine, gerne. Ist es das große Drachenboot, das gestern kam?»

Er lachte, als er aufstand. «Ein Drachenboot? Nein», meinte er verächtlich, dann aber kam auch in seine Augen Glanz. «Es ist ein Segler mit hohen Bordwänden. Ich habe ihn afrikanischen Piraten abgenommen, letztes Jahr, nicht weit von Zypern. Es ist nicht groß, hat aber Decks und Laderäume, wie ein Haus auf dem Meer, du wirst sehen.» Seine Begeisterung war aufrichtig und so greifbar, dass sie sich auf Hela übertrug. «Es ist meine Heimat», sagte er.

Hela nickte. Die Worte ‹Zypern›, ‹Afrika›, ‹Piraten› tanzten in ihrem Kopf.

Wieder stand er ganz dicht bei ihr. «Sei heute Abend am Hafen.»

«Mal sehen», schaffte sie es hervorzustoßen. Sollte er nur nicht glauben, er hätte sie schon völlig gewonnen. Doch unwillkürlich hob sie das Gesicht, in Erwartung seines Kusses. Goldar lächelte auf ihre unbewusst erwartungsvolle Miene hinab. Mit einem Mal aber löste er sich von ihr. Ehe sie es recht begriff, stand er bereits an der Tür. «Ich erwarte dich, Cousine», waren seine letzten Worte.

Hela fühlte sich, als hätte sie eben erst die Planken eines Schiffes verlassen. Unsicher und schwindelig suchte sie sich ihren Weg. So vieles war auf einmal auf sie eingestürmt. Und die Begegnung mit Goldar hatte ihr das Gefühl gegeben, als wäre ihr der Boden unter den Füßen weggezogen worden. «Du gehörst mir.» Allein bei der Erinnerung an diese Worte geriet ihr ganzer Körper in Aufruhr.

Sigurd bemerkte sie erst, als er an ihre Seite trat. Fast hätte sie ihn angerempelt.

«Was wolltest du bei denen?», fragte er barsch.

Erstaunt blinzelte Hela ihn an. «Was geht es dich an?», gab sie zurück. Dann schaute sie sich um. Sie befanden sich noch immer auf freiem Feld, fern der vertrauten Wege. Und ihr ging auf, dass ihn wohl kaum der Zufall hergeführt haben konnte. «Sag mal, spionierst du mir nach?», fragte sie. Das Rascheln fiel ihr ein, das sie auf dem Herweg verunsichert hatte, so als schliche jemand in ihrer Nähe. Vermutlich war er schon seit Tagen so hinter ihr her. «Das darf doch nicht wahr sein!» Sie verdrehte die Augen und hob theatralisch die Hände.

Sigurd packte sie am Arm. «Was hast du da drin gemacht?»

Ärgerlich riss Hela sich los. «Wenn du es genau wissen willst, es sind Verwandte von mir.»

Jetzt war es an Sigurd, misstrauisch zu zwinkern. «Verwandte?», fragte er. «Aber du hast doch gar keine.» Sein Ton verriet klar, dass er ihr nicht glaubte.

«Ach», schnappte Hela. «Ja, wenn du da so sicher bist.» Voll Triumphgefühl genoss sie sein beleidigtes Schweigen.

Doch Sigurd hielt es nicht lange aus. «Nun sag», verlangte er.

Aber Hela war nicht versöhnt. «Wozu? Du bist doch derjenige, der alles über mich weiß. Wo ich hingehe, was ich treibe. Wie ich küsse.» Sie gab ihm einen Stoß, dass er von ihrer Seite taumelte. «Vergiss es. Verzieh dich zu deiner Vigdis. Dich braucht kein Mensch.»

«Na warte …», knurrte Sigurd. Aber die Drohung war halbherzig.

Hela wartete nicht, sondern ging zügig weiter, Zorn und Befriedigung im Herzen. Und sollte sie jemals Zweifel gehabt haben, ob sie an diesem Abend zum Hafen gehen würde, so waren sie nun verflogen.

Doch als sie zurück ins Quartier kam, musste sie feststellen, dass Sigurd bereits mit Ragnar gesprochen hatte. Der einäugige Hüne erwartete sie und nahm sie ins Kreuzverhör. Hela gab sich spröde, aber sachlich. Mit einem schadenfrohen Blick auf Sigurd klärte sie den Bruder des Dorfvorstehers darüber auf, dass sie ihren Onkel Helge wiedergefunden hatte.

«Helge!» Ragnar erinnerte sich noch gut an den schlaksigen Jungen, der vor so vielen Sommern auf Kaperfahrt gegangen war.

«Wir dachten, er wäre umgekommen», meinte er nachdenklich.

«Oh nein.» Hela erzählte von seinem Schicksal, so viel ihr passend erschien. Manches erfand sie um der Wirkung willen. Sie war sich sicher, dass Helges tatsächliches Leben jede Erfindung noch bei weitem schlug.

«Und er hat vor, wieder nach Hause zu kommen?», erkundigte Ragnar sich und kratzte sich am Bart. Für ihn war das die eigentliche Nachricht. Verwandtschaftliche

Bindungen waren wichtig, sie waren das entscheidende Netz, das eine Gemeinschaft verband. Wenn es einen Erben für den Schlangenhof gab, konnte dies das ganze Dorf beeinflussen. Er wusste noch nicht, ob zum Guten oder zum Schlechten.

Hela nickte, zum ersten Mal ein wenig zögernd. Tatsächlich war Helges Reaktion bislang nicht sehr ermutigend gewesen; ihm fehlte einfach der Schwung. Aber dann überwand sie ihre Zweifel. Sie würde ihn schon überreden. Er hatte viel erlebt, das war alles, das würde schon werden. «Ja», sagte sie fest. Und dann fiel ihr ein, was für ihn sprechen könnte. «Sein Sohn, Goldar, hat ein eigenes Schiff. Er bringt damit Schätze nach Hause.» Sie dachte an den Stuhl und den Teppich.

«Schätze, pah», wagte Sigurd einzuwerfen. Und an Ragnar gewandt, fügte er hinzu: «Eine elende Hütte ist es, der Hof voller Dreck, ungepflegt.»

Hela warf ihm einen vernichtenden Blick zu. «Und er hat einen richtigen Segler, nicht nur so ein Drachenschiff ...»

Ragnar wischte das mit einer Handbewegung beiseite. Aus seiner Sicht gab es nichts gegen Drachenschiffe einzuwenden. Sie waren das Salz der Erde, und alles andere kindisches Gerede. Dennoch war die Geschichte interessant. Interessant und vielleicht wichtig. Er seufzte und wünschte, er hätte einen Kopf zum Denken. «Ich werde mit dem Vater reden», entschied er dann. So war es sicher richtig. Gardar hätte es genauso gemacht. «Morgen?», fragte er Hela, die nickte und ging, um mit Wolf zu spielen, der sie begeistert empfing.

Nach einer Weile bemerkte Ragnar, dass Sigurd immer noch vor ihm stand. Er begriff, der Junge wollte Lob und Bestätigung. «Solltest du nicht langsam zu deiner Frau gehen?», fragte er brummig.

Sigurd wurde rot, doch er blieb. Schließlich nickte Ragnar. Es war das Äußerste an Zustimmung zu Sigurds Verhalten, das er sich abringen konnte. Und beide wussten, der Junge würde morgen mitgehen zu dem Treffen. Mit beschwingten Schritten ging er zur Feuerstelle hinüber.

Blaue Nacht am Hafen

«Wo...», fuhr Sigurd auf, als Hela sich in der Dämmerung anschickte, mit Wolf gemeinsam aufzubrechen. Da traf ihn Ragnars Ellenbogen in die Seite, und er verstummte.

Hela hatte es trotzdem bemerkt. Sie wandte sich zu ihm um. «Ich kann ihn sein Geschäft auch auf deinen Schlaffellen verrichten lassen», sagte sie und nickte beifällig zu dem einsetzenden Gelächter der anderen. Als sie ging, hörte sie, wie einer zu seinem Instrument griff.

«Im Fell mit einem Hundeschiss,
 schläft es sich schlecht, das ist gewiss.»

Der Applaus ermunterte den Sänger zu weiteren Strophen, in die der Chor einfiel, dessen Stimmen schwächer werdend hinter Hela zurückblieben. Draußen war es ruhiger, nur wenige Gestalten trugen hier und da unruhig blakende Fackeln durch die Straßen. Hela ging aufrecht und mied ihren Blick. Sie suchte sich ihren Weg durch den herumliegenden Unrat, der im zitternden Licht der Sterne zu bloßen Umrissen geworden war. Die noch immer stechend kalte Nachtluft hatte den Gestank des Tages beinahe besiegt. Aber das Meer roch sie schon von weitem.

Hela liebte das Aroma aus Salz, Muscheln und Tang, dazu das brandende, brausende Geräusch der Wellen, die gegen die hölzernen Kais schlugen. Goldars Schiff war leicht zu finden, selbst im Dunkeln. Es überragte mit seinen Bordwänden die umliegenden Drachenschiffe um ein Vielfaches. Wie eine große Truhe lag es da mit seinem hohen Deck, eine Schatulle, die Geheimnisvolles barg.

Hela schaute hinauf und überlegte, ob sie rufen sollte, als Wolf an ihrer Seite heftig zu knurren begann. Sie legte die Hand auf seinen Nacken und spürte das gesträubte Fell. Mit der Rechten griff sie nach ihrer Waffe, während ihre Augen die Dunkelheit zu durchdringen suchten.

«Hast du dir einen Beschützer mitgebracht?» Die wohlbekannte Stimme brachte die Nachtluft zum Vibrieren. Hela steckte ihr Schwert wieder weg.

«Er ist ein Freund», erklärte sie und suchte Wolf zu signalisieren, dass er sich entspannen könne. Dabei zitterte ihre Hand jetzt erst recht. Das Tier knurrte weiter, nun in einer tieferen Tonlage.

«Dein Freund vielleicht», sagte Goldar und blieb stehen, wo er war. «Sicher nicht der meine.»

«Oh, das ist nur ... still, Wolf», zischte sie dann böse. Der Hund verstummte, aber sie konnte spüren, dass er den Kopf weiterhin misstrauisch gesenkt hielt. Seine weißen Zähne leuchteten im Dunkeln unter den zurückgezogenen Lefzen. Sie gab ihm einen schmerzhaften Schlag auf die Schnauze; da endlich legte er sich hin.

«Das also ist dein Schiff», sagte sie dann, um über den angespannten Moment hinwegzukommen.

«Ja», bestätigte Goldar, mit Stolz in der Stimme. «Die Bajadere.»

«Was ist eine Bajadere?», fragte Hela. Sie hatte Mühe, das Wort richtig auszusprechen. Dabei trat sie unwillkürlich einen Schritt auf ihn zu.

Goldar ergriff ihre Hand. «Das ist eine Frau, die einem Mann den Verstand raubt.»

«Oh», sagte Hela. Sie fühlte sich mit einem Ruck gezogen, sodass sie gegen seine Brust fiel. Dort hielt er sie mit großen, warmen Händen, die hoch zu ihrem Gesicht wanderten, es erkundeten, als wollten sie sich seiner vergewissern, ihr Haar zurückstrichen und liebkosten und ihren Nacken fanden. Ein Prickeln ging von dort aus, das ihren Rücken hinauf- und hinunterwanderte und ihre Knie weich werden ließ.

«Ach», seufzte sie, ohne es zu bemerken. Von ihr aus hätte all das niemals aufzuhören brauchen. Ohne Scham und ohne nachzudenken, lehnte sie sich gegen ihn und überließ sich seinen Liebkosungen. Erneut fasste seine Hand ihr Kinn und hob es an. Wieder kam sie ihm mehr als willig entgegen. Und diesmal fanden ihre Lippen einander. Da begriff Hela, dass das Schmusen mit Sigurd im Schuppen damals nichts gewesen war. Läppische Kinderspiele, so wie ein Haufen Ästchen, der ein Lagerfeuer darstellen sollte, aber keine Vorstellung von echtem Feuer vermittelte. Nun aber brannte Hela, sie brannte lichterloh.

Da war nichts von der hektischen Unsicherheit von damals, als ihre Münder wie zwei kühle, feuchte Fremdkörper aufeinander geprallt waren, unsicher, was sie voneinander wollten. Kein Abschlecken, wie von einem Hund, das sie hatte kichern und sich verstohlen über den Mund fahren lassen. Und wenn sie ehrlich gewesen war, hatte sie es doch eher unangenehm gefunden, aufregend nur, weil es verboten schien.

Wie anders war es jetzt. Goldars Mund lag warm auf ihrem, und das Öffnen der Lippen war wie ein Verschmelzen, ein Ineinanderglühen, das ihr gar nicht mehr Abstand genug ließ zu überlegen, was dort geschah. Der Raum um Hela verschwand, sie fühlte sich schwebend und aufgehoben zugleich. Fast wäre sie gestürzt, als er sie endlich losließ. Nein, hiervon hatte sie keine Ahnung gehabt! Wie ein Kind streckte sie die Hände nach ihm aus, ließ sich an ihn ziehen und dachte nur: mehr!

Dann knurrte Wolf erneut. Hela hob schon die Stimme, um ihn zur Ordnung zu rufen, da drückte er sich gegen ihr Bein. Seine Schnauze zeigte in die Dunkelheit hinter ihr, und sie fühlte, seine Aufmerksamkeit war auf etwas gerichtet, was sich hinter ihnen befand.

«Wir sind nicht allein», flüsterte sie Goldar zu.

Der zog sie an sich und starrte über ihren Scheitel hinweg in die Nacht, die nichts von ihrem Geheimnis preisgab. «Vielleicht sollten wir wohin gehen, wo wir es sind», schlug er dann vor. «Denn ich möchte …» Er verstummte und ließ stattdessen seine Hände sprechen, die ihre Schultern kneteten, um dann tiefer zu wandern und wie beiläufig über dem Stoff die Seiten ihrer Brüste zu berühren, was Hela wie ein Schlag durchfuhr. Noch nie war sie dort angefasst worden.

«Noch einmal?», flüsterte er an ihrem Ohr.

«Ja», keuchte sie, sie konnte kaum sprechen. Und als seine Finger über die aufgerichteten Knospen ihrer Brüste strichen, stöhnte sie.

«Dann komm.» Goldar fasste sie unter und schob sie auf das Schiff zu. Sie kamen nicht weit, denn ein Schatten löste sich aus der Dunkelheit und stellte sich ihnen in den Weg. Es war Sigurd.

«Ach, du bist es.» Die Erleichterung in Helas Stimme war herablassend genug.

Sigurd richtete sich ein Stück weiter auf. Er war größer als sein Kontrahent, und das gab ihm Sicherheit. «Was machst du hier», verlangte er mit vor Erregung zitternder Stimme zu wissen. Dabei warf er Goldar wütende Blicke zu.

Der antwortete, ehe Hela dazu kam. «Nichts, was dich etwas anginge, mein Freund.» Seine Stimme klang tief und verbindlich.

Hela drückte ihm inbrünstig die Hand. «Genau», stimmte sie zu. «Geh zurück zu den anderen, Sigurd.»

Der stellte sich noch ein wenig breitbeiniger hin. «Nur wenn du mitkommst.»

Hela schnappte nach Luft. Allerdings kam sie nicht mehr dazu, etwas zu sagen. Goldar schob sie sanft, aber bestimmt beiseite und trat Sigurd entgegen. «Du hast es gehört», sagte er, schon ein wenig drohender.

In Sigurd arbeitete es. «Du hast sie angefasst», sagte er. Goldar lachte.

«Du hast sie angefasst.» Mehr brachte Sigurd nicht heraus. Er dachte daran, wie er selbst Hela geküsst hatte, damals, an die Aufregung, das seltsame Gefühl, das sie in ihm erregt hatte, den Teufel, der ihn ritt, sie zu ärgern, weil er sich gar so überwältigt gefühlt hatte. Dann war alles schief gelaufen. Dabei gehörte er doch nur zu ihr, immer schon, das war sein Schicksal, und er wusste es, fühlte es zutiefst. Schon sein Vater hatte ihre Mutter begehrt. Und wenn nicht alles so gründlich durcheinander geraten wäre ... Aber es war nicht zu spät. «Du wirst sie nicht noch einmal berühren.» Es war ihm ernst. Er konnte es ertragen, wenn Hela ihn schlug, ihn verspottete, wenn sie ihn mied. Aber das ertrug er nicht.

Goldar verschränkte die Arme. «Und wenn doch?», fragte er aufreizend. «Denn mit Verlaub, genau das habe ich vor.» Er streckte sich und betrachtete befriedigt seine Hände, die eine obszöne Geste andeuteten.

Mit einem Wutschrei stürzte Sigurd sich auf ihn.

«Nein», schrie Hela, doch sie hatte alle Hände voll zu tun, Wolf zu bändigen, der sich auf die ineinander verkeilten Männer stürzen wollte. Es dauerte einen Moment, ehe sie sich genug gesammelt hatte, um ihm einen gedachten Befehl zu senden. Die Arme um seinen Hals geschlungen, schaute sie dann auf. Sie hörte die Kämpfenden mehr, als dass sie sie sah, ein schnaufendes, ächzendes dunkles Bündel, das über den Boden rollte und sich mit aller Kraft bemühte, einander an die Gurgel zu gehen. Die Worte, mit äußerster Anstrengung hervorgestoßen: «Ich – bring – dich um.» Sie war nicht sicher, wer sie ausgesprochen hatte. Dann stach ein Arm hoch. Hela wusste nicht, wem er gehörte, doch sie sah den Dolch im Sternenlicht blitzen. Ohne lange nachzudenken, holte sie mit dem Fuß aus und trat dagegen. Die Waffe flog durch die Luft, sie hörte den Aufschlag im Wasser und einen Fluch.

Da tauchte Sigurd hoch, die Hände an der Gurgel seines Gegners, den er schüttelte wie eine Lumpenpuppe. Goldars Faust schoss vor und ließ Blut aufspritzen, als er Sigurd die Nase brach, aber der ließ nicht für einen Augenblick locker. Die Gegenwehr seines Opfers wurde immer zielloser, seine Finger krallten in Sigurds Gesicht, glitten dann ab; seine Beine zuckten. In Hela stieg Angst auf.

«Lass ihn», schrie sie. Sie stürzte sich auf Sigurd und umschlang seinen Oberkörper. «Lass ihn los, in Odins Namen.» Nie hätte sie gedacht, dass er solche Kräfte entwickeln könnte. Er knurrte wie ein Tier. Auf einmal zuckte er zusammen. Hela spürte, wie es ihn durchfuhr, fühlte, wie er in ihren Armen erbebte, ja, er zitterte wie im Fieberfrost. Erschrocken ließ sie ihn los. Da fiel er hintenüber, mit aufgerissenen Augen. Seine Hände waren um das Messer gekrampft, das in seinem Leib steckte.

«Sigurd?» Hela packte ihn bei den Schultern. Doch da wurde er schlaff, seine Kinnlade klappte herunter. Sie kroch von ihm weg, starrte ihn an. Da lag er nun, völlig bewegungslos. «Du hast ihn getötet, Goldar.» Sie konnte nur flüstern.

Statt einer Antwort stöhnte Goldar auf. Er versuchte, sich zum Sitzen aufzurichten, fiel aber wieder zurück und fasste sich an den Hals. Sofort wandte Helas Besorgnis sich ihm zu. Sie robbte hinüber und neigte sich über ihn. «Was ist mit dir?»

Sein Mund arbeitete einige Male, ohne dass ein artikulierter Laut herauskam. Dann hustete er. «Der verdammte Mistkerl.» Es war mehr ein heiseres Keuchen. «Wollte mich tatsächlich umbringen.» Er lächelte sie verzerrt an. «Er weiß, dass du es wert bist.»

«Sag so was nicht.» Sie drückte ihn an sich. Dann kamen ihr die Tränen. Tausend Gedanken auf einmal drangen auf sie ein. Vigdis, die ein Kind trug, Floki, der sanfte, immer versöhnliche Floki, Ragnar und die anderen. Ihre eigenen Spöttereien gegen Sigurd fielen ihr ein, und die wachsende Scham darüber drohte ihre ganze Wut aufzufressen und ließ sie schluchzen. Aber verdammt, er war ein verheirateter Mann gewesen. Was hatte er ihr auch nachzusteigen! Er hatte hier nicht das Geringste zu suchen gehabt. Und dann die eine Überlegung, die alle anderen verdrängte: Sigurds Sippe, sie würde Blutrache verlangen.

Goldar machte sich aus ihrem Griff los und richtete sich auf. Vorsichtig tastete er seine Gliedmaßen ab, seine Beweglichkeit kam langsam zurück, die schwarzen Kreise vor seinen Augen verschwanden; die Welt hörte auf zu wanken. Er kam zum Stehen. Mit fester werdenden Schritten ging er zu dem Toten hinüber und zog sein Messer heraus. Er stöhnte, als er sich bückte, tastete seine Rippen ab und fühlte Feuchtigkeit. Der verfluchte Hund hatte ihn doch in der Seite erwischt.

Starr vor Entsetzen sah Hela auf den kleinen Blutstrom, der der Wunde entwich und Sigurds Kleider dunkel färbte. Die Kälte des Bodens kroch fröstelnd in ihr hinauf. «Sie werden dich töten», sagte sie.

Goldar untersuchte die Klinge und wischte sie an Sigurds Schenkel ab. Hela wandte den Kopf fort. Goldar schniefte; er schmeckte Blut.

«Ach was», meinte er. «Ich werde das Geld bezahlen.»

Hela schüttelte den Kopf. «Darauf wird sie sich nicht einlassen. Vigdis, seine Frau, meine ich. Sie wird kein Blutgeld akzeptieren. Sein Vater ja. Aber Vigdis niemals. Sie hasst mich.» Hela ließ die Schultern sinken.

Goldar trat zu ihr und umarmte sie. «Niemand, der bei Verstand ist, könnte das», murmelte er in ihr Haar.

Hela blieb steif unter seiner Berührung. «Du musst fort», sagte sie, und die Erkenntnis überwältigte sie schier. Tränen stürzten aus ihren Augen. Fassungslos schüttelte sie den Kopf. «Du musst dich retten, musst gehen. Du wirst für immer fort sein.» Mit einem Aufschrei sank sie dann an seinen Hals und klammerte sich an ihn.

Goldar presste sie an sich. «Dann komm mit mir», sagte er werbend.

Hela starrte ihn an. Es dauerte eine Weile, bis sie begriff. «Aber …» Helge fiel ihr ein, Ragnar und ihr Lehrmeister. Der alte Chinese. Sie sagte es ratlos. In ihrem Kopf wirbelte so vieles durcheinander.

Goldar lachte leise. «Zum Teufel mit ihm. Soll er jemand anderen herumstoßen.»

Hela zwang sich zu einem Lächeln. Dann durchfuhr sie der nächste Gedanke: ihre Mutter. Wie hatte sie sie nur vergessen können? Vala wartete doch zu Hause. Auf die Pflugschar und auf ihre Hilfe.

Aber Mutter hat es gewusst, dachte sie im selben Moment. Sie hat es zumindest geahnt. Eines ihrer letzten Gespräche fiel ihr wieder ein, wie sie darüber gestritten hatten, ob Hela heiraten solle oder nicht. Am Ende hatte Vala mehr oder weniger zugegeben, dass es in Waldweide keinen passenden Mann für sie gab.

Mutter, sagte Hela sich, weiß genau, dass ich im Grunde nicht dorthin gehöre. Sie wäre bestimmt die Erste, die versteht, dass ich einen Mann gefunden habe in der Fremde. Zumindest sollte sie es sein. Sie schob das schlechte Gewissen und die Scham beiseite. Dennoch zögerte sie. Von Abenteuern zu träumen war das eine, mit einem Schlag alles zu verlassen, was einem vertraut ist und was man liebt, war eine andere Sache, und sie erschreckte Hela in diesem Moment zutiefst. Mondlicht fiel auf Sigurds Leiche, spiegelte sich in seinen aufgerissenen Augen, die Hela vorwurfsvoll anzustarren schienen.

«Ja. Nein. Ich weiß nicht», stammelte sie. Doch ihre verkrampften Finger ließen Goldar nicht los.

Sanft nahm er ihre Hände und löste sie aus seinen Kleidern. Er hob sie an und liebkoste sie mit seinen Lippen. Andächtig schaute Hela ihm zu. «Und wenn ich dich bitte», sagte er. «Wenn ich dich anflehe, mein Leben zu sein.»

Aufgewühlt legte Hela ihm die Hand an die Wange. Ihre Augen forschten in seinem Gesicht, doch die nächtlichen Schatten verrieten nichts. Die Unentschlossenheit wühlte in Hela, dass es sie schier zerriss.

Da stieß Wolf ein kurzes, raues Bellen aus. Goldar hob den Kopf. «Sie kommen», flüsterte er. «Ich muss zum Schiff.» Er straffte sich, doch fast im selben Moment zuckte er zusammen und brach ein.

Erschrocken fing Hela ihn auf. «Du bist verletzt.»

«Es ist nichts.»

«Ich helfe dir.»

«Hier entlang.» Er stützte sich auf sie und dirigierte ihre Schritte. Halb rennend, halb hinkend fanden sie die Planke, die hoch zur Bordwand führte. Goldar bestieg sie und wandte sich um. Er ließ ihre Hand nicht los. Einen Moment noch zögerte sie. Ihr war, als wären ihre Beine tot und unfähig, sich zu bewegen. Doch als er den Griff seiner Finger löste, fasste sie unwillkürlich fester zu. Nein, sie konnte, sie wollte ihn nicht lassen.

Er spürte die kleine Bewegung. Mit einem Ruck zog er sie zu sich und küsste sie heftig auf den Mund. Hela war, als wären alle Liebkosungen vorher nichts gewesen, ein süßes Säuseln, kaum eine Vorahnung auf den Sturm, der sich jetzt in ihr erhob. Wild und leidenschaftlich erwiderte sie seinen Kuss.

Hinter ihnen wurden Stimmen laut. Sie hörten Waffengeklirr, ein Ruf voller Schrecken.

«Komm!» Goldar zog sie mit sich.

Und diesmal wehrte sie sich nicht. An der Reling stand ein Mann. Stumm half er ihnen hinein, als hätte er auf sie gewartet. Wolf begrüßte ihn mit einem kurzen Blaffen. Sofort legte Hela ihm die Hand um die Schnauze.

«Zum Auslaufen bereit?», fragte Goldar leise.

Der Mann nickte. «Wie befohlen.»

«Du hattest schon vor aufzubrechen?», fragte Hela. Doch sie erhielt keine Antwort. Goldar schob sie zu einer kurzen Treppe, die zu einer Tür hinunterführte. Seine Lippen weideten auf ihrem Nacken, und die Schauer, die sie dabei überliefen, mischten sich mit der Erregung ihres Aufbruchs.

«Die Kabine ist links, geh und verriegle die Tür, bis wir auf See sind. Ich komme später. Geh.»

Zu verblüfft, um zu widersprechen, gehorchte Hela seinen Worten.

Goldar trat zu dem Mann, der eben die Planke an Bord zog. «Sag den Männern: lautlos. Segel, sobald wir die Markierungen erreicht haben. Ich will zur Sicherheit ein paar Bogenschützen auf dem Deck.» Er wollte gehen und stolperte über Wolf, der ihn sofort anknurrte und nach seinem Hosenbein schnappte. Ärgerlich riss Goldar sich los. Er trat nach dem Tier, das auswich, aber den Rückzug antrat. «Und schmeiß den Hund über Bord.»

Fahrtwind

Hela stand am Bug und ließ ihre Haare im Wind wehen. Sie war sich der Blicke der Männer bewusst, die um sie herum über das Deck verteilt arbeiteten und ihr grüßendes Nicken nur zögerlich erwiderten, ohne ihre Tätigkeit zu unterbrechen. Doch es störte sie nicht. Es war Goldars Mannschaft, Goldars Schiff, ihr neues Zuhause. Sie würden einander schon vertraut werden.

«Hörst du die Segel knattern?», fragte sie leise und tauchte ihr Gesicht in Wolfs Nacken, den sie mit beiden Armen umschlungen hielt. «Das ist die Melodie unserer Reise.»

Sie bemerkte Goldar erst, als er schon hinter ihr stand. «Was zum Teufel ...», begann er, als sie sich umwandte und er den Hund bemerkte. Sein Blick suchte rasch eine Gestalt, die sich in der Nähe an einer Taurolle zu schaffen machte und nun trotzig den Kopf senkte. Goldars Mund wurde schmal. Nun gut, darüber würde später noch zu reden sein. Er konzentrierte sich wieder auf Hela, die ihn erwartungsvoll anstrahlte.

«Was tust du hier?», fragte er.

Statt einer Antwort legte sie ihm die Arme um den Hals. «Du bist nicht gekommen, wie du es versprochen hast», sagte sie und küsste ihn spielerisch. «Da bin ich nachsehen gegangen.»

Er machte sich los und hielt ihre Handgelenke fest. «Nicht hier.»

Sie küsste seine Fingerknöchel und nagte zärtlich daran. «Hier und wo immer ich will», entgegnete sie. Ihre Stimme und ihr Blick neckten ihn. «Du gehörst mir, Cousin, vom Schicksal bestimmt, schon vergessen? Au!»

Erstaunt riss sie die Augen auf. Sein Griff war hart geworden, und in seinem Gesicht war nicht die Spur eines lächelnden Einverständnisses. Ohne Kommentar zog er sie wieder zu der Tür, die unter Deck führte. Wenn Hela nicht vor aller Augen abgeführt werden wollte wie eine Gefangene, musste sie seinem Zerren wohl oder übel nachgeben. Verwirrt und ärgerlich stolperte sie hinter ihm her bis in die Kabine, wo er sie auf das Lager warf und die Tür verriegelte.

«Was soll das?», maulte sie und rieb sich demonstrativ die geröteten Handgelenke.

Seine Miene blieb düster. «Bist du so ein unreifes, dummes Mädchen», fragte er hart, «dass du das nicht begreifst?» Er stellte sich über sie. «Das hier ist ein Piratenschiff. Die Männer dort oben», er deutete gegen die Decke, «sind mutig. Und zäh. Aber sie sind auch Hyänen, Raubtiere, die man zähmen muss. Eine Frau an Bord ist schon Gefahr genug ...»

«Du wolltest schließlich, dass ich mitkomme», warf Hela ein und richtete sich kerzengerade auf.

Goldar ignorierte ihren Einwurf. «Aber wenn du dich dann vor ihnen auch noch so freizügig benimmst wie eine ...» Er warf einen Blick in ihr Gesicht und verschluckte das Wort. «... dann riskierst du, dass sie uns im Schlaf die Kehle durchschneiden», beendete er stattdessen seinen Satz. «Oder Schlimmeres. Verstehst du?» Er neigte sich über sie, um ihr Gesicht mit seinen Händen zu fassen. Hela stieß ihn heftig zurück.

«Du ...» Er biss sich auf die Lippen. Dann ließ er von ihr ab. «Und ich dachte, ich hätte eine Frau gefunden, eine richtige Frau. Mit Herz und Verstand. Kein launisches Kind.» Missmutig starrte er vor sich hin.

«Ich bin kein Kind», protestierte Hela empört. Wie konnte er so etwas über sie sagen. «Und ich weiß selber, was ich zu tun habe.»

«Ach ja?», fragte er sarkastisch. «Dann hältst du es wohl für richtig, vor einer Horde geiler Männer herumzuschwänzeln.»

«Nein, natürlich nicht, aber ...» Hela kam nicht dazu weiterzusprechen.

«Und wenn ich dich darauf hinweise, dann stößt du mich zurück wie einen Verbrecher, obwohl du mir eben noch schöne Augen gemacht und mir deine Liebe geschworen hast. Sind das die Launen eines Kindes oder nicht?»

«Es ist ...» – Hela suchte nach Worten – «Ich will nur nicht ...»

«Du weißt doch gar nicht, was du willst.»

«Das weiß ich sehr wohl», fauchte Hela. Das hatte sie schon oft genug gehört. Das brauchte keiner mehr zu ihr zu sagen. Sie hatten alle Unrecht damit, alle, verdammt!

Sie saß auf dem Bett zusammengekauert wie zum Sprung bereit. Ihre Augen funkelten.

«So?» Auch in seine Augen trat nun ein gefährliches Glitzern. «Dann zeig es mir! Was willst du?» Er kroch auf das Bett und brachte sie dazu, sich bis an die Wand zurückzuziehen. Seine Hand streckte sich nach ihrem Bein aus, liebkoste ihr Knie und kroch ihren Schenkel hinauf.

«Lass das!» Hela trat nach ihm.

«Ach», sagte er, «mit einem Mal? Eben an Deck hatte ich noch das Gefühl, du könntest es gar nicht erwarten.» Sein Griff um ihren Schenkel wurde fester. «Komm schon.» Er ignorierte ihren Widerstand und ließ sich auf sie sinken. «Das ist es doch, was du wolltest. Schon vom ersten Moment an. Und ich wollte es auch.»

Er packte ihre Handgelenke, zog sie über ihren Kopf und umklammerte sie mit festem Griff. Dann suchte er ihren Mund, den sie ihm zu entziehen trachtete, indem sie heftig den Kopf schüttelte. «Nein, nein!»

«Ich habe es sofort gespürt, als ich dich dort sah.» Seine Stimme war zu einem Flüstern herabgesunken. «Das ist eine Frau, dachte ich, so wunderschön, so stark. Sie ist mutig, dachte ich, und verführerisch. Die begehrenswerteste Frau, die du je gesehen hast. Ich wollte dich berühren und habe es doch nicht gewagt. Weißt du noch, unser Tanz? Manchmal haben deine Haare mich gestreichelt, wenn du herumwirbeltest.» Er strich ihr zart die Strähnen aus dem Gesicht.

Hela wandte sich ab. Sie konnte seinen Duft riechen, wie damals an dem Tag, den er heraufbeschwor, vermischt mit dem Schweiß ihres Kampfes. Hitzige Röte stieg ihr ins Gesicht.

«Und du wolltest mich ebenfalls berühren.» Seine Lippen fuhren über ihren Hals, warm, zart. Hela erschauerte, sie wusste nicht, ob vor Erregung oder vor Ekel. «Nein», flüsterte sie.

Er lächelte, sie konnte es fühlen. Und er hielt nicht in seinen Liebkosungen inne. Er zwang ihre gefangenen Hände in eine Faust und ließ die freie Hand über ihren Körper wandern. Entsetzt riss Hela die Augen auf, um sie gleich darauf wieder zu schließen. Erneut fand er ihren Schenkel, strich über ihre Hüften, schob sich unter ihr Gewand. Er fand die Kordel ihrer Hosen und zog daran, während seine Lippen weiter über ihre Kehle wanderten.

«Doch», flüsterte er, «doch, du willst es. Sag es.»

«Nein. Ah!» Seine Finger hatten den Knoten gelöst und den Weg gefunden an einen Ort, den noch nicht einmal sie selbst je berührt hatte. Elektrisiert bäumte Hela sich auf. «Was ...», keuchte sie.

Seine Stimme war in ihrem Ohr, ihrem Kopf, ihren erhitzten Gedanken. «Ich tue, was die Liebe tut», flüsterte er, «denn ich liebe dich, liebe dich so sehr.» Seine Finger spielten mit ihr und trieben sie in eine süße Form des Wahnsinns. Hela fühlte sich wie von Wellen herumgeworfen, in ihren Ohren brauste es, sie war wie blind, oben und unten gab es nicht mehr.

«Sag, dass du es auch willst», drängte er. «Sag es.»

Hela biss sich auf die Lippen. Ihre Empfindungen waren so gespalten, dass es wehtat. Da war die Wut und da war, dieses, dieses ... Sie ächzte. Dann spürte sie, wie seine Finger verharrten und sich zurückzogen. Unwillkürlich hob sie die Hüften und presste sich an ihn. «Ja!» Es war ein Schrei.

«Na bitte.» Goldar triumphierte. «So ist es brav. Meine Geliebte, meine einzige. Meine Frau.» Seine Hände, seine Lippen schienen nun überall zu sein. Während sie an der Verschnürung seines Hemdes nestelte, zerrte er sie aus ihren Kleidern, zitternd vor Gier. Als er nicht zurechtkam, zerriss er ihre Hosen. Sie bäumte sich auf und empfing ihn. Der Schmerz verschmolz mit der Woge des Höhepunktes, der sie glühend hinwegschwemmte. Hela umklammerte ihren Geliebten mit Armen und Beinen, sie wollte ganz eins mit ihm sein; ihre Zähne verbissen sich in seinem Hals. Dann ließ sie los.

Nach wenigen Stößen brach auch er über ihr zusammen. Schweißgebadet lagen sie so da und begannen, die sanfte Bewegung des Schiffes wieder zu spüren.

«Das ist also die Liebe?», fragte Hela nach einer Weile und spürte Tränen in sich hochkommen.

Goldar rollte sich auf die Seite und stützte sich auf den Ellenbogen. «Das ist die Liebe», sagte er ernst. «Sie ist schön, und sie tut manchmal weh.» Er zeigte auf das Mal an seinem Hals. «Schau, was du mit mir gemacht hast.»

Erstaunt betrachtete Hela den tiefen Abdruck ihrer Zähne, in denen sich unter der Haut das schwarze Blut zu sammeln begann. Das sollte sie getan haben? Vorsichtig berührte sie die Stelle. «Tut es weh?», fragte sie.

Goldar lachte. «Wenn das der Preis dafür ist, dich lieben zu dürfen, werde ich ihn gerne bezahlen.» Er zog sie an sich. «Ich würde jeden Preis bezahlen», sagte er heftig, «jeden. Ich liebe dich.»

Sie schmiegte sich an ihn.

Da klatschte er ihr mit der flachen Hand auf den Hintern.

«Heh», protestierte sie.

Er lachte. «Ich kann dir ja auch einmal wehtun, wenn du willst. Soll ich?» Und er versetzte ihr scherzhaft einen weiteren Hieb.

«Untersteh dich.» Auch ihr Ton war neckisch. Sie rangelten eine Weile wie die Kinder hin und her, während er so tat, als wolle er ihr den Hintern versohlen, und sie heftig zappelte. Dabei küsste er sie plötzlich heftig, einmal, zweimal. Als sie zögerte, hob er die Arme. «Ich tue nichts, was du nicht willst.» Hela stürzte sich auf ihn.

Brot und Spiele

Die nächsten Tage durfte Hela nicht an Deck, weil die blauen Flecke, die Goldars Küsse auf ihrem Hals und ihren Armen hinterlassen hatten, zu verräterisch gewesen wären. Goldar erklärte es ihr, und Hela verstand das. Aber sie litt unter der Abgeschiedenheit und dem ewigen Warten. Es schienen ihr schon mehr als einige Tage vergangen zu sein; sie wusste es nicht. Und die dumpfe Luft unter Deck setzte ihr zu. Sie, die auf den Planken eines Schiffes niemals seekrank gewesen war, fühlte sich matt und elend. Das Schwindelgefühl mischte sich mit den Ekstasen ihrer Umarmungen und gab ihr ein Gefühl völliger Unwirklichkeit. Halb nackt lag sie ganze Tage auf dem Bett und atmete den Dunst ihres Liebesschweißes ein, der auf ihrer Haut kaum mehr trocknete.

Der Einzige, der sie aus dieser Dumpfheit zu wecken vermochte, war Goldar. Wenn seine ausgeklügelten Liebkosungen sie auch nicht mehr so außer sich zu setzen vermochten wie am Anfang. Ihr Körper, so schien es ihr, war müde und sehnte sich nach frischer Luft und Licht. Dankbarer war sie für seine geflüsterten Zärtlichkeiten, ja, für jedes gute Wort. Doch Goldar kam so selten. Und oft war er wortkarg.

«Nie weiß ich, wann du wieder erscheinst», beklagte sie sich nach einiger Zeit.

Goldar wies den Vorwurf zurück. «Ich komme, sooft ich kann.» Mit einem leisen Ächzen ließ er sich auf dem Bett nieder, ein Mann, müde von seinem Tagwerk. «Wirklich, und manchmal noch ein wenig öfter.» In seine Stimme kam Farbe. Er griff nach ihr. «Weil du mich nämlich völlig verrückt machst.»

Hela entzog sich seiner Liebkosung. «Und du redest kaum mit mir.»

Er ließ sich zurückfallen. «Weib», seufzte er. Sie schwiegen eine Weile. Dann sagte er plötzlich: «Vielleicht käme ich etwas freudiger, wenn mich nicht immer so schlechte Laune empfinge.» Er schüttelte den Kopf. Mit einem Mal sah er traurig aus. «Wirklich, manchmal zweifle ich daran, dass du mich noch liebst. Dabei ...» Seine Stimme klang gepresst.

Sofort wandte Hela sich ihm zu. Er strich sich über die Stirn und schloss die Augen. «Schon gut», sagte er, «verzeih.»

Wie müde er aussah, wie niedergedrückt. Heftig kuschelte sie sich an ihn. «Du weißt doch, dass ich dich liebe», murmelte sie. Ohne die Augen zu öffnen, legte er ihr den Arm um die Schulter. «Es ist nur ...»

«Ja?», fragte sie und hob den Kopf.

«Nun, andere Frauen haben Mittel und Wege, das ihren Männern zu zeigen.»

Hela errötete. Schon oft, wenn er auf ihrem Körper gespielt hatte wie auf einem Instrument und sie gebannt vor Entzücken dagelegen hatte, während ihre bebenden Hände hilflos über seinen Körper liefen, hatte sie sich gedacht, wie weit er ihr an Erfahrung doch voraus war. Und sie hätte den Vorsprung gerne eingeholt, ihm Lust bereitet wie er ihr. Doch bislang schien ihn das nie gestört zu haben.

«Was», fragte sie zögernd, «was tun sie denn?»

Goldar erklärte es ihr. Er half ihr nicht dabei, seine Hosen zu öffnen, blieb nur mit hinter dem Kopf verschränkten Händen liegen und überließ sein Geschlecht ihren neugierigen, doch zögernden Fingern. Nach einer Weile nahm er ihren Nacken und drückte ihr Gesicht hinunter, gegen sein heißes Glied. Hela brauchte einen Moment, bis sie begriff. Dann gehorchte sie, kostete die fremde Wärme auf ihren Lippen, die neuen Aromen.

«Ja», seufzte Goldar. Seine Hände wühlten in ihrem Haar. In Hela mischte sich das Erregende des Gedankens an das, was sie tat, mit dem Stolz darauf, ihn so in Ekstase zu versetzen. Sie hörte seine geflüsterten Liebesworte, spürte das Zucken seiner Lenden, wenn er ihr entgegenkam, und sehnte sich danach, sich mit ihm in diesem Rhythmus zu vereinigen. Begierig wollte sie sich aufrichten, um sich auf ihn zu setzen. Doch sein Griff in ihrem Haar wurde fester. Er verweigerte ihr, sich zurückzuziehen, und als sie zögerte, packte er ihren Kopf und schob ihn mit beiden Händen auf und ab. Dabei arbeiteten seine Hüften ihr entgegen, hart und rücksichtslos. Es würgte Hela, Tränen traten ihr in die Augen. Sie versuchte, ihn mit den Händen wegzustoßen. Da endlich ließ er aufstöhnend von ihr ab.

Sofort wälzte Hela sich zur Seite, um den bitteren Seim auszuspucken, der ihr über das Gesicht floss und an ihren Händen klebte, als wollte er nie wieder abgehen. Goldar presste sich von hinten an sie. «Das war wunderbar», flüsterte er und küsste ihr Haar. Dann bemerkte er, dass sie weinte. Ihren Widerstand brechend, drehte er sie zu sich herum und nahm sie in die Arme. «Es war zu neu für dich», sagte er, «zu viel, verzeih.»

Mit heißem Atem versuchte Hela an seiner Brust, die Tränen hinunterzuschlucken. Seine Hand fuhr über ihr Haar. «Verzeih, verzeih.» Sein Murmeln legte sich über sie wie ein Schleier. «Vergib mir, aber ich konnte nicht anders.» Er umschlang sie heftig. «Du warst einfach so aufregend, so wunderbar, da konnte ich mich nicht beherrschen, hm?» Er hob ihr Kinn und lächelte sie an. Zärtlich wischte er ihr die Tränen ab. «Es ist nun einmal so mit den Männern. Bei den Frauen, die sie lieben, verlieren sie den Kopf. Vor allem, wenn sie so verführerische Bajaderen sind wie du.» Er probierte ein Lächeln, und als es nicht erwidert wurde, verzog er in gespielter Verzweiflung das Gesicht. «Es überkam mich nun einmal, verdammt, ich habe so etwas ja auch noch nie erlebt.» Damit warf er sich neben sie. «Wie konnte ich das ahnen?»

Als er sah, dass sie sich nicht beruhigen wollte, zog er

sie wieder an sich. «Es ist gut», sagte er schließlich mit veränderter Stimme. «Dann werde ich darauf verzichten. Für dich. Für dich würde ich alles tun. Sag mir nur, dass du mir vergibst.»

Hela machte sich los und sah ihn ernst an. «Du darfst mich nicht festhalten», sagte sie. «Nie wieder.»

Statt einer Antwort ließ er sie los und hob die Arme. Hela legte sich neben ihn. «War es wirklich so schön?», fragte sie. Da spürte sie die Wärme seiner Umarmung erneut. «Unsagbar», flüsterte er.

Sie starrte an die Decke. «Dann», sagte sie zögernd und ergriff seine Hand, «können wir es ja vielleicht manchmal tun, hin und wieder. Aber halt mich nicht mehr fest.»

Er antwortete ihr mit einem Druck der Hände. «Ich werde dir Zeit geben.» Er schwieg. Dann plötzlich sprang er auf. «Und jetzt», sagte er, «habe ich eine Überraschung für dich. Du darfst hinaufkommen. Warte.»

Verwirrt richtete sie sich auf und sah, wie er kurz durch die Tür verschwand, um gleich darauf mit einem Kleidungsstück wiederzukommen. «Deine Hosen sind ja unserem Liebeswerben zum Opfer gefallen», erklärte er. «Zieh die da an. Und kämm dich.» Als sie fertig war, musterte er sie wohlgefällig. Dann hob er die Hand und wischte ihr eine letzte silbrig glänzende Spur vom Kinn. «Fertig», sagte er. «Jetzt darfst du.»

Hela war wie geblendet von der Fülle von Licht, die über sie hereinbrandete. Es war hoher Mittag, wie sie feststellte, die Segel standen gebläht vor einem glühend blauen Himmel, und am Horizont war eine Küste zu sehen. «Spanien», kommentierte Goldar knapp, als sie darauf wies.

«Schon?», rief Hela aus. «Wie lange sind wir denn unterwegs?»

Goldar gab keine Antwort. Er war mittschiffs getreten und rief einige Kommandos. Erst jetzt bemerkte Hela, dass die meisten Männer nach oben sahen. Sie legte den Kopf in den Nacken und folgte ihrem Blick. Das Weiß der Segel, so schmutzig es war, blendete sie und machte sie blinzeln. Doch es gab keinen Zweifel, dort oben auf der Rah saß ein Mann, mit baumelnden Beinen. Sehr klein sah er aus, wie ein Kind, und er schaute zu ihnen hinunter. In seinem Gesicht stand Anspannung und Erwartung. Dann bemerkte Hela das Tau, das um seine Brust geschlungen war. Es fiel in einem weichen Bogen bis hinab zur Bordwand.

«Was ...», fragte sie. Da sprang Wolf heran und warf sie mit seiner Liebkosung beinahe um. Unwillkürlich umarmte sie den Hund.

«Er hat sich meinen Befehlen widersetzt.» Goldar gab ein Zeichen. Und ehe Hela noch etwas sagen konnte, hatte das Tau sich gespannt. Der Mann wurde von seinem luftigen Sitz gerissen, stürzte und schlug im Wasser auf, wo das Seil sich sofort straffte und ihn hinter dem Schiff herschleppte. Hela bemerkte jetzt erst, dass eine wirklich steife Brise wehte und das Schiff gute Fahrt machte. Wo der Mann durchs Wasser gezogen wurde wie ein Pflug, warf sich ein Keil aus weiß schäumender Gischt auf.

«Goldar!», rief Hela und rannte zur Reling, um einen Blick auf den Körper zu erhalten, der dort durch die Wellen rauschte. «Hol ihn sofort heraus. Er wird ertrinken. Schau: Er kriegt den Kopf nicht aus dem Wasser.»

Goldar stand hinter ihr. «Das ist auch nicht der Sinn der Sache», sagte er kühl.

«Aber ...», fassungslos schaute Hela auf den gischtübersspülten Körper.

Da kam ein Ruf vom Heck: «Haifische!» Sie blickte zum Mann im Ausguck, dessen Arm ausgestreckt auf etwas zwischen den Wellen wies. Und nun sah sie auch selbst die verräterischen Flossen.

«Hol ihn rein!» Hela wandte sich an Goldar. «Es reicht, hörst du? Es reicht.» Hilfe suchend schaute sie sich um, doch die Männer mieden ihren Blick. Alle starrten Goldar an, der noch immer zögerte. Mit völlig fasziniertem, abwesendem Blick fixierte er die Haifischflossen, die neben seinem Schiff aufgetaucht waren.

Hela hieb ihm die Faust vor die Brust. «Goldar, ich sagte, es reicht.»

Er erwachte wie aus einem Schlaf. Die Haiflossen tauchten ab. Goldar hob die Hand. «Einholen», murmelte er, leise nur, doch seine Geste brachte die Männer auf Trab. Hela drängte sich zwischen sie, um mit Hand anzulegen, als sie am Tau zogen. Gewicht und Geschwindigkeit zogen daran und leisteten ihren Bemühungen Widerstand; das ganze Seil vibrierte. Mit aller Kraft stemmten sie sich in den Boden und schlossen die Augen gegen den salzigen Sprühnebel, der auf sie niederging. Dann plötzlich ein Ruck, das Seil gab nach. Überrascht stolperten sie alle nach hinten. Hela, die sich schmerzhaft auf den Po gesetzt hatte, blinzelte überrascht. Wolf bellte laut.

«Nichts mehr da zum Einholen», meldete eine Stimme lakonisch. Ein Mann trat ans Seil und zog es mit wenigen, energischen Bewegungen herein. Was noch daran hing, polterte auf das Deck. Unwillkürlich wandten alle den Kopf ab. Wolf winselte und trabte hinüber. Es war so still, dass man das Geräusch seiner Krallen auf den Planken hören konnte. Neugierig schnupperte er an den Resten des Torsos, aus dessen offenem Brustkorb das Fleisch hing. Ein Arm lag seltsam verdreht da, der andere fehlte zur Hälfte. Die Augen des Toten waren aufgerissen. Sie blickten noch immer so konzentriert und ängstlich wie die eines Kindes vor einer großen, vielleicht allzu großen Aufgabe.

«Wolf!» Hela würgte es. Als der Hund zu ihr zurückkam, wehrte sie seine zudringliche Schnauze ab.

Es war Goldar, der schließlich die allgemeine Starre durchbrach. Er ging zu den Überresten hinüber, hob sie hoch und ließ sie über Bord fallen. «Sollen sie den Rest auch noch haben», murmelte er dabei. Alle sahen ihm zu; keiner sagte etwas. Goldar wandte sich um. «Und ihr geht wieder an eure Arbeit.»

Zögernd und langsam wie im Schlaf gehorchten die Männer. Einer, der nahe an Hela vorbeikam, griff plötzlich nach seinem Dolch. Sie bemerkte die Bewegung gerade noch rechtzeitig, um darunter durchzutauchen und sich umzuwenden. Im selben Augenblick hatte auch sie ihre Klinge in der Hand und erwartete ihren Angreifer. Der stand einen Moment verwirrt da. Unentschlossen wanderte sein Blick zwischen der Frau und dem Hund hin und her, der mit gesträubten Nackenhaaren knurrend an ihrer Seite stand. Schließlich hob er den Arm und stürmte vor. Hela machte eine geschickte Wendung, ließ ihn an sich vorbeigehen und fing sein Handgelenk ein, das sich, unterstützt von seinem eigenen Schwung, schmerzhaft verdrehte. Er schrie auf; die Waffe polterte auf die Planken. Dann brach er zusammen. Goldars Messer steckte in seinem Rücken.

Goldar bückte sich und zog es heraus. «Geh zur Kabine», sagte er leise. «Ich behalte sie im Auge.»

«Goldar, das war unnötig, ich ...»

«Ich sage es nicht zweimal.» Sein Ton war leise und gefährlich.

Hela, die die Anspannung an Deck nur zu gut spürte, beschloss, für dieses Mal zu gehorchen. Als sie wieder allein auf dem Bett saß, vor sich den Hund, der sie winselnd mit schräg gelegtem Kopf betrachtete, versuchte sie, ihre Eindrücke zu sortieren. Sie dachte an den letzten Angriff, dem sie entgangen war, leicht, wie es ihr schien, zu leicht, so als hätte er gar nicht ihr selbst gegolten. Sie schüttelte den Kopf, aber der Gedanke, so absurd er war, ließ sich nicht vertreiben. Konnte es sein, dass der Angreifer den Hund hatte attackieren wollen?

Sie beschloss, Goldar zu fragen, sobald er käme. Es gab überhaupt einiges, was sie von ihm wissen wollte. Wer der

Mann gewesen war, der auf so grausame Weise bestraft wurde. Und was er getan hatte. Befehlsverweigerung, das wusste sie, war eine ernste Sache, auch auf den Drachenschiffen, ein Konflikt, der mit langwierigen Verhandlungen und oft genug mit einem Kampf entschieden wurde, der einen der Kontrahenten das Leben kostete. Das Schwert war den Wikingern ein anerkannter Richter. Aber noch niemals war jemand den Fischen zum Fraß vorgeworfen worden.

Und warum war der zweite Mann ihr gegenüber aggressiv geworden? Hatte sie etwas mit der Sache zu tun? Oder, so seltsam es klang, etwa Wolf? Die Fragen brodelten in ihr, heißer und drängender mit jeder Stunde. Aber Goldar kam nicht. War etwas geschehen? Hela lauschte, doch vom Deck ertönte kein Laut. Alles, was sie hörte, war das vertraute Knarzen des Holzes. Da hielt sie es nicht länger aus. Sie griff sich ihr Schwert und ging entschlossen zur Tür. Die ließ sich jedoch nicht öffnen. Erst nur ungeduldig, dann wütend, dann zunehmend erschrocken rüttelte Hela daran. Schließlich gab es keinen Zweifel. Sie war von außen verschlossen.

Die Heimkehrer

Vala hieb mit der Faust gegen die Wand. Der Schmerz brachte sie wieder zu sich. Sie wandte sich zu Ragnar um, der mit gesenktem Kopf dastand wie ein gescholtenes Kind. Vor ihm lag die Pflugschar, die Hela gekauft hatte, sowie der geschnitzte Stab mit den beiden Schlangen, der eine Forderung der Gemeinde bedeutete.

Vala starrte ihn zum wiederholten Male an. «Das ist alles völlig unsinnig», sagte sie. «Du kennst sie so gut wie ich. Sie würde Sigurd niemals getötet haben. Sie hat ihn einmal im Zorn geschlagen, ja ...» Sie schüttelte den Kopf.

Ragnar wagte einen Blick. «Sie hat ihn oft und herb verspottet, du hättest dabei sein müssen. Es war mehr, als ein Mann so ohne Weiteres verträgt.»

«Ja, was hatte er denn auch dort zu suchen?», brauste Vala auf. «Ein verheirateter Mann, und steigt ihr nach.»

«Das habe ich dem Rat auch gesagt.»

«Und es war nicht einmal ihre Waffe, oder?», fragte Vala scharf.

Ragnar nickte. «Ich weiß. Aber man war der Ansicht, dass sie dabei war und wohl einen Teil der Schuld an dem Vorfall zu tragen hat.»

«Welche Schuld?», höhnte Vala. «Die Schuld, Sigurd letzten Sommer nicht erhört zu haben?»

«Vigdis meint ...»

«Vigdis ist ein eifersüchtiges Luder», fiel Vala ihm ins Wort. Versöhnlicher fuhr sie fort: «Sie ist krank vor Kummer und will Rache, egal um welchen Preis. Aber sie kann behaupten, was sie will: Sie war nicht dabei, war zu dem Zeitpunkt nicht einmal in der Stadt. Sie weiß überhaupt nichts.»

Ragnar wiegte bedenklich den struppigen Kopf. «Sie weiß, warum ihr Mann nicht von Hela loskam.»

«Was ganz allein sein Problem war.» Vala fuhr herum. «Weder ich noch Hela werden den Preis für seine sinnlose Verliebtheit zahlen, hörst du? Das kannst du dem Rat ruhig von mir ausrichten.»

Ragnar schüttelte seine Mähne und seufzte. Wie sollte er ihr beibringen, dass es bereits eine ausgemachte Sache war? Die Entscheidung des Rates war gefallen. Er betrachtete Vala, die mit den Fingern über das Stück Eisen strich, das statt ihrer Tochter aus Haithabu zurückgekommen war. Mit allem hatte sie gerechnet: dass das Mädchen heimkehren würde, ohne auch nur eines ihrer Aufträge gedacht zu haben, mit glänzenden Augen, hochfliegenden Plänen und einem arabischen Schwert, ihretwegen mit einem

Fremden an ihrer Seite oder auch schwanger. Vala war auf alles gefasst gewesen. Aber nicht darauf, dass sie alles getreulich ausführen – und dann verschwinden würde. Noch dazu unter diesen Umständen. Hela eine Mörderin! Es war zum Lachen, dachte sie, und Tränen traten in ihre Augen.

Ragnar räusperte sich. «Floki hat sich alle Mühe gegeben, seinen Clan dazu zu bringen, das Blutgeld überhaupt anzunehmen. Sie alle schrien nach Tod.»

Vala schüttelte den Kopf. «Sollen sie nach dem schreien, der mein Kind entführt hat.»

«Bei allem Respekt.» Ragnar räusperte sich. «Aber ich glaube nicht, dass er Hela entführt hat.» Vala lachte böse auf, doch Ragnar fuhr unbeirrt fort. «Und auch diese Spur würde uns schließlich zu dir führen, Vala.» Noch immer mied er ihren Blick.

Sie betrachtete ihn mit großen Augen. «Was soll das heißen, Ragnar? Welche Spur führt zu mir? Was ist das für ein Unfug?»

«Nun, Hela sagte, der Jüngling wäre ihr Verwandter, der Sohn ihres Onkels, um genau zu sein.»

Vala stieß einen Laut des Unglaubens aus. Ihre Hände umklammerten einander, bis die Fingerknöchel weiß wurden. «Was redest du denn da, Ragnar? Du weißt so gut wie alle, dass wir keinen lebenden Verwandten haben, ich und das Kind.» Aufgebracht begann sie, längs der Feuerstelle hin und her zu gehen.

«Da ist Eiriks Bruder», wagte er einzuwenden.

Vala winkte ab. «Helge ist tot, verschwunden schon vor ihrer Geburt. Ich weiß, ich weiß, sie hat sich eingebildet, ihn suchen zu wollen. Aber das waren doch Hirngespinste, Mädchenträumereien, Ragnar. Und nur weil so ein Kerl das ausgenutzt und ihr eingeredet hat, er sei der Sohn eines orientalischen Räuberhauptmannes ... Ragnar?» Sie hielt inne, als sie sein Gesicht sah.

«Sie hat ihn gefunden, Vala.»

Die Steppenreiterin verschränkte die Arme. «Das glaube ich erst, wenn ich es sehe.»

Ragnar seufzte. «Ich wusste, dass du das sagen würdest. Deshalb, und aus ein paar anderen Gründen, habe ich ihn mitgebracht.» Er ging zur Tür und öffnete sie.

Vala stellte sich in Positur. Mit noch immer abwehrend gekreuzten Armen blinzelte sie ins Licht, bereit, jedem Vorwurf zu begegnen. Doch was Ragnar da hereinzog, entwaffnete sie umgehend.

Der Mann sah alt aus. Zwar war sein Haar noch blond, von nur wenigen grauen Strähnen durchzogen, und sein Gesicht zeigte kaum Falten, doch seine Haltung war schlaff und gebeugt, seine Miene seltsam unentschlossen und sein Blick unstet und traurig. Ein Bluterguss zierte seine rechte Gesichtshälfte. Dennoch erkannte sie ihn sofort.

«Helge», rief Vala. Oh, er war es, ohne jeden Zweifel. Sie kannte diese blauen Augen, die hohe Stirn und diesen Mund nur zu gut. Es waren die ihres Mannes gewesen. «Helge.» Sie schluckte die Tränen hinunter und wischte sich energisch die Augen. Ohne nachzudenken, umarmte sie ihn. «Bei Odin, wie ähnlich du ihm siehst.» Der Mann in ihren Armen zitterte ein wenig, blieb aber unbewegt und erwiderte die Begrüßung nicht. Erstaunt ließ sie ihn los. Er wich ihrem Blick aus.

«Es ist nicht so, dass er freiwillig mitgekommen wäre.» Ragnar gab ihm einen Stoß, dass er einen weiteren Schritt in die Hütte stolperte, gegen die Kante der Bettpodeste fiel und genötigt war, sich zu setzen. Dort blieb er hocken, mit hängendem Kopf.

«Helge.» Sie kauerte sich vor ihn und nahm seine Hände. «Was ist denn mit dir?» Ragnars abfälliges Schnauben überhörend, strich sie ihm über den Kopf. «Haben sie dir wehgetan?»

«Das haben andere lange vor uns erledigt, schätze ich.» In Ragnars Stimme war kein Mitgefühl. «Er hat dort schon fünf Jahre gelebt. In Haithabu, meine ich. Fünf ganze Jahre», setzte er mit empörter Stimme hinzu. «Er hätte jede Möglichkeit gehabt, heimzukehren oder uns eine Nachricht zukommen zu lassen. Aber es zog ihn wenig zu uns zurück.»

Statt eines Kommentars ging Vala, ihren Kräutervorrat zu holen.

Helge hob den Kopf, als sie kam und sich neben ihn kniete. «Ich», begann er. Es dauerte eine Weile, bis er die richtigen Worte fand. «Ich kann das Blutgeld bezahlen. Goldar hat mir ... ah.» Er stöhnte, als sie einen Umschlag auf seine verletzte Gesichtshälfte legte. «Er hat mir genügend gelassen. Du kannst alles haben.» Dabei fixierte er unter dem Verband hervor Ragnar.

Der nickte. Zumindest dies fand seine Zustimmung. «Ich lasse euch allein», erklärte er. «Wenn das in Ordnung ist, Vala?» Niemand hielt es für nötig, ihm darauf zu antworten. Unbehaglich räusperte er sich. «Also dann.»

Vala war ganz mit Helge beschäftigt. Gerührt erkannte sie immer mehr Züge, immer mehr Details seines Wesens wieder. Was für ein lebensfroher Junge war er gewesen in jenem letzten Sommer. Liebenswürdig, unternehmungslustig, sehnsüchtig darauf wartend, dass das richtige Leben begann, wie er es sich erträumte. Hela hatte sie oft an ihn erinnert. Sie erkannte auch noch immer seinen schlaksigen Bau und den gutmütigen Zug im Gesicht.

Und doch, wie verändert er war. Es war, als wäre alle Kraft aus ihm gewichen. War sie selbst ebenso alt geworden, fragte sie sich erschrocken. Als spürte er ihr Befremden und ihr Mitgefühl, nahm er ihre Hand und schmiegte sein Gesicht hinein. So saßen sie eine Weile regungslos da.

«Helge?», sagte Vala schließlich sanft und versuchte, ihre Ratlosigkeit zu verbergen. Er sah auf und lächelte auf eine Weise, die ihr nicht gefiel, unverbindlich, freudlos.

«Helge, dieser Goldar», tastete Vala sich vor, «mit dem Hela zusammen ist. Ist er wirklich dein Sohn?»

Der Mann starrte ins Feuer und nickte. Dann ächzte er. «Ja», brachte er heraus. «Mein Sohn.» Es klang, als hätte er diese Worte, als hätte er überhaupt schon lange nicht mehr gesprochen. Mit beiden Händen fuhr er sich durch das Haar. Dann streckte er sich mit krachenden Knochen. Sein Blick wanderte über die Wände der Hütte. «Hier hat sich überhaupt nichts verändert», sagte er verwundert. Er schüttelte den Kopf. «Ich hätte nicht gedacht, dass es all das noch gibt. Mutter?», fragte er nach einer Pause.

«Tot», gab Vala knapp und steif zurück.

Er nickte. Dann begriff er. «Das mit Eirik tut mir Leid», sagte er. Es klang förmlich. «Wirklich.»

Sie winkte ab und sah beiseite. Dann wandte sie sich ihm wieder voll zu. «Helge, ich will …»

«Tut mir Leid, dass ich mich so lange nicht gemeldet habe», fuhr er fort. «Ich wollte … ich dachte …» Er schaute sich um. «Ich hab nicht geglaubt, dass ich noch hierher gehöre, irgendwie.» Er stand auf und ging zu seiner ehemaligen Schlafnische. «Die Schlittschuhe sind ja immer noch da», sagte er und strich über die Knochen, die er seinerzeit geschnitzt hatte, um damit übers Eis zu gleiten, und die er nun schwermütig in Händen hielt. Für einen Moment schien er in Erinnerung versunken. Dann ließ er sie fallen. «Schuhe eben.» Alles Interesse wich von ihm, und er sank wieder auf einen Sitz.

«Helge?» Vala runzelte die Stirn. «Helge, dein Sohn.» Sie suchte nach den richtigen Worten. Schließlich fragte sie leise: «Wird er gut zu Hela sein?»

Helge stieß einen undefinierbaren Laut aus. Sie ging hinüber und ergriff seine Handgelenke, da schaute er sie an. «Ich habe ihn getauft mit dem Blut seiner Mutter», sagte er. «Du kennst seine Mutter?»

«Thebais?» Die Erinnerung an das unberechenbare,

grausame, von den eigenen Begierden gequälte Ding jagte Vala einen Schauer über den Rücken. Was hatten sie und Helge wohl alles getan?

Helge nickte. «Sie hatte ein Herz», sagte er heiser. «Bei allem wenigstens ein Herz.» Er schaute sie an, mit einem Blick abgrundtiefer Verlorenheit. «Goldar hat keines.»

Erster Streit

Hela wartete mit gezücktem Schwert. Sie hatte Schritte über sich gehört und Schreie. Wenig war zu ihr hinuntergedrungen, und sie blieb auf ihre Phantasie angewiesen, um sich auszumalen, was droben vorging. Lange saß sie zusammengekauert im Halbdunkel. Ihre Augen brannten. Wolf konnte irgendwann sein Geschäft nicht mehr halten, es stank erbärmlich. Sie rührte sich nicht. Als sie jemanden die Treppe herunterkommen hörte, trat sie neben die Tür und hob ihre Waffe. Knarrend wurde der Riegel gelöst, quietschend schwang der Flügel beiseite. Eine Männerschulter schob sich herein.

Mit einem Schrei trat Hela zu. Der Eindringling stolperte ins Zimmer und stürzte gegen das Bett. Ehe er auch nur einen Arm heben konnte, hatte Hela ihm das Schwert an die Kehle gesetzt. Es war Goldar. Einen Moment lang starrten sie einander an.

«Warum tötest du mich nicht gleich?», fragte er dann sarkastisch und schob die Klinge beiseite. Gereizt fuhr er sich durch das Haar.

«Ich», stammelte sie, noch immer zitternd vor Anspannung. «Ich dachte, es wäre jemand anderes. Ich dachte, ich nehme ihn als Geisel, falls du … falls ich …» Seufzend senkte sie die Waffe und ging neben ihm in die Knie.

Er nahm sie in den Arm und zog sie an sich. «Das Denken solltest du besser mir überlassen», sagte er. Doch sie hörte es nicht. In ihren Ohren brauste das Blut noch immer. «Was ist geschehen?», wollte sie wissen und wehrte seine Finger ab, die sich von ihrer Schulter in ihren Ausschnitt verirrten. Er ignorierte ihren Widerstand und umschloss ihre Brust.

«Wie ich das vermisst habe», seufzte er und rollte sich auf sie.

Hela versuchte, unter Küssen ihre Frage zu wiederholen. «Was ist dort oben passiert?»

«Wie?», keuchte er und küsste sie auf den Hals. «Nichts», nuschelte er in ihr Haar, «nichts, meine Liebste, meine Schönste, meine ...»

Sie stieß ihn zurück. «Goldar, nimm mich bitte ernst.»

«Hmmm», antwortete er und suchte seine Nase zwischen ihren Brüsten zu vergraben. Mit breiter Zunge leckte er über ihre Höfe. «Du schmeckst nach Schweiß», flüsterte er, «ich liebe es, wenn du schwitzt.»

«Goldar!» Diesmal war ihr Stoß heftiger. Verdutzt blinzelte er sie an. Dann holte er aus und schlug sie ins Gesicht.

Hela war so verblüfft, dass sie ihn im ersten Moment nur anstarren konnte. Ihre heiße Wange klopfte mit ihrem Herzen um die Wette.

«Du willst also wissen, was passiert ist, ja?» Auch er keuchte vor Wut. «Ein Mann hat dich angegriffen, und für Augenblicke dachte ich, du wärst tot. Das ist passiert. Ich rette dich und stelle mich gegen die anderen, und zum Dank dafür empfängst du mich mit der Waffe in der Hand und Vorwürfen.» Er wandte den Kopf. «Und was ist das, was hier so bestialisch stinkt?» Mit Schwung setzte er sich auf und an die Bettkante, doch dann schien ihn die Wut zu verlassen. Er sank vornüber und verbarg das Gesicht in den Händen. «Bei Odin, als er das Messer gegen dich hob, dachte ich, ich stürbe selbst.»

Hela betrachtete ihn, wie er da saß. Es schüttelte ihn

sacht, als ob er schluchzte. Sie ließ die Hand von ihrer Wange sinken, doch sie schaffte es nicht, ihn zu berühren. Nach einer Weile wagte er, ihr zwischen den Fingern einen Blick zuzuwerfen. Als er sie wie erstarrt dasitzen sah, richtete er sich auf und griff nach ihr.

«Verzeih mir», stieß er hervor. Er zog sie an sich und barg ihr Gesicht an seinem Hals wie das eines Kindes. «Alle Götter, wie konnte ich nur.» Dabei begann er, sich mit ihr im Arm zu wiegen. «Ich habe seit Nächten kein Auge zugetan, ich habe auf den Tod gewartet, aber ...» Er unterbrach sich. «Verzeih mir, das hätte nie geschehen dürfen. Niemals. Verzeih, verzeih ...» Seine Stimme wurde ein Flüstern.

Hela rührte sich noch immer nicht. Wie eine Puppe hing sie in seinen Armen. Ihr Kopf war völlig leer; sie dachte nichts, sie fühlte nichts. Sie konnte noch immer nicht glauben, dass dies geschehen war, dass dies ihr passiert war und sie es zugelassen hatte. Es war nicht wahr, es war ein Missverständnis, konnte gar nichts anderes sein.

Goldar, der ihr Schweigen für Zustimmung hielt, war bereits wieder dazu übergegangen, sie zu liebkosen. Er ließ sie aus seinen Armen gleiten und legte sie auf den Rücken, pausenlos Zärtlichkeiten murmelnd. Seine Lippen wanderten überall dorthin, wo es sie erregte, und ihr Körper reagierte, doch ihre Augen blieben weit geöffnet, selbst als er ihre Schenkel öffnete und mit der Zunge in ihre geheimsten Winkel drang. Hela spürte sich erbeben und fühlte zugleich die Tränen aus ihren Augen laufen. Über eine kühle und eine heiße Wange tropften sie herab. Goldar kam hoch und schob sich auf sie. Da sie ihm nicht entgegenkam, nahm er ihre Hüften und rückte sie zurecht, um besser in sie eindringen zu können. Als seine Stöße kein Echo hervorriefen, hob er sein Gesicht über ihres. Hela fühlte sich studiert und schloss die Augen. Da nahm er ihr Gesicht in die Hände und übersäte es mit Küssen.

«Bitte», seufzte er, «Liebste, sieh mich an. Sieh mich an.» Als er es schließlich erreicht hatte, lächelte er. «Vergib mir», sagte er noch einmal. «Gib mich nicht auf, hörst du? Ich schwöre, schwöre bei allen Göttern, dass das nie wieder geschehen wird. Eher würde ich mich töten. Du dürftest mich töten.» Ernst sah er sie an. «Ich will, dass mit uns alles gut wird. Glaubst du mir?» Beschwörend fasste er ihr Gesicht. «Glaubst du mir das? Bitte!» Sein Gesicht war blass geworden und sein Ton flehend.

«Ja», brachte Hela schließlich leise hervor. Sie wollte ihm glauben. «Ja, aber ich ...» Doch sie kam nicht dazu weiterzusprechen, so stürmisch hatte er sie an sich gerissen, Dank und Versprechen stammelnd. «Und jetzt», flüsterte er dicht an ihrem Ohr, «werde ich dich über eine Grenze führen, die du bisher noch nicht einmal geahnt hast.»

Die Grenze

«Das Mittelmeer», rief er und präsentierte es ihr mit einer Geste, als lege er ihr ein Geschenk zu Füßen. Hela trat neben ihn. Sie hatte darauf bestanden, künftig an Deck dabei zu sein, und Goldar zu ihrem Erstaunen äußerst nachgiebig gefunden. Zwar waren die Kleider, die er beschafft hatte, da die alten ihre letzten Schäferstündchen endgültig nicht überlebt hatten, Hela ein wenig zu groß, und sie brauchte eine Weile, ihre Verlegenheit zu überwinden, damit herumzulaufen. Schließlich aber schnitt sie mit ihrem Messer alles Überstehende ab, nähte das Übrige notdürftig enger und umwickelte es mit einem Gürtel, bis sie zufrieden war. Sie konnte sich in der Hose und dem fast ärmellosen Hemd frei bewegen und lernte bald das Klettern auf dem Mast, wo sie mit der gleichen Selbstverständlichkeit zugange war wie die Matrosen, von denen sie dennoch Abstand hielt.

Aber alles blieb ruhig, niemand feindete sie an. Goldar begann sogar, sie vor den Augen der Mannschaft zu berühren. Ja, er ging so weit, sie ungeniert in Sichtweite der anderen zu liebkosen. Anfangs glücklich darüber, war es ihr bald immer öfter peinlich, und sie begann, ohne darüber nachzudenken, ihm auszuweichen.

Wolf dagegen hielt sich dicht an ihrer Seite. Sie beobachtete die Männer sorgfältig, konnte aber keine Feindseligkeit gegen sich oder das Tier entdecken und erlaubte nach einer Weile, dass er sich entfernte, um von einem Matrosen einen Bissen anzunehmen, den er dann im Maul zu ihr trug und zu ihren Füßen liegend verschlang. Hela dankte mit einem Kopfnicken und erntete im Gegenzug einen verlegenen Gruß. Zwei Tage später fand sie für Wolf einen handgeschnitzten Napf an ihrem Stammplatz stehen. Sie lächelte. Das Eis schien gebrochen, und die ewige Anspannung verließ sie. Und nun das Mittelmeer. Vor Aufregung wand sie den geflochtenen Zopf, den sie an Bord zu tragen pflegte, wieder und wieder um ihre Finger.

Goldar nahm sie und küsste sie, ehe sie sich ihm mit einem Seitenblick auf die anderen entziehen konnte. «Du bist braun geworden wie eine Haselnuss.»

«Wie heißt der Ort dort?», fragte Hela und wies auf die Küste, wo eine Reihe weißer Häuser klein wie Spielzeug im Dunst sichtbar wurde.

Goldar kniff die Augen zusammen. «Das ist Sebta», erklärte er. «Es gehört zum Reich der arabischen Idrisiden. Ein Handelsstützpunkt. Wir werden dort anlegen.»

«Was wirst du handeln?», fragte Hela.

«Felle», meinte er, «Bernstein. Am liebsten haben sie Sklaven.» Er lachte. «Mit dir könnte ich dort ein Vermögen verdienen.»

Sie knuffte ihn. «Ich dachte, du bist gegen das Sklaventum.»

Er schaute sie verblüfft an. «Sagte ich das? Nun», er

kratzte sich am Kinn, wo ihm ein goldener Flaum zu wachsen begann. «Ich gedenke eher zu sterben, als meine Tage in Ketten zu verbringen. Aber jeder sollte selbst auf sich aufpassen. Außerdem haben wir für diesmal kein passendes Angebot.»

Hela legte die Hände über die Augen. «Dort löst sich ein Schiff.»

Er folgte ihrem Blick. «Hm», machte er nachdenklich. «Man kennt mich hier. Aber das ist keiner der heimischen Kauffahrer. Vielleicht solltest du besser …»

«Nein», entfuhr es Hela sehr bestimmt. Sie tauschten einen langen Blick, schließlich lächelte er, dass ihr warm ums Herz wurde. «Wie du willst», sagte er und nahm ihre Hand, um ihr die Fingerspitzen zu küssen. «Leben oder Tod: gemeinsam.»

Sie standen Seite an Seite an der Reling und beobachteten, wie das fremde Schiff näher kam. Goldar kniff die Augen zusammen. «Das sind keine Araber», meinte er, «nicht von hier. Ulwin.» Ein baumlanger Wikinger kam an seine Seite. «Die Bogenschützen. Nur zur Sicherheit.»

Keiner sprach ein Wort, während sich die beiden Schiffe einander immer weiter näherten. «Was wollen die?», fragte Ulwin nervös, «uns rammen?»

«Sie haben keinen Sporn», erwiderte Goldar, der ebenfalls keinen Blick von den Fremden ließ. «Warte, bis sie in unserem Windschatten sind, und dann …» Weiter kam er nicht, denn in diesem Moment sauste etwas durch die Luft. Ein Pfeil durchschlug mit klatschendem Geräusch ihr Segel. Er fiel kraftlos herunter, doch hinterließ er in dem Gewebe einen kleinen Kreis schwärzlicher Glut, der um sich fraß und qualmend anwuchs.

«Brandpfeile!» Angst und Wut klangen in dem Schrei. Mit einem Schlag kam Leben in die Mannschaft. Die Männer Goldars begannen ihrerseits, auf die Angreifer zu schießen. Einer kletterte hoch, um das brennende Tuch zu bergen und zu löschen; manövrieren war unmöglich geworden. Unaufhaltsam näherten die beiden hölzernen Körper sich einander und trafen schließlich krachend Wand an Wand. Das träge Geräusch ihres Aneinanderreibens wurde übertönt vom Kriegsgeschrei beider Seiten.

Deutlich spürten die Wikinger, dass eine Übermacht gegen sie stand. Sie reihten sich mit ihren Schilden an der Bordwand auf, wie sie es von den Drachenschiffen gewöhnt waren, doch der Feind schwang sich an Tauen über ihre Köpfe hinweg und in ihren Rücken, sodass bald überall auf dem Deck gekämpft wurde.

Auch Hela hatte ihr Schwert gepackt. Mit Wolf an ihrer Seite stürzte sie sich ins Getümmel. Sie pfiff, und das Tier stürzte sich auf die Kehle eines Mannes, der mit Ulwin rang. Sie wollte eingreifen, musste aber Deckung vor einem Hieb suchen, der sie von der Seite traf. Hela fuhr herum und erschrak. Noch niemals hatte sie einen völlig schwarzen Menschen gesehen. Sie bezahlte ihr Erstaunen beinahe mit dem Leben, denn er zögerte nicht, sich auf sie zu stürzen. Im letzten Moment gelang es ihr, unter seinem Arm hinwegzutauchen. Sie stieß ihn mit dem Knauf rückwärts von sich und wirbelte erneut herum, um einen Treffer anzubringen, doch auch er war nicht langsam und stand schon wieder zur Abwehr bereit. Klirrend fing er ihre Klinge auf, zweimal, dreimal. Es schien ihm nicht schwer zu fallen, sich ihrem Rhythmus anzupassen. Und nach dem zweiten Mal schaffte er es auch, ihre Ausweichmanöver zu verhindern. Wie eine Tänzerin trieb er sie vor sich her über das Deck. Hektisch warf Hela einen Blick über die Schulter. Wenn es ihm gelang, sie gegen die Aufbauten zu drängen, wäre sie verloren. Sie wechselte die Taktik und zielte tiefer, traf sein Bein, dass er vor Wut aufschrie und die Zähne bleckte. Sein Gegenschlag kam so heftig und erschütterte ihren Schwertarm so stark, dass sie glaubte, die Knochen müssten ihr brechen. Mit letzter Kraft warf sie ihn zurück und taumelte selbst zwei Schritte nach hinten. Sie spürte Holz an der Schulter, verdammt, er hatte sie in die Enge getrieben. Hela biss sich auf die Lippen. Es gab eine Möglichkeit, aber sie hatte sie noch niemals selbst erprobt. Nur zugesehen. Dennoch zögerte sie nicht. Als er das nächste Mal auf sie eindrang, täuschte sie eine Parade nur an, nutzte den letzten verbleibenden Platz und sprang. Sie fühlte seine Schulter warm unter ihrer Hand, das kurze Nachgeben des Fleisches, als sie zugriff, sich abdrückte und überschlug. Für einen kurzen Moment stand die Welt Kopf. Dann war sie wieder auf den Beinen. Ehe ihr Gegner sich von seiner Verblüffung erholen konnte, hatte Hela ausgeholt und seinen Nacken gespalten. Als er in die Knie sackte, hatte sie sich bereits dem nächsten Angreifer zugewandt.

Wolf war wieder an ihrer Seite, blaffte und jaulte und schnappte nach den Knöcheln des Kriegers, der auf sie losstürzen wollte. Er kam ins Stolpern und fiel Helas Klinge entgegen, die seinen Hals durchschnitt, ohne innezuhalten. Blut spritzte ihr ins Gesicht. Sie wischte es fort und suchte nach der nächsten Herausforderung. Da sah sie Goldar, die Axt mit beiden Händen gefasst. Doch auch sein Gegner umklammerte die Waffe. Ringend standen sie so mit erhobenen Armen einander gegenüber. «Wolf!» Der Hund sauste los wie ein Pfeil von der Sehne, Hela ihm nach. Sie strauchelte, rutschte aus im Blut, und kurz bevor sie das kämpfende Paar erreichte, ging sie zu Boden. Ohne innezuhalten, rollte sie sich ab und kullerte weiter. So kam sie zwischen den Kämpfenden zum Liegen, sah Goldars erstaunten Blick, der sich auf sie senkte, und das Grinsen seines Gegners, der ihn abgelenkt glaubte. Ohne Zögern stieß sie ihr Schwert nach oben. Mit beiden Beinen trat sie den Leib des Mannes beiseite, der schwer auf sie zu sinken drohte, und kam hoch.

Goldar starrte sie an. In seinem Blick glomm noch die

ganze Wut des Kampfes. Er keuchte mit offenem Mund. Und ehe einer von beiden etwas sagen konnte, hatte er sich abgewandt, um sich dem nächsten Angreifer zu stellen.

Doch es war keiner mehr übrig.

Mit grimmiger Befriedigung gab Goldar den Befehl, die Leichen über Bord zu werfen. Er kletterte persönlich hinüber, um die Laderäume des fremden Schiffes zu durchsuchen, und entschied, was herübergebracht werden sollte. Die ganze Zeit, während das Segel repariert wurde, damit sie ihren Kurs auf Sebta fortsetzen konnten, fluchte er vor sich hin. Hela vermied es, ihn anzusprechen, solange er in diesem Zustand war. Als das Schiff an den Kai glitt, bestimmte er zwei Mann, ihn zu begleiten, die sich daraufhin schwer mit Bündeln von Fellen behängten. Ulwin war einer von ihnen. Er strich Wolf über den Kopf, ehe er ging.

«Ihr bleibt an Bord», bestimmte Goldar barsch, «doppelte Wache.» Es war, als hätte er Hela vergessen. Dann stapfte er missmutig den Hafen hinauf, bereit, aus dem Munde des Stellvertreters des Emirs persönlich zu hören, was diese Begrüßung zu bedeuten hatte.

Hela schaute ihm nach. Ihr Blick glitt sehnsuchtsvoll über die fremdartigen Häuser, die aus Stein erbaut schienen, mit wenigen Fenstern nur, die nichts von den Geheimnissen, die sie drinnen bergen mochten, verrieten. Ihre Mutter hatte ihr erzählt, dass die Häuser des Orients diskrete Gesichter hatten, sich aber Schätze hinter den unauffälligen Fassaden verbergen konnten. Ob es dort auch einen Harem gab, wie ihre Mutter ihn geschildert hatte? Mit Schwimmbecken und Bergen von Kissen, Räucherwerk und goldenen Lampen? Unwillkürlich schnupperte sie und sog den fremden Geruch ein, der nichts von Parfüm und Weihrauch in sich barg, nur Sonne, Staub und einen Hauch von Blumen, obwohl kein Grün zu sehen war. Aber über den flachen Dächern raschelten hier und da die Rispen von Palmen, die aus verborgenen Innenhöfen herauswuchsen. Dort mussten Gärten sein, Kühle und Wasser. Nicht die Hitze, die hier an Deck des Schiffes herrschte und sich klebrig auf alles legte. Hela seufzte. Sie wischte sich über die Stirn, die sie schweißüberströmt wähnte. Doch ihre Finger verfärbten sich rot.

Sie wandte sich von der Reling ab, um die Wassertonne aufzusuchen und sich zu waschen – und stand einer Reihe Männer gegenüber, die sie mit verschränkten Armen stumm anstarrten.

Wolf, dachte Hela stumm. Da war er, an ihrer Seite. Sie versicherte sich mit den Fingern der tröstlichen Vertrautheit seines Fells. Die Rechte umklammerte unauffällig den Griff ihres Schwertes. Dann hob sie das Kinn und presste die Zähne zusammen.

Einer der Matrosen schaute seine Kumpane an, die nickten, dann trat er vor. «Wie», fragte er, «hast du das gemacht?»

Als Goldar mit seinen Begleitern zurückkehrte, bot sich ihm ein unvertrautes Bild. Hela saß auf einer Kiste, mit baumelnden Beinen, und knabberte an einem Stück halb verbrannten Fleisches. Hinter ihr loderten die durchsichtigen Flammen des Kochfeuers in einer Sandkiste und brachten die Luft unter dem Taghimmel noch mehr zum Flirren, als die Hitze es vermocht hätte. Darum herum lagerten seine Männer, alle mehr oder weniger lädiert, aber zufrieden und scherzend. Zwei von ihnen standen einander gegenüber, Ruderstangen in den Händen, und übten die Griffe, die Hela ihnen beigebracht hatte. Sie schaute zu und korrigierte sie von Zeit zu Zeit mit vollem Mund, während ihre Kameraden die Bemühungen der beiden johlend kommentierten.

«Was ist hier los?», verlangte Goldar zu wissen. Einer

der Matrosen stand auf. Er musste sich dabei auf Wolf stützen. Er hieß Einar, und sein linkes Auge war blau und zugeschwollen. Das andere blinzelte. «Wir wollten nur lernen, wie sie es gemacht hat», brachte er heraus und wies auf Hela, die zu den Duellanten getreten war, um selbst eine Bewegung zu demonstrieren, und sich nun mit einem anerkennenden Schulterklopfen von ihnen trennte, um Goldar entgegenzugehen.

«Ja», sekundierte Einars Freund Halvdan. «Und wie man diesen Sprung schafft.» Er versuchte, den Salto anzudeuten, mit dem Hela heute über ihren Angreifer hinweggesprungen war, kam dabei aber nicht sehr weit, da er sich bei einem früheren Versuch den Fuß verstaucht hatte. Hela hatte ihm einen kühlenden Verband umgelegt. «Geht es besser?», fragte sie und berührte ihn am Arm. Er strahlte sie an.

Lachend wandte Hela sich Goldar zu. Der starrte mit vorgeschobenem Unterkiefer zurück. Sie ignorierte es. «Ist alles gut gelaufen?», fragte sie.

Er wies stumm mit dem Kinn auf Ulwin, der eine Holzkiste mit Griffen trug, die verdächtig schwer aussah. Die Männer verloren das Interesse am Kampf und sammelten sich um ihn. «Hat er wie immer in Silber bezahlt?», fragte einer. Sie wollten es sehen, es berühren, darin wühlen. Erste Diskussionen um Rechte und Anteile begannen. Hela kehrte zu ihrer Kiste zurück, betrachtete die debattierenden Männer und gab Wolf einen Knochen ab. Sie war zufrieden mit dem Tag.

Schließlich kam auch Goldar zu ihr herüber. Sie schaute ihm entgegen. Wie schön er war, dachte sie, braungebrannt nun, mit goldenen Haaren, die in der afrikanischen Sonne flammten. Er hatte einen Sieg errungen, er hatte gute Geschäfte gemacht, und die Zufriedenheit ließ ihn geschmeidig wie ein Raubtier gehen.

Hela betrachtete ihn mit klopfendem Herzen. Wieder

einmal wusste sie nicht, was er als Nächstes tun würde. Wenn er mich wieder schlägt, dachte sie, bringe ich ihn um. Dabei konnte sie doch nicht dieses prickelnde Gefühl unterdrücken, halb Angst, halb Lust, auf das sie doch nicht verzichten wollte. Lange stand er vor ihr und schaute sie an, als wollte er sie studieren. Sie blinzelte nicht.

Dann warf er den Kopf zurück, lachte und hob sie hoch, um sie einmal herumzuwirbeln. Er knurrte wie ein zufriedener Löwe. «Was für ein Tag», rief er und setzte sie ab. «Und für dich habe ich jetzt eine Überraschung. Komm.»

In Afrika

Goldar war so aufgekratzt, wie sie ihn selten erlebt hatte. Sein Gang federte, seine Augen blitzten, seine Stimme war laut, und sein Lachen erklang bei jeder Gelegenheit. Hela kam nicht dazu, sich darüber zu wundern. Sie fand ihn faszinierend und unwiderstehlich und seine Aufregung nur zu verständlich. Schlug doch auch ihr eigenes Herz schneller, als sie nun das Schiff verließ und zum ersten Mal den Boden eines fremden Kontinentes betrat, ja, einer fremden Welt, die sie durchschritt wie einen bunten Traum.

Hela schrie vor Überraschung auf, als ihr am Ende des Kais eine Reihe Kamele begegnete, mit pendelnden Köpfen und unförmigen Körpern. Die Tiere knieten, um Lasten aufzunehmen, die von einem der Schiffe abgeladen wurden. Hela tanzte so aufgeregt um sie herum, dass der Karawanenführer sie schließlich verscheuchte, damit sie ihm die Tiere nicht scheu machte. «Hast du das gesehen?», rief sie. «Hast du gesehen? Davon hat meine Mutter mir erzählt.»

«Dann werde ich dir jetzt etwas zeigen, was deine Mutter noch nicht kennt», sagte er und zog sie an der Hand in die Stadt. Sie gerieten in ein Gewirr enger Gassen und

Treppen, die sich den Hang über der Küste hochzogen, und Hela war sicher, sie hätten sich verirrt, wenn nicht immer wieder eine Terrasse ihnen den wunderbaren Anblick der Bucht und des Hafens geboten hätte, in dem auch die «Bajadere» dümpelte.

Palmen raschelten über ihren Köpfen, Agaven streckten ihre zähen, dickfleischigen Blätter über den Boden, von Hela betastet, die fassungslos war, dass dies eine Pflanze sein sollte. Sie sah Büsche, so hoch wie Bäume und übersät mit Blüten, größer und leuchtender als alles, was je auf den grünen Matten Waldweides gewachsen war. Schreiendes Rot, Violett und Gelb überbot einander und wucherte in nachlässiger Üppigkeit über die Mauern, beinahe wie Unkraut, um seine betäubenden Düfte mit dem des umherliegenden Unrates zu vermischen.

Der frisch-zarte Geruch des Feigenbaumes zog Hela an, und sie ließ es zu, dass Goldar sie mit einer der unscheinbaren Früchte fütterte, die außen lila waren und innen aussahen wie eine von Würmern heimgesuchte Wunde. Doch sie schloss vertrauensvoll die Augen und aß.

«Köstlich», mümmelte sie, «besser als Äpfel.»

Goldar lachte und leckte den Saft von ihren Lippen. «Besser als Äpfel», bestätigte er, «aber probier dies.»

Und er zog sie weiter auf einen Markt, der sich ganz an den Seiten einer überdachten Gasse hinzog. Einer neben dem anderen hockten dort die Händler mit ihren Körben, und hinter ihnen öffneten sich in jedem Haus Eingänge auf dunkle, enge Läden, die die Fülle der darin aufgehäuften Schätze kaum ahnen ließen, düster und so voll gestopft, dass die Ware bis auf die Straße quoll. Nur was an den Wänden oder wackeligen Regalen davor aufgeschichtet war, verriet dem Unkundigen, was ihn im Inneren erwartete, wo sich in labyrinthischen Fluchten Raum an Raum schloss. Aber Goldar kannte sich hier bestens aus. Er führte sie zielsicher hierhin und dorthin, ließ sie bei den

Gewürzhändlern an Zimtstangen und Weihrauch schnuppern, gab ihr Datteln, Aprikosen, Mandeln und gewürzten Honig zu kosten und zahlte beiläufig mit kleiner Münze. Viele Händler aber verweigerten das Geld. Sie verneigten sich nur und beschenkten die beiden noch ihrerseits. Hela bekam Süßigkeiten und Nusskerne zugesteckt, wurde genötigt, Hibiskustee zu schlürfen und Tropfen Parfüms aufzulegen, bis sie roch wie der gesamte Orient.

«Ich könnte ein Vermögen mit dir verdienen», raunte Goldar ihr stolz ins Ohr. «Sie sind ganz verrückt nach blauen Augen hier.»

«Mir scheint, ich würde mit dir ein noch besseres Geschäft machen», gab Hela im selben Ton zurück. «Hast du bemerkt, wie die Frau dir eben durch die Haare gefahren ist?» Sie umschlang seine Taille und zog ihn an sich.

Goldar blieb stehen. «Jetzt weiß ich es», sagte er dann. «Komm.» Und er ging zu einem der kleinen Läden, an dessen Tür bunte Tücher und Mäntel leise in der Brise schaukelten, die vom Meer heraufwehte.

Drinnen war es so dunkel, dass Hela eine Weile brauchte, sich daran zu gewöhnen. Der kleine Raum war voll gestopft mit Waren, und erst als der Händler auf Goldars Gruß hin aufstand und sich verneigte, bemerkte sie ihn überhaupt inmitten der Fülle von Regalen, Stoffballen und Kleidern. Sein weißer Turban leuchtete im Dämmer des Lagers wie ein Signal. Auch seine braunen Augen schillerten, überzogen mit einer irisierenden Schicht wie der auf fauligem Wasser. Er schaute sie so ungeniert an, als wäre sie nackt.

Hela wandte sich an Goldar. «Lass uns gehen», flüsterte sie. «Man kann kaum atmen hier drinnen.»

«Aber Hafis ist der Beste», wandte Goldar ein und sagte etwas auf Arabisch. Der Ladeninhaber antwortete, und es entspann sich ein kurzes Palaver. Schließlich meinte Hafis in seiner Muttersprache: «Am besten etwas Rotes, durchsichtig und brennend, wie die Wangen einer Haremsdame.»

«Oh nein», fuhr Hela dazwischen. «Nein rot und nein durchsichtig. Ich nein Haremsdame, nein.»

Der Händler schaute Goldar unter schweren Lidern hervor an.

«Woher kannst du Arabisch?», fragte dieser verblüfft.

«Meine Mutter hat es mir beigebracht. Sie war nämlich einmal für kurze Zeit eine Haremsdame. Für eine sehr kurze Zeit», fügte sie mit einem viel sagenden Blick auf Hafis hinzu. «Deswegen spreche ich auch nicht sehr gut und weiß nicht, was Schwertkämpferin bedeutet.» Sie versuchte, in der Enge ihre Waffe zu ziehen. Hafis trat einen Schritt zurück.

Goldar drückte ihre Klinge zurück in die Scheide. «Schon gut», murmelte er. «Machen wir es einfach so.» Dabei wanderte sein Blick über die Regale. Er zog etwas herunter. «Nimm erst mal das hier und probier es an.» Damit drückte er ihr das Bündel vor die Brust und schob sie hinter einen Vorhang, den Hafis eilfertig für sie offen hielt.

«Aber ich ...», begann Hela und musste husten. Wohin sie auch fasste, war staubiger Stoff, deren Geruch allein sie beinahe erdrückte.

«Oder wie wäre es mit dem hier», erklang Goldars Stimme gedämpft, «oder dem? Oder dem?» Eins nach dem anderen flogen Kleider über den Vorhang; Hela kam kaum dazu, sie aufzufangen und zu sortieren. Da war eine lilafarbene Pluderhose, aus einem ihr völlig unbekannten Stoff, der glänzte wie die Oberfläche von Wasser und knisterte bei jeder Bewegung. Die Hose endete unterhalb der Taille in einem breiten Bund, der dick mit Blüten in Gelb und Grün und gold glänzenden Fäden bestickt war. Es war eine wunderbare Arbeit, und Hela fuhr bewundernd mit den Fingern darüber. Doch das dazugehörige Oberteil, ein eng anliegendes Leibchen, bedeckte nicht einmal die Hälfte ihrer Rippen. Auch hingen von seinem Saum goldene Fransen herab, die sicher fürchterlich am Bauch kitzelten. Sie legte es beiseite.

Dann entdeckte sie eine leuchtend apfelgrüne Robe, knöchellang und eng geschnitten, mit ausfallenden, weit über die Finger herabfallenden Ärmeln. Sie ließ sich mit einem vielfarbigen Seidengürtel umschlingen und hatte ebenfalls herrliche Stickereien an ihren Säumen. Doch der daran befestigte Schleier bereitete Hela Schwierigkeiten. Wie sie ihn auch um Kopf und Schultern drapierte, verrutschte er und verhedderte sich. Sie kam nicht damit zurecht. Auch bemerkte sie, dass der schlitzförmige Ausschnitt des Kleides viel zu tief hinabging und bei jeder Bewegung den Blick auf ihren Busen freigab. Schwitzend wühlte sie sich wieder hinaus. Das nächste Modell war eine brennend rote, durchsichtige Wolke und wurde umgehend zurückgeworfen.

Eine Weile war Hela fasziniert von einer Tunika, über und über mit silbernen Plättchen behängt, die bei jeder Bewegung vibrierten und schaukelten. Sie stellte sich vor, derart behängt über den heimischen Eismarkt zu laufen, und zog die Robe lieber wieder aus. Dann strich sie nicht ohne Wohlgefallen über eine Seide, die ihre schmale Taille eng und geschmeidig umschloss. Aber die Schnürung am Mieder hob ihre Brüste hoch und ließ sie wie Halbkugeln aus dem Ausschnitt quellen, was sie faszinierend fand – sie strich ein paar Mal andächtig darüber –, aber letztlich befremdlich. Als sie heftig einatmete, tat es einen verdächtigen Knacks, und sie beeilte sich, dieses Kleid, das in einem glänzenden Schwarz gehalten war, ganz nach unten zu stopfen.

Schließlich blickte sie ratlos auf den Berg Stoff mit den vielen feurigen Farben. Sie verstand ja, dass Goldar ihr eine Freude machen und ein wenig mit ihr angeben wollte. Aber es war nun einmal nichts dabei, das ihr zusagte.

Schließlich hatte sie die rettende Idee. Sie nahm eine schlichte hellblaue Tunika mit weiten, aber ausreichend kurzen Ärmeln. Der Stoff war zart und durchsichtig und ließ jeden Umriss ihres Körpers darunter erahnen. Aber Hela war noch nicht fertig. Noch einmal grub sie nach der eng anliegenden Robe, fand sie und schlitzte sie nach kurzem Zögern an den Seiten auf. Sie umschloss ihren Oberkörper noch immer wie ein Panzer, gewährte ihren Beinen aber nun genügend Bewegungsfreiheit und verbarg alles, was der dünnere Stoff freigegeben hätte. Erleichtert lockerte Hela noch die Schnürung und verbarg so ihre allzu exponierten Brüste. Der regenbogenfarbene Seidengürtel eines anderen Kleides war ideal, ihr Schwert damit passend zu befestigen. Nun, fand sie, sah sie beinahe aus wie ein Krieger im Metallpanzer. Sie drehte sich ein letztes Mal um, entdeckte noch eine leuchtend hyazinthfarbene Pumphose und zog sie unter die Tunika drunter, die ihr ein wenig kurz schien. Zufrieden wendete sie sich hin und her. So fühlte sie sich wohl.

Als sie den Vorhang beiseite zog, standen die Männer wie erstarrt. Goldar zog die Augenbrauen zusammen. Schließlich lachte er bemüht. «Du siehst aus wie die Königin eines Reiches, das erst noch erfunden werden muss.» Er bezahlte Hafis, der sich jeden Kommentars enthielt.

«Dann werde ich es mir erobern müssen», sagte Hela und hängte sich bei ihm ein. So langsam bekam sie Spaß an dem Einkaufsbummel. «Wo gehen wir jetzt hin?»

«Zurück zum Schiff», sagte er barsch.

«Was hast du?», fragte Hela. Sie hatte Mühe, ihm nachzukommen.

Er wirbelte herum und hob die Hand, um an ihrer Gestalt auf und ab zu fahren, als fehlten ihm die Worte, ihren Aufzug zu beschreiben. «Dass du einem jede, aber auch jede Freude verderben musst mit deinem Dickschädel.»

Sie schüttelte den Kopf. «Wäre es dir lieber gewesen,

ich wäre hier halb nackt herumgelaufen?», fragte sie erstaunt.

«Wir hätten natürlich einen Umhang drübergezogen. Ach.» Er winkte wieder ab. «Du verstehst aber auch rein gar nichts. Frauen laufen hier nicht so herum wie du.»

«Ich bin auch nicht von hier.» Trotzig schob sie das Kinn vor. «Ich bin aus Waldweide.»

«Und da hättest du vielleicht auch besser bleiben sollen.»

Es kam so plötzlich und verletzend, dass Hela die Tränen in die Augen schossen. Sie biss sich auf die Lippen. «Bitte, wenn du meinst ...»

«Ach Hela.» Er streckte die Hand aus und fing sie ab, ehe sie davonstürmen konnte. Energisch kämpfte er ihren Widerstand nieder und zog sie an sich. «Dass es immer so schwierig sein muss. Lass die Dinge doch einfach einmal zu.» Er wartete, bis sie sich nicht mehr wehrte, dann flüsterte er in ihr Ohr: «Erlaube mir doch einfach, dir ein Geschenk zu machen. Weil ich dich liebe. Und weil das in der Liebe eben so ist. Willst du?»

Sie zögerte, dann nickte sie.

«Gut.» Goldars Blick ging bereits wieder über ihren Kopf hinweg. «Dann gehen wir jetzt zu Ali. Er hat den schönsten Schmuck an der ganzen afrikanischen Küste. Manches davon habe ich ihm besorgt.»

Als sie spät am Abend zurück an Bord gingen, waren die meisten Männer fort, ihr Vergnügen in den Tavernen zu suchen. Einar und Halvdan, die für die Wache eingeteilt waren, erwarteten sie an Deck. In ihren Augen konnte Hela lesen, wie der Kopfschmuck wirkte, den sie nun trug, ein massiver silberner Reif, von dem herab dünne Ketten über ihre Schläfen fielen und in ihren schwarzen Haaren verschwanden. Sie wartete, bis Goldar unter Deck verschwunden war, wo er die Reste seiner Schätze an einem nur ihm bekannten Ort verbergen wollte, dann nahm sie den Stirnreif ab. Es dauerte eine Weile, bis es ihr gelang, das Schmuckstück aus ihren Strähnen zu nesteln, und die letzten musste sie sogar abschneiden. Ah, wie gut die milde Seeluft auf der nackten Haut tat. Mit einem Seufzer lehnte sie die Stirn an ein Stück Holz.

Einar trat näher und wog das Schmuckstück, um seinen Wert zu schätzen. Anerkennend mutmaßte er, wie viele Ziegen man dafür bekäme. Halvdan drehte es weniger beeindruckt in seinen Händen.

«'ne Menge Ziegen, ja», meinte er. «Aber Saltos schlagen kann man damit nicht.»

Hela musste lächeln. «Wie geht es dem Fuß?», fragte sie.

Er winkte ab. Eine Weile stand er verlegen vor ihr. Schließlich wagte er, mehr brummelnd als sprechend, vorzubringen, was ihn bewegte. «Warum», fragte er, «lässt du dir das eigentlich gefallen?»

«Was?», wollte Hela wissen und runzelte die Stirn.

«Na, das», erwiderte er und tippte mit seinem rissigen Finger sanft an ihre Stirn, wo ein breiter roter Striemen sichtbar geworden war. «Und das», fuhr er noch leiser fort und strich über ihre Wange.

Hela fasste an die Stelle. Brennende Röte schoss ihr unter die Haut. Hatte man die Spuren von Goldars Schlag damals tatsächlich so deutlich gesehen?

«Ich weiß nicht, was du meinst», murmelte sie.

«Wie du willst. Aber wenn du Hilfe brauchst …»

Energisch schüttelte Hela den Kopf. Ja, sie lachte beinahe. «Nein, wirklich, Halvdan. Ich kann mir selber helfen, wie du weißt.» Sie überlegte. «Er meint es nicht so. Nicht so, wie du vielleicht denkst. Es tut ihm Leid, jedes Mal. Er ist dann», sie überlegte, «richtig hilflos. Aber das kriegen wir hin. So ist die Liebe nun mal, weißt du», fügte sie einen Satz hinzu, den Goldar oft zu ihr gesagt hatte. «Voller Aufs und Abs, und manchmal tut sie weh.»

Halvdan wandte sich ab. «Nicht dass ich wüsste», brummelte er.

Er tat Hela beinahe Leid, dieser große, ungeschlachte Bär, der durch die Fremde fuhr, um sich für zu Hause ein paar Ziegen zu erobern. Was verstand er schon von wahrer Leidenschaft.

Noch einmal wandte Halvdan sich um. «Ich will ja nur nicht, dass es dir ergeht wie ...»

«Halvdan!» Goldars Stimme klang scharf. Er kam aus dem Aufgang zum Deck und ging mit schnellen Schritten zu ihnen hinüber. «Du sollst Wache halten und nicht plaudern.» Er zog Hela mit sich. «Hat er dich belästigt?», fragte er unnötig laut, während er sie zur Treppe schob.

Hela schüttelte heftig den Kopf. «Was für ein Unfug, Goldar, heh!» Sie nahm sein Gesicht und hielt es in ihren Händen.

«Kaum habe ich dir ein Vermögen geschenkt, flirtest du mit anderen Männern.»

Ohne zu zögern, drückte Hela ihm Stirnreif und Ringe in die Hand. Dann lächelte sie ihn an. «Du bist ja wirklich richtig wütend», stellte sie fest, nicht ohne Genugtuung. «Sag mal, bist du etwa eifersüchtig?»

«Was habt ihr geredet?», verlangte Goldar zu wissen.

Hela schmiegte sich an ihn und gurrte. «Oh schmutzige, sündhafte Sachen, Liebster.» Ihre Finger krochen unter sein Wams.

«Lass das.» Er stieß sie so heftig von sich, dass sie mit dem Kopf gegen das Holz knallte. Für einen Moment wurde ihr schwarz vor Augen. Als sie wieder zu sich kam, war Goldar verschwunden.

Die einsame Bucht

«Was soll das heißen, er bleibt in Sebta?» Helas Stimme war laut und schrill. Sie scherte sich nicht darum, dass die ganze Mannschaft mithören konnte. Sollte Goldar sich nervös umschauen, sooft er wollte, ihr war es recht. «Du kannst Halvdan doch nicht einfach zurücklassen.»

Goldar klang verächtlich. «Ich warte nicht auf Trunkenbolde, die durch die Tavernen ziehen und ihre Pflicht vergessen.» Damit wandte er ihr den Rücken zu.

«Aber», Hela suchte ihre Gedanken zu ordnen. «Er war doch an Bord die ganze Zeit, er hatte doch Wache. Wie kann er da in einer Kneipe verschwunden sein?»

Goldar presste die Lippen zusammen. «Dann wird er es eben mit seinen Pflichten nicht so genau genommen haben.» Mehr erwiderte er nicht.

Hela schüttelte den Kopf. Zweifelnd schaute sie zu der fremden Stadt hinüber, die Halvdan verschluckt zu haben schien. Ein Wikingerschiff ließ keinen zurück; das war nicht denkbar. Ebenso wenig, dass Halvdan seinen Posten verlassen haben sollte. Sie hatte inzwischen Gelegenheit genug gehabt, die Männer kennen zu lernen, und sie hatte den rothaarigen Riesen nicht wie jemanden eingeschätzt, der so etwas täte. Mehr noch, sie hatte ihn gemocht.

«Aber», begann sie erneut.

Goldar trat dicht an sie heran. «Glaubst du mir nicht?», fragte er drohend.

Hilfe suchend schaute Hela sich um. Die Männer wandten ihnen den Rücken zu und waren mit dem Ablegemanöver beschäftigt. Die Taue surrten an Deck, das Segel entfaltete sich knallend. Und schon ging der erste rüttelnde Stoß durch den Schiffsrumpf. Die Häuser Sebtas glitten beiseite.

«Doch, natürlich», sagte sie verwundert. «Ich kann mir nur nicht vorstellen, dass ...» Noch einmal blickte sie zu der Stadt hinüber.

«Du kannst ja hinüberschwimmen», höhnte Goldar, nun seinerseits laut, «und ihn in den Hurenhäusern suchen.» Er sagte nicht: wo du hingehörst. Doch es hallte in der Stille nach seinem abrupten Verstummen ohrenbetäubend nach.

Voller Wut griff Hela nach dem ersten Gegenstand, den sie fand, und warf damit nach ihm. Sie verfehlte Goldar, doch er fuhr herum wie ein getroffenes Tier; seine geballte Faust zuckte hoch. Hela hatte ihren Dolch gezogen, ehe sie einen Gedanken fassen konnte. So standen sie für einige Augenblicke einander gegenüber. Schließlich trat er einen Schritt zurück, nickte nur und senkte die Faust, die er mit der freien Hand rieb, als jucke es ihn, den Hieb noch anzubringen. Doch er hielt Abstand. Sein Gesicht verzog sich zu etwas, was ein Lächeln hätte sein sollen, jedoch eher einer Fratze mit hervorstechenden Augen glich. «Wie du willst», grollte er, «wie du willst. Bedroh mich nur, schlag mich. Aber ich beschaffe dir deinen Liebhaber nicht wieder.» Damit wandte er sich ab und gab seine Kommandos.

Hela hielt sich im Schatten nahe des Mastbaums, saß nur da, kraulte Wolf und wechselte mit keinem ein Wort. Sie betrachtete Goldar lange während der Fahrt, und ihr Groll verschwand allmählich. Er war ihr einfach ein Rätsel. Glaubte er tatsächlich, ihr läge etwas an Halvdan als Mann? War es schlicht Eifersucht, die ihn umtrieb? Der Gedanke ließ sie plötzlich lächeln. Ach, sie hätte ihn gerne beruhigt und ihn ihrer Liebe versichert. Denn so war es, trotz allem, sie liebte und begehrte ihn so brennend wie am ersten Tag. Nie hatte sie solche Momente, solche Seligkeiten gekannt wie mit ihm. Niemals hatte sie sich so verlieren können wie in den Augenblicken, wenn er stammelnd vor Liebe in ihren Armen lag. Dann wieder sah sie ihn mit erhobener Faust vor sich stehen, und Trotz meldete sich in ihr. Ach, warum nur musste alles so schwierig sein! Er behauptete, das läge an ihr, daran, dass sie nicht loslassen könne, sich nicht wirklich hingeben und alles andere als unwichtig vergessen.

Vielleicht war das so, dachte sie. Vielleicht hatte er Recht, und sie war keine richtige Frau. Sie spielte ja auch mit Waffen herum und fuhr mutterseelenallein über die Weltmeere. Bislang hatte das noch niemand verstanden. Aber ich wollte es doch nie anders haben, begehrte sie dann auf. Sind meine Wünsche denn so abwegig? Ach, warum kann er mich nicht so nehmen, wie ich bin?

Hela erhielt keine Antwort auf ihre Fragen. Tagelang segelten sie eintönig dahin. Da weckte ein Manöver des Schiffs ihre Aufmerksamkeit. Hela stand auf und ging an die Reling. Die Küste, immer in Sichtweite während ihrer Fahrt, kam nun deutlich näher, und der Bug des Schiffes begann, sich auf eine schmale, von Felsriffen gegürtete Bucht zuzubewegen.

«Was machen wir denn da?», fragte sie Einar, der ihr am nächsten stand. «Wir werden zerschellen!»

«Halb so schlimm, wie es aussieht», gab der Wikinger zurück, «das ist ja der Trick.» Und er blinzelte ihr zu. Tatsächlich schien die «Bajadere» ihren Weg völlig unangefochten zu nehmen. Eine von ferne nicht zu vermutende Fahrrinne tat sich zwischen den Klippen vor ihnen auf und ließ sie ihren Weg bis dicht an das Ufer finden. Doch es waren einige waghalsige Manöver nötig. Und mehr als einmal kamen die Felsen so dicht, dass sie meinte, sie mit ihren Händen berühren zu können. Kormorane hockten schwarz auf den Inseln inmitten der Gischt und verfolgten misstrauisch, mit schräg gelegtem Kopf, den Kurs des großen weißflügeligen Vogels, der da plötzlich aufgetaucht war. Sie flüchteten mit klatschenden Flügeln, wenn die «Bajadere» ihnen zu nahe kam.

«Sag mal, Einar», begann Hela, ermutigt durch seinen vertraulichen Ton. Sie musste mit jemandem reden, jemand Drittem, Unbefangenem. Denn in dem Konflikt mit Goldar wusste sie nicht mehr, wo oben und wo unten war, wer von ihnen beiden Recht hatte und wer Unrecht. «Halvdan hat gestern etwas zu mir gesagt, was ich nicht verstanden habe.» Sie zögerte, als ihr Gegenüber nicht aufschaute. Dann entschloss sie sich und sprach weiter: «Er meinte, er wolle nicht, dass es mir ergehe wie ...» Sie betonte die Pause und hob erwartungsvoll die Augenbrauen.

Einar antwortete nicht.

«Wie wem, Einar?»

Der Seemann kaute auf dem Ende seines Bartes herum und warf einen Blick zu Goldar, der mit auf dem Rücken verschränkten Händen im Bug stand. Dann spuckte er aus. «Lohnt nicht, darüber nachzudenken», sagte er.

Hela gab nicht auf. «Einar, wo ist Halvdan?»

Er spuckte erneut. «Lohnt nicht, nach ihm zu suchen.» Damit wandte er sich ab und ging steifbeinig zum Heck. Hela schaute ihm nach. Dicht hinter ihm ragte nun drohend ein steiles, schrundiges Kliff auf, in dessen Schatten das Schiff eintauchte, um dort zu ankern. Die hellgrauen Felsen waren übersät mit weißen Flecken, dem Kot unzähliger Seevögel, die dort in den Spalten und auf den Vorsprüngen nisteten.

Irgendjemand johlte, dass man sich die Eier holen wolle. Die Mannschaft schien mit dem Ort gut vertraut zu sein, wie schon die Sicherheit verriet, mit der sie den Kurs hierher gesegelt war. Ein Boot wurde zu Wasser gelassen, um den Strand zu erreichen, einen blendend weißen Halbmond, gesprenkelt mit herabgefallenen Felsbrocken und geteilt von einem Süßwasserrinnsal, das aus einer engen Schlucht hervorquoll und einen mannshohen Binsenwald und einige Tamarisken sprießen ließ, um sich dann glasklar ins Meer zu ergießen. Reiher stakten durch den flachen Lauf und pickten im Schlick. Großblütige gelbe Blumen sprießten halb aus dem Sand hervor. Es wirkte paradiesisch schön und zugleich verlassen auf eine Weise, die Hela ein wenig frösteln ließ. Sie konnte die Freude der Männer, diesen Ort wiedergefunden zu haben, nicht teilen.

Mit jedem Ruderschlag kam die Szenerie einen Ruck näher. Helas Blick wanderte prüfend über die abweisenden Felswände. Wenn nicht die Schlucht einen Ausweg bot aus der Bucht, die allerdings sehr eng aussah, dann gab es keinerlei Möglichkeit, über diese steilen Felsen das Hinterland zu erreichen. Diese kleine Welt öffnete sich nur dem Meer und seinen Bewohnern.

«Hier kann man es aushalten, was?» «Endlich Frischwasser!» «Wer kommt mit, die Nester ausnehmen?» Die Mannschaft, noch bedrückt von der hässlichen Abschiedsszene in Sebta, schien guter Dinge, und die Männer verteilten sich rasch, um ihren üblichen Aufgaben nachzugehen. Mit Interesse verfolgte Hela vor allem die Bemühungen Einars und eines seiner Kameraden, eine besondere Pflanze ausfindig zu machen, die sie sorgsam ernteten. Hela kannte sie nicht und trat näher, um sie genauer zu betrachten. Aus dem dicken Mittelstamm mit den klingenförmigen Blättern wuchs eine Kugel von kleinen gelben Blüten. Nein, dachte sie und schüttelte den Kopf. Sie glich keiner der Heilpflanzen, die ihre Mutter sammelte, nicht einmal einer aus Valas Erzählungen, in denen sie ihr beschrieben hatte, was weit im Osten wuchs. Sie fragte nach dem Namen.

«Sifion, sagt Goldar», erklärte Einar ihr und hielt den Stängel hoch. «Oder Silphion, scheißegal. Hauptsache, die Byzantiner zahlen ein Vermögen dafür.»

«Für eine Pflanze?», fragte Hela ungläubig.

«Eine besondere Pflanze.» Stolz richtete Einar sich auf. «Soll früher überall in Afrika gewachsen sein, vor allem in der Cyrenaica, bei Ägypten.» Er nickte, als erzähle er ihr nichts Neues. «Und alle waren ganz verrückt nach ihr. Dann plötzlich verschwand sie, weg, ausgestorben. Bis auf diese hier.» Triumphierend hielt er ein Exemplar hoch.

Hela schaute zweifelnd drein. «Und was macht man damit?»

Einar kratzte sich am Kopf und betrachtete seine Beute. «Keine Ahnung», bekannte er dann, feixte aber schließlich. «Sie in Gold aufwiegen lassen. Heh», rief er seinem Helfer zu. «Die da hinten lass mal stehen, die ist für nächstes Jahr.» Er blinzelte Hela zu. «Darf doch das Huhn nicht schlachten, das goldene Eier legt.» Zufrieden sah er sie lächeln. Ein Rascheln erregte ihre Aufmerksamkeit, und zu ihrer Überraschung sah sie Goldar nicht weit von ihnen durch das Schilf stapfen, in dem er kurz darauf verschwand.

«Auf solche Sachen kommt der Kapitän, das muss man ihm lassen», meinte Einar anerkennend, während er ihm nachsah. «Hätte doch keiner von uns gedacht: Grünzeug.»

«Wohin geht er da?», fragte Hela und reckte den Hals, um anhand der taumelnden Schilfgrasrispen auszumachen, wo Goldars Kurs verlief. «Und wozu hatte er die Kiste dabei?»

Einar machte sich wieder über seine Pflanzen her. «Besser nicht danach fragen», sagte er.

Doch diesen Rat zu befolgen hatte Hela nicht vor.

Die schwarze Schlange

Allein unter all den Männern, die so eifrig ihrer Arbeit nachgingen, fiel es ihr nicht schwer, sich unauffällig abzusetzen. Sie pfiff nach Wolf und ging mit ihm ein Stück die Felswand entlang. Er folgte ihr begeistert und stöberte in sämtliche Löcher und Höhlen, wo er so wunderbare Dinge wie kotbeklebte Vogelfedern oder den eingetrockneten Kadaver eines abgestürzten Gazellenbocks aufstöberte, der einen so strengen Geruch verströmte, dass Hela ihren Hund eilends zurückpfiff. Als niemand sie mehr sehen konnte, tauchte Hela in das Schilfdickicht ein. Wolf musste erst dazu überredet werden, sich in diesen unübersichtlichen, raschelnden Wald zu begeben, doch sie war unnachgiebig. Ihr Plan stand fest: Wenn sie von hier aus direkt auf den Flusslauf zuhielt, würde sie auf die Fährte stoßen, die Goldar unzweifelhaft in diesem Stängelhain hinterlassen haben musste. Sie schaute sich um: Auch hinter ihr war eine Spur aus umgetretenen Halmen, ausreichend breit, um erkannt zu werden. «Also los, Wolf.» Unwillkürlich flüsterte sie, obwohl das Rascheln des Rieds und das Quaken der Frösche so laut war, dass niemand, der nicht unmittelbar in der Nähe lauerte, sie hören konnte. Das Quaken verstummte, wenn sie näher kam, und nie gelang es ihr, einen der Urheber zu sichten. Dafür hingen zahllose Spinnweben herum, die sie sich immer öfter hektisch aus dem Gesicht wischte. Mücken surrten um ihren Kopf, und ein fauliger Geruch begann sie zu begleiten. Unter ihren Füßen gluckerte es, denn im Schutz des Schilfs verbreitete der kleine Flusslauf sich unbemerkt zu einem Sumpf, in dessen Pfützen seltsame Insekten herumruderten. Manchmal schossen kleine Fischchen unter ihren Tritten weg, und einmal hielt Hela plötzlich inne, als ein Schlangenkopf sich vor ihr aus dem Wasser hob, in ihre Richtung züngelte und unentschlossen pendelte.

«Ruhig, Wolf!» Hela packte ihn am Nackenfell, dass er aufjaulte, doch gehorchte er ihrem Befehl. «Ich weiß nicht, ob sie giftig ist.»

Nach einer Weile schien das Tier beschlossen zu haben, dass Hela harmlos war. Der Kopf senkte sich bis knapp über die Wasseroberfläche und entfernte sich dann, angetrieben von den Windungen eines Körpers, den nur sehr sachte Wasserbewegungen verrieten. «Noch immer nicht vorbei», flüsterte Hela atemlos, während das sanfte Schwappen vor ihr anhielt. «Odin, ist das ein Vieh.» Auch als alles still war, verharrte sie noch eine ganze Weile, bis sie sich weiterwagte. Und ihre Schritte waren nicht mehr so sorglos wie am Anfang.

Schließlich umgab sie Wasser von allen Seiten, unmöglich, den eigentlichen Flusslauf noch auszumachen. Standen sie noch am linken Ufer, oder hatten sie ihn bereits überquert? Beinahe hätte sie aufgegeben. Da entdeckte sie endlich Goldars Spur. Es war ein regelrechter Tunnel, halbrund und mannshoch, so ausgetreten wie ein Wildwechsel. An manchen Stellen sah sie sogar Äste im Wasser liegen, so als hätte er sich eine Knüttelbrücke über die schlammigsten Stellen hinweg schaffen wollen.

«Gute Idee», murmelte Hela und setzte ihre Füße auf das altersschwarze Holz. Goldar, das war klar, ging nicht zum ersten Mal hier entlang. Er hatte den Weg schon viele Male benützt. Aber wozu?

Ein feuchtkalter Hauch verriet ihr, dass die Schlucht nahe sein musste. Und tatsächlich stand sie bald am Fuß des Felsens, der Dutzende von Metern über ihr aufragte, dunkel und moosig hier unten, sonnengebleicht und grau oben unter dem Himmel, wo die Möwen kreisten in einer fernen, lichtdurchfluteten Welt. Und direkt vor ihr sah sie auch die Öffnung. Sie war unregelmäßig und schmal, doch sie reichte, einen Mann hindurchzulassen, wenn er sich seitlich drehte und klein machte. Hela brauchte sich nicht einmal zu bücken. Als sie hindurch war, hielt sie den Atem an.

Der Spalt erweiterte sich fast unmittelbar hinter dem Durchgang zu einer Schlucht, breit genug, eine kleine Wiese aufzunehmen. Hela entdeckte die Reste einer Hütte und eine Reihe kleiner Lorbeerbäume, die in dem lichtarmen Grund ein kümmerliches Leben fristeten. Sie ging hinüber zu der offensichtlichen Ruine und stocherte ein wenig in dem Holz. Wer immer hier gebaut hatte, war vor langer Zeit fortgegangen. Auch Goldar schien sich an diesem Ort nicht aufgehalten zu haben. Auf der Suche nach ihm wanderte Helas Blick die Schlucht entlang. Dort führte ein Pfad durch die kleine Wiese, gebildet von Felsen, die aus dem dünnen Erdgrund brachen. Er wand sich die Schlucht hinauf, die nach einer weiteren Verengung noch ein ganzes Stück ins Landesinnere zu reichen schien. Hela folgte dem Pfad langsam und zwang Wolf, hinter ihr zu gehen. Der Weg führte sie aufwärts, an manchen Stellen so steil, dass sie Mühe hatte, ihn zu bewältigen. Als sie schon bereit war aufzugeben, entdeckte sie gut verborgen in einer Felsspalte ein Seil, das jemand an einem über ihr herausragenden Stück Fels befestigt hatte. Hela griff dankbar danach und stemmte sich hoch. Wolf unter ihr bellte einmal; das Echo hallte so laut, dass Hela zusammenzuckte. Sie beschied ihn energisch, still zu sein und auf sie zu warten. Mit einem leisen Winseln rollte der Hund sich am Fuß des Felsens zusammen und sah ihr nach, wie sie durch den nächsten Engpass verschwand.

Als sie sich hindurchgequetscht hatte, hielt Hela inne. Die Schlucht gabelte sich vor ihr. Ein unübersichtlicher Felssturz verwandelte den Raum vor ihr in ein Trümmerfeld. Dahinter taten sich drei, vielleicht vier Wege auf, die sie nehmen konnte. Manche mochten nach wenigen Metern schon an einer Felswand enden. Doch es wäre mühsam, sie alle zu erkunden. Zögernd setzte sie ihren Fuß auf den ersten Gesteinsbrocken, der wippend nachgab und sie beinahe aus dem Gleichgewicht gebracht hätte. Da hörte sie das Pfeifen. Kein Zweifel, Goldar schien guter Dinge zu sein. Sie kannte die Melodie; es war ein unanständiges Lied aus Haithabus Tavernen.

Vorsichtig trat Hela zurück und schlug die neue Richtung ein, aus der die Geräusche gekommen waren, durch ein Feld aus Farnen in eine Nische, die sie nicht weiter beachtet hatte. Es erwies sich, dass der Pfad hinter der ersten Barriere einen Knick machte, unsichtbar für jeden Wanderer. Dahinter tat sich ein kleiner Kessel auf, ähnlich dem ersten, durch den sie gekommen war. Die Felswände traten auseinander für einen fast runden Raum, in dessen Mitte ein Olivenbaum wuchs. An seinem zerklüfteten Wurzelfuß kniete Goldar. Hela, hinter dem Farn verborgen, beobachtete, wie er Bretter beiseite hob, sich hinabbeugte in etwas, das wie eine Grube aussah, und schließlich einen hölzernen Deckel zutage förderte. Dann öffnete er die Kiste, die er bei sich getragen hatte. Hela hörte es klirren und erriet, was in den Lederbeuteln war, die er nun in das Versteck hinabließ. Rasch, Griff um Griff, lagerte er seine Beute. Dann verharrte er. Goldar schien den Anblick, der sich ihm bot, zu genießen. Hela sah, wie er mit der Hand sanft über den Inhalt des für sie unsichtbaren Behältnisses strich. Dann wandte er sich um – rasch duckte Hela sich tiefer an den Boden – und holte das letzte Stück aus seiner Kiste. Hela hielt den Atem an, als er aufstand und die Arme ausstreckte. In seinen Händen hielt er ein Schwert. Er hob es ins Licht und bewunderte das Spiel der Sonnenstrahlen auf der schlanken Klinge. Dann ließ er es probeweise niedersausen. Es gab einen Laut, den Hela nur zu gut kannte.

«Es ist nötig, dass man dazu seine Sprache versteht», flüsterte sie. Goldar hatte sie nicht gehört. Völlig versunken führte er seine Bewegungen aus, langsam, wie in einem sanften Tanz, nahm er Position um Position ein. Um sein Handgelenk spielte zärtlich die blutrote Quaste aus Seide.

Hela löste sich leise aus ihrem Versteck. Sie schlich sich an und trat so dicht hinter ihn, wie sie vermochte. Sie war sehr beherrscht, doch innerlich vibrierte sie vor Wut. So nahe war sie schon, dass die Äste des Olivenbaumes ihre Haare streiften. Sie hätte Goldar mit Leichtigkeit berühren können, als er abrupt herumfuhr. Die Klinge schwebte über ihrem Scheitel. Ein Vogel flog kreischend auf.

«Du», sagte sie bebend, «du hast ihn umgebracht. Er hätte sich niemals davon getrennt!» Hela schrie, dass es von den Wänden widerhallte. Sie war außer sich vor Wut und Enttäuschung. Trotz allem hatte sie bislang das Vertrauen gehabt, dass Goldar aufrichtig war und dass er niemals etwas Unrechtes tun würde. Hier nun hatte sie den Gegenbeweis vor Augen. Und es tat weh, so weh, dass sie am liebsten zugeschlagen hätte. Wenn sie doch nur ihr Schwert bei sich führen würde, sie hätte es bedenkenlos gezogen. Doch alles, was sie bei sich trug, war ein Dolch, der ihr wenig helfen würde. Dennoch zückte sie ihn.

«Gib es doch zu», brüllte sie hilflos. «Oh, ich hasse dich.»

Goldar stand noch immer vor ihr, reglos, die Waffe erhoben. In seinem Gesicht wechselten die verschiedensten Empfindungen. Hela sah Zorn, rasenden Zorn, dann Hohn, seltsamerweise auch Angst, aber nur für einen Moment. Dann auf einmal wurde er ruhig. Sie sah die keilförmige Falte der Konzentration, die sie bereits kannte, und den Blick seiner Augen, der mit einem Mal gefasst und entschlossen wurde. Er würde zuschlagen, sie wusste es binnen eines Wimpernschlages. Angst verspürte sie keine, nur Traurigkeit. Tränen schossen ihr in die Augen. Doch ihr Dolch fuhr vor.

Goldars Schwert beschrieb einen sirrenden Kreis. Die Klinge traf die schwarze Schlange, die neben Hela aus dem Geäst baumelte, und schlug ihr den Kopf ab. Eine Blutfontäne sprudelte; eine Haarsträhne Helas wurde durchtrennt und segelte zu Boden, wo der Schlangenleib schwer aufgeschlagen hatte und sich noch immer zuckend wand. Hela rührte sich nicht und vergaß zu atmen.

Goldar lächelte in ihr entsetztes Gesicht.

Da erst erinnerte sie sich an den Dolch und ließ ihn los. Er steckte zitternd in Goldars Brust. Aus Helas Kehle drang kein Laut mehr; sie war wie zugeschnürt.

Goldar runzelte die Stirn und betastete die Waffe, die aus seinen Kleidern ragte. «Du hast zu hoch gezielt», sagte er schließlich. In seiner Stimme war zärtlicher Triumph. «Ich wusste, du würdest es nicht fertig bringen.»

Und er hob die Hand, an der herab ein dünnes Rinnsal Blut aus der Wunde floss, und fuhr ihr damit über das Gesicht und die Lippen, als salbe er sie. Sie schmeckte das salzige, metallische Aroma.

«Du verfluchter Hund», schrie sie und stieß ihn zurück.

Er taumelte, hielt sich aber aufrecht. Noch immer stand das irre Lächeln in seinem Gesicht, noch immer hielt er das Jadeschwert in der Rechten.

Hela senkte den Kopf und begann zu weinen. «Du verdammter, elender Mistkerl», schluchzte sie. Doch sie ließ es zu, dass er sie an sich zog. Heftig umschlang sie ihn mit beiden Armen und küsste ihn.

Der Fremde

«Helge, Helge, verflucht nochmal.» Außer Atem zerrte Vala das Pferd hinter sich her und strich sich die Haare aus der Stirn. Der Hof lag still da. Weiße Ziegen fleckten die grüne Weide und dösten, ein paar Hühner stakten mit vorsichtigen Schritten durch den Staub vor der Hütte, deren Tür sich im Wind leise bewegte. Vala lauschte. Dann wandte sie sich der Scheune zu. Sie stieß das Tor auf und ließ einen Keil von Licht in das Halbdunkel, das da und dort von einem Muster heller Flecken gesprenkelt war, wo das undichte Dach und Ritzen in den Wänden, aus denen das Moos gefallen war, Sonnenstrahlen hereinließen. Es war ein regelrechtes Muster von Lichtpfeilen geworden, und sie brauchte eine Weile, Helges Gestalt darin zu entdecken. Er saß da und starrte vor sich hin.

Vala seufzte. Sie kannte das nun schon an ihm. Egal ob bei der Arbeit oder mitten im Gespräch, es konnte passieren, dass ihr Schwager aufstand, mit abwesendem Blick, als hätte er etwas vergessen, das er noch erledigen wolle. Dann verschwand er, und wenn man ihn suchte, fand man ihn irgendwo, alleine, auf dem Boden hockend wie ein Schlafender mit offenen Augen. Einmal hatte er einen Kessel alleine gelassen, in dem er Birkenpech schmolz. Vala war durch den Geruch des beißenden Qualms darauf aufmerksam geworden und kam gerade noch rechtzeitig, den kleinen Holzunterstand zu retten, den er sich für seine Arbeiten eingerichtet hatte. Der Kessel allerdings war ruiniert. Ein andermal hockte er inmitten der blökenden Schafe, die mit lautem Geschrei danach verlangten, von dem Druck in ihren Eutern befreit zu werden. Vala hatte ihm schließlich den Eimer abgenommen und die Sache selbst erledigt. Er hatte ihr abwesend zugesehen, ohne ein Wort. Irgendwann war er aufgestanden und fortgegangen.

Und nun hatte sie den Pflug mitten auf dem Feld verlassen gefunden und das Pferd bereits auf halbem Wege in den Wald. Sie hatte alles stehen und liegen lassen müssen, um es zurückzuholen, und herzhaft dabei geflucht. Nein, er war wahrhaftig nicht die Hilfe, die sie sich erhofft hatte. Es war eher so, als hätte sie zusätzlich zu allem nun ein Kind zu pflegen, ein unzuverlässiges, verwirrtes Kind. Manchmal fühlte sie sich an seiner Seite einsamer, als sie es alleine gewesen wäre. Helge wirkte so leblos, und in den traurigen Stunden, wenn die Erinnerung an Eirik und die Gedanken an Hela sie zu überwältigen drohten, war ihr, als fräße er von ihrer eigenen Lebendigkeit. Nicht jedoch am Tage. Sie schüttelte den Kopf. Im Tageslicht wusste sie, dass sie weitermachen musste, weitermachen würde. Sie hatte die Kraft dazu.

«Helge?», fragte sie. Wie immer wurde ihre Stimme sanft, wenn sie ihn sah. Seine Ähnlichkeit mit Eirik betörte sie jedes Mal. «Helge, was ist?» Als sie näher kam, bemerkte sie, dass er mit einem Seil in seinen Händen spielte. Er schaute nicht auf, als sie es ihm behutsam fortnahm.

«Du wolltest das Nordfeld fertig machen», sagte sie mit leisem Vorwurf. «Wir hätten schon vor zwei Tagen säen sollen.»

Da blinzelte er sie an. Als wäre er eben aus einem Traum erwacht, der ihn noch immer nicht entlassen wollte. «Sie sagte, ich wäre ein Feigling», begann er, «wenn ich nicht ...»

«Wenn du nicht was?», fragte Vala. Sie nahm seine Hände. Ganz langsam und vorsichtig versuchte sie seinen Geist zu erfassen, sich in das Innere seiner Gedanken vorzutasten. Doch die wilde Panik, die Angst und die Scham ließen sie abrupt innehalten. Es war, als wäre sie aus dem friedlichen Hof plötzlich mitten in ein Schlachtfeld geschleudert worden, voll schreiender, kämpfender, verzweifelter Menschen. Erschrocken glitt sie zurück und blinzelte. Gerade, als sie sich erneut ein Herz fassen wollte, drangen Stimmen in den Frieden der Scheune, aufgeregte Stimmen.

Vala strich Helge über das Haar und trat hinaus.

«Was gibt es?», fragte sie. Lokis Sohn und einige andere Jungen aus dem Dorf kamen atemlos angerannt. «Vala, Vala, ein Kobold!», riefen sie mit vor Aufregung kieksenden Stimmen.

Sie lachte und fing den ersten Ankömmling in ihren Armen auf. «Nun beruhigt euch. Ist das ein Spiel? Wollt ihr ein Glas Milch?»

Beleidigt schüttelten die Jungen den Kopf. So viel Unverstand war doch typisch für Erwachsene. Milch, wo derart Aufregendes geschah. «Ein Kobold, so hör doch, ein Geist, vielleicht ein böser. Er will zu dir.»

«Ein Geist, der mich sprechen will?» Vala war noch immer bereit, die Sache von der heiteren Seite zu nehmen. Sie wischte sich die Hände an ihrem Kleid ab und trat ans Tor, um den Weg hinunterzusehen.

«Ja, der Geist eines alten Mannes, uralt und runzelig», hörte sie es hinter sich. «Er sieht aus wie ein Zauberer. Und er hat Augen wie du.»

Der Schamane!, durchfuhr es Vala. Und für einen Moment musste sie sich am Holz des Gatters festhalten. Hatte er sie doch gefunden, nach all den Jahren. Kam er nun, um sie endgültig zu holen? Um ihre Seele erneut zu verfluchen und sie aus dem Kreis der Lebendigen auszustoßen?

Nein, dachte sie zugleich, nein, nein. Ich habe ihm schon einmal getrotzt, ich werde es mit ihm aufnehmen. Angespannt starrte sie der Gestalt entgegen, die nun aus dem Schatten des Waldes trat. Sofort sah sie, dass er nicht hierher gehörte. Ja, das war er, die kerzengerade, ausgemergelte Gestalt, die weiten Ärmel, das flatternde Gewand, der Schritt von einem, der die Macht kannte. Das war er. Wie weit war doch der Weg, den er genommen hatte. Oh, sie wusste, wie weit.

«Da ist er», kreischten die Jungen begeistert und rannten ihm entgegen, um ihn, wie sie es offenbar schon vorher getan hatten, zu umtänzeln und mit Spottrufen herauszufordern. Die Mutigsten wagten sogar, mit Steinen nach ihm zu werfen, doch genügte ihr Mut nicht, ernsthaft zu zielen, und so verfehlten sie ihn lieber. Nur ein Wurfgeschoss fand sein Ziel. Da hob der Fremde überraschend den Stock, auf den er sich stützte. Es war eine einfache Bewegung, schnell und sicher, nicht mehr als nötig. Man hörte das trockene Plock, mit dem der Stein vom Holz abprallte. Mehr brauchte es nicht. Die Jungen verschwanden johlend den Pfad hinab.

Dann stand er vor Vala. Einen Moment lang war ihr, als fehle ihr die Luft zum Atmen. Sie sah die Szene wieder, in der sie vor ihrem Stamm stand, verflucht, verstoßen, aller Dinge beraubt. Fühlte, wie er ihr das Amulett vom Hals riss, das sie mit ihrer Sippe verband, und roch den beißenden Rauch des Feuers wieder, in dem ihr Besitz, ihre Vergangenheit, ihr Leben in Flammen aufging. Sie schloss die Augen.

Als sie sie wieder öffnete, sah sie einen Fremden. Keuchend atmete sie ein.

Der Alte betrachtete sie lange und nickte dann. «Daher», sagte er, «hat sie also ihre Augen.»

Der ungewöhnliche Gast hatte am Herdfeuer Platz genommen. Vala bot ihm eine Grütze an, doch er lehnte ab, saß nur kerzengerade mit untergeschlagenen Beinen da und ließ die Umgebung auf sich wirken, als könne sie ihm unausgesprochene Fragen beantworten. Vala beobachtete ihn ihrerseits aus den Augenwinkeln, während Helge teilnahmslos bei ihnen saß und sich nur seinem Essen widmete.

Was willst du?, dachte Vala. Warum kommst du her zu mir? Laut bemerkte sie: «Ich sehe, Ihr habt einen weiten Weg hinter Euch.»

Der Chinese wandte ihr das Gesicht zu. «Ich komme aus Haithabu», sagte er.

«Nein, ich meine ...», begann sie.

«Ich weiß, was Ihr meint», fiel er ihr ins Wort. Sie erwartete eine Fortsetzung, doch er schwieg.

«Und darf ich fragen, was Euch hierher führt?» Langsam wurde sie ungeduldig.

Er richtete sich noch ein wenig mehr auf. «Eure Tochter hat mich bestohlen», sagte er.

Vala sprang hoch, als hätte man sie geschlagen. Sie warf einen Blick zu Helge hinüber, doch der hatte nur aufgehört zu essen und starrte über seine Schüssel hinweg ins Leere.

«Niemals!», stieß sie hervor.

Der Alte lächelte. «Sie hat mir meine beste Schülerin geraubt.» Er wies mit der Hand auffordernd auf Valas Platz.

Verblüfft gehorchte sie und setzte sich wieder, um der

Geschichte zu lauschen, wie er Hela kennen gelernt und ihr Unterricht erteilt hatte. «Natürlich», schloss er, «habe ich ihr das nie gesagt, aber ich hatte erst ein Mal im Leben einen Schüler, der ihr Talent besaß.»

«Eure Tochter», entfuhr es Vala unwillkürlich.

Das Gesicht des Alten erstarrte. Nur mühsam fand er zu seinem gelassenen Lächeln zurück. «Ich muss meine Gedanken besser hüten», meinte er. Dann fügte er hinzu: «Ich hätte wissen müssen, dass ihre Mutter eine Schamanin ist. Sie besitzt die Gabe selbst, nicht wahr? Manchmal gleicht es einem Wunder, wie sie eine Bewegung vorausahnt. Aber sie weiß es nicht. Sie weiß so vieles nicht.» Er seufzte. «Darum muss ich mit ihr sprechen. Könnt Ihr sie holen, bitte.»

Es war keine Frage. Und seine Haltung verriet, dass er erwartete, Vala würde nun aufstehen und ihre Tochter aus einer der umliegenden Scheunen oder von einem nahen Feld rufen. Doch das Gesicht Valas verdüsterte sich. «Das geht nicht», sagte sie. «Denn auch mir ist sie gestohlen worden.» Kaum hatte sie es ausgesprochen, tat ihr die Formulierung Leid, und sie warf einen raschen, entschuldigenden Blick zu Helge hinüber. Der aber schaute nur vor sich hin, als lausche er einer anderen Szene, aus einem anderen, fernen Leben. Manchmal hob er seine Finger vor die Augen, als könne er an ihnen Spuren von irgendetwas entdecken.

Vala strich ihm begütigend über den Arm, dann wandte sie sich wieder dem Chinesen zu, um ihm von Helas Flucht mit Goldar zu berichten.

Der Alte wiegte den Kopf. «Ich erinnere mich an den jungen Mann», sagte er. «Sehr selbstbewusst, voller Energie.» Er schüttelte den Kopf. Dann fuhr er fort: «Jetzt begreife ich möglicherweise auch, wo mein Schwert geblieben ist, das zusammen mit Eurer Tochter verschwand.»

Vala wollte ihn unterbrechen, doch er hob gebietend

seine dünne, langfingrige Hand. «Keinen Augenblick habe ich geglaubt, dass Eure Tochter es genommen haben könnte. Doch hat sie möglicherweise etwas damit zu tun, war sozusagen der Anlass.» Er lächelte fein. «Ich denke doch, dass es sich jetzt in ihren Händen befindet.»

Vala brauchte einen Moment, bis sie seinen Gedankengang begriff. «Ich glaube allerdings auch nicht», entgegnete sie langsam, «dass mein Neffe etwas stehlen würde.» Es klang wenig überzeugend. Tatsache war, sie hoffte es nicht, es durfte nicht sein, dass Hela ihr Herz an einen Mann gehängt hatte, der ein Dieb war. Ein Dieb und ein Mörder, hallte es in ihren Gedanken.

«Kein Herz», murmelte Helge. Er stand auf. Die beiden sahen ihm nach, als er wie ein Schlafwandler hinausging.

«Eine schwarze Schlange frisst an seinem Herzen», sagte der Chinese, als sie alleine waren.

«Wie?», fragte Vala, die mit den Gedanken woanders war. «Sicher, mag sein, ich meine …» Sie schaute auf. «Wir werden Euch die Waffe natürlich ersetzen.»

Der Alte neigte den Kopf und lächelte wieder. «Ich danke für die gute Absicht. Doch wird das nicht möglich sein, fürchte ich. Das Schwert war ein Geschenk meines göttlichen Kaisers. Er verehrte es mir für meine Verdienste. Und es gibt nur fünf Klingen wie diese auf der Welt.» Er seufzte.

«Wenn es so wertvoll ist», meinte Vala misstrauisch, «und Ihr so berühmt, warum hat es Euch dann nach Haithabu verschlagen?»

Ihr Gast verzog keine Miene. «Am Tag meiner Verfehlung erinnerte sich der Kaiser meiner früheren Verdienste und überließ mir als letztes Geschenk die Wahl, meinen Kopf zu verlieren oder meine Heimat für immer zu verlassen. Ich wählte das Letztere und machte mich auf den Weg über die Seidenstraße.»

«Sie hat auch mich ins Exil geführt», murmelte Vala, bei der das Wort alte Erinnerungen weckte.

Der Chinese neigte den Kopf als wolle er bekräftigen, dass damit alles gesagt war. Noch immer saß er mit verschränkten Beinen da und machte auch nicht den Eindruck, als wollte er sich so bald erheben. Lange schwiegen sie beide, jeder in seine Gedanken versunken.

«Nun», sagte Vala schließlich und erhob sich. «Wenn ich sonst etwas für Euch tun kann ...» Sie schaute hinaus auf den sonnenbeschienenen Hof, wo das Pferd noch immer herumstand und an einem Büschel Unkraut herumkaute, das am Fuße der Sitzbank wuchs. Helge war also noch immer nicht aufgebrochen, um den Rest des Feldes zu pflügen. Auch war er nirgendwo zu sehen. Sie tat einen Schritt in Richtung Tür.

Der Alte rührte sich nicht. «Ihr könntet mir ein Lager anweisen», meinte er schließlich.

Vala runzelte die Stirn. «Sicher», sagte sie dann. «Wenn Ihr heute nicht mehr zurückwollt.» Langsam freundete sie sich mit dem Gedanken an. Es könnte doch reizvoll sein, ihren Gast über seine Erfahrungen mit Grasvolk-Schamanen zu befragen. Vielleicht wusste er ja tatsächlich etwas über ihre eigenen Leute. Und immerhin waren sie beide auf denselben Straßen gereist. Ihre Miene wurde einladender. «Sicher», wiederholte sie und schaute sich schon um, welche Schlafkoje sie ihm zurechtmachen könnte.

«Gut», erwiderte er. «Dann werde ich hier bleiben.» Damit stand er auf und begann, das schmale Bündel, das er mitgebracht hatte, zu verstauen. Befriedigt setzte er sich danach wieder in die alte Position. «Irgendwann wird Eure Tochter wiederkommen, da bin ich sicher. Und sie wird mein Schwert dabeihaben.»

Mit offenem Mund starrte Vala ihn an. Sie wollte etwas sagen, doch ihr fehlten die Worte. Schon stemmte sie die Hände in die Hüften, da fuhr er Alte fort.

«Und nun solltet Ihr Euch um Euren ehrenwerten Schwager kümmern. Er hielt ein Seil in den Händen, als er ging.» Mit einer noblen Handbewegung winkte er sie hinaus.

Und Vala spürte, dass etwas Dunkles sich über sie schob, wie eine Wolke vor die Sonne.

Feuertanz

Goldar bestand darauf, zuerst sein Schatzversteck wieder zu verschließen, ehe er sich von Hela verbinden ließ. Sie hatte daher Gelegenheit, einen Blick in die Grube zu werfen, deren Boden und Wände mit Steinen ausgelegt waren und die diverse Kisten und Säcke enthielt, die dem Anschein nach voller Münzen und metallener Gegenstände waren. Obenauf legte Goldar das Schwert des Chinesen, nachdem er sorgsam das Schlangenblut von der Klinge gewischt hatte. Dann brachte er die Bretter wieder an, darüber verteilte er eine Schicht Erde, Steine und ein paar Hand voll Olivenblätter. Den Schlangenkörper kickte er beiseite.

«Lebend war sie meine Wächterin», sagte er, sich schwer auf Hela stützend, die begann, ihn den Pfad zurückzuführen. «Tot nützt sie mir nichts. Aber pass auf, hier ist alles voll mit den Viechern. Es ist mir ein Rätsel, wie du es bis hierher geschafft hast.»

«Eine ist mir begegnet», entgegnete Hela, die an den steileren Stellen ein wenig ins Schnaufen kam. «Sind sie denn giftig?»

«Absolut tödlich», bestätigte Goldar mit tiefer Befriedigung in der Stimme. «Ich habe in der Bucht schon zwei Männer verloren. Aber das Silphion zieht sie immer wieder an.»

«Weil es mit Gold aufgewogen wird», keuchte Hela. Sie hatten Mühe, über die Geröllfelder zu kommen. Manche Wegstrecken und die Engpässe ließen es auch nur zu, dass sie hintereinander gingen und Goldar sich auf Helas Schultern stützen musste, sodass sie Mühe hatte, sein Gewicht zu halten.

«Du weißt eine Menge», bestätigte er.

«Sollte ich nicht?», fragte Hela.

Sie waren an der Steilstelle angekommen. Als ihre Köpfe über der Kante sichtbar wurden, sprang Wolf, der bislang brav auf seinem Posten gelegen hatte, aufgeregt herum und bellte wie verrückt.

«Maul», sagte Goldar und warf einen Stein nach ihm, was ihm einen strafenden Blick von Hela einbrachte, die Wolf mit einem Gedanken schweigen hieß. Sie tastete nach dem Seil.

«Vorsicht», gebot ihr Goldar. «In den Spalten hocken sie besonders gerne. Und meide das Loch mit dem Minzbüschel, da lebt sicher eine.»

«Gut, dass ich das jetzt weiß», murmelte Hela vor sich hin, die mit Schaudern an ihren Aufstieg dachte. Doch die Probleme des Abstiegs fesselten bald all ihre Aufmerksamkeit. Da sie keinen Weg sah, ihn und sich gleichzeitig am Seil hinunterzulassen, wand sie es ihm schließlich um die Hüften und ließ ihn bis auf den einzigen größeren Vorsprung hinab. Es war der mit dem Minzbüschel. Dort stand Goldar sehr still, bis sie neben ihm war und ihm die Hände reichte, damit er durch ihren Griff gesichert den Rest der Strecke bewältigte. Zitternd vor Anstrengung, suchte sie mit den Füßen Halt. Sie rutschte ab und spürte Grünzeug unter ihren Füßen, dann die Leere einer Öffnung. Der frische Duft von zerquetschter Pfefferminze stieg auf. So rasch sie konnte, wich sie zurück. Und als Goldar mit den Füßen den Boden berührte, sprang sie ihm nach.

Hela landete ungeschickt und schrie vor Schmerz auf. Grinsend ließ sich Goldar neben ihr auf den Boden sinken.

«Jetzt hinken wir beide», meinte er. Dann bat er sie, noch einmal den Verband unter seinem Wams zu richten, da die

Wunde wieder begonnen hatte zu bluten. «Kein Wort davon zu den Männern», befahl er ihr.

«Wenn du möchtest.» Es war ihr recht, dann brauchte sie niemandem zu gestehen, dass sie beinahe den Mann ermordet hätte, der ihr das Leben retten wollte. Den Mann, den sie liebte. Ihr Herz schlug schneller bei dem Gedanken. Den Mann, der ein Dieb war. Ein Schatten huschte über ihr Gesicht.

Er missdeutete ihn. «Und kein Wort über den Schatz, hörst du?» Er packte ihre beiden Hände so fest, dass es wehtat.

Hela machte sich los. «Was hältst du von mir?», fragte sie beleidigt. «Natürlich nicht. Aber ...»

Seine Augen verengten sich. «Was aber?»

«Das Schwert», begann Hela.

«Das Schwert, das Schwert», äffte Goldar sie nach. Schwer atmend stemmte er sich hoch. «Nun nerv mich doch nicht mit dem Schwert.» Dann besann er sich. «Ich habe es ihm abgekauft, wie oft soll ich dir das noch sagen.» Er reichte ihr die Hand. «Es war ein hartes Stück Arbeit und hat mich eine Stange Geld gekostet, vermutlich mehr, als es wert ist, denn er konnte mich nicht leiden. Das hast du ja selber gemerkt.» Missmutig versuchte er einige Schritte alleine. «Ein ekelhafter kleiner Kerl.» Er wandte sich zu ihr um. Sein Ton wurde ein wenig theatralischer. «Aber schließlich gab er es her. Vielleicht hat er geahnt, dass ich es dir schenken wollte.»

«Mir?» Hela riss die Augen auf. «Aber warum hast du es dann ...?»

«Noch nicht getan?», vollendete er den Satz für sie. Er zuckte mit den Schultern und verzog umgehend das Gesicht vor Schmerzen. Hela hinkte an seine Seite.

Er schüttelte den Kopf und schaute zu Boden. «Wir haben so viel gestritten», sagte er langsam. «Es gab so viele Missverständnisse. Ich war einfach nicht mehr sicher ...»

Er warf ihr einen langen, prüfenden Blick von der Seite zu.

Sie legte ihm die Finger auf die Lippen und schaute ihm tief in die Augen. «Aber ich bin sicher», flüsterte sie. Als er zögerte, fügte sie hinzu: «Bitte.»

Da lächelte er, zog sie an sich und küsste sie lange.

In der Bucht empfing sie der Geruch gebratener Eier. Mit lauten Rufen hieß man sie wie lang Vermisste willkommen. Pfiffe verrieten, dass die Männer glaubten, sie hätten sich zu einem ganz bestimmten Zweck zurückgezogen. Goldar lächelte befriedigt; so war es ihm recht. Er hob die Hand und winkte erwidernd einen Gruß. Den Schmerz, den das bedeutete, verbiss er sich. Auch Hela bemühte sich, das Hinken zu kaschieren. So kamen sie, langsam und gemessen, an dem Lagerfeuer an, wo auf heißen Steinen das Essen bereits brutzelte. Die Sonne senkte sich rasch dem Horizont zu, und aufgekratzt erzählten die Männer von ihren Abenteuern in den Felsen und den Erfolgen bei der Silphion-Suche.

«Wozu ist das Zeug überhaupt gut?», fragte Hela in die Runde.

«Um mit Gold aufgewogen zu werden», wiederholte Einar seinen Witz, den offenbar schon jeder kannte. Hela zog ihm eine Grimasse. Alle wandten sich Goldar zu.

Der schaute bedächtig in die Flammen. «Die Pharaonen verkauften es einst den Kaisern Roms», sagte er im Tone eines Märchenerzählers, und Hela genoss die Schauer, die die wunderbaren Worte auf ihrer Haut hervorriefen: Pharao, Kaiser, Rom.

«Niemand weiß mehr, warum.» Goldar machte eine Pause. «Aber da Papst und Klerus sie als heidnisches Teufelszeug verdammt haben» – seine Stimme wurde lauter – «hat man haarscharf geschlossen, es müsse gut für die Potenz sein.» Damit griff er nach ihr und küsste sie vor aller Augen herzhaft.

«Lass doch», murmelte sie verlegen, als sie sich losmachte, was im allgemeinen Gelächter und Schenkelklopfen unterging. Auch Hela, die heftig errötet war und sich eine Weile nur damit beschäftigte, ihren Zopf neu zu flechten, stimmte wieder in die allgemeine Heiterkeit mit ein. Bald sang jemand ein anzügliches Lied.

Hela wartete das Ende ab und stimmte dann die Ballade von König Gabelbart an, in die Einar und die anderen später begeistert einstimmten. Einige der Männer standen sogar auf, um mitklatschen und stampfen zu können. Und als einer ihren Part übernahm, um das Lied noch einmal zu wiederholen, erhob sich auch Hela und fiel in die schlichten Tanzschritte ein. Ihr Haar flog, der Schmerz in ihrem Fuß war verflogen. Zum ersten Mal seit langem war sie unbeschwert fröhlich.

Da erhob sich Goldar. «Wir müssen aufbrechen», sagte er. Ohne Widerspruch verstummten die Männer und begannen, ihre Sachen zusammenzusuchen.

«Oh», sagte Hela bedauernd. Ihr Atem ging noch immer schnell vom Tanzen, und ihre Wangen waren gerötet. «Ich dachte, wir würden heute an Land übernachten.»

«Das geht nicht wegen der Schlangen», erwiderte Goldar knapp. Er ging zum Feuer und trat es aus. «Sobald die Sonne ganz verschwunden ist, kommen sie, um die Wärme des Sandes um das Lagerfeuer aufzusuchen.»

«Ich verstehe», sagte Hela. Zusammen mit den anderen stieg sie ins Boot und ließ sich hinüberrudern zur «Bajadere». Die Gischt auf den Wellen war bereits rosig verfärbt vom Abendrot, der westliche Teil der Bucht lag in nächtlichem Schatten. Bedauernd blickte Hela hinüber. Warum musste der Ort, an dem sie glücklich war, so tödlich sein?

Schatten der Vergangenheit

Vala fand Helge nicht im Hof und nicht auf dem Feld. Voller Unruhe machte sie sich daran, ihn ein zweites Mal in der Scheune zu suchen. Quietschend öffnete sich die alte Holztür und gab den Blick frei auf das blendende Gitterwerk von Lichtstreifen, in dem der Staub auf und nieder tanzte.

Vala musste blinzeln. Es dauerte etwas, bis sie ihn entdeckte. Als Erstes sah sie seine Füße. Sie baumelten direkt vor ihrem Gesicht. Vala erstarrte. Für einen Moment tauchte vor ihren Augen ein anderer Mann auf an einem anderen Strick: der Einsiedler, der sie einst lesen gelehrt hatte und der es nicht ertragen konnte, dass durch sie seine unterdrückten Begierden geweckt wurden. Qual und Scham hatten ihn in den Tod getrieben. Damals war Vala zu spät gekommen. Doch Helges Füße zuckten noch. Sie bemerkte es mit ein wenig Verzögerung. Dann schrie sie.

So rasch sie konnte, packte sie Helges Beine und versuchte, ihm mit ihrer Schulter Halt zu geben. Es war nicht einfach, denn sie musste hoch hinauf fassen, um seine Knie zu erreichen, die immer wieder zur Seite wegzuknicken drohten. Dann kam der ganze Körper ins Taumeln, drehte sich um sich selbst und drohte gänzlich von seiner Stütze zu rutschen. Vala drehte sich mit, den Kopf in den Nacken gelegt, und versuchte, Helge gut zuzureden. Zugleich war sie bemüht, sich auf das Pferd zu konzentrieren, das noch immer im Hof herumstöberte. Wenn es ihr gelänge, es herbeizuholen, könnte sie sich hinaufschwingen, um den Strick von dort abzuschneiden. Schon hörte sie die Hufe auf dem Boden dumpf klackern. Schweiß stand auf ihrer Stirn. «Nur noch ein wenig», murmelte sie, um Helge und sich selbst gleichermaßen Mut zu machen. «Nur noch einen Moment.» Sie tastete nach dem Messer. Hatte sie es überhaupt in ihrem Gürtel? Wenn nicht, wäre alles vergebens. Und wieder trudelte Helges Leib herum, und sie musste alle Kraft aufbieten.

Da hörte sie ein Geräusch von der Tür. Ehe sie ganz erfassen konnte, was dort geschah, sirrte der Dolch des Chinesen bereits durch die Luft, durchtrennte sauber den Strick und blieb zitternd in einem Balken dahinter stecken.

«Bei Odin.» Vala wäre beinahe gestürzt, als mit einem Mal Helges volles Gewicht auf sie hinuntersackte. Sie fing ihn auf und ließ ihn sanft zu Boden gleiten. Ihr Gast stand neben ihr.

«Warum habt Ihr mich nicht gerufen?», fragte er.

Vala neigte sich über Helge, um ihn zu untersuchen. Zum Glück hatte er den Knoten falsch angebracht, sein Genick war unbeschädigt. Doch seine Kehle war stark zerquetscht worden; die gerötete Haut färbte sich bereits dunkel. Vala neigte sich vor, um auf den Rhythmus seines Atems zu lauschen. Er kam unregelmäßig und pfeifend.

«Ich bin es gewohnt, die Dinge alleine zu regeln», warf sie nebenbei hin.

«Dann würdet Ihr es vorziehen, diesen Mann alleine hinüber in die Hütte zu tragen?», fragte der Alte. Es klang aufrichtig interessiert.

Vala schaute auf, dann lächelte sie. «Seid nicht albern», meinte sie dann und stand auf. «Fasst mit an.»

Sie betteten Helge auf sein Lager. Dann betrachtete Vala erneut ein wenig ratlos die Verwundung. Es schien nichts gebrochen oder ernsthaft verletzt zu sein, doch sicher war sie nicht. Sie entschloss sich für einen abschwellenden Umschlag. «Besorgt mir Eichenrinde», sagte sie über die Schulter und wandte sich, als sie keine Antwort bekam, zu ihrem Gast um. «Ihr kennt doch Eiche?» Der Alte schien etwas sagen zu wollen, betrachtete sie aber nur einen Moment und nickte dann. «Eiche», bestätigte er. «Noch etwas dazu?»

«Er müsste damit gurgeln», murmelte Vala vor sich hin, «das wird jetzt nicht gehen, ich werde ...» Mehr brachte sie nicht hervor.

Als er wiederkam, saß die Steppenreiterin am Feuer, wo sie bereits Wasser erhitzte. Der Alte ließ die bröseligen Rindenstücke neben ihr auf den Boden fallen. «Seine Krankheit sitzt nicht im Hals», sagte er, nachdem er ihr eine Weile zugesehen hatte.

Vala nickte. «Ich weiß», sagte sie, ohne aufzuschauen. «Schwarze Schlangen.»

Wie zur Bestätigung begann Helge, sich zu regen. Er atmete stoßweise, schlug um sich und stieß röchelnde Worte aus. «Tötet alle», hörte Vala ihn rufen. «Lasst keinen entkommen.» Dann keuchte er nur noch, verstrickt in einen Kampf, den er längst ausgestanden glaubte.

«Er träumt von seinem früheren Leben.» Vala trat an sein Bett. Zögernd legte sie die Hand auf seine Stirn. «Ich habe mich schon einmal gefragt, ob ich versuchen sollte, seinen Geist zu erreichen. Um ihm ein wenig Frieden zu geben. Aber dort ist alles so ...» Sie suchte nach Worten. «Düster, unruhig, schwankend und tückisch.» Sie schaute ihn an. «Ich habe so etwas noch nie vorher erlebt. Es war, als sähe man Schatten zu, die sich in etwas Grauenvolles verwandelten. Als wäre man in einen Raum getreten, dessen Wände, Decke und Boden danach nicht mehr dieselben wären und sich verschworen hätten, einen zu ersticken. Ich hatte Angst, einmal eingetreten, würde ich mich verirren und die Tür nicht wiederfinden.» Sie atmete tief durch. «Ich glaube, auch Helge hat sich in diesem Labyrinth verirrt. Und er fürchtet sich vor dem Ungeheuer, das irgendwo darin lauert.»

Sie legte auch die zweite Hand an seine Schläfe und schloss die Augen. Da spürte sie den Griff des Chinesen, sanft, aber bestimmt. Seine Haut war kühl und trocken wie Papier.

«Nicht», sagte er. «Er muss seinen Weg hinaus alleine finden.»

Vala nickte, zögernd, aber im Grunde dankbar. Sie streichelte ihren Schwager noch einmal liebevoll. «Wir sind hier, Helge», flüsterte sie. «Wir warten auf dich.»

Sie ließen sich in geringer Entfernung von dem Kranken nieder. «Ich habe nur das Gefühl», sagte Vala, «dass er gar nicht zurückfinden will.»

«Das ist seine Entscheidung», sagte der Alte.

Sie hob den Kopf und musterte sein Gesicht, als könnte sie etwas darin lesen.

Er nickte. «Richtig», sagte er, «auch ich hatte einst die Wahl, und ich habe mich für das Leben entschieden, obwohl es zu diesem Zeitpunkt nichts für mich bedeutete als Qual und Scham.» Er spreizte seine Finger und betrachtete sie eingehend. «Und jetzt bin ich hier», fuhr er fort. «Mit einer Hoffnung im Herzen.»

«Was habt Ihr getan?» Vala wagte nur zu flüstern.

Der Chinese schaute noch immer auf seine Hände. Er antwortete nicht. Eine lange Zeit war nichts zu hören als die schweren Atemzüge des Kranken. Dann setzten sie aus. Und es war still.

Ruhe vor dem Sturm

Hätte jemand Hela gefragt, so hätte sie gesagt, die folgenden Tage seien die schönsten ihres Lebens. Goldar war tagsüber freundlich und feurig in den Nächten. Er bestand nicht mehr darauf, dass sie möglichst viel Zeit unter Deck verbrachte. Zwar hatte er es ihr erneut vorgeschlagen, doch ihre strikte Weigerung sofort akzeptiert. Er bestand überhaupt auf nicht mehr viel. Hela bemerkte nicht, dass er innerlich angespannt war und sie in den unbeobachteten Momenten mit einem gewissen Misstrauen betrachtete.

Sie registrierte nur sein Werben, und hätte ihr jemand gesagt, dass er Angst hatte, sie könnte sein Schatz-Geheimnis ausplaudern, so hätte sie ihn frohgemut ausgelacht. Kein Gedanke lag ihr ferner. Das musste auch er wissen, davon war sie überzeugt.

Und hätte man sie gefragt, wie er an das Schwert gekommen war, so hätte sie voller Überzeugung beteuert, dass er es gekauft hatte. Für sie, für sie, für sie, einzig für sie. Warum sollte er lügen? Die Frage bekam ein leises Echo, aber Hela vertrieb es mit einem Kopfschütteln. Nein, nein, er war aufrichtig und gut, und nun, da er gelernt hatte, ihr zu vertrauen, da die dumme Eifersucht und die letzten Zweifel beseitigt waren, nun würde er sie gelten lassen als das, was sie war. Und sie würde ihn dafür unendlich lieben.

Hela schwebte auf Wolken. Der Bug der «Bajadere» durchschnitt die Wellen in Richtung auf Karthago – ein Klang wie ein dunkelbronzener Gong –, und alles war Freude am Leben.

Auch die Mannschaft spürte die neue Stimmung und gab sich gelassener. Gesänge erklangen bei der Arbeit. Und mancher, der ein wenig Zeit hatte, ließ sich von Helas Gegenwart dazu verleiten, die alten Geschichten herauszukramen, die die anderen schon auswendig kannten, die in ihr aber eine dankbare, entzückte Zuhörerin fanden, deren Neugierde und Staunen den Erzählungen neues Leben einhauchten.

Goldar hielt sich von diesen Runden fern. Seine Würde als Kapitän, erklärte er Hela, erlaube dies nicht, und sie nahm es mit einem Achselzucken hin. Wenn sie aufschaute und ihn abseits stehen sah, winkte sie ihm zu. Dann hob er die Hand und zwang sich ein Lächeln ab, das sie strahlend erwiderte, ahnungslos, wie es in seinem Inneren aussah.

Wie wunderbar die Wärme hier doch war. Sie könnte sich daran gewöhnen. Ob es ihrer Mutter schwer gefallen war, sie für die raue, kalte Nordwelt zu verlassen, überlegte sie.

Sie lächelte mit geschlossenen Augen.

Eines Tages, als sie schon eine Weile beisammensaßen, mit der Reparatur eines Taues beschäftigt, erzählte ihr Einar von vergangenen Abenteuern unter Goldars Kommando. Er zwirbelte das Seil, dessen Ende er mit seinen nackten, hornigen Füßen hielt, mit ausholenden Gesten, die seine Rede ein wenig abgehackt wirken ließen. Mit einer abschließenden Bewegung zog er alles zusammen und hielt es mit den Zähnen fest. «Mit den anderen», nuschelte er, «das war einfach was anderes. Du musst dir keine Gedanken machen.» Er verstummte für einen Moment, den Mund voller Fasern. «Dich würde er niemals verkaufen.» Endlich war alles fertig, und er rollte das Seil auf. «Er ist ja völlig verrückt nach dir.»

Hela war mit einem Schlag eisig kalt geworden. Alles schien sich zu drehen, als wäre das Schiff der Spielball verrückter Winde geworden. Und das Braungold des Sonnenlichts unter ihren Lidern rotierte in flammenden, beängstigenden Kreisen.

«Was?», murmelte sie schwach. Es dauerte einen Moment, bis sie es schaffte, die Augen zu öffnen. «Es gab eine andere?»

«Eine?» Der Wikinger lachte. Er konnte nicht umhin, ein wenig anzugeben. «Mädchen, ich sag dir, so oft, wie wir nachts überstürzt aus einem Hafen aufgebrochen sind, weil wir unerlaubt was Langhaariges mitgenommen hatten, kann ich gar nicht mehr zählen.»

«Ach», sagte Hela langsam.

«Aber ja.» Einar nickte. «Die meisten hat er natürlich dann auf dem nächsten Sklavenmarkt weitergereicht.» Er legte den Kopf schräg und dachte nach. «Bis auf eine, die ist von da oben runtergesprungen.» Sein Blick wanderte zum Mast. Für einen Moment wirkte er nachdenklich. Dann kam seine gute Laune zurück, und er legte ihr die Hand auf die Schulter. «Aber wie gesagt, mit dir ist das was anderes. Dass du was Besonderes bist, das merke sogar ich.»

Hela schüttelte seine Hand ab. Verblüfft schaute er ihr nach, als sie aufsprang und über das Deck eilte.

Das Schiff, dachte sie, noch im Gehen. Es war auslaufbereit gewesen, schon vor dem Zusammenstoß mit Sigurd. Er hätte mich an jenem Abend auf jeden Fall mitgenommen, er hatte es vor. Sie biss die Zähne zusammen. Ob er es auch gegen meinen Willen getan hätte? Sich wieder einmal etwas Langhaariges mitgenommen hätte? Der Magen zog sich ihr zusammen vor Scham. Sie dachte an seine Hände in ihren Haaren, die ihren Kopf festhielten, dachte an die verschlossenen Türen, die Schläge, und mit einem Mal sah nichts davon mehr wie ein Missverständnis aus. Er hatte sie dressiert, hatte sie immer wieder dazu gebracht, gegen ihren eigenen Willen zu handeln. Und hatte sie auch noch darum betteln lassen. Seine eigenen Liebeserklärungen, jetzt stand es ihr deutlich vor Augen, hatte er ihr immer nur dann gemacht, wenn sie sich von ihm abzuwenden drohte, wenn es sie zu etwas zu überreden galt. Und stets hatte er sie dazu gebracht, es freiwillig zu tun und sich für ihr Zögern noch zu entschuldigen. Wie oft hatte sie ‹Bitte› gesagt. Das Wort würgte Hela förmlich, wenn sie an ihre Erniedrigung dachte. Gekniet hatte sie vor ihm. Dafür würde sie ihn töten. Umbringen würde sie ihn, sie schwor es.

Dann stand sie vor ihm. Goldar streckte die Hände nach ihr aus und zog sie an sich. «Liebste.» Er vergrub seine Nase in ihrem Haar. «Du duftest nach Sonne, süßer als ein Feigenbaum.» Er spürte ihre vibrierende Erregung und fühlte sich eingeladen, seine Hände unter ihre Kleider wandern zu lassen. Hela schloss die Augen. Einen Moment lang spürte sie, wie ihr Körper auf die gewohnte Weise reagierte, und sie fühlte, wie etwas in ihr schmolz.

Was, wenn es nichts war als das bösartige, dumme Gerede eines alten Kriegers, der es nicht besser wusste? Wenn es nur Geschwätz und Angeberei war? Oder gar der Versuch, einen Keil zwischen sie beide zu treiben?

«Bitte», flüsterte sie, und ihre Lippen zitterten, «sag, dass es nicht wahr ist.»

«Was denn, mein Liebstes?» Er hob ihr Kinn an und näherte seinen Mund dem ihren. Wie gut er roch, Sandelholz, bezaubernd wie der Orient. Sie wollte ihn, wollte ihn trotz allem, so sehr wie noch nichts in ihrem Leben. Für einen Moment begriff sie, was Helge damals empfunden haben musste, als er vor Thebais, der Diebin und Verräterin, stand. Dann warf sie ihre Scham über Bord.

Über Helas Wangen rollten Tränen. «Sag, dass du sie nicht auf dem Sklavenmarkt verkauft hast.»

In Goldars Lächeln mischte sich Verwirrung. «Wovon sprichst du nur?»

Hela machte sich los. Mit hängendem Kopf stand sie vor ihm. «Ich verzeihe dir», haspelte sie, leise, fast erdrückt von ihrem Schmerz. «Ich verzeihe dir, wenn es da andere gegeben hat. Ich will vernünftig sein und alles einsehen.» Sie hob den Kopf. Es war so unendlich schwer, ihm in die Augen zu schauen. «Aber gib mir dein Wort, dass du sie nicht in die Sklaverei verkauft hast, weil du ihrer überdrüssig warst. Und dass sie sich nicht aus Verzweiflung umbrachten.»

«Umbrachten?», fragte Goldar, mit übergroßer Verwunderung. Doch sein Blick wanderte zum Mast, und Hela schloss für einen Moment die Augen. Sie konnte sein Lächeln nicht ertragen. Weil es so falsch war und so schön zugleich.

«Wer waren sie, Goldar?»

Er lächelte noch immer. Dann schüttelte er den Kopf. «Was ist das für ein wirres Gerede?», meinte er. Als sie trotzig vor ihm stehen blieb und seinem Versuch, sie erneut an sich zu ziehen, widerstand, zog er seine Stirn kraus. Hela sah die Falte zwischen seinen Augenbrauen erscheinen. Dennoch versuchte er, seinen Ton leicht klingen zu lassen. «Wo hast du nur diesen Unsinn her?»

Diesmal war es ihr Blick, der eine rasche, unwillkürliche Wanderung unternahm. Blitzschnell hatte er es erfasst. «Jemand hat dir diese Märchen erzählt», konstatierte er, und aus seinem Gesicht war jede Heiterkeit gewichen. Plötzlich packte er sie an den Schultern. «Wer war es?»

Sie schüttelte den Kopf. «Das ist nicht wichtig.»

«Wer?» Er brüllte beinahe und schüttelte sie, als könnte er die Worte so aus ihr herausrütteln.

Wütend machte sie sich los. «Das ist gleichgültig.» Nun schrie auch sie. «Das ist eine Sache zwischen dir und mir.»

Goldar hörte nicht auf sie. Er stützte sich schwer atmend auf die Brüstung und schaute über das Deck, um den Schuldigen zu finden. «Ich bringe ihn um.»

«Goldar.» Sie griff nach seiner Schulter, doch er stieß sie zurück, dass sie taumelte. Erneut fasste sie nach ihm.

Nun griff er zu und drehte ihr einen Arm auf den Rücken. «Du gehst sofort unter Deck. Wir reden später miteinander», knurrte er.

«Nein!» Hela wand sich und trat um sich. «Mich sperrst du nicht mehr ein.» Vor lauter Zorn dauerte es einen Moment, bis sie sich auf die Lehren ihres Meisters besann. Sie schob den Kopf nach vorne und ließ ihn dann mit voller Wucht auf seine Nase krachen. Augenblicklich sah sie Sterne, doch sie kam frei. Hela wirbelte herum. Goldar hielt sich die Hand vors Gesicht, unter seinen Fingern quoll Blut hervor. Seine Augen funkelten so dunkelgolden, wie sie es noch niemals gesehen hatte. Furcht überkam sie, und sie legte die Hand auf ihren Schwertgriff.

«Mich wirst du nicht auf dem Sklavenmarkt verkaufen», keuchte sie.

Goldar richtete sich auf. Er betrachtete seine verschmierte Handfläche, schniefte prüfend und verschränkte dann die Arme. Mit schief gelegtem Kopf betrachtete er sie, bis sie sich in ihrer Kampfhaltung ein wenig albern vorkam.

«Was ist das für ein Unfug», meinte er mit erzwungener Ruhe. «Ich würde dich niemals auf dem Sklavenmarkt verkaufen.»

«Nein», fauchte Hela, «natürlich nicht. Bei allem, was ich weiß. Ich könnte ja jemandem deine Geheimnisse verraten.» Sie sah, wie er für einen Moment seine gelassene Haltung aufzugeben drohte, und packte ihre Waffe wieder fester. Sie hatte ins Schwarze getroffen. «Und den Gefallen, freiwillig wo runterzuspringen, werde ich dir nicht tun.»

Goldar starrte sie an, wütend, verblüfft, dann verzog er das Gesicht zu einer Grimasse. «So weit ist es also mit uns gekommen», sagte er leise. «So willst du es haben. Du drohst mir, erpresst mich.»

«Nein», rief Hela aus. Unwillkürlich richtete sie sich auf und hob die Hände. «Ich will doch gar nicht ...»

Er lächelte böse. Sein Angriff kam unerwartet. Statt gegen ihren Körper richtete er sich auf ihre Beine. Hela stolperte zwei Schritte rückwärts, ehe sie eine Stange in ihren Kniekehlen fühlte. Fluchend suchte sie nach einem neuen Gleichgewicht, aber es war zu spät. Goldar hebelte sie aus, tauchte unter ihrem Schwert durch, und sein Stoß schickte sie, ehe sie es sich versah, über die Reling.

Er beugte sich hinüber, um zu sehen, wie sie aufschlug. «Am Ende», murmelte er, «springen sie doch.»

Einar kam angelaufen, an seiner Seite der winselnde, jaulende Wolf, der mit kratzenden Pfoten über die Reling schrammte. «Sollen wir ein Seil auswerfen, Kapitän?», fragte der rothaarige Krieger.

Goldar schützte seine Augen mit der Hand gegen die Sonne. Dort vorne, nicht weit von ihrer Position, war eine

Insel, ein kahler Felsenhaufen, auf dem nicht einmal wilde Ziegen lebten. Ein Mensch hätte ihn in weniger als einer Stunde umrundet. Die Küste war schon im Dunst zu sehen, doch fern genug, um jeden Schwimmer zu entmutigen. Langsam schüttelte er den Kopf. «Nein», sagte er. «Lass ein Boot zu Wasser. Wir bringen sie dort hinüber.» Er wies mit dem Kinn auf das Eiland. Dann, ohne Vorwarnung, packte er den Hund und warf ihn Hela hinterher. «Den kannst du mitnehmen. Endlich», murmelte er, als er sich abwandte.

Hela wurde halb ohnmächtig aus dem Wasser gezogen. Sie war bei dem Sturz gegen die Schiffswand geschlagen und blutete am Kopf. Daher wehrte sie sich auch nicht, als die Männer sie auf Goldars Geheiß fesselten und auf den Boden des Ruderbootes legten, wo sie sich hustend und spuckend zusammenkrümmte. Ihre nassen Haare hatten sich ihr ums Gesicht gewickelt, sodass sie Mühe hatte, etwas zu sehen. Nur Goldars Gesicht war da, hoch erhoben vor dem blauen Himmel und so kalt wie dieser. Ich weiß nicht, was er tun wird, dachte sie. Ich weiß es nie.

Auf der Insel angekommen, wurde sie auf den Strand geworfen. Hela schrie und trat nach allen Seiten. Einar fluchte nicht, als sie ihn schmerzhaft traf, und als sie nach ihm spuckte, sah er nur betreten beiseite. Rasch zogen die Männer sich zum Boot zurück. Nur Goldar kam noch einmal vor. Er ging in die Knie und betrachtete sie mit schräg gelegtem Kopf, wie ein interessantes Stück Strandgut. Hela trat auch nach ihm, doch er wich ihr mühelos aus, und sie musste erdulden, dass er ihr langsam, beinahe liebevoll, die feuchten Strähnen aus dem Gesicht zupfte.

«Da siehst du», sagte er bedauernd, «wohin dein Misstrauen dich gebracht hat.» Er schüttelte den Kopf. «Dabei habe ich dich so geliebt.»

«Mach mich los.» Helas Stimme war angeschlagen vom vielen Seewasser, das sie geschluckt hatte.

Er betrachtete sie mitleidig. «Soll das heißen, du hast es dir überlegt?», fragte er freundlich. «Willst du wieder mein artiges Mädchen sein?»

Hela antwortete etwas überaus Derbes.

Wieder schüttelte er den Kopf. Dann neigte er sich noch ein wenig weiter vor. «Ich sage dir etwas. Ich kann dich hier verrecken lassen oder in ein paar Tagen wiederkommen. Und wenn du dann sehr freundlich zu mir bist, könnte ich dich wieder mitnehmen.» Sein Finger fuhr über ihre vollen Lippen, langsam und genussvoll. «Du weißt, was du dann zu tun hast.» Er grinste. «Und du wirst Bitte sagen, ehe du dich hinkniest.»

Hela bäumte sich auf und spuckte ihm ins Gesicht.

Er schnellte hoch und lachte. «Du wirst Bitte sagen. Und wenn du es nett tust, werde ich die anderen nicht dabei zusehen lassen.»

«Du verfluchter Bastard.»

Lachend ging er davon. Sie hörte den Boden des Bootes über die Felsen knirschen, als es abstieß. Sie brüllte Flüche, bis sie beinahe ohnmächtig wurde.

Da spürte sie etwas Warmes auf ihrem Gesicht. Es war Wolf, aus dessen Fell das Wasser rann. Froh, sie wiedergefunden zu haben, winselte er. Dann schüttelte er sich, dass es nach allen Seiten spritzte. Hela griff in seine Zotteln und zog sich zum Sitzen hoch. Dort, schon klein auf den Wellen, war das Boot. Es hatte die «Bajadere» beinahe erreicht. Aber plötzlich hielten die Männer mit der Ruderbewegung inne. Hela sah, wie ein Mann sich aufrichtete und auf etwas wies, was außerhalb ihres Sichtbereiches lag. In die Gruppe kam Bewegung, die Ruder staken noch immer in die Luft. Dann sah sie zwei, die miteinander rangen. Und ehe sie erkennen konnte, wer es war, schob sich etwas Neues ins Bild. Hela sah zuerst nur das Segel. Es hatte eine seltsame, ihr unbekannte Form und schien breiter zu sein als das der «Bajadere». Der Bug des fremden Schiffes war hochgebogen. Ihr war der Anblick unbekannt, doch den Männern in dem Ruderboot schien er sehr wohl etwas zu sagen. Es musste ein Feind sein, sonst würden sie sich nicht derart aufregen.

Hela rappelte sich mühsam auf die Füße. «Goldar», schrie sie. Und tatsächlich glaubte sie, sein Haar aufleuchten zu sehen, als er hoch aufgerichtet über seinen Männern stand. Er hatte sein Schwert gezückt, kein Zweifel, nichts anderes würde so im Licht blitzen, und ja, ja, ja, er deutete in ihre Richtung, dachte Hela voller Euphorie und hüpfte unwillkürlich auf und ab. Die Ruder senkten sich wieder ins Wasser und brachten das Boot in Bewegung – auf sie und ihre Insel zu. Er holt mich, dachte sie mit klopfendem Herzen. Er lässt mich nicht in die Hände der Sklavenhändler fallen. Für einen Moment war sie bereit, ihm alles zu verzeihen. Schon nahmen die Gestalten in dem Boot deutlichere Konturen an. Aber auch das fremde Schiff kam schnell näher. An Bord der «Bajadere» schrie und winkte man nach dem Kapitän. Hela sah, wie einer aus dem Ruderboot dorthin wies und von Goldar geschlagen wurde. Dann sprang ein zweiter auf.

«Nein», schrie Hela, als sie sah, wie Goldar mit einem Knüppel niedergeschlagen wurde. «Nein, kommt zurück!» Die Männer setzten sich um, ohne einen Blick zurückzuwerfen, und ruderten mit verstärkten Kräften zum Schiff zurück, wo sich ihnen schon zahlreiche Arme entgegenstreckten. Hela rannte mit gefesselten Händen am Ufer hin und her. Es war gut so, redete sie sich ein, es war nötig, sie mussten zunächst an Bord, um dem Angriff zu begegnen, dem sie in der Nussschale ausgeliefert gewesen wären. Die Mannschaft brauchte ihren Kapitän. Gleich würden sie sich den Fremden stellen, würden sich zwischen sie und die Insel schieben, längsseits gehen. Und wenn sie mit ihnen fertig wären, dann würde Goldar sie holen. Er hatte es versucht, sie hatte es gesehen, mit ihren eigenen Augen.

Die «Bajadere» setzte Segel und nahm Fahrt auf. Vor ihrem Bug rauschte es. Hela richtete sich auf. Dann erstarrte sie. «Nein!», schrie sie. «Nein! Neeiiiin!» Doch Goldars stolzes Schiff richtete seinen Bug nach Westen und begann, sich abzusetzen. Langsam erst, dann immer schneller, brachte es See zwischen sich und die Angreifer, zwischen sich und die Insel. Wenige Augenblicke später war es hinter den Klippen und aus Helas Blickfeld verschwunden. Sie brach in die Knie. Mit hängendem Kopf saß sie da und wurde erst wieder aufmerksam, als Wolf neben ihr heftig zu knurren begann.

Da hob sie ihr salzverkrustetes Gesicht. Erneut hielt ein Boot auf die Insel zu. «Da», flüsterte Hela, «sie kommen, um zu sehen, was den anderen so wichtig war.» Sie lachte bitter.

Verwundert bemerkten es die Männer, die nun an Land sprangen. Wolf knurrte lauter und duckte sich zum Sprung. Einer der Fremden legte einen Pfeil auf seinen Bogen. Hela stellte sich vor ihren Hund und hob die immer noch gefesselten Hände. Der Bogenschütze senkte kurz irritiert die Waffe, brachte sie dann aber wieder in Anschlag. Sein erster Pfeil zersplitterte an einem Felsen dicht neben Helas Knien. Sie wusste sich nicht anders zu helfen und trat nach Wolf. «Weg, Wolf.» Noch einmal holte sie aus, dazu ein Gedanke, scharf wie ein Hieb. Weg! Verwirrt winselte das Tier. Der zweite Pfeil sirrte heran. Hela beharrte auf ihrem Befehl. Da gab der Hund nach. Unter protestierendem Bellen verschwand er endlich hakenschlagend, von Geschossen verfolgt, zwischen den Felsen. Hela begleitete ihn mit ihren Blicken, bis er nicht mehr zu sehen war. Sie atmete erleichtert auf, wenigstens dies hatte sie tun können. Dann wandte sie sich den Ankömmlingen zu. Der Vorderste hatte lange schwarze Haare, die er mit einem Band um die Stirn zurückhielt. Sein Gesicht war von der Sonne verbrannt und seine Augen so schwarz, wie Hela es nur von ihrer Mutter kannte. Sein Schnurrbart hing ihm lang über die Mundwinkel herab, und sein Lächeln entblößte eine Zahnlücke, als er sein Krummschwert zurück in die Scheide steckte und näher trat, um sie in Augenschein zu nehmen. Hela roch seinen Schweiß und neigte sich fort. Er griff nach ihrem Kinn.

«Blaue Augen», sagte er. Hela verstand die Worte, die sie voll Staunen und Bewunderung in Sebta sehr oft zu hören bekommen hatte. «Zu schwarzen Haaren.» Nachdenklich ließ er ihre Strähnen durch seine Finger gleiten. Dann wandte er sich zu seinen Männern um und gab einen Befehl. Hela kannte das Wort nicht, dennoch wusste sie, was es bedeutete. Und ihr Kopf wurde mit einem Schlag leer. Die Sklaverei.

DRITTER TEIL
Die Fremde

ERWACHEN

Vala hielt bei der Arbeit inne. Sie richtete sich auf und schob das Tuch zurück, das sie sich umgebunden hatte, damit der Schweiß ihr nicht in die Augen lief, und wischte sich mit dem Ellenbogen über die Stirn.

«Was ist?», fragte der alte Chinese, der mit einem flachen Korb voll Saatgut im Arm hinter ihr stand. Er setzte seine Last ab und kam mit seinen krummen Beinen über die Furchen zu ihr gestakst.

«Nichts», sagte Vala und schüttelte den Kopf, um das seltsame Gefühl loszuwerden. Sie schaute sich um. Alles schien wie immer zu sein. Die Hitze lag reglos über dem Wald. Es war friedlich, doch zugleich unwirklich. Als verginge die Zeit mit einem Mal langsamer. Wie um sie eines Besseren zu belehren, stieg plötzlich aus der Wiese ein Schwarm Vögel auf. Vala zuckte zusammen, als er mit klatschenden Flügeln über das Feld flog. «Nichts», wiederholte sie.

Der Alte nickte und ging zurück aufs Feld. Vala wunderte sich, nicht zum ersten Mal, mit welcher Ruhe er vor sich hin lebte. Als hätte er nie etwas anderes getan, so fügte er sich in das Leben des Schlangenhofes ein, erfüllte die Aufgaben, die sie ihm zuteilte, und diejenigen, um die sie ihn nicht zu bitten wagte, einfach, weil sie getan werden mussten. Dabei bewahrte er eine gleichmütige Freundlichkeit, so als wären sie beide nicht Gestrandete, als gäbe es nicht diese quälenden Fragen und nichts, worauf sie sehnlich warteten. Völlig mit sich im Reinen, schien er sich in dieser Phase des Übergangs einzurichten, die Vala nur ertrug, weil sie manchmal auf ihr Pferd stieg und einfach losritt, ohne Ziel, nur um der Bewegung, der Geschwindigkeit willen. Um atemlos zu werden, um ungehört schreien zu können und um anschließend so erschöpft aufs Lager zu fallen, dass ihre Gedanken sie nicht mehr quälen konnten.

«Sich in das Unvermeidliche fügen», nannte er es mit einem Lächeln. Vala konnte es nicht. Sie wünschte sich glühend, sie könnte das Unvermeidliche vor ihr Schwert zwingen, und dann ...

Mit einem Aufschrei sank sie in die Knie. Der Chinese war sofort an ihrer Seite. Er fasste sie, noch ehe sie den Boden berührte. Vala machte sich los und sank nach vorne, bis ihr Gesicht den Boden berührte. Sie schmeckte die Erde, in der all ihre Liebsten lagen. «Etwas Schreckliches ist geschehen», murmelte sie.

Karthago und sein Preis

Verwundert setzte Hela sich auf. Es war dunkel um sie herum, aber wenigstens fröstelte sie nicht mehr, und ihr Kopf hatte aufgehört zu schmerzen. Nun begann sie auch, erste Details ihrer Umgebung zu unterscheiden. Da war die Herdstelle mit ihrem leisen Glimmen, dort das Bettpodest, der Ledervorhang, glänzend vom Alter, das helle Viereck des Abzugslochs. Sie hörte das Trappeln der Schafe hinter der Stallwand und das Scheppern von Geschirr. Jetzt richtete eine Gestalt sich auf, ihre Mutter, die ihr zulächelte. Und Hela strahlte zurück. Sie hörte in ihrem Kopf, was Vala zu ihr sagte. Ja, Mutter, dachte sie, du hattest Recht: Auch ich besitze die Gabe. Hast du gespürt, was für einen seltsamen Traum ich geträumt habe?

Hela war erleichtert, so froh, dass sie hätte tanzen können. Nichts war geschehen, nichts war real von all dem Hass, den schwülen Leidenschaften, den komplizierten Gefühlen. Sie würde aufstehen und über die Wiesen laufen als die alte Hela, die sie war. Wolf kam herein und sprang wedelnd auf ihre Decke, als hätte er geahnt, dass es zu einem Spaziergang ging. Und ihr gegenüber bewegte sich der Schlafvorhang. Einen Moment klopfte Valas Herz. War auch das nur ein Traum gewesen, und käme ihr Vater nun, um ihr einen guten Morgen zu wünschen? Der Vorhang schob sich auf, und Hela blickte in das runzelige Gesicht ihres Schwertmeisters. Er, der Alte, in Waldweide? Da wusste Hela, dass sie noch immer träumte.

Sie schlug die Augen auf. Um sie herum war Dunkelheit bis auf das helle Viereck der Luke über ihrem Kopf. Die Luft war heiß und voll beißenden Gestanks, wie in einem Stall. Sie hörte das Poltern von Schritten und versuchte den Kopf zu heben. Er pochte, als wolle er zerspringen, und vor ihren Augen explodierten wieder und wieder farbige Kreise. Doch schaffte sie es nach einigem Blinzeln, ihre Umgebung deutlicher wahrzunehmen. Da waren Augen, die sie ansahen, fremde, schillernde Augen. Stumm starrten sie aus dem Halbdunkel. Angst stieg in Hela auf, aber auch dumpfe Gleichgültigkeit. Als sie sich besser an das Dämmerlicht gewöhnt hatte, konnte sie auch die zugehörigen Körper ausmachen. Dicht gedrängt lagen dort Menschen, neben- und übereinander, an Armen und Beinen gefesselt wie sie selbst. Die meisten, befand Hela, ähnelten einander. Es waren dunkelhaarige, braun gebrannte Körper wie von der Küste eines Meeres, Fischer vielleicht, Inselbewohner. Sie trugen einfache Kleider und hielten sich noch dichter beieinander, als die Fesseln es ohnehin erzwangen. Männer starrten dumpf vor sich hin, Frauen drückten Kinder jeden Alters an sich. Und feindselig musterten sie Hela in ihrer Ecke, die sich mühsam aufrappelte.

Sie entdeckte ein Fass in der Mitte ihres Gefängnisses und eine Kelle. Sofort überfiel sie brennender Durst, und sie überlegte, wie es ihr gelingen könnte, an das Wasser zu kommen. Alle Knochen taten ihr weh, in ihren Beinen war kaum mehr Gefühl, und die Strecke von nur wenigen Metern wirkte auf Hela schier unüberwindbar. Dennoch musste es gehen. Halb liegend, halb kniend und sich mit den Ellenbogen voranschiebend, kam sie dem ersehnten Ziel näher. Sie hatte es schon beinahe erreicht, als von oben Stimmen und Schritte zu hören waren. Ein Schatten legte sich über die Luke, dann fiel etwas herab und schlug dumpf neben ihr auf den Boden.

Es war der Körper eines Mädchens. Hela sah ihr von Schweiß und Schmutz verschmiertes Gesicht, mit den geschwollenen Lippen. Blut floss aus ihrer Nase, und Blut verkrustete die Wunden an ihrem Hals und den nackten Armen, wo sich deutlich die Spuren von Zähnen abzeichneten.

Wimmernd krümmte sie sich neben Hela zusammen. Nach einer Weile tastete das Mädchen nach ihrem Rock, zog ihn sich über die Hüften hinunter und kroch hinüber zu einer der älteren Frauen, die sie in ihre Arme nahm und wiegte, bis das Weinen langsam verstummte. Helas Durst war verschwunden. Sie robbte zurück in ihre Ecke und blieb dort, zusammengerollt wie ein Embryo, liegen.

«Eine ist immer für die Mannschaft.» Hela wollte die Augen nicht öffnen, sie wollte nicht sehen, wer neben ihr lag und die Worte geflüstert hatte. «Sie hatte Glück», fuhr die heisere Stimme fort. «Manchmal werden sie anschließend über Bord geworfen.»

Hela verstand nicht alles, doch genug, um zu schaudern. Sie öffnete ihre rissigen Lippen und musste schlucken, ehe sie ein paar Worte zustande brachte. «Wir Glück, wir alle sterben.»

Der Mann in ihrer Nähe lachte meckernd, doch er sagte

nichts mehr. Hela bettete den Kopf auf ihre geschwollenen Hände und versuchte, in ihren Traum zurückzufinden.

Als sie das nächste Mal erwachte, rissen grobe Hände sie gewaltsam hoch. Gemeinsam mit den anderen wurde sie eine Leiter hochgetrieben. Sie wurde mehr gezerrt, als dass sie lief, denn ihre Beine trugen sie kaum. Dann traf das grelle Sonnenlicht ihre Augen. Hela hörte Schreie um sich und fragte sich, ob sie selber auch schrie. Man trieb die Gefangenen an der Reling zusammen und übergoss sie mit Meerwasser, das höllisch brannte. Doch wenigstens spülte es den Schmutz und die Exkremente fort. Hela fühlte kribbelnd und schmerzhaft das Leben in ihre Gliedmaßen zurückkehren. Die Seeluft weckte sie aus ihrer Lethargie.

Taumelnd zog sie sich hoch, gehorchte dem Befehl, sich an den soeben an Bord gezogenen Eimern zu waschen, und nahm den Kittel an, den man ihr reichte. Rechts und links neben ihr standen Menschen, die Gespenstern glichen, und Hela verdrängte die Frage, ob sie ihnen ähnelte. Ich, dachte sie, bin immer noch ich selbst. Daran werden diese Piraten nichts ändern.

Einige der Gefangenen verweigerten das Essen, das man ihnen zugestand, aber Hela griff zu. Es schmeckte grauenvoll, doch sie nahm viel, kaute ausgiebig und schluckte sorgsam. Sie war noch am Leben, und sie würde nicht kampflos aufgeben.

Einer der Piraten trat neben sie. «Karthago», sagte er und wies auf die Küste, an der sich die Umrisse einer Stadt abzuzeichnen begannen. «Schöne Stadt.» Er hob die Hand, um über ihr Haar zu streichen. «Feine Herren. Viel Geld.»

«Du stinkst», sagte Hela in ihrer eigenen Sprache, während sie ihm mit einer minimalen Kopfbewegung auswich. Er wollte kräftiger zupacken, doch noch ehe er ihr Haar zu fassen bekam, lag er auf der Nase, ohne dass er mitbekommen hätte, wie das geschah. Wütend zog er sein Schwert, da ertönte ein Pfiff.

Er schaute sich um und schrie etwas, das Hela nicht verstand. Die Antwort schien ihn nicht zu befriedigen, denn wütend steckte er schließlich die Waffe fort und trollte sich, nicht ohne vor ihr auf den Boden gespuckt zu haben. Hela stand noch immer an der Reling, als ginge sie das Ganze nichts an, und starrte gebannt auf die Küste.

Als sie in den Hafen einliefen, kam Leben in das Schiff. Das Anlegemanöver beschäftigte alle, und selbst die künftigen Sklaven vergaßen für einen Moment ihr Los beim Anblick der Hafenanlage mit ihren mächtigen alten Magazinen. Das rechteckige Hafenbecken war entstanden, indem man eine vorgelagerte Insel mittels einer langen Mauer mit dem Festland verbunden hatte. Auf der Insel selbst ragte ein imposanter Leuchtturm auf, der sich jedoch als halb verfallen erwies. Hela bemerkte, als sie langsam vorbeisegelten, dass Menschen wie Ameisen darauf herumkrabbelten und Steine aus der Ruine brachen, um sie für ihren eigenen Hausbau wegzuschleppen.

Fast das gesamte Hafenbecken war von Speichern umgeben. Es waren mächtige, steinerne Säulenbauten, von einer Größe und Schönheit, die Hela den Atem verschlug. An seinem Ende allerdings wartete es mit einer besonderen Überraschung auf. Einen Moment lang glaubte Hela, sie erläge einer Täuschung und das Schiff habe gewendet, um die Einfahrt an der Schmalseite erneut zu passieren und wieder das freie Meer zu gewinnen. Doch was sich vor ihr auftat, war eine weitere Durchfahrt, hinein in das feste Land. Mauern und Befestigungstürme schoben sich an ihnen vorbei wie von Riesenhand geformte Gebilde, Klippen und Berge von einer unirdischen Regelmäßigkeit. Dahinter öffnete sich ein weiteres Hafenbecken. Und dieses – Hela riss die Augen auf – war kreisrund. Noch nie hatte sie etwas Vergleichbares gesehen.

Einen perfekten Kreis formte auch die künstliche Insel in seiner Mitte, die von Arkaden gesäumt war. Hela sah verfallene Gebäude hinter den Säulen und Ziegen, die dort grasten. Der Klang ihrer Glocken wehte herüber, bis er vom Gelärm der Kais übertönt wurde, denen sie sich nun näherten.

«Man sagt, sie hätten dort früher einen Gott verehrt.» Hela bemerkte einen Mann neben sich. War es der, der schon drunten mit ihr geflüstert hatte? Sie vermochte es nicht zu sagen. Nachdenklich stand er neben ihr und schaute wie sie der Stadt entgegen, die ihr Schicksal so völlig verändern sollte. «Er soll Menschenopfer verlangt haben, Kinder, die in einem großen Ofen brannten.»

Hela runzelte die Stirn in dem Bemühen, das Gehörte ganz zu erfassen. Unwillkürlich wandte sie den Kopf noch einmal der Insel zu. Doch dort war nichts weiter zu sehen als weiße Marmorbrocken, Grasbüschel und Ziegen, eine friedliche, zeit- und geschichtslose Idylle. Die Vergangenheit schien so wenig vorstellbar wie die Zukunft, die auf sie wartete.

Der Mann neben ihr verzog das Gesicht. «Jetzt trinken die Araber das Blut unserer Kinder.»

Hela kam nicht mehr dazu, etwas zu antworten. Die Matrosen verdrängten sie von der Reling, um das Anlegemanöver zu vollziehen.

Wenig später kamen Wachen an Bord und orderten alle in eine Reihe, an der kurz darauf ein fülliger Mann entlangschritt, mit mächtigem schwarzem Bart und einer seidenen Schärpe um den gestreiften Burnus. Sein Turban war makellos, seine Finger zierten einige Goldringe, und der Griff seines Krummschwertes war mit Korallen geschmückt. Er musterte die Gefangenen mit verächtlicher Miene und winkte dann den Kapitän zu sich. Alle anderen rührten sich nicht. Was, überlegte Hela, mochte dies bedeuten?

Sie wusste nicht, was ein Zollinspektor war. In Haithabu hatte niemand Anstalten gemacht, Zoll von ihnen zu verlangen, und in Sebta war sie an Bord geblieben, als Goldar die Formalitäten erledigt hatte. Sie wusste auch nicht, wozu Bestechungsgelder dienten, und noch weniger, dass der oberste Zollinspektor von Karthago, Vertreter des Staates und leiblicher Vetter des aghlabidischen Herrschers, der die Stadt für den Kalifen verwaltete, es von Zeit zu Zeit bevorzugte, sich in Naturalien auszahlen zu lassen. Eine Neigung, die von den Kapitänen der Sklavenschiffe eifrig unterstützt wurde, da sie ihnen eine Menge Geld sparte. Ermüdend waren nur die Verhandlungen, die dem Geschäft vorausgingen. Wählte der Beamte etwa eine Jungfrau für seine Gelüste oder einen Knaben, so bedeutete das eine Beschädigung der Ware, die erst mühsam beziffert werden musste. Und es konnte dauern, bis die jeweiligen Vorstellungen von der Höhe der Summe zur Deckung gebracht werden konnten.

Doch diesmal schien alles glatt zu gehen, denn die Augen des Zollbeamten blitzten erfreut auf, als er im Gespräch mit dem Kapitän auf Hela zeigte.

Der Beamte betrachtete seine fetten, rosigen, sorgsam gepflegten Hände. Er wusste, er hatte eine gute Wahl getroffen. Ihm waren die langen Beine, die Schmiegsamkeit und die Zartheit des Gesichts mit den schwellenden Lippen aufgefallen. Aber vor allem die blauen Augen. Er war eben ein Mann von Geschmack, und es war gewiss kein Zufall, dass er sich ein seltenes Juwel ausgesucht hatte. Gehörte es doch zu den heimlichen Freuden seines Lebens, dass er so einige Schönheiten genossen hatte, die später berühmte Serails schmücken sollten. Sogar mit dem Kalifen selbst hatte er schon ohne dessen Wissen eine Geliebte geteilt.

Auch diese entsprach, knabenhaft schlank, wie sie war,

der höfischen Mode und mochte noch eine gute Laufbahn vor sich haben. Ungeduldig winkte er.

Der Kapitän verneigte sich und trat auf Hela zu. In dem Moment schlich einer der Matrosen näher. Es war der, mit dem Hela kurz zuvor aneinander geraten war, und er flüsterte dem anderen etwas ins Ohr. Hela grinste, als sie es sah. Sollte er die anderen nur warnen, dass sie sich nicht alles gefallen ließ. Der Kapitän schien zu überlegen, aber nur kurz. Heftig riss er Hela an sich. «Du benimmst dich», zischte er ihr zu, «oder wahrhaftig, du wirst mich kennen lernen.»

Hela verstand nur zu gut; sie biss die Zähne zusammen, um unter seinem brutalen Griff nicht zu schreien. Man fesselte ihr die Hände auf den Rücken und schubste sie die Planke hinunter an Land. Ihr Schritt war schwankend nach der langen Zeit an Bord und der Boden immer näher, als er schien. Hart schlugen ihre nackten Sohlen auf dem ungewohnten, glatten Stein auf. Hela war so damit beschäftigt, sich aufrecht zu halten, dass sie kaum mitbekam, wie sie in ein Gebäude gezerrt wurde. Eine Tür öffnete sich vor ihr, man schubste sie hinein. Der Zollinspektor ließ die Tür hinter ihr ins Schloss fallen. Erschrocken fuhr Hela herum.

Der Dicke verlor keine Zeit. Er umrundete sie eilig und presste sich von hinten an sie, noch ehe sie Zeit hatte, sich zu ihm umzuwenden. Hela spürte das Holz der Tür an ihrer Stirn und die Hände des fremden Mannes, den zu betrachten sie noch kaum Zeit gehabt hatte, wie sie sich unter ihren Kittel schoben.

Begierig keuchte er an ihrem Ohr, das er mit feuchten Küssen bedeckte. Lustvoll knetete er ihr Fleisch. Entsetzt spürte Hela, wie er ihre Hüften an sich zog. Vergebens suchte sie ihn mit den gefesselten Händen von sich zu stoßen, irritierte ihn aber zumindest so weit, dass er sie umdrehte. Er packte sie an den Schultern und wendete sie wie ein

Stück Fleisch. Dabei krachte ihr Kopf so heftig gegen die Tür, dass der alte Schwindel wieder einsetzte. Hela ging in die Knie und kämpfte gegen die Ohnmacht. Der Mann zerrte sie am Ellenbogen mit sich und ließ sie über den Tisch sinken, der in der Mitte des Raumes stand. Hela versuchte, sich aufzurichten. Verschwommen nahm sie wahr, dass er seine Hosen öffnete und herabließ. Dann stieß er sie vor die Brust, und sie fiel rückwärts. Hela glaubte, ihr Kreuz müsse brechen, als er sie auf die Tischplatte drückte. Ihr Leib spannte sich ihm gegen ihren Willen wie ein Bogen entgegen, ihr Kopf baumelte hilflos herab. Schon war er über ihr, sie spürte sein Gewicht, roch seinen überwältigenden süßen Parfümdunst. Hela würgte.

Da packte er ihre Haare und hob ihren Kopf an. «Tatsächlich blau», stellte er fest. «Phantastisch. Und jetzt schling die Beine um mich, hörst du?» Er versenkte sein Gesicht in ihrer Halsbeuge. «Nun mach schon.» Er ließ ihren Kopf los, um nach ihren Hüften zu greifen und seinem Begehren Nachdruck zu verleihen.

Hela nutzte den Moment. Mit letzter Kraft wandte sie den Kopf, fand sein Ohr und biss zu, so fest sie konnte.

Der Mann bäumte sich auf und schlug nach ihr, ziellos im ersten Schmerz. Aber Hela ließ nicht los, selbst als ihr das salzige Blut in den Mund floss. Mit grimmiger Genugtuung verstärkte sie den Druck ihrer Kiefer sogar noch, bis sie glaubte, der Krampf in den Muskeln schnüre ihr die Luft ab. Da hörte sie ein Geräusch, ein böses Reißen. Hela würgte und spuckte das blutige Etwas in hohem Bogen aus. Der Mann über ihr schrie und schrie, beide Hände an die Stelle an seinem Kopf gepresst, aus der es nun unaufhörlich rot hervorquoll. Irre vor Schmerz, kümmerte er sich nicht um Hela, die ihn von sich stieß und versuchte, sich vom Tisch aufzurichten. Das taten andere für ihn.

Schon nach den ersten Schreien war die Tür geöffnet worden. Die Wachen strömten herein, hinter ihnen kam der Kapitän. Er brauchte nicht so lange wie die anderen, um die Situation zu erfassen. Mit wenigen schnellen Schritten war er bei Hela und brachte sie in seine Gewalt. Sie hing in seinem Griff und grinste ihn blutverschmiert an.

Der dicke Beamte brüllte vor Schmerz und Wut. «Schafft sie hier raus», brüllte er, erstmals wieder zu artikulierten Lauten fähig. «Raus mit ihr, mit euch allen.» Mit einer Hand hielt er die blutenden Reste seines Ohres, mit der anderen suchte er seine Hosen wieder hochzuziehen. Jede Hilfe lehnte er rüde ab. Böse funkelte er den Kapitän an und schien ihn laut fluchend aus dem Gebäude und aus der Stadt zu verweisen.

Der Pirat verneigte sich stumm. Er hob Hela hoch, bis sein Gesicht dicht vor ihrem war. Ihre nackten Füße baumelten hilflos über dem Boden. «Das», sagte er langsam und für Hela klar verständlich, «wirst du bereuen.»

Hundepaddeln

Wolf schwamm. Er hatte Salz auf der Zunge, Salz in den Augen, und seine Ohren juckten von dem verdammten Salz. Seine Pfoten waren müde, doch wenn er nachließ damit, dieses bodenlose Etwas zu treten, dann versank er, Wasser schoss in seine Nase, und der Luftmangel ließ ihn in Panik sich wieder nach oben kämpfen, wo er weiterpaddelte, als seine Kräfte schon längst zu Ende waren.

Hin und wieder kam eine Woge und hob ihn hoch wie eine unsichtbare, übermächtige Hand, dann japste er und winselte furchtsam, doch er hielt den Kopf oben und mühte sich weiter. Es wurde dunkel, es wurde wieder hell. Wolf schwamm. Als er endlich Geröll unter seinen Pfoten spürte, hüpfte er in so unbeholfenen Sprüngen an Land, als hätte er das Gehen inzwischen verlernt. Dann brach er zusammen.

Er erwachte davon, dass einige Kinder mit Steinen nach ihm warfen. Wolf erhob sich, schüttelte das salzverklebte Fell und zeigte knurrend seine Zähne. Das genügte, die Kleinen stoben kreischend davon und suchten sich ein harmloseres Vergnügen als dieses riesige graue Tier. Wolf schüttelte sich noch einmal, doch das Jucken auf der Haut blieb. Mit steifen Gliedern tappte er los, ungelenk noch immer, zitternd sogar die Beine. Er fand einen Fischkadaver und fraß gierig daran. Auch an den Algen leckte er ein wenig, aber die wollten ihm nicht schmecken. Sie waren feucht und kühl, doch stillten sie nicht seinen Durst, und der war brennend. Wolf hob die Nase.

Ja, da war der Geruch von Wasser, schwach, wenig einladend, aber er war da. Wolf schnupperte weiter. Und da war das Aroma von Menschen, viele Menschen, fremde Menschen. Wolf wackelte ratlos mit den Ohren. Der Duft von Hela war nicht dabei. Auch in seinem Kopf konnte er nichts von ihr hören. Sie war aus seiner Welt verschwunden, hatte Platz gemacht für diesen leeren, weiten Strand, das Gekreisch der Möwen und den blassen Himmel darüber. Nichts war, wie er es kannte. Nichts gab es, das ihm gefallen hätte. Wolf wollte Hela wiederhaben, ihre Nähe, ihre Hand in seinem Fell, ihre beruhigende, stets präsente Stimme. Aber zuerst wollte er Wasser. Und dann würde er sich die Menschen anschauen. Wo Leute waren, wäre es wahrscheinlicher, auf Hela zu stoßen als hier in der Einsamkeit. Wolf trabte los.

Er war klug genug, sich in dem Dorf, das er nach einiger Zeit erreichte, eng an die Zäune zu drücken und die Straße nur zu überqueren, wenn er alleine war. Sorgsam achtete er darauf, niemandem vor die Füße zu laufen und den Schatten nicht zu verlassen. Dann allerdings gab es ein Problem. Der Geruch nach Wasser führte ihn zu einem Platz, einem belebten Platz voller Menschen. Wolf wusste nicht, was ein

Brunnen war, doch er sah den steinernen Kreis und die Eimer, die daraus gehoben wurden. Sie enthielten Wasser, da war er sicher. Aber wie sollte er daran gelangen, unter den Augen all dieser Fremden? Wolf jaulte leise. Unsicher strich er einige Male hin und her. Dann setzte er einige erste, zögernde Schritte auf den Platz.

Sofort schossen mehrere wütend kläffende Hunde auf ihn zu. Es waren magere gelbe Tiere, mit kurzem Fell und hochbeinig, aber nicht so groß wie Wolf. Dafür waren sie in der Überzahl. Wolf nahm ihre fremde Witterung auf, er sah ihre gefletschten Zähne und die kampfbereit flackernden Augen. Wolf knurrte.

Da sprang der erste ihn an. Ehe Wolf reagieren konnte, biss er ihm in die Pfote. Wolf packte ihn am Genick und schleuderte ihn beiseite, wo er jaulend zappelte, bis er wieder auf die Füße kam, um dann mit eingekniffenem Schwanz hinkend davonzutappen. Die anderen wichen zurück. Verwundert legte Wolf den Kopf schief. Das alles schien zu einfach zu sein. Dennoch setzte er seinen Weg fort.

Eine Katze erhob sich träge, als er näher kam. Sie hatte im Schatten des Brunnen gelegen, machte nun einen Buckel, fauchte und verschwand mit einem Sprung. Wolf schien sie vernünftiger als die Hunde zu sein. Kurz schaute er ihr nach, dann richtete er sich auf und legte die Pfoten auf den Brunnenrand. Da war es, das Wasser, er konnte es quälend deutlich riechen, sogar hören, wie es unten gegen die Wände plätscherte. Der süße Hauch stieg ihm in die Nase und ließ sein Maul sich noch trockener anfühlen. Doch wie sollte er daran kommen? Die Menschen stießen einander an und zeigten auf ihn, als er klagend jaulte. Schließlich ließ er sich wieder auf alle vier Pfoten fallen und schüttelte ratlos den Kopf. Seine im Sand schnüffelnde Schnauze fand eine kleine Pfütze, Verschüttetes aus den Eimern. Sie war warm und schal, und es kam mehr Dreck als Feuchtigkeit in sein Maul, dennoch leckte er inbrünstig daran herum. Da hörte er eine Stimme neben sich:

«Hast du Durst?»

Wolf schaute auf. Er sah einen Jungen mit braunen Augen und strubbeligen schwarzen Haaren. Sein Kittel verdeckte kaum die von der Sonne verbrannten Beine. Wolf kannte ihn nicht, die Sprache des Fremden war ihm unvertraut. Doch er roch etwas Wichtigeres: Freundlichkeit.

«Komm her», sagte der Junge und richtete sich auf.

Wolf wich ein wenig zurück, verkniff sich aber das Knurren und beobachtete jede Bewegung des Jungen mit seinen schillernden Hundeaugen. Der Knabe nahm einen Eimer, hängte ihn an das Seil, ließ ihn hinab und stellte ihn schließlich mit schwappendem Inhalt vor Wolf ab.

«Da», sagte er.

Wolf zögerte. Er wich zurück, kam wieder näher, setzte sich dann zunächst hin und wedelte ein wenig ziellos mit dem Schwanz. Er versuchte, den Jungen und den Eimer gleichzeitig ins Auge zu fassen. Schließlich leckte er seine verwundete Pfote. Damit machte er sicher nichts verkehrt.

Der Junge lachte. Ein Mann rief etwas, der Junge winkte ab. Er kauerte sich hin und schob den Eimer auffordernd ein Stück weiter auf Wolf zu. Der fasste sich schließlich ein Herz. Schlabbernd begann er zu trinken. Er soff und soff, dass es gegen die Wände seines leeren Magens plätscherte.

«Gut so.» Der Junge stand auf. «Ich komme ja schon, Vater.» Er ging hinüber zu einem Wagen, vor dem geduldig ein Esel stand und mit den Ohren wackelte. Der Mann auf dem Bock wirkte weniger gelassen.

«Was soll der Unfug, Selim», sagte er. «So ein unreines Tier zu behandeln wie einen Menschen.»

«Er hatte Durst, Vater», entgegnete Selim. Dann fügte er hinzu: «Hast du gesehen, wie groß er ist? Größer als ein Gepard. Und stärker dazu. Ich habe noch nie einen Hund wie ihn gesehen. Bestimmt könnte man Antilopen mit ihm jagen.»

«Hmpf», machte Selims Vater und rückte beiseite, um seinen Sohn einsteigen zu lassen.

Der Junge war nicht zu bremsen. «Und Halef und seine Bande würden mich auch in Ruhe lassen, wenn ich ihn an meiner Seite hätte.» Er schaute sich sehnsüchtig nach dem Hund um. Wolf hob den Kopf.

Selims Vater knallte mit der Peitsche. «Morgen sind wir erst einmal in Karthago. Du hilfst mir auf dem Markt. Da hast du ein paar Tage Ruhe vor Halef und seinen Kumpanen. Und wie oft habe ich dir schon gesagt, du musst dich …»

Er kam nicht mehr dazu, seinem Sohn zu sagen, was er hätte tun sollen. Wolf hatte die Ohren gespitzt und den Appell des Jungen vernommen. Er war nicht Hela, aber er roch freundlich. Und wo Freundlichkeit war, da konnte Hela nicht weit sein, das stand für Wolf fest. Mit wenigen langen Sprüngen war er beim Wagen und sprang hinauf. Er verschätzte sich, suchte in der Luft zu bremsen und landete beinahe auf dem freien Platz zwischen Vater und Sohn. Beinahe.

Selims Vater saß reglos da, den hechelnden Hund auf dem Schoß, der ihn um Haupteslänge überragte.

«Platz», rief Selim fröhlich und klapste Wolf auf den Po, damit er nach hinten sprang und es sich zwischen der Ladung gemütlich machte. «Ehrlich, Vater, hast du schon einmal so einen großen Hund gesehen?»

Selims Vater erlaubte nicht, dass der Hund gefüttert wurde, also machte Wolf, dessen Magen mittlerweile vernehmlich knurrte, sich daran, den Markt von Karthago auf eigene Faust zu erforschen. Rasch fand er die Stände der Fleischer, vor denen fliegenumsurrte Pfützen Blut in der Sonne trockneten. Dort trieb er sich herum, die Nase im Rinnstein, immer in der Hoffnung, ein Stückchen schillernder Eingeweide oder einen Knochen zu ergattern. Schnüffelnd und suchend entfernte er sich langsam von dem betriebsamen Platz. Einer viel versprechenden Fährte folgend, überquerte er einen Hinterhof, wühlte halb verfaulte Essensreste aus Müllhaufen und jagte halbherzig einer Ratte hinterher. Bis er in einer Seitengasse plötzlich stehen blieb.

Wolfs Fell sträubte sich vor Erregung. Irgendetwas hier war ihm bekannt. Er hob die Nase. War es der sachte Hauch von Salz und Tang, der verriet, dass der Hafen nicht weit sein konnte? Doch er roch noch mehr. Er war die letzten Monate so eng mit der Witterung seiner Herrin verbunden gewesen, dass er fast zu einem Teil von ihr geworden war. Aufgeregt hob Wolf die Rute. Er senkte die Nase auf das Pflaster und begann, in ruhelosem Zickzack umherzuschnuppern. Da war es wieder. Ratlos setzte Wolf sich hin. Er kratzte mit der Pfote an den dunklen Flecken auf dem Boden, bis der Blutgeruch ihm grell in die Nase stach. Wolf roch Schmerzen, und er roch Angst, Todesangst. Verzweifelt warf er den Kopf in den Nacken und jaulte.

Wahn oder Tod

«Ist sie tot?» Die Stimme erklang wie von weit her.

Hela fühlte, wie ihre Lider zitterten. Doch ihre Augen öffneten sich nicht. Tot, dachte sie, ja, ich bin tot. Etwas anderes könnte ich nicht ertragen. Sie versuchte, ihren Körper zu spüren, doch da war nichts, nichts als brennender Schmerz. Kein Umriss, keine Bewegung. Das war gut so. Hela glaubte zu lächeln. Sie sah sich lächeln, dort droben, über ihr schwebend, losgelöst und auf einem Weg anderswohin. Hela versuchte zurückzulächeln.

Da drängte sich etwas gegen ihre Lippen. Sie spürte Wärme, Wasser, das ihr über das Kinn und den Hals lief.

Hela hustete, und alles explodierte vor Schmerzen. Das Lächeln über ihr verblasste. Tränen rannen ihr aus den Augen, als sie versuchte, die Arme auszustrecken, um es festzuhalten.

«Sie regt sich gar nicht.» Wieder die ferne Stimme.

Dann eine andere. «Ich habe ihr ein Mittel eingeflößt. Wenn sie morgen noch atmet, wird sie es überleben.»

Atmen, dachte Hela und schüttelte in Gedanken den Kopf. Ich atme nicht, merkt ihr es nicht, ich atme gar nicht mehr. Doch sie hörte selbst den Hauch, leise und regelmäßig, wie Wind, der durch eine Höhle strich.

So ist es gut, sagte jemand im Inneren der Höhle. Das ist ein Anfang.

Mutter?, fragte Hela. Eine Männerstimme lachte leise. Goldar? Sie stolperte in ein Labyrinth aus Felsen. Irgendwo am Ende der Schlucht musste er sein. Dann sah sie seine Augen, braun und sanft wie die Goldars, aber doch ganz anders. Dein Gleichgewicht, Hela.

Ja, Meister, antwortete sie. Da lachte der Mann erneut. Er sprang auf zu einer machtvollen, wirbelnden Drehung. Hela sah sein rotes Haar fliegen und die Klinge blitzen. Sie fuhr mitten durch ihr Herz. Dann hörte sie eine andere Stimme, konnte aber das Gesagte nicht verstehen.

«Sie ächzt.»

«Das ist ein gutes Zeichen.» Ein Mann neigte sich über Hela und schob eines ihrer Augenlider hoch. «Die Pupillen sind erweitert. Das Mittel wirkt.»

Dann trat er zurück und betrachtete gemeinsam mit seinem Helfer, wie Schauer von Zuckungen über Helas nackten Leib liefen.

«Sie ist immer noch schön», stellte der junge Mann fest.

Der Arzt nickte. «Die das getan haben, waren Profis, sie beschädigen ihre Ware nicht. Sie haben ihr keine Schnitte zugefügt und keinen Zahn ausgeschlagen. Die Schwellungen werden zurückgehen. Dennoch haben sie ihr auf der linken Seite fast alle Rippen gebrochen und auch das Bein. Ihr einer Arm war völlig ausgerenkt. Über die inneren Verletzungen kann ich nichts sagen, aber sie hat seit zwei Tagen fast nur Blut ausgeschieden. Da können wir nur hoffen. Und was die Wunden am Kopf betrifft, so kann man nur abwarten, ob ihr Geist unbeschädigt geblieben ist oder nicht.»

«Hat sie vorhin etwas gesagt?»

Der Arzt zuckte mit den Schultern. «Schon möglich. Viele tun das, wenn sie an der Schwelle stehen.» Er prüfte, ob ihre Stirn sich heiß anfühlte. «Die Temperatur geht zurück», sagte er, «ruf nach mir, wenn sich etwas ändert.»

Sein Assistent begleitete ihn zur Tür. Ärgerlich verscheuchte er den Hund, der dort herumlungerte. Dann kam er zurück an Helas Bett. Lange betrachtete er sie. Wahrhaftig, sie war schön, so schlank und biegsam, die Beine lang und die kleinen Brüste fest. Und wo sie nicht von Blutergüssen verunziert war, schimmerte ihre Haut unter dem zarten Schweißfilm. Unwillkürlich streckte er die Hand aus, um sie zu berühren.

Hela öffnete die gesprungenen Lippen. «Nimm», ächzte sie, «Hand weg.»

Erschrocken fuhr der junge Mann zurück und starrte sie an. Sie hatte sich nicht geregt und auch die Augen nicht geöffnet. Einen Moment überlegte er, ob er sie wirklich hatte sprechen hören oder das Opfer einer Täuschung geworden war. Dann wirbelte er auf seinen Pantoffeln herum.

«Doktor», rief er im Rennen. «Doktor.»

Hela saß aufrecht im Bett, von zahlreichen Kissen gestützt, und beobachtete argwöhnisch, wie die Hände des Arztes ihre Knochen abtasteten. Er pfiff dabei leise vor sich hin und wirkte zufrieden. Seine gute Laune machte Hela ärgerlich. Wie viele Wochen oder Monate war sie nun schon hier?

«Wozu die Mühe?», fragte sie.

Samir, der Arzt, schaute auf. «Damit Ihr wieder ganz gesund werdet», sagte er lächelnd.

Hela musterte ihn misstrauisch, während er mit seiner Arbeit fortfuhr. Der kostbare Stoff seines Turbans und die Salbe in seinem schwarzen Spitzbart verrieten ein wenig Eitelkeit, doch sein schmales, intelligentes Gesicht war ohne Bosheit und sein Lachen gütig. Er kümmerte sich geduldig und sachkundig um sie, ja, er schien sie sogar zu mögen. Deshalb hatte er auch begonnen, ihr Arabisch zu verbessern. Und sie machte gute Fortschritte. Nein, sie fand nichts, was ihren Zorn erregt hätte. Dennoch, sagte sie sich, er gehört zu deinen Feinden.

«Damit ich Gewinn bringend verkauft werden kann», gab sie bissig zurück. «Das ist es doch.»

Samir beendete seine Untersuchung und gab ihr die Bettdecke zurück, die sie sich bis ans Kinn zog. «Das liegt nicht in meiner Hand», sagte er. Seine Augen verrieten nichts von dem Bedauern, das er empfinden mochte. «Aber ich sage Euch etwas.» Er setzte sich zu ihr auf die Bettkante. «Wenn Ihr zerschrammt und hässlich auf den Markt kommt, wird man Euch in einen Pulk stecken, der für eines der Landgüter bestimmt ist, für die Steinbrüche oder für die Minen. Die meisten gehen in die Minen.» Mit kühlen Fingern nahm er ihr Handgelenk und fühlte unauffällig den Puls. «Und verlassen sie nach nicht viel mehr als einem Jahr wieder. Tot.» Er schaute ihr in die Augen. «Das möchte ich nicht.»

«Warum?», fragte Hela trotzig.

Er stand auf und packte seine Geräte zusammen. «Ihr solltet das nicht wollen. Ihr solltet leben wollen.»

«Nicht als Sklavin», antwortete sie prompt.

Routiniert hantierte Samir mit einigen Medizinfläschchen. «Seid Ihr da so sicher? Beurteilt nicht, was Ihr nicht kennt. Es ist gar nicht so übel, das Leben in den Serails.

Manche Frauen finden darin ein Stück Erfüllung. Auf die eine oder andere Weise.»

Hela lachte bitter auf. Er hielt eines der Fläschchen ans Licht und schüttelte es. «Hier.»

«Was ist das?», fragte Hela unsicher.

Begütigend tätschelte er ihr die Schulter. «Etwas, das Euch bessere Träume bescheren wird. Ihr seid unruhig nachts, und Ihr sprecht im Schlaf.»

«Ja», sagte Hela nachdenklich, in dem Bemühen, ihre immer gleichen Traumbilder herbeizurufen. «Ich sehe einen Mann mit einem Schwert und ...»

Er drückte ihr das Fläschchen in die Hand. «Es dämpft auch die Schmerzen, wenn sie Euch weiter heimsuchen wollen.»

Sie nahm es an sich, schob aber trotzig die Unterlippe vor. «Wozu?», brummelte sie. «Ich sollte besser sterben.»

Er lächelte. «Ihr wollt aber leben», sagte er. «Und das ist gut so.»

Rasch nahm er seine Sachen an sich und ging hinaus, ehe er noch mehr sagte. Das Mädchen rührte ihn an, und das irritierte ihn. Er schüttelte den Kopf. Hatte er nicht schon viele von diesen Ungläubigen gesehen und behandelt? Sie taten sich alle schwer damit zu akzeptieren, was Allah in seiner Weisheit den Menschen bestimmt hatte. Warum wollte er dieser einen mehr zugestehen? Warum hörte er auf ihre unreifen Worte und gab ihnen ein Echo in seinem Herzen? Warum machte er ihren Kummer zu dem seinen? Er dachte an sein Honorar und den guten Ruf, den er für den Erfolg der Behandlung verpfändet hatte. Nein, er hatte sie gesund gepflegt und ihr die Tropfen gegeben. Mehr konnte er jetzt nicht mehr für sie tun.

Dann prüfte er, ob sein Gewand auch keine Flecken aufwies oder unangenehme Gerüche, wie sie an den Krankenlagern auftraten. Nein, es war makellos. Erleichtert seufzend trat Samir hinaus, um nach Hause zu gehen.

Hela hinter der Tür richtete sich auf, um zu lauschen. Seit Tagen schon bemühte sie sich, wenn sie alleine war, das Gehen zu üben. Samir hielt ihr Bein noch immer für zu verletzt, nun, das sollte ihr recht sein. Er mochte sie, das konnte sie spüren, aber er mochte sie nicht genug.

Wieder einmal biss sie die Zähne zusammen und schwang die Füße über die Bettkante und suchte mit den nackten Zehen den Boden. So weit, so gut. Jetzt kam der schwierigere Teil. Hela belastete ihre Beine und richtete sich auf, langsam, sehr langsam. Bald stand sie schwankend, aber aufrecht da. Mit grimmiger Freude ignorierte sie die Schweißtropfen, die sich auf ihrer Stirn und Oberlippe sammelten. Sie stand, sie konnte sogar gehen. Fünf Schritte waren es gestern gewesen, heute wollte sie weiter kommen.

Wie immer führten ihre wackeligen Beine sie zur Tür, wie immer rüttelte sie daran, auch diesmal vergebens. Samir war gewissenhaft in allem, was er tat. Er vergaß niemals abzusperren. Hela lehnte sich gegen das Holz, um wieder zu Atem zu kommen. Da hörte sie auf der anderen Seite ein Kratzen und Schnüffeln. Sie verharrte einen Augenblick und lauschte. Dabei hatte sie diese Bestätigung gar nicht nötig, sie spürte seine Anwesenheit, fühlte sie ganz deutlich, ja, das war er.

«Wolf», rief Hela.

Ein kurzes, freudiges Bellen antwortete ihr.

«Wolf, mein Bester.» Sie rutschte an der Tür hinunter und setzte sich auf den Boden, die flache Hand auf das Holz gelegt, als könne sie ihn hindurch fühlen. «Ich wünschte, du hättest Hände», flüsterte sie.

Auf der anderen Seite setzte wieder das eifrige Scharren ein, unterbrochen nur durch ein paar aufmunternde Blaffer. Aber Hela wusste, das Holz war zu dick. So würde das treue Tier niemals zu ihr gelangen können. Wenn sie ihm – und sich – nur helfen könnte, wenn sie ein Werkzeug hätte ... Ihr Blick wanderte in dem kleinen Raum umher, der ihr Krankenlager und ihre Zelle war. Sie richtete sich wieder auf, Zentimeter für Zentimeter, und konnte sich doch einen leisen Schrei nicht verkneifen. Verdammtes Bein. Sie schlug mit der Faust darauf. Wenn doch nur die Schmerzen nicht wären. Da bemerkte sie das Fläschchen, das Samir zurückgelassen hatte. Was hatte er gesagt? Es dämpfte die Schmerzen? Das war genau, was sie brauchte. Entschlossen hinkte sie hinüber und entkorkte es. Der Inhalt war klar, beinahe geruchlos. Hela zögerte nur kurz, ehe sie ihn hinunterkippte.

Und nun, dachte sie, wirke. Das tat der Trank, und so gründlich, dass sie beinahe vornüber auf das Bett gestürzt wäre. Schwindel erfasste sie und drehte die Decke über ihr, die höher und höher stieg, doch es war nicht unangenehm, gar nicht unangenehm. «Na bitte», murmelte Hela. Der Schmerz war fort. «Guter Samir.» Nun hätte sie aufstehen und überall hingehen können, aber sie spürte gar kein Verlangen mehr danach. Wozu noch gehen, wenn sie doch bereits schwebte? Sie räkelte sich auf den Laken und fuhr mit den Händen darüber. Sie fühlten sich phantastisch an, so kühl und glatt und weich. Warum hatte sie bisher nie bemerkt, wie wunderbar dieser Stoff war? Hela vergrub ihr Gesicht darin und seufzte. Das ganze Leben sollte daraus bestehen, sich solchen Genüssen hinzugeben. «Wir sind so blind», murmelte sie. Von der Tür her erklang ein weiteres Bellen.

«Wolf!», rief Hela erfreut. «Ist das Leben nicht herrlich, Wolf?» Sie warf den Kopf zurück und lachte.

Wolf draußen setzte sich, als wären ihm die Hinterläufe weggeschlagen worden. Er verspürte einen seltsamen Schwindel, und sein Winseln klang ängstlich.

Serailträume

Hela verlangte mehr von diesem wundersamen Medikament von Samir, und sie erhielt es. Einmal nur tat er so, als wollte er es ihr verweigern. Und als er sah, dass sie daraufhin abwechselnd bettelte und wütend wurde, nickte er zufrieden. Er war sich nun sicher, dass sie es dauernd und selbständig einnehmen würde. Die Droge tat ihre Wirkung.

Als die Männer kamen, um sie zum Sklavenmarkt zu führen, schien Hela dies nicht weiter zu beunruhigen. Sie blieb ruhig, lächelte und sang vor sich hin. Samir neigte sich zu ihr, um sie zu verabschieden. Sanft strich er über ihre Wange. «Dies ist besser als der Tod», sagte er, «glaubt mir.»

Hela schlang einen Arm um ihn und schmiegte sich an ihn. «Wäre es nicht noch besser», flüsterte sie in sein Ohr, «wenn wir die Kerle überwältigen und verschwinden würden? Ich habe ein Messer.» Er schaute auf ihr zurückgeworfenes Gesicht mit den schwellenden Lippen dicht vor den seinen. Er spürte ihre Brüste, die sich an ihn drängten, und erschauerte. Ein Messer?, dachte er.

Da spürte er die Klinge an seinem Hals. Seine Hand fuhr hinauf und packte die ihre. Hela leistete keinen Widerstand. Kraftlos ließ sie sich die Waffe abnehmen. Sie kicherte, als sie Samirs entsetztes Gesicht sah, der darin eines seiner medizinischen Messer erkannte. Sie musste es in einem unbeobachteten Moment entwendet haben. Wie lange schon? Misstrauisch starrte er sie an.

Aber Hela lachte noch immer. Sie breitete die Arme aus, um sich zu drehen, und sank gegen einen ihrer Bewacher. Wie auch immer. Samir ließ die Klinge unauffällig verschwinden: Niemand hatte etwas bemerkt. Er räusperte sich.

«Sie wird euch keine Schwierigkeiten machen», sagte er.

Hela erlebte den Weg zum Sklavenmarkt wie im Traum. Als sie das Podest erstieg, blickte sie erstaunt in ein Meer von Gesichtern, das undeutlich wogte und immer neue Gestalt annahm. Seltsam sah das aus und irgendwie zum Lachen. Sie wandte sich ab und betrachtete das Mädchen, das neben ihr stand, eine Beduinin mit zahllosen Zöpfen und Tätowierungen auf den Wangenknochen. «Du siehst so traurig aus», flüsterte sie und strich der anderen über den Arm. Dann musste sie wieder kichern.

«Zieht sie alle aus», befahl eine Stimme, und Hela verlor das Gleichgewicht, als das Beduinenmädchen begann, um sich zu schlagen und sich zu wehren. Sie selber stolperte einem Bewacher in die Arme, der begann, an ihrem Kittel zu zerren. Hela holte aus, um ihn zu schlagen. Dann hielt sie irritiert inne. Was war das? Warum lag ihre Hand auf der Brust dieses Mannes? Sie starrte ihre Finger an, die sich bewegten wie ein Tier, das nicht zu ihrem Körper gehörte, ohne Kraft, ohne Willen. Streichelte sie ihn?

Sie spürte den Luftzug und schaute an sich hinunter. Tatsächlich, sie war ja nackt. Und sie war schön. Hela schien, als bemerkte sie es zum ersten Mal. Andächtig breitete sie die Arme aus und betrachtete sich. Wahrhaftig, noch eines der Wunder, die man im Leben viel zu selten bemerkte. Sie strich mit den Fingerkuppen über ihre Haut, völlig in sich versunken. Ihre Zuschauer bemerkte sie nicht. Auch nicht den einen, der aus seiner Sänfte heraus nach seinem Diener winkte und ihm befahl zu bieten, was immer nötig wäre.

Helas neues Gefängnis war eine Flucht von Zimmern, die sich um einen Innenhof wanden. Dort, auf einer Ruhebank unter dem Springbrunnen, wurde sie zunächst genötigt, Platz zu nehmen. Als der Wächter sie alleine ließ, traten nach und nach Frauen aus den Türen ringsum. Manche kamen mit in die Hüften gestemmten Händen näher, ohne ein Lächeln, um sie zu mustern wie ein neues Möbelstück. Andere blieben schüchtern in einiger Entfernung und schmiegten sich hinters Geäst eines Hibiskus, wo sie sich kichernd und wispernd unterhielten. Eine stolze Frau mit einem Zopf, so dick wie ein Arm, in den Perlenschnüre eingeflochten waren, trat dicht an Hela heran und starrte ihr unverschämt ins Gesicht.

Hela blinzelte teilnahmslos.

«Was ist denn, Amina?», fragte eine Stimme hinter ihr.

Die Angesprochene verzog das Gesicht. «Maruf, der Eunuch, hat gesagt, der Herr hätte vierzigtausend für sie ausgegeben!» Sie wirbelte herum, dass der Zopf in Helas Gesicht schlug. «Wenn sie sich einbildet, sie kann mein Zimmer übernehmen, dann hat sie sich getäuscht.»

Die andere trat nun ebenfalls näher. Erstmals wurde Helas Aufmerksamkeit geweckt. Denn die Frau, die vor ihr stand, war schlank wie eine Mondsichel und schwarz wie die Nacht. Ihre Arme und Beine waren ungewöhnlich lang, ebenso ihr Hals, auf dem ein königlicher Kopf mit tiefschwarzem, kurz geschorenem Haar thronte, mit hoher, gewölbter Stirn, einer scharf geschwungenen Nase und Lippen wie gemeißelt. Ihre mandelförmigen Augen blickten mit träger Weisheit auf die Umwelt, wie bei einem Raubtier, das gelassen zu ruhen scheint und doch nur auf eine falsche Bewegung lauert.

Auch sie unterzog nun Hela einer eingehenden Inspektion. Sie sah die ausdruckslose Miene, die schlaffe Haltung und fasste mit ihren langfingrigen Händen Helas Kinn, um ihr in die Augen zu schauen. Die riesigen, saugnapfartigen Pupillen ließen sie verächtlich den Mund verziehen. «Um die brauchst du dir keine Sorgen zu machen», meinte sie und war schon im Gehen. «Sie ist ein Nichts.»

Die verletzenden Worte, mehr aber noch etwas im Tonfall ihrer Stimme, drangen zu Hela durch. Sie richtete sich auf. «Ich bin nicht nichts», protestierte sie und musste kichern, weil sie so schwankte.

«Ach nein?», fragte die Blonde abfällig und verschränkte die Hände eng vor der Brust, die in ein goldbesticktes Leibchen gequetscht war. «Und was, glaubst du, bist du?»

«Ich ...» Hela brauchte einen Moment, bis sie ihre Gedanken geordnet hatte. «Ich bin ...» Beinahe hätte sie es gehabt, doch es schien ihr immer wieder zu entgleiten. Das Kichern hinter dem Hibiskus wurde lauter, und die beiden Frauen, die blonde und die schwarze, tauschten einen viel sagenden Blick.

Da entdeckte Hela die Rosenbeete. Es waren Blumen, die sie noch nie zuvor gesehen hatte, leuchtend und prachtvoll. Aber was noch wichtiger war, ihre Ranken wurden durch Stöcke gehalten. Hela ging hinüber und zog einen heraus. Er hatte die richtige Größe und das richtige Gewicht. Ja, er lag gut in ihrer Hand, die sich sofort erinnerte, was damit zu tun war. Etwas in ihrem Körper, worauf der Drogennebel keinen Einfluss hatte, übernahm das Kommando. Dies waren Bewegungen, die sie so lange und so oft geübt hatte, dass sie sie im Schlaf und im Traum beherrschte.

«Ich bin eine Schwertkämpferin», sagte sie laut.

«Ach nein», wiederholte Amina und blickte betont spöttisch auf das mit Erde verschmierte Ende des Stockes. Sie kam nicht dazu weiterzusprechen, denn der Stab in Helas Hand sirrte durch die Luft, als sie ihn gekonnt über ihren Kopf wirbelte, einige Paraden ausführte, schneller, als das Auge folgen konnte, und mit hartem Schlag eine Rose köpfte, die weich in die erstaunte Stille fiel, die sich im Garten ausbreitete.

Die Griechin stand mit offenem Mund da. Ihre Arme hatten sich aus der Verschränkung gelöst und ihre Brust freigegeben, auf die nun das Ende von Helas Stock wies, so dicht an ihrer Haut, dass sie sie beinahe berührte. Aber nur beinahe. Hela lächelte.

Da trat die Schwarze vor. Sie warf einen Blick auf das leicht vibrierende Stockende, einen auf Hela und griff dann nach dem Stab. Ohne Mühe stieß sie ihn zurück. Hela taumelte ein paar Schritte und setzte sich dann unsanft auf die Bank. Fassungslos starrte sie die Waffe in ihrer Hand an. Wo war ihre Kraft?

Die Afrikanerin nahm Amina bei der Schulter und zog sie fort. «Wie gesagt, sie ist nichts.» Dann neigte sie sich noch einmal Hela zu. «Solange sie dieses Teufelszeug nimmt.»

Hela schaute ihnen nach, als sie in einem der Räume verschwanden. Teufelszeug? Sie kannte das Wort nicht. Was hatte sie damit gemeint? Sie wollte aufspringen und die Frau zur Rede stellen, da kamen die Eunuchen zurück, um sie auf ein Zimmer zu bringen.

Die nächsten Stunden vergingen damit, dass Hela gebadet, gesalbt, geschminkt und eingekleidet wurde wie eine Puppe. Zahllose Hände machten sich an ihr zu schaffen, unter denen sie immer unruhiger wurde. Sie wollte alleine sein, damit sie endlich die nächsten Tropfen nehmen konnte, nach denen ihr Organismus schon heftig verlangte. Samir hatte ihr geraten, es heimlich zu tun, damit niemand sähe, dass sie noch krank wäre und Medizin benötige. Und sie wollte mit der Schwarzen sprechen.

Als die Dienerinnen endlich zurücktraten, sprang Hela auf. Nur um sofort irritiert innezuhalten. Es klingelte und bimmelte bei jeder ihrer Bewegungen. Bei näherer Untersuchung entdeckte sie kleine Silberglöckchen, die den Saum ihrer Hosen und ihres Leibchens zierten. Hektisch versuchte Hela sie abzureißen, was den aufgeregten Protest der Dienerinnenschar heraufbeschwor, die eifrig wieder alles zurechtrückte und -zupfte. Eine nach der anderen verließen sie kurz darauf das Zimmer und ließen Hela irritiert zurück. Der Stoff ihrer Kleider, bemerkte Hela nun, war so schmelzend rot wie ein Sonnenuntergang über dem Meer. Er ließ ihr Fleisch rosig schimmern, und man sah reichlich davon, denn er war zugleich so durchsichtig wie ein Dunstschleier.

Das rief eine ungute Erinnerung in Hela wach, an einen engen dumpfen Raum, voller Stoffe und Staub. Schillernde Augen betrachteten sie, und eine männliche Stimme, die ihr seltsam vertraut war, lachte böse. Die Wände kamen immer näher. Hela griff sich an die Kehle. Ihr war, als bekäme sie keine Luft mehr. Hastig lief sie zu der Truhe, auf der ihre alten Kleider lagen, und nestelte darin nach Samirs Fläschchen. Es war zum Glück noch voll. Mit zitternden Fingern ließ sie etwas vom Inhalt auf ihre Zunge tropfen. Bald konnte sie erleichtert die Augen schließen. Nun war ihr wohler. Und selbst das Klingeln tat nun nicht mehr in den Ohren weh.

Heiter summend tappte sie bald darauf durch die ihr noch unbekannte Zimmerflucht. Bis sie in einer offenen Tür sah, was sie suchte. Die Schwarze hockte in einem kleinen Gemach, das nur ein geschnitzter hölzerner Schemel und ein Fell schmückten mit weißen und schwarzen Streifen, wie Hela es noch nie gesehen hatte. Die Frau hatte sich dem einzigen Fenster zugewandt und ließ die Sonne auf ihr Gesicht fallen, die durch die kunstvoll gedrechselten Gitter hereinfiel.

Als sie Hela hörte, öffnete sie die Augen und wandte langsam den Kopf. Was sie sah, ließ sie das Gesicht verziehen. Da erst bemerkte Hela, dass sie noch immer das Fläschchen umklammert hielt.

«Es ist nur wegen der Schmerzen», sagte sie.

Die andere hob die Brauen. «Welche Schmerzen?», fragte sie und fügte spöttisch hinzu: «Die Schmerzen, am Leben zu sein?»

Hela hob die Hand, um sie zu schlagen. Aber die Schwarze war schneller. Mit einem Panthersprung war sie bei Hela und entwand ihr nach kurzem Gerangel die Flasche.

«Nein!», schrie Hela und stürzte ihr nach. Es gelang ihr jedoch erst, sie einzuholen, als sie schon im Garten waren.

Die beiden Frauen rangen einige Momente miteinander. Dann bekam die Schwarze die Hand frei. In hohem Bogen warf sie das Fläschchen. Beide sahen den Weg, den es durch die Luft beschrieb, ehe es im Bassin des Springbrunnens aufschlug und verschwand. «Verflucht seist du», brüllte Hela und schlug auf die andere ein. Die fauchte wie eine Wildkatze. «Schau dich doch an», keuchte sie, als es ihr gelang, Hela zu Fall zu bringen. «Willst eine Schwertkämpferin sein und hast keine Kraft und keinen Willen.»

Statt einer Antwort versuchte Hela einen Kopfstoß, verfehlte ihre Gegnerin jedoch. Eng umklammert wälzten sich die beiden Frauen einige Male herum. Dann gewann die Afrikanerin die Oberhand. Sie stieß Hela von sich und stand auf. «Schau dich nur an», sagte sie, klopfte sich die Kleider ab und ging hoheitsvoll davon.

Hela blieb zusammengekauert hocken, verwirrt und traurig. Eine Weile war sie hin- und hergerissen, ob sie ihrer Kontrahentin folgen sollte oder nicht. Dann erinnerte sie sich an das Fläschchen. So schnell sie konnte, rannte sie zum Springbrunnen und stürzte sich hinein. «Wo ist es nur? Wo?» Gebückt drehte sie ihre Runden im Wasser, beide Hände tastend über die Fliesen führend, die Nase dicht über dem Wasserspiegel. Wenn sie etwas zu spüren glaubte, tauchte sie unter. In allen Türen standen Zuschauerinnen, als Hela endlich gefunden hatte, was sie suchte. Erleichtert richtete sie sich auf, das Fläschchen in der Hand. Bei Odin, es war unversehrt. Hela stiegen Tränen in die Augen.

Da erst bemerkte sie das Wasser, das an ihr hinabplätscherte. Es floss aus ihren vielen Schleiern. Die Kleider klebten kalt an ihrer Haut, die Haare hingen ihr triefend ins Gesicht. Es war ein trauriger Anblick, nur die Glöckchen bimmelten fröhlich weiter. Hela wollte hinaussteigen, da rutschte sie aus und platschte noch einmal mit Wucht ins kühle Nass.

Tropfend und klingelnd hinkte sie schließlich zwischen

den Beeten davon, die Flasche wie einen Talisman vor der Brust. «Schau dich nur an.» Die Worte der Afrikanerin hallten schmerzlich in ihrem Kopf. Verzweifelt nahm sie einen weiteren Schluck.

BÖSES ERWACHEN

Helas Wiedererscheinen in den Räumen des Serails rief beträchtliche Unruhe hervor.

«Der Herr hat soeben nach ihr verlangt», verkündete Maruf würdevoll, um dann mit offen stehendem Mund zu verfolgen, wie die triefend nasse Sklavin an ihm vorbeischlurfte. Sein braunes Gesicht verfärbte sich blass. Die oberste der Dienerinnen klatschte entschlossen in die Hände. Hela wurde entkleidet und frottiert, ihre Haare über einem rasch herbeigeschleppten Kohlebecken in der Luft geschüttelt und gebürstet, ihre Lippen nachgezogen und ihre Augen neu mit Khol getuscht. Kleid um Kleid wurde hervorgezogen und verworfen, bis es Hela schließlich zu viel wurde. Sie zog einen transparenten roten Schal mit Goldstickerei hervor und wickelte sich hinein. Die Griechin machte zunächst große Augen, dann nickte sie zustimmend und verzichtete auf jede weitere Zutat, ließ es sogar zu, dass Hela ihr langes Haar offen über die Schulter trug, wo es wie ein seidener Vorhang bis zur Hüfte schwang.

«Keine Ohrringe», entschied sie, schob dem jungen Mädchen aber noch einige breite Goldreife über die Arme.

Als der Eunuch bestickte Pantoffeln bringen wollte, wehrte sie ab. «Barfuß», bestimmte sie und hielt Hela an den Schultern ein Stück von sich. «Barbarisch, aber reizvoll. So wird es dem Herrn gefallen.»

Hela lächelte abwesend. Sie war froh, die engen, hochhackigen Pantoffeln nicht tragen zu müssen, die eine Qual für ihre Füße waren. Ohne Kommentar ließ sie sich durch die Zimmer führen, die eines wie das andere an ihren Augen vorbeizogen. Sie wusste nicht, wo sie war, und wollte es auch nicht wissen. Nur das Schweben setzte endlich wieder ein.

Abendwind hob die Vorhänge in den Korridoren, und durch die Fenster konnte Hela sehen, dass der Himmel über Karthago sich violett verfärbt hatte. Irgendwo heulte ein Hund.

«Die Neue, wie Ihr es befahlt», hörte sie jemanden sagen, als eine Tür sich vor ihr öffnete. Der Raum war dunkel, gefleckt nur vom Licht einer bunten Glaslampe, die in der Mitte von der Decke hing und zitternde Kreise in Rot, Blau, Grün und Gelb auf eine üppige Landschaft von Kissen warf und auf das helle Gewand des Mannes, der darauf ruhte. Als Hela eintrat, stützte er sich auf einen Ellenbogen und stellte eine Schale mit Räucherwerk zurück, an der er eben geschnuppert hatte. Er griff nach einem Glas Wein und trank, während er sie über den Rand hinweg betrachtete.

«Ihr könnt gehen», wies er dann die Wachen an. Seine Lippen waren rot und feucht und rochen nach Alkohol, als er Hela zu sich herabzog. Er setzte auch ihr den Kristallpokal an den Mund. «Und nun», sagte er, während er darauf achtete, dass sie schluckte und trank, «werden wir unseren Spaß haben.»

Hela erwachte mit schwerem Kopf. Sie blinzelte in das Viereck aus Sonne, das auf ihrem Kopfkissen ruhte, und beschattete die Augen. Ihr Arm tat weh, und als sie ihn betrachtete, entdeckte sie rote Male und einen großen blauen Fleck. Erschrocken richtete sie sich auf. Ihr Kopf dröhnte. Es kostete sie einige Überwindung, aufzustehen und zu dem Schminktischchen hinüberzugehen, auf dem ein Spiegel lag. Neugierig musterte sie ihr Gesicht. Die Augen wirkten fremd durch den Lidstrich, der nun breit verlaufen war und ihr ein dekadentes Aussehen verlieh. Ihre Lippen waren rot und angeschwollen. Hela glaubte, mit der Zunge auch einige Wunden zu spüren. An ihrem Hals waren dieselben roten Male wie auf ihrem Arm, und auf ihrer Brust entdeckte sie etwas, das wie der Abdruck von Zähnen aussah.

Seltsam. Hela versuchte, sich die Nacht ins Gedächtnis zu rufen, doch es wollte ihr nicht gelingen. Alles, an was sie sich erinnerte, waren bunte Lichter und das Aroma von Wein, von viel zu viel Wein. Und er war nicht gut gewesen. Sie schaute sich nach etwas um, was den üblen Geschmack in ihrem Mund vertreiben konnte, der sie seltsam beunruhigte. Alles, was sie fand, war ihr Fläschchen.

«Na, wie ist es gewesen?» Die Afrikanerin stand in der Tür. Lässig schmiegte sie sich mit ihren langen Gliedmaßen in den Rahmen und betrachtete Hela mit schräg gelegtem Kopf.

«Ich weiß nicht, wovon du redest», murmelte Hela.

«Nach allem, was man hört, sollst du sehr leidenschaftlich gewesen sein.» Die andere lachte höhnisch. «Der Herr war von deinem Eifer begeistert. Offenbar kannst du mit jeder Sorte Schwert gut umgehen.» Und sie machte eine obszöne Geste.

Hela winkte ab. Sie wollte nur ihre Medizin haben, nichts weiter. Alles andere war dummes Gerede. Es war nichts geschehen gestern Nacht, nichts. Kein Name, kein Gesicht. Nur ein bunter Wirbel. Dabei sollte es auch bleiben. «Lass mich in Ruhe», sagte sie und setzte an, sich ein paar Tropfen auf die Zunge zu kippen.

Die Afrikanerin stand plötzlich direkt neben ihr. Erschrocken schaute Hela auf. Sie hatte weder gehört noch gesehen, wie die andere sich bewegt hatte. Wie aus dem Nichts gewachsen, erschien ihre Gestalt in dem Spiegel. «Wo hast du das gelernt?», fragte sie. Jemand, der sich so bewegte, musste erfahren sein in der Jagd. Oder im Kampf.

Hela erhielt keine Antwort. Stattdessen klopfte die andere mit einem ihrer sehr langen Fingernägel gegen das Fläschchen, das ein leises ‹Ping› von sich gab.

«Nicht mehr viel drin», sagte sie leise, beinahe freundlich. «Was willst du tun, wenn es zu Ende ist?»

Hela schüttelte den Kopf. Darüber wollte sie nicht nachgrübeln. Wann immer ihre Gedanken in diese Richtung wanderten, fühlte sie sich an einem Abgrund eisiger Panik, vor dem sie hastig die Augen verschloss. Aber nein, redete sie sich dann ganz schnell ein, ich brauche die Medizin nicht, nicht im Geringsten. Das Medikament hilft mir nur, gesund zu werden, das ist alles. «Oh», erwiderte sie betont leichthin, «bis dahin werden die Schmerzen wohl verschwunden sein.»

«Oh nein.» Die andere legte ihr die Hand auf die Schulter und sah ihrem Spiegelbild intensiv in die Augen. «Dann fangen die Schmerzen erst an.»

Mit aufgerissenen Augen starrte Hela zurück. Etwas wollte sich regen in ihrem Kopf, aber sie konnte es nicht klar erfassen. Ihre Hände zuckten regelrecht in dem Bemühen, es zu ergreifen. Aber das Bild wollte sich nicht einstellen. Gequält biss sie sich auf die Lippen. Was, überlegte sie, was war es nur gewesen, das ich gewollt hatte? ‹Überleg, was du willst!›, ertönte es in ihrem Kopf. Wer war es, der da sprach? Was wollten sie alle von ihr?

Sie erwiderte den Blick der Afrikanerin im Spiegel. «Was willst du von mir?», fragte sie laut, und für einen Moment war es ihr, als zöge sich ein Schleier von ihrem Blick.

Die andere lächelte. «Ich will, dass du dich erinnerst.»

«Woran?», wollte Hela wissen, doch da wurde ihr bereits ein Tüchlein unter die Nase gehalten.

«Das», wisperte die Schwarze, «ist sein Parfüm. Weißt du es jetzt wieder?»

Hela ging auf einmal einen Korridor entlang. Er bewegte sich auf und nieder, als wandle sie durch das Innere einer Schlange. Vorhänge wehten und verdeckten den Ausblick auf eine Tür, die sie einsog. Und da war ein Gesicht, gefleckt von Schatten, die darüber tanzten. Es kam näher, sie roch seinen Duft. Hela sah Arme, Haut, Körper, die sich wanden, sie spürte erneut den Geschmack in ihrem Mund und hörte Worte, geflüstert an ihrem Ohr. Wie ein Kaleidoskop drehte sich alles vor ihr, wild, obszön, abstoßend. Und im Mittelpunkt, unter einem Vorhang verworrener Haare: ihr Gesicht.

«Neeeeeiiiiiin!», schrie Hela.

«Du erinnerst dich», stellte die andere befriedigt fest. Ihre Genugtuung allerdings wich dem Schreck, als Hela in Zuckungen verfiel, vornüberkippte, ehe sie sie auffangen konnte, und sich, auf den Knien liegend, heftig übergab.

Die Afrikanerin kauerte sich neben sie und strich ihr die Haare aus dem Gesicht. Dabei murmelte sie tröstende Worte und streichelte ihr den Rücken, wann immer die Würgekrämpfe sie schüttelten. «Es sind die Tropfen», erklärte sie ihr in den Pausen, wenn Hela ein wenig zu Atem kam. «Sie schläfern deinen Willen ein, lassen dich vergessen, tauchen alles in schöne Farben, machen eine Puppe aus dir.»

Hela würgte erneut. «Mein Bein», keuchte sie und schluckte. «Mein Bein war gebrochen, und ich dachte, wenn ich sie nehme ...» – ein erneuter Anfall unterbrach sie – «... kann ich vielleicht flüchten.»

Die Afrikanerin hielt sie mitleidig, als sie sich erneut vorbeugte. «Du bist in die falsche Richtung geflüchtet.»

Hela schloss die Augen, öffnete sie aber sofort wieder, da in der Dunkelheit die Bilder auf sie lauerten, die ihrer Übelkeit neue Nahrung gaben. Die Tropfen also, eine Droge. Sie war auf die Freundlichkeit einer Schlange hereingefallen. Sie drückte mit zitternder Hand ihrer Helferin die Flasche vor die Brust. «Wirf sie weg, schnell.»

Die nahm das Fläschchen an sich und gehorchte. Hela hörte das Klirren und wusste, diesmal war es endgültig.

Angst überfiel sie, so sehr, dass ihr schwindelte, aber sie wusste, es musste sein. Sie musste es durchstehen, die Angst überwinden. Da kam ein neuer Anfall.

Als es endlich vorbei war, wischte sie sich den Mund ab und rollte sich auf dem Boden zusammen. «Ich will baden», murmelte sie.

Wortlos stand die Afrikanerin auf und rief nach den Dienerinnen. «Macht die Schweinerei hier weg», befahl sie, «und richtet ein Bad her.» Dann lächelte sie zu Hela hinunter. «Ich heiße Unde», sagte sie.

Hela schlang die Arme um ihre Knie. Kälte griff nach ihr, und sie hatte Mühe, ein Zittern zu unterdrücken. «Warum sagst du mir das jetzt?», fragte sie.

Die andere beugte sich über sie. Ihre langen, dünnen, wie geölt glänzenden Zöpfe strichen über Helas Gesicht. «Weil du jetzt erst angekommen bist», sagte sie. «Willkommen in der Wirklichkeit.» Damit fing sie Helas umherflatternde Haare ein und umfasste mit den Händen ihr Gesicht. «Sag», begann sie nach einer Weile, «bist du wirklich eine Schwertkämpferin?»

Hela nickte. Ein Lächeln flog über ihr Gesicht mit den geschlossenen Augen. Eben hatte sie ein Bild aus der Vergangenheit gesehen, einen Raum aus Licht, warm und vertraut, und sich selbst, wie sie darin mit ihrem Schwert tanzte. Sie spürte, dass alles gut war an diesem Ort, heil und vertraut. So war es einmal gewesen. «Ja», flüsterte sie und seufzte.

«Das ist gut», sagte Unde. «Das ist sehr gut.»

Die Worte hallten in Helas Kopf wider. Dann verlor sie sich.

Am Abend klopfte Maruf, der in dieser Nacht Wache hielt, an ihre Tür. Es war Unde, die öffnete. Hela hörte das leise Murmeln ihrer tiefen, weichen Stimme.

«Was soll das heißen», begehrte der Eunuch auf, «krank?

Wieso ist sie krank?» Er schob die Afrikanerin beiseite und trat an das Bett. Mit gerunzelter Stirn schaute er auf Hela hinunter, die sich unter dem Laken krümmte und nur den Kopf zu heben vermochte. Ihre Haut war schweißnass und klamm, ihre Augen klein, und aus ihrem Mund floss Speichel. Ein Schüttelfrost hielt sie fest in seinem Griff, und aus der Schüssel neben dem Lager roch es bitter nach Erbrochenem. Maruf rümpfte die Nase.

«Was geht hier vor?», fragte er anklagend.

Unde war neben ihn getreten. «Was heißt, was geht hier vor?», gab sie spitz zurück. «Der Herr hätte sie vielleicht nicht so hart anfassen sollen, wenn es ihn so bald wieder nach ihr verlangt.»

Die Dienerin, die im Hintergrund die Laken zusammenraffte, schlug sich erschrocken die Hand vor den Mund. So ein Ton war unangebracht, ja gefährlich hier im Serail, wo alle Männer, auch die Wachen, Herren waren. Unde erhielt denn auch eine Ohrfeige, die sie zu Boden schickte. Dort kauerte sie, mit blitzenden Augen, und einen Moment dachte Hela, sie würde hochschnellen und sich auf den Angreifer stürzen. Sie wusste, wie schnell Unde sein konnte. Doch die schien es sich anders überlegt zu haben. Langsam, ohne den Wächter aus den Augen zu lassen, wischte sie sich über den Mund, dessen aufgeplatzte Lippe ein wenig blutete. Wortlos stand sie wieder auf.

Der Eunuch überlegte. Der Befehl seines Herrn lautete, die Asiatin zu bringen, also würde er es tun. Sollte er selbst entscheiden, ob sie zu etwas taugte oder nicht. Er trat ans Bett und verlangte von Hela aufzustehen. Unde wollte ihr zu Hilfe eilen, aber Hela winkte ab. Irgendwie schaffte sie es auf die Füße, und als sie einmal stand, ging das Laufen wie von selbst. Ihre Beine wussten, was sie zu tun hatten, und taten einen Schritt nach dem anderen. Hela ließ sie einfach gewähren. Hier und da suchte sie mit zitternden Armen Halt an einer Wand, doch sie fiel nicht um. Hinter sich hörte sie Undes Stimme, angstvoll, zum ersten Mal. «Sei vorsichtig», rief die neue Freundin. Hela grübelte, was damit gemeint sein konnte. Und: «Tu nichts –» was? Der Rest ging im Schimpfen des Wächters unter. Tu nicht was? Nichts Unüberlegtes? War es das, was Unde hatte sagen wollen? Wie denn auch, dachte Hela grimmig, wo mein Verstand dank dir doch endlich wieder funktioniert.

Da war wieder der Korridor, dort die Tür. Hela erkannte sie wieder. Und sie wusste, was sie dahinter erwarten würde. Wieder warf die Lampe ihr buntes Licht, Flecken in Gelb und Rot. Wie verwesendes Fleisch, dachte Hela.

Der Mann, der auf den Kissen lagerte, erhob sich, als sie eintrat. Hela vermied es, in sein Gesicht zu sehen. Würde sie ihm in die Augen schauen, müsste sie ihn töten. «Da bist du ja, meine schöne Wildkatze», gurrte der Mann. Er klang erst erfreut, dann verwundert. «Warum hat das so lange gedauert?» Er lauschte den Erklärungen des Wächters. «Krank?», fragte er schließlich und griff mit der Hand nach ihrem widerstrebenden Kinn. «Sieh mich an.»

Nun gut, dachte Hela. Wenn er es so wollte. Dann hob sie den Blick.

Goldene Ketten

Es gab ein großes Aufsehen, als Hela in das Serail zurückgeschleift wurde. Sie schrie und trat um sich. Die Wächter, mit Kratzspuren im Gesicht, hatte alle Mühe, sie zu bändigen, und schlugen immer wieder mit ihren Spießen gnadenlos auf Helas Rücken ein. Sie brauchten zwei Mann Verstärkung, um sie in ihr Gemach zu sperren, und als der Schmied kam, gingen alle vier mit ihm zu Hela hinein.

Die entsetzten Frauen standen draußen und lauschten den dumpfen Befehlen und dem Schlagen des Hammers, das durch die geschlossene Tür zu ihnen herausdrang.

Amina stellte sich neben Unde, die angespannt auf ihrer Lippe herumkaute. «Du hattest Recht», sagte sie und warf lässig ihren schweren Zopf zurück. «Sie wird mir meinen Rang nicht streitig machen.»

«Was hat sie nur getan?», wisperte Leila, eine schlanke Araberin mit schwerlidrigen, traurigen Augen.

Amina zuckte mit den Schultern. «Sie hat sich zu einem Tier im Zoo gemacht. Und das wird sie bleiben, ein Tier, bis sie verrottet ist.»

Damit stolzierte sie davon. Leila ließ ihren großäugigen Blick zu Unde wandern. Dann packte sie sanft deren Hand. «Du tust dir weh», stellte sie mit ihrer weichen Stimme fest. Erst da bemerkte Unde, dass sie sich die Fingernägel so fest ins Fleisch gegraben hatte, dass Blut kam. «Du magst sie gerne?»

«Ach was!» Unde warf den Kopf zurück. «Sie ist nur eine dumme Barbarin. Eine dumme, dumme ...» Sie brach ab und stürmte davon.

Als die Männer drinnen fertig waren und gingen, ließen sie die Tür zu Helas Gemach offen stehen. Es dauerte eine ganze Weile, ehe die anderen Frauen es wagten, einen Blick hineinzuwerfen. Hela lag zusammengerollt wie ein Embryo auf dem Boden. Nur einer ihrer Arme hing in der Luft, gehalten von einer Kette, mit der er an der Wand festgeschmiedet war. Auch eines ihrer Beine war auf diese Weise befestigt. Sie lag auf den nackten Fliesen, da der Radius ihrer Fesseln es ihr nicht erlaubte, das Bett oder irgendein anderes Möbelstück zu erreichen.

Die Frauen wisperten und tuschelten und drängten sich im Türrahmen. Die hinten standen, reckten den Hals, um einen Blick zu erhaschen, doch hinein traute sich keine. Eine Dienerin kam und stellte ein Tablett in Helas Nähe ab, auf dem eine Schüssel mit Wasser und eine mit Essen angerichtet waren. Die Schalen waren kostbar vergoldet und das Holz des Tabletts mit Schnitzereien verziert und bemalt, dennoch sah das Gedeck eher wie das für einen geliebten Hund als wie für einen Menschen aus. Das Fleisch war bereits klein geschnitten, und nur ein Löffel aus Horn lag dabei.

Gespannt warteten die Frauen, was geschehen würde. Einige letzte Glöckchen an Helas Schal, die nicht beim Kampf zerstört worden waren, klingelten, als sie langsam den Kopf hob. Noch immer hatte der Schüttelfrost sie im Griff, und der kalte Schweiß trat ihr aus allen Poren. Hela war elend, alles um sie herum erschien ihr wie durch tiefes Wasser betrachtet, Stimmen hallten seltsam, Krämpfe ließen ihre Beine zittern, und jede Faser ihres Körpers schrie schmerzhaft nach der Droge, die er vermisste. Dennoch lächelte sie verzerrt, als sie die anderen Frauen sah, die gebührend Abstand hielten. So war es recht, die dort, sie hier. Es war eine schmerzhafte Erfahrung, aber es war die Wirklichkeit, endlich wieder.

«Seht, sie bleckt die Zähne», rief eine schrill. Manche zogen sich ihren Schleier vors Gesicht.

«Und wie zerzaust ihre Haare sind.» «Sie ist schmutzig.» «Hast du das Blut gesehen?»

Amina war die Einzige, die den Mut hatte, näher heranzugehen. Sie neigte sich zu Hela hinunter und ließ ihren Zopf vor deren Nase baumeln. «Na», sagte sie, «wie fühlt man sich so als Haustier?»

«Wuff», machte Hela, so laut und unerwartet, dass die Griechin erschrocken zurücksprang. Amina hörte das Gelächter ihrer Gefährtinnen und wurde rot. Fieberhaft hielt sie nach einer Möglichkeit Ausschau, die Scharte auszuwetzen. Dann glaubte sie, sie gefunden zu haben. Sie trat an das Tablett heran.

«Wenn du jetzt ein Hund bist», äußerte sie verächtlich, «dann brauchst du wohl weder einen Löffel noch Geschirr. Du kannst vom Boden essen.» Und sie hob ihren perlenbestickten Pantoffel, um gegen die Schalen zu treten.

Helas Hand fuhr im selben Moment vor und schloss sich um den schlanken Knöchel von Aminas anderem Fuß. Ein Ruck, und die Griechin setzte sich höchst schmerzhaft auf den Hosenboden. Einen Moment war sie starr vor Staunen, dann begann sie kreischend nach Hela zu treten, die weiterhin ihren Fuß umklammert hielt. Das Geschrei rief die Wachen herbei, die erneut auf Hela einschlugen, bis sie Amina freigab. Die ließ es sich nicht nehmen, Helas Essen mit Tritten über den ganzen Boden zu verteilen, ehe sie ihre Schleier raffte und hinausstürmte.

Hela rollte sich wieder zusammen. Es wurde still um sie. Die Sehnsucht nach der Droge packte ihren Körper und ließ ihren Geist davondriften.

Sie wurde davon wach, dass sich ein warmes, feuchtes Tuch auf ihre Stirn senkte. Wieder schoss ihre Hand vor, doch Unde reagierte ebenso schnell und hielt ihr Handgelenk fest.

«Ach du bist es», sagte Hela und seufzte. «Was willst du von mir?»

«Das frage ich mich langsam auch», erwiderte Unde. Mit sanften, aber energischen Bewegungen wischte sie der Wikingerin Blut und Schweiß aus dem Gesicht. Dabei begann sie, leise vor sich hin zu schimpfen. «Wie kann man nur so dumm sein», beschwerte sie sich. «Marschiert einfach los und greift einen Mann an, der von Wachen nur so umgeben ist.» Sie griff nach einem Becher und versuchte Hela, eine Flüssigkeit einzuflößen. «Nur Brühe», sagte sie beruhigend, als diese sich zu wehren suchte, «siehst du?» Und sie nahm selber einen großen Schluck. Da endlich gab Hela nach und ließ sich füttern.

«Wirft sich im Delirium in einen aussichtslosen Kampf und lässt sich dann wie ein Raubtier an die Wand fesseln. Du kannst von Glück sagen, dass du noch lebst.»

Hela öffnete mühsam die spröden Lippen. «Ich habe es nicht darauf angelegt», brachte sie heraus.

Unde gab ihr einen herben Klaps. «Du bist und bleibst eine Barbarin. Sag, hängen da, wo du herkommst, alle so wenig am Leben?»

Hela schloss die Augen und lächelte. «Wir haben Fahrt, selbst gegen den Tod», zitierte sie die Zeile eines Kriegerliedes.

Unde hingegen inspizierte ihre Ketten. Verärgert rüttelte sie daran, vergeblich. «Damit wirst du jedenfalls nicht weit kommen. Verdammt.» Sie schlug mit der Faust gegen die Wand, in die die Fesseln so sorgsam eingelassen waren, dass es keine Hoffnung zu geben schien. «Verdammt.» Sie fuhr fort, Hela zu waschen, und sprach, mehr zu sich selbst. «In zwei, höchstens drei Monaten hätte er das Interesse an dir verloren. Drei Monate, länger nicht. Dann hätten wir uns in Ruhe überlegen können, wie wir hier herauskommen.» Ihre Stimme klang bitter.

«Wir?», flüsterte Hela.

«Ich habe gesehen, wie du mit dem Stab umgehst», gab Unde zurück.

Hela öffnete die Augen. Zum ersten Mal musterte sie die Afrikanerin mit offenem Interesse. «Und ich habe gesehen, wie schnell du reagieren kannst.»

Unde zeigte in einem breiten Lächeln ihre Zähne. Sofort jedoch wurde ihr Gesicht wieder düster. «Es hätte zwei gebraucht», sagte sie. «Bei jedem Ausgang sind vier Wachen dabei. Zwei, dann wäre es möglich gewesen.»

«Ausgang?», fragte Hela verwirrt.

Unde schüttelte ihren Kopf und wischte so heftig über Helas blutverschmierte Schultern, dass diese protestierte. «Vergiss es», sagte sie. «Du wirst niemals mehr Ausgang erhalten.»

«Hier bist du also», zischte eine Stimme hinter ihrem Rücken. Es war Amina. «Das sage ich den Wachen!»

Unde richtete sich auf. «Amina, warte», rief sie der Griechin hinterher, die auf dem Absatz kehrtgemacht hatte, um davonzueilen. Mit in die Seiten gestemmten Händen wandte sie sich nun um und wartete auf die Afrikanerin. Hela konnte nicht hören, was sie sprachen, sie sah Unde nur eifrig reden und gestikulieren. Schließlich wechselte eine Halskette die Besitzerin, und Amina ging mit wiegenden Hüften davon.

«Es tut mir Leid ...», begann Hela, als Unde zu ihr zurückkehrte. Die winkte ab. «An dem Plunder liegt mir nichts.»

«Aber Amina schon», meinte Hela verächtlich.

«Du darfst nicht zu schlecht von ihr denken», widersprach Unde ihr. «Sie stammt aus einer adligen Familie aus Sizilien und galt als eine, die viel Lösegeld bringen würde.»

Hela hob fragend die Brauen.

«Ihre Familie hat nie gezahlt.» Unde stand auf und schaute sich um. Dann ging sie hinüber zu Helas Lager und begann, die gestreifte Wolldecke abzuziehen und mehrfach zusammenzulegen. Sie schob sie der Freundin unter den malträtierten Leib und deckte sie danach mit einem Laken zu. «Das war vor fünf Jahren.»

Hela ergriff dankbar ihre Hand. «Und wie lange bist du schon hier?»

Unde machte sich los. «Ausgang, das bedeutet einen Besuch auf dem Markt», fuhr sie fort, ohne auf die Frage einzugehen. «Es passiert einmal im Monat und ist eine Belohnung für die, die sich gut verhalten, eine Aufmunterung, damit wir nicht alle an Langeweile sterben. Jeweils nur fünf dürfen mit. Der Herr muss es erlauben, und die Erste der Frauen, die für die Ordnung im Serail zuständig ist, muss zustimmen.»

«Amina», stöhnte Hela.

»Amina», bestätigte Unde düster. Dann neigte sie sich dichter an Hela. Ihre Stimme wurde zu einem Flüstern. «Der Stoffmarkt ist nahe dem Nordtor. Wir könnten es erreichen, Hela, ich habe lange daran herumgeknobelt. Ich kenne jemanden, der würde mit zwei Kamelen jenseits der Stadtmauer warten, wenn wir ihm nur genügend bezahlen, hörst du?»

«Mhh», brummte Hela, die auf einmal furchtbar müde wurde. Die Schmerzen, die Sattheit, der Schwindel, alles verwandelte sich in eine wohlige Schwere, die sie hinunterzog. «Das Nordtor», murmelte sie.

«Ja», sagte Unde und streichelte ihr über die Wange, ehe sie ihr das Laken bis ans Kinn zog. «Bete, dass du es uns nicht vor der Nase zugeschlagen hast.»

Die Entscheidung

«Ich kann nicht», murmelte Hela. Es waren viele Tage vergangen, wie viele genau, konnte sie nicht sagen. Ein Tag verschwamm mit dem anderen. Ihre Wunden waren geheilt, ihr Geist hatte sich von der Droge befreit, dafür begannen die Ketten an ihren Gelenken Spuren auf ihrer Haut und in ihrem Fleisch zu hinterlassen. Hela versuchte, durch Bewegungsübungen gelenkig und bei Kräften zu bleiben, doch ihre eisernen Fesseln gaben ihr kaum den nötigen Spielraum dazu. Manchmal kribbelte es so in ihren Muskeln, dass sie am liebsten aufgesprungen wäre und schreiend an ihren Ketten gezerrt hätte.

Es war Unde, die sie in solchen Momenten beruhigte. Auch jetzt saß sie da und redete auf Hela ein.

«Es ist unsere einzige Chance», meinte sie beschwörend. «Die Freiheit», fügte sie hinzu, «denk doch, Hela.»

Die schüttelte den Kopf. «Und was willst du machen, wenn ich nein sage? Mir das Essen verweigern?», fragte sie spöttisch und zeigte auf die Schüsseln, die Unde mitgebracht hatte und in ihrem Eifer noch immer umklammert hielt.

«Entschuldige», sagte sie erschrocken und schob der

Freundin ihr Mahl hinüber. Noch während Hela aß, sprach sie weiter, malte ihren Plan in allen Einzelheiten aus.

Doch Hela blieb dabei. «Ich mag ja, seit ich von Waldweide fort bin, nur Fehler gemacht haben», sagte sie. Und sie musste schlucken, als sie das Wort aussprach, Waldweide. Eine Woge von Heimweh drohte sie schmerzhaft zu überrollen. Dann jedoch straffte sie sich wieder. «Das aber wäre der größte von allen. Ich könnte es mir nicht verzeihen. Ich müsste mich hassen dafür.»

«Ich weiß, was du meinst.» Unde stand auf.

Erschrocken bemerkte Hela ihr starres Gesicht. «Ich wollte nicht ...», setzte sie an.

Aber Unde winkte ab. «Ich träume nachts davon und werde das vielleicht bis ans Ende meines Lebens», sagte sie leise. Dann hob sie stolz den Kopf. «Aber ich habe Hoffnung.» Sie machte eine Pause. «Und was hast du?»

«Geheimnisse?», fragte Amina spitz, als sie Unde davongehen sah. «Was ist es nur, das die Afrikanerin an dir findet?» Hela antwortete ihr nicht. Erbost begann die Griechin, sie zu beschimpfen, und wechselte dabei unversehens in ihre Muttersprache. Hela hörte sich das eine Weile an, dann parierte sie kurz und knapp mit einem deftigen griechischen Schimpfwort und fügte in derselben Sprache hinzu: «Der Herr wäre sicher enttäuscht, wenn er wüsste, dass sein Schmeichelkätzchen sich ausdrückt wie der letzte Matrose.»

«Du kannst Griechisch?» Amina war atemlos vor Staunen.

Hela nickte. «Ich habe es von meiner Mutter gelernt, und die hatte es von einem Griechen.» Lässig fügte sie hinzu. «Er war ein Sklave, wie du. Und weißt du was?» Sie winkte Amina mit dem Finger näher. Die gehorchte und beugte ihren Kopf zu Hela hinab. «Er war so verliebt in die Sklaverei, dass er auch immer einer bleiben wollte.»

Einen Moment schaute Amina sie mit versteinerter Miene an. Dann stürmte sie davon. Hela wartete darauf, dass die Wachen kämen, um sie zu bestrafen, aber nichts geschah. Weder Amina noch sonst jemand ließ sich blicken. Auch Unde nicht. Eine Dienerin brachte ihr Essen und stellte es vorsichtig in ihrer Reichweite ab. Hela war allein, allein mit ihren Ketten und ihren Gedanken, so, wie sie es für den Rest ihres Lebens bleiben würde. Mit starrem Gesicht hockte sie da. Es klirrte, wenn sie eine Hand regte. Nachdenklich strich sie mit der freien Hand über die kalten Glieder der Kette. Bin ich auch verliebt in euch?, dachte sie. Ach Mutter, warum kannst du mir nicht sagen, was ich tun soll?

Als Hela um einen Besuch des Herrn bat, war sie selbst nicht sicher, wie sie reagieren würde, wenn sie ihm erst gegenüberstünde. Sie hatte so etwas noch niemals getan: heucheln, und wusste nicht, ob sie es könnte. Dass sie vor seiner Ankunft vorsorglich auch an den freien Gliedmaßen gefesselt wurde, verschaffte ihr ein Gefühl grimmiger Befriedigung, das es sorgfältig zu verbergen galt. Demütig erwartete sie ihn auf den Knien, weil sie dachte, das würde ihm die größte Genugtuung verschaffen. Sie sollte Recht behalten. Mit leiser Stimme sagte Hela, was sie sich zurechtgelegt hatte. Dass sie um Verzeihung bäte, auf seine Gnade hoffe und auf eine Chance, ihre Verfehlung wieder gutzumachen. Dass der Dämon der schlechten Medizin aus ihr gesprochen habe. «Es war die Krankheit», fuhr sie tonlos fort, «die meinen Geist verwirrt hat. Aber nun bin ich gesund, bin wieder ich selbst und habe keinen anderen Wunsch, als Euch gut zu dienen.» Ihr Text war zu Ende, sie schwieg und starrte weiter zu Boden. Nun sag schon etwas, dachte sie, innerlich zitternd vor Anspannung und Ekel.

«Sie soll mich ansehen», hörte sie den Herrn sagen und spürte kurz darauf die Kälte einer Klinge unter ihrem

Kinn. Er wagt es nicht mehr, mich selbst zu berühren, der Feigling, dachte sie und suchte im selben Moment den Triumph niederzukämpfen. Sie versuchte, ein süßliches Lächeln auf ihre Lippen zu zaubern, und war sicher, dass ihr nicht mehr als eine Grimasse gelungen wäre, doch schien er damit zufrieden zu sein. Er musterte sie eingehend. «Wir werden sehen», sagte er dann schließlich. «Wir werden sehen.»

Lange geschah nichts, und in Hela kochte die Wut darüber, sich sinnlos gedemütigt zu haben, in immer dichteren Schwaden. Dann eines Abends kamen die Wachen und lösten, zum ersten Mal seit Wochen, ihre Ketten aus der Wand. Hela wurde an ihnen wie an einer Leine zum Schminktisch geführt. Die Dienerinnen schimpften über die Behinderung, aber einer der Eunuchen bestimmte, dass die Fesseln zu bleiben hatten, wo sie waren, während Hela geschmückt wurde. Sie wurde entkleidet und mit einem Schwamm gewaschen, ihre Haare zu einem langen, mit Silberketten durchwirkten Zopf geflochten. Dann legte man ihr prächtige Ketten um den Hals, eine nach der anderen. Zusammen bildeten sie eine kalte, klirrende Last, so dicht, dass sie beinahe wie ein Kleidungsstück wirkten. Auch um ihre Hüften wurden silberne und goldene Kettchen geschlungen. Und ihre Scham verbarg ein kleines Dreieck aus Goldgeflecht, das so mit Edelsteinen besetzt war, dass es die Blicke eher auf sich zog, als dass es etwas verbarg. Hela war so gut wie nackt.

«Was soll ich anziehen?», fragte sie mit unsicherer Stimme, als die Dienerin von ihr zurücktrat, ohne einen Fetzen Stoff an ihr drapiert zu haben. Aber der Eunuch schüttelte den Kopf und zog statt einer Antwort an den eisernen Fesseln. Hela begriff. Sie kämpfte die Panik nieder und stand auf, bereit, ihm zu folgen. Ihr Blick suchte Unde, die hinter den anderen stand, als sie so abgeführt wurde, mehr ein geschmücktes Tier als ein Mensch. Sie wollte im Gesicht ihrer Freundin lesen, dass es möglich wäre, dass sie tatsächlich tun könnte, was vor ihr lag. Vorgenommen hatte sie es sich. Aber ob sie es durchstehen könnte? Hela wusste es nicht.

Auch Unde war alles andere als sicher, und jede Faser in ihrem Körper spannte sich. Erinnerungen, die sie lange vergessen glaubte, kamen wieder hoch und drohten ihr die Kehle zuzuschnüren.

«Sie ist wunderschön», flüsterte Leila neben ihr. «Geschmückt wie für eine Hochzeit.»

«Oder eine Beerdigung», sagte Amina, der die Worte der Araberin nicht entgangen waren. Auch sie starrte Hela nach. Und niemand wusste, ob es nicht das Letzte war, was sie von der Wikingerin sahen.

In dieser Nacht konnte Unde nicht schlafen. Sie warf sich auf ihrem Lager hin und her und biss in die Kissen, haderte mit dem Vollmond, der hell durch die Holzgitter ihres Fensters schien, und verfolgte seinen Gang über die Dächer, bis er nicht mehr zu sehen war. Der schwarze Himmel wurde violett, dann aprikosenfarben. Unde lag da und lauschte. Endlich hörte sie, worauf sie gewartet hatte: das Geräusch der Pforten, dann Männerschritte, schließlich das leise Klirren von Ketten. Sie wartete, bis es wieder still war, dann schlich sie aus ihrem Gemach.

«Hela?», flüsterte sie, zitternd vor Erwartung und Angst. Was würde sie vorfinden? «Hela?» Sie streckte die Hand nach der Freundin aus, die mit gelöstem Haar, das Gesicht nach unten, auf ihrem Lager lag.

«Hela.» Mit sanfter Hand strich sie ihrer Freundin über den Rücken, der sacht bebte. «Nicht weinen», flüsterte sie. «Nicht.» Sie musste schlucken. «Da gibt es nichts, was mit einem Bad nicht abgewaschen werden könnte.» Sie erhielt keine Antwort. «Hela?»

Da hob die Wikingerin den Kopf. Im grauen Licht des

Morgens sah Unde ihr Gesicht und erschrak. Es war verzerrt von einem breiten Grinsen. War die Freundin wahnsinnig geworden?

«Ja», brachte Hela schließlich mühsam hervor, «ein Bad wäre gut. Am besten ein Fußbad!»

Ein Fußbad. Unde war ratlos. Noch immer strich sie Hela mechanisch übers Haar. Sie musste verwirrt sein, ihr armer, gequälter Geist verdunkelt. «Was immer du willst», murmelte sie.

Hela richtete sich auf. «Das wäre wunderbar», seufzte sie und rieb mit der freien Hand ihre Füße. «Ich bin die ganze Nacht herumgestanden.» Als sie Undes Gesicht sah, platzte es laut aus ihr heraus. Es gab keinen Zweifel, Hela lachte.

«Was ...», setzte Unde an. Sie kam nicht dazu, den Satz zu vollenden, denn die Freundin fiel ihr um den Hals und umarmte sie, soweit die Ketten dies zuließen.

«Es war ein Fest», sprudelte Hela schließlich hervor. «Er hat eine Feier gegeben, mit Dutzenden von Gästen. Und mich hatte er als Schmuck an seine Liege binden lassen.» Sie musste noch immer prusten, wenn sie daran dachte. «Von Zeit zu Zeit hat er vor Zeugen meinen Hintern getätschelt oder mir ein paar Weintrauben in den Mund gestopft. Aber immer ganz schnell seine Finger wieder zurückgezogen.»

Unde schaute Hela ungläubig an, dann fiel sie in das Lachen der Freundin ein. Einander heftig umarmend, rollten sie auf das Lager. Dort blieben sie nebeneinander auf dem Rücken liegen und rangen nach Atem.

«Er hat allen gezeigt, dass er dein Herr ist und dich nicht fürchtet», stellte Unde fest.

«Ja», kicherte Hela. «Aber alleine bleiben wollte er mit mir lieber doch nicht.»

Unde räkelte sich, richtete sich auf dem Ellenbogen auf und stützte den Kopf in die Hand. «Was hast du damals nur mit ihm getan?», fragte sie.

Hela warf ihre Haare zurück. «Ich war krank, du erinnerst dich», begann sie ihren Bericht. «Das hat auch er so gesehen. Aber er befand, ich könnte gut vor ihm knien und ihm so einen Dienst verrichten.» Sie hielt inne. Gespannt wartete Unde auf die Fortsetzung.

«Ich weigerte mich», verkündete Hela. «Und sagte ihm, selbst wenn er den Wachen befehlen würde, mir das Schwert dabei an den Nacken zu setzen, so wäre sein Fleisch immer noch zwischen meinen Zähnen und würde da auch bleiben, selbst wenn mein Kopf über die Fliesen rollte.» Sie nickte befriedigt. «Er muss die Sache mit dem Ohr des Zöllners gehört und mir geglaubt haben», fuhr sie kichernd fort.

«Sicher hat er das», brachte Unde heraus. Dann überwältigte sie erneut Gelächter. Glücklich, wie schon lange nicht mehr, schliefen sie dann eng umschlungen ein und spürten nicht, wie die warmen Strahlen der Sonne bereits über sie krochen.

Tänze und Träume

«Siehst du?», sprach Unde, und tiefe Befriedigung war aus ihrer Stimme zu hören. «Ab jetzt bist du Geschichte für ihn.» Sie standen beide hinten in dem Pulk Frauen, der sich vor der Parkbank versammelt hatte, um die Neue zu betrachten, ein dralles Bauernmädchen, mit dicken goldblonden Haaren und grünen Augen, das sich verwundert in der neuen Umgebung umschaute. Nicht ohne Belustigung setzte Unde hinzu: «Soll Amina sich den Kopf darüber zerbrechen, wer von ihnen beiden die weißere Haut hat.»

Hela versetzte ihr einen kameradschaftlichen Stoß. Sie warf einen Blick auf ihre Handgelenke. Immer noch waren Spuren von den Ketten zu sehen, die ihr schon vor Wochen abgenommen worden waren, erst die um die

Hand, später die um den Fuß. Sie hatte umgehend damit begonnen, ihr Training wieder aufzunehmen, und musste feststellen, dass sie viel an Beweglichkeit verloren hatte. Daher ging sie jeden Tag in den kleinen Garten und absolvierte zwischen den Rosen ihre Übungen. Wenn sie und Unde das Nordtor wirklich erreichen wollten, würde sie ihre ganze Geschicklichkeit brauchen. Dabei tarnte Hela das Ganze so gut sie konnte als eine Art rhythmischer Gymnastik. Schon den Dorfbewohnern Waldweides damals war ja ihre Art des Schwertkampfes wie ein Tanz erschienen. Manchmal machte Unde sich den Spaß und nahm daran teil. Die anderen Mädchen staunten, wie sie sich so geschmeidig in schnell wechselnden Figuren umeinander bewegten, und der Herr, dem es zu Ohren kam, war so neugierig – und auch so wagemutig –, Hela aufzufordern, bei einem seiner Feste zu tanzen, ganz ohne Fesseln. Sie kam der Aufforderung nach, einmal, zweimal, mit wachsender innerer Gelassenheit. Ein wenig fürchtete sie, was sein wiedergewonnenes Selbstvertrauen ihm noch eingeben mochte, doch nun war die Neue da und sie selber, wie Unde es ausgedrückt hatte: Geschichte. Nein, dachte sie dabei. Ich bin diejenige, die Zukunft hat. Nicht ohne Schadenfreude beobachtete sie, wie Amina sich sofort auf das neue Mädchen einschoss. Aber sie wandte sich ab. Das hier ging sie nichts an. Sie musste sich auf andere Dinge konzentrieren.

«Pass dich an», hatte Unde ihr geraten, «such dir Freundinnen.» Sie mussten vermeiden, dass die langen Gespräche, die sie beide über ihre Pläne führten, den anderen in irgendeiner Weise auffielen. Also schloss Hela sich näher an Leila an, die freundlich zu allen war, und ließ sich von ihr eine Art des Brettspiels beibringen, mit dem sie von da an lange Nachmittagsstunden verbrachten. Hela schloss sich nicht mehr von den Singspielen aus, mit denen die Frauen sich manchmal die Zeit vertrieben, und gab ein paar der weniger rauen Wikingerlieder zum Besten. Mit Humor ertrug sie den lachenden Protest der anderen, die ihren Gesang wild und barbarisch fanden.

«Er ist genauso einfältig wie die Tracht der Leute aus dem Norden», sagte Tarfa, eine Ägypterin, und betrachtete selbstgefällig ihre blau gefärbten Nägel, «und wie die grobschlächtigen Schnitzereien an ihren Schiffen.»

«Du hast schon Wikinger gesehen?», fragte Hela und konnte ihre Spannung nicht verbergen.

«Sicher», sagte die andere und schaute sie unter ihren gefärbten Lidern hervor an. «Sie sind nicht so selten in den Häfen.»

«Aber ich meine hier, hier in Karthago?», drängte Hela.

«Warum willst du das wissen?», fragte Amina.

Rasch fiel Unde ein. «Hela hält sich wohl für einzigartig.» In dem ausbrechenden Gelächter warf sie der Freundin einen warnenden Blick zu. Hela verstand und beschränkte sich in der Folge darauf, mit den anderen über die Vorzüge dieses und jenes Rouges oder Parfüms zu diskutieren, obwohl es nichts gab, was sie weniger interessiert hätte.

«Puh!», rief sie später und warf sich in die Kissen, «wenn ich noch ein einziges Mal die Frage erörtern muss, ob Khol aus Alexandria haltbarer ist als der kretische, dann springe ich schreiend aus dem Fenster.»

Unde lachte. «Ist das nicht ohnehin unser Plan?» Sie fuhr mit der Hand über die schön geschnitzten, teils gefärbten, aber immer massiven Gitter vor ihrem Fenster. «Nicht mehr lange», sagte sie und lächelte.

Hela legte den Finger auf den Mund und wies zu Amina hinüber, die nicht weit von ihnen an ihrem Schminktisch saß und so angespannt in ihren Spiegel starrte, dass sie die Welt um sich herum vergessen zu haben schien. Was sie sah, machte sie ganz offensichtlich nicht glücklich. Immer wieder fuhr sie mit den Fingern über die Stirn und die dünne Haut der Augenwinkel, um mögliche Fältchen zu ertasten.

«Sie sieht ihre Zukunft», meinte Hela, «beinahe tut sie mir Leid.» Aber sie schüttelte die verhaltene Stimmung ab. «Wie stellst du dir deine Zukunft vor?», fragte sie Unde.

Die ließ sich mit übergeschlagenen Beinen neben ihr nieder und griff nach einer Dattel. «Das Leben genießen», verkündete sie entschieden, «jeden Augenblick. Mir nie wieder etwas befehlen lassen.» Sie warf herausfordernd den Kopf in den Nacken.

«Ja, aber was genau willst du tun?», insistierte Hela. «Gehst du nach Hause?»

Unde wurde nachdenklich. Sie senkte ihre schöne Stirn. «Da, wo ich herkomme», sagte sie langsam, «sind die Frauen Kämpferinnen. Wenn ein Mädchen erwachsen wird, geht es mit den anderen auf Kriegszug, und sie wird nicht als Frau anerkannt, ehe sie nicht einen Mann getötet hat.» Sie hielt inne und schloss die Augen. Es fiel Hela nicht schwer zu erraten, was Unde vor ihrem geistigen Auge sah: eine schlanke schwarze Amazone, langgliedrig, mit dem Speer in der Hand. «Ich war auf diesem Kriegszug», fuhr Unde fort, «als ich gefangen wurde. Statt einen Mann zu töten und mir mit seinem Blut das Gesicht zu bemalen, wurde mir das Brandzeichen der Sklaverei aufgedrückt.» Sie schüttelte langsam den Kopf. «Ich kann nicht zurück nach Hause», sagte sie und schaute Hela mit ihren mandelförmigen, schillernden Augen an, in denen es verdächtig feucht glitzerte. «Ich will es nicht.»

«Ich auch nicht», entfuhr es Hela spontan.

Unde ergriff die Gelegenheit, sich von ihrem eigenen Kummer abzulenken. «Warum nicht?», ereiferte sie sich. «Du hast mir so oft von deiner Mutter erzählt. Sie würde dir sicher verzeihen und alles verstehen.»

«Das ist es ja.» Hela spielte missmutig mit der Dattel in ihrer Hand. «Es gibt so viel zu verzeihen. Ich habe so viele Dummheiten gemacht.» Quälend stieg die Erinnerung wieder in ihr hoch. Für einen Moment kroch die

Sehnsucht nach den beruhigenden Tropfen wieder aus ihrem finsteren Loch. Hela krallte sich die Finger in den Arm. «Ich würde gerne erst einmal ein paar Dinge richtig machen», sagte sie dann. «Beweisen, dass ich auch Erfolg haben kann. Und nicht nach Hause schleichen wie ein geprügelter Hund.» Sie hing ihren Gedanken nach. «Mutter hätte nie für jemanden getanzt», meinte sie dann düster. Vala hatte sich damals ihrem Sklaventum nicht gebeugt. Sie hatte getötet, was sie festzuhalten drohte.

Unde neigte sich zu der Freundin und nahm sie freundschaftlich in den Arm. «Sie hätte getan, was nötig gewesen wäre, genau wie du.» Herzlich drückte sie die Wikingerin. «Glaub mir, sie hätte getanzt wie eine Bajadere.»

Das Wort versetzte Hela einen Stich, und sie schaffte nur ein bemühtes Lächeln. «Vor allem», verkündete sie, «werde ich nicht heimgehen, ohne Goldar die Kehle durchgeschnitten zu haben.»

Unde lachte und überkreuzte die Finger, um die Beschwörung zu entschärfen. «Du hängst noch immer an ihm, was? Aber es gibt noch andere Männer», gab sie zu bedenken.

Nun war es an Hela, heftig den Kopf zu schütteln. «Nein», sagte sie nachdenklich und wiederholte dann: «Nein.» Es gab niemanden. Keinen. «Ich glaube, für mich gibt es nirgendwo den Richtigen. Ich bin …» Sie verstummte und versank in ihren trüben Gedanken.

«Heh.» Unde stieß sie an. «Was geht dir jetzt durch den Kopf. Na?» Sie begann, Hela zu kitzeln und zu necken. «Na? Na?», wiederholte sie, bis sie sich schließlich in den Kissen wälzten und Hela nach Luft japste.

«Da ist dieser Traum», gab sie schließlich zu.

«Ah!» Unde stemmte erwartungsvoll den Kopf in die Hand.

Hela winkte ab. «Es ist nur ein Traum. Immer derselbe. Kaum ein Gesicht, nur fliegendes rotes Haar. Er dreht sich, mit einem Schwert in der Hand.» Sie hielt inne, um sich die Szene in Erinnerung zu rufen. «Und dann stößt er es mir ins Herz.»

«Oh», rief Unde eifrig, «das muss nicht bedeuten, dass er dich umbringt, weißt du?» Sie kramte in ihrem Wissen über Traumdeutung, eines ihrer Lieblingsthemen. «Es kann auch einfach bedeuten, dass er dein Herr über Leben und Tod ist ...»

«Keine Herren, keine Herren», murmelte Hela abwehrend.

«... oder es steht für einen radikalen Neuanfang. Der Tod ist nicht das Ende, er ist ein Übergang. Zeig mir deine Handlinien.»

Sie angelte nach Helas widerstrebender Hand, wurde aber durch Maruf gestört, der plötzlich vor ihnen stand. Der Eunuch ignorierte Unde, die ihn mit schräg gelegtem Kopf musterte.

«Der Herr wünscht, dass du heute Abend für seine Gäste tanzt», schnarrte er in Helas Richtung.

Hela senkte zustimmend den Kopf. «Ich werde da sein», murmelte sie ohne rechte Begeisterung. Aber Maruf insistierte. «Es sind wichtige Gäste, der Neffe zweiten Grades des Sultans ist unter ihnen.»

«Schon gut», brummelte Hela und wurde daraufhin von Unde so energisch geknufft, dass sie sich schließlich zu einem zuckersüßen Lächeln aufraffte. «Es wird mir eine Ehre sein», flötete sie und ergänzte, als der Mann sich bereits mit der üblichen unbewegten Miene abwandte, «mir von dir auf den Hintern glotzen zu lassen wie immer, wenn du mich hinbringst.»

«Ach», rief Unde, die mit einem Mal ganz ausgelassen war, «sei großzügig mit deinem Talent, dieses eine Mal noch.» Sie sprang auf und hüpfte in angedeuteten Tanzschritten herum. «Wenn er illustre Gäste hat, heißt das, er wird sich großzügig zeigen und dir ein Geschenk machen.»

Ein Schritt, ein Hüpfer. «Und wenn er das tut, weißt du, was du zu sagen hast.» Sie trällerte beinahe.

Erneut musste Hela den Finger an die Lippen legen. «Amina schaut schon böse», ermahnte sie ihre Freundin. Unde ergriff ihre Hand und küsste die Innenfläche. «Ich sehe eine ausgeprägte, wunderbare Tanzlinie», flüsterte sie. Ihre Augen leuchteten. Amina warf krachend eine Schminkpalette an die Wand.

Schenk mir die Freiheit

Hela hielt ihren Kopf mit den offenen Haaren gesenkt, die sie wie einen Vorhang umgaben. Darunter versteckt war auch die Handtrommel, deren erster Schlag die Gäste unvorbereitet traf und sie erstaunt die Köpfe heben ließ. Noch ehe sie sich bewegt hatte, konnte sich Hela ihrer Zuschauer sicher sein. Ihr Herr nickte und strich sich beifällig den Schnurrbart. Dann zuckte auch er zusammen, bei jedem Schlag erneut. Hela warf ihren Kopf zurück. Das Haar flog, ein schwarzer Wirbel, der in der Folge nicht mehr zur Ruhe kam. Wild sah sie aus, ungezähmt, die seltsame Exotin mit den Himmelsaugen. Sie vollführte den Tanz der Schamanen, ihrer Vorfahren, wie ihre Mutter es sie gelehrt und sie selbst es niemals gesehen hatte, begleitet vom unruhigen Schlag ihrer Trommel und den unberechenbaren Kadenzen ihres eigenwilligen Gesanges. Nicht schön, nicht gefällig waren die Bewegungen, doch von einer bezwingenden Kraft. Und manch einer hatte das Gefühl, dass dunkle Steppengespenster ihn im Vorbeiwehen streiften, und er senkte das Gesicht in seinen Weinpokal, um doch die Augen schnell wieder auf die Tänzerin zu richten. Deren biegsamer Leib, federnd wie eine Klinge, drehte sich in immer wilderen Kreisen, um die ihr Haar sich wie ein Schleier legte. Sie fegte durch den Raum, konzentriert nur auf den zuckenden, hypnotischen Rhythmus und die Feuerschale, die im Zentrum stand. Ihre Glut erhellte von Zeit zu Zeit Helas ekstatisch entrücktes Gesicht und ihren halb nackten Körper, den nur wenige Ketten zierten. Dann, zum ersten Mal, sprang Hela über die nach ihr leckenden Flammen. Und alle hielten den Atem an.

Für einen Moment schimmerte ihre Haut rosig im Feuerschein, der nach ihr zu greifen schien, und sie entrann ihm in einer eleganten Drehung. Wieder und wieder forderte Hela das Feuer heraus, stürzte sich durch die heiße Luft und überwand sie im Sprung, im Flug, im Tanz, der ihren ganzen Leib dehnte wie einen Bogen. Nicht eines ihrer Haare wurde angesengt bei diesem gefährlichen Spiel mit dem Tod, bei dessen Höhepunkt sie auf die glühenden Kohlen trat. Hela lächelte. Und katapultierte sich mit einem letzten Sprung, die Trommel hoch erhoben, vor das Lager ihres Herrn, wo sie in derselben Haltung verharrte wie zu Beginn ihrer Vorstellung. Ein letzter Schrei, ein letzter Trommelschlag, dann nur mehr die Flut ihres Haares, die noch wallte, als hätte sie ein Eigenleben, während die Tänzerin schon reglos kniete.

In den Applaus mischten sich Rufe. Der hohe Besuch bestand darauf, dass die Eunuchen sie zu ihm trugen und ihm ihre Füße vorführten. Mit gelassener Miene ließ Hela sich ihm zutragen wie auf einem Tablett. Zu seinem Erstaunen waren ihre Fußsohlen so rosig wie die Läppchen seiner Ohren, ohne eine Spur vom Feuer. Begeistert löste er eine Kette von seinem speckigen Hals und legte sie ihr um. Er berührte dabei ihre kaum verhüllten Brüste. Hela regte sich nicht.

Der Herr klatschte in die Hände, begierig, seine eigene Großzügigkeit der des Gastes in nichts nachstehen zu lassen. Schon zerrte er an einem Ring mit blauem Stein, der allerdings fest an seinem fleischigen Finger saß. Auf einmal legten sich Helas Finger kühl auf seine. Erstaunt schaute er auf.

«Herr», begann Hela ihre einstudierte Rede. «Erlaubt mir die Kühnheit, Euch um ein Geschenk zu bitten.»

Mit einem Heben der Augenbrauen forderte er sie auf weiterzusprechen.

Hela holte tief Luft. Nun kam es darauf an. Sie musterte den Mann noch einmal rasch unter halb geschlossenen Lidern hervor. Amina an seiner Seite lag starr wie eine Statue und bemühte sich, Hela zu übersehen, obwohl ihre Ohren zweifelsohne gespitzt waren. Die neue Blonde zu seiner Rechten zeigte weniger vornehme Zurückhaltung. Sie hatte sich herübergeneigt, stützte sich ungeniert auf seiner Schulter ab und reckte den Hals, um sich nichts von der Szene entgehen zu lassen.

«Ich würde gerne», begann Hela stockend vor Erregung, dann zunehmend sicherer, «beim nächsten Mal mit den anderen auf den Markt gehen.» Umgehend sah sie das Misstrauen in seinem Gesicht und fuhr rasch fort. «Ihr habt Amina einen Stoff geschenkt, mit Purpur aus Tyrus. So einen möchte ich mir dort auch aussuchen.»

Sie senkte die Augen, als sie Aminas Blick spürte, der sie irritiert und aufmerksam musterte.

Das Gesicht des Herrn aber verzog sich zu einem Lächeln. «Ein roter Stoff!» Er tätschelte ihre Schulter. Hela atmete noch einmal durch, dann hob sie das Gesicht und schenkte ihm ein Lächeln, so verführerisch, dass sie beinahe selbst über seine Wirkung erschrak. Sie bemerkte, wie seine Gesichtsfarbe sich änderte. Sein Atem ging schneller, und die Finger auf ihrer Schulter hatten begonnen, ihr Fleisch sacht zu kneten. Hela wurde blass. Nur mühsam unterdrückte sie den Impuls zurückzuweichen. Schweiß trat ihr auf die Stirn. Hatte sie es übertrieben? Würde der Preis für die Freiheit nun höher ausfallen, als sie erwartet hatte, zu hoch vielleicht? Auch ihr Atem ging nun rasch. Sie sah, wie Amina ihren Pokal abstellte und sich vorneigte, um nichts zu verpassen.

Der Herr hatte inzwischen begonnen, hektisch an seinem Ring zu zerren. «Du sollst ihn trotzdem haben», sagte er, heiser vor Begierde. «Ich will ihn dir anstecken und dann ...» Hela öffnete den Mund, der trocken war.

«Erlaubt», war da plötzlich eine helle Stimme zu vernehmen. Es war das blonde Bauernmädchen, die Neue, wie Hela sie in Gedanken immer noch nannte, obwohl schon Wochen seit ihrer Ankunft vergangen waren und sie die Zeit bereits gut genutzt hatte.

In ihren Augen glomm Ärger und Gier. «Ich will mir den Ring verdienen.» Damit sprang sie auf, kniete dicht vor dem Lager ihres Herrn und nahm seinen Finger mit dem Schmuckstück in den Mund, wobei sie ihm tief in die Augen sah.

In seinem Blick stand erregtes Erstaunen. Langsam zog das Mädchen den Ring vom Finger, überreichte ihn mit ihren Lippen und stand dann mit lasziven Bewegungen auf, um einen Tanz zu beginnen. Mit einem Hackenschlag stieß die neue Tänzerin Helas Trommel beiseite. Ihre Darbietung war das genaue Gegenteil der vorigen. Langsam, mit den trägen Bewegungen einer Schlange, wand sie sich zu den Klängen des Orchesters, dem eine rasche Handbewegung des Herrn geboten hatte einzusetzen. Sie strich sich über ihre Hüften, die Brüste und präsentierte ihren Körper, als trüge sie keine Kleider am Leib. Ihre Finger zeichneten Muster in die Luft, denen die Augen der Zuschauer folgten, bis sie sie zu den Schleiern führten, die einer nach dem anderen lose gezupft wurden und fielen.

Als die blonde Tänzerin mit zurückgeworfenem Kopf, die Haare beinahe auf dem Boden schleifend, ihren Busen wogen und vibrieren ließ, stand Hela auf. Sie konnte unbeachtet hinausgehen. Maruf, der sich ihr wortlos anschloss, hinderte sie nicht, als sie den Weg zum Serail einschlug.

Hela, deren Knie noch immer zitterten, war so erleichtert, dass sie einen Extra-Hüftschwung für ihn hinlegte.

«Nein», erklärte Amina kategorisch und schüttelte den Kopf, dass ihr Zopf tanzte.

«Aber du warst dabei.» Wütend starrte Hela sie an. «Du hast selbst gehört, wie er mir die Erlaubnis gegeben hat.»

Amina musterte sie kalt. «Ich gebe Maruf die Liste mit den Mädchen für den Ausgang», erklärte sie. «Und du wirst nicht daraufstehen, Wikingerin.»

Hela öffnete schon den Mund, um erneut zu protestieren, da stieß Unde sie an und lenkte ihren Blick auf den Tisch. Dort lag neben dem Federkiel die ominöse Liste, von der Amina gesprochen hatte, und quer darüber Aminas Hand, jedoch nicht abwehrend, sondern locker geöffnet, mit der Handfläche nach oben.

Hela schnaubte verärgert, dann löste sie die Ohrringe, die sie für einen ihrer Auftritte erhalten hatte, und legte sie in Aminas so auffallend unbeteiligt wirkende Hand. Die Griechin schloss sie nicht, sagte aber auch kein Wort.

Unde zögerte nicht, sich ein Amulett und einen Ring abzustreifen. Beides wanderte in Aminas Besitz. «Wir beide», sagte sie und legte noch eine juwelenbesetzte Haarnadel darauf.

«Was habt ihr vor?», fragte Amina.

«Das geht dich ...», begann Hela.

Unde machte eine ungeduldige Geste, worauf Hela ihren Protest unterbrach und aus ihrem Gürtel noch einige Ringe hervorholte.

Endlich kam Leben in ihre Gegnerin, die die Schmuckstücke nahm und eingehend musterte. «Wo habt ihr die her?», fragte sie streng.

«Das geht dich nichts an», gab Unde ebenso scharf zurück. «Also?»

Amina verengte ihre Augen zu Schlitzen. «Ihr beide»,

bestätigte sie. «Aber glaubt nicht, dass ich euch einen Moment unbeobachtet lassen werde.» Da erklang von draußen Gelächter, und sie sprang auf.

Über ihre Schulter hinweg sahen Unde und Hela die Neue. Splitternackt stand sie im Bassin und führte den anderen Mädchen eine obszöne Version ihres Tanzes vom Vorabend vor, wobei sie den damit eroberten Ring triumphierend über ihrem Kopf schwenkte.

«Schamlos, nicht wahr?», meinte Hela mit schlecht gespielter Entrüstung. Unde verkniff sich ein Grinsen.

«Nicht einen Moment», wiederholte Amina, ohne sich umzudrehen.

Im Augenblick der ersehnten Freiheit dann brachten die beiden kein Lachen mehr zustande. Zu groß war ihre Erregung, die sie im Gegenteil fast an den Rand der Tränen brachte. Zu überwältigend der Eindruck der breiten Straßen, des Menschengewimmels und des unendlichen Himmels, der sich über alles spannte. Nachdem die mächtige Pforte sich für sie geöffnet hatte und sie hinausgetreten waren, ergriff Hela Undes Hand und drückte sie. Sprechen konnte sie in diesem Moment nicht.

«Weite», flüsterte sie irgendwann.

«Ja», gab Unde zurück, die sie sehr gut verstand. Wie oft waren sie nicht zwischen ihren geschmückten Wänden auf und ab getigert. «Du könntest endlos laufen. Nichts und niemand hielte dich fest.»

Die anderen Frauen schienen das ähnlich zu empfinden, doch löste es bei ihnen andere Gefühle aus. Sie drängten sich dicht aneinander zu einem bunten, schwatzenden, schmuckklingelnden Trüppchen, das brav hinter Amina hertrottete, eifrig bemüht, nicht verloren zu gehen und von keinem der Passanten gestreift zu werden.

«Pass doch auf», herrschte Amina Maruf an, der einen Hirten nicht rechtzeitig abgedrängt hatte, sodass eine seiner Ziegen ihre Kleider streifte. «Wehe, ich rieche etwas.» Der Eunuch winkte zwei weitere Wachen heran, und sie schlossen sich enger um die Frauen.

«Ich rieche eine ganze Menge», flüsterte Unde. Hela nickte bestätigend, auch ihre Nasenflügel weiteten sich. Das war nicht mehr der endlose Dunst von Räucherwerk, Parfüm und nackter Haut. Sie roch Staub und Sonne, Gewürze und Vieh, Exkremente, Schweiß, Blumen, Wein, vergorene Milch und Leder, den Duft von Feigen und von ferne, wie ein Versprechen, das salzige Aroma des Meeres.

«Wunderbar», murmelte sie. Und gegen ihren Willen traten ihr tatsächlich Tränen in die Augen. Sie stolperte durch das brodelnde Leben ringsum wie durch einen Traum und hätte beinahe den Zweck ihres Ausfluges vergessen, wenn nicht Unde mit einem Mal unruhig geworden wäre. Mehrmals schaute die Afrikanerin sich um, blieb zurück, spähte in Gassen und wurde von Maruf grob zur Herde zurückgerufen. Schließlich erhob sie die Stimme.

«Amina», rief sie, gegen das Gewirr der Stimmen, «hätten wir zum Nordtor, ich meine, zum Stoffmarkt, nicht irgendwann links abbiegen müssen?» Die Sorge in ihrer Stimme machte auch Hela mit einem Schlag hellwach. Die Freundinnen tauschten einen raschen Blick.

«Der Stoffmarkt?» Amina wandte sich zu ihnen um, dass ihre Ohrringe tanzten. Sie hatte für diesen Ausflug ein grüngelbes Brokatgewand gewählt, safranfarbene Schleier und einen Goldschmuck aus Blättchen, zwischen denen sich Kugeln aus Bernstein und grüner Jade wie Beeren versteckten. Sie sah, das musste auch Hela zugeben, wunderschön aus, reif, elegant und überlegen. «Ach, der Stoffmarkt», wiederholte Amina mit gespieltem Erstaunen. «Habe ich euch das nicht gesagt? Ich habe unsere Pläne geändert. Im Hafen ist ein griechisches Schiff angekommen, das vergoldete Spiegel dabeihaben soll. Zum Stoffmarkt können wir das nächste Mal gehen. Wenn es ein nächstes Mal gibt.» Ihr hämisches Lachen tanzte in der Luft wie der Sonnenschirm, den sie in ihren Fingern drehte.

Entsetzt starrten die Freundinnen einander an. Das Nordtor war ihr Portal in die Freiheit. Dort und nirgends sonst würden sie Reittiere erhalten. «Wo ist der Hafen?», flüsterte Hela Unde zu. Diese schaute sich noch immer hilflos um. «Ich weiß es nicht.»

«Wie kommt man von da zum Tor?»

In Undes Stimme war beinahe ein Schluchzen. «Ich weiß es nicht.» Mühsam rang sie um Fassung. «Dieses verdammte Miststück.»

Doch fluchen half nicht. Das Gewirr der Gassen um sie herum wollte sich nicht lichten. Was ihnen zuvor weit und vielfältig erschienen war, legte sich nunmehr eng und unübersichtlich um sie und drohte sie beinahe zu ersticken. Hela spürte ein Stechen in ihrem Brustkorb. Sie hatte Mühe, Luft zu bekommen.

Dann ragten die ersten Masten vor ihnen auf. Sie standen auf der breiten Planade, die das runde Hafenbecken umgab. In dessen Mitte ragte noch immer, einsam auf seiner Insel, die Tempelruine. Doch rings um sie selbst brauste das Leben. Kräne ächzten, Waren klirrten, Händler schrien. Das Wasser schwappte gurgelnd an die Bordwände der zahllosen Schiffe, die angelegt hatten, und aus den Magazinen strömten die Sklaven, um hineinzutragen, was von diesen an Fracht mitgebracht worden war. Es wurde gewogen, geprüft und gehandelt. Man stritt und feilschte, zweifelte mit großer Geste und pries seine Waren an. Es war ein Schwindel erregendes Treiben. Willenlos folgten die beiden Amina und ihrer Herde zu dem Steg, an dem die versprochenen Spiegel auf überdachten Tischen ausgebreitet lagen. Ihr Glas reflektierte das Sonnenlicht, und die Mädchen mussten die Augen schließen, um nicht geblendet zu werden. Der eifrige Grieche aus Byzanz umschmeichelte Amina und überschüttete sie mit einem Schwall von Erläuterungen.

«Niemals, beim Odin», hörte Hela da plötzlich jemanden in ihrer Muttersprache ausrufen. Es durchfuhr sie wie ein Schlag. Sie wandte sich so heftig nach dem Sprecher um, dass Maruf ihr mit gerunzelter Stirn einen mahnenden Blick zuwarf.

Hastig bemühte Hela sich, ihre Aufregung und ihr Interesse zu kaschieren. Sie griff nach einem der Spiegel und hielt ihn sich vor das Gesicht. Ihr hektischer Atem beschlug die polierte Oberfläche verräterisch. Hela wischte den Dunst fort und veränderte die Position der spiegelnden Fläche so lange, bis sie einfing, was sie zu sehen wünschte. Dort hinter ihr, kaum zehn Meter weiter, stand ein Wikinger, unverkennbar in seiner Tracht, mit den in die Stiefel gesteckten Hosen, dem gegürteten Wams und dem geflochtenen Bart. Helas Hand zitterte, und sie nahm die Linke zu Hilfe, um das Bild stabil zu halten. Begierig sog sie jedes Wort des für sie belanglosen Gespräches ein, bei dem es wohl um den Wert einer Ladung Pelze ging, die der Wikinger immer wieder zur Hand nahm, um sie dem zögernden Interessenten buchstäblich unter die Nase zu reiben. Hela musste lächeln. Die Wikinger verstanden sich nicht so sehr auf das elegante Feilschen. Der Mann dort drüben war rot im Gesicht und wirkte, als wäre er drauf und dran, den unschlüssigen Kunden davonzuprügeln, der doch nur den Preis senken wollte. Jähzornig wie Ragnar, dachte sie. Sie kannte den Mann nicht, doch sie hätte ihn umarmen mögen.

«Fünfzig», beschied Amina vor ihr den Spiegelhändler. Auch dieses Geschäft war offenbar in vollem Gange.

Hela schaffte es kaum noch, ihre innere Unruhe zu unterdrücken. Dort drüben war einer ihrer Landsleute, keinen Steinwurf entfernt, und doch gab es keine Möglichkeit, mit ihm Kontakt aufzunehmen. Hela schaute sich um. Gab es noch andere? Wo war ihr Schiff? Doch sie konnte in dem Gewühl niemanden erkennen. Nein, es gab nur diese Chance. Verzweifelt biss sie sich auf die Lippen.

«Fünfundsechzig. Mein letztes Wort.» Amina schien zum Ende ihres Geschäftes zu kommen. Es blieb ihnen keine Zeit mehr.

Hela hielt den Spiegel so, dass er ihr und Undes Gesicht verdeckte. «Fall in Ohnmacht», flüsterte sie.

«Was?» Unde zog ein erstauntes Gesicht.

Doch Hela schüttelte nur den Kopf und schaute der Freundin eindringlich ins Gesicht. Bis diese ohne ein weiteres Wort zu Boden sank. Hela ließ den Spiegel fallen, dass es klirrte. Das sollte den Umstehenden Gesprächsstoff genug geben. Sie umfing Unde.

«Ihr ist schlecht», rief sie in gespieltem Schreck. «Sie muss sofort aus der Sonne.» Damit zog sie die Freundin in Richtung auf die Arkaden des nächstgelegenen Gebäudes. Maruf stieß einen der Wächter an, ihr zu helfen. Er nahm Undes Beine und trug sie mit Hela zusammen hinüber in den Schatten der Säulen. Nun waren sie dem Wikinger schon ein wenig näher, aber noch immer trennten sie Welten.

«Sie braucht Wasser», hörte Hela sich sagen. Die eigene Stimme war ihr vor lauter Aufregung fremd. «Besorg uns Wasser, hörst du?» Der Wächter war unschlüssig. Hilfesuchend schaute er zu Maruf hinüber. Hela zerrte und zupfte an seinem Gewand, und Unde war so klug, stöhnend den Kopf hin und her zu werfen. Schließlich gab er ihrem Begehren nach und ging zu einem Verkäufer, der eine große Bronzekanne umgegürtet trug, aus der er Passanten eine Art Limonade eingoss. Der Wächter musste warten. Hela pries den Kunden vor ihm, der sein Kleingeld sorgsam zählte. So rasch sie konnte, hastete sie hinüber zu dem Wikinger. Nun, da sie vor ihm stand, wurde ihr bewusst, dass er ein völliger Fremder war.

Mit misstrauischen kleinen Augen musterte er sie.

«Wann legt ihr ab?», fragte sie ihn hastig.

Er legte den Kopf schräg. «Heute noch», sagte er träge und spuckte aus. «Wer will das wissen?»

Hela hatte Mühe, ruhig zu stehen. Er musste sie ja für eine Irre halten. «Nehmt ihr Passagiere mit?», fragte sie.

«Wer will das wissen?», wiederholte er mit impertinenter Ruhe.

Fieberhaft überlegte Hela. «Kennt Ihr Sven Gelbbart in Haithabu?», begann sie dann, da ihr ein Name aus diesem Wikingerzentrum am aussichtsreichsten schien. Doch er schüttelte den Kopf. Sie versuchte es noch mit dem Namen ihres damaligen Wirtes, denen von Flokis Verwandten, obwohl das riskant schien, sogar mit Helges. Der Mann antwortete immer nur mit mäßig interessiertem Kopfschütteln. «Waldweide», stieß sie schließlich hervor.

Wieder schien der Wikinger zu einem Kopfschütteln anzusetzen, doch dann hielt er inne und starrte über ihre Schulter hinweg. Hela versteifte sich. War der Wächter auf sie aufmerksam geworden? Sie wagte kaum, sich umzuwenden. Eine Hand legte sich schwer auf ihre Schulter, und ihre Hoffnung sank.

Fluchtgedanken

«Wer erkundigt sich da nach Waldweide?», fragte eine tiefe Stimme.

Hela wirbelte herum. «Björn!» Sie hätte es beinahe geschrien. Tatsächlich stand vor ihr ein Bär von einem Mann. Er überragte den anderen um fast einen Kopf, hatte einen breiten Nacken und Tatzen, die jedem Bären Ehre gemacht hätten. Seine braunen Augen musterten Hela langsam und intensiv. Er runzelte die Brauen.

«Deine Mutter macht sich Sorgen um dich», sagte er schließlich.

«Jahh.» Es war mehr ein Aufschluchzen als ein Wort. Hela hatte Mühe, ihm nicht einfach um den Hals zu fallen. Björn gehörte ein Hof, nicht weit von Waldweide, aber einsam in einer Bucht gelegen. Dort wurde einst Eisen abgebaut, die Stelle war allerdings nicht mehr so ergiebig, und nur er mit seinen Söhnen war übrig geblieben, die Reste auszubeuten. Doch die Eisenbucht war noch immer ein beliebtes Anlaufziel für alle Schiffe, die nach Haithabu oder sonst wo in den Süden aufbrachen. Auch Helas Vater hatte seinerzeit dort mit der «Goldbrust» Halt machen wollen, um letzte Ladung aufzunehmen. Und dort in der Bucht hatte ihn Valas Nachricht erreicht, dass Waldweide überfallen würde und er umkehren müsse. Björn hatte sich seit der Zeit ein gewisses Interesse für die Familie bewahrt, von dem Hela stets den Verdacht gehegt hatte, dass es mehr ihrer Mutter als ihrem Vater galt. Doch niemals war er unloyal gewesen. Und nun war er als Kapitän eines Schiffes ihre letzte Hoffnung.

«Hela?» Das war Aminas Stimme. Sie klang fragend und zornig. Unwillkürlich trat die Wikingerin einen Schritt von ihren Landsleuten fort.

«Ich bin eine Gefangene», haspelte sie und wedelte mit der Hand, als Björn sie mit Fragen unterbrechen wollte. «Aber ich ...»

Unruhig wandte sie sich um. Der Wächter mit der Limonade kauerte bereits bei Unde. Maruf und die anderen waren auf dem Weg dorthin. Sie konnte nicht länger bleiben. «Legt nicht ohne mich ab, Björn. Ich flehe dich an.»

Ihr Gesicht verriet, dass es ihr ernst war. Verwirrt kratzte der Wikinger sich am Kopf. «Wir wollten ...»

«Ich weiß», unterbrach Hela ihn hastig. Rückwärts ging sie von ihm fort, Schritt für Schritt. Es kostete sie alle Kraft, nicht die Arme nach ihm auszustrecken. «Heute Nacht, ich werde es versuchen. Bitte, Björn.»

Sie holte tief Luft und wirbelte herum. Im Vorbeilaufen

tauchte sie das Ende ihres Schleiers in einen Wassertrog und war dann wie ein Schatten an Undes Seite, wo sie ihr mit dem triefenden Stoff die Stirn tupfte. «Er hat so lange gebraucht», verteidigte sie sich gegen Aminas Vorwürfe und wies auf den jungen Eunuchen, «da habe ich mich selbst aufgemacht, um nach Wasser zu suchen. Geht es dir besser?», fragte sie dann in besorgtem Ton die Freundin und kümmerte sich in der Folge so eindringlich um sie, dass Amina es schließlich aufgab, ihr weiter Vorhaltungen zu machen, und die Rückkehr anordnete. «Aber ich werde es dem Herrn melden», verkündete sie. «Und es wird ihm nicht gefallen.» Sie lächelte böse. «Du warst zum letzten Mal draußen, Wikingerin.»

Mit jedem Schritt, den die beiden Frauen zurück zum Serail taten, war ihnen, als gingen sie auf ihr Grab zu. Langsam und zögernd setzten sie die Füße voreinander, immer wieder angetrieben von Maruf. Kaum dass sie es schafften, ein Lächeln vorzutäuschen. Hela hätte am liebsten den Dolch aus seinem Gürtel gezogen, ihm damit die Kehle durchgeschnitten und wäre dann zurück zum Hafen gerannt. Aber es war sinnlos. Die Wächter hätten sie eingeholt, eh sie fünf Schritte hätte tun können. Sie musste besonnen bleiben. Besonnen, hallte es in ihrem Kopf. Ihr schwindelte.

«Wo warst du so lange?», flüsterte Unde beleidigt. «Der Kerl ist schon zudringlich geworden.»

Hela wehrte den Vorwurf ab. «Er ist ein Eunuch», erwiderte sie zerstreut. Sie musste jetzt in Ruhe nachdenken.

Unde warf schmollend die Lippen auf. «Auch Eunuchen haben ihre Bedürfnisse», erklärte sie. «Das ist unter den Frauen kein Geheimnis.»

Plötzlich war es Hela, als führe ihr ein kühler, frischer Luftzug über das Gesicht. Sie nahm Unde beim Arm. «Dann versprich ihm», zischte sie ihr ins Ohr, «ein Stelldichein. Wenn er heute Nacht die Torwache übernimmt.»

Sie ließ die Freundin los, ja stieß sie förmlich in Richtung des Wächters.

Erstaunt starrte Unde sie an. «Das Haustor?» Sie hauchte es nur. «Wir können nicht ...»

«Wir müssen», erwiderte Hela knapp. «Du hast Amina gehört. Sie wird mir nie mehr erlauben auszugehen. Und das Schiff wird morgen auch fort sein.»

«Welches Schiff?», fragte Unde verwirrt, aber Hela schob sie unbeirrt von sich. Sie wollte die Frage nicht beantworten. Noch nicht. Später würde sie ihrer Freundin alles erklären. Das Drachenschiff, dachte sie, Björns Schiff, das heute noch auslaufen wollte. Sie hatte ihn gebeten zu warten, aber keine Antwort erhalten. Würde er auf sie warten? Sie betete im Stillen zu Odin und allen Göttern.

Unde kam zurück. «In Ordnung», flüsterte sie. «Aber wir werden beide sterben.»

Hela presste die Lippen zusammen und nickte. «Dann soll es so sein.»

Nie war eine Dämmerung langsamer hereingebrochen. Hela und Unde hockten auf den Kissen in ihren Zimmern und waren unfähig, sich und anderen Ruhe und Gelassenheit auch nur vorzuspielen. Zum Glück schenkte man ihnen wenig Beachtung. Die Frauen badeten oder hatten ihre Einkäufe ausgebreitet, um sie zu begutachten und zu vergleichen.

Die beiden Freundinnen schauten ihnen von weitem zu und gingen dabei zum wiederholten Mal ihren Plan durch. Er war nicht besonders ausgereift.

«Den Schlüssel zur inneren Serail-Tür trägt Amina an einem Lederband um den Hals», erklärte Unde erneut.

«Dann werden wir ihn dort abschneiden», bestätigte Hela.

Die äußere Tür würde von dem Eunuchen bewacht werden, der Undes Erscheinen bereits erwartete. Ihn würden sie leicht überwältigen können. Sie wussten nicht, ob er alleine dort sein würde oder nicht, doch hofften sie im zweiten Fall auf das Überraschungsmoment.

«Auch du wirst nicht allein sein», sagte Hela. Unde lächelte mühsam.

Ab da blieb alles dem Zufall überlassen. Hela war den Weg durch den eigentlichen Palast bis zum Ausgangstor erst ein Mal gegangen, vor wenigen Stunden. Auch Unde wusste nicht, auf wie viele Menschen sie dort des Nachts stoßen würden oder wie die Tür gesichert wäre und welche Alternativen sie möglicherweise suchen müssten. Einen Plan der Räumlichkeiten um sie herum besaßen sie nicht. Sie kannten das Serail, den Festsaal und den Schlafsaal des Herrn, die beide durch denselben Korridor mit ihrem Gefängnis verbunden waren. Sonst nichts. Nie hatten sie sich auf dem Anwesen frei bewegt.

«Wir werden es schaffen», wiederholte Hela immer wieder mit grimmiger Nervosität. «Wir werden es schaffen.»

«Ja», sagte Unde und starrte hinaus zu den anderen. «Aber wann werden sie endlich schlafen gehen?»

Nachtmusik

Die übrigen Frauen im Serail schliefen noch lange nicht, denn Amina hatte an diesem Abend ganz andere Pläne. Sie ließ Musiker kommen, die in einem holzvergitterten Pavillon, getrennt von den Frauen, aber für diese gut zu hören, mit Flöten und Trommeln für sie aufspielten. Und die Frauen, die sonst so wenig Gelegenheit hatten, ihren Gefühlen freien Lauf zu lassen, tanzten wie eine Horde Mänaden. Nur Hela und Unde, in denen es am meisten brodelte, saßen still und wie versteinert.

Es war schon weit nach Mitternacht, als endlich, endlich die letzte der Serailbewohnerinnen in ihre Kissen sank.

«Es hat ein Gutes», flüsterte Hela. «Amina wird schlafen wie eine Tote und es nicht merken, wenn wir den Schlüssel an uns nehmen.»

«Dein Wort im Ohr deines Gottes», flüsterte Unde zurück. Und Hela sandte im Stillen ein Stoßgebet an Odin, dessen List wie Stärke sie in dieser Nacht benötigen würden.

«Der Mond ist schmal», meinte Unde, die nach draußen zu spähen versuchte, «wie ein abgeschnittener Fingernagel.»

Hela hatte sich derweil einen der kostbaren neuen Spiegel geschnappt, in der Hoffnung, dass Tarfa, die stolze Besitzerin, ihr verzeihen würde. Sie wickelte ihn in ihr Laken und stützte sich nun mit ihrem ganzen Gewicht darauf. Das Knacken, mit dem das Glas brach, war in der Stille verräterisch, doch nichts geschah. Unde huschte in den Garten, wo sie sich eine der Rosenstangen holte. Mit einer Spiegelscherbe begann sie, die Spitze zu schärfen, während Hela eine andere Scherbe auswählte, um sie mit einem Tuch so zu umwickeln, dass sie sich festhalten und wie eine Klinge führen ließ. Die beiden jungen Frauen arbeiteten fieberhaft und ließen, als sie fertig waren, das spärliche Mondlicht auf ihren neuen Waffen blitzen. Unde hatte noch einen größeren Splitter als Speerspitze eingesetzt und festgebunden. Viel würde er nicht aushalten, aber sie hofften ohnehin, nach dem ersten Einsatz die Waffen des überwältigten Wächters benutzen zu können. So machten sie sich auf den Weg, wie zwei nächtliche Jägerinnen.

Die erste Hürde erwartete sie in Aminas Gemach, wo eine Sklavin leise schnarchend auf der Schwelle lag. Sie verständigten sich mit Blicken, dann setzte Unde sich blitzschnell auf das Mädchen, hielt ihr den Mund zu und zeigte ihr wortlos die Schärfe ihrer Waffe, während Hela einen Schleier als Knebel zusammenknüllte und ihn der überraschten Sklavin tief in den Rachen stopfte. Einen weiteren benutzte sie dazu, ihre Gefangene in aller Eile zu fesseln. Gemeinsam zogen sie ihren Körper in einen dunklen Winkel und hoben dann lauschend den Kopf. Das einzige Geräusch war das Zirpen der Grillen im Garten und das Plätschern des Springbrunnens.

«Ein Wunder, dass sie nicht aufgewacht ist», hauchte Unde und zeigte auf das Lager, wo sich unter der Decke Aminas Formen abzeichneten. Dort hatte sich die ganze Zeit nichts gerührt.

«Völlig verausgabt vom Einkaufen und Feiern», mutmaßte Hela. Langsam schlichen sie näher. Wieder ein verständigender Blick, ein Nicken. Unde hob den Speer, und Hela griff nach dem Rand der Decke, um sie beiseite zu reißen und sich sofort auf die ahnunglose Frau zu stürzen und sie zum Schweigen zu bringen. Lautlos zählten sie. Helas Arm fuhr hoch, die Decke flog beiseite. Vor ihren Augen fiel langsam ein zusammengeknülltes Bündel Kleider auseinander.

«Verflucht!» Hela konnte den Ausruf nicht unterdrücken. Es war eine Falle. Verzweifelt schauten sie einander an. Noch immer war es still, doch sie erwarteten nun, dass jeden Augenblick die Schritte der Wachen zu hören wären, die die ganze Zeit nur darauf gewartet hatten, sich auf sie zu stürzen. Ein Schauer kroch ihren Rücken hinunter. Sie waren so gut wie tot.

Hela umklammerte ihren improvisierten Dolch fester. Sie schluckte. «Fahrt», murmelte sie, «selbst gegen den Tod.» Unde nickte.

Aus einer Ecke des Zimmers erklang einsam ein langsames, spöttisches Klatschen. Die beiden Frauen fuhren herum.

«Rührend», sagte Amina, die vortrat, sodass ihre Umrisse sich gegen den heller werdenden Nachthimmel abhoben. «Aber wäre es nicht sicherer gewesen, das Mädchen zu erstechen?»

Unde stieß einen knurrenden Laut aus. «Das kann ich bei dir nachholen», fauchte sie und holte mit dem Speerarm aus.

Hela hielt sie mit einer knappen Geste zurück. Mit gerunzelter Stirn starrte sie Amina an. «Sie will etwas», sagte sie leise.

«Das kann sie haben», gab Unde zurück und suchte sich loszumachen. Hela musste sich ihr ganz zuwenden, um sie zu beruhigen.

«Erklär es ihr, Wikingerin», meinte Amina. «Diese afrikanischen Wilden sind langsam im Denken.»

Helas Dolch fuhr vor. «Übertreib es nicht, Amina.» Ihre Stimme zitterte.

Die Griechin verschränkte die Hände vor der Brust. «Ihr habt dem Mädchen nichts getan, ihr werdet auch mir nichts tun», sagte sie. Es sollte entschlossen klingen, doch wer sie kannte, hörte einen leisen Hauch von Unsicherheit heraus.

«Das Mädchen», stellte Hela klar, «hat uns auch nie etwas Böses getan.» Sie trat dicht an ihre Peinigerin heran. «Also sag endlich, was soll das ganze Theater?»

Amina warf unter den gesenkten Wimpern hervor einen schrägen Blick nach der Klinge, die nun in die Reichweite ihrer Kehle gerückt war. «Wenn ihr mir etwas antut, schreie ich.»

«Es wird das Letzte sein, was du tust», gab Unde zurück.

«Mir recht», fauchte Amina.

Hela schüttelte den Kopf. Ihre Geduld war langsam erschöpft. Mit jedem Moment, jedem geflüsterten Wort stieg die Gefahr, dass sie entdeckt wurden. «Also?», fragte sie scharf.

«Ich will etwas für den Schlüssel», begann Amina.

«Was denn noch?», entfuhr es der Afrikanerin. «Wir haben nichts mehr. Du hast uns den letzten Schmuck abgenommen für die Erlaubnis zum Ausgang, erinnerst du dich?»

Aminas Hände fuhren unwillkürlich zu ihren Hüften, wo sich im Halbdunkel eine unregelmäßige Wölbung abzeichnete, als hätte sie dort unter der Kleidung etwas um ihre Taille geschnürt. Hela brauchte nicht lange zu raten, um was es sich handelte.

«Du willst mit», entfuhr es ihr. Es gab keine andere Erklärung.

Amina reckte das Kinn und schwieg. «Schaut mich nicht so an», platzte sie dann heraus. «Ich werde hier nicht darauf warten, dass irgend so ein junges Ding mich ...»

«Sie wird uns ein Klotz am Bein sein», unterbrach Unde sie. Der Speer zitterte noch immer in ihrer Hand. Und in ihren Augen stand Hass.

Amina hob den Schlüssel hoch, der sich sacht an seinem Band drehte. Dann umschloss sie ihn mit ihrer Faust. «Ich bin diejenige, die entscheidet, ob ihr leben oder sterben werdet», entgegnete sie.

Hela zögerte nur einen Moment. «Du gehst voraus», sagte sie dann. «Und bemüh dich, leise zu sein.»

Amina in ihren bestickten Pantoffeln war tatsächlich ein Risiko. Schon auf den ersten Stufen, die sie zaghaft hinuntertrippelte, stieß sie gegen einen liegen gebliebenen Pokal, der scheppernd beiseite flog, bis er kreiselnd in einer Ecke liegen blieb. Sie hielten den Atem an. Doch nichts geschah.

«Raff deine Kleider», flüsterte Hela. «Sie rascheln so.»

Beleidigt gehorchte Amina. Ihr Gesicht war angespannt und konzentriert, als sie sich durch das dunkle Serail tastete, die beiden Kriegerinnen hinter sich. Nach einer endlosen Zeit gelangten sie an die große Tür.

«Die Wächter stehen gleich davor», flüsterte Amina, ehe sie den Schlüssel ins Schloss steckte.

«Wie viele?», erkundigte Hela sich.

«Zwei.» Die beiden Frauen nickten einander zu. Sie schoben Amina beiseite und befahlen ihr, sich dicht an die Wand zu drücken. Dann öffneten sie die Tür. Unde, die erwartet wurde, ging als Erste hinüber, Hela hielt sich im Schatten verborgen. Sie hörte die Stimmen ihrer Freundin und zweier Männer, leises Gelächter und das Rascheln von Stoff, dann ein Gurgeln. Das war ihr Zeichen. Sie sprang vor, sah mit einem Blick Unde, die ihren Speer in der Kehle des einen Eunuchen versenkt hatte, und den zweiten Wächter, der mit ungläubigem Gesicht tatenlos dastand. Als er Hela sah, kam Leben in seinen Körper. Er zog sein Schwert, hob es mit beiden Händen über den Kopf und stürzte sich auf sie. Hela duckte sich und tauchte seitlich weg. Der Mann blieb stehen. Er bebte. In seinem Bauch steckte eine Spiegelscherbe, in seinem Rücken eine hölzerne Stange. Es war Unde gelungen, die Waffe zu befreien und ein zweites Mal zuzustoßen.

Beide Frauen sprangen vor und fingen ihn auf, ehe seine Waffe auf den Boden klirren konnte.

«Du bist verletzt», stellte Unde fest.

Hela betrachtete ihre Hand, von der dunkles Blut floss. Der improvisierte Griff ihres Dolches hatte sie nicht vor den scharfen Kanten der Scherbe schützen können. Dennoch griff sie nach dem Krummschwert des Eunuchen und umschloss es mit den verletzten Fingern. Grimmig begrüßte sie den Schmerz. Auch Unde bewaffnete sich. Sie durchsuchte den zweiten Leichnam, fand noch ein Messer und steckte auch dieses ein.

Amina trat aus der Tür, die Finger um den nun nutzlosen Schlüssel geklammert, und starrte die beiden Frauen an, die routiniert und ohne Erregung die Leichen inspizierten. Angst stand in ihrem Gesicht.

«Steh nicht so rum», raunzte Hela sie an. «Hilf uns lieber.» Und sie bedeutete Amina, mit anzupacken und die blutverschmierten Körper durch die Tür ins Innere des

Serails zu zerren, wo sie von anderen patrouillierenden Wärtern nicht entdeckt werden würden. Sie rissen einen Vorhang herab, um damit die Blutlache notdürftig aufzuwischen, was nur mäßig gelang.

«Es muss genügen», befand Hela. «Weiter jetzt. Amina, bleib dicht hinter uns.» Sie tastete sich den Korridor entlang, auf dem Weg, den sie am Vormittag genommen hatten. Hier und da erhellten Öllampen ihren Weg mit unruhig blakenden Lichtern. Angespannt bei jedem Schritt, lauschten die drei auf die nächtlichen Geräusche des Hauses.

«Wo wollt ihr hin?», flüsterte Amina irgendwann.

«Zum Haupttor, wenn es recht ist.» Unde wandte sich nicht um.

Amina zupfte sie am Gewand. «Aber das ist schwer bewacht. Wir sollten ...» – energisch brachte sie sich in Erinnerung – «... wir sollten den Weg durch die Küchen nehmen.»

Hela hielt an. «Ich kenne die Küchen nicht.» Sie überlegte, während Amina erklärte, dass die dortige Tür auf den Kräutergarten nicht bewacht sei, ebenso wenig wie die Pforte in der Mauer, die auf eine Seitengasse führte. Hela versuchte, die Vor- und Nachteile des Vorschlags abzuwägen. Der Weg zum Haupttor war der einzige, der ihr vertraut war. Jeder Schritt in die andere Richtung führte tiefer in ein unbekanntes Labyrinth.

«Hör nicht auf sie», warf Unde ein. «In den Küchen schlafen die Sklaven. Es wird voller Menschen sein.»

«Ja», gab Amina zurück, «aber sie tragen keine Waffen.»

Unde wollte gerade etwas erwidern, als sie vor sich plötzlich Schritte hörten. Sie unterbrachen ihre Diskussion und drängten sich an die Wand. Wachen, formte Hela mit den Lippen und hob drei Finger, nachdem sie sich bis zur Kante der Wand geschoben und um die Ecke gelugt hatte. Es war ein enormes Risiko.

Entschlossen packte da Amina ihre Hand und zog sie

in einen Seitengang. Hela überlegte nicht länger und folgte ihr. Im Laufschritt hasteten sie weiter, linksherum, rechtsherum, die Flucht der Räume schien kein Ende zu nehmen. Hela war, als liefe sie durch einen Albtraum. Dann endlich verriet ihnen der Geruch von kaltem Fett und Knoblauch, dass sie an ihrem Ziel angekommen waren. Amina hatte sie nicht verraten.

Schwache Restglut aus den Öfen erhellte den Raum und zeigte ihnen, was Unde befürchtet hatte. Nicht nur räkelte sich nahe der Asche eine riesige gelbe Katze und funkelte sie mit ihren Augen an wie ein böser Geist. Es lagen auch zahlreiche Körper ausgestreckt auf Matten unter dem Tisch. Ihre Füße ragten in den Raum. Ein Mann schnarchte herzzerreißend. Und ein Pärchen hatte sich auf einer Bank unter den Topfregalen zusammengerollt.

Hela legte den Finger auf die Lippen und trat in den Küchenraum, die anderen folgten ihr mit angehaltenem Atem. Die Tür zum Garten gegenüber war nicht zu übersehen. Zwanzig Schritte, zehn, dann wären sie dort. Der Riegel saß fest, gab aber schließlich nach, ohne ein größeres Geräusch zu machen. Nachtluft drang ihnen entgegen, und das Funkeln letzter Sterne an einem blasser werdenden Himmel fiel durch den Spalt. Hela begann zu lächeln und wollte die Tür schon weiter aufziehen. Da, auf dem letzten Stück, begannen die Angeln zu quietschen. Sie verringerte den Druck auf das Holz, verlängerte damit aber nur das Geräusch. Mit quälendem Jaulen ging die Tür auf. Hinter ihnen wurde es unruhig.

Unde stellte sich in Position, das Schwert in der Hand. «Lauft», befahl sie, «ich halte sie auf.»

Das Schnarchen hatte ausgesetzt, der Koch kam hoch, stieß sich den Kopf am Tisch und rieb sich fluchend die Stirn. Seine Laune war bereits schlecht, als er endlich Unde bemerkte. «Na warte», brummte er und griff nach einer Pfanne. So bewaffnet tappte er auf die Afrikanerin zu.

Er war ein großer, massiger Mann. Und er wirkte nicht im Mindesten verängstigt. Hela zog Amina mit sich und rannte in den Garten. «Wo?», rief sie, «wo ist der Ausgang?», während Gräser und taunasses Gesträuch um ihre Knöchel schlugen. Sie spürte die Erde unter ihren Füßen, seit langem wieder einmal Erde. Doch sie kam nicht dazu, sich darüber zu freuen. Hier fing eine Wurzel ihren Fuß ein, dort stieß sie gegen eine liegen gebliebene Schaufel. «Wo ist die verdammte Tür zur Straße? Amina!»

Die Griechin drehte sich orientierungslos ein paar Mal um sich selbst. Hinter sich hörten sie das böse Klirren, mit dem Metall auf Metall traf. Keuchend hielt Amina inne. «Da!» Sie zeigte mit zitternder Hand auf einen Schuppen. Und tatsächlich, daneben zeichneten sich die Umrisse einer kleinen Pforte ab. Hela stürzte hin und rüttelte an dem Riegel. Er bewegte sich keinen Deut. Er war mit einem Schloss versehen. Aus der Küche erklangen Schreie.

«Unde!» Hela rannte zurück. Sie fand die Freundin mit gespreizten Beinen über der Leiche des Koches stehend. Der Anblick ihrer Klinge hielt drei Männer in Schach, die waffenlos, aber entschlossen waren, sich in einem geeigneten Moment auf die Afrikanerin zu stürzen. Und ihre Frauen schrien, was die Lungen hergaben.

«Schlüssel», keuchte Hela. «Wir brauchen den Schlüssel für die Pforte.» Drohend stürzte sie sich auf den Sklaven, der ihr am nächsten stand. «Wo ist der Schlüssel?», brüllte sie und schüttelte ihn.

Die anderen starrten sie an wie ein Gespenst. Einer schüttelte langsam den Kopf. Hela zog die Klinge durch und ließ ihr Opfer zu Boden sinken, wo es sich röchelnd zusammenrollte. Dann griff sie nach einer Frau und bekam sie an den Haaren zu packen. «Der Schlüssel», wiederholte sie. Wieder nur Kopfschütteln.

Doch im Gesicht eines jungen Mannes zuckte es. «Ich ...», begann er.

«Schweig», fuhr ein Älterer dazwischen, der sich seitwärts an einen Tisch herangeschoben hatte und nun ein Küchenmesser in den Händen hielt. Auf dem Flur hörten sie dumpfe Rufe und das Getrappel von Füßen. Die Wächter waren gefährlich nahe. In einem triumphierenden Grinsen bleckte ihr Gegner die Zähne.

Hela setzte die Klinge an. Die junge Frau in ihren Armen schloss die Augen. Hela verstärkte den Druck leicht, und Blut quoll aus der oberflächlichen Wunde, ein breiter Streifen, der rasch das Gewand vor der Brust des Mädchens rot färbte.

«Der Koch hat ihn.» Der junge Mann hatte sich beim Anblick des Blutes seiner Geliebten nicht länger beherrschen können.

In diesem Moment erschienen die Wächter in der Küchentür.

«Unde!», rief Hela. Sie stieß ihre Gefangene von sich, dem Mann mit dem Messer entgegen, der vorgestürmt war. Der junge Mann sprang dazwischen, um seine Geliebte vor der Waffe zu schützen, und während die drei miteinander beschäftigt waren, zog Hela sich zu Unde zurück, die bereits die Kleider des Kochs durchwühlte. Schon hielt sie den Schlüssel hoch. Gemeinsam zogen sie den toten Körper über die Schwelle und legten ihn so ab, dass er die Tür blockierte. Dann hasteten sie durch den Garten zu Amina, die, an ihren Fingernägeln kauend, auf sie wartete. Mit zitternder Hand steckte Hela den Schlüssel ins Schloss.

«Beeil dich», kreischte Amina, als ein Arm mit Schwert im Spalt der Küchentür sichtbar wurde. Verbissen bemühte sich Hela weiter.

Unter Anfeuerungsrufen warfen die Wächter sich gegen die Tür.

«Hela!», stieß nun auch Unde hervor. Da sprang das Schloss auf, und die Pforte ließ sich mit einem Ruck öffnen.

Hela fuhr herum, um sich den Angreifern zu stellen, die nun in den Garten eindrangen. «Rennt!», rief sie

Unde stieß Amina an, die jedoch wie versteinert stehen blieb. «Ein Höllenhund. Zerberus», flüsterte sie. Über ihre Schulter hinweg entdeckte auch Unde das Tier. Es war grau und schmutzig, voller Wunden und Zecken, das Fell an einigen Stellen abgescheuert. Aber es war riesig und reichte ihnen beinahe bis an die Brust. Seine Fangzähne leuchteten im fahlen Mondlicht, als es nun knurrend den Kopf senkte. Unde hob ihr Schwert.

Das Tier schnellte vor, an Undes Klinge vorbei und prallte gegen Helas Rücken, die stolperte und unter dem Gewicht zu Boden ging. Amina schrie. Unde wagte keinen Hieb auf das Gewirr aus Armen und Pfoten.

«Wolf!», rief Hela, was ihre Freundinnen zunächst für einen Schreckensschrei hielten. «Fass!» Und der massige graue Schatten löste sich von ihr, um dem ersten der Wächter, die sie nun erreicht hatten, an die Kehle zu gehen. Hela stieß noch im Liegen ihr Schwert nach dem zweiten. «Rennt!», wiederholte sie. Und diesmal ließ keine der Frauen es sich zweimal sagen.

Hela rappelte sich hoch, als Wolf wieder neben ihr war, um den beiden zu folgen. Sie flog die Straße geradezu hinunter. Neben sich hörte sie Wolfs Krallen auf dem Stein, und ihr Herz schlug freudig. Da griff eine Hand nach ihr und zerrte sie um die Ecke.

«Hier entlang», flüsterte Unde und grinste. «Du willst dich doch nicht verlaufen.»

Hela sah das Leuchten ihrer weißen Zähne in der dunklen Gasse. Auch sie lachte. Doch die Schritte hinter ihnen verrieten, dass sie noch lange nicht in Sicherheit waren. Die Freundinnen hetzten weiter, Wolf immer dicht bei ihnen.

Es dauerte nicht lange, bis Amina mit ihren Pantöffelchen hinter ihnen zurückblieb. Aus ihrem Hilferuf wurde ein Aufschrei, als sie stolperte und fiel. Sofort waren Hela und Unde bei ihr und zogen sie hoch. Der Schmerz aber biss in Aminas Knöchel und ließ sie einknicken. Die anderen wollten sich gerade ihre Arme um den Nacken legen, da neigte Amina sich noch einmal hinunter, raffte die verlorenen Schuhe auf und stopfte sie sich in den Ausschnitt ihres Mieders. «Das sind echte Perlen», keuchte sie. Humpelnd setzten sie ihren Weg fort.

«Lass dich nicht so schleifen», beschwerte sich Unde mit zusammengebissenen Zähnen. «Ich wusste, du würdest nur eine Last sein.»

Hela blieb stehen und ließ von Amina ab. Sie waren auf einem runden Platz mit Brunnen angekommen, aus dem kein anderer Weg zu führen schien als der, auf dem sie gekommen waren. Und dort erklangen bereits die Stimmen ihrer Verfolger. «Wohin jetzt?», fragte sie verzweifelt.

Amina wies mit dem Kinn auf etwas, das wie der Torbogen zu einem Innenhof aussah. «Da entlang», flüsterte sie ängstlich. Die Freundinnen schauten einander zweifelnd an, doch die Rufe der Wächter ihres Herrn hallten immer näher, also schulterten sie ihre Last und liefen auf den vermeintlichen Durchgang zu. Er führte auf eine Gasse, die den Namen kaum verdiente, so eng war sie. Über ihren Köpfen rückten die Erker der Häuser so dicht zusammen, dass die Menschen einander hätten die Hände reichen können. Ballen und Fässer blockierten ihren Weg, sodass sie nur langsam vorankamen, doch nach jeder neuen Biegung tat sich ein weiteres Stück Weg vor ihnen auf.

«Woher wusstest du das?», keuchte Unde, der Aminas Gewicht langsam die Kräfte raubte.

«Da hinten wohnt ein bekannter Parfümeur», erwiderte die Griechin. «Ich kaufe da meine Rosencreme.»

Hela brach in hysterisches Gelächter aus. Dann erreichten sie eine breite Straße mit alten römischen Arkaden. «Und jetzt?», fragte sie, roch dann aber selbst das Aroma von Tang und Salz und wandte sich in die Richtung, in der sie den Hafen vermutete.

Bald hörten sie das Gluckern der Dünung gegen die Kaimauern und das sanfte Knarzen von Schiffsholz. Wie hatte Hela es vermisst! Sie drängten sich dicht aneinander in den Schatten einer Säule und suchten das kreisrunde Becken zu überblicken. Im Osten zeigte sich bereits ein aprikosenfarbener Streifen, und die Dächer um sie herum begannen in einem Licht aufzuleuchten, das die Nachtschatten zwischen den Mauern noch nicht erreicht hatte.

«Es muss ein Drachenschiff sein.» Hoffnung und Zweifel mischten sich in Helas Stimme. Sosehr sie den Hals auch reckte, sie konnte die «Windstier», Björns Schiff, zwischen all den Seglern nicht erkennen.

«Vielleicht weiter hinten», mutmaßte sie schließlich, «vielleicht wird es von dem Großen dort verdeckt. Es ist die einzige Möglichkeit.» Sie wollte aus ihrem Versteck treten, um nachzusehen, da entdeckte sie den Mann. Es war eine der Wachen. Mit gezücktem Schwert trat er auf die Kaistraße, schaute sich um und winkte seinen Gefährten. Sie versperrten Hela den Weg.

«Lass sein», flüsterte Unde der Freundin ins Ohr, die vor Anspannung zitterte und sich beinahe losgerissen hätte. «Sie sind nicht da. Sie haben uns zurückgelassen.»

Amina wollte ihren Ohren nicht trauen. «Heißt das, ihr habt keinen Plan, wie wir von hier wegkommen?»

«Ich habe Björns Wort», gab Hela patzig zurück. Nun, nicht direkt, mahnte ihr Gewissen sie. Er hatte nicht auf ihr Flehen geantwortet. Dazu war keine Gelegenheit mehr gewesen, beruhigte sie sich selbst. Er hätte es getan, wenn Zeit gewesen wäre. Er würde sie nicht ihrem Schicksal überlassen, niemals. Das durfte er nicht. Die «Windstier» musste dort hinten festgemacht haben.

Eng an die Mauer gedrängt, standen sie da. Hela hielt

Wolf die Schnauze zu, bis die Wachen ihre Inspektion in eine Richtung fortsetzten, die von ihnen fortführte.

«Jetzt», rief sie und rannte los. Wolf und die beiden Frauen folgten ihr nach. Der Bug des großen Schiffes kam näher. Er trug einen Frauenkopf, der milde lächelnd von der Dünung gewiegt wurde.

«Da sind sie!», hörte sie es hinter sich. Die Frauen gaben ihre Deckung auf. So schnell sie konnten, rannten sie zu dem Anlegeplatz, vorbei an dem großen Schiff, zu dem, was dahinter lag.

Fassungslos starrte Hela auf ein Büschel Algen, das träge auf dem Wasser trieb. Das Lächeln der Galionsfigur hatte getrogen. Hinter dem großen Schiff war nichts. Nur ein Stück Holz dümpelte im Wasser. Björns «Windstier» hatte den Hafen bereits verlassen.

In Ketten

Hela schrie auf, laut und verzweifelt brüllte sie ihre Wut über das Wasser hinaus. Dann wandte sie sich um. Ihre Verfolger hatten sie erreicht und warteten auf sie. Fünf Männer, die Waffen in den Händen. Hela wusste, wenn sie mit ihnen fertig wäre, würden andere kommen. Und wieder andere. Aus jeder Tür und jedem Haus. Sie saßen hier fest.

«Wolf», rief sie den Hund an ihre Seite. Um ihn tat es ihr in diesem Moment am meisten Leid. Kaum dass sie sich wieder gefunden hatten. Sie wischte sich die Tränen mit dem Ellenbogen fort. Denk an dein Gleichgewicht, dachte sie, das ist jetzt das Einzige, was zählt. Dann begann sie ihren Tanz aus Täuschung und Attacke, Hieb und Schlag. Hela sah Unde nicht mehr, sah auch Amina nicht, deren Schreie nur unklar an ihr Ohr drangen, überlagert vom Rauschen ihres eigenen Blutes. Ihre Welt reduzierte sich auf einen Wirbel aus Armen und Beinen. Schlagen, Ducken, Wegdrehen, Schlagen. Dann plötzlich hinter ihr eine Bewegung, kaum zu erahnen. Hela fuhr herum, hob das Schwert, vielleicht zum letzten Mal. Schweiß floss ihr in die Augen. Jemand packte ihre Handgelenke und hielt sie so mühelos fest, als wären es die eines Kindes.

«Du hast nicht gesagt, dass du so viele Spielgefährten mitbringen würdest.» Da stand Björn, im warmen Licht des Sonnenaufgangs. Wo kam nur auf einmal dieses Leuchten her?

Hela löste die Hand vom Schwertgriff. Es war nicht einfach. Geronnenes Blut aus der Wunde hatte ihre Finger an das Metall geklebt. Steif und rot verkrustet, ließen sie sich nun kaum noch bewegen. Mit dem Handballen wischte sie sich die Augen. Erst jetzt bemerkte Hela, dass sie weinte.

«Du warst nicht da.» Es klang wirklich wie die Stimme eines Kindes. Hela schaute sich um. Der Morgen kündigte sich an mit einem Himmel, blank, wie frisch gewaschen. Weiße Möwen, mit Sonne unter den Flügeln, schrien über den Dächern, aus purer Freude am neuen Tag. Um sie herum lagen die Leichen der Wachen.

«Unde», rief Hela und bemerkte erleichtert die Freundin, die am Boden kniete. Dann sah sie, was Undes Aufmerksamkeit angezogen hatte: Amina saß da, mit ausgestreckten Beinen und einem unendlich verwunderten Gesichtsausdruck. Ihre Hände waren um den Griff eines Kurzschwertes geklammert, das aus der Mitte ihres Bauches ragte.

«Nein!», schrie Hela und ging ebenfalls in die Knie. Vorsichtig legte Unde mit Hand an die Waffe. Es klirrte, als sie sie herauszogen. Der erwartete Blutschwall blieb aus. Ungeduldig schlug Hela das Gewand beiseite. Ein Bündel wurde sichtbar, aus dem goldene Ketten, Spangen und Armreifen hervorblitzten. Sie zog eine breite Gürtelschnalle aus Silber hervor, die mit Edelsteinen besetzt und leicht verbeult war. Hela und Unde schüttelten fassungslos die Köpfe. «Das muss die Klinge aufgehalten haben», sagte Björn erstaunt und streckte neugierig seine Hand danach aus.

Amina schlug ihm auf die Finger und stopfte alles unter Flüchen zurück.

Der Wikinger kümmerte sich nicht darum. Er zog sie hoch und wies ihnen die Richtung, in die sie gehen sollten: durch die Vorstädte und zur Küste.

«Sie sperren ihr Hafenbecken nachts mit einer Kette ab», erklärte Björn, der sie hastig weiterzog. «Wir mussten auslaufen und vor der Küste ankern.» Mächtig, wie er war, kam er rasch ins Keuchen. «Aber zum Glück ist mein Drachenboot ja so flach, dass es fast überall anlanden kann. Was ist mit deiner Freundin, hat sie zu viel Gepäck?»

Amina war erneut zurückgeblieben. Ohne auf ihre Proteste zu achten, lud Björn sie sich über den Rücken und lief schnaufend weiter. Er zwinkerte Hela zu. Und zum ersten Mal hatte sie das Gefühl, dass jetzt alles gut wäre. Sie war frei, frei! Sie war wieder unter Freunden. Und sie hatte Wolf wiedergefunden.

«Ob sie uns mit ihren Schiffen folgen werden?», rief Hela nach vorne zu Björn.

«Jetzt noch nicht», rief dieser zurück. «Aber später sicher, wenn sie sich klar gemacht haben, wo ihr seid.»

Hela ärgerte sich, dass sie die toten Wachen am Hafen hatten liegen lassen. Aber es war zu spät, nun daran etwas zu ändern. Leben kam in die Stadt, die ersten Türen öffneten sich, und Menschen traten auf die Straßen, die würden erzählen können, welche Richtung der seltsame Trupp eingeschlagen hatte. Karren holperten ihnen entgegen, auf dem Weg zu den Märkten der Stadt. Sie schlängelten sich zwischen den Händlern hindurch und gelangten unbehelligt zum Tor, wo man sie nicht aufhielt. Von dem Aufruhr drinnen wusste noch keiner. Und wichtiger schien es den Wächtern um diese Zeit zu kontrollieren, wer die Stadt betreten wollte.

Noch ehe die Sonne eine Handbreit über dem Horizont stand, waren sie am Strand. Und dort endlich lag die «Windstier». Hela war so glücklich, dass sie spritzend durch das Wasser lief und mit den Händen die Gischt hochschaufelte. Sie hätte am liebsten die Bordwand des Langschiffes geküsst. Ihr war, als duftete sein Holz noch nach den heimischen Wäldern.

Hände streckten sich ihr entgegen und zogen sie an Bord. «Spring, Wolf», rief Hela und zerrte das Tier dann am Halsband herauf. Unde kletterte über die gesenkten Ruderholme hoch, Amina ließ sich von Björn aufs Deck tragen. Dort herrschte mit einem Mal verblüffte Stille.

So froh war Hela gewesen, wieder unter Wikingern zu sein, dass sie ganz vergessen hatte, dass sie hier außer dem Kapitän niemanden kannte. Fremde Männergesichter starrten sie an, und wahrhaftig, das Starren lohnte sich. Da standen zwei blutverschmierte Amazonen mit Schwertern in den Händen, die eine mit fremdartigen Katzenaugen und hüftlangem Haar, das sich wie das der Medusa um ihren Kopf legte, die andere schwarz wie die Nacht, mit kurz geschorenem Haar, das wie eine Kappe am wohlgeformten Schädel anlag. Und dann war da noch ein Püppchen, wie aus Märchenerzählungen, ein wenig zerzaust, doch mit Schleiern und Schmuck und allem, was die Frauen in den östlichen Palästen tragen mochten. Die Männer wussten kaum, wo sie zuerst hinschauen sollten.

«Du hast nichts davon gesagt, dass sie Begleiter haben würde. Und von einem riesigen Hund war auch nicht die Rede», sagte ein Mann mit dünnem blonden Pferdeschwanz und Schnurrbart, dessen Nase so hager vorsprang wie der Adamsapfel an seinem dürren, langen Hals.

Björn strich sich über den schwarzen Bart und wollte

etwas erwidern. Da trat Amina vor. Sie ging auf den Kapitän zu und hielt ihm etwas hin. «Ich zahle für unsere Überfahrt», erklärte sie mit leicht zitternder, aber entschlossener Stimme. Hela erkannte in ihrer Hand ein Häufchen Perlen und musste lächeln. Wofür Pantoffeln doch gut sein konnten, dachte sie amüsiert.

Der Dürre trat vor und nahm das Angebot in Augenschein. Er zählte die schimmernden Kugeln und hob sie gegen das Licht. Da er nicht zufrieden schien, zog Amina sich nach kurzem Zögern auch noch alle Ringe von den Fingern. Sie tat es wie jemand, der sein letztes Hemd hergibt. Die Griechin spielte die Rolle gut. Aus den Augenwinkeln musterte sie dabei Björn. Er wusste, dass sie noch mehr besaß. Würde er sie verraten? Doch der Kapitän überließ die Szene seinem Schiffsgefährten. Der wandte sich zu ihm um. «Bei Odin!», rief er aus und biss grinsend mit seinen verbliebenen Zähnen auf einen der Goldringe. Björn nickte.

«An die Ruder», kommandierte er. Sie wollten so viel Vorsprung wie möglich vor ihren Verfolgern bekommen. «Wir halten uns küstennah.» Dort waren sie den Seglern gegenüber im Vorteil.

«Nein», erklang es da hell. Es war Amina, die zu aller Erstaunen gesprochen hatte. «Wir halten nach Norden.»

Björn hob die Brauen und machte eine ironische Verbeugung. «Es ist Euer Geld. Und wo will die Prinzessin hin, wenn ich fragen darf?»

Amina brauchte nicht zu überlegen. «Mazzara», sagte sie knapp. «Sizilien.»

Dann ging sie zum Mast und setzte sich dort ohne ein weiteres Wort auf eine der Kisten nieder. Hela, die wusste, dass dies der beste Platz für Passagiere auf einem Langschiff war, folgte ihr und setzte sich neben sie. «Du kennst dich gut aus auf Drachenschiffen», lobte sie die Griechin, die in den letzten Stunden so ein überraschend neues

Gesicht gezeigt hatte. «Als wärst du dein Leben lang auf welchen gefahren.»

Amina, aus der Nähe betrachtet, war bleich. Die Hände in ihrem Schoß zitterten. «Ich bin von einem in die Sklaverei entführt worden», sagte sie.

Ende und Anfang

Der Hagere mit dem langen Schnauzer hieß Harke und erwies sich nicht nur als eine Art Schatzmeister des Schiffes, er spielte auch die Rolle eines Heilkundigen. Gewissenhaft verarztete er Aminas Füße, die wund gelaufen und angeschwollen waren, dann widmete er sich den ernsteren Verletzungen an Helas rechter Hand. Als das Blut abgewaschen war, zeigte sich, dass der Schnitt der Spiegelscherbe tief ins Fleisch ging. Mit zusammengebissenen Zähnen erduldete sie eine Untersuchung der Wunde, in der weißlich schimmernd der Verlauf einer Sehne sichtbar wurde. An der Behandlung allerdings hatte sie nichts auszusetzen. Sie sah zu, wie Harke einen Umschlag aus Ringelblumen machte, der eine Entzündung verhindern sollte, und nahm auch den Tee, den er ihr vorsorglich gegen Fieber braute. Auf den Ratschlag, sich ein wenig hinzulegen, allerdings wollte Hela nicht hören. Entgegen den Protesten Harkes nahm sie aus seinem gehüteten Holzkistchen, was sie brauchte, und machte sich daran, Wolf zu verarzten.

Die Mannschaft schaute stumm von den Ruderbänken aus zu, wie das Tier auf die Seite gelegt und behandelt wurde, als wäre es ein Mensch. Dies war an jenem Tag vielleicht der seltsamste Anblick von allen, aber Hela scherte sich nicht darum.

Sie liebkoste ihren Hund, schmutzig und schäbig, wie er war, entfernte seine Zecken, wusch ihm mit Wasser das verklebte Fell, bedeckte seinen Schorf mit Salben und flüsterte ununterbrochen mit ihm. Björn wollte wissen, woher sie ihn hätte und ob er ihr in Karthago zugelaufen sei. Hela klärte ihn auf, dass es ihr Hund aus Waldweide wäre, der die ganze Reise mitgemacht hatte, bis in die Sklaverei. Sie erzählte, wie sie auf der Insel zurückgelassen worden war und das Tier vor lauter Verzweiflung in die Felsen gejagt hatte. «Er muss mir von dort nachgeschwommen sein», erklärte sie.

Björn kratzte sich am Bart, wie er es gerne tat, und beriet sich dann mit den anderen. Einer der Männer, der Halvar hieß und rote Zöpfe an den Schläfen hatte, meinte schließlich, er kenne die Insel, die nicht mehr als ein Felsenhaufen in Sichtweite der Küste sei, westlich von Karthago. «Aber er kann die Strecke unmöglich geschwommen sein», fügte er mit einem zweifelnden Blick auf den Hund hinzu, der hechelnd auf der Seite lag, den großen Kopf in Helas Schoß, und seinen Blick unter halb geschlossenen Lidern hingebungsvoll auf sie gerichtet hatte. «Kein Hund schafft das.»

Hela kraulte Wolf das Ohr. Sie wusste, er hatte es vollbracht. Sie konnte sogar die Wogen vor seinen Augen sehen, das Salzwasser in seiner Kehle schmecken und die Panik spüren, wenn eine Welle ihn unter Wasser drückte. Dies alles waren Erinnerungen, die mit dem Schlaf kamen, überdeckt von dem wohligen Gefühl, wieder bei der Herrin zu sein. Sie spürte auch dies und liebte ihn dafür. «Er schon», sagte sie mit warmer Gewissheit.

Halvar holte daraufhin seine Laute aus ihrem Kasten, um die Männer mit einer Improvisation der Ballade vom treuen Hund zu unterhalten. Beim Refrain räusperte Harke sich und fiel mit überraschend voller Stimme ein. Als er Helas Gesicht sah, lachte er. «Ich mag zwar hässlich sein», gab er zu, «aber ein paar Talente habe ich.» Hela nickte ihm zu und klatschte im Takt.

Da sie nicht anlegten für die Nacht, um ihren Vorsprung

auszubauen, blieb ein Teil von ihnen auf, um Wache zu halten. Die langen Stunden der Dunkelheit verbrachten sie rund um eine mit Sand und Kohle gefüllte Schale und vertrieben sich die Zeit mit Singen. Alles war friedlich, bis mitten in ein neues Lied hinein ein Schrei ertönte. Er kam von Unde, die aufgesprungen war, um einen Jungen, dessen gerötetes Gesicht Schreck, Zorn und Schuldbewusstsein zugleich spiegelte, zu ohrfeigen. Dann hielt sie ihm eine Klinge an den Hals.

«Folke», brummte Björn, der es nicht für nötig hielt, sich zu rühren. «Lass ihn los», sagte er dann. Unde gehorchte nach einem Blick auf Hela.

Der Junge rappelte sich auf und wischte sich die Hände an seinen Hosen ab. «Ich wollte doch nur wissen, ob sie sich genauso anfühlt», erklärte er schmollend, schaute rasch noch einmal zu Unde hinüber und dann zu Boden.

Harke lachte schallend und fuhr mit seinem Finger über seine Wange, dort, wo sich flammend der Abdruck von Undes Hand abzeichnete. «Sie produzieren jedenfalls genauso gute Ohrfeigen mit ihren schwarzen Händen wie unsere Frauen mit ihren weißen. Brennt's, Junge?» Die Männer lachten.

«Sie gehört zu mir. Genauso wie Amina», rief Hela unruhig. «Als wären sie meine Schwestern. Sie stehen unter dem Schutz meiner Sippe.» Was sie damit sagen wollte, war allen bewusst: Als Angehörige einer Wikingersippe waren sie für Übergriffe tabu. Einem Wikinger, der sich an einer solchen Frau verging, drohte die Todesstrafe.

Björn schüttelte langsam den zottigen Kopf. «Ihr wart schon immer ein bunter Haufen auf dem Schlangenhof», meinte er. Dann fügte er, an seine Männer gewandt, hinzu: «Wenn das dann also geklärt wäre.» Es regte sich keinerlei Widerspruch, und Hela atmete auf. Doch Björn war noch nicht fertig mit ihnen. Sein Blick suchte Unde und hielt den ihren fest. «Aber wenn ich künftig einen Befehl gebe», sagte er, um einiges lauter als zuvor, «dann wird er ohne Seitenblicke ausgeführt. Rasch und ohne zu zögern, ist das auch klar?»

Unde starrte zurück. Ihr schwarzer Blick bohrte sich förmlich in den des Kapitäns. Dann, nach einer Ewigkeit, wie es Hela schien, die die Luft angehalten hatte, nickte sie. Die großen goldenen Reifen in ihren Ohren schaukelten sacht. «Ich denke schon», erwiderte sie und lachte so betörend, dass das Rot auf Folkes Wangen sich sehnsuchtsvoll vertiefte. Sie grüßte mit der Waffe, steckte sie fort und setzte sich an Helas Seite. Die nahm ihre Hand und drückte sie. «Er ist kein schlechter Mann», flüsterte sie. «Auf seinem Schiff können wir unbeschadet schlafen.»

«Und hoffentlich auch unbeschadet wieder aufwachen», brummelte Amina, die sich nahe den beiden zur Ruhe gelegt hatte.

Die Überfahrt nach Sizilien nahm nur wenige Tage in Anspruch. Es zeigte sich auch kein feindliches Segel am Horizont. Offenbar hatte der Herr, wie Hela ihn im Geiste immer noch nannte, ihre Spur verloren. Er schien die Verbindung zu dem Wikingerschiff, das am Tag vor ihrer Flucht ausgelaufen war, nicht gezogen zu haben. Sie atmete auf. So eng es auf dem Schiff auch war, bedeutete es doch Freiheit für sie, und ihr war, als könnte sich ihre Seele nach langer Zeit zum ersten Mal wieder regen.

Bald kam der Hafen von Mazzara in Sicht.

«Was hast du vor?», fragte Hela, als Amina begann, ihre Sachen zusammenzupacken. «Verwandte besuchen?»

Amina machte eine abfällige Geste. «Meine Verwandtschaft ...», begann sie und starrte zum Ufer hinüber. «Ich habe den Glauben an Blutsbande schon lange verloren», murmelte sie vor sich hin. Dann tauchte sie wieder aus ihren Gedanken auf und packte weiter. «Ich hatte hier im Griechenviertel einmal einen Verlobten», sagte sie. «Nicht, dass ich glaube, er hätte auf mich gewartet.» Sie lachte bitter. «Aber seine Familie mochte ich. Sie wird mich schon für eine Weile unterschlüpfen lassen. Und danach kaufe ich mir ein Geschäft. Oder einen Mann.» Sie klopfte mit der Hand auf das klirrende Bündel unter ihrem Gewand. «Ich bin keine schlechte Partie, wie ihr wisst.»

«Wissen wir», meinte Unde, die dazugetreten war. «Wir haben unseren Teil dazu beigetragen.»

Unschlüssig schaute Amina sie an. Bis Hela ihr lachend auf die Schulter klopfte. «Es ist schon gut. Wir wollen dein Gold nicht.» Die Erleichterung im Gesicht der Griechin amüsierte sie. Amina würde doch immer sie selbst bleiben.

«Und ihr?», fragte die ehemalige Erste des Harems sie. «Was habt ihr für Pläne?»

«Oh», sagte Hela. Und blieb die Antwort schuldig.

Auch Björn wurde ähnlich abgespeist. Beim Anlegen stand er an ihrer Seite. «Wir werden bald weitersegeln nach Taormina», erklärte er. «Dort legen oft Wikingerschiffe an. Du wirst bestimmt eines finden, das euch nach Hause bringt.» Er grinste. «Auf Valas Gesicht, wenn sie deine neue Schwester sieht, wäre ich wirklich gespannt.»

«Du fährst nicht in den Norden?», fragte Hela beiläufig.

Björn verneinte. Seine Mannschaft hatte vor, die Häfen des westlichen Mittelmeeres anzusteuern, irgendwo an der Küste des Emirats oder des Königreichs Asturien ins Winterlager zu gehen und das nächste Jahr über das Frankenreich und seine Häfen zurückzukehren. «Franken», murmelte Hela, «warum nicht.» Lauter fragte sie. «Könntest du noch ein paar Schwerter gebrauchen, Björn?»

Der runzelte die Stirn. «Was soll das, Hela?», fragte er. «Deine Mutter macht sich sicher schon genug Sorgen. Wie lange warst du in Karthago … gefangen?» Hela lächelte über seine Bemühung, feinfühlig zu sein.

«Ich weiß nicht genau», sagte sie. «Aber Mutter dürfte

nichts davon erfahren haben.» Sie bemerkte Björns ungläubiges Gesicht und erklärte, dass sie nicht mit Männern aus Waldweide, sondern mit Fremden aus Haithabu unterwegs gewesen sei.

«Fremde?», erkundigte er sich erstaunt. Da Hela beharrlich schwieg, musterte er sie nachdenklich von der Seite. «Sag mal», begann er dann, «weiß deine Mutter überhaupt von diesem Abenteuer?»

«O ja», bestätigte Hela und war sich sicher, in diesem Punkt nicht zu lügen. Inzwischen dürfte Vala wohl erfahren haben, dass sie Haithabu per Schiff verlassen hatte. Und wie es dazu gekommen war. Sie seufzte unwillkürlich.

«Mädchen», sagte Björn verärgert, «mach dich nicht über mich lustig. Ich meine, ob sie ihre Zustimmung zu deiner Reise gegeben hat. Noch dazu mit Fremden.» Er schnaubte. Er packte ihr Kinn und zwang sie, ihm in die Augen zu schauen.

Zornig funkelte Hela zurück, doch eine Antwort gab sie ihm auch jetzt nicht.

Verärgert ließ Björn sie los. «So ist das also, dachte ich es mir doch», schimpfte er. «Ich weiß ja, dass Vala keine Frau wie alle anderen ist. Aber ihre Tochter alleine in der Weltgeschichte herumreisen zu lassen, das ginge selbst ihr zu weit.»

«Da wäre ich mir nicht so sicher», protestierte Hela schwach.

«Aber ich bin mir sicher», polterte Björn. «Frauen gehören nach Hause, nicht auf die Ruderbank.»

Hela war so empört, dass sie kaum Luft bekam. «Das hat Ragnar aber anders gesehen, als er mich nach Haithabu mitnahm.»

«Ragnar, dieser einäugige Narr.» Björn schnaubte. «Den konntest du vielleicht um den Finger wickeln, und wer weiß, wen noch. Ich will es gar nicht wissen», fuhr er abwehrend fort, als er bemerkte, dass Hela mit einem Schlag tiefrot geworden war. «Aber mit mir funktioniert das nicht. Ist das klar?» Er wandte sich ihr voll zu. «Mit dem ersten Schiff, das wir finden, reist du nach Hause.»

«Werde ich nicht», gab Hela zurück.

«Wirst du ...» Björn brach ab, als ihm bewusst wurde, was er da tat. «Ich werde mich doch nicht mit einem aufmüpfigen Kind streiten», schrie er und stampfte davon.

Hela schob den Unterkiefer vor und starrte auf den Kai. Nach Hause geschickt wie ein kleines Mädchen, das sich verlaufen hat! Sie konnte den Gedanken kaum ertragen. Und was hatte sie vorzuweisen seit ihrem großartigen Aufbruch? Oh, sie mochte gar nicht daran denken. Eine erniedrigende Beziehung und die Sklaverei. Viel von der Welt hatte sie auch nicht gesehen, außer Sebta nur Goldars Kabine und das Serail in Karthago. Sollte das die Geschichte sein, die sie ihren Kindern einmal abends am Feuer erzählen würde? Nein, entschied Hela, sie würde jetzt nicht mit eingezogenem Schwanz nach Hause zurückkehren, den Kopf in Mutters Schoß legen und sich trösten lassen, weil die Welt so böse gewesen war. Sie wollte einfach nicht.

Amina klopfte ihr auf die Schulter und riss sie aus ihren Gedanken. «Bringst du mich ein Stück?», fragte sie. «Und nimm ruhig auch den Hund mit.»

Hela zwang sich zu einem Lächeln. «Keine Sorge», sagte sie. «Wir werden dich allesamt geleiten.»

Als sie an dem Haus klopften, das Amina ihnen nicht ohne Nervosität bezeichnete, öffnete eine alte Frau mit weißem Umhang und bestickten Leibchen, ein Tuch um den Kopf geschlungen, die zuerst Hela und dann Unde misstrauisch anstarrte. Schließlich fiel ihr Blick auf Amina. Tränen schossen ihr in die Augen. «Mädchen», sagte sie weich, «du hast dich ja kein bisschen verändert.»

Aufschluchzend sank Amina in ihre Arme. Hela konnte nicht umhin, sich für einen Moment vorzustellen, Vala stünde so vor ihr wie diese Fremde hier, betrachte sie mit demselben traurigen Lächeln und schlösse sie ebenso fest und warm in die Arme. Unwillkürlich musste sie schlucken. Aber bei ihr lag es anders, sie hatte sich sehr wohl verändert. So viel war geschehen, dass sie sich nicht mehr vorstellen konnte, das Gattertor zum Schlangenhof aufzustoßen und einfach heimzukehren, als wäre nichts gewesen. Ein wenig begann sie, Helge zu verstehen, der nach seinem Leben im Orient den Weg nach Hause nicht mehr hatte finden wollen. Amina schien es nichts auszumachen, sich der tröstlichen Umarmung zu überlassen wie ein Kind. Aber Amina, dachte Hela bitter, war ja auch mit einem üppigen Schatz nach Hause zurückgekehrt. Und was hatte sie?

Sie stieß Unde an; wortlos wandten die beiden Freundinnen sich ohne weiteren Abschied von dem Paar ab, das eng umschlungen im Hauseingang stand, und gingen zurück Richtung Drachenschiff.

«Was meinst du?», fragte Unde nach einer Weile nachdenklich. «Werden wir sie vermissen?»

«Nein», erwiderte Hela. «Aber ihre Geschäftstüchtigkeit wird mir fehlen. Ich werde wohl selber welche entwickeln müssen.» Sie hörte Geschrei und hob den Kopf. «Was ist da vorne los?»

Sie bemerkte Folke, der mit gezücktem Schwert den Steg entlangrannte, und hielt ihn am Ärmel zurück. «Was soll der Aufruhr?», fragte sie.

Folke wurde rot, wie immer, wenn er in Undes Nähe war. «Oh, nichts Besonderes, nur eine kleine Auseinandersetzung mit dem Zoll», haspelte er.

Die Freundinnen schauten einander an. Dann legten sie die Hände an die Schwertgriffe. «Ich mag den Zoll nicht», erklärte Hela sehr bestimmt.

Unde nickte. «Wollen wir sehen, ob wir ihnen mit ein

paar Argumenten beistehen können?» Ohne weiteres Zögern folgten sie Folke und stürzten sich ins Gewühl.

«Sind das tatsächlich eure Felle?», fragte Hela am selben Abend, als sie in einer abgelegenen Bucht am Lagerfeuer saßen und Björns Augen im Flammenschein zufrieden leuchteten. Seine Hand glitt über einen Stapel von gehäuteten Silberfüchsen mit ihrer charakteristischen kreuzförmigen schwarzen Zeichnung auf dem Rücken.

«Jetzt schon», krakeelte Harke und lachte laut. Ein Holzbecher mit Wein machte die Runde, der aus einem Fass gefüllt wurde, das Hela zuvor ebenfalls nicht an Bord gesehen hatte.

Björn räusperte sich. Er sah zu, wie Hela den Becher annahm, den anderen Bescheid tat und trank. «Du warst eine Hilfe dabei, sie zu erwerben», gab er zu, «aber ich glaube nicht ...»

Hela unterbrach ihn, indem sie die Hände hob. Sie war mit den Gepflogenheiten an Bord eines Drachenschiffes vertraut. Nach dem Kampf kam das Verteilen der Beute, eine ernste Angelegenheit, bei der es leicht zu Streitigkeiten kam. Ausschlaggebend für den Anteil, den ein Mann verlangen konnte, war zum einen sein Anteil am Schiff, der meist unstreitig war, zum anderen sein Einsatz beim Erwerb, der allerdings eine Sache heftiger Debatten sein konnte, bei denen, wenn es schlecht lief, auch handgreifliche Argumente zum Einsatz kamen.

All dem kam Hela zuvor, indem sie abwinkte. «Ich fordere keinen Teil von der Beute», erklärte sie mit so lauter Stimme, dass auch die anderen Männer aufmerksam wurden. Wer sich unterhalten oder abseits gestanden hatte, der wandte sich nun ihr zu, und so war es auch geplant. «Nicht von dieser Beute», fuhr Hela fort. «Aber von der nächsten. Und ich weiß eine, die wird euer Schiff mit einer Kiste Gold anfüllen.»

Selbst Unde hob nun erstaunt den Kopf.

«Sie will weiter mitfahren?», rief Harke erstaunt. Er klopfte sich auf die Schenkel. «Da schneid mir doch einer den Bart. Björn, hast du das gehört?»

Björn verzog das Gesicht. «Mädchen, ich hab dir doch schon gesagt, dass ich dich nicht brauchen kann», begann er gequält. «Was würde deine Mutter sagen?»

Hela neigte sich vor und lächelte. «Und einen Goldschatz brauchst du also auch nicht, Björn?», fragte sie.

Der Köder am Haken

«Was für einen Schatz?» Die Frage machte um das Feuer die Runde.

Hela hob den Kopf. «Mehr als ein paar lumpige Felle und ein Fass Wein, viel mehr. So viel, dass ihr euch damit besaufen könnt, bis Odin euch in seine Halle ruft und noch darüber hinaus.»

Skeptische und anerkennende Rufe mischten sich. Hela wurde aufgefordert, mehr zu erzählen. Sie schloss die Augen und beschrieb aus ihrer Erinnerung, was sie in Goldars Kiste gesehen hatte. Es war nur ein flüchtiger Moment gewesen, aber sie würde ihn niemals vergessen, wenn auch nicht des Goldes wegen. «Und das ist noch nicht alles», versprach sie anschließend.

Unde, die besorgt beobachtet hatte, wie Hela immer mehr in den Fokus der Aufmerksamkeit geraten war, zupfte sie am Ärmel. «Wir wissen doch gar nichts von einem Schatz», flüsterte sie. «Treib es nicht zu weit.»

Hela schüttelte sie unwirsch ab. «Vertrau mir», zischte sie und wandte sich wieder Björn zu, der ihren kleinen Disput stirnrunzelnd verfolgt hatte. «Vertrau mir», wiederholte sie lauter. «All das existiert. Und noch mehr dazu. Und alles, was ich von dieser Beute will, ist ein Schwert.»

«Ein Schwert?», fragte Björn und zog die Augenbrauen hoch.

«Ein ganz besonderes Schwert», erklärte Hela. «Du wirst es erkennen, wenn du es siehst. Ach ja», fügte sie dann beiläufig hinzu. «Und ein paar Pflanzen, die dort wachsen. Heilkunde, du weißt schon.» Sie lächelte ihn so arglos an, wie sie nur konnte.

Björn seufzte. Er wusste, dass sie log, nur war er sich nicht sicher, in welchem Punkt. Genauso sicher war er, dass seine Männer Blut geleckt hatten. Was sie da beschrieben hatte, war so detailliert, das konnte sie sich nicht so schnell ausgedacht haben. Außerdem glaubte er nicht daran, dass Eiriks Tochter ihn wirklich betrügen würde. Dennoch, ihre Pläne gefielen ihm nicht. Zwei Frauen an Bord während einer Raub- und Handelsfahrt, wer hätte jemals von etwas Ähnlichem gehört? Doch er vernahm das Summen der Unterhaltung rings ums Feuer, durch die das Wort ‹Gold› tanzte und seine verführerischen Pirouetten drehte. Sie hatte ihn besiegt, und sie wusste es. Er erwiderte ihr Lächeln rechtschaffen säuerlich.

«Gibt es dabei auch einen Haken?», fragte er.

«Klippen», antwortete Hela sofort. «Und Giftschlangen.» Sie wusste, nichts davon würde ihn schrecken.

«Und wo liegt dieser sagenhafte Schatz?»

Wieder zögerte Hela nicht. «An der Küste, Richtung Sebta.»

Björn starrte sie an, doch ihr Lächeln blieb unverrückt. «Alles andere erkläre ich dir, wenn wir dort sind», sagte sie. Und er wusste, dabei würde es bleiben.

«Nun gut», Björn ächzte, doch er rang sich durch. «Dann ist es ausgemacht. Ihr kommt mit uns. Wir erhalten das Gold, du das Schwert.» Er ließ sich den Becher geben und verschüttete ein paar Tropfen, wobei er die Götter als Zeugen anrief.

«Und die Pflanzen», fügte Hela hinzu.

«Das Grünzeug für euch», bestätigte Björn. «Heilkunde.» Er musterte sie misstrauisch. «Wie sehr du doch deiner Mutter ähnelst.»

Hela zog eine Grimasse, als wäre der Wein sauer, den sie in einem Schluck austrank.

VIERTER TEIL
Zu neuen Ufern

Rache ist süss

Tage später war Hela nahe daran, ihre Zuversicht zu verlieren. Seit Stunden schon musterte sie die Hügellinie zu ihrer Linken. Vor der Küste schloss sich Bucht an Bucht, aber keine der Steilwände ähnelte jener, die Goldar mit ihnen angesteuert hatte, dabei würden sie schon bald Al-Dschasair erreichen.

«Was ist damit?», wollte Björn wissen und wies auf einen perfekt halbrund geschwungenen Kiesstrand, über dem sich in mehreren Stufen eine spärlich bewachsene Wand erhob. Zwischen den scharfkantigen Felsen grasten Ziegen, von denen man weder wusste, wie sie an die abgeschiedene Stelle gelangt waren, noch, wie sie sich in dem steilen Gelände halten konnten. Hela hörte das Bimmeln ihrer Glöckchen droben bis hinunter ans Wasser.

Sie schüttelte den Kopf. «Ich habe doch gesagt, es war unbewohnt. Und dort drüben», sie zeigte auf einen Hügel, «stehen Gebäude.»

«Was ist das?», fragte Unde, die womöglich noch aufgeregter war als ihre Freundin und in ihrer Anspannung ebenfalls seit Sonnenaufgang an der Reling stand.

Björn kniff die Augen zusammen. «Ein kleines Kloster, nichts Besonderes.» Er winkte entschieden ab. «Wir haben ihm auf der Herfahrt einen Besuch abgestattet. Sie ernähren sich dort von Ziegenmilch und Möweneiern. Es gibt nichts, was sich lohnte.»

Hela lauschte mit andächtig geneigtem Kopf. Zu dem

Bimmeln der Herdenglöckchen gesellte sich nun der tiefere Ton satter Bronze. «Sie haben eine Glocke», stellte sie fest. «Dem Ton nach keine kleine. Verdient man das Geld dafür neuerdings mit Milch und Eiern?»

Nachdenklich schaute Björn sie an.

Hela zuckte mit den Schultern. «Mein Vater sagte immer, jedes Kloster hat einen Schatz», erklärte sie betont beiläufig und ließ in der folgenden Stille das Wort erneut fallen. «Jedes.»

Björn überlegte. Da läutete etwas, das war unverkennbar. Sollten die Mönche sie hereingelegt haben? Er kratzte sich am Kopf. Hela wandte den Blick nicht von der Küste. Nachdem er ein weiteres Mal ihr Profil gemustert hatte, war Björns Entschluss gefallen. «Beidrehen», rief er. «Wir gehen hier an Land.»

Die Wikinger erklommen die Hügel und drangen in das Kloster ein mit der Sicherheit von Leuten, die sich auskennen. Bald hatten sie alle Gebäude inklusive der Ställe durchstöbert, aber dabei außer ein wenig Federvieh, das Folke und ein Gefährte an den Füßen hochhoben und zu bändigen suchten, keine lebende Seele gefunden. Björn schickte die Jungen mit den krakeelenden Vögeln zum Schiff, dann stemmte er die Hände in die Hüften und schaute sich um. «Also?», fragte er.

Auch Hela tat einen Blick in die Runde. Doch ihr fiel nichts auf, keine Nische, kein Vorhang, keine lose Platte im Fußboden, hinter der sich etwas verbergen könnte. Das Seil der Glocke schwang vor ihrem Gesicht hin und her und störte sie beim Nachdenken. Als sie danach griff, wurde ihre Hand zu einem heftigen Ausschlag nach oben gezogen. Seltsam, dachte sie, dass es noch immer so stark in Bewegung ist. Als hätte hier gerade noch jemand die Glocke bewegt. Ihre Augen folgten der Hand. Dann lächelte sie. Sie stieß Björn an. Auch der legte nun den Kopf in den Nacken.

Und von oben herab, mit Armen und Beinen an das Glockenseil geklammert, starrte ein Mönch. «Kommst du runter?», rief der Wikinger hinauf. «Oder muss ich erst einen Bogenschützen holen?» Der Mann schien entweder unschlüssig, oder aber die Angst hatte ihn erstarren lassen. Jedenfalls blieb er in seiner Position, eine Mannshöhe über ihnen, baumeln, bis Björn schließlich in die Hände spuckte und so kräftig am Seil rüttelte, bis er wie eine reife Frucht zu Boden plumpste. Die Glocke bimmelte hektisch und unregelmäßig, wie von einer nervösen Ziege getragen. Mochten die anderen in ihren Verstecken auf dem Steilhang sich wundern, was es da geschlagen hatte.

Björn packte den Mönch, der mit aufgerissenen Augen zu ihm hochstarrte, beim Kragen und zog ihn hoch. «Und jetzt verrätst du mir, wo ihr euren Schatz habt.» Der zitternde Mann presste die Lippen zusammen und bewegte den Kopf einmal hin und her. Dann weiteten sich seine Augen jäh, als er über Björns Schulter hinweg etwas Unerwartetes entdeckte.

Unde war hereingekommen, das Schwert in der Hand. An ihren Fingern steckten lange, spitze Hülsen, die mit glitzernden Steinen geschmückt waren und ihre Fingernägel wie kostbare Dolche aussehen ließen. «Seht mal», rief sie. «Die waren in einem kleinen Sarg über ein paar Knochen drapiert. Sie müssen einem ihrer Götter gehört haben, denn ich wette, sie sind echt.» Daraufhin ließ sie ihre neuen Krallen spielen wie ein Raubtier.

Der Mönch öffnete den Mund. «Satan», stotterte er, «Satanas. Der schwarze Fürst direkt aus der Hölle.»

Verwundert hielt Unde inne. Björn kratzte sich am Bart, und Hela neigte den Kopf schräg. «Tja», meinte sie dann, «wenn das so ist.» Sie zwinkerte ihrer Freundin zu. «Dann wird Satan dich jetzt holen, wenn du uns nicht sofort weiterhilfst. Was wird dein Gott wohl sagen, dass du deine Seele für ein Häufchen Tand aufs Spiel setzt?»

Weitere Gegenwehr gab es nicht. Mit zitternden Knien führte der Mönch sie zu einem Misthaufen, den die Wikinger ungläubig anstarrten, bis ihr armer Gefangener sich persönlich daranmachte, den Unrat so weit wegzuräumen, dass die gemauerte Rückseite einer Grube frei wurde und in ihr eine Nische mit Holztür, hinter der sie dann fanden, was sie suchten. Nach Ziegenmist stinkend, aber glücklich, kamen sie auf das Schiff zurück und bestaunten den silbernen Pokal sowie die drei Schalen, die sie erbeutet hatten.

«Nicht schlecht», meinte Björn anerkennend, «für einen halben Tag.» Und ehe Unde protestieren konnte, zog er ihr die Fingerhülsen ab und ließ sie zusammen mit den restlichen Geräten verschwinden. «Bis zur Aufteilung», erklärte er. Die Frauen schnitten eine Grimasse.

«Was ich suche, ist ohnehin mehr wert», murmelte Hela, die ihren Platz an der Reling wieder eingenommen hatte und weiter nach Goldars Bucht Ausschau hielt.

«Du willst wirklich auf deinen Anteil verzichten, bis auf dieses Schwert?», fragte Unde an ihrer Seite. Und die Art, wie sie ‹dieses Schwert› sagte, verriet, dass sie sich weder der Existenz des Schatzes noch der Waffen sicher war.

Hela wandte ihr das Gesicht zu. «Aber du nicht», sagte sie und grinste. Dann heftete sie ihre Augen wieder an die Küste. Die Sonne stand nicht mehr weit über den Berggipfeln. Sie dachte an den überstürzten Aufbruch von Goldars Leuten bei ihrem letzten Besuch und versuchte, ihre Nervosität zu unterdrücken.

Björn trat zu ihnen. «Der Wind wird kräftiger», erklärte er. «Es wäre nicht klug, weiter so nah an der Steilküste zu bleiben, es sei denn, wir rudern, aber …»

«Dann rudert», gab Hela ungerührt zurück.

Björn wollte schon protestieren, da fuhr ihre Hand vor. «Dort!», rief sie.

Der Wikinger kniff die Augen zusammen. «Bist du sicher?», fragte er. Seine Stimme klang alles andere als glücklich. «Dort vorne ist es besonders zerklüftet. Wie die Wellen an diese Felsen da drüben stoßen, gefällt mir gar nicht.»

Hela klopfte ihm auf die Schulter. Ihr Jagdinstinkt war nun geweckt. «Dir wird gefallen, was dahinter liegt», sagte sie und erklärte ihm, wie er die Passage zu nehmen hätte. Björn zweifelte noch immer, doch er stellte sich selbst in den Bug und dirigierte die Ruderer. Backbord wie Steuerbord stand je ein Mann mit einer Stange, um das Drachenboot abzustoßen, falls sie den Felsen zu nahe kämen, und um die Ruderer zu warnen, wenn ihre Ruderblätter Gefahr liefen, zerschellt zu werden. Die Mannschaft war in höchster Anspannung, und bis auf das Rauschen der Brandung und die scharfen Kommandos der Ausgucke hörte man an Bord der «Windstier» keinen Laut.

Einmal schrammte ihr Boden mit einem bösen Geräusch über ein Hindernis. Björn wurde blass und schaute zu Hela, aber die biss die Zähne zusammen und korrigierte nur sacht den Kurs. Die «Bajadere» hatte weit mehr Tiefgang gehabt als das Drachenboot. Und wenn sie es geschafft hatte, würde es für die «Windstier» ein Kinderspiel sein. Noch einmal brachte eine Welle sie in bedrohliche Nähe der Klippen, Möwen stiegen mit Protestgekreisch auf, als der Mast sich über ihren Felsen lehnte. Dann erkannte Hela erleichtert das Refugium des Kormorans. Dahinter war blaues Wasser, still und glänzend wie ein Auge. Und dahinter lockte der weiße Strand.

Die Mannschaft jubelte vor Erleichterung und hatte es eilig, ihr Schiff auf den rettenden Sand zu ziehen. Hela musste sich mühsam Gehör verschaffen. «Wenn ihr eine Schlange seht», sagte sie mahnend, «Vorsicht: Sie sind giftig, und zwar tödlich. Haltet euch am besten vom Schilf fern. Und unterhaltet ein Feuer.»

Björn, der die äußeren Bordwände inspiziert hatte, stieß zu ihrer Zuhörerschaft. «Und was machst du?», fragte er.

Hela lächelte angespannt. «Ich gehe ins Schilf», sagte sie. «Mitten hinein.»

Wenige Minuten später war sie unterwegs. An ihrer Seite weder Wolf noch Unde, die nur mit großer Mühe von ihrem Vorhaben, Hela zu begleiten, abzubringen gewesen war. Björn hatte darauf bestanden, dass sie beim Schiff bliebe. Er selbst wollte die Reparaturen überwachen. Also bestimmte er Harke mit dem traurigen Schnurrbart zu Helas Gefährten. Ihr war es recht, denn sie hatte den hageren Mann als zuverlässig und nicht ohne Humor kennen gelernt. Meist war er jedoch still und würde ihr wohl keine Fragen stellen auf dem Weg, der für Hela eine Reise in die Vergangenheit bedeutete, die sie noch immer frisch und aufwühlend bedrängte. Dass ihr Herz mit jedem Schritt schneller schlug, lag nicht an den sich bedrohlich zusammenschiebenden Felswänden, auch nicht an der Gefahr, die von den Schlangen ausging, sondern einzig an dem Gedanken an Goldar und der unsinnigen, nicht ausrottbaren Vorstellung, er könnte hinter dem nächsten Felsen hervortreten und sie für das, was sie vorhatte, zur Rechenschaft ziehen.

Harke pfiff erstaunt, als er die Ruine sah, gab aber ansonsten, wie Hela es erwartet hatte, keinerlei Kommentar ab.

Sie kamen rasch voran und standen bald an der kleinen Wand, die ohne das Seil nicht zu überwinden sein würde. Eine kleine Schrecksekunde, dann entdeckte Hela es gut verborgen in einem Spalt. Sie nahm es heraus und zog probeweise daran. Es schien so stabil wie bei ihrem ersten Aufstieg.

«Da hat sich jemand aber viel Mühe gemacht», bemerkte Harke trocken.

Hela nickte grimmig. «Aber es wird ihm nichts nützen», stieß sie hervor. Dann kostete der Anstieg ihren ganzen Atem. Von oben herab rief sie. «Pass auf den Vorsprung auf, dort ist ein Schlangenloch.»

Harke, das Seil in der Hand, musterte die Felsen. «Hinter dem trockenen Busch?», fragte er und brummte beim Aufstieg in seinen Bart. «Loch ist gut. Wenn die Schlange so groß ist wie ihre Höhle, bin ich geliefert.»

Oben angekommen, führte Hela ihn, ohne zu zögern, in die kleine Schlucht mit dem Baum. Diesmal musterte sie das Geäst, ehe sie näher trat, doch kein Tier hing darin. Mit ungeduldigen Bewegungen ließ sie ihre Schwertspitze über den Boden fahren, fegte Laub und trockenes Gras beiseite und fand schnell die Stelle, an der gegraben worden war.

Auch Harke erkannte die frisch umgestochene Erde nur zu gut, und in seinen Augen glomm erstmals ein freudiges Licht auf. Ohne auf eine Anweisung zu warten, machte er sich mit bloßen Händen ans Graben. Hela stand dicht hinter ihm und spähte ihm über die Schulter. «Da müssen einige Bretter kommen», sagte sie. Die Spannung ließ sie rasch atmen. «Länger als ein Männerarm.» Und so war es.

Harke setzte sein Messer an und hebelte das erste Brett hoch. Was darunter lag, ließ beide die Luft anhalten: eine Grube, teilweise mit lose gesetzten Steinen ausgemauert, und darin eine eisenbeschlagene Kiste, die neu und unversehrt aussah. Die Feuchtigkeit des Erdreichs hatte ihr nichts angetan.

Hela nickte nur. Sie brachte kein Wort heraus. Erst als Harke sich daranmachte, mit seinen schmutzverschmierten Händen den Deckel anzuheben, durchzuckte sie ein schemenhafter Gedanke. Sie wusste selbst kaum, wie ihr geschah. «Zurück», murmelte sie.

Fragend schaute Harke sie an, aber er gehorchte. Hela zog ihr Schwert, stemmte es zwischen Kiste und Deckel und hob ihn fort. Ein böses Zischen antwortete ihnen.

So vorsichtig sie konnte neigte Hela sich vor, um den Deckel ganz zu entfernen. Ihr Mund war trocken. «Odin!», rief Harke erschrocken aus und machte einen Satz zu-

rück. In der Kiste ringelten sich, schwarz und dick, so viele
Schlangen, dass der Klumpen den ganzen Boden bedeck-
te und das Behältnis zur Hälfte anfüllte. Ihr Zischen füllte
Helas Kopf.

Ausgetrickst

«Nein!», schrie Hela. Die Wut packte sie. Sie nahm ihr
Schwert und stieß es wieder und wieder in das stinkende,
zappelnde Knäuel. Doch da war nichts, nur faulige Leiber.
Bei genauerem Hinsehen entdeckte Hela, dass die meisten
von ihnen tot waren, was den schier unerträglichen Gestank erklärte, der zu ihnen heraufdrang. Doch einige der
oberen Tiere schlängelten sich noch mit letzter Kraft und
richteten sich auf, drohend, aber vergeblich. Goldar hatte
seine Schätze nicht unter den tödlichen Hütern verborgen,
er hatte sie ganz und gar entfernt. «Der Schweinehund!»,
brüllte Hela, dass es von den Wänden widerhallte. «Der
dreimal verfluchte Mistkerl!»

Harke musste sie von hinten umarmen und festhalten,
damit sie endlich mit dem Toben aufhörte. Hela ließ ihr
Schwert sinken. Sie atmete schwer. Noch immer glaubte sie,
vor ihren Augen drehe sich die Welt, langsam und schwarz,
einem Abgrund entgegen. Doch nach und nach gelang es
ihr, wieder einen klaren Gedanken zu fassen. Ein grimmiges Lächeln trat in ihr Gesicht. «Immerhin» – sie begann
laut zu denken – «immerhin hast du mir zugetraut, dass ich
zurückkomme.» Sie nickte und stieß zum Nachdruck ihr
Schwert mit Wucht in den Erdboden. «Danke dafür.»

Harke hatte sich gegen einen Felsen gelehnt und schien
vollauf damit beschäftigt, seinen Schnurrbart zu zwirbeln.
Wenn er sich etwas dachte, so sprach er es nicht aus. Nach
einer Weile sagte er lediglich: «Björn wird nicht zufrieden
sein.»

«Björn kann mich ...», begann Hela, dann fuhr sie begütigend fort: «Es gibt hier noch mehr von Wert, Björn wird schon auf seinen Teil kommen.» Ihr Blick fuhr ein letztes Mal über die Felswände. Aber da war nichts: keine Nische, keine Spalte. Die echte Kiste konnte überall und nirgends sein. «Wir kehren um.»

Auf dem Rückweg arbeitete Helas Gehirn fieberhaft. Goldar hatte den Schatz sicher allein fortgebracht, überlegte sie. Keinem seiner Mannschaft hätte er so weit getraut, dass er dieses Versteck preisgegeben hätte. Und niemals hätte er die Beute mit an Bord genommen. Sie musste also noch hier irgendwo sein. Es war zum Verrücktwerden. Ruhig bleiben, ermahnte sie sich, nachdenken. Wie weit hätte ein einzelner Mann all das schleppen können? Nicht weit, war die Antwort, die sie sich gab. Noch einmal blieb Hela stehen. Die zahllosen kleinen Schluchten und Spalten boten so unendlich viele Möglichkeiten. Kopfschüttelnd ging sie weiter. Dann stand sie an der Seilwand. Ihr Fuß stieß gegen das grün bewachsene Seil.

Das Seil!

Noch einmal kam Leben in Hela. Er hatte es an Ort und Stelle gelassen. Was bedeutete dies? Dass er es noch benötigte? Ja, beschloss sie, sonst hätte er es gekappt. Nein, widersprach sie sich selbst. Er wollte doch, dass ich zu seiner netten kleinen Falle finde. Oder? Sie kam zu keinem Entschluss. Noch einmal wandte sie sich um.

«Was ist?», fragte Harke.

Hela schüttelte erneut den Kopf. Es war sinnlos zu spekulieren. «Gehen wir», murmelte sie. «Und pass an dem Vorsprung auf.»

«Ja, ja, ich weiß», brummte Harke, «in der Höhle lebt eine Schlange. Ich hab's nicht vergessen.»

Hela schaute ihm eine Weile mit leerem Kopf zu, wie er sich langsam hinabließ. Dann auf einmal packte sie das Seil. «Höhle?», fragte sie.

Harke hatte nicht gelogen. Bei ihrem allererstem Aufstieg hatte das Minz-Gestrüpp sie über die Größe des Schlangenloches getäuscht. Doch dieses war nun ausgetrocknet und verschoben. Lose lag es auf dem Vorsprung und ließ sich mit einem Tritt entfernen. Was sich vor Hela auftat, war in der Tat mehr als ein Loch.

«Kannst du was sehen?», rief Harke von unten.

Hela schüttelte den Kopf. Sie fuhr mit den Fingern über den grauen Fels, der an manchen Stellen helle Kratzer aufwies. An ihren Fingerspitzen blieb Steinstaub hängen, fein wie Mehl. Aber in die Nähe der Öffnung wagte sie sich nicht. Vor ihr war nichts als Schwärze.

«Sei vorsichtig.»

Hela nickte. Auf ihrer Stirn erschienen Schweißperlen. Fast hätte sie das Gleichgewicht verloren, als sie auf dem schmalen Vorsprung, dicht an die Felswand gelehnt, ihre Waffe zog. Langsam stach sie mit der Spitze in das Loch. Nichts. Hela holte tief Luft und schob ihr Schwert weiter vor. Näher und näher kam ihre Hand, ihr Arm, ihre Schulter der verräterischen Öffnung. Immer noch nichts, dann: ein Widerstand. Hela stach versuchsweise hinein. Das war kein Stein, das war Holz.

«Harke», rief sie hinunter. «Haben wir so etwas wie einen Haken dabei?» Natürlich nicht, beantwortete sie sich die Frage selbst. «Eine Astgabel, irgendetwas. Schau dich um.» Sie hörte den Wikinger drunten über die Steine poltern, während sie selbst weiter im Dunkeln herumstocherte. Sie meinte die Wand einer Kiste und so etwas wie einen Griff spüren zu können, aber mit der geraden Schwertklinge konnte sie nichts ausrichten. Es dauerte lange, bis Harke zurückkam.

«Nichts», rief er. «Hier unten gibt es kein Holz, das stark genug wäre.»

«In der Ruine vielleicht», gab sie zurück. Irgendein Werkzeug, das die Zeiten überstanden hatte.

Harke küsste seinen Daumen. «Bist du verrückt? An solchen Orten leben Geister.»

«Geister.» Hela kicherte vor Nervosität. Sie hätte es liebend gerne mit diesen Geistern aufgenommen. Dreimal holte sie Luft. Dann legte sie das Schwert weg. Sie krempelte den Ärmel ihres Wamses hoch. Ihre Finger zitterten, als sie sie hochhielt, um sie, vielleicht ein letztes Mal, zu betrachten. Dann versenkte sie ihren Arm in der Schwärze des Loches. Hela bemühte sich, weder den Boden noch die Wände zu berühren. Noch ein Stück, noch ein weiteres.

«Aaaah!»

«Was ist?» Harke sprang auf.

Hela hatte ihren Arm blitzschnell herausgezogen und untersuchte nun ihre Hand. «Eine Wurzel, glaube ich.» Alles schien unversehrt. «Verdammt, ich hab mir beinahe in die Hosen gemacht.»

Harke lachte, und sie biss grimmig die Zähne aufeinander. Sie würde erneut ins Dunkel greifen müssen. Diesmal drang sie schneller vor. Und mit einem Mal schlossen sich ihre Finger um etwas Festes, Geformtes. Hela griff zu und zog. Erst spürte sie Widerstand, dann, mit einem Mal, gab das Ding nach und schoss fast aus der Höhle. Sie konnte sich nicht mehr halten und stürzte in hohem Bogen hinterher. Der Flug war nicht lange, doch der Aufprall steinig.

Hela lag da, starrte in den Himmel und stöhnte. Harke kümmerte sich nicht um sie. Er stakste zwischen den Trümmern einer Holzkiste herum, hob hier einen goldenen Teller hoch, dort eine Kette, kratzte Ringe zusammen und hob sie ins Licht, um die letzten Sonnenstrahlen auf ihren Steinen flirren zu lassen, und lachte wie ein Irrer.

Nach einer Weile richtete Hela sich auf. Sie schaute Harkes ziellosem Herumgetanze eine Weile zu, dann schüttelte sie sich den Staub aus den Haaren, rieb sich den Nacken und rappelte sich hoch. «Das Schwert gehört mir», verkündete sie, noch während sie hinüberhinkte. Mit jedem Schritt wurden ihre Muskeln wieder geschmeidiger.

Erstaunt blieb Harke stehen und schaute sich um. Zu seinen Füßen lag jede Menge Geschmeide. Aber ein Schwert? Er hob die Schultern. «Ist nicht dabei!», erklärte er.

Hela blieb stehen. Ein Blick genügte ihr, um zu erkennen, dass er Recht hatte. Wieder fluchte sie. Dann lachte sie so laut auf, dass Harke erschrocken zurücktrat.

«Alles in Ordnung?», fragte er unsicher. Hatte sie doch irgendeine Schlange gebissen?

Aber Hela schüttelte den Kopf, dass ihre Haare flogen. «Er hat mir verdammt viel zugetraut, dieser Hund. Verdammt viel. Und ich werde ihm zeigen, dass er richtig lag.»

Nachdenklich schaute Harke zu ihr hinüber. «Du liebst ihn wohl sehr», mutmaßte er.

Helas Gesicht brachte ihn dazu, sich die Finger zu schütteln, als hätte er sie sich verbrannt.

«Hilf mir lieber», kommandierte sie. Gemeinsam sammelten sie ein, was sie an Wertvollem fanden, und improvisierten aus den Resten der Kiste ein Behältnis, das für die Wegstrecke genügen würde. Als alles fertig war, wandte Hela sich noch einmal um. Sie musterte den Strick. Dann packte sie ihn und setzte so hoch sie konnte einen kräftigen Schnitt an. Prüfend zog sie an dem Seil und war mit dem Geräusch, das sie hörte, zufrieden. Wer immer als Nächster hier hinaufklettern wollte, er würde eine gehörige Überraschung erleben. Sollte er doch unten stehen, dachte Hela böse, unfähig hinaufzugelangen, und sich fragen, ob noch irgendwas in der Höhle war oder nicht. Ich kann noch mehr, als du mir zutraust, sagte sie sich, viel mehr, das wirst du noch erleben.

Als sie wieder am Strand ankamen, achtete Hela nicht auf die große Begeisterung, mit der sie und vor allem ihre

Fracht begrüßt wurden. Gedankenverloren tätschelte sie den Kopf von Wolf, der sich jaulend an sie drückte. War es die Nähe der Schlangen, die er spürte, oder war es seine Enttäuschung darüber, ihretwegen im Lager angeleint zu bleiben? Sie überließ es Harke, alles zu erzählen und die einzelnen Schätze hochzuhalten, und marschierte vom Feuer schnurstracks zu dem Grünstreifen zurück, wo sie begann, systematisch jede Sylphion-Pflanze, die sie in der Dämmerung noch entdecken konnte, auszureißen. Mit grimmiger Genugtuung hörte sie das satte Geräusch, mit dem die Wurzeln sich aus dem Erdreich lösten, und warf dann alles hinter sich, wo sich bald ein kleiner Haufen türmte.

«Kann ich helfen?» Das war Unde. Hela wies mit dem Kinn auf die andere Seite der Bucht. Also machte ihre Freundin sich dorthin auf und arbeitete ihr entgegen. Sie trafen einander am Lauf eines kleinen Baches, der dort mündete.

«Haben wir alle?», fragte Hela und strich sich die Haare aus der Stirn.

«Ich glaube schon.» Auch Unde schnaufte schwer. «Und was ist der Sinn des Ganzen?», fragte sie.

Hela raffte die Pflanzen ohne jede Erklärung zusammen. Sie marschierte hinüber zum Feuer, das einer der Männer entfacht hatte und in dessen gelbem Licht sich glänzende Berge türmten. Björn schaute auf. «Mädchen.» In seiner Stimme lag zum ersten Mal so etwas wie Zärtlichkeit. «Du hast wirklich nicht zu viel versprochen. Tut mir Leid, das mit dem Schwert. Und wenn du irgendetwas möchtest, diesen Elfenbeinkamm vielleicht ...» Er wühlte zwischen allerlei Ketten und holte das wirklich schöne Stück hervor, dem allerdings zwei Zähne fehlten.

Hela schaute ihn so lange an, bis er rot wurde. «Also gut», brummte er, «ich ...»

«Du kannst es dir sparen», verkündete Hela großzügig.

«Ich habe meinen Teil der Beute bereits.» Hela ließ ihren Haufen erdverschmierter Stängel neben sich fallen. Ungläubig starrten die Männer sie an.

Hela lächelte. «Dies hier», sagte sie, «wird man uns in jedem byzantinischen Hafen mit Gold aufwiegen. Ja, Gold, ihr habt richtig gehört.» Sie wartete, bis das Murmeln wieder leiser geworden war. «Deshalb schlage ich vor, dass wir schleunigst zurück nach Sizilien segeln. Dafür bin ich auch bereit, ein Viertel abzugeben.»

«Moment mal!» Björn sprang auf. «Ich bin immer noch derjenige, der den Kurs der ‹Windstier› bestimmt. Und ich habe nicht vor …»

«Ein Drittel», sagte Hela ungerührt.

Björn starrte den Haufen Blätter und Stängel an. Es erschien ihm absurd, dass dieses Grünzeug so viel wert sein sollte. Andererseits hatte sie ihn bislang niemals belogen.

Hela war, als könnte sie seine Gedanken lesen. «Warst nicht du es», fragte sie katzenfreundlich, «der uns so schnell wie möglich in einem sizilianischen Hafen absetzen wollte?»

«Nun ja.» Björn kratzte sich das bärtige Kinn. «Weißt du, ich habe nachgedacht.»

Hela legte den Kopf schräg und wartete. Björn betrachtete den Haufen Schmuck. «Bisher sind wir ja prima miteinander ausgekommen, du und ich. Und die Mannschaft.» Er schaute seine Männer Hilfe suchend an, die bereitwillig nickten.

«Also», Björn holte tief Luft. «Wie wäre es, wenn du mitfährst? Du und deine Freundin», verbesserte er sich nach einem Seitenblick Helas auf Unde. «Zunächst Massilia, Toulon, vielleicht ein Abstecher nach Rom. Und dann der Atlantik.» Er breitete die Arme aus und grinste.

Helas Herz klopfte bis zum Hals. Da, endlich, da war, was sie sich die ganze Zeit gewünscht hatte. Nun hieß es, mit beiden Händen zuzugreifen.

«Hm», machte sie und tat, als müsse sie gründlich nachdenken. «Na schön», sagte sie dann langsam. «Ein Viertel und zwei Plätze auf euren Ruderbänken. Zunächst nach Sizilien und dann weiter.»

«Heh, Moment mal», protestierte Björn. «Vorhin hast du ein Drittel gesagt.»

«Das war, bevor ich wusste, dass meine Gesellschaft dir so wichtig ist.» Hela legte den Finger an die Nase und dachte angestrengt nach. «Ich hab's», erklärte sie dann. «Den ganzen Erlös, als Einlage für die Fahrt. Und für mich und Unde den regulären Anteil. Und falls uns etwas zustößt, für unsere Familien.» Sie streckte die Hand aus.

Björn zögerte einen Moment, dann schlug er ein. Er sprang auf, riss sie hoch und umschlang sie wie ein Bär. Ihre Füße tanzten über dem Boden in der Luft, als er sie in seiner Umarmung hin- und herschwang wie eine Puppe. «Mädchen», erklärte er japsend, «du bist eine noch ungewöhnlichere Frau als deine Mutter.»

Hela strahlte. Ein schöneres Kompliment hätte er ihr nicht machen können.

Wikingerfahrt

Die Rückfahrt nach Sizilien verlief ereignislos. Sie segelten des Tages längs der Küste und lagerten nachts in abgelegenen Buchten, wobei sie hier und da von einem Hirten ein Schaf erhandelten, um es am Spieß zu braten. Ließ sich kein Viehhüter blicken, was angesichts des Rufes, der ihrem gestreiften Segel vorauseilte, häufig der Fall war, so wurde das Schäfchen ohne Entgelt gebeten, als Grundlage ihres Abendessens zu dienen. Pech für den Schäfer, wie Halvar konstatierte, der abends für sie das Feuer schürte. Wäre er eben ein mutigerer Mann gewesen. Die Stimmung war gut, hatte ihre Fahrt doch jetzt schon mehr Erfolg gezeitigt als manche frühere Reise. Der Metbecher kreiste häufig, und Harke ließ sich meist nicht lange bitten, mit seiner guten Stimme ein Lied zum Besten zu geben.

Hela saß dicht neben Björn, die Arme um Wolf geschlungen, dessen Fell langsam wieder Glanz bekam, und lauschte mit strahlenden Augen. Sie pflegte die Texte der Lieder für Unde zu übersetzen, die langsam, aber hartnäckig die Sprache der Wikinger erlernte. «Hast du das gehört?», fragte sie eines Abends, als eine deftige Pointe alle zum Lachen brachte.

Aber Unde war nicht da. Irritiert betrachtete Hela den leeren Platz neben sich. Sie konnte sich nicht vorstellen, was die Afrikanerin von der Feuerstelle fortgeführt haben mochte. Wolf stupste sie mit seiner feuchten Schnauze. «Ist ja gut», murmelte sie und kraulte ihn gedankenverloren weiter.

«Heh, Hela, mach mit», rief Harke fröhlich. «Ich nenne es die Geschichte von der unsichtbaren Schlange.» Und er begann eine völlig überzogene Parodie ihrer Versuche, die Schatzkiste aus dem vermeintlichen Schlangenloch zu ziehen. Hela hörte die Episode nicht zum ersten Mal. Besonders beliebt war die Stelle, wo er mit künstlich hoher Stimme ihren Schrei imitierte, als die Wurzeln ihre Hand gestreift hatten und sie dachte, sie wäre gebissen worden.

Hela streckte ihm die Zunge heraus. «Du hast den Teil vergessen», rief sie ihm zu, «wo du dachtest, in der Hütte wären Gespenster. So haben deine Knie da gezittert.» Und sie sprang auf, um es vorzumachen, zum Vergnügen der anderen.

Als sie sich unter Gelächter wieder setzte, schlüpfte Unde neben sie.

«Wo bist du gewesen?», fragte Hela die Freundin leise. Doch die zuckte nur mit den Schultern und griff voller Appetit nach ein paar Brocken halb verbrannten Schafsfleisches. Gut gelaunt warf sie Wolf die daranhängenden Flachse zu.

Nun kam auch Folke in den Lichtkreis des Feuers geschlendert. Erst jetzt fiel Hela auf, dass er zuvor nicht bei ihnen gesessen hatte. Er war leichenblass, bemühte sich aber, die Freunde zu grüßen und ihnen mit dem Becher, der rasch zu ihm wanderte, Bescheid zu tun. Seine Hände zitterten so, dass er einen großen Teil der roten Flüssigkeit vergoss. Wie Blut lief sie ihm über das Kinn und wurde von seinem Wams aufgesaugt.

Die anderen lachten und zogen ihn auf. Folke setzte den Becher ab und warf einen langen, düsteren Blick zu Unde hinüber.

«Was hat er mit dir gemacht?», brauste Hela auf. Aber Unde legte ihr die Hand auf den Arm.

«Nichts, was ich ihm nicht vorher genau erklärt hätte», sagte sie gelassen.

Hela starrte sie mit großen Augen an. Sie lächelte katzenhaft. «Er wollte es doch wissen, oder?»

«Ja, aber ...», stammelte Hela.

Unde strich ihr sanft über die Wange. «Ich bin immer noch eine Frau», sagte sie ernst. «Und ich tue, was mir gefällt.»

Björn, der den Wortlaut ihrer Unterhaltung nicht verstanden hatte, war dennoch aufmerksam geworden. Sein Blick wanderte zwischen Unde und Folke hin und her, und sein Gesichtsausdruck wurde immer düsterer.

«Aber mit diesem Kind?», fragte Hela.

Ungerührt nahm Unde sich mit spitzen Fingern mehr von dem Fleisch, das auf einem flachen Stein am Feuer lag. Sie biss ab und kaute und sah ausgesprochen zufrieden aus. «Wenn mir danach war», erwiderte sie. «Was ist dabei?»

«Nun», stockte Hela und betrachtete Björn von der Seite, der immer unruhiger wurde. Drüben hatte Folke sich an Harkes Schulter gelehnt und sein Gesicht in dessen Wams verborgen. Ratlos schaute der Hagere herüber und hob die Schultern. Auch er wusste nicht, was eigentlich geschehen war, doch inzwischen war offensichtlich, dass Folke haltlos vor sich hin schluchzte.

«Was ist da los?» Björns Stimme klang gefährlich. Er packte Undes Arm und zwang sie, sich ihm zuzuwenden.

Sie riss sich los. «Nichts, was dich etwas anginge», gab sie zurück.

Er schüttelte sie. «Ich bin der Kapitän», raunzte er, «und mich geht alles etwas an, was mit meinen Leuten passiert. Also.»

Unde hob die Hände wie jemand, der sich dem Zwang beugt. «Ich habe seinen Antrag abgelehnt», sagte sie ruhig. «Ich erklärte ihm, das könne er seiner Mutter nicht antun. War das falsch?»

Hela hielt sich die Hand vor den Mund, um nicht laut herauszuprusten. Björns Blick wanderte zwischen den beiden Freundinnen hin und her und dann hinüber zu Folke, der nun aufgesprungen war und aus dem Lichtschein des Feuers verschwand. Die Geräusche, die gleich darauf zu hören waren, verrieten, dass er sich dort im Dunkeln heftig übergab.

«Harke?», fragte Björn, doch der schüttelte den Kopf. Gegen Liebeskummer halfen keine Kräuter.

Der Kapitän griff zum Becher und nahm einen tiefen Schluck. Zum ersten Mal stellte er eine seiner eigenen Entscheidungen infrage.

Folkes Liebeskummer hielt noch an, als Sizilien wieder in Sicht kam, und war der Anlass für einen Streit zwischen den beiden Frauen. Hela war verärgert über Undes Verhalten, das sie die Sympathien einiger der Männer gekostet hatte. Sie hielt ihr vor, dass die Welt auf einem Drachenschiff, das keine Geheimnisse und kein Privatleben kannte, ebenso eng wäre wie das im Serail und deshalb dieselbe

Vorsicht und Diskretion erfordere. Sie wären zwar unter Freunden, erklärte sie, aber ihre Stellung auf der «Windstier» doch ohne Vorbild. Es gäbe zwar Frauen, die Anteile an Schiffen hielten, doch sie führen normalerweise nicht mit. Also müssten sie sich umsichtig verhalten und danach trachten, das Einvernehmen mit den anderen nicht zu stören.

Unde wollte davon nichts hören. «Ich lebe nicht mehr im Serail», erklärte sie. «Ich bin frei und habe die Rücksichtnahme auf andere gründlich satt.» Verärgert warf sie Hela vor, sich auf einmal in eine Nonne verwandelt zu haben. «Deshalb brauchst du dich nicht gleich wie eine läufige Hündin aufzuführen», konterte Hela. Das brachte Unde in Rage. «Nur weil ein Mann dich missbraucht hat», fauchte sie, «willst du jetzt deine Sinnlichkeit verleugnen? Du bist entweder ein Feigling oder eine Heuchlerin. Oder ein Krüppel.»

«Das ist nicht wahr», gab Hela empört zurück. «Das bin ich nicht. Ich habe es nur nicht nötig, mit irgendeinem Jungen ins Bett zu hüpfen, nur um mir etwas zu beweisen. Ich denke, es wäre gut, auf den Richtigen zu warten.»

Unde zeigte ihr die Zähne. «Nur weil du bisher die Falschen kennen gelernt hast», sagte sie, «heißt das nicht, dass es die Richtigen gibt. Das ist doch naiv. Auf wen willst du warten?» Sie stieß ein höhnisches Lachen aus. «Auf den rothaarigen Krieger aus deinen Träumen?»

Björn gab Halvar, der bei dem Wort ‹rothaarig› aufmerksam die Ohren gespitzt hatte, einen derben Stoß in den Rücken. «Und ihr», rief er zu Hela und Unde hinüber, die sich noch immer auf ihrer Bank zankten, «rudert jetzt weiter.»

So kam der Hafen von Syrakus in Sicht.

Sie legten im großen, dem Südhafen an, der aus der Insel Ortigia im Osten gebildet wurde und dem künstlichen Wall, der sie schon seit der Zeit der Griechen mit dem Festland verband. Das angrenzende Stadtviertel mit der Festung an der Spitze, die sich trutzig gegen die arabischen Seeräuberangriffe vorschob, war flach wie ein ausgespanntes Tuch. Die höchste Erhebung neben der Festung selbst war die große Kirche, deren Läuten ihre Einfahrt begrüßte.

Hela packte ihre Sylphion-Pflanzen in einen Korb und machte sich mit Unde an ihrer Seite bereit für den Landgang. Sie wollte keinen der Männer dabeihaben, da sie nicht sicher war, wo und wie sie die Pflanzen würde verkaufen können. Goldar hatte sich immer bedeckt gehalten, was sein kleines Geheimnis anging. Lediglich Einar hatte sie seinerzeit entlocken können, dass die «Bajadere» dabei war, Syrakus anzusteuern, damals, ehe der Streit ausbrach und Goldar sie auf diesem Eiland ausgesetzt hatte. Also nahm sie an, dass er hier seine Abnehmer hätte. Aber wer sie waren und wo sie zu finden wären, davon hatte Hela noch keine Idee. Dennoch versuchte sie, zuversichtlich auszusehen.

Wolf, der die Düfte des Festlandes eingesogen hatte, strich ihr schwanzwedelnd um die Beine. Nein, befahl Hela ihm, du bleibst hier. Ein leises Fiepen, dann gehorchte er.

«Wie machst du das nur?», fragte Unde, die dem Hund nachsah, wie er mit hängendem Kopf zum Mast schlich.

«Ich befehle es ihm», sagte Hela verwundert.

Unde schüttelte den Kopf. «Du hast keinen Ton gesagt, das ist mir schon ein paar Mal aufgefallen.»

Hela wurde ein wenig rot. «Wir verstehen uns eben gut», wehrte sie ab. «Es ist, als ob er wüsste, was ich denke.»

Unde schaute sie nachdenklich an. «Es ist eher so, als wüsstest du, was er denkt.»

Gemeinsam betrachteten sie das Tier, das sich flach auf den Boden gelegt hatte und mit anklagendem Winseln zu ihnen emporschielte. Hela musste lachen. «Was der denkt, weiß jeder.» Und sie ging hinüber, um ihn ein letztes Mal tröstend zu kraulen.

«Nicht so wie du.» Unde blieb beharrlich. Sie wartete, bis Hela wieder neben ihr stand. «Björn sagt, deine Mutter kann Tiere beherrschen. Er sagt, sie kriecht in ihre Gedanken und ...»

«Björn ist ein altes Klatschweib», unterbrach Hela sie heftig und machte sich daran, über das schwingende Brett auf den Kai zu klettern. Ihre Freundin tat es ihr nach. Auf festem Boden angekommen, hielt Unde sie fest. «Das glaube ich nicht.»

Hela wich ihrem Blick aus. «Ich habe nichts davon», sagte sie. «Glaube ich.» Ihr Blick schweifte über die Menschenmenge, die sich an ihnen vorbeidrängte. Für einen Moment meinte Hela, blonde Locken zu erspähen, und es gab ihr einen Stich. Aber die «Bajadere» lag nicht in Syrakus vor Anker, auch nicht im Nordhafen, sie hatte sich dessen versichert.

Unde lachte. «Einen Kupferling für deine Gedanken.»

«Die sind in meinem Kopf und sonst nirgends.» Hela hakte sich bei der Freundin unter. «Bis auf einmal», sagte sie. Spontan erzählte sie von dem Erlebnis mit Vala, als diese in seltsamen Träumen gefangen gewesen war, aus denen sie nicht hatte erwachen wollen, und Hela sich bemüht hatte, sie dort zu erreichen. «Aber das war meine Mutter, verstehst du?», suchte sie zu erklären. «Und sie war wirklich in Gefahr, glaube ich. Ist das nicht selbstverständlich, dass man mitfühlt mit jemandem, der einem so nahe steht?»

Unde zog sie an eine Hauswand, heraus aus dem Gedränge. «Du kannst in die Köpfe anderer Menschen», sagte sie, und ein fasziniertes Lächeln trat auf ihr Gesicht. «Ich wusste es. Kannst du», sie flüsterte beinahe, «kannst du auch in meine Gedanken?» Ihr Kopf näherte sich Hela so weit, dass ihre Stirnen einander beinahe berührten. Hela glaubte förmlich, ein Beben zu spüren, Wärme, orangefarbenes Licht wie durch geschlossene, sonnenbeschienene Lider, ein feines Summen ... Dann prallte sie zurück.

Um sie herum war lebhafter Verkehr, die Sonne stach förmlich auf sie herab, Lärm brandete ringsum, Geschäftigkeit, Gebrüll in vielen Sprachen. «Tu das nie wieder», keuchte sie. Und nach einer Weile: «Wir müssen jetzt weiter.»

Unde streckte die Hand aus, wie um sacht ihre Lippen zu berühren, aber Hela ergriff die Hand energisch und zog die Freundin mit sich. Der Markt war nicht schwer zu finden, seit den Zeiten der antiken griechischen Gründung war er das Zentrum der Stadt, und sein graues Pflaster zwischen den umgebenden Kolonnaden war noch so glatt wie eh und je. Darauf drängte sich eine bunte und friedliche Menge aus byzantinischen Griechen, Römern, Nordmännern und Arabern in ihren jeweiligen Gewändern. Die Glocke läutete noch immer vom Turm der nahen Kathedrale, die einst ein Athene-Tempel gewesen war. Eine Isis-Statue neigte das Haupt; als Mutter Maria thronte sie über einem muschelförmigen Brunnenbecken und lächelte auf die Blumenspenden der Gläubigen herab, die zu ihren Füßen abgelegt worden waren. Eine korinthische Säule ragte nutzlos in den Himmel. Auf ihrem Sockel hatte jemand in kyrillischen Buchstaben eingeritzt, dass er hier gewesen war. Ein sarazenischer Waffenschmied beriet einen Kunden im Ritterharnisch. Kinder spielten Verstecken in den unkrautüberwachsenen Ruinen eines ehemaligen Gymnasions, dessen Wasserbecken im nicht verfallenen Ostteil des Gebäudes noch in Betrieb waren. Hier wuschen Frauen unter den Augen verblassender Mosaik-Götter nun ihre Kleider und klatschten über das, was die Nachbarin beim Gottesdienst trug, oder badeten züchtig im leinenen Untergewand. Ein Meeresgott spuckte Wasser aus der Wand, jetzt galt er als Karnevalsmaske. Mönche zogen singend und weihrauchschwingend vorbei, während arabische Pilger sich den Duft des heiligen Rauches zuwedelten und Mekkas gedachten.

Hela drehte sich auf dem Absatz einmal um sich selbst. So vielfältig das Angebot der Händler war, Kräuter und Gewürze konnte sie nicht darunter entdecken. Sie erkundigte sich und erfuhr, dass sie dazu auf das Festland mussten, wo der Gewürzmarkt seinen eigenen Platz gefunden hatte. Die beiden Freundinnen ließen sich mit der Menge treiben, betrachteten die vielen, eng stehenden Fassaden aus Kalkstein, der seit alters her in den Steinbrüchen gleich hinter der Stadt abgebaut wurde. Es war, als wandelte man im Inneren einer Muschel.

Da stieg Hela der Duft von Kümmel und Rosmarin in die Nase. «Hier entlang», beschied sie Unde, die mit neugierigen Blicken ihre Umgebung musterte. In einer der nördlichen Gassen fanden sie den Gewürzmarkt, der sich längs der Straße in kleinen Läden und Arkaden hinzog. Am ersten Stand verkaufte ein altes Bauernweiblein wilden Fenchel, Knabenkraut, Knoblauch und Petersilie sowie unter der Hand noch diverse, bei Vollmond gepflückte Kräuter, die, unters Kissen gelegt, das Bild des künftigen Ehegatten im Traum erscheinen ließen. Auf Helas Fragen betastete sie nur ratlos die Sylphion-Stängel mit Fingern, deren Nägel schwarz von Schmutz und schartig waren, rümpfte die faltige Nase unter ihrem Kopftuch und schüttelte den Kopf. Verwirrt gingen die Mädchen weiter.

«Sie scheint keine Ahnung zu haben, was das ist», sagte Unde.

«Haben wir ja auch nicht», gab Hela zu. Sie hielt den Inhalt ihres Korbes so, dass möglichst jeder Vorübergehende ihn sehen konnte, und hoffte darauf, angesprochen zu werden. Doch auch an den nächsten beiden Ständen wurden sie abschlägig beschieden. Hela überschlug mit einem Blick, wie viele Verkäufer ihnen noch blieben.

Unbeeindruckt zuckte sie mit den Schultern. «Die sehen ohnehin nicht aus, als könnten sie auch nur eine Knoblauchzehe in Gold aufwiegen», meinte sie tapfer. Aber ihre hochgesteckten Hoffnungen begannen langsam zu schwinden. «Ob wir eine Apotheke aufsuchen sollten?», überlegte sie laut und ließ ihren Blick an den Fassaden entlangwandern. «Aber ich habe noch keine gesehen.»

«Was ist eine Apotheke?», fragte Unde.

Hela ging nicht darauf ein. «Und wenn wir da auch kein Glück haben, müssen wir es wohl in den Hafenkneipen versuchen. Vielleicht kennt dort irgendjemand Goldar und hat eine Idee, mit wem er hier verkehrte. Aber ich täte es nur sehr ungern.»

Unde schüttelte den Kopf. Sie verstand Helas Zurückhaltung nicht. Es war so gut wie sicher, dass ihr ehemaliger Liebhaber nicht in der Stadt weilte. «Dann bist du doch nicht in Gefahr», meinte sie. «Und überhaupt: Wenn du nicht wolltest, dass er weiß, was du getan hast, dann hättest du es nicht tun dürfen. Früher oder später wird er es ohnehin erfahren.»

Hela, deren Rachedurst beim Gedanken an eine direkte Konfrontation mit Goldar erheblich nachließ, seufzte. «Mir wäre nur später einfach lieber als früher.» Sie hob den leidigen Korb. «Wenn ich dieses Zeug hier los bin.»

«Könnte bald passieren.» Unde fasste Hela am Arm. «Dreh dich nicht um», sagte sie leise. «Aber den Kerl, der dort drüben steht und so tut, als interessiere er sich für das getrocknete Basilikum, habe ich schon vor einer ganzen Weile gesehen. Ich glaube, er folgt uns.»

Die beiden machten an einem Brunnenbecken Halt und gaben vor, sich zu erfrischen. Sie benetzten sich das Gesicht und die Arme und bespritzten einander unter halbherzigem Gelächter. Unauffällig drehte Hela sich dabei so, dass sie den Mann betrachten konnte. Er war jung, nicht älter als dreißig, und sah aus wie ein Dienstbote, mit schlichter kurzer Tunika und Strumpfhosen, die in alten, aber gepflegten Halbstiefeln steckten. An seinem Gürtel hing ein Schlüsselbund, als wäre er für einen großen Haushalt verantwortlich. Wozu könnte er ein Aphrodisiakum gebrauchen?

Dennoch kam Hela zu dem Schluss, dass Unde Recht hatte. Er benahm sich auffällig und schien eindeutig mehr Interesse an ihnen als an den Marktständen zu haben. Kaufen tat er in der ganzen Zeit, die sie dort standen, nichts. Er stritt nicht, er feilschte nicht, warf ihnen aber einige vermeintlich unauffällige Seitenblicke zu.

«Probieren wir es aus», beschloss Hela. Sie nahm den Korb wieder auf und machte sich erneut auf den Weg.

«Wohin gehen wir?», flüsterte Unde.

«Keine Ahnung», gab Hela zurück. «Ich will nur ganz sichergehen, dass er uns verfolgt.» Nachdem sie vielfach abgebogen waren und einen langen Marsch durch kleine Gassen absolviert hatten, standen sie irgendwo am Nordrand der Stadt, ohne ihren neuen Begleiter verloren zu haben.

«Fragen wir ihn, was er möchte», schlug Hela vor. Doch sobald sie sich ihm zuwenden wollte, wandte er sich ab und wich rasch aus, als habe er sie gar nicht wahrgenommen. Unde wollte ihn schon rufen, aber Hela hielt sie zurück. «Du vertreibst ihn noch», meinte sie. «Warten wir ab. Wenn er sich hier nicht traut, uns anzusprechen, müssen wir eine Umgebung finden, wo er sich mutiger fühlt. Vielleicht mit weniger Zuschauern.» Unvertraut mit den Gegebenheiten der Stadt, wählte sie die jeweils engsten Gassen. Bald schon kamen sie aus dem Bereich, wo flatternde Wäsche quer über der Straße hing und die Balkone von Blumentöpfen und zwitschernden Vogelkäfigen überquollen, in ein schäbigeres Viertel, wo das Geröll halb verfallener Mauern und Unrat den Weg bedeckte und Grasbüschel aus den Türfassungen wuchsen.

Hier lagerten keine Hausfrauen mit bequem ausgefahrenen Ellenbogen in den Fenstern, um zu sehen, was es Neues gäbe. Nur ein paar verwahrloste Kinder hockten um ein Feuer, über dem sie etwas grillten, das wie eine Ratte aussah, und warfen ihnen scheele Blicke hinterher. Feigen- und Zitronenbäume drängten sich zwischen zerbröckelndem Mauerwerk hervor, und Palmen bedeckten mit ihren schönen Wedeln das Bild von Einsamkeit und Zerfall.

Vor ihnen öffnete sich unvermutet ein Weg, der direkt in den Felsen selbst gehauen war und sanft bergan stieg. Gras und Blumen wuchsen an seinem Rand, und in den steinernen Wänden taten sich Nischen auf, zu regelmäßig geformt, um natürlich zu sein. Unde packte Hela am Arm. «Sind das Gräber?», fragte sie unbehaglich. Hela schüttelte den Kopf. Aus mancher dieser Höhlen blickte ein missmutiges Gesicht und verriet, dass die Lebenden heute das Territorium der Toten bewohnten. «Ist er noch hinter uns?», fragte Hela, die beschloss, sich ihren Verfolger hinter der nächsten Biegung zu greifen. Sie lauschten, und der Klang seiner stetigen Schritte war Antwort genug.

Es war wie ein Schock, als sich hinter der Kurve plötzlich das Gelände weitete. Sie standen am Rand eines zerfallenen, fast kreisrunden Baus, der sich in Terrassen in eine Geländemulde hinabsenkte. Zypressen umsäumten ihn dicht und spiegelten sich in dem dunklen Wasser, das seinen Grund anfüllte. Für einen Moment waren die Mädchen wie gebannt. «Es sieht aus wie ein Auge», murmelte Unde und machte ein fluchabwehrendes Zeichen.

Diesen Moment wählte ihr nacheilender Schatten, sich ihnen zu offenbaren. Mit wenigen Schritten hatte er aufgeholt und stand nun neben ihnen. Er packte Unde, schleuderte sie gegen die Reste einer Wand und setzte ihr ein Messer an die Kehle.

Unfriedlicher Handel

«So», keuchte der Angreifer, «und jetzt sagst du deiner Freundin, dass sie ihren Korb absetzen und vorsichtig zu mir herüberschieben soll. Dann passiert dir nichts. Klappe», zischte er, als Unde den Mund aufmachte, um etwas zu sagen. Die Afrikanerin hob nur die Hände und schielte zu Hela hinüber.

Die nickte entzückt. «Er will tatsächlich das Kraut», rief sie.

«Heh, was gibt's da zu grinsen?» Nervös wandte der Mann den Kopf von einer zur anderen und erhöhte den Druck der Klinge auf Undes Hals.

«Oh, nichts», meinte diese und zog mit einem Ruck das Knie hoch.

Hela fing den zusammenklappenden Mann auf, entwand ihm das Messer und warf es in hohem Bogen ins Gestrüpp, wo es sich eines der verwahrlosten Grabwesen schnappte, das ihnen nachgeschlichen war, und lautlos damit verschwand.

«So», sagte Hela zufrieden und zog nun ihrerseits einen Dolch, den sie bislang unter den Pflanzen verborgen gehalten hatte. Björn hatte darauf bestanden, dass sie die Schwerter sowie Pfeil und Bogen an Bord ließen, da offen bewaffnete Frauen, wie er sagte, hierzulande nur Ärger auf sich zögen. Er hatte ihnen dagegen geraten, einen schmalen und unauffälligen Dolch einzustecken.

Hela drehte ihren Gefangenen, bis er mit dem Rücken zu ihnen stand, und pikste ihn ein wenig zwischen die Schulterblätter, damit er sich wieder straffte. «Und jetzt», verlangte sie, «bringst du uns exakt dorthin, wo du das hier», sie trommelte an den Korb, den Unde aufgenommen hatte, «hingebracht hättest.»

«Was wollt ihr?», fragte der Mann. Sein Atem ging noch immer merklich gepresst.

Hela klopfte ihm auf die Schulter. «Verkaufen», sagte sie munter. «Nur ein friedliches Geschäft. Ganz ohne Drohungen und Hinterhalte. Haben wir das nicht erwähnt?»

Ihre Geisel brummte etwas Undeutliches, schien aber keine weiteren Einwände zu haben, denn nach einer kurzen Weile setzte sich der Mann, wenn auch langsam, in Bewegung.

Das Haus, vor dem er schließlich anhielt, war bestimmt drei Stockwerke hoch. Hela und Unde staunten nicht schlecht. Einstmals wohl eine römische Insula, war die alte Tür zugunsten einer spitzbogigen Holzpforte herausgeklopft worden, über der eine mit rotem Glas ummantelte Laterne hing. Die meisten der vielen Fenster standen weit auf, leuchtende Stoffbahnen hingen heraus, und in den Rahmen lehnten junge Frauen, die gelangweilt ihre offenen Haare kämmten. Die bunten Ärmelsäume ihrer Nachtgewänder fielen von den bloßen Armen zurück, die sie nun aufgestellt hatten, um das Gesicht in die Fäuste zu stemmen und den seltsamen Tross zu betrachten, der da ankam.

«Heh, Theodoros», rief eine von ihnen. «Sind das die Neuen?» Ihre Bemerkung rief allgemeines Gelächter hervor. Ein vorbeischreitender Mönch hob drohend die Faust gegen die Fassade, was die Mädchen dazu brachte, sich rasch sittsam zu neigen und sich mit einem Kreuzzeichen zu bedecken. Als er vorüber war, ging das Geschnatter weiter.

«Der soll sich nicht so haben», schimpfte eine Dunkelhaarige, «sein Bischof war erst gestern hier.»

«Ja, aber habt ihr gehört?», rief eine andere. «Das goldene Marienbild soll schon wieder Tränen geweint haben.»

«Bestimmt hat es ihn singen hören», warf eine Dritte unter dem Gelächter ihrer Zuhörerinnen ein.

«Ein Serail.» Unde blieb der Mund offen stehen. Dann verweigerte sie jeden weiteren Schritt. Dort würde sie nicht hineingehen, nicht noch einmal in ihrem Leben. Es kostete Hela alle Mühe, sie dazu zu überreden, bei ihr zu bleiben.

«Es kann kein Serail sein», erklärte sie, während auch ihr eigenes Herz heftig klopfte. «Schau, sie sind nicht eingesperrt.»

Es war auch kein Harem, sondern das teuerste Freudenhaus in der Stadt, wie Theodoros, ihr unfreiwilliger Begleiter, ihnen mit erwachendem Stolz erklärte. Er stellte sich als das Faktotum der Einrichtung vor, in der sich, wie er versicherte, alles traf, was in der Stadt Rang und Namen hatte. Neben der Eingangstür war eine kleine, von einem Kreuz gekrönte Nische mit einem Ewigen Licht. Gleich dahinter allerdings empfing sie die steinerne Statue eines fettleibigen Zwerges, dessen mächtiger Leibesumfang nur noch übertroffen wurde von der Größe seines Geschlechtsteils, das wie ein monströser Kürbis in die Luft zeigte. Die Schwärze des Steins an jener Stelle und sein speckiges Glänzen verriet, dass schon so mancher Kunde glückheischend darübergerieben haben musste.

Hela und Unde stolperten weiter, hinein in einen Innenhof mit Garten, in dem Orangen- und Zitronenbäume wuchsen, dazwischen ein Podest für Musiker und Liegen mit troddelbesetzten Baldachinen für diejenigen, die den Balsam der Nachtluft schätzten. Jetzt am Tage waren dort die Zikaden unter sich. Eine raue Stimme rief: «Küss mich, Süßer.» Hela zuckte zusammen, ehe sie zwischen den Blättern einer Palme das bunte Gefieder eines Vogels mit starkem Schnabel entdeckte, der fast so groß wie ein Bussard war. Ein Papagei, wie Unde ihr erklärte.

Hela staunte so sehr, dass sie beinahe über die kleine Sklavin mit dem Putzeimer gefallen wäre, die sich zum Schlafen in eine der Liegen gekuschelt hatte und ihren Besen über den Rand hängen ließ. Theodoros stieß sie derb an. «Du weißt, die Herrin schätzt das nicht», zischte er und wies sie an, die rot und gold geblümten Decken aufzuschütteln, ehe sie sich verschlafen trollte.

«Die Herrin, wer ist das?», erkundigte sich Hela.

«Wer will das wissen?», fragte eine tiefe Stimme. Die Wikingerin fuhr herum und stand der größten Frau gegenüber, die sie je gesehen hatte. Die Herrin des besten Hurenhauses von Syrakus war mit Hüften von völkergebärenden Ausmaßen gesegnet, mit Armen, die einem Ringer Ehre gemacht hätten, und Brüsten, die selbst ausgesprochene Liebhaber großer Oberweiten zum Träumen bringen konnten, alles gepresst in eine bodenlange, reich bestickte Tunika, deren weiter Ausschnitt allerdings die züchtige Länge Lügen strafte. Die Frau hätte selbst Björn um ein weniges überragt, vor allem wohl wegen des turmartigen Aufbaus von kleinen Löckchen, die unangemessen neckisch in ihre Stirn fielen und in einem Rot leuchteten, wie Hela es bei einem lebenden Menschen noch nie gesehen hatte. Ihre Lider waren so schillernd grün wie Eidechsenrücken, ihre Wangen mit klar umzirkelten Rougeflecken gefärbt und ihre Finger so üppig mit Ringen bestückt, dass sie zu jeder Arbeit unfähig schienen. Dennoch wiesen sie nun energisch auf die beiden jungen Frauen.

«Ich bin Irene, und wenn ihr hier arbeiten wollt», erklärte sie, «muss ich euch nackt sehen.» Sie stemmte die Hände in die breiten Hüften.

«Nein», erklärte Unde so kategorisch, dass sich das Wangenrot der Herrin noch um einiges vertiefte und in hektischen Flecken über ihr Gesicht ausbreitete.

«Nicht in diesem Ton, Kleine», begann sie. Dann bemerkte sie den Korb, den die Afrikanerin noch immer vor die Brust gepresst hielt. Ihr Blick suchte den ihres Hausdieners. Theodoros hob die Hände, wie um seine Unschuld zu bekräftigen. «Ich habe sie auf dem Markt entdeckt», erklärte er und hob die Schultern, als erwarte er, dass eine der Frauen ihn dafür züchtigen würde.

Die Rothaarige winkte ihn beiseite. Sie ließ sich auf eine der Liegen nieder, wo ihr Fleisch sofort überquoll, soweit die Seidenstoffe, die sie panzerten, das zuließen, und griff in eine Schale mit Weintrauben, die vom Vorabend übrig geblieben schienen. Die Putzsklavin wischte eilig das Tischchen, dann wurde sie selbst von einer Handbewegung hinweggewischt. Theodoros nahm hinter seiner Herrin Aufstellung und verschränkte in geborgter Autorität die Arme.

Hela entschloss sich zu einem Vorstoß. «Goldar», begann sie, «konnte diesmal nicht selbst kommen.» Sie beobachtete das Gesicht der Fremden.

«Oh», sagte diese in gelangweiltem Tonfall. «Ich wusste doch, dass er eines Tages nicht mehr selbst würde kommen können.» Sie klimperte mit den Wimpern.

Hela setzte zu einer Erläuterung an, wurde aber von einer abweisenden Geste unterbrochen. An Erklärungen war man hier offensichtlich nicht interessiert.

«Wie viel?», fragte Irene nur.

Es war die Frage, die Hela gefürchtet hatte. Denn sie kannte die Antwort darauf nicht. Aber es galt, nicht zu zögern. Nur einmal holte sie unauffällig Luft. «Das Übliche», sagte sie dann frech.

Die andere musterte sie wie etwas, das man zum Frühstück verschlingen konnte. Verdammt, dachte Hela und biss sich auf die Lippen, sie hat es gemerkt, sie weiß, dass ich keine Ahnung habe. Aber sie soll mich nicht unterkriegen. Energisch hob sie das Kinn.

Die Herrin des Hurenhauses klapperte erneut mit ihren Schlangenlidern und lächelte.

Als die beiden Mädchen wieder auf die Straße traten, dämmerte es bereits. In den Fenstern hinter ihnen gingen die Lichter an, die ersten Töne einer Flöte waren zu hören, eine Frauenstimme sang. Das ganze Haus summte und erwachte zu seinem eigentlichen Leben. Die Tür fiel bei ihrem Abgang nicht ins Schloss, sondern wurde von der Hand eines Mannes aufgehalten, der zur selben Zeit eintreten wollte. Die ersten Gäste des Abends waren bereits eingetroffen.

Unde rieb sich den Magen. «Hätten wir Irenes Einladung zum Abendessen annehmen sollen?», fragte sie.

Hela war dagegen. «Suchen wir uns lieber ein Lokal.» Ihr hatte der Blick nicht gefallen, mit dem der Neuankömmling sie musterte, ehe er von Theodoros eilfertig begrüßt wurde und die Tür hinter ihnen zuklappte. Genauso wenig angetan war sie von der Richtung, die das Gespräch mit Irene zuletzt genommen hatte.

Nach harten Verhandlungen, unterbrochen nur von den Schreien des Papageis und den gebieterischen Befehlen, mit denen Irene hier und da eines der Mädchen weggescheucht hatte, die, zum Teil noch im Nachtgewand, kamen, um zu sehen, was es Interessantes gäbe, hatte schließlich ein Säckchen mit Münzen vor Hela gelegen. Sie wog es mit Bedacht. Es war weniger, als das Gewicht der Sylphion-Pflanzen in Gold, wie Einar seinerzeit behauptet hatte, und sie konnte nicht ausschließen, dass es Irene gelungen war, sie schwer übers Ohr zu hauen. Doch war es mehr, als Theodoros ihnen zugestanden hätte, der sie schlicht hatte berauben wollen. Es war außerdem mehr als genug, um einen Anteil an Björns Schiff zu erwerben. Und schließlich, was war schon ein Haufen Grünzeug wert? Hela hatte sich bemüht, keine Miene zu verziehen, um ihre Freude nicht zu zeigen. Man war handelseinig geworden, und die Atmosphäre hatte sich entspannt. Ein Klatschen in Irenes Hände, und die Dienerin brachte Wein, der süß schmeckte, ungewohnt duftete und auf der Zunge ein Aroma nach Orange und Gewürzen hinterließ, angenehm, aber zu Kopfe steigend.

Da hatte Irene aus heiterem Himmel gefragt: «Wird

Goldar denn später einmal wiederkommen, um mit mir zu handeln?»

Steif hatte Hela geantwortet, dass sie es nicht wisse, und das spöttische Interesse, mit dem Irene sie daraufhin musterte, hatte ihr ganz und gar nicht behagt.

«Ein hübscher Bursche, dieser Goldar.» Die Herrin des Hurenhauses räkelte sich auf ihren Kissen. «Und so begabt.» Ihr Tonfall ließ kaum einen Zweifel daran, in welcher Hinsicht sie ihn für begabt hielt. Aufmunternd betrachtete sie Hela, aus deren Mund jedoch kein Ton drang.

Irene neigte sich vor und klopfte ihr spielerisch auf die Hand. «Man darf ihn nur nicht zu ernst nehmen», sagte sie gönnerhaft. «Anbetung verträgt er nicht, der liebe Kleine.» Sie lächelte wissend. «Ihn herumkommandieren und ein wenig zappeln lassen, das ist es, was er braucht, sage ich. Dann frisst er einem aus der Hand.» Sie lehnte sich zurück und blickte Hela über ihr Doppelkinn hinweg viel sagend an. «Und ich kenne die Männer.»

Hela begnügte sich damit, wie hypnotisiert die fleischigen Finger Irenes anzustarren, die weiß und rosig waren, mit langen spitzen, scharlachrot gefärbten Nägeln, von denen sie sich einen Moment vorstellte, wie sie sich in das Fleisch von Goldars Schulter gruben. Hela schloss die Augen. Sie hörte Irenes girrendes Lachen und stand so abrupt auf, dass der Papagei auf einen anderen Baum flatterte, wo er empört mit dem Schnabel sein Gefieder strähnte. «Wir müssen jetzt gehen», sagte Hela.

Irene entließ sie mit einer müden Handbewegung.

Unde wog das Geldsäckchen. «Ein Spanferkel können wir uns wohl leisten, was meinst du?», fragte sie. Ihr Magen knurrte, und der Wein, der in ihren Adern kreiste, machte sie unternehmungslustig. Sie schnupperte neugierig in der Luft. Aus einer nahe gelegenen Tür drang neben Lichtschein und Lärm ein viel versprechender Geruch. Kameradschaftlich stupste sie die Freundin an, die nur wie abwesend dastand.

«Ich frage mich ...», begann Hela, die mit ihren Gedanken noch immer bei dem Gespräch mit der Herrin des Hurenhauses war. Sie beendete den Satz allerdings nicht. Ob Irene Recht hatte?, fragte sie sich im Stillen. Ob es an mir gelegen hat? Ob alles anders gekommen wäre, mit Goldar und mir, wenn ich es verstanden hätte, ihn richtig zu nehmen? Ob es nur ein Missverständnis gewesen war?

«Hela?», unterbrach Unde ihre Gedanken. «Was murmelst du da vor dich hin?»

Da kam die Wikingerin zu sich. «Nichts.» Sie suchte die Bedenken abzuschütteln und bemühte sich um ein Lächeln. «Ich meine: ja. Ein Spanferkel wäre vermutlich genau das Richtige.»

Triumphierend zog Unde sie mit sich und wies auf das Schild über der Wirtshaustür, das just jenes Tier zeigte, wie es einladend auf die Besucher herablächelte. Drinnen in der Stube gab es kaum Licht außer von den Flammen eines offenen Kamins, vor dem einige Spieße gedreht wurden, die von Zeit zu Zeit mit viel versprechendem Zischen tropften, wenn die Hand des Wirts sie drehte. Die guten Essensgerüche wurden jedoch fast überlagert von den Ausdünstungen vieler Menschen, dem Aroma verschütteten Weins und dem säuerlichen Gestank von vergorenem Müll, der vom Boden heraufdrang, wo alte und neue Essensreste, Sägespäne, Auswurf und Stroh einen dicken Belag bildeten, der sanft unter ihren Schritten federte.

Die beiden Freundinnen fanden einen freien Platz auf einer Holzbank, deren anderes Ende von einer Gruppe Männer besetzt war, die sich eifrig unterhielten. Mit Messern und fettigen Fingern zerteilten sie ihr Fleisch, schauten nur kurz auf, als die Frauen sich setzten, und wandten sich dann wieder dem Erzähler zu, der offenbar das große Wort führte.

Unde und Hela war es recht. Sie bestellten mit einer Handbewegung. Es gab nur ein Essen und einen Wein, dem sie reichlich zusprachen. Als der erste Hunger gestillt war, drang die Stimme des Erzählers an ihr Ohr.

«Und in Taormina», sagte er gerade, «berichten sie, dass Vögel vom Himmel gefallen sind.» Viel sagend schaute er sich um und fing auch kurz Helas Blick auf. Er neigte sich vor. «Die Alten sagen, das ist ein schlechtes Zeichen.»

«Aber die Priester», warf ein anderer ein, wurde jedoch unterbrochen.

«Die Priester verstehen sich nicht auf den Vogelflug.» Der Sprecher unterstrich das mit einer Bewegung seiner fettglänzenden Finger.

«Pass auf, was du sagst», entgegnete der andere und bekreuzigte sich, eine Geste, die von allen am Tisch nachgeahmt wurde.

«Ein schlechtes Omen ist es allemal», fasste der Erzähler zusammen. Er fixierte wieder Hela, die ihre Neugier nicht verbarg, und ehe es ihr gelang wegzusehen, zwinkerte er ihr zu. Da erst bemerkte sie, dass sein eines Auge tot war. Ein unangenehmes Gefühl überlief Hela. «Es wird ein Unglück kommen», raunte er, «verlasst euch darauf.»

Der Mundus

Die Freundinnen schwankten, als sie zu später Stunde auf die Straße traten. Allzu eifrig hatten sie auf ihren Geschäftserfolg angestoßen, die eine, um zu feiern, die andere, um zu vergessen. «Wo sind wir eigentlich?», fragte Unde, nachdem sie eine Weile Arm in Arm dahingeschlendert waren.

«Keine Ahnung», gestand Hela und fand das so komisch, dass sie kichern musste. «Aber zum Hafen dürfte es immer abwärts gehen.»

«Dann sollten wir aufhören, aufwärts zu marschieren»,

entgegnete Unde und musste ebenfalls lachen. Sie drehten sich ein-, zweimal um die eigene Achse und entschieden sich dann für eine neue Richtung. Außer ihnen, stellten sie irgendwann fest, war niemand mehr auf der Straße.

«Ich weiß nicht ...», begann Unde. Vor ihnen ragte schwarz eine hohe Steinwand auf. Das Licht des Vollmonds zeigte, dass die Mauerkrone unregelmäßig gezackt war. Dahinter musste eine Ruine sein, aber eine mächtige. Nun konnten sie auch geborstene Säulenstümpfe ausmachen, eine halb verfallene Treppe und nackte Ziegelmauern, die einst mit Marmor bedeckt gewesen sein mochten und nun düster und glanzlos wirkten, als lägen sie in einem bösen Schlaf. Unde trat unwillkürlich zurück. Sie wollte schon vorschlagen umzukehren, da hörten sie beide ein Geräusch. Es war das Plätschern von Wasser.

«Ein Brunnen», rief Hela, der der saure Wein die Kehle zusammengezogen hatte. Der beginnende Kater machte sich bereits bemerkbar. «Oh, ich sterbe für einen Schluck Wasser.» Und sie stieg die flachen, unkrautbewachsenen Stufen hoch, um in das Gebäude einzutreten.

Ein Dach war nicht mehr vorhanden, sodass der Mond und ein funkelnder Sternenhimmel ihnen den Weg erhellten, der durch eine verschachtelte Folge von Höfen führte und dem, was einst heilige Räume gewesen sein mochten. Hier und da mussten sie Trümmerbrocken umgehen, und einmal starrte sie ein Gesicht vom Boden her an, dass sie erschraken. Es war der Kopf einer Statue, bleich und beschädigt, in deren einem Auge noch der Rest des Bronzenagels steckte, der einst die Pupille gebildet hatte und das Mondlicht einfing für ein letztes Funkeln.

Die Mädchen unterdrückten einen Schrei, mussten dann erneut kichern und stolperten weiter. Das Wasserplätschern klang nun lauter. Sie konnten nicht mehr weit von dem Brunnen sein. Hela entdeckte die Umrisse eines Beckens unter den Resten eines Tonnengewölbes, das in der Mitte einer Rückwand noch die Umrisse einer ehemaligen Nische erahnen ließ. Schon wollte sie hinübergehen, da hielt Unde sie am Arm zurück. Ihre Freundin brauchte nichts zu sagen, auch Hela hörte nun die Geräusche näherkommender Schritte.

Rasch drückten die beiden sich in den Schatten einer Säule. Hela griff nach ihrem Dolch. Doch was sie dann zu sehen bekamen, überraschte sie vollkommen. Es war, als hätte der Wein das Bild vor ihre Augen gezaubert.

Eine Prozession von Frauen erschien, in langen Tuniken, die weiten Stoffe elegant um die Schultern geworfen. Hela und Unde konnten die bestickten Borten an den Säumen sehen, deren Kostbarkeit im Nachtlicht nur zu erahnen war. Alle hatten sie züchtig den Kopf mit einem Schleier bedeckt, und alle hielten etwas in den Händen.

Die Vorangehende trug eine Flöte. Als sie das Brunnenbecken erreichte, stellte sie sich mit dem Rücken dazu auf und begann, eine leise, monotone, sich nur langsam variierende Melodie zu spielen, die in der Szenerie seltsam anmutete. Die anderen Frauen stellten Schalen und Becher auf dem Boden ab, wo sie gemeinsam etwas beiseite zu zerren begannen.

«Was ist das?», flüsterte Unde.

«Sieht wie ein Brett aus.» Hela reckte den Hals, so gut sie konnte. Unter der Abdeckung tat sich eine Öffnung auf, schwärzer als alles, was sie umgab. Hela war, als kröche etwas Böses aus jenem Loch auf sie zu, etwas, das sie erschaudern und bis ins Innerste erschrecken ließ. Und sie wusste, dass es dort tief hinabging, mehr als tief. Auf dem Grunde des Lochs lauerte der Tod. Von der tröstlichen Trunkenheit und ihrem warmen Dämmer war nichts mehr zu spüren. Eine Kälte wuchs in ihr, die sie zuletzt gespürt hatte, als sie ihrer Mutter in jenen geheimnisvollen, todesartigen Schlaf gefolgt war. Ihre Finger schlossen sich um Undes Arm. «Lass uns gehen», drängte sie.

«Warte.» Ihre Freundin wies auf die Gruppe, die nun ihre Opfergaben um die dunkle Öffnung arrangiert hatte. Eine der Frauen intonierte eine Art Gebet, verschüttete Wein aus einem Pokal, den sie zuvor hochgehalten hatte wie ein Priester, und zerbröselte einen Fladen. Beides, Brot und Wein, verschwand in dem Abgrund.

«Unde, wirklich, ich fühle mich nicht gut.» Hela rieb sich die Arme gegen die Kälte. Vor ihren Augen drängten sich Schatten, schwärzer als die der Nacht. «Unde.» Ihr Ton war drängend.

Da aber wurde eine Gestalt vorgeschoben, die sie bislang nicht beachtet hatten. Sie war gekleidet wie die anderen, und als ihr nun zahlreiche Hände den Schleier abzogen, kam langes blondes Haar zum Vorschein, so hell, dass es sogar im Mondlicht schimmerte. Die Tunika aber, die sie trug, war kurz, und die nackten Beine ließen ebenso wenig Zweifel wie die kräftigen Schultern, dass sie keinem Mädchen gehörten. Vor ihnen stand ein Mann. Seine Hände waren gefesselt. Und als er den Kopf hob, konnten sie auch erkennen, dass ein Knebel in seinem Mund steckte. In seinen Augen aber stand eine Angst, die diejenige Helas noch übertraf.

«Was haben sie mit ihm vor?» Undes Stimme war völlig tonlos.

Der Fortgang des Rituals gab ihnen bald Gewissheit. Der Blonde wurde auf die Knie gezwungen, während die Töne der Flöte an Intensität zunahmen. Nervös und schrill sprang die Musik nun von einem Klang zum anderen. Der Mann wurde nach vorne geneigt, bis sein Oberkörper über dem Abgrund hing, aus dem heraus ein Luftzug wehte, der seine Haare in sanfte Bewegung versetzte. Sein Kopf pendelte herab und hob sich nicht mehr. Hela, die seine geringe Gegenwehr bemerkte, nahm an, dass ihm etwas Betäubendes eingegeben worden war. Die Vorbeterin griff nun mit gespreizten Fingern in die blonden Haare, packte zu und hob den Kopf daran ruckartig hoch. Sie bog ihn weit nach hinten, bis die Kehle ihres Opfers bloßlag. Die Musik erreichte ihren Höhepunkt und setzte unvermittelt aus.

Am Beben seines Brustkorbs konnte Hela erkennen, dass der Mann Mühe hatte, noch zu atmen. Bald würde er völlig wehrlos sein, sein Blut vergießen wie aus einem Becher und ihm mit schlaffem Leib nachsinken in die Dunkelheit.

«Sie opfern ihn», hauchte Hela. «Aber», sie dachte an die Kirchenglocke, die Mönchsprozession mit ihrem Gesang. «Ich dachte ...» Sie kam nicht dazu, ihre Gedanken zu Ende zu formulieren.

«Alte Götter», erhob die Priesterin da ihre Stimme, «die ihr von dem Einen besiegt und eingesperrt seid in dem Feuerberg. Ihr habt Euch geregt und uns ein Zeichen gesandt.» Sie hob ihre Linke, in der Hela nun ein Messer funkeln sah. «Und wir, die wir Euer Geheimnis hüten seit Generationen, wir haben es erkannt.» Sie neigte kurz und demütig ihr Haupt. «Wir haben Euer Verlangen gehört und bitten Euch, da wir es stillen, uns mit Eurem Zorn zu verschonen.» Damit packte sie das Messer fester. Ihre Begleiterinnen murmelten im Chor einen letzten Segen.

«Nein!», rief Hela. Sie wusste kaum, was sie tat, als sie sich aus dem Schatten löste und zu der Gruppe hinüberlief. Die Frauen hielten inne, als sie sie gewahrten. Mit erhobenem Messer starrte die Anführerin ihr entgegen. Sie fauchte etwas, aber Hela hörte nicht, was sie sagte. Ihr Blick war auf den Mann geheftet und glitt dann tiefer, hinunter in den Schlund. Wieder war ihr, als höre sie Wasser, ein mächtiges Rauschen diesmal, von einem dunklen, kalten Strom, dahinter Feuer, ohne Licht, ohne Wärme, mit schwarzen Flammen – wie war das möglich? – und Schatten dazwischen, die sich drängten, vorzutreten und sichtbar zu werden. Hela spürte den Sog und das Verlangen, sich vorzuneigen, um zu sehen, was dort lauerte, und in jenem Grauen nach denen zu suchen, die sie liebte. Sie wankte förmlich über dem Loch. Ein Aufblitzen, rotes Haar, ein warmer Schmerz im Herzen. «Nein!» Hela riss sich los, gerade noch rechtzeitig.

Die Hand der Priesterin fuhr herunter und wurde aufgehalten, von Helas Faust gepackt. Für einen Moment rangen die beiden zitternd miteinander. Die anderen Frauen zögerten. Hela konnte ihre unschlüssigen Blicke spüren, dann, mit einem Mal, wich die Gruppe zurück. Hela hörte Unde hinter sich. Die Freundin war ihr nachgekommen, in der Hand hielt sie ein zackig abgebrochenes Brett, das sie auf dem Weg aufgehoben haben musste. Es war keine großartige Waffe, aber sie reichte, die unbewaffneten, unentschlossenen Priestergefährtinnen in Schach zu halten.

Hela verdrehte den bleichen Arm der Frau so lange, bis die das Messer fallen ließ.

«Lass gut sein», sagte sie über die Schulter zu Unde. «Das sind keine Kriegerinnen.»

Unde packte ihr Brett fester. «Die Götter mögen wissen, was sie sind», sagte sie verächtlich, während die Frauen sich langsam zurückzogen, wie ein Rudel Hyänen, das seine Beute nur widerstrebend einem neu hinzugekommenen Löwen überlässt. Hela ließ die Anführerin los, die einen Schritt zurücktat, ohne sie aus den Augen zu lassen, während sie sich den Arm rieb.

Der Gefangene ächzte unter seinem Knebel. Mit unbeholfenen Windungen brachte er sich aus der Reichweite des Lochs, wo er hilflos liegen blieb. Hela beugte sich hinab, um ihm die Fesseln aufzuschneiden.

Es war Unde, die die Bewegung sah. Die Priesterin hatte noch nicht aufgegeben. Als ihr Opfer sich aufbäumte, um Helas Klinge entgegenzukommen, trat sie vor und suchte ihm einen Stoß zu versetzen, der ihn doch noch in den Abgrund befördert hätte.

Unde trat dazwischen und fing ihren Hieb ab. Böse

zischte die Frau sie an. «Ihr wisst nicht, was ihr tut, Elende.» Dann fegte sie herum. Ihr Gewand flatterte, als sie davoneilte. In wenigen Augenblicken waren alle wie vom Erdboden verschluckt. Der Spuk war zu Ende.

Unde stand da und starrte auf ihre Finger. Blut tropfte daran herab. Sie hob den Kopf, und Hela bemerkte drei lange, blutige Kratzer, die im Mondlicht schwarz glänzten. Rasch trat sie zu der Freundin. «Die war ja wirklich ein Teufel. Und schneller in ihren Reaktionen, als ich dachte», murmelte sie und suchte die Wunde mit einem Zipfel ihres Gewands abzutupfen.

Unde wehrte sie mit einer Kopfbewegung ab. Ein Tropfen rann ihre Nase entlang und fiel zu Boden. Sie konnte sehen, wie er im Abgrund verschwand. Unde überwand ihre Erstarrung und trat eilig zurück. Die nächsten Tropfen landeten auf dem Steinboden und saugten Staub auf.

«Da siehst du es», schimpfte Hela, die von Undes Schrecken nichts bemerkt hatte. «Nun lass mich dir schon helfen.» Unde wehrte sich nicht mehr. Doch sie glaubte im Geist zu sehen, wie ein Teil von ihr der Dunkelheit entgegenfiel. Und sie hörte ihren eigenen Schrei.

Der Tod ist ein Übergang

«Bran?» Der Mann, der in die Dunkelheit rief, hastete den Hügel hinauf. Sein karierter Umhang über dem Kettenhemd flatterte, das Schwert an seinem Gürtel klirrte gegen die Felsen. Als er den Umriss des Steinkreises sah, blieb er einen Moment zögernd stehen. Niemand näherte sich dem Kreis, ohne Ehrfurcht zu empfinden. Die Steine, die ihn bildeten, waren nicht groß, aber ihre annähernd dreieckige, spitzzackige Form ließ ihn aussehen, als ragten hier böse Zähne in den Himmel. Der Kreis verstand es selbst, sich zu schützen. Er stand mit der Anderswelt in Verbindung, und was von dort kam, das konnte gut oder böse sein, daran wurde Mael durch die Form der Steine jedes Mal erinnert.

Vorsichtig trat er heran, bis er die Kühle des Felsens durch die Wolle seiner Kleider spüren konnte. «Bran.» Diesmal war es ein Flüstern. «Bran, sie kommen.»

Der Mann im Steinkreis hockte zusammengekauert da und regte sich nicht. Sein langes rotes Haar hing herab und verdeckte sein Gesicht. Vor ihm lag ausgestreckt der leblose Körper eines anderen Mannes. Weiß schimmerte sein bodenlanges Gewand und silberweiß der Bart, der ihm bis auf die Brust hinabhing. Der Rothaarige hob die Hand und schloss dem Toten die Augen, die schon tief und dunkel in den Höhlen lagen. Zärtlich fuhr er ihm ein letztes Mal über das Gesicht, über das Kinn, die Brust, bis hin zu den Händen, die er ihm über der Brust gekreuzt hatte. Dann warf er den Kopf in den Nacken und brüllte seinen Kummer hinaus in einem rauen, rückhaltlosen, anhaltenden Schrei. Es war, als ob die Sterne erzittern und der Horizont ins Wanken geraten würden, doch als er verstummte und nach Atem rang, wehte der Nachtwind so ruhig wie zuvor.

Auch jetzt wandte er sich seinem Freund nicht zu. Mael stand noch immer dort, wo er innegehalten hatte. Er war zusammengezuckt und hatte die Hand um den Schwertgriff gekrampft, doch er war bei ihm. Trotz aller Furcht: Er fühlte mit Brans Schmerz, und, was noch wichtiger war, er wusste um die drohende Gefahr.

«Er ist tot, Mael.» Brans Stimme, als sie nun erklang, war heiser vom Kummer. «Lucet ist tot. Ich konnte ihn nicht zurückholen.»

Mael schauderte, als das Wort ‹zurückholen› fiel. Er war kein Druide und nicht eingeweiht in deren jahrtausendealte Geheimnisse. Er wusste nicht, was Bran getan hatte, welche Gefahren er auf sich genommen hatte, um mit den Göttern der Anderswelt zu verhandeln, wie die Druiden es bisweilen vermochten, und Lucets Seele zurückzufordern.

Und bei Aine, er wollte es auch nicht wissen. Unwillkürlich schüttelte er den Kopf.

Noch einmal rief er beschwörend den Namen seines Freundes, dabei beugte er sich vor und stützte die Hand auf einen der Steine. Erschrocken zog er sie wieder zurück. Ihm schien, der Stein bebte innerlich, und Stimmen waren darin, die ihn mit Flötentönen riefen. Am liebsten wäre er davongerannt, doch er blieb.

«Bran, hast du gehört, was ich gesagt habe?»

Der Druide schaute ihn an. Sein abwesender Gesichtsausdruck ließ Mael beinahe verzweifeln. «Bran», begann er, um den Freund aufzurütteln. «Deine Verwandten haben uns verraten. Sie haben auf die Ländereien verzichtet und im Voraus erklärt, kein Blutgeld für dich zahlen zu wollen, falls du gefangen wirst. Sie haben dich an Libran verkauft, weil du ein Heide bist, wie sie sagen.» Er lachte schnaubend.

Nun kam auch Leben in Bran. Er stand auf und zog sein Schwert. Lange betrachtete er es im Mondschein. «Ja, ein Heide», murmelte er und blickte auf den Toten, «das bin ich. Aber Lucet, wie wenig hast du mich gelehrt von der alten Weisheit. Wie soll ich Druide werden und die führen, die noch an uns glauben? Wir hatten zu wenig Zeit.» Er schaute auf und ließ seinen Blick über die Hügel schweifen. Dies war sein Land, und das seiner Götter zugleich. Kein Brunnen, keine Anhöhe, die nicht lebendig war und vom Geist erfüllt, keine, die nicht ihre Geschichte besaß, ihre unwandelbare Bedeutung.

Der Letzte, der sie alle kannte, lag tot zu seinen Füßen. Die heiligen Quellen Aines waren entweiht durch Kreuze und Kapellen derer, die sie unter einem falschen Namen anbeteten, und vielleicht, dachte er, werden die Götter selbst sich von uns abwenden, weil wir schwach geworden sind und das Wissen um sie verloren haben. War nicht er selbst schon ein lebendes Zeichen dieser Schwäche, dieses

Nichtwissens? «Seht mich an», rief er der Nacht entgegen und streckte die Hände mit dem Schwert aus, einsam unter einem riesigen Himmel, dessen Sterne nicht hervortreten wollten. «Seht mich an.»

«Bran, wir brauchen dich.» Maels Stimme war dringender geworden. Er lauschte in die nächtliche Stille, mit Schweiß auf der Stirn, denn er erwartete, das Klirren von Waffen und die Schreie von Frauen zu hören. «Die Freunde haben sich in deinem Crannog verschanzt.» So hießen die runden Gehöfte, die auf künstlichen Inseln gebaut waren. «Aber wenn wir ihnen nicht helfen, werden sie die Brücke nicht lange halten können.»

Bran nickte. Er hatte es gehört. Seine Leute brauchten ihn, das war sein wahres Schicksal als Druide. Lucet hatte es ihm erklärt, und er konnte sich ihm nicht entziehen. Endlich drang das Leben mit seinen Bedürfnissen wieder zu ihm durch. Noch einmal kniete er sich hin und murmelte einen Segensspruch über dem Körper des toten Druiden. «Ich werde die Unsrigen schützen», murmelte er dann. «So gut ich es vermag. Ich schwöre es.» Nun fühlte er sich bereit. «Lass uns gehen, Mael», erklärte er dem Freund, der unsäglich erleichtert war, ihn endlich konzentriert und entschlossen zu sehen. Als er aus dem Steinkreis trat, legte er ihm den Arm um die Schulter, und die beiden drückten einander und klopften sich auf den Rücken. Langsam bekam Mael das Gefühl, an Brans Seite selbst singenden Steinen widerstehen zu können.

«Sie belagern den Crannog, wie?», fragte Bran, während er den Hügel hinabschritt, mit energischen, langen Schritten. «Nun gut, sie werden im Sumpf versinken.» Er lachte. «Ich habe ihn angelegt. Und glaub mir, nicht ohne Bedacht.»

«Und wenn nicht, werden wir nachhelfen.» Mael nickte nachdrücklich und sprang an Brans Seite wie ein Knabe. Ein Knabe mit einem blutigen Schwert.

«Ja», bestätigte Bran. Die Zuversicht in ihm wuchs, und sein Herz schlug wie eine Trommel. Unwillkürlich marschierte er in ihrem Rhythmus. «Wir werden kämpfen. Wir werden nicht untergehen. Und mit uns sind die Götter, Aine und Macha, Dagda und Lugh. Mit uns ist das Land, dem wir gehören.» Dann plötzlich, den Takt seiner Schritte unterbrechend, hielt er inne. «Mael ...»

«Ja?» Aus seiner Zuversicht gerissen, blieb Mael stehen.

«Dort oben, als ich um Lucet rang ...»

Mael hob abwehrend die Hände. Die Geschäfte mit der Anderswelt waren nichts für Krieger wie ihn. «Ja?», fragte er dennoch gepresst, denn er wollte kein Feigling sein.

«Ich habe Macha gesehen, die Kriegsgöttin.» Brans Stimme klang ein wenig fragend, so als wäre er sich nicht sicher oder aber sehr verwundert. Und erstaunt war er immer noch über das Frauengesicht, das ihm so unerwartet begegnet war: schmal und blass, umrahmt von schwarzen Haaren, die glänzten wie Pech, und mit Augen, wie er sie noch nie gesehen hatte: blau wie der Himmel, selbst in tiefster Nacht, und länglich geformt wie kein Sterblicher sie besitzen konnte. Sie war dennoch schön gewesen, zum Erschrecken schön. Und sie hielt einen Dolch in der Hand. Ihm war, als stecke er noch immer in seinem Herzen.

Er erzählte es Mael.

«Nun», meinte der ein wenig ratlos. «Wenn sie schön war, dann wird sie uns wohlgesonnen sein, oder?»

Bran musste über diese einfache Erklärung lächeln. Dennoch schien etwas daran zu sein. Er nickte. Es mochte wohl wahr sein. Macha hatte auch ein anderes Gesicht, grässlich wie das einer Hexe, umgeben von Schädelknochen und schwarzen Raben, die das letzte Fleisch davon pickten, doch dieses hatte er nicht erblickt. Er nickte noch einmal. «Ja», bekräftigte er zu Maels großer Erleichterung. «So muss es sein, mein Freund.»

Er grinste ihn an und verdrängte die eigene Unruhe. Etwas Fremdes war in sein Leben getreten, und er wusste noch nicht, ob es zum Guten oder zum Bösen ausschlagen würde. Bei den Wesen der Anderswelt wusste man das nie. Aber hatte sein Leben sich nicht schon grundlegend geändert? Bis vor kurzem hatte er noch friedlich mit seinen Nachbarn gelebt, seine Felder bestellt, seine Herden versorgt und täglich das Knie in ihren Kirchen gebeugt, wie sie es wünschten, um abends an Lucets Feuer die wahren Lehren zu erfahren, gemeinsam mit den anderen, die noch zu ihnen gehörten. Aber nun nahmen die, die dem Kreuz folgten, ihm sein Land, seine Familie, seinen Meister. Sie nahmen ihm alles. Aber, dachte Bran und biss die Zähne zusammen, sie konnten ihm nicht wegnehmen, was er war.

Er packte Mael an der Schulter. «Siehst du?», flüsterte er und wies auf die dünnen weißen Schwaden, die sich wie träge Tänzerinnen aus den schilfbestandenen Tümpeln hinter dem Wald erhoben.

«Nebel», sagte Mael andächtig.

Bran nickte. «Nebel. Lucet hat uns nicht vergessen. Er hilft uns auf seine Weise und beschwört das Wetter, das uns hilfreich sein wird. Los.» Er gab dem Freund einen Stoß. «Sammel die Unseren im Schutz dieses Nebels. Mit seiner Hilfe werden wir uns an Librans Leute anschleichen und sie von meinem Crannog vertreiben.»

Mael nickte eifrig. Er war schon losgesprungen, da wandte er sich noch einmal um. «Und dann?», fragte er.

Bran lächelte ihn an. Was kam, würde kommen. Und selbst der Tod war nur ein Übergang. «Dann ziehen wir uns zurück in die Wälder.»

RAUCHZEICHEN

«So.» Zufrieden beendete Hela das Verarzten der Freundin. Dann wandte sie sich wieder dem Gefangenen zu, dessen Fesseln und Knebel sie nun löste, um ihm hochzuhelfen. «Es ist am besten, wir verschwinden hier sofort.» Sie schaute den Fremden an. «Kannst du mich verstehen?» Sie versuchte es auf Arabisch und Griechisch und schließlich in der Sprache ihrer Heimat, die ein Lächeln über sein Gesicht zauberte. Er antwortete etwas, das Hela vage bekannt vorkam, obwohl sie es nicht vollständig verstand. Dann unterbrach ihn ein Würgen, und er stolperte in eine Ecke.

«Das Gift, das sie ihm gegeben haben.» Hela nickte. «Raus damit», rief sie hinüber. Dann stieß sie Unde an, die noch immer wie angewurzelt dastand. Langsam kam auch in die Freundin wieder Leben. Sie stützten ihren neuen Gefährten von beiden Seiten und machten sich auf den Weg zurück. Diesmal befolgten sie den guten Rat, den sie sich selbst gegeben hatten, und hielten sich bergab. So fanden sie nach einiger Zeit erschöpft zum Hafen zurück. Es war niemand an Bord außer Harke, der auf seinem Wachposten sacht vor sich hin schnarchte, und Wolf, der sie mit stummer Begeisterung begrüßte. Tatsächlich gebärdete er sich, als hätte er Hela Tage nicht gesehen. Ihr selber kam es vor, als wäre sie von einer langen Reise zurückgekehrt, einer sehr langen Reise. Der Fremde glitt zwischen einigen Kisten zu Boden, wo er sich ohne Umstände zusammenrollte und in einen ohnmachtsähnlichen Schlaf versank. Es war schwer zu sagen, ob er begriffen hatte, was mit ihm geschehen war und wo er sich befand. Wolf beschnüffelte ihn ausgiebig, ohne irgendwelche Einwände vorzubringen, was Unde und Hela veranlasste, sich ebenfalls schlafen zu legen. Es war warm, trotz der fortgeschrittenen Stunde, und der Nachtwind streichelte die Haut wie Seide. Dennoch wickelten sie sich eng in ihre Decken und kuschelten sich aneinander. Über ihnen die Sterne blinkten unruhig, der fremde Mann neben ihnen zuckte im Schlaf und ächzte Worte, die sie nicht verstanden.

«Hela?», fragte Unde, als diese glaubte, die Freundin schlafe schon längst und sie wäre die Einzige, die noch grübelte.

«Ja?», fragte sie leise.

«Glaubst du, wir wissen wirklich, was wir da getan haben?»

Hela schüttelte den Kopf, bis ihr einfiel, dass Unde die Geste im Dunkeln nicht sehen konnte. «Nein», sagte sie dann laut und fügte nach einer Pause hinzu: «Das weiß niemand.»

Björn war, als er am nächsten Morgen an Bord kam, wenig begeistert von dem neuen Gast, der auch nach einem erholsamen Schlaf still und zurückhaltend blieb. Seine Sprache war fremd und vertraut zugleich. Sie verstanden aus dem wenigen, was er sagte und mit Gesten andeutete, dass er als Sklave hierher gekommen sei und aus dem Nordwesten stammte, aus Island, wie Björn mutmaßte, der die sagenhafte Insel nur vom Hörensagen kannte. Er heiße Sigurdur, was Hela einen Stich versetzte. Um sich abzulenken, hielt sie Björn ihren Beutel Münzen entgegen. Prompt strahlte der Kapitän.

«Auch wir waren nicht erfolglos», erklärte er mit neu erwachtem Eifer, «ganz und gar nicht.» Und er verwies stolz auf die Kisten und Kästen, die hinter ihm über die Reling gehievt wurden. «Mehr, als wir von so mancher Fahrt mitgebracht haben», meinte er und tätschelte liebevoll das Holz. «Harke wird es mit den Augen eines Adlers bewachen.»

«Tut er doch immer», ergänzte Hela und nickte dem Hageren zu, der lieber schwieg und verlegen Wolf den Kopf kraulte. «Und da jetzt ein Anteil mir gehört, werde ich ihm künftig dabei helfen.» Sie zwinkerte Harke zu.

Es gab noch einen kurzen Streit, da Hela darauf bestand, der Sklavenreif, der Sigurdurs Hals umschloss, solle von einem Schmied gelöst werden, während Björn darauf beharrte, gleich am Morgen loszusegeln, ehe es sich zu weit herumgesprochen hatte, dass sich an Bord der «Windstier» eine lohnende Ladung befand. Schließlich überzeugte Hela das Argument, dass auch Sigurdur daran gelegen sein musste, Syrakus so schnell wie möglich zu verlassen. Er selbst mischte sich nicht in die Auseinandersetzung ein, wie er überhaupt ein stiller Mann zu sein schien. Hela bemerkte, dass er das Schiff aufmerksam musterte, mit den Fingern über das Holz fuhr, den Mast hinaufsah und sich über die Reling neigte, um die Planken zu begutachten. Auch Björn fiel es auf. Beinahe beleidigt verkündete er, seine «Windstier» sei ein gutes Schiff, dem man sich getrost anvertrauen könnte, gerade als ungeladener Gast. Der Fremde nickte. Als die Leinen gelöst wurden, nahm er umstandslos ein Ruder. Und Björn sah, dass er damit umgehen konnte. Versöhnt gab er seine Befehle, und als der Wind ihr Segel erfasste, drehten sie den Bug nach Norden.

Sie machten rasche Fahrt, und am Nachmittag kam ein imposanter Berg in Sicht, dessen seltsame Form Hela fesselte. Er war merkwürdig gleichmäßig geformt, wie ein großer Kegel und mit Hängen, die von ferne aussahen, als hätte die Hand eines Töpfers sie geglättet. Am bemerkenswertesten aber war die Spitze.

«Sieh nur!» Undes Arm schoss hoch. Sie hatte es ebenfalls gesehen. «Der Berg spuckt Wolken aus.»

Auch Björn war aufmerksam geworden und trat neben sie. «Das sind keine Wolken», sagte er und zog mit bebenden Nüstern die Luft ein. «Das ist Rauch.»

«Rauch, bist du sicher?», fragte Hela und starrte auf das unschuldige dünne Schlängelwölkchen über der Bergmitte. Doch auch sie roch diesen Geruch, ein wenig nach

Kochfeuer und ein wenig nach – es war schwer zu sagen, sie kannte das Aroma nicht, doch es stank beißend und stach in der Nase, wenn man es zu tief einsog. Dann kam eine Böe von der See, und alles war fort.

«Vielleicht ist es Thors Schmiede», scherzte Harke, «und er ist heftig bei der Arbeit.»

Björn küsste seinen Daumen in einer fluchabwehrenden Geste und warf ihm einen vorwurfsvollen Blick zu. «Ich weiß nicht», gab er zu. Was er selten tat.

«Wer ist Thor?», fragte Unde, die langsam mit der Sprache ihrer neuen Freunde vertraut wurde, sich aber neue Wörter gerne erklären ließ.

«Einer unserer Götter», erläuterte Hela. «Älter als der der Christen.» Sie hielt inne.

«Meinst du …», sagte Unde. Sie brauchte nicht weiterzusprechen. Sie mussten beide an die Priesterinnen denken, denen sie in der letzten Nacht begegnet waren. In diesem Moment rief einer der Männer vom Bug. Er neigte sich weit hinunter, angelte etwas mit einer langen Stange herauf und hielt es hoch. Es dauerte eine Weile, bis Hela und Unde in dem unförmigen, tropfenden Ding einen toten Vogel erkannten, einen Kormoran. «Da schwimmen noch ganz viele davon», rief der Mann.

«Wirf das Ding über Bord», brüllte Björn. «Sofort. Es sei denn, man kann es essen.» Der Kadaver platschte zurück ins Meer.

«Tote Vögel», murmelte Hela. Ihr Blick heftete sich wieder auf die Rauchsäule, die inzwischen ein wenig größer geworden war. Oder bildete sie sich das nur ein? Das Schiff machte gute Fahrt und glitt rasch näher.

Verheerendes Feuer

Der alte Chinese rüttelte Vala an der Schulter. «Wach auf», rief er. «Es riecht nach Rauch.»

«Hmmm?» Vala drehte sich auf die andere Seite. Sie wollte nicht aufwachen. Der Tag war zu schrecklich gewesen, um ihn unnötig zu verlängern. Gardar war wieder einmal hier gewesen, mit ihm die Ältesten, und, was noch unangenehmer war, Vigdis. Vala hatte das Mädchen, nein, die junge Frau, korrigierte sie sich, sie musste ja nun schon Mutter sein, mit einem freundlichen Lächeln begrüßt, ihr Worte des Bedauerns und Mitgefühls ausgesprochen. Aber Vigdis hatte nur die Lippen zusammengekniffen. Offensichtlich hatte Gardar ihr verboten zu sprechen, und das war gut so, denn es wäre nichts annähernd Höfliches herausgekommen, hätte sie sich seinem Gebot widersetzt. Noch einmal war es um das Blutgeld gegangen.

Vala hatte bestätigt, dass ihre Familie verantwortlich sei. Goldar war Helges Sohn und Helge ihr Schwager gewesen. Da er nun unter dem Schlangenstein ruhte wie die anderen, blieb die Verpflichtung an ihr hängen. Doch sie besaß nicht annähernd genug, die Forderung zu erfüllen.

Aber Gardar war unnachgiebig geblieben: «Hat Helge nicht gesagt, er könne dafür aufkommen? Das jedenfalls hat mein Bruder berichtet, nachdem er Helge hier auf dem Schlangenhof abgeliefert hatte.»

Vala hatte die Hände gehoben. Ach, Helge hatte so vieles gesagt, abgebrochene Sätze, verworrene Gedanken. ‹Es war wie mit seinem Arbeiten.› Sie seufzte selbst im Halbschlaf noch, als sie sich an das Gespräch erinnerte. Er begann etwas und brachte es nie zu Ende, wie abwesend, wie schlafwandelnd, ein Gefangener seiner Vergangenheit.

«Nein», hatte sie dann, an Gardar gewandt, erklärt und mit den Schultern gezuckt. «Er kam nie wieder darauf zurück. Er hat es wohl vergessen. Ich kann dir nicht einmal sagen, ob es ein Märchen war oder ernst gemeint. Für Helge verschwammen Vergangenheit und Gegenwart manchmal. Bei seinen Sachen haben wir jedenfalls nichts gefunden.»

«Dann will ich den Hof.» Das war Vigdis gewesen, die ihr Schweigegebot nicht länger einzuhalten vermocht hatte. Energisch war sie einen Schritt vorgetreten.

Vala hatte die Arme vor der Brust verschränkt, was ‹Nein› hieß. Sie hatte es nicht auszusprechen brauchen, das Funkeln ihrer Augen war eindeutig genug gewesen. Es hatte auch nichts zu sagen gegeben. Sie wusste es auch jetzt schmerzhaft: Die Forderung bestand und musste eingelöst werden, früher oder später. Da gab es keinen Ausweg, nichts, was sie tun konnte. Nichts, außer zu hassen, wie Vigdis. Und das war nicht der Weg, den sie gehen wollte.

Gardar hatte die junge Frau mit einer Bewegung zurückgedrängt. «Es ist sehr ernst», hatte er gesagt und ein Gesicht gezogen, in dem Entschlossenheit und Mitgefühl miteinander stritten. «Du kannst dich nicht entziehen, Vala.»

Vielleicht mit dem Schwert in der Hand, hatte diese, das Kinn vorgeschoben, gedacht, und ihre Augen mochten es widergespiegelt haben, denn Gardar hatte besorgt das Haupt geneigt. «Nun, der Rat soll noch einmal zusammentreten.» Das war seine Zuflucht gewesen aus dem Dilemma.

«Was gibt es da noch zu beraten», hatte Vigdis geschnappt. «Ich will mein Recht, hörst du, mein Recht.» Mit beiden Fäusten hatte sie auf Gardars Rücken eingetrommelt wie ein trotziges Kind.

Vala hatte sie nur angeschaut, voll Abscheu über die boshaften Gedanken der jungen Frau und, noch ehe sie nachgedacht hatte, im Geist einen Befehl abgeschickt, wie sie ihn einem knurrenden Hund gesandt hätte.

Vigdis war mitten in der Bewegung erstarrt. Vala musste selbst jetzt im Halbschlaf noch lächeln, wenn sie sich daran erinnerte. Dieser große, erstaunte Blick, hah! Dann war sie kreischend hinausgerannt. Gardar hatte noch etwas sagen wollen, dann aber nur den Kopf geschüttelt. Seine Begleiter hatten sich bereits schweigend verabschiedet. «Bis zum Rat dann», hatte er gemurmelt, schon in der Tür.

«Nein», hatte Vala gegrummelt und sich noch an Gardars Stimme erinnert: Du wirst hier immer eine Heimat haben, Vala.

«Nicht mehr.» Sie hatte Lust gehabt, es zu schreien. «Nicht mehr.» Mit diesen Worten auf den Lippen erwachte sie. Sie starrte in das fremde Gesicht, das sich über sie neigte. Nur langsam erinnerte sie sich. Nicht Eirik, nicht Hela, nicht einmal Helge. Dieser Mann war nun ihr Gefährte. «Nicht noch mehr Ärger», murmelte sie.

Er neigte den Kopf zur Seite. «Ich fürchte, doch», sagte er. «Wenn du deine Nase bemühen willst.»

Diesmal brauchte er nicht zu Ende zu sprechen. Vala war wach, und sie roch, was er meinte: Rauch. Mit einer Bewegung war sie aus den Fellen heraus, aus dem Alkoven geklettert und zur Tür gestolpert. Sie sah es sofort: das orangefarbene Glühen in der kleinen Scheune.

«Das Stroh», schrie sie. «Es muss sich entzündet haben. Verflucht.» Sie rannte hinüber, gefolgt von dem Alten. Einen Moment stand sie ratlos vor dem Gebäude. Da hielt ihr der Chinese etwas hin, was er vom Boden aufgehoben hatte. Vala erkannte eine Fackel. Es dauerte einen Moment, ehe sie begriff. «Vigdis?», fragte sie ungläubig.

«Du hast sie sehr erschreckt», gab er zu bedenken. «Es war ja auch wirklich ...», er suchte nach den richtigen Worten, «eine interessante Erfahrung, die du ihr da verschafft hast.»

Vala warf ihm einen misstrauischen Blick zu. «Ich habe gar nichts getan», sagte sie abwehrend. «Wir sollten lieber handeln.»

Ihr Blick suchte und fand einen Eimer. «Hier!» Sie drückte ihn dem Chinesen in die Hand. «Hol Wasser.»

«Sicher», brummte er und machte sich auf seinen krummen Beinen erstaunlich behände auf den Weg. «Äußerst interessant», murmelte er dabei.

Vala selbst machte sich daran, die Tür aufzustemmen. Eine Hitzewand prallte ihr entgegen, dass sie für einen Moment zurückfuhr. Fauchend leckten die Flammen hoch. In der flirrenden Luft tanzten schwebend einzelne Halme. Vala hielt sich schützend den Arm vor das Gesicht. Dennoch, es stand noch nicht alles in Flammen. Vigdis schien die Fackel durch ein kleines Fenster auf die darunter liegenden Ballen geworfen zu haben. Diese brannten nun lichterloh und füllten alles mit ihrer Hitze. Auch der Mittelbalken begann schon, sich schwarz zu verfärben. Knisternde orangefarbene Lichter glommen auf dem Holz wie späte Glühwürmchen, und weiße Ascheflocken kreiselten von den Dachbalken herab. Noch, beschloss Vala, war das Gebäude zu retten.

Als der Chinese mit dem ersten Eimer kam, nahm sie ihn entgegen und schüttete sich das Wasser über den Kopf. Tropfnass und geschützt vor den Flammen, stürzte sie dann hinein, ergriff eine Heugabel, die noch intakt neben der Tür gelehnt hatte, und begann wie eine Wilde, die brennenden Bündel aufzuspießen und durch die Tür hinauszuwerfen, wo sie auf dem vom Nachttau feuchten Gras noch einmal aufflammten, um dann rasch zu erlöschen.

Ihr Helfer war inzwischen unverdrossen vom Brunnen zurückgekehrt und begoss den brennenden Stützbalken. Das Wasser schien zunächst zu verdampfen, ehe es das Holz auch nur erreichte. Vala schnappte sich, als sie mit ihrer Arbeit fertig war, den Melkeimer und ging ihm zur Hand. Ohne Pause hetzten sie zwischen dem Brunnen und der Scheune hin und her. Langsam wurde das Zischen leiser, das Weiß und Orange wurde schwarz, und die Hitze ließ nach. Es begann nach Kohle zu riechen. Vala sank dort, wo sie war, auf den Boden. Ihre Beine zitterten von der Anstrengung, und sie glaubte, mit ihren Armen nie wieder etwas heben zu können. Dennoch lächelte sie dem Alten zu. «Du hast dich gut gehalten», sagte sie.

Einen Moment sah es aus, als wollte er böse werden, dann lachte er schallend. Vala konnte nicht anders, sie stimmte mit ein, so herzhaft, dass sie sich dabei auf den Rücken fallen ließ. Ihr Blick wanderte den schwarzen Balken hoch, und sie verstummte. «Hier hat er sich aufgehängt», sagte sie unvermittelt. Dann stand sie auf und ging zu der Stelle, um mit der Hand gegen das verkohlte Holz zu drücken.

«Vielleicht müssen wir ihn ersetzen.» Einen Moment wurde ihr angst bei dem Gedanken an all die Arbeit: das Fällen im Wald, das Abhauen der großen Äste, das Herausziehen des Stammes aus dem Dickicht. Wie sollte all das gehen, mit einem halbtoten Pferd und einem ...? Ihr Blick wanderte zu dem Alten. Nun, gestand sie sich ein, er war ein Mann, den man nicht unterschätzen durfte. Aber bei allem Respekt: einen riesigen Fichtenstamm mit der Axt behauen sah sie ihn nicht. Vala seufzte. Und all das ohne zu wissen, ob sie nicht noch vor dem ersten Schnee von hier vertrieben würden.

«Nun, vielleicht geht es doch noch», murmelte sie.

Der Chinese hatte inzwischen eine Leiter geholt und lehnte sie an einen der Dachsparren. «Wir sollten oben nachsehen», entschied er. «Nicht dass uns das Dach noch auf den Kopf fällt, wie euch der Himmel.»

Vala schaute ihn fragend an.

«Ist das nicht das Einzige, wovor ihr Wikinger euch fürchtet?», fragte er, während er so behände kletterte wie ein Affe. «Ich dachte, ich hätte es in irgendeiner alten Handschrift so gelesen.» Dann war er im Dachstuhl angekommen und verstummte.

Eine Weile lauschte Vala seinem Herumgerumpel, aber bald wurde sie ungeduldig.

«Was ist?», rief sie hinauf. «Wie sieht es aus?»

Die Antwort klang dumpf. «Angeschwärzt, aber stabil.» Er hustete. «Einiges von dem Gerümpel, das hier herumliegt, ist beschädigt.»

Vala nickte. «Das habe ich vermutet.» Dort oben lagerten nichts als kaputte Geräte, die Eirik aufgehoben hatte, damit sie einmal als Ersatzteile fungierten. Dazu ein Korb mit alten Sachen von Inga, Eiriks Mutter, die zu benutzen Vala nicht über sich gebracht hatte. Nun waren sie also in Flammen aufgegangen. Alles verschwand.

«Aber die Kiste ist unversehrt.»

«Die Kiste?» Vala wurde aus ihren melancholischen Gedanken gerissen. «Welche Kiste?»

«Diese Kiste», ächzte der Chinese. Man hörte ein Schaben, als würde etwas Schweres über den Boden gezerrt. Vala sah die Ecke von etwas Hölzernem über die Kante des Dachbodens ragen, das ihr völlig unbekannt war. «Ist sie wichtig?»

Statt einer Antwort winkte Vala hastig. Der Alte gehorchte und schob. Das Ding kam über den Rand, wankte, fiel und krachte auf den Lehmboden, der vom Feuer noch warm war.

Sprachlos stand Vala inmitten von Splittern und herumkullernden Gegenständen. Wahllos hob sie etwas auf: einen silbernen Becher, eine Gewandnadel, in ein Tuch gehüllt eine Kette aus flirrenden goldenen Plättchen, wie sie eine vornehme Dame in Byzanz einst getragen haben mochte. Ein Silberteller mit goldenem Kreuz, der sicher aus einem Kloster stammte, und zahllose Münzen, die aus altersschwach gewordenen Stoffsäckchen herausfielen und lebhaft über den Fußboden kollerten.

Der Chinese kam herunter. «Ich sehe», meinte er ruhig, «dass dein Schwager wohl noch mehr Geheimnisse hatte, als wir dachten.»

Vala nickte. Sie nahm eine der Münzen zwischen die

Finger und ließ sie kreisen. Sie glaubte nicht, dass Helge ihr dies mit Absicht vorenthalten hatte. Vielleicht hatte er einfach die Erinnerungen, die damit verbunden waren, nicht ertragen. Vielleicht hatte er es in seiner seltsamen Art auch einfach vergessen. Er war nicht mehr viel mit dieser Welt befasst gewesen.

Sie lächelte. «Ich», sagte sie mit wachsender, jubelnder Freude in der Stimme, «ich sehe eine Zukunft.»

Aus der Tiefe

«Was bei Odins heilem Auge ist das?» Harke neigte sich weit über die Bordwand und wies Richtung Küste.

«Das?», fragte Björn, ohne hinzusehen. «Das ist das Theater von Taormina. Soll von irgendwelchen Vorfahren gebaut worden sein, lauter Kreise aus Stein. Keine Ahnung, was sie damit wollten, weil ...»

«Nein, das da», beharrte Harke. Was gingen ihn Theater und irgendwelche Altvorderen an. Er zeigte noch einmal auf das, was er meinte. Nun bemerkten es auch die anderen. Direkt vor ihnen lag die Hafenmauer von Taormina, nicht weiter bemerkenswert, wenn nicht der breite dunkle Streifen dicht über der Wasseroberfläche gewesen wäre. Hier waren die Steine schwarzgrün, voller Schlick und hängender Algenbärte, so als hätten sie eben erst das Licht des Tages über Wasser entdeckt. Zahllose Krabben, braune und rote, rannten aufgescheucht herum und hoben nervös ihre Scheren. Und als wäre das nicht genug, sahen sie nun, wie der Wasserspiegel vor ihren Augen noch einmal deutlich sank, als hätte jemand einen kräftigen Schluck genommen. Ein Sog packte ihr Schiff und ließ es tänzelnd wieder hinaustreiben auf die See. Zugleich schlugen die Winde um, springend von Richtung zu Richtung neckten sie das Segel und ließen es schließlich im Stich.

«Rudert», brüllte Björn und peilte die Hafeneinfahrt an. Nervös ließ er die Kais, die schon so dicht vor ihnen gewesen waren, nicht aus den Augen. «Ich will verdammt sein», murmelte er, «wenn ich weiß, was das ist. Aber wir sollten so schnell wie möglich an Land gehen.» Doch ihre Kräfte reichten nicht aus, das Schiff näher an den Hafen heranzubringen, und nach einiger Zeit gaben sie keuchend auf. Mit unguten Gefühlen sahen sie Taormina wieder kleiner werden. Es war Sigurdur, der dies als Einziger zu begrüßen schien.

«Hinaus», sagte der Isländer in seiner Sprache und wies fort von der Küste. Offenbar fand er, sie sollten das offene Meer erreichen. Björn versuchte, ihn nicht zu beachten. Als ob sie eine Wahl hätten, dachte er bei sich, gab dann aber tatsächlich Befehl, weiter nach Norden zu fahren. Sie riskierten damit zwar, erst nach Anbruch der Nacht Messina zu erreichen. Aber vielleicht war das besser, als diesen seltsamen Ort anzulaufen, wo die Berge qualmten und das Wasser einfach verschwand.

Hela und Unde auf ihrer Ruderbank waren zu beschäftigt, um sich von der allgemeinen nervösen Stimmung anstecken zu lassen. Angeregt plaudernd überlegten sie, was sie mit ihrem künftigen Reichtum anfangen wollten und wie sie die Welt weiter zu erobern gedachten. Sorge bereitete ihnen höchstens die langsam einsetzende Dämmerung. Kein Wikinger fühlte sich nachts auf dem Meer allzu wohl. Doch sie wurden erst unterbrochen, als ein heftiger Stoß sie beinahe von ihren Plätzen geworfen hätte.

«Was war das?» Sie fuhren hoch. «Sind wir irgendwo aufgelaufen?» Der Gedanke war absurd, denn sie befanden sich weitab vom Land, kein Riff weit und breit, das Wasser war dunkel, ohne verräterische Verfärbungen. Und dennoch hatte soeben etwas heftig gegen ihren Bug geschlagen. «Ein Wal vielleicht?», mutmaßte Harke. Doch wie sollte der hierher, so fern seiner angestammten Gewässer geraten sein? Der Vorfall blieb ihnen rätselhaft. Da nichts weiter zu geschehen schien, beruhigten sie sich langsam wieder. Nur Wolf war auf den Beinen und tänzelte nervös hin und her. Was Hela auch versuchte, er wollte nicht aufhören zu knurren, sein Nackenhaar blieb gesträubt. Die Angst in ihm griff auch nach Hela, und sie spürte, wie die Bedrohung Gestalt annahm. Es galt, etwas zu tun. «Ich weiß nicht ...», suchte sie ihre Gefühle in Worte zu fassen.

An der Küste begann es mit einem Mal zu kochen wie in einem Hexenkessel. Dampf stieg in Fontänen auf, so hoch, dass sie den Kopf in den Nacken legen mussten, um ihm nachzusehen. Dann folgte ein orangefarbenes Glühen, das die einbrechende Dunkelheit erhellte. Lautlos und langsam quoll es herauf, wie ein auftauchender Wal, aber unendlich viel größer, eine seltsame Blume von unter dem Meer, deren blendendes Aufblühen noch mehr Zischen und Dampfen nach sich zog.

Erschrocken wiesen die Wikinger hinaus auf das unerklärliche Phänomen. «Lava», sagte Sigurdur neben Hela. Sie hatte das Wort noch nie gehört, dennoch lief ihr ein Schauer den Rücken hinunter. «Flüssiger Stein.»

Was hatte er gesagt, Stein, aber flüssig? War das nicht ebenso absurd wie schwarzes Feuer? Sie musste ihn missverstanden haben, seine Sprache war wirklich zu seltsam. Nervös lachte sie, da kam der nächste Stoß und zwang sie dazu, sich irgendwo festzuhalten. Wie eine Betrunkene torkelte Hela zum Mast und fand Halt an einem Fass. Unde versuchte, ihr nachzukommen. «Ich habe Angst», schrie sie. Die Worte gingen unter in einem lauten Donnern. Die beiden Mädchen fuhren herum. Auch die anderen wandten die Köpfe. Dort, hinter ihnen, bäumte sich auf, was keiner Fragen bedurfte und doch völlig unerklärlich war: eine Woge wie eine Wand, die den Himmel verdunkelte und alles verschlang wie der Rachen des Weltabgrunds, das Maul der Orouboros-Schlange, die ihren Schwanz losgelassen hatte und gekommen war, alles ins Chaos zu stürzen.

Das Wasser! Das Wasser, das vor Taormina verschwunden war. Es kehrte zurück, wurde es Hela blitzartig klar.

Björn stand noch immer am Heck, den Blick starr auf das Verhängnis gerichtet. «Wir werden sterben.» Hela konnte ihn nicht hören, sie sah nur, wie seine Lippen sich bewegten, und verstand. Dann duckte der große Mann sich und rannte los. In diesem Moment traf die Woge das Schiff. «Wolf!», brüllte Hela. «Wolf!»

Sie wurden hochgehoben, dass der Wind um ihre Ohren pfiff, hoch und höher. Dann krachten sie in einen Wirbel von Wasser, Gischt und Holz. Ihr Mast knickte, spielzeuggleich. Das Segel mit aller Takelage verschwand binnen Augenblicken. Jeder klammerte sich geduckt an irgendetwas, die Augen geschlossen, nach Luft schnappend und gefasst auf den Moment, da es sie in das tosende Verderben riss. Doch die «Windstier» richtete sich noch einmal auf. Ihr Rumpf trieb hoch und knallte auf einen Wellenrücken. Wasser sprudelte aus ihr heraus, allerdings blieb genug, dass sie alle bis zur Brust darin kauerten. Was nicht festgebunden war, das schwamm und ging über Bord. Die Mannschaft, die einander mit Blicken fand, war stumm vor Schreck. Hela streckte die Hände nach Wolf aus, der mühsam zwischen umherschwimmenden Fässern und Seilen auf sie zupaddelte. Sie suchte nach etwas, um ihn festzubinden. Was sie fand, war der abgerissene Teil eines Netzes, an dem noch ein paar Schwimmkörper hingen. Das wand sie ihm um den Leib und knotete es fest. Sie umarmte das Tier und barg ihren Kopf in dem feuchten Fell. Aber sie wusste, es war noch lange nicht zu Ende. Schreie ließen sie wieder aufschauen.

Es waren Harke und Halvar, die sich gegen den Sog des Wassers zum Heck vorzuarbeiten suchten. Jede neue Woge zwang sie, sich irgendwo festzuhalten. Nur mit Mühe konnte Hela ihr Ziel ausmachen, schließlich entdeckte sie Folke. Er lag bewusstlos unter einer Rah, wurde wieder und wieder vom Wasser überspült. Der Kopf des Jungen bewegte sich mit der abziehenden Flut wie Tang. Er war tot.

«Sie kommt!» Björn stieß diesen Schrei aus, in dem Wut und Verzweiflung sich Bahn brachen. Hela wandte sich nach ihm um und sah, warum: Die nächste Woge rollte auf sie zu. Einen Moment lang wollte sie nur noch die Augen schließen, sich dem Wasser entgegenwerfen, sterben. Wolf in ihren Armen jaulte verzweifelt. Da presste sie ihn an sich, er sollte sich nicht fürchten vor ihrer Angst. Noch hatte sie nicht aufgegeben. Der Moment war vorbei. Entschlossen sprang Hela auf und antwortete Björn. Ihr ganzer Körper war angespannt. Sie zitterte vor Erregung, aber auch vor Bereitschaft: «Wir reiten sie», schrie sie mit aller Kraft. Nein, sie wollte nicht sterben, sie würde nicht sterben, sie lachte dem Tod ins Gesicht und reckte die Faust. «Bei Odin, wir werden sie reiten.» Björns Antwort war nicht mehr zu vernehmen. Das Wasser riss alle Worte fort.

Als Hela wieder zu sich kam, stach ihr die Sonne schmerzhaft in die Augen und ließ ihren Kopf dröhnen wie eine Trommel. Sie wollte sich aufrichten und bemerkte zu ihrem Schrecken, dass sie beinahe vollständig im Wasser lag. Doch als sie zusammenzuckte, spürte sie festen Halt. Ein Seil, erkannte sie, hielt sie auf einer hölzernen Unterlage und hinderte sie am Abgleiten. Jemand musste sie damit an das Brett gebunden haben, auf dem sie mit dem Oberkörper lag, und als sie nicht weit von sich Sigurdur auf einer ähnlichen Vorrichtung treiben sah, war ihr auch klar, wer das getan haben musste. Sie wühlte in ihren Gedanken nach einer Erinnerung, doch da war nichts als der Schmerz.

Danke, wollte sie sagen, doch ihre Kehle war trocken und rau. Ihre Lippe sprang auf, und sie schmeckte Blut. Als sie mit der Hand danach tastete, bemerkte sie eine breite

Kruste über die ganze Länge ihres Gesichts, wo irgendein Stück Holz sie verletzt haben musste. «Unde?», war ihr erstes Wort.

Sigurdur lächelte, so gut das mit einer geplatzten, aufgeschwollenen Lippe ging, und paddelte, damit sein Brett sich ein wenig drehte. Zu ihrer großen Erleichterung sah Hela Unde, die neben ihm hing, nicht bei Bewusstsein, doch wohl am Leben, denn Sigurdur achtete sorgsam darauf, dass ihr Gesicht über Wasser blieb, und netzte von Zeit zu Zeit ihre Lippen. Als er Helas Blick bemerkte, wies er nach vorne. Nun entdeckte auch sie den dunklen Buckel, der sich dort aus dem Wasser erhob. Ein Hai, war ihr erster Gedanke, und das Bild des blutigen Rumpfs von Goldars Matrosen zuckte für einen Moment an ihrem inneren Auge vorüber.

Bald aber machte sie sich klar, dass dies dort kein Hai sein konnte, zu dunkel, zu groß, zu flossenlos, zu regelmäßig war die Erscheinung. Es war eine hölzerne, von Menschenhand gemachte Konstruktion, der Rumpf eines Schiffes.

«Die ‹Windstier›», jubelte Hela. Und sie war es tatsächlich, kieloben zwar, aber in einem Stück. Mit jedem Schwimmzug, den sie näher kam, erkannte sie deutlicher, dass an beiden Seiten die runden schwarzen Silhouetten von Köpfen sichtbar wurden. Dort waren Menschen, die sich mit letzter Kraft an die Schiffsplanken klammerten!

«Heh! Hoh!» Hela schrie und winkte wie im Rausch. Sie arbeitete mit den Beinen, so kräftig sie konnte. Jeder Schmerz war vergessen. Schon zählte sie die Männer, die sie vor sich hatte. Fünf, dachte sie, sechs, sieben. Nur sieben! Es gab ihr einen Stich, doch sie hörte nicht auf, zu rufen und zu rudern, was ihre Kräfte hergaben. Sieben immerhin! Bald konnte sie einzelne Gesichter unterscheiden, und Tränen der Erleichterung traten ihr in die Augen, als sie den Kapitän erkannte. «Björn!», rief sie, «Björn!»

Der Wikinger wandte sich um. In seinem schwarzen Bart hingen Salzkristalle, sein Gesicht war vor Anstrengung verzerrt. «Ich will verdammt sein», begann er.

«Wir leben, Björn!», rief Hela. Freudentränen rannen ihr über das Gesicht.

«Ich weiß nicht, was es da zu lachen gibt», grollte der Kapitän. «Ich kann nicht schwimmen.»

«Glück, dass Land so nahe.» Sigurdur war ebenfalls herangeschwommen und wies nun voraus auf den Streifen, der sich luftig am Horizont abzeichnete. Hela hatte zuerst Mühe, ihn mit ihren geröteten, verschwollenen Augen zu erkennen, doch er war da, kein Zweifel. Und näher, als sie zu hoffen gewagt hätte.

Jetzt fielen ihr auch die Möwen auf, die über ihren Köpfen kreisten, und die Farbe des Wassers, die nicht schwarzblau war, sondern leuchtend wie die Brust eines Pfaus.

«Er hat Recht, Björn», rief sie begeistert. «Das Land ist nicht weit.»

Björn knurrte. «Ich weiß, dass er Recht hat. Ich habe nicht behauptet, dass ich nicht *sehen* kann.»

Hela umrundete das gekenterte Schiff, um die anderen auszumachen, fand Harke, Halvar, den schwarzen Egil, der sich verbissen ans Holz klammerte, und, zu ihrer größten Freude: Wolf. Der Hund paddelte mit heraushängender Zunge, über Wasser gehalten und getragen von den Schwimmkörpern des Netzes, die Hela um ihn gewickelt hatte. Er kam auf sie zu, als sie ihn rief, und suchte ihr das Gesicht zu lecken. Hela lachte und weinte gleichzeitig. «Lass das», rief sie, «ich bin nass genug.»

Erleichtert machte sie allen Mut, wies auf die Küste und zeigte denen, die wie Björn zwar zur See fuhren, ihr aber auf Gedeih und Verderb ausgeliefert waren, wie sie ihre Beine bewegen sollten, um der Strömung, die sie stetig aufs Land zutrieb, mit eigener Kraft noch nachzuhelfen. «Ahmt einfach den Hund nach», rief sie. «Macht es wie er.»

Dennoch wären ihnen beinahe die Kraft und die Geduld ausgegangen, ehe sie das knirschende Geräusch vernahmen, mit dem die «Windstier» auf den Sand auflief. Eine lange Zeit lagen alle nur da, kaum dass sie sich aus der Reichweite der Wellen gebracht hatten. Nur ihre Brustkörbe hoben und senkten sich. Erst als das Salz juckend auf ihren Gesichtern getrocknet war, richtete Björn sich auf. «Wir müssen das Boot an Land ziehen», befahl er. Neun torkelnde Gestalten leisteten seiner Aufforderung Folge. Gemeinsam gelang es ihnen sogar, die «Windstier» zu drehen, sodass sie mit der Innenseite nach oben, wenn auch schief auf dem Strand zu liegen kam. Traurig warf Björn einen Blick hinein. Sie war leer, eine nackte Schale, ein Skelett.

Hela hätte schwören können, dass sie für einen kurzen Moment Tränen in seinen Augen sah. Sie biss sich auf die Lippen. «Und mein Anteil?», fragte sie.

«Gilt», gab Björn zurück. Er hieb mit der Faust gegen den hölzernen Torso. «Aber es ist ein Anteil von nichts. Von nichts.» Er senkte den Kopf, und Hela ließ ihn allein. Die anderen saßen im Kreis, ein Häufchen Elend. Nur Harke war nicht dabei. Sie beschattete die Augen mit der Hand und sah ihn ein wenig weiter strandaufwärts stehen, wie er über etwas Dunkles gebeugt war. Langsam ging Hela ihm entgegen. Möwen erhoben sich kreischend auf ihrem Weg. Mit klatschenden Flügeln kreisten sie über Harke und dem Körper, dessen Haare er streichelte. Es war Folke. «Er war ein Verwandter meiner Frau», sagte Harke mit abgewandtem Kopf, als er Helas Anwesenheit vernahm. Auch Hela warf nur einen kurzen Blick auf den Toten. Die Vögel hatten seine Augen bereits gefressen. Harke schluchzte auf. «Er war ein guter Junge.»

Hela hörte, wie Unde hinter ihr herkam. «Kannst du ihn wieder zurückholen?», fragte die Afrikanerin mit ihrer tiefen, weichen Stimme. Hela bemerkte, wie Harke aufhorchte. Sie schüttelte verärgert den Kopf. «Nein», sagte sie hart, «er ist zu weit fort. Viel zu weit. Red keinen Unsinn, Unde.» Und sie trat einen Schritt beiseite, damit auch ihre Freundin die Verheerung im Gesicht des Jungen sehen konnte. Zu ihrer Überraschung kniete diese sich nieder und strich dem Toten über das Gesicht. «Verzeih mir», flüsterte sie.

Harke schniefte und wischte sich mit dem Ärmel über das Gesicht. «Seine Mutter ist eine stolze Frau. Du hättest ihr vielleicht gefallen, Unde.» Er schaute die Afrikanerin an. «Hilfst du mir, ihn zu begraben?», fragte er. Unde nickte. Hela ließ die beiden allein. Sie kam sich ausgeschlossen vor. Und sie vergaß den Blick nicht, den Harke ihr auf Undes Frage hin zugeworfen hatte. Er war kühler gewesen als das Wasser, aus dem sie kam.

Am Abend waren die beiden Männer, die Björn losgeschickt hatte, um nach Trinkwasser zu suchen, noch immer nicht zurück. Der Rest saß um ein qualmendes Feuer aus Tang und den Zweigen einiger hartlaubiger kleiner Eichen, die hinter dem Strand wuchsen. Um sie herum hatten sie Treibholz geschichtet, Teile der «Windstier», die das Meer im Laufe des Tages angespült hatte. Das Holz war zerschmettert und zerbrochen, zu nichts mehr zu gebrauchen, selbst zum Verfeuern nicht, da es zu feucht war.

Zu ihrer aller Erstaunen war es Sigurdur gewesen, der damit begonnen hatte, das zu inspizieren, was von ihrem Schiff übrig geblieben war. Er hatte die Spanten beklopft und die Querhölzer geprüft und das, was um sie herum angetrieben worden war, auf zwei Haufen sortiert. Selbst Taue, aufgequollen vom Wasser und zerfetzt, hatte er aufeinander geschichtet. «Schiffe bauen», hatte der Isländer gesagt, als Björn ihn grob auf sein Treiben ansprach. «Ich Schiffe bauen.» Und auch seine Gestik hatte keinen Zweifel daran gelassen, dass er gedachte, dieses Schiff wieder herzurichten. Immerhin hatte er die Männer dazu gebracht, ihm zu helfen, die «Windstier» in eine komplett aufrechte Stellung zu bringen, um sie dann mit einigen Steinen und Hölzern abzustützen. Er war auch schon in dem Wäldchen hinter der Küste gewesen, um nach geeignetem Baumaterial Ausschau zu halten.

Aber all seine Bemühungen waren nicht dazu angetan, Björns Stimmung aufzuhellen. «Für einen Mast würden wir bis in die Berghänge vordringen müssen», sagte dieser düster und starrte in die Flammen. Keiner widersprach. Es war offensichtlich, dass die Eichen in der Nähe bei weitem zu kleinwüchsig waren. «Und selbst wenn wir einen geeigneten Baum fänden, wir hätten keine Äxte, keine Werkzeuge, nichts.» Er ballte seine leeren Hände. Es war nur zu wahr. Sie saßen im wahrsten Sinne des Wortes auf dem Trockenen. Selbst ihre Waffen waren weitgehend verloren gegangen. Die meisten hatten ihre Schwerter abgeworfen, als es sie über Bord spülte, um nicht von ihnen in die Tiefe gezogen zu werden. Nur Björn war dickschädlig genug gewesen, das seine zu behalten. Er hatte als Krieger sterben wollen. Messer und Dolche besaßen sie noch. Hela hatte auch einen Bogen angespült gefunden, doch die Sehne war aufgequollen und ruiniert, und es würde noch dauern, ehe sie wieder geschmeidig genug wäre. Dennoch saß sie am Feuer mit übergeschlagenen Beinen und schnitzte an Pfeilen herum, während Unde mit einer Sehne aus Baumbast experimentierte.

Harke hatte einfache Holzspieße gefertigt, mit denen sie auf den Klippen am Rand der Bucht gestanden hatten, um Fische zu spießen. Die Ausbeute war mager gewesen, und jeder nagte mit knurrendem Magen an seinem Anteil. Halvars Portion lag noch unberührt da, und es wurden bereits die ersten begehrlichen Blicke darauf geworfen, da hörten sie seine Schreie. Sofort waren alle auf den Beinen. «Wir werden angegriffen!»

Björn zog sein Schwert, die anderen, Unde voran,

ergriffen die Fischspieße oder herumliegende Planken. Helas Finger zitterten vor Eile, als sie die Bastsehne auf den Bogen streifte, dann raffte sie ihre halbfertigen Pfeile zusammen und legte den ersten auf. So standen sie und blinzelten in die einsetzende Dunkelheit. Es dauerte nicht lange, bis Halvar in den Lichtkreis gestolpert kam, blutüberströmt, unfähig zu sprechen. Es war auch nicht nötig. In der Richtung, in die sein Finger wies, sahen sie die Umrisse der Männer nur zu gut, die sich ihnen im Halbkreis näherten. Es waren abgerissene Gestalten wie sie selbst, arme Bauern offenbar, barfuß und mit zerfetzten Hosen. Als Waffen hielten sie Mistgabeln, Sensen und Knüppel in den Händen. Ihre Gesichter aber, zerfurcht, sonnenverbrannt und alt wie Stein, waren stumm und entschlossen. Es war ihr altes Recht, zu nehmen, was auf den Strand geschwemmt wurde, sie würden es sich nicht entgehen lassen, und wenn sie die Überlebenden zuvor erschlagen mussten. Es wäre nicht das erste Mal.

Hela trat an Björn heran, ohne die Angreifer aus den Augen zu lassen. «Das sind nur arme Schlucker», flüsterte sie.

«Genau wie wir», gab Björn zurück und ließ die Klinge seines Schwertes im Feuerschein aufblinken. «Das wirst du noch lernen, Hela, dass da am härtesten gekämpft wird, wo es am wenigsten zu verteilen gibt.»

Entsetzt starrte Hela die verwahrlosten Gestalten an. Einer war zahnlos wie ein Greis und schwang eine Harke. Ein anderer reichte ihr kaum bis an die Brust. «Und der dort hinten ist beinahe noch ein Kind.»

«Dann pass auf, dass du nicht durch die Hand eines Kindes stirbst.» Björn stieß einen markerschütternden Schrei aus, den ihre Angreifer mit einem ebensolchen beantworteten. So stürzten sich die beiden Gruppen aufeinander.

TÖDLICHER REIGEN

Bran und Mael betrachteten die Lichtung, auf der sich nach und nach mehr Menschen einfanden. «Was», fragte Mael bitter, «wollen sie denn noch hier?» Eine frische Narbe zierte seine Wange, rot und kaum verschorft. Bran legte ihm die Hand auf den Arm. Er trug das weiße Gewand und den Eichenstab des Druiden. Noch kam ihm beides fremd vor. Aber bisweilen war ihm, als spüre er die Kraft Lucets, dessen Finger dieses Holz so lange umschlossen hatten, und das gab auch ihm Zuversicht.

«Was erwartest du?», fragte er. «Gestern dachten wir noch, wir wären Flüchtlinge, allein und von allen verlassen. Wir kamen hierher in der Erwartung, an diesem Ort zu sterben. Oder zu hausen wie die Tiere.» Er schaute sich um. Die Lichtung, umgeben von Eichengestrüpp und Eiben, war ein Heiligtum von altersher. Man musste einen waldigen Hang erklimmen, voller Brombeeren und Felsen und so steil, dass das Keuchen den Besucher verriet. Und dann einen engen Felsspalt passieren, bekannt als Aines Schoß, heilig seit Generationen. Die Stelle war leicht zu verteidigen. Er hatte gedacht, seine Bogenschützen dort oben zu postieren und sich mit dem Rest im hinteren Teil des baumbestandenen Kessels zu verschanzen. Dort gab es eine Quelle, zahlreiche Höhlen und Schleichwege nach draußen, auf denen sie die Frauen und Kinder in Sicherheit bringen konnten, wenn es nötig werden sollte. Hier wollten sie sich einrichten, Holz schlagen, Unterstände bauen.

Aber schon nach wenigen Stunden waren die Wachen angerannt gekommen: Menschen seien unterwegs, viele Menschen, und der Hang hielte sie kaum auf. Bran hatte alle geheißen, sich erneut zu bewaffnen und sich gegen einen Angriff zu wappnen. So waren sie in Aines Schoß getreten, bereit, den Hort der Fruchtbarkeit mit Blut zu benetzen. Die erste Person allerdings, die nun durch den Spalt trat, war eine alte Frau. Über ihrem weißen Gewand trug sie einen schwarzen Mantel und unter dem Arm einen Korb, aus dem Bündel von Roggen hervorquollen. Sie blieb stehen, als sie Bran und seine Männer mit ihren Kettenhemden und Waffen erblickte, Furcht aber zeigte sie nicht. «Heute ist Samhain», sagte sie nur. «Die Quelle muss geschmückt werden.» Als sie Brans Gesicht sah, lachte sie und wedelte dennoch drohend mit ihrem Finger. «Habt ihr das etwa vergessen, ihr Männer, die ihr nur aufs Blutvergießen aus seid, wie?» Gutmütig watschelte sie vorbei.

Hinter ihr kamen weitere Menschen, einzeln, einander erstaunte Blicke zuwerfend, wenn sie sich erkannten. Die Mädchen, die ihre karierten Röcke schürzten und die jungen Männer musterten, erröteten. Sie hielten sich in kleinen Gruppen und gingen ebenfalls zur Quelle, wo sie sich sorgsam hinknieten und kleine Figürchen aus Tüchern wickelten, um sie zwischen die bemoosten Steine ins Wasser zu setzen und dazu ihre Gebete zu murmeln, in denen sie um die Gunst der Götter baten, um Fruchtbarkeit, Leibessegen, einen Bräutigam. Dabei versäumten sie es nicht, sich unauffällig nach den jungen Männern umzusehen, die ebenfalls nachgekommen waren.

Bran sah es mit Erstaunen, dann mit wachsender Rührung. Eine mächtige Freude breitete die Schwingen in seiner Brust. Sie waren nicht allein. Sie waren nicht die Letzten. Noch gab es Menschen wie diese, die etwas von ihnen erwarteten, und sie würden sie nicht enttäuschen. Mit einem Dank an die Götter griff er nach einer Hand voll Moos und wischte das Blut von seiner Klinge, das Aine beleidigen würde.

Er überschlug im Kopf, wie viele Männer er für diese Nacht auf Wache stehen lassen musste. Noch konnten sie nicht sicher sein vor Verfolgern. Und auch nicht, dachte er und musterte jede einzelne Gestalt, vor Verrätern. Doch für diese Nacht wollte er es wagen. War nicht Samhain ohnehin die Nacht, in der zwar die Fruchtbarkeit gefeiert und der Geschenke der Götter gedacht wurde, in der aber andererseits die Unterirdischen unterwegs waren, um ihre eigenen Pläne zu verfolgen? Nie war die Scheide zwischen dieser und der anderen Welt so dünn, nie die Gefahr so groß, zu verderben. Was war schon Libran dagegen! Die Wachsamkeit auch auf dessen Männer auszudehnen war eine vergleichsweise kleine Mühe.

Morgen, das hatte er bereits beschlossen, würden sie weiterziehen. Dieser Ort gehörte ihnen nicht. Er gehörte den Göttern, gehörte allen. Es war vermessen gewesen, ihn als Zuflucht für ihre kleine Gruppe missbrauchen zu wollen. Aber daran wollte er in dieser Nacht nicht denken.

Mael stieß Bran in die Seite. «Die dort sind nicht von hier. Sie kommen aus Innislough, ich kenne den Anführer.» Er zog ein grimmiges Gesicht, denn die Iren waren kein geselliges Volk. Sie lebten auf kleinen Höfen, die nach Clans zueinander gehörten. Die Clans ordneten sich den Oberherren unter, diese den Kleinkönigen und diese wiederum solchen, die große Könige werden wollten, und meist lagen alle miteinander im Streit. Die Männer aus Innislough lebten nur zwei Wegstunden entfernt, doch sie gehörten einem anderen Clan an und galten als Fremde. Auf ihren Schultern trugen sie einen schweren Pfahl, den sie unter Anstrengung und mit ernsten Gesichtern abstellten.

Nun sah Bran, dass es sich dabei um ein Kultbild handelte, die grobe Darstellung einer männlichen Gestalt, nur Gesicht und Hände waren deutlicher hervorgearbeitet und das Geschlechtsteil, das sichtbar erigiert war. Es war das Gegenstück der Holzstatue, die an ihrer eigenen Quelle stand, einer Frauengestalt mit einer Höhlung dort, wo das Geschlecht dieser Figur saß. Die Fremden wischten sich den Schweiß von der Stirn. Sie waren keine Freunde vieler Worte. «An unserer Quelle», sagten sie nur, «haben die Mönche eine Kapelle gebaut. Dort ist kein Ort mehr für Samhain.»

Mael verzog das Gesicht. «Ihr könntet das Kreuz mit Ähren schmücken und betend vor dem Altar knien.»

Ein Grinsen des Anführers zeigte ihm, was er und seine Männer davon hielten. Bran hob die Hand. «Ihr seid willkommen», sagte er. Der andere nickte, als hätte er nichts anderes erwartet.

Bran wandte sich derweil einer Greisin zu, die, mühsam auf einen Stock gestützt, den Kopf mit einem schwarzen Tuch bedeckt, auf ihn zukam. Bran kannte sie gut, sie war eine Freundin Lucets gewesen, die Letzte, die noch von einem druidischen Frauenorden zu berichten wusste, und im Dorf eine misstrauisch beäugte, aber im Notfall doch immer wieder dankbar aufgesuchte Kräuterfrau. Die Mönche mussten es ja nicht erfahren, wenn man nachts heimlich zur alten Gormlaith ging, um seinen Husten kurieren zu lassen.

«Gormlaith!» Bran begrüßte sie warm und nahm ihre gichtige Hand in seine beiden Hände. «Willst auch du deine alten Knochen noch einmal am Samhain-Feuer wärmen?», fragte er und blinzelte ihr zu.

Sie zeigte ihre Zahnstümpfe und lachte rau. Dann wurde sie ernst. Sie winkte einem jungen Mädchen, Bran schätzte es auf dreizehn, vierzehn vielleicht, das schüchtern und nervös hinter ihr gestanden hatte. Ihre großen braunen Augen leuchteten unter einem Schleier von Sommersprossen, und ihr roter Zopf war so dick wie der Arm eines Mannes. «Dies ist meine Enkelin», sagte sie. «Grainne, begrüß den Druiden.» Die Kleine machte einen Knicks, und Bran legte ihr die Hand auf den Scheitel, wobei er ein wenig rot wurde. «Sie haben eine gute Partie für sie gefunden», fuhr Gormlaith mit verächtlicher Stimme fort. «Für ein paar Wiesen und eine Herde wird sie an einen

Kerl verschachert, der der Bruder eines Abtes ist und fünfzig Jahre älter als sie.»

«In der Tat eine durchaus wünschenswerte Verbindung», sagte Bran vorsichtig. «Sie wird auch dich schützen.»

Die Alte schnaubte. «Ich will, dass sie mit den alten Lehren aufwächst», erklärte sie ohne Umschweife. «Und wenn sie schon in das Haus der rasierten Schädel muss, dann soll sie vorher wenigstens einmal geschmeckt haben, was Leben heißt. Sie soll die Kraft spüren, die in ihrer Natur liegt, und die Heiligkeit ihres Leibes erfahren.» Sie stieß mit dem Stock auf den Boden, um ihre Worte zu unterstreichen. «Ehe sie lernt, die Natur in sich zu strafen und zu verachten, was die Göttin ihr schenkte.»

Bran schaute sie ernst an. Er warf auch einen Seitenblick auf das Mädchen, dessen Wangen brannten, das sein Gesicht aber nicht senkte.

«Du weißt», gab er sanft zu bedenken, «was man in dieser neuen Welt von Frauen hält, die ...», er suchte nach Worten, «nicht unerfahren sind.»

Gormlaith geriet in Rage. «Verschmutzt nennen sie sie», höhnte die Alte, «diese Ahnungslosigkeit, diese Sünde! Trennen das Fleisch von ihrem Gott und nennen es böse. Hah!»

«Es könnten ihr schlimme Nachteile daraus erwachsen.» Bran blieb sanft und sein Blick ernst. «Sie könnte verstoßen werden.»

«Dann gehe ich in den Wald, wie ihr.» Das war das Mädchen, dessen Augen nun funkelten.

Gormlaith nahm ihre Hand und tätschelte sie beruhigend. «Bei den Folgen kann ich ihr helfen, mit all meiner Erfahrung», sagte sie. «Ihr Bräutigam wird sie für die heilige Brigit selbst halten.» Sie kicherte. «Er hat ja keine Ahnung, wer Brigit in Wirklichkeit ist. Tot umfallen würde er, könnte er die Fruchtbarkeitsgöttin Brigantia erkennen, die sich hinter ihrem dummen, züchtigen Antlitz verbirgt.»

Bran stimmte in ihr Lachen ein. «Ihr seid willkommen», sagte er. Herzlich drückte er die Alte an sich. «Ich werde nachher die Zeremonie eröffnen. Lucet ...» Er brach ab.

«Ich weiß», erwiderte Gormlaith. Sie legte ihm die Hand auf die Brust. «Aber ich spüre, dass er in dir ist.» Bran fühlte ihren ermunternden Druck und nickte. Lange sah er den beiden nach, als auch sie zur Quelle gingen.

Mael trat wieder an ihn heran. «Was machen wir nun?», fragte er.

Bran holte tief Luft. «Wir feiern Samhain», sagte er. «Ein Fest wartet auf uns.»

Blutiger Meerschaum

Es war ein gnadenloses Gemetzel. Die Bauern, die über die Wikinger herfielen, waren zwar im Kampf unerfahren, aber bei weitem in der Überzahl. Ihrer Schwäche bewusst, fielen sie stets zu mehreren über einen Gegner her, suchten ihn einzukreisen und ihn hinterrücks zu Fall zu bringen, um sich dann mit ihren Gerätschaften auf ihn zu stürzen. Björns Männer kämpften um ihr Leben. Hela sah Halvar, wie eine Gestalt auf seinem Rücken hockte, die ihm die Nägel durch das Gesicht zog, während eine zweite mit einer Forke auf ihn einstach. Sie verschoss einen Pfeil, fehlte aufgrund der ungewohnten Sehne, legte einen zweiten auf und zielte erneut, als sie den Angreifer bereits fallen sah. Undes Speer steckte zitternd in seinem Rücken. Die Afrikanerin zog ihn, ohne zu zögern, heraus und verschwand wieder im Gewühl. Björn stand wie ein Fels, Hiebe nach rechts und links austeilend. Ihn mieden die meisten. Wieder andere wälzten sich im Sand, die Finger in die Kehlen ihrer Gegner gekrallt, und ächzten in dem ehrlichen Bemühen, einander mit bloßen Händen den Garaus zu machen. Wolf sprang bellend zwischen den kämpfenden Paaren umher, zerrte hier an ein paar Lumpen, schlug dort seine Zähne in eine Wade, setzte aber nie zum entscheidenden Biss in eine Kehle an, als verwirre auch ihn die Armseligkeit und von Hoffnungslosigkeit getriebene Bosheit dieses Gegners. Hela erhielt einen Schlag gegen die Schulter, der sie in die Knie gehen ließ. Ohne nachzudenken, fuhr sie herum und versenkte ihr Messer in einem Leib. Es war der Greis, seine Harke mit beiden Händen erhoben, bereit, sie auf sie niedersausen zu lassen. Gurgelnd schoss das Blut aus seiner schwarzen, leeren Mundhöhle. Er klappte zusammen, und die Waffe sauste mit einem dumpfen Laut in den Sand, dicht neben Helas Kopf.

Da riss etwas in ihr. Mit einem Schrei sprang sie auf und drehte sich mit Schwung, die Waffe beidhändig führend wie im Rausch. Das spitze Eisen zischte durch die Luft und grub sich dann in Rippen und Fleisch. Hela musste den Fuß auf den Kadaver stellen, um es wieder herauszuziehen. Es kostete ihre ganze Kraft, doch ihr war, als strömte unendliche Energie durch sie hindurch. Sie hob die furchtbare Waffe erneut und stellte sich dem nächsten Gegner. Blutverschmiert hingen ihr die Haare in die Augen, sie achtete nicht darauf. Dort waren drei Bauern, die sich ihr geduckt näherten. Die Harke pfiff dicht an ihrem Ohr vorbei. Dies hatte nichts mehr von einem Tanz, auch nichts von einem Kampf, es war ein Schlachtfest. Schreiend gab Hela sich ihm hin.

Der Sand war dunkel von Blut, als die Angreifer endlich begriffen, dass die Nordmänner zwar waffen-, aber nicht wehrlos waren. So schnell, wie sie gekommen waren, verschwanden sie wieder in der sich nun ausbreitenden Dunkelheit.

«Hinterher!» Björn schwang sein Schwert wie ein Feldzeichen und rannte los. «Hinterher zu ihrem Dorf. Und bei Odin, dort nehmen wir uns, was wir brauchen.»

Hela blieb zurück wie eine plötzlich Erwachte. Um sie

herum war das Ächzen und Wimmern der Sterbenden. Sie brauchte nicht lange, um den Jungen zu finden. Mit aufgerissenen Augen lag er da. Das rote Gewebe seiner Lunge drängte sich gegen die Rippen, die weiß im Feuerschein leuchteten. Noch atmete er, irre vor Schmerz und ohne zu begreifen, was um ihn herum vorging. Sigurdur lag neben ihm. Er lächelte schwach und hielt sich das Bein, das der Junge mit seinem Knüppel zertrümmert hatte. Wolf kam und schnupperte winselnd daran.

Hela half ihm unter dem Sterbenden hervor, aber sie konnte den Blick nicht von dem Kind wenden. «Sie kommen wieder», sagte der Isländer auf seine seltsame Art. «Sie bringen Werkzeug, Wasser, Korn.» Er hob den Arm. «Wir werden leben. Werden nach Hause fahren.» Hela nickte nur. Da bemerkte sie den Speer in seiner Hand. Wortlos nahm sie ihn. Sie wusste, was er damit wollte. Tief einatmend hob Hela die Waffe und stieß sie dem Jungen ins Herz. Mit einem letzten Seufzer lösten sich seine Glieder.

«Nach Hause», sagte Hela tonlos. Vermutlich war kein Preis dafür zu hoch.

Die Männer kamen mit reicher Beute zurück. Unter anderen Umständen hätten sie sie als armselig empfunden, aber in ihrer jetzigen Situation waren es Kostbarkeiten. Strahlend überreichte Björn Sigurdur den Kessel, in dem er Pech erhitzen konnte, um die undichten Stellen der «Windstier» auszubessern. Harke tätschelte eine Axt, und Halvar, dessen Gesicht rot verfärbt war wie eine grausige Theatermaske, strich liebevoll über eine Sichel. Es klirrte, als sie das Werkzeug auf eine Decke legten. Säcke mit Korn plumpsten in den Sand, ein Fischernetz. Am wertvollsten aber war ein Fass, das sie noch am Brunnen mit Wasser gefüllt hatten. Die Männer stürzten sich darauf und tranken gierig. Hela nutzte ihren Teil, um Sigurdurs Bein zu waschen und einen Verband anzulegen. Sie ertastete vorsichtig den Bruch und stabilisierte ihn so gut sie konnte mit ein paar Stecken. Es waren die Pfeile, die kurz zuvor so nutzlos gewesen waren. «Nun sind sie doch zu etwas gut», sagte sie und lächelte ihn müde an. Unde kam, mit seltsam leuchtenden Augen, um sich nach Sigurdurs Zustand zu erkundigen. Der nahm ihre Hand, drehte die Handfläche nach oben und wies auf ihre Nägel, die schwarz von Blut waren. Verärgert zog Unde sie zurück. «Ich hätte ihnen einzeln die Augen ausgekratzt und sie gegessen, wenn es hätte sein müssen», sagte sie und stolzierte davon an den Meeressaum.

Harke kam, um zu protestieren, dass Hela sich seine Aufgaben als Heiler anmaßte, fand aber nichts an dem Verband auszusetzen. Dann warf Björn seinen mächtigen Schatten über sie. «Wir haben wieder Fahrt», rief er dröhnend.

Ja, dachte Hela, selbst gegen den Tod. Sie spürte Sigurdurs Hand auf ihrem Arm und versuchte ein Lächeln.

Samhain

«Cliodna!» Der Ausruf entfuhr Bran gegen seinen Willen. Er hatte seines Amtes gewaltet, den Segen gesprochen, Schutz heraufbeschworen gegen die geöffneten Tore der Anderswelt, Aine gedankt und die Menschen zu Göttern für eine Nacht erklärt, indem er ihnen die Geschichten erzählte aus der Zeit, als alle auf Erden groß wie diese waren in ihren Taten und Gefühlen und die Welt ihr Heim war und sie ein Teil davon. Seine Zuhörer hingen an seinen Lippen, während die Worte aus ihm strömten, die Lucet ihn gelehrt hatte. Zum ersten Mal spürte er selbst ihre Macht, spürte die Wahrheit über ihrer aller Leben, die darin lag. Männer und Frauen lagerten im Kreis um das Feuer, auf ihren Köpfen Kränze aus Ähren und den letzten Blumen. Manche hatten Waldefeu darum geschlungen. Ihre Augen glänzten im Licht der Flammen, ihre Körper neigten sich im Takt der Worte und folgten den Tönen der Flöte, die diese untermalte. Bald standen sie, bald tanzten sie. Und es brauchte kaum mehr des Tranks, den Bran bereitet hatte, bis alle sich lösten von ihren alltäglichen, grauen Gedanken und wieder den Rhythmus spürten, dessen Teil sie alle waren, den Rhythmus, dem ihr Herzschlag folgte und das Rauschen des Blutes in ihren Adern ebenso wie das Wachsen der Wurzeln im Boden und das Steigen der Säfte in den Stämmen der Bäume. Für eine Nacht verstanden sie das Wispern des Laubes, das Singen der Sterne, und spürten das Leben, das Leben in sich und allen Teilen der Natur.

Bald hatten sich die ersten Paare gefunden und den schützenden Schatten der Farnwiesen aufgesucht oder den eines geneigten Holunderbusches, der sie mit seinen Blättern streichelte. Andere drehten sich selbstvergessen unter dem Nachthimmel und feierten Hochzeit mit den Gestirnen, andere rollten im Grase umher und streichelten die Halme, ein glückseliges Lächeln auf den Lippen, denn sie wussten für diesen Moment, dass sie eins waren, Gras ihr Fleisch und Erde ihr Leib und beides Teil einer ewigen, nie erlahmenden Energie.

Bran hatte Grainne gesehen und Mael, die voreinander knieten, eng umschlungen und wankend unter ihrem Kuss. Und er wusste, es würde gut sein für beide und dass ein ewiges Gesetz sich erfüllte. Für einen Moment schloss er die Lider, und fast ohne seinen Willen wanderten seine Gedanken zurück zu einem Gesicht mit fremdartigen Augen, dessen schwarze Haare tanzten wie Tang auf den Wellen. Erschrocken riss er seine Augen wieder auf. Und da stand sie.

«Cliodna!»

Ihre Stimme war leise und schmeichelnd, wie er sie in Erinnerung hatte. «So erstaunt, mich zu sehen?», fragte sie und trat mit einem Lächeln näher.

Bran räusperte sich. «Dein Onkel», brachte er mit Mühe hervor, «hat mich zum Aussätzigen erklärt. In seinen Augen bin ich schon tot oder ein Sklave, je nachdem, was seine Güte für mich bereithält.» Sein Ton wurde eisig. «Er hat mein Heim zerstört, meinen Clan gegen mich aufgewiegelt und alle, die zu mir hielten, getötet. Er hat alles gestohlen, was mir gehört. Mein Land und meine Herden sind jetzt sein.» Er lachte bitter. «Ich nahm selbstverständlich an, dass er auf meine Heirat mit seiner Nichte daher keinen Wert mehr legt.»

Cliodna musterte eine Weile sein Gesicht. Dann hob sie ihre Hand und berührte sanft seine Wange. Zufrieden mit dem Ergebnis, lächelte sie. «Und ebenso selbstverständlich nahmst du an, dass seine Nichte das genauso sehen würde?», fragte sie.

Bran spürte, dass sein Mund trocken war. «Du warst immer ein sehr kluges Mädchen», sagte er.

Cliodnas Augen verengten sich zu Schlitzen. Sie schob die Unterlippe vor. «Sonst hast du mir gar nichts zu sagen?», fragte sie und warf den Kopf zurück, dass die üppige blonde Mähne im Feuer glänzte. Bran sah ein Blatt, das bei ihrem Weg durch den Wald darin hängen geblieben sein musste. Mit zitternden Fingern klaubte er es heraus. Beinahe hätte er es geküsst, doch er besann sich. «Geh nach Hause, Cliodna.»

«Da komme ich her, Bran.» Sie stand nun so dicht vor ihm, dass er den Duft ihrer Haut riechen konnte. «Ich bin aus dem Fenster unserer Hütte geklettert und durch den Sumpf gewatet.»

«Dein Kleidersaum ist trocken.» Er wusste kaum, wer da in ihm sprach, wer sich noch wehrte. Er fühlte nur die Hitze, die von dem Mädchen auszugehen schien.

«Getrocknet auf meinem langen Weg durch den Wald. Ein sehr langer Weg, Bran.» Auch ihre Stimme wurde nun bitter. «Ich habe alle enttäuscht, die mich lieben, alle verraten, von denen ich abhänge. Schau mich an.» Sie griff nach seinem Kinn und zwang ihn, ihr in die Augen zu sehen.

«Ich werde nie deine Braut sein, Bran, da hast du Recht. Niemals werden wir miteinander leben. Obwohl ich es mir so wünschte.» Ihre Stimme wurde leiser, sie wandte den Kopf ab. Weinte sie? Dann jedoch streckte sie wieder das Kinn vor. «Es ist Samhain, Bran, wenigstens das. Du kannst es mir nicht abschlagen. Bran.» Sein Name war nur mehr ein Hauch. Da fuhren seine Hände vor, packten ihre Schultern. Lächelnd öffnete sie die Nadeln, die ihr Gewand hielten, es sank über ihren Körper hinab. Ihre Haut glänzte im Feuerschein wie Seide. Bran öffnete den Mund. «Nein», brachte er hervor, «das kann ich wohl nicht.» Fast gewaltsam senkte er seine Lippen auf ihre und drängte ihren Kopf zurück in einem wilden Kuss. Sie stieß ihn fort und drängte sich zugleich an ihn. Ihr Haar fegte den Boden, so weit bog sie sich zurück. In ihren Augen spiegelten sich die Sterne. Und Bran war bereit, alles zu glauben, was er darin las. Ihr Lachen stieg girrend auf, als er sie mit sich in die Büsche zog. Und lachend fiel sie ins Gras.

«Blumen», hauchte sie, «wie für uns gemacht.» Sie legte sich auf den Rücken und ließ ihre Hände in weitem Bogen über den grünen Teppich gleiten, der übersät war mit weißen Blüten. Es waren Anemonen: Blumen des Todes, dachte Bran, doch was konnte passender sein an Samhain, das den Übergang feierte und den ewigen Kreislauf. Liebe und Tod, es war alles eins. Er legte sich auf sie und strähnte mit den Fingern ihr Haar, bis es eine Gloriole um ihren Kopf bildete. Ihr blasses Gesicht schaute ihm mit Augen entgegen, dunkel wie Teiche. Doch er sah nur ihre weit geöffneten Lippen. Erneut versanken sie in einen tiefen Kuss, umschlangen einander mit Armen und Beinen, als wollten sie sich in das Fleisch des anderen graben, und wälzten sich auf dem Boden umher. Blüten hingen in Cliodnas

Haar und dem seinen. Schließlich flüsterte sie: «Du musst die Bänder öffnen.»

Seine Finger fanden den Weg zu den Schnüren, die ihr Gewand noch hielten. Mit einer heftigen Bewegung streifte er es herunter und legte ihre schimmernde, bebende Brust frei. «Cliodna.» Er liebkoste, was er sah, mit den Lippen. Stöhnend wand sie sich und presste ihm die Hüften entgegen. Er griff mit beiden Händen nach ihrem Rock, um ihn hochzuschieben, fand ihren nackten Hintern und umschloss ihn mit beiden Händen. Überrascht schrie sie auf, als er sie herumhob, um sie auf sich zu setzen. Für einen Moment trafen sich ihre Blicke. Dann hatte er den Dolch gepackt, den ihre Rechte umklammert hielt.

Sein Griff war wie Eisen. Sie vermochte nicht ihren Arm zu entwinden, sosehr sie es fluchend und fauchend versuchte. Schließlich hielt sie still. Mit der freien Hand wollte sie das Gewand wieder über ihre Schulter ziehen. Bran fand, sie hatte nie schöner ausgesehen, halb nackt, nur von ihrem wüst zerzausten Haar bedeckt und mit den funkelnden Augen einer Rachegöttin. Es war ein wehmütiges Gefühl. Er half ihr und schob den Stoff wieder an seinen Platz, dann nahm er ihr mühelos die schmale Waffe ab. «Wie ich schon sagte», verkündete er ruhig. «Du warst immer schon ein sehr kluges Mädchen. Was hat dein Onkel dir dafür versprochen?»

«Genug.» Sie spuckte das Wort aus. «Mehr, als du wert bist.»

Er beachtete sie scheinbar gar nicht, studierte stattdessen im Mondlicht die Klinge, die er ihr abgerungen hatte. «Weißt du», sagte er, «die, die sich nicht damit auskennen, meinen oft, sie müssten sie so halten.» Er ahmte ihren Griff nach, der das Messer wie einen Stock gepackt gehalten hatte, um es von oben herabsausen zu lassen. «Tatsächlich ist es aber weit besser, es so zu fassen.» Er hielt die Klinge nach vorne gestreckt, führte einige rasche Finten aus und ließ es von einer Hand in die andere wandern, so rasch, dass sie blass wurde. Eine Weile verging, in der keiner von ihnen sprach.

«Worauf wartest du noch?», fragte sie schließlich rau.

«Ich habe es dir schon einmal gesagt, Cliodna.» Er stand auf, wischte sich das Grün von der Kleidung und steckte den Dolch ein. «Geh nach Hause.» Damit wandte er sich ab.

Sie blieb hocken, wo sie war, und zog sich zusammen wie eine Schlange. «Ich hasse dich, hörst du mich, Bran, ich hasse dich, hasse dich, hasse dich.»

Er schaute sich nicht einmal um.

JAGDFIEBER

Es dauerte einige harte Tage, bis die «Windstier» wieder seetauglich war. Die Stimmung der Wikinger war trotz des Erfolgs auf dem Tiefpunkt, und ihre Mägen knurrten, als sie sich an die Ruder setzten. Über ihnen flatterte ein Segel aus den Kleidern und Decken toter Menschen, ein schlechtes Omen und eine Schande, die sie auswetzen wollten, so rasch wie möglich. Sie waren wie herrenlose, hungrige Hunde auf der Suche nach dem nächsten Knochen. Und sie waren bereit, für ihr Überleben, für die Beute, sich auch wie Hunde auf den nächsten Feind zu stürzen.

Diesmal wurde nicht gesungen an Bord. Der kümmerliche Rest der Mannschaft ruderte schweigend der See entgegen und dem Wind, der sie nach Norden bringen sollte. Björn hatte Befehl gegeben, die Küste hinaufzusegeln, um nach Beute Ausschau zu halten, zunächst Richtung Norden. Sie würden im Mittelmeer bleiben. Denn so, wie sie waren, konnten sie nicht nach Hause zurückkehren, obwohl sich mancher der Überlebenden danach sehnte.

Auch zwischen Unde und Hela gab es wenige Worte.

Die Afrikanerin schaute starr geradeaus. Aber ihre Augen, das bemerkte Hela, hingen nicht am Horizont, sie fixierten ein ganz anderes Ziel: Sigurdur. Als der sich umwandte, um Hela zuzulächeln, wurde der Wikingerin das Herz schwer. Aber es war Unde, die das Schweigen brach.

«Ihr versteht euch gut», sagte sie. Es klang nicht anerkennend.

«Ja», erwiderte Hela. Mehr fiel ihr nicht dazu ein. Warum waren die Beziehungen zwischen den Menschen nur so kompliziert? «Wir verstehen uns. Aber das ist alles.»

Unde schnaubte. «Das ist viel», widersprach sie. «Es geschieht nicht oft im Leben, dass man einem Menschen begegnet, dem man sich vertraut fühlt.» Sie verstummte traurig. Tatsächlich war es ihr selbst erst zweimal passiert, seit sie aus ihrem ersten Leben gerissen worden war. Gleich im ersten Moment, als sie Hela gesehen hatte, hatte sie gewusst, dass diese Frau eine wichtige Rolle in ihrem Leben spielen würde. Und dann war dieser seltsame Mann erschienen. «Mit dir ...», setzte sie dann an.

In diesem Moment setzte die Brise ein, die knatternd ihr improvisiertes Segel entfaltete. Gedämpfter Jubel kam auf, und sie zogen die Ruder ein. Alle übernahmen mehrere Aufgaben, denn es waren viel zu wenig Hände übrig geblieben. Dennoch saßen die beiden Frauen nach einer Weile am Mast, dort wo einst ihr Schatz gelagert hatte und heute ihr größter Schatz, ein halber Sack voll Gerste, war.

Unde starrte auf ihre nackten Füße, deren Zehen sich unruhig auf dem noch immer feuchten Holz des Deckes krümmten. «Ich habe noch nicht einmal mit ihm gesprochen. Ich weiß gar nicht ...» Sie wusste nicht, wie sie ihre Gefühle ausdrücken sollte. «Aber ich muss einfach, verstehst du?» Sie hob die Hände, ihre Finger fuhren ins Leere, als wollte sie den Gedanken greifen. «Oh, ich hasse es, etwas zu müssen», rief sie plötzlich aus. «Das wollte ich doch nie wieder.»

«Unde.» Hela griff nach ihrer Schulter und wollte sie umarmen, was Unde nur spröde geschehen ließ. «Du bist verliebt», stellte Hela sachlich fest, «ganz einfach. Das ist nichts Schlimmes. Und es ist nicht dasselbe, wie sich unterwerfen oder gefangen sein.» Im selben Moment, in dem sie es ausgesprochen hatte, wurde ihr bewusst, dass es nicht die ganze Wahrheit war. Ihre Liebe zu Goldar war genau darauf hinausgelaufen. Wenn sie auch bis heute nicht genau begriff, weswegen. Auch die Liebe konnte ein Gefängnis sein, dachte Hela verzagt, und dann trotziger: Deswegen werde ich mich auch nie wieder verlieben, niemals.

«Ich habe es gewusst.» Verzweifelt hob Unde die Hände. «Von dem Moment an, als ich ihn an diesem Ort sah und die Welt in Stücke sprang. Verstehst du?»

Hela nickte nur. Ja, sie kannte das. Genau deshalb wollte sie es auch nicht hören. Wie konnte sie Unde klar machen, dass ihr Bedarf an Liebesgeschichten für dieses Leben gedeckt war? Und wenn es nach ihr ging, dann würde sie auch im nächsten Leben an Odins Tafel allein sitzen. Jedenfalls wenn sie das Rätsel Goldar bis dahin nicht gelöst hätte. Aber sie wollte Undes Gefühle nicht verletzen. Dann fiel ihr etwas ein. «Er hat dich zu sich auf das Brett geholt», sagte sie.

Unde schaute verwirrt drein. «Ja», wiederholte sie, dankbar für die Eingebung und beflügelt von der plötzlichen Erkenntnis. «Als die Woge kam», fuhr Hela fort, «hat er mich an irgendein Holzstück gebunden. Aber dich hat er an seiner Seite behalten.»

In Undes Augen leuchtete eine Hoffnung auf. «Aber», wandte sie dann ein, «er hat sich dir zugewandt nach dem Kampf. Er hat mit dir gesprochen.» Sie klang wieder unsicher und fragend.

Hela strich ihr übers Haar. «Wir waren beide traurig», sagte sie, «über den Kampf und das Sterben.»

Unde riss die Augen auf. «Wie kann man traurig sein über einen gewonnenen Kampf?», fragte sie.

Hela schaute hinüber zu Sigurdur, dessen beinahe weißes Haar in der Brise flatterte, während er hierhin und dorthin humpelte, um zu prüfen, ob das Schiff der Belastung des Windes und der Fahrt auch standhielt. Bis vor kurzem hätte sie dieselbe Frage gestellt. «Vielleicht», sagte sie, «fragst du ihn einfach?»

Die Wikinger waren auf der Jagd. Lange mussten sie sich von mageren Brocken ernähren, armselige Dörfer ausnehmen, Hirten überfallen, ufernahe Felder plündern oder den mageren Schweinen kleiner Klöster nachrennen. Größere Häfen erwiesen sich oft als zu gut bewacht, und ihre eigene Bewaffnung war noch immer zu schwach. Sie hatten wenig mehr als ein paar Lanzen, Bögen und ihre Entschlossenheit. Aber auch die brachte sie lange nicht weiter. Wie verhext war die Präsenz der aquitanischen Flotte gewesen, die so manche ihrer Pläne durchkreuzte, sodass sie oft lieber in Deckung blieben. Ihr größter Fischzug, der Überfall auf einen Marktflecken, hatte ihnen neben einigen Klingen, die sie in einer Schmiede an sich rafften, eine tagelange Verfolgung beschert. Die «Windstier» hatte es gerade noch geschafft, in einer Bucht bei Zigeunern festzumachen, die davon lebten, dass sie Salz aus dem Meer gewannen und es jenen verkauften, die die Salzsteuer des Herrschers zu umgehen wünschten. Reich waren sie bei alledem nicht geworden, noch nicht einmal satt.

Aber nun bot sich ihnen eine Aussicht, die sie wie von selbst zu den Waffen greifen ließ. Selbst Helas Puls pochte schneller. Und sie packte das rostige Schwert fester, das sie sich erobert und gegen die Ansprüche der Männer energisch behauptet hatte.

Vor ihnen, auf einer Insel mit dem Namen Jebiza, gegenüber der Küste des Emirats von Cordoba, lag ein Schiff vor Anker. Einen Moment lang hatte Hela geglaubt, die «Bajadere» zu erkennen, doch besaß es keine Frauengestalt am Bug, und die Farbe des Segels wies es als sarazenisches Schiff aus. Es dümpelte im seichten Wasser vor sich hin, Boote waren gen Land geschickt worden, und von dort drang zu den Wikingern hinüber, was in ihren Ohren so verheißungsvoll klang: die verzweifelten Schreie der Bewohner jenes Küstendorfes. Mit bloßem Auge war zu erkennen, dass der Kampf in vollem Gange war und auch, dass die Angreifer kaum auf Gegenwehr stießen. Von den meisten Hütten stieg bereits Rauch auf, Körper säumten schwarz den Strand, und die da riefen, waren zumeist Frauen und Kinder, die aus ihren Behausungen zum Strand geschleift wurden.

«Sklavenjäger.» Helas Knie zitterten.

«Ja», sagte Björn neben ihr. «Und sie haben ihr Schiff mit geringer Bewachung zurückgelassen.» Seine Nasenflügel bebten erwartungsvoll. «Wir werden sie entern.»

«Aber», wandte Hela erregt ein, «sollten wir uns nicht zuerst um das Dorf kümmern?»

«Damit sie uns davonsegeln?» Björn hob die Hand, und das Wikingerschiff glitt auf sein Kommando in raschem Tempo in die Bucht. Ihr Segel erschlaffte ohne einen Laut, kein Kommandoruf ertönte, und die Ruder senkten sich beinahe lautlos ins Wasser. Das erste Geräusch war der böse Ton, mit dem Holz an Holz schabt, als sie längsseits gingen. Dann brach der Lärm los, mit dem die Nordmänner ihre Götter anriefen, während sie auf das fremde Schiff kletterten. Es war ein kurzer Kampf. Außer einer Wache am Steuer war kaum jemand an Bord. Sie töteten die Männer und warfen sie ins Wasser, ehe jemand Alarm geben konnte. Das Gemetzel am Ufer ging derweil ungestört weiter.

«Zum Strand, zum Strand», rief Hela ungeduldig, die die Bucht nicht aus den Augen lassen konnte. Zu lebhaft noch spürte sie die Fesseln um ihre eigenen Handgelenke, erinnerte sie sich noch an den halbdunklen Raum, wie es ihn auch auf diesem Schiff geben musste, in dem sie vor sich hin vegetiert hatte, halb tot, halb lebendig, in ihrem eigenen Kot liegend und gedrängt an so viele andere, die wie sie einem furchtbaren Schicksal entgegensahen. Es brannte sie unter den Sohlen, diese Planken zu verlassen. Und es dürstete sie nach dem Blut derer, die auch sie gequält hatten.

«Zum Strand», nahm Björn ihren Ruf auf. Für das Drachenschiff war es ein Leichtes, das seichte Wasser zu bewältigen. Mit erhobenen Rudern liefen sie auf den Sand und sprangen heraus. Hela war die Erste, die durch das flache Wasser lief, Wolf immer in ihrer Nähe. Der Araber, der ihr entgegenkam, wurde mit erhobenem Schwert gefällt. Kaum dass sie im Laufen innehielt. Sie ließ ihre Klinge kreiseln und stellte sie in Position, als der zweite auf sie zurannte, sein Schwert in beiden Händen seitlich des Kopfes erhoben. Hela lächelte. Sie war mehr als bereit, ihn zu töten.

Sie erschlug ihn, erschlug mit ihm den Kapitän des Schiffes, das sie geraubt hatte, den Matrosen, der sie berührt hatte, den Zöllner, den Arzt, den Herrn. Sie schlug auf die Erinnerung ein, die sie in ihren Träumen verfolgte, und war, als sie keuchend und blutbeschmiert vor den qualmenden Hütten stand, getriebener denn je. Doch sie war auch glücklich.

Vor ihr stand ein Häufchen verängstigter Menschen, Frauen und Kinder. Da war ein Mädchen wie jenes, das damals durch die Öffnung an Deck vor ihre Füße gefallen war. Eine Frau mit Kopftuch wie jene, die das zu einem Embryo zusammengerollte Wesen seinerzeit in seine Arme genommen und gewiegt hatte. Eine junge Frau wie sie selbst, mit schwarzen Haaren und ohnmächtigem Hass im Gesicht. Sie waren zusammengetrieben und gefesselt worden. Ihre Männer lagen tot am Strand, ihr Heim brannte. Aber sie waren am Leben, und bald, der Gedanke breitete mit frohem Flattern seine Flügel in Helas Brust, bald würden sie frei sein.

Ein Schrei entrang sich ihrer Kehle, als sie erleichtert in die Knie brach. Wolf kam, mit blutiger Schnauze, und leckte ihr Gesicht. Sie wechselte einen Blick mit Unde, die sich hinter ihr schwer atmend auf ihren Speer stützte, und wusste, die Freundin verstand sie.

Björn rieb sich lachend die Hände. «Fertig sortiert und bereits verschnürt», stellte er fest. «Es ist perfekt.»

Hela hatte ihm nicht zugehört. Sie zog ihr Messer und wankte auf die Gruppe zu, die verängstigt vor ihr zurückwich.

«Mädchen», brüllte Björn, «was machst du da?»

Erstaunt wandte Hela sich um. «Ich schneide ihre Fesseln durch», sagte sie arglos. Dann fügte sie hinzu: «Einige sind verletzt. Wir sollten Harke bitten, nach ihnen zu sehen.» Gerade wollte sie an die Arbeit gehen und war mehr als überrascht, als sie sich von Björn festgehalten und zurückgerissen fühlte.

«Das werden ihre neuen Herren sicher besser erledigen», sagte Björn. «Wir werden uns nicht damit abgeben.»

«Neue Herren?» Hela begriff es nicht. Verwundert starrte sie die Männer an, die sie nun seit Wochen kannte, wie sie auf die Frauen zugingen und sie vor sich her zum Boot trieben. «Aber ...», entfuhr es ihr.

Björn packte sie an den Handgelenken und schüttelte sie. «Was glaubst du, womit wir unser Geld verdienen?», fragte er barsch.

«Aber», wiederholte Hela fassungslos, «Sklaven?»

«Ein gutes Geschäft», gab Björn bewusst brutal zurück. Er betrachtete Hela, und in seinem Gesicht arbeitete es. «Hör mal, ich kenne die Ansichten deiner Mutter», sagte er schließlich. «Und ich gebe zu, dass sie ...» Er wusste nicht mehr weiter. Seine Kiefer mahlten. «Ach was», brach es schließlich aus ihm heraus. «So haben wir es immer gehalten. Der Markt im Emirat ist gut für Sklaven. Wir werden genug verdienen, um in die Bretagne zu segeln. Und von dort, mit Odins Segen, nach Hause.» Seine Stimme nahm einen zufriedenen Ton an. «Sieh sie dir an», sagte er mit Kennermiene und schaute den Abgeführten nach. «Jung und kräftig. Und die Knaben taugen schon zur Arbeit. Die Sarazenen werden sich darum reißen.»

Hela machte sich angewidert los. «Vielleicht verkaufst du Unde und mich gleich dazu», blaffte sie.

Björn fuhr herum. Er hob die Hand, als wollte er sie schlagen. Dann überlegte er es sich und lachte. «Benimm dich weiter so», sagte er, «und ich werde es mir überlegen.»

Hela warf ihm einen trotzigen Blick zu und rannte davon. Laut bellend folgte Wolf ihr und umsprang sie, hielt aber inne, als sie nur abwehrend nach ihm schlug. Ratlos kehrte er über den Sand zu Björn zurück.

«Schau nicht so», raunte der Wikinger. «So sind eben die Weiber, nicht zu verstehen.» Er kraulte dem Tier den grauen Kopf, während er Hela nachschaute. Tatsächlich konnte er sie ganz gut verstehen. Sie war wie ihre Mutter, eigenwillig in ihren Ansichten und frei in dem, was sie tat. Vala hatte ihm immer Respekt abgenötigt und, wenn er ehrlich war, ein kleines bisschen mehr. Nun, mit der Tochter, ging es ihm ähnlich. Ihr Streit stimmte ihn traurig. Dann aber dachte er an sein Schiff. Und hoffnungsfroh weitete sich seine Brust. An Bord des Sarazenenschiffes würde Geld auf sie warten, Vorräte, Waffen. Er sah bereits, wie seine Männer sich bei den Toten bedienten. Dazu kamen noch die Sklaven. Es war ein Glücksfall, der sie wieder zu Herren ihrer Pläne und ihres Schicksals gemacht hatte. Das musste Hela verstehen. Er suchte sie mit den Augen und konnte ihre kleine Gestalt am Ende der Bucht kaum mehr erkennen. Was tat sie da, Steine ins Wasser werfen? Björn zuckte mit den Achseln. Sie würde schon wiederkommen. War ja ein kluges Kind, immer schon gewesen.

Und Hela kam.

Als die Ruder der «Windstier» sich beinahe schon hoben, rannte sie den Strand entlang und kletterte, im letzten Moment, an Bord. Sie gönnte weder Björn einen Blick noch dem zusammengepferchten Menschenknäuel, das nun den Platz um den Mast einnahm und dort in drangvoller Enge und in unnatürlichem Schweigen kauerte. Hela erinnerte sich an das Schweigen in ihrem eigenen Gefängnis, wo das Leiden ebenfalls keinen Laut gefunden hatte, sich auszudrücken, weil keine Hoffnung mehr vorhanden gewesen war, und sie konnte die Gänsehaut nicht loswerden, die ihren Körper überzog.

Schutz suchend hockte sie sich neben Wolf in den Bug und richtete den Blick stur geradeaus auf das Meer. Nach einer Weile bemerkte sie jemanden neben sich. Es war Unde. Sie brauchten keine Worte, um einander mitzuteilen, was sie fühlten. Hela wusste, die Freundin teilte ihren Kummer. Ihre langen, schlanken Finger verflochten sich mit den ihren. Beide hatten sie die Zeit des Serails nicht vergessen.

Ein wenig später kam auch Sigurdur dazu. Er hinkte noch immer, obwohl Hela ihm schon vor Tagen den stützenden Verband abgenommen hatte. Ein steifes Bein würde ihm wohl für den Rest seines Lebens bleiben, doch er trug es mit scheinbar großer Gelassenheit. Sie hatten viel Zeit miteinander verbracht, er und Hela und Unde, mit der gemeinsam er sich mühte, die Sprache der Wikinger zu lernen, und deren hungrige Blicke er mit seinem stillen Lächeln erwiderte. Hela konnte nicht umhin, manchmal zu denken, wie sehr sie einander entsprachen auf ihre gegensätzliche Weise: Unde so dunkel wie die Nacht und Sigurdur so hell wie der Tag, doch beide groß, schlank, mit einer lässigen Ruhe und einer Gestik, die jedem klar machte, dass er ein freies, seiner selbst gewisses Menschenwesen vor sich hatte. Undes Raubtierhaftigkeit hatte sich unter dem Einfluss seiner Gesellschaft gelöst. Sie wirkte nun nicht mehr in jeder Sekunde wie ein Pfeil, der hungrig nach dem Ziel auf der Sehne lag. Sigurdurs zurückhaltende Art hatte im Gegenzug eine gewisse Spannung erhalten, die auf ihn als Mann noch mehr aufmerksam machte, als es sein gutes Aussehen allein getan hätte, und die auch durch seine Behinderung nicht beeinträchtigt wurde.

Während der Nachtlager an Land schlugen die beiden ihre Decken stets nahe beieinander auf. Und eines Nachts, als sie nicht schlafen konnte, hörte Hela, wie Unde dem Schiffsbauer jene Frage stellte, die sie ihr selbst zu fragen empfohlen hatte. Lautlos hatte sie sich daraufhin von ihrem Schlafplatz erhoben und einen langen, einsamen Spaziergang am Strand gemacht. Sie fand, dass die Antwort und was darauf folgte, sie nichts anging.

Nun kauerten sie alle drei eng beieinander und überließen es den anderen, das Sklavenschiff zu plündern. Auch Sigurdur sagte nichts, doch seine Hand spielte mit dem Sklavenreif, der noch immer seinen Hals zierte, da sie in Sizilien nicht die Zeit gefunden hatten, ihn von einem Schmied abnehmen zu lassen. Vielleicht, überlegte Hela zum ersten Mal, war es auch ein gewisser trotziger Stolz, mit dem Sigurdur das Erkennungszeichen trug. Aber jetzt fuhren seine Finger an dem Ring auf und ab. Und Hela bemerkte, dass die Haut dort, wo er sie berührte, rot und aufgeraut war, der einzige Makel seiner hellen, ansonsten so beinahe überirdischen Schönheit.

«Ja», sagte Hela. Es war das Einzige, was gesprochen wurde.

So kam die Küste nördlich von Kartadjena in Sicht.

Gewagtes Spiel

Ein Zeichen im Hafen bewies ihnen schon beim Einlaufen, dass sie hier richtig waren: ein hölzernes Podest mit einem Pfahl in der Mitte, von dem eiserne Ketten herabhingen, noch leer und nutzlos. Es war die Tribüne eines Sklavenhändlers, der darauf wartete, neue Ware zu erhalten, die er feilbieten konnte.

Björn machte sich daran, mit Halvar an Land zu gehen. Die anderen blieben an Bord zur Bewachung ihrer kostbaren Fracht. Auch mochte die Tatsache, dass die meisten von ihnen nun sarazenische Helme und Schwerter trugen, zu viel Aufsehen erregen und gefährliches Misstrauen auf sie ziehen. Harke hockte in einer Ecke, um seine Aufgabe zu vollenden. Schon seit langem war er damit beschäftigt, die verloren gegangenen Holzschilde der Mannschaft zu ersetzen. Jeder Wikinger besaß einen mit den Farben seines Clans und seines Hofes. Bei Gefahr und vor einem Angriff wurden sie an der Reling aufgebaut und erhöhten die Bordwand, ein Schutz gegen feindliche Pfeile, aber auch ein deutliches Signal, mit wem die Gegner es zu tun hatten. Harke hatte es als Schande empfunden, dass die «Windstier» seit dem Sturm ohne eine solche Befestigung hatte auskommen müssen.

Als er Hela bemerkte, die mit mahlenden Unterkiefern in ihrer Ecke hockte und Steinchen schmiss, winkte er sie zu sich. «Hier», sagte er und stellte sein letztes Werk auf. Erwartungsvoll strahlte er sie an. Hela betrachtete den ganz und gar rund gearbeiteten Schild mit dem hölzernen Sporn in der Mitte. Er war ohne metallene Buckel und Streben gemacht, dafür kunstvoll verziert mit dem Bild einer Schlange, die sich in vielfachen Windungen um den Mittelpunkt schlang. Hela streckte die Hand aus, um die Linien nachzufahren. Sie glichen in der Tat jenen auf dem Stein, unter dem ihr Vater begraben lag. «Ich dachte», erklärte Harke eifrig, «weil Björn sagte, du stammst vom Schlangenhof, deshalb wäre das das richtige Zeichen für dich.»

Hela bemühte sich um ein Lächeln. «Danke», sagte sie und musste schlucken.

Harke stellte den Schild fort. Er war mit dem Ergebnis seiner Bemühungen bei weitem nicht zufrieden. Zwar wusste er nicht wie Björn, was Hela beschäftigte und warum überhaupt jemand etwas gegen den Sklavenhandel haben könnte, der für ihn das Normalste auf der Welt war, doch bemerkte er wohl, dass Hela bedrückt war, und da er sie schätzte, wollte er etwas tun, um sie aufzuheitern.

«War wohl bislang nicht das, was du dir erhofft hast, unsere Fahrt», sagte er. «Man kann nicht jeden Tag Schätze finden, weißt du?»

«Ist wohl so», gab Hela knapp zurück.

Harke überlegte, dann schlug er sich aufmunternd auf die Schenkel. «Weißt du was?», fragte er. «Warum begleitest du mich nicht an Land? Ich will schon lange meinen Vorrat an Heilmitteln auffrischen.» Er klopfte viel sagend auf die Börse, in der einige der Münzen klimperten, die sie auf dem Sarazenenschiff gefunden hatten. «Und wer weiß, vielleicht finden wir sogar eine Leier für Halvar. Es wäre wieder Zeit für ein paar Lieder, findest du nicht?»

Hela zuckte vage mit den Schultern. Heilkräuter waren das Letzte, wofür sie sich im Moment interessierte, aber Harke, entschlossen, ihr ein wenig Ablenkung zu verschaffen, packte sie an der Hand und zog sie mit sich.

Helas unverschleierte, exotische Schönheit ebenso wie der Umstand, dass sie Hosen unter ihrem langen Wams und eine Waffe an der Seite trug, erregten nicht wenig Aufsehen in dem kleinen Städtchen. Harke genoss sichtlich die Bewunderung, die seiner Begleiterin zuteil wurde. Es war ihm im Leben nicht oft gegeben gewesen, mit einer gut aussehenden Frau angeben zu dürfen. Er wurde immer angeregter, machte ihr und sich Komplimente, inspizierte munter die Warenangebote, gab Kommentare, fragte sie um ihre Meinung, ohne diese abzuwarten, und plauderte überhaupt ohne Unterlass. Dabei schien es ihm gar nicht aufzufallen, dass Hela, in ihre düsteren Grübeleien versunken, kaum etwas sagte.

Bis sie ihn plötzlich am Arm packte. «Siehst du das?», fragte sie.

Harke, der gerade mit einem Händler über die Qualität seiner Musikinstrumente gestritten hatte, brauchte eine Weile, bis er entdeckte, was sie meinte. Dann sah auch er den Beamten und die beiden Wachen an seiner Seite. Er schien von Geschäft zu Geschäft zu gehen, eben blieb er wieder an einem Marktstand stehen. Der Inhaber, ein Töpfer, der vollkommen von seinen Waren umgeben war, verneigte sich ehrerbietig und beeilte sich, dem Mann aus einem Beutel Münzen in die Hand zu zählen. Eine weitere Verneigung von beiden Seiten folgte. Dann beschwerten die Münzen die hölzerne Kassette, die die beiden bewaffneten Begleiter des Mannes trugen. Von allen Seiten gegrüßt, bewegte die kleine Karawane sich weiter. Die beiden Wikinger standen wie angewurzelt und ließen sie passieren.

«Sieht aus wie ein Steuereintreiber», sagte Harke schließlich. Seine Stimme klang nachdenklich.

«Genau», bestätigte Hela.

Schon etwas lebhafter, fügte Harke hinzu: «Sieht auch aus, als käme da eine ganz schöne Summe zusammen.»

«So ist es», sagte Hela, zutiefst befriedigt von dem Gedanken. Noch immer verfolgten sie beide das Geschehen mit den Augen, während der Beamte sich Stück für Stück weiter von ihnen entfernte. «Was meinst du wohl», fragte Hela schließlich, «wo die Kassette landen wird?» Es war mehr als eine Frage, es war eine Aufforderung. Und Harke war mehr als empfänglich dafür.

«Das sollten wir herausfinden.»

‹Pling.› Der verärgerte Musikalienhändler hatte einen

schrägen Akkord auf seinem Instrument angeschlagen, um die Aufmerksamkeit der beiden Fremden zurückzugewinnen, die erst so viele Fragen stellten, um ihn danach vollständig zu ignorieren! «Das ist ein sehr schönes Stück», beharrte er.

Der Klang hatte Harke und Hela aus ihrer Erstarrung geweckt. Ohne den aufgebrachten Verkäufer weiter zu beachten, drückten sie ihm die Leier in die Hand und machten sich auf. Endlich war auch in Hela wieder Leben. So unauffällig wie möglich verfolgten sie die drei Männer über den Markt, bis sie endlich in eine aufwärts führende Gasse einbogen und durch ein Tor verschwanden.

«Wir hätten es wissen müssen», sagte Harke missmutig. Sie standen vor dem kleinen Fort, das die Küstensiedlung überragte und das sie schon vom Meer aus gesehen hatten. Es war rings von einer beeindruckenden Mauer umgeben, und der einzige Zugang schien eben jenes Tor zu sein. Auf der Rückseite, zum Wasser hin, war es zusätzlich durch steile Klippen geschützt. Und gegen die Unterstadt schienen seine bewehrten Zinnen durchaus ausreichenden Schutz zu bieten. Harke gaffte hinauf. Mehrere Mannshöhen über ihnen patrouillierten die Wachen auf dem Wehrgang und würdigten sie keines Blickes.

«Was so gut bewacht wird, muss wertvoll sein», stellte Hela sachlich fest. Sie wirkte keinesfalls entmutigt. Mit gegen die Sonne zusammengekniffenen Augen musterte sie die Wehranlage.

«Kommst du?», fragte Harke, der sich bereits abgewandt hatte.

Hela schüttelte nur den Kopf und beschattete die Augen mit der Hand. «Siehst du diesen Turm, Harke?», fragte sie.

Der Wikinger runzelte die Stirn. «Er ist kaum zu übersehen», erwiderte er mürrisch. Was nur wollte sie noch, dachte er, die Sache war gelaufen.

Für Hela allerdings war sie das noch lange nicht. Sie

nahm Harke, ohne ihn lange zu fragen, mit auf einen Spaziergang vor die Stadtmauer, um sich dem Fort von dort unbeobachtet nähern zu können. Dabei reifte in ihrem Kopf ein kühner Plan. Sie bat Harke noch einmal, sich den Turm anzuschauen, vor allem jene äußere Ecke. Wenn man, schlug sie dann vor, einen Pfeil mit einer Schnur daran hinüberschösse, in einem ganz bestimmten Winkel ... Und Harke begann zu begreifen. Der Pfeil flöge, gut gezielt, zwischen den Zinnen der einen Seite hindurch, auf der anderen wieder hinaus. Wäre die Schnur lang genug, um an beiden Seiten herabzuhängen, und bände man an eine Seite ein kräftigeres Seil, könnte man dieses ebenfalls hindurchziehen und so, bei einem Gegengewicht auf einer Seite, relativ einfach daran emporklettern.

«Es gibt eine Wache pro Turm», stellte Hela nach einer langen Weile fest, die sie im Schatten eines Orangenbaums gekauert hatten, um das Geschehen droben auf der Mauer zu studieren. Harke hatte eine der Früchte gepflückt und mit seinem schartigen Daumennagel geschält. Es duftete köstlich, doch Hela lehnte dankend ab, sodass der Wikinger sich in Ruhe bedienen und mit den Schalen nach einer der Eidechsen werfen konnte, die nicht weit von ihnen auf den Steinen hockten. Harke kam sich bald selber wie eine vor. Schatten hin, Schatten her, es war heiß hier. Er wischte sich den Schweiß von der Stirn.

Hela spürte die Hitze gar nicht. Sie entwickelte ihren Plan, laut für Harke, der ihr mit Staunen lauschte, im Stillen für sich selbst, denn sie verband damit weit reichende Hoffnungen. Sollte sie es schaffen, diese Beute aufs Schiff zu bringen, so ihre Überlegung, könnte Björn sich ihrer Absicht, die Sklaven freizulassen, nicht mehr entgegenstellen. Sie würde ihm die Gefangenen einfach abkaufen. Alles Weitere wäre dann nicht mehr seine Angelegenheit. Er hätte keine Verluste. Und ihr Anteil an der «Windstier» würde ihr nicht mit Sklavengeld ausbezahlt werden.

Diese Aussicht beflügelte Hela. «Was meinst du?», drängte sie Harke. «Hältst du es für machbar?»

Er verzog das Gesicht, während er noch einmal alles betrachtete, das Gelände, die Mauer, das Kommen und Gehen der Wachen. «Es ist eine verdammte Verrücktheit», sagte er in seiner langsamen, behäbigen Art. Dann aber grinste er unter seinem Schnurrbart hervor Hela an. «Genau die Sorte, die mir zusagt.»

Hela fiel ein Stein vom Herzen. Sie ging im Geiste die Anzahl der Helfer durch, die sie benötigen würde. Unde sollte mit von der Partie sein, Sigurdur, wenn er wollte. Das sollte genügen. «Wir sagen Björn besser nichts davon», meinte sie abschließend. «Er hat nicht dieselbe Freude an Verrücktheiten. Es reicht, wenn wir ihn mit dem Gold überraschen.»

Harke feixte. «Und am Gold hat er Freude genug.» Sie machten sich auf den Rückweg.

An Bord der «Windstier» war die Stimmung schlecht. «Morgen, morgen», schimpfte Björn. «Man könnte meinen, sie kennen kein anderes Wort.» Mit düsterer Miene neigte er sich über die Reling und starrte auf den Markt, wo immer noch das verwaiste Podest stand.

«Ist doch nicht so schlimm», wollte Harke ihn begütigen.

Björn allerdings war nicht in Stimmung. «Was gibt es da zu grinsen?», fuhr er Hela an, die hinter Harke aufgetaucht war und in der Tat ein verdächtig erfreutes Gesicht machte. Dass die Gefangenen heute noch nicht verkauft werden konnten, passte hervorragend zu ihrem Plan.

Björn, der keine Antwort erwartet hatte, wandte sich wieder ab. Da bemerkte er den Mann, der am Kai stand, dicht an der Bordwand seines Schiffes. «Heh», brüllte er und wedelte mit den Armen, «weg da.» Dann fiel ihm auf, wie jemand etwas zu ihm hinunterreichte. Björn fuhr herum und sah gerade noch, wie eine der Gefangenen zu der Gruppe am Mast zurückhuschte, und seine Laune verschlechterte sich noch.

«Halvar, pass gefälligst besser auf die Gefangenen auf», schnauzte er seinen Gefährten an, dann beugte er sich noch einmal weit über die Reling. Zu seiner Beruhigung sah er, dass der Fremde zu einem einfachen Fischerboot hinüberging. Irgendein Einheimischer, ein Verwandter vielleicht, dachte er, nichts, was ihnen gefährlich werden konnte. In seinem Rücken hörte er Halvar mit rauer Stimme die Gefangenen zusammenstauchen, hörte das Jammern der Frauen. Morgen wären sie sie los, es war höchste Zeit. Düster wanderte sein Blick über das so harmlos wirkende Städtchen und das Fort dahinter. «Diese Mauern», brummelte er, mehr zu sich selbst. «Sie wollen mir nicht behagen.»

«Witzig, dass du die Mauern erwähnst», entfuhr es Harke, der die Worte zufällig aufschnappte. «Weil Hela nämlich ...» Der kräftige Fausthieb in seine Seite kam zu spät. Schuldbewusst schaute er seine Begleiterin an, die trotzig die Arme verschränkte, als Björn nun auf sie beide zukam.

«Was», fragte der Kapitän drohend, «ist mit Hela und der Mauer?» Er fixierte zunächst Harke, dann Hela mit seinen Blicken. Beide allerdings blieben ihm die Antwort schuldig. Harke öffnete den Mund, um etwas zu sagen, aber Björn gebot ihm mit erhobener Hand Einhalt. «Ich verlange», sagte er zu Hela, wobei er jedes Wort betonte, als wäre sie schwer von Begriff, «dass du nichts unternimmst, hörst du mich, nichts in Bezug auf dieses Fort.» Seine Stimme wurde lauter. «Das ist eine verdammte Festung, Mädchen, ist dir das klar? Was denkst du dir eigentlich?» Noch einmal kam er nahe an ihr Gesicht. «Ich habe bei dir bisher viel durchgehen lassen, Hela. Aber ich bin es, der die Verantwortung für dieses Schiff trägt und für seine Männer. Und da hört meine Nachsicht auf. Haben wir uns verstanden?»

Hela hielt die Lippen fest zusammengepresst. Aber schließlich senkte sie die Augen. Zufrieden trat Björn zurück. «Wir bleiben die Nacht an Bord», befahl er. «Und morgen dann», er hob die Stimme dröhnend an und riss die Arme hoch. «Morgen geht es nach Hause.»

Jubel schlug ihm entgegen. Die Männer lachten und klopften einander auf die Schultern. Björn, zufrieden mit der Wirkung seiner Worte, mischte sich unter sie. Keiner beachtete Hela, die sich zu ihrer Freundin und Sigurdur schlich. «Könnt ihr mir heute Nacht helfen?», fragte sie.

Das Haus des Übergangs

Bran legte seine Hand auf den grauen Stein. Er schaute an dem Dolmen hinauf, der wie eine Mauer aufragte. Fünf an der Zahl standen hier, und sie trugen auf ihren Spitzen eine Steinplatte wie einen Tisch für Riesen. Verstohlen erprobe Bran seine Kraft, doch natürlich rührte sich der Stein nicht. Man musste ein Narr sein, um nicht zu sehen, dass die Arme vieler Männer nicht ausreichen würden, dies alles so anzuordnen. Nur die Götter konnten die Felsplatte dort hinaufbefördert haben. Doch wann, wie und wozu? Bran wusste, dass nicht einmal Lucet die Antwort auf diese Fragen gekannt hatte. Er musste an das volkstümliche Märchen denken, das über die Steine umging. Dass sie nämlich das Nachtlager eines flüchtigen Brautpaares waren. Grainne, so hieß die zukünftige Braut angeblich, lief vor ihrer Hochzeit mit einem alternden Helden mit ihrem wahren Geliebten Diarmaid davon. Dessen Pflegevater war ein Gott, und er riet ihnen, in Bewegung zu bleiben und jede Nacht woanders zu schlafen, um dem wütenden Bräutigam zu entkommen. Die Flucht gelang, und von ihr zeugten überall auf der Insel die steinernen Lager, die Brautbetten von Diarmaid und Grainne.

Bran tätschelte den Stein. Er musste lächeln, als er an seinen Freund Mael dachte, der natürlich damit aufgezogen worden war, dass auch er eine Grainne besaß, der die Ehe mit einem alternden Bräutigam drohte, ein Umstand, mit dem er in hilfloser Wut haderte. Das Mädchen kam Mael bisweilen heimlich im Wald besuchen, und Bran hatte den Verdacht, dass sie sich dann hierher zurückzogen und das Brautbett von Mael und Grainne daraus machten. Er konnte es ihnen nicht verdenken. Auch er kam hierher, wenn Traurigkeit oder Zweifel ihn überkamen. Was immer diese Steine darstellen mochten, sie waren ein Ort der Kraft, das spürte er jedes Mal, einer beruhigenden, liebenden Kraft des Lebens. Und so kehrte er auch dieses Mal gestärkt zu seinen Leuten in den Wald zurück.

Es war eine lange Zeit vergangen seit Samhain, und die Flüchtlinge hatten sie zu nutzen verstanden. Nachdem sie den Quellort verlassen hatten, um der Gefahr eines Verrats zu entgehen und auch, um die heilige Stätte selbst vor der Entweihung durch mögliche Angreifer zu schützen, waren sie tiefer in die Hügellandschaft eingedrungen und hatten sich einen Platz erwählt, an dem sie ein festes Lager aufschlagen konnten. Bran hatte sich für einen Eichenhain entschieden, nicht nur, weil diese Bäume heilig waren, sondern vor allem, weil ihre alten, festen Stämme und die breit verzweigten Äste es ihnen erlaubten, darauf Plattformen zu errichten, die sie überdachten und teilweise mit Seilbrücken verbanden. Sie waren als Rückzug für den Fall eines Angriffs gedacht und auch zum Lagern von Vorräten, während sie selbst in kleinen Rundhütten am Fuß der Stämme hausten. Doch mit der Zeit war daraus ein richtiges kleines Dorf über dem Waldboden entstanden. Strickleitern erlaubten einen bequemen Zugang, und vor allem die Kinder und Frauen übernachteten gerne ständig dort oben.

Ihr größtes Problem war zunächst die Nahrung gewesen. Es war Samhain, die Zeit der Ernte, aber man hatte sie ihrer Felder beraubt, und der Winter war zu nah, um noch einmal neu zu säen. Bran hatte alle um sich versammelt, um dieses Problem zu besprechen und die Aufgaben zu verteilen. Die wenigen Frauen und Kinder, die mitgekommen waren, hatten sich bereits eifrig darangemacht, Behälter zu flechten, und wurden nun ausgeschickt, um an Beeren und Pilzen zu sammeln, was immer sie finden konnten. In langen, duftenden Reihen hingen bald die zum Trocknen aufgefädelten Steinpilze zwischen den Hütten.

Mael wurde dazu bestimmt, gemeinsam mit Grainne entgegenzunehmen, was treue Anhänger ihres Glaubens ihnen schenken wollten. Bereits zu Samhain waren die Ersten nicht nur mit Opfergaben für die Götter erschienen, sondern auch mit dem ein oder anderen Sack Mehl für den Druiden und seine Leute. Und es gab mehr Menschen wie sie, die dem alten Glauben auf diese Weise ihre Reverenz erweisen wollten. Manche hassten einfach Libran und missbilligten die Art, wie er sich auf Kosten anderer bereicherte, und eine weitere Gruppe war mit den Ausgestoßenen verwandt und wollte sich nicht so völlig von ihnen abwenden, wie die Clanobersten das beschlossen hatten. Zu all diesen Menschen galt es, Kontakt aufzunehmen. Die Gaben mussten übernommen und ins Walddorf geschafft werden, ohne dass es auffiel und ohne dass zu viele von ihrem Aufenthalt erfuhren. Mael hatte dafür Übergabeorte organisiert, die von seinen Leuten observiert wurden, sodass jedes Geschenk rasch entdeckt und weitergeleitet werden konnte.

Bran selbst wollte sich den Vorräten widmen, die sie zu erobern beabsichtigten. Er war nicht der Einzige, der mit einer gewissen Bitterkeit der warmen Hütten und der Vorratsräume gedachte, in denen andere jetzt genossen und stapelten, was sie mit ihrer eigenen Hände Arbeit hervorgebracht hatten. Finn, aus derselben Familie wie er und schon immer ein schwarzes Schaf, erwies sich dabei als besonders anstellig. Er war erst vor kurzem aus England zurückgekehrt, wohin er von Librans Leuten in die Sklaverei verkauft worden war, weil sie ihm eine Blutschuld vorwarfen. Vermutlich, dachte Bran nachsichtig, nicht einmal ganz zu Unrecht. Finn war stolz und hitzköpfig, bei aller Unstetheit aber ein guter Kamerad, witzig und flink, mit einem verdammt klugen Kopf, was ihm den Spitznamen «Wiesel» eingebracht hatte.

Sein Clan hatte ihn nicht auslösen wollen, zu oft schon waren sie für ihn in die Bresche gesprungen, und so hatte er sein Schicksal in die eigenen Hände genommen. «Unter ehrbaren Leuten», hatte er bei seiner Ankunft fröhlich verkündet, «kann ich mich nicht blicken lassen. Sonst legen sie mir einen höchst unehrbaren Halsreif um.» Er imitierte ein Würgen. «Also habe ich beschlossen, es mit dem Lumpenpack zu versuchen.»

Bran hatte ihn herzlich aufgenommen und es nicht bereut. Auch heute wieder traf er ihn im Lager nicht mit leeren Händen an. Seine Männer banden Stricke um prallvolle Säcke und zogen sie unter Hauruck in ein Baumlager.

«Was hast du für uns, Finn?», fragte Bran und umarmte ihn zur Begrüßung.

Der grinste. «Was eine schöne Müllerstochter zu geben bereit war. Und was ihr Vater noch großzügig draufgelegt hat, als ich ihn ebenfalls ein wenig kitzelte.» Er spielte viel sagend mit seinem Dolch. Bran lachte und schlug ihm auf die Schulter. «Wir sind dem Müller zu Dank verpflichtet wie du seiner Tochter, scheint mir.»

Befriedigt schaute er zu, wie sich ihr Speicher weiter füllte. «Es ist euch doch niemand gefolgt?», fragte er dann ernster. Finn schüttelte den Kopf und machte eine Schwurgeste. «Und du hast auch der Müllerstochter …?», begann Bran und legte nachdrücklich den Finger auf die Lippen.

Finn ahmte die Geste nach. «Kein Sterbenswort», bestätigte er und zog ein beleidigtes Gesicht.

«Nimm's mir nicht übel», meinte Bran. «Aber das letzte Mal war es, nach allem, was man hört, eine Frau, die dir zum Verhängnis wurde, oder?» Sie beide hielten einen Moment inne, um Mael und Grainne nachzuschauen, die eng umschlungen vorbeigingen und in den Farnbüschen verschwanden.

Finn seufzte voller Neid. «Wir werden alle für eine Frau sterben», sagte er dann. Er legte den Kopf schräg und blinzelte Bran von unten herauf an. «Nur du vielleicht nicht», ergänzte er und knuffte ihn leicht.

Bran schüttelte lächelnd den Kopf. «Nein», bestätigte er, «ich gehöre nur Macha.» Und er vollführte ihr heiliges Zeichen. Dabei dachte er an das Gesicht, das ihn seinerzeit aus dem Abgrund des Todes angesehen hatte, zweifellos eine Göttin und doch zugleich eine höchst lebendige Frau. Und er besaß den Anstand, ein wenig rot zu werden.

Oengus kam gelaufen, ein älterer Mann mit einem Bauch, der unter den Bedingungen des Waldlebens gerade wegzuschmelzen begann. Schweißtropfen standen auf seinem beinahe kahlen Schädel, doch seine kleinen, seeblauen Augen blinzelten fröhlich. «Bran, komm und schau es dir an, ich bin beinahe fertig.»

Eifrig lief er voraus zu einer Hütte, an der er gerade arbeitete. Sie stand ein wenig abseits und war deutlich kleiner als die anderen. Auch war zwar ihr Dach gedeckt, die Wände allerdings bestanden nur aus einem Gitterwerk von Ruten, das weder mit Lehm verschmiert noch mit Moos ausgestopft worden war und von allen Seiten den Blick in das Innere gewährte. Der Bau sah aus wie das kleine, unfertige Spielzeugmodell einer Hütte. Und doch war sie vollendet, und das, was damit geschehen würde, war kein Spiel. Dies war das Haus des Übergangs. Bran fühlte, wie die innere Spannung in ihm aufzusteigen begann. Bald wäre der Winter da mit seinen langen und kalten Nächten, und der Tod würde nach ihnen greifen. Dann wäre es Zeit, ihm zu geben, was ihm gebührte, und den Weg freizumachen zu dem Neuanfang, den die länger werdenden Tage und das Nahen des Frühlings bedeuteten. Alles bewegte sich im Kreis, doch man musste den Preis dafür bezahlen und die Schmerzen der Übergänge auf sich nehmen. Alle, die hier lebten, wussten das.

Bran sah sich bereits selbst, wie er den Boden der Hütte weihte, wie er seine geheimen Vorkehrungen traf, den Raum mit Misteln schmückte und die heiligen Worte sprach. Dann würde jemand dort einziehen. Er sah die Finger eines Menschen sich durch die Gitter flechten, gefangen in diesem Heim, dem Ort seiner Reise. Und dann würde die Hütte in Flammen aufgehen, ein Fanal und Vorbote des Lichts. Bran wusste all dies, er spürte bereits die Hitze auf seiner Haut. Er nickte.

«Es ist gut so, Oengus», sagte er. «Alles ist gut.»

Aufbruch

Hela, Unde und Sigurdur warteten, bis sie glaubten, dass ihre Kameraden schliefen. Leise erhoben sie sich dann von ihren Lagern und schlichen zur Reling. Hela hatte Wolf lange gestreichelt und mit ihren Gedanken zu beruhigen versucht, was ihr angesichts der eigenen Erregung nicht leicht gefallen war. Sie befahl ihm, liegen zu bleiben. Als er sich vor Unbehagen wand und mit den Pfoten ein kratzendes Geräusch verursachte, rügte sie ihn so scharf, dass er sich duckte und keinen Laut mehr gab. Nur seine Ohren wackelten noch und drückten sein Unwohlsein aus.

Das Boot geriet in leise Bewegung, als die Freunde hinauskletterten, was Hela unterdrückt fluchen ließ. Doch alles schien gut zu gehen; einzig die stummen Augen einiger der Sklaven folgten voller Misstrauen ihrem Tun. Hela hätte ihnen gerne gesagt, dass sie aufbrachen, um ihnen zu helfen, aber sie wusste, es wäre sinnlos, sich ihnen verständlich machen zu wollen.

«Los», rief Unde leise vom Anlegesteg. Sigurdur stand bereits neben ihr, ein aufgerolltes Seil über der Schulter. Sein Bein würde es ihm nicht erlauben zu klettern, aber er wollte ihnen beim Anbringen der Kletterhilfe beistehen, so gut er konnte. Hela war froh, ihn an ihrer Seite zu wissen. Sie schwang ein Bein über die Reling und wollte springen.

«Und wo soll es hingehen, Hela?»

Erschrocken zuckte sie zusammen, als sie die Stimme hörte.

«Harke!» Erleichtert atmete sie auf. Für einen Moment hatte sie befürchtet, Björn persönlich hätte sie ertappt. Und sie kannte ihn gut genug, um seinen Zorn zu fürchten. «Hast du mich erschreckt», fuhr sie fort, zunehmend gereizt. Als er sich neben sie stellte, schob sie ihn einfach beiseite. «Du weißt sehr gut, wohin ich will», stellte sie klar. «Heute Mittag wolltest du es selbst noch.»

Harke kratzte sich am Kinn. «Da hatte Björn es auch noch nicht verboten», gab er zu bedenken.

«Er wüsste immer noch nichts davon, wenn du es nicht hinausposaunt hättest», fuhr sie ihn an. Sie schwiegen einen Moment. «Und?», fragte sie dann. «Willst du nicht gehen und ihn wecken?» Dabei hoffte sie, dass er nicht hören konnte, wie heftig ihr Herz klopfte.

Harke wich ihrem Blick aus. «Ich verpfeife keinen Kameraden», meinte er schließlich unsicher.

Hela lachte. «Aber Björn hat es doch verboten», äffte sie ihn nach. Harke rang mit sich.

«Hela?» Wieder kam von unten Sigurdurs unterdrückter Ruf. «Mit wem sprichst du da?»

Hela neigte sich über die Reling und beschied ihnen ungeduldig, doch still zu sein. «Es ist Harke», gab sie kurz zurück.

«Oh», sagte Unde erfreut. «Macht er mit?»

Hela schüttelte den Kopf. Sie fixierte den Wikinger. «Dafür ist er zu feige», raunte sie. Sie sah, wie Harkes Augen groß wurden, und beinahe tat es ihr Leid. Aber sie musste sichergehen, dass er sie nicht verriet.

Einen Moment noch wartete sie, dann sprang sie mit einer spöttischen Geste des Abschieds über Bord. Als sie kurz darauf hinter sich den dumpfen Aufprall von Harkes Füßen hörte, überströmte sie Erleichterung. Sie wirbelte herum und umarmte den völlig überraschten Wikinger.

Harke räusperte sich verlegen. «Nun ja, ohne mich würde es ja doch nichts werden», meinte er schließlich.

Hela war bereit, das zuzugeben, sie war bereit, alles zuzugeben. Ihre Anspannung schlug für kurze Zeit um in Euphorie. Sie besaß Freunde, und sie tat das Richtige, und alles, was sie gemeinsam unternahmen, würde ihnen gelingen. Am liebsten hätte sie jeden Einzelnen umarmt. Ohne weitere Worte machten die vier sich auf. An dem einzigen Fischerboot vorbei, das in dieser Nacht nicht ausgelaufen war und dicht an der Seite des Drachenbootes dümpelte, schlichen sie sich über die Kais.

Der Weg durch das Gestrüpp längs der Stadtmauer war im Dunkeln wesentlich schwieriger zu finden als bei Tage. Mehr als einmal waren sie unsicher, ob sie die Orientierung verloren hätten, und immer wieder mussten sie auf Sigurdur warten, der sich nicht so geschickt über das unebene Gelände bewegen konnte wie sie. Dann gaben die Wolken den Mond frei, der ihnen die Umrisse der Festungsmauer in ganzer Deutlichkeit zeigte. Hela fiel ein Stein vom Herzen. Je näher sie kamen, desto vorsichtiger wurden sie. Sie konnten die Tritte der Wachen droben auf den Steinen hören, wenn sie ihre Posten wechselten, und einmal auch die undeutlichen Fetzen eines Gesprächs. Und sie hofften, dass die Männer oben das Rascheln ihrer eigenen Schritte, das sie manchmal nicht vermeiden konnten, wilden Tieren oder einem streunenden Hund zuschreiben würden.

Sie verbargen sich unter einem Olivenbaum und warteten, bis die Wache auf dem Turm direkt über ihnen abgelöst wurde.

«Wie lange dauert es, bis der Nächste kommt?», fragte Unde leise.

«Lange genug.» Hela hatte sich bereits aus ihrem Versteck gelöst. So leise sie konnte, kroch sie in eine gute Schussposition und legte einen Pfeil auf die Sehne. Sie spürte spitze Steine und Blätter unter ihren Knien, während sie da kauerte. Etwas huschte über ihre Schuhe. Hela versuchte, die Empfindungen auszublenden. Sie hatte nur diesen einen Schuss. Es gab einen sirrenden Laut, als der Pfeil sich löste und in einem Bogen dem Mond zuzufliegen schien. Ehe die Wache oben es wahrnehmen und sich vorneigen konnte, um zu sehen, was los war, hatte die Spitze des Geschosses ihr bereits den Hals durchbohrt. Der Mann sank um und verschwand hinter den Zinnen ohne einen Aufschrei.

Mit einem anerkennenden Nicken reichte Harke Hela den präparierten Pfeil. Sie suchte sich einen neuen Punkt und zielte. Wie ein Schacht lag der Spalt zwischen den Zinnen vor ihr. Hier hinein und da hinaus, dachte sie. Eine Kleinigkeit. Sie ließ die Sehne los.

«Verdammt.» Das Geräusch, mit dem der Pfeil oben gegen die Steine schlug und zersplitterte, ließ den Wartenden beinahe das Blut in den Adern gefrieren. Doch auf der Mauer rührte sich nichts, sodass Sigurdur sich schließlich vorwagte, um an der Schnur zu ziehen, die an dem Pfeil befestigt gewesen war, und sie wieder einzuholen. Zu ihrem Glück hatte sie sich von dem kaputten Geschoss gelöst und ließ sich aufrollen, ohne irgendwo hängen zu bleiben oder zu reißen. In fieberhafter Eile machten sich Unde und Sigurdur daran, sie am nächsten Schaft zu befestigen.

Diesmal war Harkes Miene schon ein wenig besorgter, als er Hela das Ergebnis reichte. Sie biss sich auf die

Lippen. Beim ersten Mal hatte sie das Gewicht der Schnur nicht ausreichend berücksichtigt. Diesmal musste es ihr gelingen. Wieder schoss sie, und diesmal flog der Pfeil auf der vorgesehenen Bahn, zog den grauen Faden hinter sich her wie eine fleißige Spinne und versank im Dunkeln auf der anderen Seite des Turms. Sofort nestelte Hela die Schnur los und knüpfte sie an ein festeres Seil. Unde und Harke brachen auf, den Pfeil zu suchen. Sobald Sigurdur das Rucken spürte, das ihm verriet, dass sie ihn gefunden hatten, lächelte er Hela beruhigend zu und gab seinerseits ein Zeichen. Die beiden drüben begannen zu ziehen. Mit wachsender Spannung sah Hela, wie das Seil durch Sigurdurs Finger glitt, sich zielstrebig auf den Turm zubewegte wie eine von Götterhand gelenkte Schlange und dort verschwand. Dann mit einem Mal straffte es sich.

«Sie haben es», flüsterte Sigurdur. Er wand das verbliebene Ende um den Stamm des Olivenbaumes, verknotete es und nickte Hela ein letztes Mal zu, die ihn daraufhin verließ, um zu den anderen zu stoßen. Das leise unruhige Rascheln, das das Seil in der Baumkrone verursachte, verriet ihr, dass einer von ihnen mit dem Klettern begonnen hatte. Als Hela zu der Stelle kam, sah sie, dass sowohl Unde als auch Harke bereits an der Wand hingen. Ihre Freundin zwängte sich gerade zwischen den Zinnen hindurch, Harke schabte noch auf halber Höhe mit den Füßen an den Steinen herum, um neuen Halt zu finden, kam dann aber auch zügig voran. Hela sah Unde winken und machte sich unverzüglich ebenfalls an den Aufstieg.

Oben auf der Mauerkrone gingen sie in Deckung. Unde zog den Pfeil aus der Wunde der Wache und steckte ihn ein. «Und jetzt?», stellte sie flüsternd die Frage, die Hela am meisten gefürchtet hatte. Vorsichtig lugte sie hinunter in den Festungshof. Sie konnte die Stallungen ausmachen, aus denen hier und da das beruhigende Schnauben eines Pferdes drang. Daneben waren Lagerräume, und das Gebäude gegenüber schien die Wache zu beherbergen. Hela hielt nach beschlagenen Toren und anderen Eingängen Ausschau, fand aber nichts. Es blieb nur das Hauptgebäude selbst, an dessen Eingang zwei Fackeln in Halterungen steckten. Ein Mann stand als Wache davor. Er beschäftigte sich damit, eine Katze anzulocken, indem er den Schaft seiner Lanze über den Boden kratzen ließ. Gerade hatte er es geschafft, die Neugier des Tieres so weit zu erregen, dass es in Reichweite geschlichen kam. Mit einem schlecht gezielten Wurf einer der Fackeln scheuchte er die Katze wieder fort. Die Flamme zischte über die Steine, ohne getroffen zu haben. Hela hörte ein beleidigtes Fauchen und den Fluch des Mannes. «Teufelsvieh!» Dann bückte er sich, um die Fackel wieder aufzunehmen.

Flüsternd erklärte Hela ihren Begleitern, wie sie den Hof überqueren sollten, um jenseits des Lichtscheins zu bleiben, und erläuterte ihnen den weiteren Plan. Die beiden antworteten ihr mit einem stummen Nicken und machten sich an den Abstieg. Wenig später hörte der Wächter vor dem Tor, der sich inzwischen wieder auf seinen Posten begeben hatte, ein lang gezogenes Miauen aus dem Schatten der Mauer.

«Hast du noch nicht genug, Vieh», murmelte er und griff wieder nach der Fackel, die unruhig zischelte, als er sie aus der Halterung nahm. «Komm, miez, miez.» Er schnalzte mit den Lippen und näherte sich dem Ursprung des kläglichen Gemaunzes. Was er nicht bemerkte, war, wie Hela den Moment nutzte, um an der unbeleuchteten Mauer vorbei zur Tür zu huschen. Mit angehaltenem Atem drückte sie gegen das Holz und bemerkte erleichtert, dass es nachgab. Die Pforte war nicht verschlossen. So rasch sie konnte, schlüpfte sie hindurch und lehnte sie wieder an, um drinnen auf ihre Freunde zu warten. Hela lauschte. Alles um sie herum schien still zu sein, kein Atem, keine Schritte. Es war so ruhig und schwarz wie in einem Grab.

Draußen hingegen suchte der Wächter noch immer das Kätzchen zu locken. Er fand es in den Händen von Unde, die im Schatten kauerte und das Pelzknäuel vor ihre Brust hielt. Der Mann brauchte lange, bevor er begriff, warum das Tier vermeintlich in der Luft schwebte. Alles, was er von der Afrikanerin sah, ehe Harkes Schlag ihn von der Seite traf, war das weiße Leuchten ihrer Augäpfel im Fackellicht und das ihrer Zähne, als sie langsam zu lächeln begann. Und der letzte Gedanken, den er fasste, war von namenlosem Schrecken.

Obwohl Harke sich bemühte, den Körper aufzufangen, ehe sein Harnisch oder die Waffen ein verräterisches Geräusch machen konnten, gab es doch ein leises Scheppern, und die Fackel kollerte erneut über den Boden.

«Heh», kam eine arabische Stimme von oben. «Kannst du nicht endlich die verdammte Katze in Ruhe lassen, Halef.»

Hastig setzte Harke sich den Helm der Wache auf, schlüpfte in die Stiefel, warf sich den Umhang über und ergriff die Lanze. Unde reichte ihm die Fackel. So notdürftig verkleidet, stellte er sich wieder an der Tür auf, bemüht, sich so wenig wie möglich zu beleuchten, und hob statt einer Antwort die Hand zu einer obszönen Geste, von der er hoffte, dass sie international wäre. Gelächter antwortete ihm, dann folgten Schritte, dann war es wieder still. Unde drängte sich durch die Tür an Helas Seite. «Alles in Ordnung», hauchte sie.

Schritt für Schritt begannen die beiden, das Innere des Gebäudes zu erkunden. Sie befanden sich, soweit sie das beurteilen konnten, in einem leeren Vorraum ohne Türen und Nebenräume. Nur weiter hinten war eine Treppe. Hela tastete sich zu ihr vor und neigte sich über die steinernen Stufen, die sich wie eine Schnecke um eine dicke Steinsäule nach oben und nach unten wanden. Ganz am oberen Ende glaubte sie einen Lichtpunkt auszumachen.

Auch schienen ihr Menschen dort zu sein. Unten hingegen war alles still. Einen Moment lang war Hela unschlüssig. «Hinauf oder hinunter?», fragte Unde. Die Freundin wusste es nicht.

Da wurden Schritte auf den Stufen laut. Von oben stieg jemand herab, jemand, der ein Licht bei sich trug. Die beiden zogen ihre Waffen und wichen zurück bis zur Tür. Rechts und links von ihnen, das hatten ihre Untersuchungen gezeigt, gab es nicht die geringste Möglichkeit, sich zu verstecken. Doch ehe sie wieder hinausschlüpfen konnten, war der Unbekannte bereits unten angekommen. Offenbar hatte er vorgehabt hinauszugehen, denn er kam schnurstracks auf die Tür zu. Hela hatte noch kurz die Gelegenheit, Harkes erschrockenes Gesicht zu sehen und ihm ein beruhigendes Zeichen zu machen, ehe die Pforte wieder zuklappte und sie Unde zu Hilfe eilte, die sich bereits auf den Mann gestürzt hatte.

Sie kam gerade noch rechtzeitig, um den Arm der Afrikanerin festzuhalten. «Nicht», sagte sie und hinderte die Freundin daran, dem wütend sich windenden Mann die Kehle durchzuschneiden. Hela hielt ihm die eigene Klinge an den Hals. «Es geht schneller, als du schreien kannst», sagte sie auf Arabisch. «Wo ist das Geld?»

Böse starrte er sie an. Im schwachen Kreis des Lichts, den die Lampe, die er bei sich trug, aus der Dunkelheit schnitt, waren nur ihre drei Gesichter zu sehen, nackt und stumm, die Blicke ineinander gebohrt.

Als Hela den Druck der Klinge erhöhte, wanderte sein Blick widerwillig zur Treppe. «Unten», sagte er und sackte im selben Moment zusammen. Unde hatte ihn von hinten durchbohrt.

Hela fing seine Lampe auf. «Das wäre nicht nötig gewesen», sagte sie.

Aber Unde zuckte nur mit den Schultern und gab Harke Bescheid, dass er sich entspannen könnte. Dann begannen sie ihren vorsichtigen Abstieg in den Keller. «Erst auf Türme», klagte Unde, «dann in den Untergrund. Ich hoffe, wir kommen hier jemals wieder hinaus.»

Hela antwortete nicht. Sie hatte ihre Sinne ganz auf das konzentriert, was vor ihnen lag. Die Dunkelheit floh mit jedem Schritt nur eine Stufe weiter und enthüllte bislang nichts als weitere Stufen und nackten Stein. Nach einer vermeintlichen Ewigkeit standen sie in einem Raum mit bogengewölbter Decke, von dem zwei schwere hölzerne Türen abgingen. Beide waren mit Riegeln gesichert und schwer mit Eisen beschlagen. Beide wirkten gleich abweisend, aber auch viel versprechend.

Mit einer Geste überließ Unde Hela den Vortritt. Die entschied sich für die linke Tür. Zu ihrer Überraschung war der Riegel gut geschmiert und gab ohne Weiteres auf ihren Druck hin nach. Mit einem Quietschen schwang die Türe auf. Ein Mann sprang hoch. Er hatte im Licht einer schwachen Lampe auf einem Schemel gesessen, vor ihm ein grober Holztisch mit einer Karaffe Wein und zwei Bechern. Rechts und links von ihm – Hela erfasste es mit einem Blick – lagen dicht an dicht vergitterte Zellentüren. Sie hatten das Gefängnis entdeckt.

«Er hat uns reingelegt», rief Unde, während der Mann etwas brüllte. Aus dem Dunkel des Korridors hinter ihm erschien ein weiterer Wächter, wohl der Besitzer jenes zweiten Bechers, der jetzt zu Boden kullerte, da der Tisch umgestoßen wurde, als der erste Mann aufsprang und nach seiner Waffe griff.

Mit der Kraft der Verzweiflung

Nein, dachte Hela, die auch schon den ersten Hieb parierte, wir haben uns selbst hereingelegt. «Tür zu», brüllte sie Unde an. Doch die hatte bereits selbst daran gedacht, dass der Lärm des Kampfes nicht nach oben dringen durfte, und ließ sie krachend ins Schloss fallen. Die Enge in dem Verließ behinderte ihre Bewegungen. Einer der Männer verschwand im Korridor, der andere blockierte sofort den Zugang und widmete sich Hela, die Mühe hatte, gegen ihn auszuholen, ohne die Gitter zu streifen. Hände reckten sich durch die Eisenstäbe nach ihr, und Stimmen riefen etwas. Erschrocken stieß sie alle beiseite und konzentrierte sich auf ihren Gegner, der entschlossen schien, den Durchgang zu verteidigen.

Unde war einen Moment lang unsicher, was zu tun sei. Das Gelass war zu eng, um neben Hela zu kämpfen. Dann hatte sie die erlösende Eingebung und griff nach Pfeil und Bogen. «Hinlegen», rief sie der Freundin zu und zielte auf ihren Gegner. Doch der sank im selben Moment, von Helas Schwert tödlich getroffen, zu Boden. Hela fuhr herum und sah Unde zielen, sah den Pfeil abschnellen und warf sich zur Seite. Noch im Fallen erblickte sie hinten im Korridor das hellere Viereck einer Tür, die sich öffnete, und den schwarzen Umriss der zweiten Wache, die sich eben anschickte hindurchzugehen. Der Mann riss die Arme hoch und stürzte, als Undes gefiederter Pfeil in seinem Rücken stak, hinaus in einen unbekannten Raum.

Die beiden Frauen hielten sich nicht damit auf nachzusehen, ob dort noch weitere Wachen waren. Sie hechteten zurück zur Treppe.

«Einen Moment noch», keuchte Hela. Der Anblick der zweiten Pforte ließ ihr keine Ruhe. Sie konnte es nicht lassen, auch an diesem Riegel zu rütteln. «Verschlossen», stellte sie fest.

«An seinem Gürtel.» Es fiel ihnen gleichzeitig ein. Der Wächter hatte Schlüssel an seinem Gürtel getragen. Noch einmal hastete Hela zurück. Noch war alles ruhig, doch sie hörte Stimmen, die sich näherten, fragende Rufe. Es konnte nur eine Sache von Augenblicken sein. In ihrer Ungeduld schnitt sie den Gürtel durch. Noch im Laufen sortierte sie alle Schlüssel aus, die ihr aufgrund der Größe nicht infrage zu kommen schienen. Es verblieben drei.

«Schnell», drängte Unde, die nicht mehr still zu stehen vermochte. «Nun mach schon, mach schon, mach schon.»

«Ist ja gut.» Hela zerbiss sich beinahe die Zunge, während sie mit zitternden Fingern herumprobierte. Da, endlich, der dritte Schlüssel passte, das Schloss sprang auf, der Riegel fuhr zurück, und Hela hätte am liebsten vor Freude geschrien, als sie die beschlagene Kassette erblickte, die ihr am Tage in der Stadt begegnet war. Sie hob sie an: ein verheißungsvolles Rasseln, ein viel versprechendes Gewicht. Hela stemmte sie sich auf die Schulter. «Die übrigen Sachen lassen wir liegen. Unde!»

Die Freundin wandte sich um und zeigte ihr einen Speer. Hela bemerkte in der Eile nur das Gesicht darauf, aus einer Art weißem Stein geschnitten, umgeben von einem Kranz von borstigen Haaren. «Zur Treppe», kommandierte sie. Durch den Gefängniskorridor waren die ersten trappelnden Schritte zu vernehmen. Unde besaß die Geistesgegenwart, die Zugangstür zuzuwerfen und von außen zu verriegeln.

Jetzt konnten sie sich an den Aufstieg machen. Doch auch über ihnen war es nicht mehr ruhig. Sie hörten laute Rufe und Schwerterklirren. Die Leiche ihres Entdeckers lag noch unberührt im Vorraum, doch von draußen herein drang eindeutig Kampflärm. Harke hielt mit seiner Lanze drei Gegner mühsam auf Abstand.

«Was habt ihr da drin gemacht?», blaffte er über die Schulter, als sie aus der Tür stürzten. «Die ganze verdammte Festung ist in Aufruhr.»

Unde stellte sich Schulter an Schulter mit ihm, Hela, die durch die Kassette behindert war, hielt sich zurück. «Wir müssen zum Turm», rief sie, sah aber selbst die Unmöglichkeit des Unterfangens ein. Auf den Mauern war es lebendig geworden, und die ersten Pfeile gingen von dort bereits auf sie nieder. Fluchend nahm Hela die Fackeln aus der Halterung und schleuderte sie mit der freien Hand fort, so weit sie konnte. Eine verlosch zischend am Boden, die anderen jedoch flog, schlecht gezielt, in einen Heuhaufen nahe der Ställe, der sofort in helle Flammen aufging und auf die Stallungen übergriff. Menschen und Tiere gerieten in Panik, ein vor Angst halb wahnsinniges Pferd galoppierte mit glimmender Mähne in den Innenhof und schlug nach allen Richtungen aus.

In dem allgemeinen Durcheinander suchten die drei Freunde, den Aufgang der Mauer wieder zu erreichen. Immer im Schutz des tobenden Hengstes, dem sie vorsichtig folgten, dabei in Gefahr, selbst von seinen Schlägen getroffen zu werden, bewegten sie sich über den Hof, während eine wachsende Zahl von Männern sie einkreiste. Noch hielten sie respektvollen Abstand von den Hufen des Tieres.

«Wir schaffen es nicht», schrie Hela. Etwas zog sie am Ärmel, und sie riss sich los.

Es war Harke. «Das Tor», rief er und wies auf das riesige Fallgitter, vor dem sie am Nachmittag gestanden hatten und das den Ausgang zur Stadt versperrte.

Hela schüttelte den Kopf. Unmöglich, daran emporzuklettern. Und es brächte sie auch nicht weiter, die überhängende Mauerkrone könnten sie doch nicht bewältigen. Harke sagte noch etwas, das sie nicht verstand, dann drückte er ihre Hand und war fort.

«Wo will er hin?» Ohne auf eine Antwort zu warten, kniete Unde sich hin und schickte einen Pfeil zu der Wache hinauf, die Harke von dort anvisiert hatte, als dieser sein Schwert weggesteckt hatte und im Zickzack davonlief.

Hela wusste zunächst nicht, was zu tun war. Instinktiv aber suchte sie die Aufmerksamkeit der Wachen auf sich zu lenken. «Heh», brüllte sie, «heh», setzte die Kassette ab und schwenkte ihr Schwert, um zu zeigen, dass sie es mit dem nächsten Gegner aufzunehmen bereit sei. Er ließ nicht lange auf sich warten. Hela duldete es, dass sie und Unde Stück für Stück auf das Gittertor zugetrieben wurden. Gerade als sie glaubte, es gleich in ihrem Rücken spüren zu müssen, hörte sie ein Quietschen und Knarren. Das Falltor ruckelte, knarzte und begann sich kaum merklich zu heben.

«Los!» Das war Harke. Hela entdeckte ihn in einer kleinen Kammer im Torbogen. Mit verzerrtem Gesicht stemmte er sich gegen die herausstehenden Speichen eines hölzernen Rades, das er Stück für Stück dazu brachte, sich zu drehen. Mit jedem Ruck hob sich auch das Gitter hinter ihr ein wenig höher. Unde zögerte nicht. Sie warf sich auf den Boden und rollte unter den eisernen Spitzen hindurch, die ihr über die Haut schabten. Hela bückte sich und schob ihr die Kassette zu. Dann schaute sie sich nach Harke um. Sein Gesicht war von der Anstrengung rot angelaufen. Es war eine Aufgabe für zwei Männer, die er da alleine zu bewältigen suchte. Ihm zu Füßen lag der Körper des Mannes, den er getötet hatte, um an den Mechanismus heranzukommen. Seine Beine hatten sich nahe des Bodens zwischen den Speichen verklemmt und verhinderten zusätzlich, dass das Rad weitergedreht werden konnte. Harke keuchte, fluchte und trat nach dem widerspenstigen Leichnam. Sein ganzer Körper zitterte unter der Anstrengung. «Lauf! Los!», wiederholte er zwischen zusammengebissenen Zähnen und sah sie streng an. Auf seiner Stirn stand der Schweiß. Hela begriff, er würde das Rad nicht mehr lange halten können.

Sie bückte sich unter das inzwischen halbmannshoch gehobene Gitter. Dort verharrte sie und schaute ihn flehend an. Komm, sagte ihr Blick, du schaffst es, du musst nur schnell genug sein. Ihre Finger streckten sich nach ihm, als könnte sie ihn schon packen und zu sich in Sicherheit ziehen. Versuch es, flehte sie stumm.

Für einen kurzen Moment kam ein hoffnungsvoller Glanz in Harkes Augen. Er ließ ihren Blick nicht einen Moment los. Seine Gesichtsmuskeln verkrampften sich.

Hela verfolgte, wie er Luft holte und loszulaufen begann. Er ließ das Rad los, das sofort zu rucken begann, und sprang mit einem Satz über den Toten. Er setzte zum schnellsten Spurt seines Lebens an. Und tatsächlich sah es so aus, als hätte er Glück. Die Leiche, die ihn zuvor so behindert hatte, verhinderte jetzt auch, dass der Öffnungsmechanismus sich ohne weiteres in die andere Richtung drehte.

Hela hörte das Gatter ruckeln und klappern, sie sah die toten Glieder, die langsam, aber sicher vom Druck der Speichen beiseite geschoben wurden, sah Harke mitten in der Bewegung, wie er mit langen Schritten auf sie zurannte. Es war, als wäre die Zeit stehen geblieben, zäh wie Honig zog sich alles dahin. Sie schrie seinen Namen, hörte das Echo der eigenen Stimme in ihrem Kopf. Dann ein endgültiger Ruck, ein Rauschen. Hela schloss die Augen und zog ihre Hand zurück. Ein brennender Schmerz verriet ihr, wo das herabschlagende Eisen sie erwischt hatte. Hela blinzelte, sie wollte es nicht wahrhaben, aber dort, auf der anderen Seite, lag Harke. In seinem Rücken stak eine zitternde Lanze. Er streckte die Hand durch das Gitter, und Hela ergriff sie. Sie wollte etwas sagen, aber es fehlten ihr die Worte. «Harke.» Es war ein Schluchzen.

Der Wikinger öffnete den Mund. Er lächelte plötzlich. Fast, sagten seine Augen stolz, fast hätte ich es geschafft. Doch ein Schwall von Blut verhinderte, dass er die Worte aussprach. Sein Blick wurde groß, und noch immer wirkte er sinnlos froh. Hela schluchzte noch einmal auf. Dann ließ sie seine Hand los und rannte.

Abschied

Sigurdur in seinem Versteck war durch den Lärm alarmiert, lange ehe der verräterische Lichtschein in den Himmel leckte und die Schatten vieler Männer auf der Festungsmauer hin und her huschten. Eine Weile hielt es ihn noch in der Nähe des Seils, dann hörte er Stimmen von oben. Offenbar hatte man ihre Vorrichtung entdeckt. Das Seil wurde erst eingeholt, dann durchgeschnitten. Es fiel vor Sigurdurs Füße, zusammen mit einer Garbe Pfeile, die auf Verdacht in die Dunkelheit geschickt wurden. Der Isländer blieb in Deckung, bis die Wachen in den Hof hinuntergerufen wurden. Alle Aufmerksamkeit schien sich auf das Geschehen dort zu richten, das sich seinen Blicken entzog. Doch er wusste, seine Freunde konnten nur in Bedrängnis, in tödlicher Gefahr sein. So schnell er es vermochte, hinkte Sigurdur los. Zum ersten Mal verlor er seine scheinbar so unerschütterliche Ruhe. Er fluchte und hieb im Laufen mit der Faust gegen sein Bein, das lahm war und ihn daran hinderte, vielleicht noch rechtzeitig Hilfe zu bringen.

Als er endlich beim Schiff ankam, war man dort ebenso wach. Der Feuerschein aus der Festung und das Geschrei hatten alle geweckt.

Björn, der bemerkt hatte, dass vier seiner Leute fehlten, brüllte herum wie ein Berserker. Als er Sigurdur neben sich sah, packte er ihn bei der Kehle und drückte ihn über die Reling. Beinahe hätte er ihm das Kreuz gebrochen, ohne ihm auch nur eine einzige Frage gestellt zu haben. Sigurdur wehrte sich nicht.

«Hela», ächzte er nur, als Björns wilder Blick sich beruhigte. Auch war Halvar dazwischengegangen und suchte besänftigend auf den Kapitän einzuwirken. Endlich ließ dieser Sigurdur los. Der Name Helas allerdings brachte ihn erneut auf die Palme. «Was ist mit ihr?», brüllte er. «Was hat diese verdammte Hexe jetzt schon wieder angestellt?

Rede!» Wolf, der bei dem Namen seiner Herrin aufgeregt herbeigelaufen kam, bellte so laut, dass Björn kein Wort des Isländers verstand und den Hund erst mit einem Fußtritt zum Schweigen bringen musste.

Sigurdur beschränkte sich darauf zu berichten, dass sie sich mit Harke und Unde in der Festung befände und Hilfe benötige.

«Harke», entfuhr es Björn. Seine Augenbrauen zogen sich düster zusammen. «Der soll mir unter die Augen treten.» Doch er verlor keine weitere Zeit, rief seine Männer zusammen und machte sich auf den Weg. Sigurdur blieb alleine auf dem Schiff zurück, wo es mit einem Mal sehr ruhig war. Das Plätschern der Dünung gegen die Bordwand war wieder zu hören. Und das Flüstern der Gefangenen. Dicht aneinander gedrängt standen sie da und starrten ihn vom Mast her an.

Sigurdur ging hinüber und zog sein Messer. Die Vordersten zuckten zusammen und wichen zurück. «Das dort drüben sind eure Freunde, nicht wahr?», fragte er und wies mit dem Kinn in Richtung des Fischerbootes, wohl wissend, dass er keine Antwort erhalten würde. Sie sprachen nicht dieselbe Sprache. Und doch würde er dies hier für sie tun. Ohne ein weiteres Wort schnitt er ihnen die Fesseln durch. Erst waren sie verblüfft, dann kam Leben in die zerlumpten Gestalten. Überraschend geschickt und schnell turnten sie über das Deck. Jemand pfiff leise und winkte, eine Stimme von unten antwortete. Sigurdur blieb zurück und schaute nur zu, wie sie einer nach dem anderen verschwanden. Fast hätte er die alte Frau nicht bemerkt, die neben ihm stand. Aufmerksam betrachtete sie ihn, dann strich sie ihm plötzlich mit ihren faltigen Fingern über die Wange, anerkennend, tröstend. Sie sagte etwas, das Sigurdur nicht verstand. Er lächelte entschuldigend. Aber sie schüttelte nur den Kopf, wiederholte noch einmal: «Vala.»

«Vala?», sprach er mühevoll nach. Sie nickte. Es war ihr

Gruß. Ein gutes Leben, hieß das in ihrer Sprache. «Vala.» Diesmal ging es dem Isländer leichter von der Zunge. Die Alte lachte keckernd, dann kam ein kleiner Junge und zog sie fort. Sigurdur sah, wie an dem Fischerboot neben ihnen die Segel aufgezogen wurden. Lange schaute er dem Schiff nach, das voll mit Menschen in die Nacht hinaussegelte. Er wünschte ihnen mehr Glück als sich selbst. Wolf an seiner Seite seufzte.

Sigurdur brauchte nicht lange zu warten. Der Tumult in der Stadt war immer größer geworden. Die Flammen in der Festung schlugen jetzt hoch über die Mauern und trieben ihre Funkengarben weit in den Nachthimmel hinauf. Die Bewohner Kartadjenas drängten herbei, um zu löschen. Als Erstes konnte Sigurdur Björns große Gestalt erkennen, wie ein Schwimmer bahnte er sich in der Menge den Weg. Hinter ihm kam Hela, das Schwert gezogen und in einem fort auf den Kapitän einredend, danach die Reste ihrer Mannschaft und am Ende, rückwärts gewandt und den Speer gegen mögliche Verfolger gerichtet, die nicht mehr kamen: Unde. Gegen den Strom pflügten die Wikinger sich ihren Weg, hinunter zum Hafen. Erleichtert atmete Sigurdur auf. Doch sofort straffte er sich wieder. Harke fehlte.

Noch während Björn mit vollem Schwung an Deck sprang, brüllte er seine Befehle. Dann verharrte er. Statt der Gefangenen erwartete ihn am Mast nur der blonde Isländer, die Hand auf den Kopf des Hundes gelegt. Sigurdur befahl Wolf, der zu Hela laufen wollte, still zu sitzen, und trat einen Schritt vor. Wortlos hob er das Gesicht. Björn schlug zu, ohne eine Frage zu stellen. Mit einem leisen Ächzen und blutigen Lippen taumelte Sigurdur zu Boden. Unde drängte sich vor und stürzte zu ihm. Als sie sah, dass er ruhig weiteratmete, wollte sie sich auf Björn stürzen. Aber Sigurdur hielt sie am Arm zurück. «Lass», stieß er hervor und schüttelte den Kopf. «Es muss so sein.» Er wusste, sie hatten einem Befehl nicht gehorcht, darauf stand eine hohe Strafe. So verlangte es die Autorität des Schiffsherrn. Noch einmal schüttelte er nachdrücklich den Kopf.

Unde starrte Hela an, die nun vortrat. Sie nahm die Kassette, für die sie so viele Mühen auf sich genommen hatten, und stellte sie vor Björn auf das Deck. Ein kaltes Klirren verriet allen, was sich darin befand.

«Es ist mehr», sagte sie, «als du für die Sklaven bekommen hättest. Es gehört alles dir. Und er», sie wies auf Sigurdur, «hat nur auf meinen Wunsch gehandelt.»

Einen Augenblick lang sah Björn so aus, als wollte er sie ebenfalls schlagen. Deutlich zu sehen war, wie viel Mühe es ihn kostete, seinen Zorn zu unterdrücken. Schließlich nahm er sein Schwert – ein scharfer Atemzug war hörbar – und sprengte die Kassette auf. Mit der Spitze der Waffe wühlte er in den Münzen herum. «Dafür also ist Harke gestorben.»

Hela schloss einen Moment die Augen. Dann sagte sie: «Es war sein Wille mitzukommen. Er ...»

«Halt den Mund», fauchte Björn plötzlich, so heftig, dass Hela zusammenzuckte.

Der Kapitän ging zur Reling und wandte ihnen allen den Rücken zu. Seine Fäuste waren geballt, und die Männer, die ebenso wie die beiden Frauen auf seine Entscheidung warteten, konnten sehen, dass sein ganzer Körper angespannt war.

Unde half Sigurdur auf die Beine und betupfte seine geplatzte Lippe. Sie wollte schimpfen, doch er verbat ihr den Mund, indem er sanft seinen Finger darauf legte und ihn verschloss. Björn starrte ins nächtliche Wasser. Irgendetwas, er fühlte es ganz deutlich, war falsch gelaufen. Irgendwo hatte er einen Fehler gemacht, der diese Fahrt in etwas verwandelte, das ihm mehr abforderte, als er zu geben vermochte. Aber wo und wann hatte er den Fehler begangen? Schon, als er das Mädchen an Bord genommen hatte? Hela.

Er brauchte nur ihren Namen zu denken, und schon zog sich alles in ihm zusammen. Und doch war ein anderes Gefühl größer als der Zorn. War es Enttäuschung? Trauer? Björn schaute auf. Die Mauern der Festung stürzten krachend ein. «Sie werden nicht ewig löschen», brummte er. «Wir laufen aus.» Diese letzten Worte sprach er laut und mit Entschlossenheit. Leben kam in die Mannschaft. Die Erleichterung verlieh ihnen Flügel. Schnell und lautlos wurde die «Windstier» losgemacht und mit kräftigen Ruderschlägen weggetragen vom Kai. Sie glitt in die Dunkelheit, ohne dass jemand das Verschwinden bemerkt hätte. Auch dem Kapitän war, als würde es in ihm dunkler.

«Björn.» Das war Helas Stimme.

Unvermittelt richtete er sich auf. Das Segel über ihnen knallte und straffte sich im Nachtwind. Sie nahmen Fahrt auf.

«Björn, es tut mir Leid», begann sie. «Aber ich konnte nicht anders. Ich fühle, dass ich das Richtige getan habe. Ich ...» Die junge Wikingerin suchte nach Worten. Hilfe suchend schaute sie hoch zu dem großen Mann, der noch immer reglos mit dem Rücken zu ihr dastand. Was sollte sie noch tun? Sicher, sie hatte ihn hintergangen, sich direkt gegen einen Befehl gerichtet. Aber sie hatte ihm mehr als das Doppelte an Gewinn mitgebracht, oder etwa nicht? Und Harke, ja, Harkes Tod lag ihr auf der Seele. Zwar hatte ihr Plan ihm mehr als gut gefallen, aber er hätte sich niemals gegen Björn gewandt, wenn sie ihn nicht so massiv verspottet hätte. Ja, Harke machte ihr Gewissensbisse, und sie hätte gerne von Björn gehört, dass er den Tod eines Wikingers gestorben war: auf Raubzug und im Kampf. Und dass das der Weg war, wie die Dinge liefen. Björn konnte so wunderbar gelassen und tröstlich sein. Aber er rührte sich nicht.

«Du weißt, meine Mutter hätte ebenso gehandelt», versuchte Hela es erneut.

Björn biss sich auf die Lippen, um nicht vor Zorn zu brüllen. «Deine Mutter», brachte er schließlich mit dumpfer Stimme hervor, «ist eine wunderbare Frau, der mein ganzer Respekt gilt. Sie weiß, was man Freunden schuldet. Aber zwischen uns, Hela, ist es aus, ein für alle Mal. Du hast mich tief enttäuscht.» Er hatte sich nicht umgewandt, während er sprach.

Hela hob die Hände und ließ sie wieder sinken. Geknickt wandte sie sich schließlich ab. Es war alles gesagt.

Wandlung

«Bran, kommst du?» Es war Maels Stimme, die ihn rief. Sie drang zu ihm wie aus einer anderen Welt. Bran setzte die Schale ab, aus der er getrunken hatte. Die Droge tat ihre Wirkung, er spürte es in den Händen, die er vor seinen Augen drehen und wenden konnte, als wären es die eines anderen, er merkte es an den Geräuschen, die erklangen wie von unter Wasser, und an dem wunderbaren, regenbogenfarbenen Schweif, den die Dinge um ihn her gewannen, wenn er sie betrachtete. Nachdenklich legte er den Kopf schief, um Mael zu betrachten. Die schiere Schönheit dessen, was er sah, ließ ihn glücklich lächeln.

Mael, der vor ihm stand, neigte ebenfalls den Kopf, bis sie einander von Gleich zu Gleich in die Augen blickten. «Bran, ist alles in Ordnung?»

«Ja», hörte Bran sich sagen und bemerkte befriedigt, dass auch er selber klang wie ein Unterwasserwesen. Mit langsamen Bewegungen legte er seine Kleider ab, den Waffengurt mit dem Schwert, die weite Hose, das Kettenhemd, ließ sein Leben als Krieger an der Seite der anderen zurück und schlüpfte in die Tunika in Weiß, der Farbe der Götter. Als er fertig war, setzte er sich in Bewegung, verließ an Maels Seite die Hütte und sah und hörte sich dabei tief drunten reden und gehen. Er selber, Bran, wahrhaftig, er schwebte über allem. Lucet hatte ihn gewarnt vor der Wirkung des Trankes. Doch nichts von dem, was der alte Druide ihm erzählt hatte, kam der Wirklichkeit gleich. Er hatte von Glücksgefühlen berichtet, doch nichts davon hatte Bran darauf vorbereit, wie beseligend sie sein würden. Und dieses Gefühl, außerhalb seiner selbst zu schweben, losgelöst zu sein von allem, was schwer war und körperlich. So musste der Wind sich fühlen oder ein Gott.

Bran schritt voran. Für den heutigen Tag hatte er ein weiteres Mal seine Hose und das lange Hemd gegen die weiße Tunika des Druiden eingetauscht. Er sah die Falten des Gewandes sich um seine Glieder bauschen. Was er fühlte, war aber ungleich köstlicher, wie das zärtliche Streicheln einer Brise durch die Wipfel einer Gruppe Erlen etwa. Er sah die Gesichter seiner Gemeinde, wie tanzende Blüten auf einem Ast, sah die alte Gormlaith, die betend kniete, sah Grainne mit bleichem Gesicht, die tapfer lächelte, weil Mael sie anblickte, sah Oengus, dem der Schweiß heute nur mehr aus Erregung auf der Stirn stand, denn seine Arbeit war getan. Dann stand er vor der Hütte. Bran blieb stehen und breitete die Arme aus.

Er hatte die letzte Nacht dort verbracht und alles so vollendet, wie Lucet es ihn gelehrt hatte. Nun war die Stätte bereitet. Bran verharrte. Ihm war, als gäbe es etwas zu sagen, wofür ihm die Worte fehlten. Einen Moment lang sah er den Schlund, die tanzende, wogende Schwärze, in der auch Lucet verschwunden war. Und er hörte wieder die Stimme des Druiden. «Für manche», sagte er, «ist es schwer.» Für einen Moment erschauerte Bran, und ihm war, als rauschten die Eichen aufgeregt und ein Wispern ginge durch den Wald. Nicht für mich, dachte er und richtete seine Gedanken auf alles, was er wünschte und erstrebte. So viel war da, was er wollte. Und nun musste er es loslassen.

«Du lässt immer etwas zurück.» Das war wieder Lucets vertrauter Klang. «Und doch gewinnst du etwas Neues. Wenn du wagst.» Mit einem Mal sah Bran das Gesicht der Göttin, das ihm zulächelte, bejahend, verheißungsvoll. Macha. Und er holte tief Luft.

«Der Tod», hörte er sich sagen, mit einer Stimme, die in den Stämmen der Bäume und in den Felsen wiedererdröhnte, «ist nur ein Anfang.» Seine Gemeinde kniete sich hin. Bran schaute ein letztes Mal über die Gesichter, die er liebte. Seine Stimme wurde ein Flüstern. «Ich bin bereit», sagte er.

Dann schritt er in das Haus.

FÜNFTER TEIL
Die grüne Insel

Das Winterlager

Björns heimliche Befürchtung, seine Fahrt könnte unter einer Art Fluch stehen, bewahrheitete sich nicht. Der weitere Verlauf unterschied sich kaum von einer seiner anderen Expeditionen. Sie liefen die Häfen an und trieben Handel, und manchmal, wie Goldar es formuliert hätte, handelten sie kurz entschlossen.

Als sie in den Atlantik hinausfuhren, hatten sie an Bord nicht nur eine Auswahl der begehrten Waffen, die nirgendwo so kunstvoll geschmiedet wurden wie im Emirat von Cordoba und die ihnen in Haithabu satte Gewinne einbringen würden, sondern auch einen guten Teil von dem, was Björn am besten an den arabischen Märkten gefiel: ihr silbernes Geld. Dazu ein paar Korallen und seltene Muscheln, eine Auswahl Stoffe, Keramik sowie ein wenig dies und ein wenig das. Sie waren gemachte Leute, auf dem verdienten Weg nach Hause.

Unde, Sigurdur und Hela nahmen an allem teil, sie teilten die Kämpfe, die Entbehrungen und die Siege mit den anderen. Aber nie mehr machte sich Halvar daran, ein Lied für sie zu singen. Und wenn abends am Feuer der Krug herumging, dann war es, als pausiere die gute Laune, während die drei ihren Schluck nahmen, und erst wenn der Pokal wieder in den Händen der anderen Männer war, wurde auch das Lachen wieder lauter, und die Witzelei ging weiter, in die sie nicht mehr einbezogen wurden.

Hela musste erfahren, dass es Björn ernst war mit seinen Worten. Er war mit ihr fertig. Da war nichts mehr von seinem heimlichen Stolz, seiner Sympathie für ihr wildes Wesen und seiner väterlichen Nachsicht. Er war ihr gegenüber sachlich und knapp, fair, aber verschlossen. Und er ignorierte sie, wann immer er konnte.

«Du hast sein Vertrauen verletzt», argumentierte Sigurdur, der den Kapitän von den dreien am besten verstand und instinktiv spürte, dass seine jetzige Ablehnung und Kälte eben deshalb so groß war, weil seine Zuneigung zuvor nicht weniger groß gewesen war. «Er ist einfach enttäuscht.»

«Aber ich konnte nicht anders.» Hela hatte es nun schon so oft gedreht und gewendet, sie kam zu keinem anderen Ergebnis. Sollte es je eine Zeit gegeben haben, in der sie die Gegnerschaft ihrer Mutter zur Sklaverei nicht ganz verstanden hatte, so lag dies lange zurück, weit jenseits ihrer eigenen bitteren Erfahrungen. Nein, sie hatte wirklich nicht anders gekonnt, als diese Menschen freizulassen. Und da Björn sich so strikt dagegen ausgesprochen hatte, war ihr nichts anderes übrig geblieben, als seinen Befehl zu ignorieren. Aber sie hatte ihm finanzielle Genugtuung verschafft und damit alles getan, was ihr möglich war, selbst um der Gefahr willen, dabei ums Leben zu kommen. Sie hatte alles getan, fand sie. Und sie litt.

«Ach», klagte sie manchmal Unde gegenüber. «Ich wollte doch nur alles richtig machen. Ich war mir sicher, dass es richtig wäre. Ich bin es noch. Warum nur ist dann alles so falsch gelaufen?»

Unde fand, dass Björn ein sturer Hund war, und sie tat alles, um ihn herauszufordern, soweit es Sigurdur nicht schaffte, dem sehr an Frieden an Bord gelegen war, sie zu bremsen.

So gelang es ihnen, in Unfrieden, aber ohne Zwischenfälle ihre Fahrt fortzusetzen bis in den Atlantik und die Küste hinauf. Doch die Jahreszeit war weit fortgeschritten, es war Winter und die Dünung rau. Oft genug mussten sie das Segel einziehen, da die Winde ihm gefährlich wurden, und ihr Heil in einer Bucht suchen. Regen peitschte über das offene Deck, durchnässte alle bis auf die Haut, mochten sie auch in Fellumhängen Schutz suchen. Unde, die die Wärme des Mittelmeers mehr als alle anderen vermisste, fror Tag und Nacht. Doch auch sonst war keinem behaglich, ihre Gesichter wurden bleich, gefurcht von der Anstrengung. An einem Tag, an dem die ferne Küste wieder auf und ab tanzte über der Reling und die Brecher über die Rudernden hereinbrachen, fragte Björn sich, ob sie die Heimat je wieder erreichen würden, so endlos schien das Bleigrau des Himmels und der Wellen sich rings um sie auszudehnen.

«Schiff», brüllte Halvar da und hielt sich mit beiden Händen am Mast fest, weil unmittelbar darauf ein Brecher ihn fortzuspülen drohte. Es kam ein wenig Leben in die Mannschaft. Graue Gestalten in klatschnassen Fellen krochen von den Ruderbänken und hielten Ausschau. Tatsächlich, da war ein Schiff, zwischen ihnen und der Küste tanzte es auf den Wellen auf und ab. Es schien auf eine Flussmündung zuzuhalten, die sich dort am Ufer abzeichnete.

«Ein Drachenschiff», rief Björn und gab zugleich Befehl, dass die Ruderer sie näher heranbrächten. Bald hatte man mit den Fremden Zeichen ausgetauscht. Sie schienen friedlicher Absicht zu sein, und als die «Windstier» näher herankam, glaubten die Männer ihren Ohren nicht zu trauen, doch von dem anderen Wikingerschiff herüber war das Bähen von Schafen zu hören und das Lachen von Frauen. In triefende Wollschals eingehüllt, standen sie neben den Männern an der Reling und winkten herüber.

Björn legte beide Hände als Trichter vor den Mund und brüllte seinen Gruß, der erwidert wurde. Er erfuhr, dass die Fremden aus Gotland stammten und tatsächlich vorhatten, die Küste anzusteuern. Björn erkundigte sich, wie der Fluss hieße.

«Seine», wurde ihm beschieden. «Wir wollen dort ins Winterlager.» Nahe einem kleinen Weiler namens Paris, so hörte Björn, gebe es ein mit Wällen befestigtes Wikingerlager, wo die Gotländer das Frühjahr abwarten wollten, um gen Britannien und Irland zu segeln. Sie hätten ihre Weiber dabei, um sich die langen Winternächte zu vertreiben und weil das Leben dort angenehm sei und sicher.

Björn schaute seine Männer an, er brauchte nicht zu fragen. Die Mannschaft der «Windstier» war bereit, sich den anderen anzuschließen. Die Aussicht auf festen Boden, ein Hüttendach über dem Kopf und die Gesellschaft von Landsleuten, auf ein regelrechtes Dorf und die Sicherheit einer kleinen Festung waren das, was ihren Augen wieder Feuer gab. Mit letzter Kraft änderten die Ruderer die Richtung und schlossen sich dem fremden Schiff an, um das Delta der Seine anzulaufen. Vor ihnen lag noch ein gutes Stück Weg, aber am Ende wartete etwas, das beinahe so gut war wie ein Zuhause.

Im Lager angekommen, verteilte sich die Mannschaft der «Windstier», als eine der zuletzt angekommenen, auf die vorhandenen Langhütten. Es war kein Zufall, dass Hela, Unde und Sigurdur in einer Behausung mit lauter Fremden unterkamen, getrennt von den anderen, doch Hela war es nur recht. Sie bezahlte mit dem Anteil, den Björn ihr zugestand, ihr Nachtlager und ihren Teil an den Mahlzeiten. An den Geselligkeiten hingegen nahm sie kaum teil, und den abendlichen Feiern, bei denen die Neuankömmlinge eifrig aufgefordert wurden, ihre Geschichten – ach, endlich einmal neue Geschichten – zum Besten zu geben, blieb sie meist fern. Sie verbrachte ganze Tage damit, auf ihrem Lager zu liegen und sich die Decke über die Ohren zu ziehen, aufgeweckt nur hin und wieder von Wolf, wenn er von seinen Streifzügen durch das wallbewehrte Lager und sein

Umland zurückkam und sie schwanzwedelnd mit seiner Begeisterung anzustecken suchte. Aber Hela schob ihn meist nach kurzer Liebkosung fort. Sie konnte weder seine Neugier teilen noch seinen Entdeckerdrang. Am liebsten hätte sie ihre neue Umgebung überhaupt nicht zur Kenntnis genommen. Und sie bemühte sich redlich, dies nur zu tun, wenn es unumgänglich notwendig war.

Unde und Sigurdur hingegen durchstreiften das Lager und bemühten sich, Kontakte zu schließen. Genau wie Hela hatten sie unter der gedrückten Stimmung an Bord der «Windstier» gelitten, aber anders als für Hela führte der Weg Björns und seiner Leute für sie nicht nach Hause. Sie mussten ihren eigenen Kurs suchen.

Hela aber haderte. Vor allem mit dem Schicksal, das wieder einmal dafür gesorgt hatte, dass sie zu einer Außenseiterin geworden war. Nicht zum ersten Mal klangen ihr die Worte ihrer Mutter in den Ohren, dass sie eine Waldweidlerin sei und dazugehöre und nicht zu leichtfertig mit diesem Erbe umgehen dürfe. Nun glaubte sie, den Gegenbeweis quasi in Händen zu halten. Über lange Strecken ihrer dumpf verdösten Tage haderte sie mit Vala. Siehst du nun, warf sie ihrer Mutter vor, dass ich doch eine Außenseiterin bin, nirgendwo gehöre ich dazu, nicht einmal, wenn ich es will. Und ich will es doch so, Mutter. Ich dachte, die «Windstier» könnte mir eine Heimat sein. Und sag nicht, ich wäre zu eigensinnig gewesen, Mutter. Ich habe nichts getan, als zu vertreten, was du mich gelehrt hast. Ich habe nur das Richtige tun wollen. Aber dann ist irgendwie das Falsche daraus geworden, ach Mama, warum ist das Leben nur so furchtbar schwierig?

So konnte es Stunden gehen, unterbrochen von seltsamen Tagträumen, die ihren Halbschlaf durchwoben und schwer machten, so schwer, dass sie kaum den Kopf heben mochte und sich nur missmutig von einer Seite auf die andere wälzte. Hela wollte nicht sein, wo sie war. Aber gab es denn keinen Ort, an den sie gehörte? Sie wusste es nicht.

So ging das, bis Undes Stimme sie eines Tages aus ihrem Selbstmitleid weckte. Die Freundin trat forsch an ihr Bett und ließ etwas auf ihre Knie fallen.

«Au», protestierte Hela gegen die unsanfte Art, geweckt zu werden. Mürrisch fragte sie: «Was ist das?»

«Harkes Medizinkiste», war die Antwort.

«O nein.» Mit Schwung ließ Hela sich wieder in die Kissen sinken. Alles, nur das nicht, dachte sie und fragte laut: «Hat Björn die geschickt?»

«Nein», erklärte Unde entschieden. «Ich war das.» Sie klopfte Hela auf die Beine. «Es wird Zeit, dass du dich im Lager ein wenig nützlich machst.»

«Wozu soll das gut sein?», fragte Hela und drehte sich bereits wieder auf die andere Seite, um sich einzurollen wie ein Embryo.

«Wozu?», gab Unde mit ungebrochener Munterkeit zurück. «Nun, zunächst einmal, um den Männern zu helfen, die eben mit heftigen Verletzungen von einem Erkundungszug zurückgekommen sind. Dann», sie zog Helas Fell fort und erntete protestierendes Grunzen, «um deinen Ruf zu verbessern, der, mit Verlaub, im Moment nicht der beste ist.»

«Ist mir egal», brummelte Hela.

«Aber mir nicht.» Unde blieb hartnäckig. «Schließlich möchte ich, dass sie dich auf der ‹Drachenmaul› aufnehmen, wenn Sigurdur und ich im Frühjahr abreisen.»

Drachenmaul? Abreisen? Hela richtete sich auf. Sie wollte der Freundin Fragen stellen, doch die Tür der Hütte wurde aufgerissen, und Torvald, ein Riese von einem Wikinger mit roten Zöpfen in Haar und Bart, stapfte herein und ohne Umstände an ihr Lager.

«Du bist eine Heilerin?» Seine Art war umstandslos und knapp.

Hela nickte, halb benommen, und strich ihre wirren Haarsträhnen glatt. Ihr fiel ein, dass sie sich schon seit Wochen nicht mehr gekämmt hatte, und sie errötete ein wenig. «Ich habe es von meiner Mutter gelernt, die Heilerin im Dorf Waldweide ist.»

Torvald nickte ungeduldig. «Wie auch immer», meinte er, «hier bist du die Einzige.» Er hielt inne und räusperte sich. Hela schlug die Felle zurück und richtete sich auf. Sie verzog das Gesicht ob der Dunstwolke, die ihr aus ihrem eigenen Lager entgegenschlug, war aber guter Hoffnung, dass es im allgemeinen Gestank der Hütte, in dem sich Tiergerüche, Schweiß und Rauch beißend vermengten, nicht weiter auffiel. Ihre Knochen knackten, als sie sich streckte. Und mit einem Mal war ihr nach frischer Luft.

Torvald war sichtlich froh, dass sie ohne Sträuben mitkam. Nervös musterte er sie aus den Augenwinkeln, als sie neben ihm herging. Fremdartig war sie, fast so sehr wie jene schwarze Frau. Aber selbst die sprach ja eigentlich wie ein vernünftiger Mensch und war nach allem, was man sah und hörte, eine gute Jägerin und eine Kämpferin mit Herz. Björn hatte ihm gesagt, das Mädchen tauge zu etwas, und auf Björns Wort war immer Verlass gewesen. Torvald hoffte, es wäre auch diesmal so.

Hela an seiner Seite lebte mit jedem Schritt auf. Wie hatte sie nur so lange auskommen können ohne klare Luft? Ohne den Anblick der Bäume? Lag da nicht schon ein Hauch von Frühling im Wind, der lau über die Gräser wehte, eine Ahnung von Wachstum in den nunmehr schneefreien, wie blank geputzten Landschaften, in denen Grün und Grau sich mischte? Und waren das nicht die ersten Vögel, die auf den Ruf der neuen Jahreszeit hin zurückkehrten? Sie legte den Kopf in den Nacken und genoss den Lufthauch, die schüchterne Wärme der ersten silbernen Sonnenstrahlen. Dann roch sie das Krankenlager.

Unde hatte nicht zu viel versprochen. Es war mehr als

eine Hand voll Männer, die hier auf Strohschütten notdürftig ruhte. Die meisten von ihnen, das stellte Hela rasch fest, hatte Verbrennungen davongetragen, daher auch der unwiderstehliche Gestank, der sie umgab und vermutlich aus den Hütten der anderen vertrieben hatte. Dem ersten fehlten fast alle Haare, auch die Brauen waren weggesengt, dafür bot sein Kopf den Anblick einer blutigen, roten und schwarzen Kugel. Ein anderer streckte das Bein weg, von dem die Hose fortgebrannt war. Hela sah auch mit flüchtigem Blick den weißen Knochen, der gebrochen aus dem verkohlten Fleisch ragte, und sie musste schlucken. Ein Dritter zog versonnen die rote Haut von seinen Händen, die sich lösen ließ wie Rinde. Helas Blick ging rasch in die Runde.

«Der dort hinten», sagte Torvald leise, «ist mein Sohn.»

Hela hatte ihn ebenfalls bemerkt. Am schwersten von allen verletzt, lag er auf seinem Lager, der Brustkorb, ganz rohe Haut, hob und senkte sich hektisch, die Arme krebsrot, die Haare ein stinkender, abgebrannter Busch, so lag er ausgestreckt da und zuckte nur manchmal wie von inneren Schmerzen. Sonst war nur sein Keuchen zu hören.

Voller Mitleid ließ Hela sich an seiner Seite nieder. Sie musterte seinen Körper, roch seinen Atem, fühlte den fliehenden, jagenden Puls, den mehr Angst als Lebensmut anzutreiben schien. Und sie wusste, er stand an der Schwelle. Sie musste sich beeilen. Im Geiste wiederholte sie das Rezept ihrer Mutter gegen Verbrennungen, durchwühlte zugleich Harkes Vorrat, betete, dass er Pappelblätter enthielte, rief nach Feuer, nach Wasser, einem ganzen Kessel voll, und gab Befehl, die Wunden auch der anderen zunächst so gut zu reinigen, wie es möglich wäre. Das Stöhnen wurde lauter, wo sie herumging und Hand anlegte. Hela dachte an ihre Mutter, die es so gut verstand, Verletzten Vertrauen und Zuversicht einzuflößen. Daraufhin redete sie mit den Männern, streichelte ihre Stirnen, ihre Hände, verteilte ein

Lächeln, von dem sie hoffte, dass niemand seine Unsicherheit bemerkte, und war erstaunt, in den Augen der meisten diesen Glauben wachsen zu sehen, den sie von den Patienten ihrer Mutter kannte, diesen Hunger nach Hoffnung, den sie fürchtete und der doch ihr stärkster Verbündeter war, wenn sie den Mut hatte, ihn anzunehmen.

Die Zeit, eine Salbe herzustellen, hatte sie nicht. Hela verzichtete darauf, den Pappelsud mit Bienenwachs oder Ähnlichem anzurühren, und entschied sich, ihn mitsamt der Blätter auf die verwundete Haut aufzutragen. Vorbeugend bereitete sie einen Fiebertee aus Birkenrinde für diejenigen der Männer zu, bei denen die Wunden sich infizieren würden. Den Bruch würde sie richten müssen, daran führte kein Weg vorbei. Sie sprach mit dem Mann und ermunterte seine Kameraden, ihm zu trinken zu geben und mit ihm zu feiern, dass er am Leben war. Je näher er in seiner Trunkenheit der Bewusstlosigkeit kam, desto besser für ihn. Hela selbst prostete ihm zu und ermahnte ihn scherzhaft, das nächste Mal ein Dach erst anzustecken, wenn er sicher wäre, dass es nicht über ihm zusammenbräche. Sie erntete Gelächter und das schmerzverzerrte Lächeln eines Mannes, der entschlossen am Leben hing.

Schließlich kehrte sie zu Torvalds Sohn zurück. All seine Wunden waren versorgt, dennoch sank Helas Herz, als sie ihn betrachtete. Seine Lungen schienen direkt unter der Haut zu pulsen, so sehr war das Fleisch von seinen Rippen geschmolzen. Der Schmerz hatte seinen Geist vollständig entführt. Seine Lippen bewegten sich, blieben aber stumm, seine Hände zupften monoton an der Decke, die sein fürsorglicher Vater über seine Beine gebreitet hatte, als er sah, dass sein Sohn in Abständen zitterte.

«Wird er genesen?», fragte Torvald. Seine Stimme klang zum ersten Mal nicht wie ein Horn in Helas Ohren.

Sie zuckte mit den Schultern. «Er muss es wollen», sagte sie, «dann vielleicht …»

Im selben Moment ging ein Beben durch den Körper. «Vater», flüsterte er, «Vater.» Torvald biss sich in die Faust.

«Hela», sagte Unde hinter ihr. Ihre Finger pressten die Schultern der Freundin.

«Ja», antwortete sie, «ich weiß. Aber da ist nichts zu tun.»

«Doch», sagte Unde. Noch immer knetete sie Helas Fleisch. «Du kannst es. Du musst es tun. Bitte.»

Langsam, noch immer widerstrebend, umfasste Hela mit beiden Händen das zerschundene Gesicht des Jungen und fing seinen unsteten Blick ein. Auf dem Grund seiner Augen sah sie, was sie nur zu gut kannte: sich drehende Scheiben schwarzen Feuers.

«Vater», lallte der Junge abgehackt. «Es tut mir Leid. Ich, ich wollte es nur richtig machen.» Die Worte kamen Hela so bekannt vor, dass es beinahe wehtat. Bisher hatte sie gezögert, doch nun, voll spontaner Sympathie, griff sie nach dem Geist des Jungen. Sie fühlte, nur zu vertraut, die Unsicherheit und die Scham, dahinter die Schwäche, die ihn hinunterzog, hinab dahin, wo es kalt war und dunkel. Komm, flüsterte ihr Geist, und sie streckte in Gedanken die Hand nach ihm aus. Dieser Hohlweg, dieser Schatten, er durfte ihm nicht weiter folgen. Dort hervor drängte, was Gesicht erhalten wollte. Sie spürte, dass er sich fürchtete, und sie sprach zu seiner Furcht. Komm, sagte sie seinem klopfenden Herzen, komm. Und sie zog ihn. Erzählte von den vom Regen rein gewaschenen Wiesen, von dem Anhauch von Wärme im Wind, von den Zugvögeln, ließ ihn ihre neu erwachte Lebensfreude fühlen, gab ihm, was in ihr war an Wärme und Zuversicht, was sie eben selbst gespürt hatte. Sie fühlte, wie es aus ihr floss, rascher als ein Schmelzwasser im Frühjahr, fühlte, wie die Wärme sie floh, wie die Kälte näher zu kriechen begann, und befahl ihm, schneller zu laufen, den Hohlweg hinauf, schneller, an den Dornbüschen vorbei, den schwarzen Vögeln mit den roten Beeren im Schnabel, schneller, hinauf in die Ebene, unter den blauen Himmel, der sich weit und hoch über den Hängen spannte, hierher, zu ihnen, zu ihr ...

«Hela!» Sie hörte die Stimme der Freundin, von ferne, erschrocken, und kam wieder zu sich wie einer, der aus tiefem Wasser taucht.

Dort lag noch immer der Junge. Sein Atem ging rascher, seine Stirn löste sich von ihrer, als sie sich aufrichtete. Seine Augen weiteten sich mit einem Mal, und er starrte sie an.

«Holmsten!», rief Torvald.

Aber er sah nur Hela, mit schwarzen Pupillen, riesengroß, als hätte er einen Geist gesehen. Sein Mund öffnete sich. Und er schrie, schrie all das namenlose Entsetzen hinaus über den Ort, an dem sie gewesen waren, und die Dinge, die er gesehen hatte. Hela hatte noch nie einen Menschen solche Laute ausstoßen hören. Und doch gaben sie wieder, was sie selbst empfand.

Sie ließ sein Gesicht los. Erschrocken sprang sie auf. Alle starrten zu ihnen herüber. Torvald hatte sich über sein Kind geneigt und hielt dessen Hände. Leute eilten herbei. Unde starrte erschrocken und unglücklich auf ihre Freundin hinab. Verzweifelt lief Hela los, verfolgt von Holmstens Entsetzensgeschrei. Was war es nur, das sie verfolgte?, fragte sie sich verzweifelt. Wieder hatte sie nur das Richtige tun wollen, und wieder war etwas Furchtbares geschehen. Sie wurde angestarrt, als wäre sie ein Ungeheuer. Hela ertrug es nicht. Sie rannte durch das Tor der Umwallung, hinaus auf das freie Feld und weiter, bis ihr der Atem ausging. Brombeerranken schlugen ihr ins Gesicht, und sie verfluchte die Lerchen, die neben ihr mit trillerndem Sieggesang aufstiegen. Irgendwann, irgendwo, warf sie sich ins Moos und weinte.

Sie kam erst wieder zu sich, als sie ihren Namen hörte.

«Hela!» Es war Unde. «Hela, da bist du ja.» Die Freundin

ließ sich neben ihr ins Gras fallen und suchte zu Atem zu kommen.

«Ich bin ein Monstrum», sagte Hela dumpf ins Moos.

Unde strich ihr mitfühlend über den Rücken, bis sie aufschaute. «Stell dir vor», sagte sie dann, noch immer keuchend, doch freudestrahlend. «Er ist eingeschlafen.» Ihre Stimme kippte beinahe. «Er schläft still und friedlich, Hela, du hast es geschafft.»

Sie fielen einander in die Arme. Auf Unde gestützt, kam Hela zurück in das Lager, wo sie von schüchternen Seitenblicken und leise gemurmelten Grüßen empfangen wurde. Ihr erster Gang führte an Holmstens Lager, wo noch immer sein Vater saß, mit Tränen in den Augen, die er abzuwischen vergaß. «Ich weiß nicht, was du getan hast», murmelte er und drückte ihre Hand.

Ich weiß es auch nicht, dachte Hela bei sich, ich will es auch nicht wissen. Und ich will, dass es sich niemals wiederholt. Doch sie beschränkte sich darauf, den Druck seiner Pranke zu erwidern. Unde nickte befriedigt und drückte stumm, aber begeistert ihre Schulter, während Hela sich noch einmal dem Patienten widmete, der jetzt tatsächlich friedlich schlief. Die Krämpfe waren ebenso verschwunden wie die fieberhaften Bewegungen. Seine Stirn war heiß, deshalb verordnete sie ihm eine Portion von dem Birkenblättersud, danach erneuerte sie seine Verbände. «Er wird starke Schmerzen haben in den nächsten Tagen», erklärte sie Torvald, der ihr aufmerksam folgte. «Und er wird deine Ermunterung brauchen, besonders deine.»

Der Hüne drückte die Hand seines Sohnes. Er antwortete nicht, doch das war auch nicht nötig. Hela wandte sich ab und ging zu der Gruppe um den Mann mit dem gebrochenen Bein hinüber. Sie alle hatten ihrem ärztlichen Rat gehorcht, mehr als gründlich, und sich so vollständig besoffen, wie das in der kurzen Zeit eben möglich gewesen war. Hela drängte die wankenden Gestalten beiseite und suchte zwei aus, die noch einigermaßen im Besitz ihrer geistigen und körperlichen Kräfte wirkten. Die wies sie an, den singenden, johlenden Patienten festzuhalten, während sie selbst sein Bein mit festem Griff umschloss. Noch einmal ließ sie ihre Augen an der Wunde entlangwandern, studierte die Lage der Knochen und erwog die Bewegung, die nötig sein würde. Schließlich nickte sie. «Seid ihr so weit?», fragte sie dann. «Ein kräftiger Zug ...»

«Wir ziehen in den Süden», grölte ihr Opfer, frohgemut, völlig im Unklaren darüber, was da auf ihn zukam. «Um Wein und Weib und Gold.»

«Jetzt», kommandierte Hela. Dann zog sie mit aller Kraft an dem zerstörten Bein, ein Ruck, ein feuchtes Krachen. Und dann ein lauter Schrei so normalen menschlichen Schmerzes, dass es ihr Tränen der Erleichterung auf ihr vor Lachen und Anstrengung verzerrtes Gesicht trieb.

Wurzeln und Eide

«Au, verflucht», rief Goldar und riss das Bein zurück. «Was zum Teufel ...» Er hielt inne, als er die Augen der Frau sah, die wie aus dem Boden gewachsen vor ihm stand. Sie waren fremd, ganz einzigartig und länglich wie Mandeln. Er kannte Mandeln, er hatte sie schon oft an den südlichen Küsten des Meeres gepflückt und sie genossen. Oder wie die Augen von Katzen, ja, ebenso verschlossen waren sie und geheimnisvoll. Nur einmal hatte er solche Augen bisher in seinem Leben gesehen. Aber da waren sie nicht schwarz gewesen wie Ruß, so dunkel, dass Iris und Pupille verschwanden und man nichts darin erkennen konnte als sein eigenes Spiegelbild.

Goldar sah sich selbst in ihrem Blick und nahm es zum Anlass, ein Lächeln zu erproben. «Blöder Köter», murmelte er noch unterdrückt und stieß verstohlen mit dem Fuß nach der Hündin, die ihn in das Hosenbein gebissen hatte. Dabei breitete er bereits die Arme aus. «Ihr müsst Helas Mutter sein», rief er der Frau zu.

Vala blieb auf ihrer Seite des Gatters stehen, pfiff den Hund zu sich und betrachtete ihn, still und reglos. Der Wind blies ihr kinnlanges seidiges Haar vor ihr Gesicht wie einen Vorhang. Wie oft hatte Goldar das nicht schon bei Hela gesehen, wenn sie an der Reling der «Bajadere» gestanden hatte? Es versetzte ihm einen Stich, wenn er sich daran erinnerte, und zugleich beschlich ihn ein unheimliches Gefühl, so als gäbe es nicht zwei Frauen, sondern nur eine einzige, und die wüsste alles über ihn.

Verdammt, diese Augen! Aber in sein Herz konnte sie damit auch nicht sehen. Goldar straffte sich zuversichtlich. Nicht einmal Hela hatte das gekonnt, obwohl sie ihn immer so hungrig angesehen hatte, wenn sie in seinen Armen lag. Schöne, dumme Hela. Wilde Hela, die er so unerwartet vermisste. Die ihm gehört hatte und ihm wieder gehören musste, mit ihrem Zorn, ihrer Kraft, ihrer Leidenschaft. Keine hatte süßer in seinen Netzen gezappelt, keine hatte sich mehr darin verstrickt. Keine hatte sich stärker gegen ihn aufgelehnt. Er unterdrückte das Aufflammen seines Zorns, als er an seinen verlorenen Schatz dachte. Er würde jede einzelne Münze zurückbekommen, und wenn er in ihrem Fleisch danach graben musste. Ah, dieses willige, flammende Fleisch. Hela zu besitzen hatte Macht bedeutet, die er aufs Neue spüren wollte. Bis zu ihrem letzten Atemzug. Seine Finger wollten sich zu Fäusten ballen.

Da fiel ihm auf, dass seine Arme noch immer in einer sinnlosen Geste ausgebreitet in der Luft hingen, und er senkte sie. Auch den Kopf ließ er mit einem Mal hängen.

«Ihr habt Recht», murmelte er, «ich habe es nicht verdient.»

Vala kam näher und wartete darauf, dass er das Gesicht hob und sie anschaute. Gegen ihren Willen musste sie lächeln. «Du gleichst deiner Mutter», entfuhr es ihr. Sie dachte zurück an Thebais, seine Mutter, die sie als kleines Mädchen gekannt hatte. Die an ihr gehangen hatte mit der glühenden Liebe eines verlassenen Kindes. Und die sie dennoch verraten und in die Sklaverei verkauft hatte, weil ihr Misstrauen und ihr Selbsthass stärker gewesen war als alles andere. Sie hatte oft an sie gedacht seither und sich manchmal gefragt, was sie tun würde, wenn sie ihr wieder begegnete. Ob sie sie in die Arme schließen und summend trösten würde wie ein Baby? Oder ob sie sie von sich stoßen würde?

Sie wusste es auch jetzt nicht. Vala hatte nicht gelogen, sie erkannte Thebais in Goldar wieder, auch wenn seine Gestalt und die goldenen Haare überdeutlich an Eiriks Familie gemahnten. In seinen Augen sah sie ihn, denselben verzweifelten Hunger und dasselbe verzehrende Flackern, das den Wechsel seiner Gefühle zeigte und seinen unruhigen, unbefriedigten Geist verriet, der ihm selbst ein Rätsel sein mochte. Sie musste den Impuls überwinden, ihn mit aller Kraft von ihrem Tor fortzustoßen. Stattdessen öffnete sie das Gatter und lud ihn ein. «Wo ist Hela?», fragte sie, noch ehe er einen Schritt getan hatte.

Goldar blinzelte sie an. «Ich hatte gehofft, Ihr könntet mir das sagen.»

Vala führte ihn in die Hütte und hockte sich ans Feuer. Lange blieb Goldar stehen und schaute sich um. «Hier stamme ich also her», murmelte er und ging den schmalen Gang zwischen der Feuerstelle und den Alkoven entlang. Seine Finger strichen über die Schnitzereien auf den Balken und fuhren über die schweren, vom Alter und Rauch dunkel gewordenen Falten der ledernen Vorhänge, während er von Koje zu Koje schritt. Bei einem Paar Schlittschuhe, geschnitzt aus einem Kuhknochen, blieb er stehen. Vala nickte bestätigend. Ja, die hatte sein Vater geschnitzt, in dem

Winter, ehe er zu seiner ersten Fahrt aufbrach und Thebais kennen lernte.

Ob Goldar wusste, fragte sie sich, dass Helge nach seinem Verschwinden hier gelebt hatte und hier auf dem Schlangenhof gestorben war? Ob es schlicht die Suche nach seinem verlorenen Erbe war, die ihn hertrieb? Sie musste an die Worte ihres Schwagers denken: Thebais hatte ein Herz gehabt, ein wankelmütiges, glühend zerrissen zwischen Liebe und Hass, aber ein Herz. Goldar hat keines.

«Das geht mir alles sehr nahe», sagte Goldar mit rauer Stimme. Vala schauderte leise, als sie es hörte. Da spürte sie seine Berührung auf ihrer Schulter und zuckte zusammen. Verdammt, wie hatte er es nur geschafft, sich so lautlos an sie anzuschleichen?

«Hab ich Euch erschreckt?», fragte er schmeichelnd. «Das tut mir Leid.» Seine Finger umklammerten ihre Schulter fester. Vala fühlte sie wie Feuer auf ihrem Fleisch brennen. Doch sie rührte sich nicht.

«Alles tut mir so Leid», brach es plötzlich aus ihm heraus. Und ehe Vala sich noch aufrichten konnte, hatte er die Hände vor das Gesicht geschlagen und war in wildes Schluchzen ausgebrochen. Der Anfall schüttelte ihn so sehr, dass er sich neben sie auf den Boden hockte, in die Asche und Knochenreste, ohne Rücksicht auf den Schmutz. Er weinte und weinte, hemmungslos, und wiegte sich dabei hin und her wie ein Kind. Dazu murmelte er immer wieder: «Ich habe das nicht gewollt. Ich habe es nicht gewollt.»

Vala saß da und wartete. Schließlich ließ das Schluchzen nach, seine Stimme wurde leiser. Dann nahm er die Hände vom Gesicht. Seine Lippen waren geöffnet und geschürzt wie bei einem kummervollen Kind; an seinen blonden Wimpern hingen Tränen. Er war so schön, dass es einem das Herz brechen konnte.

Vala zweifelte nicht daran, dass sein Kummer echt war.

Sie sah das Betteln in seinen Augen, das Betteln darum, geliebt zu werden, rückhaltlos und mit aller Kraft. Liebe mich, dachte sie bitter, ja, liebe und zerfleische mich, denn nichts Geringeres wirst du tun. Hast du das mit Hela gemacht? Sie seufzte gequält, doch die Erinnerung an ihre Tochter gab ihr Kraft.

Sie widerstand der Versuchung, ihm die Tränen abzuwischen, und lächelte stattdessen freundlich. «Ich bin sicher», sagte sie, «es wird so schlimm nicht sein.»

Vala sah, wie nach ihren Worten die Wolken in seinem Gesicht aufzogen, und verkniff sich ein weiteres Lächeln. Offenbar war er es gewohnt, stärkere Reaktionen hervorzurufen. Liebe, ja, Hass, das war sein Element, aber nicht diese wohltemperierte Gleichmütigkeit.

«Nicht schlimm?», platzte er denn auch laut heraus. «Nicht schlimm? Hat man Euch nicht gesagt, dass ich einen Mann ermordet habe?»

Vala nickte nur. «Ich habe das Blutgeld für ihn bezahlt», sagte sie ruhig.

Das brachte auch Goldar für einen Moment zur Besinnung. «Oh», sagte er, «ich werde es Euch zurückgeben, gleich jetzt, ich kann, ich habe ...» Er begann an seinem Gürtel zu zerren, schüttete hektisch Münzen vor ihr aus und zog sich einen Ring vom Finger. «Alles, alles werde ich ...», rief er theatralisch und hielt dann inne. «Hela!» Er schrie es beinahe.

Vala zuckte erneut zusammen und hoffte, er werde es nicht bemerken. Der Hund in seiner dunklen Ecke hob den Kopf und knurrte.

«Hela ist es, die ich Euch zurückgeben sollte. Nicht wahr?» Das Letzte flüsterte er. Ein böses Lächeln fuhr über Goldars Züge und ließ ihn die Zähne blecken, als er seine eigenen Worte hörte. Es war nur ein kurzer Moment. Dann fiel er wieder in tiefe Bestürzung. «Was habe ich getan?», murmelte er, erstaunt über sich selbst.

Vala schloss für einen Moment die Augen. Sie wusste, nichts würde verhindern, dass er ihr nun die ganze Geschichte erzählte. Und nichts würde sie daran hindern, ihm zu lauschen, jedem Wort, das er wenden würde wie ein Messer, um es ihr ins Herz zu stoßen.

Entscheidungen

Das kleine Mädchen blinzelte zu Hela hinauf. «Meine Mama sagt, du bist eine Hexe», krähte sie und schüttelte den Kopf mit den verdreckten Zöpfen so rasch, dass ihr hätte schwindelig werden müssen. Sie allerdings schien es zu genießen.

Hela streckte ihr die Zunge heraus, was die Horde Kinder, die hinter der Sprecherin stand, mit heißer Begeisterung aufnahm, und scheuchte sie mit einer Handbewegung auf. Kreischend stoben sie auseinander und verschwanden zwischen den Hütten.

«Kinder», sagte Unde mit einer gleichmütigen Bewegung.

«Sie reden nach, was sie von ihren Eltern hören», gab Hela zu bedenken.

«Unfug.» Undes Selbstbewusstsein war ungebrochen. «Keiner hier hat etwas gegen dich, Hela. Und Torvald betet dich an.» Sie wies auf den kostbaren geschnitzten Bogen, den der Wikinger Hela zum Dank für die Rettung seines Sohnes hatte zukommen lassen. «Und Torvald ist der Kapitän der ‹Drachenmaul›. Auf ihn alleine kommt es an.» Sie hob die hellen Flächen ihrer Hände nach oben, als wäre darauf die Erklärung geschrieben. «Also?»

«Also …», murmelte Hela und versank in Gedanken. War tatsächlich alles so einfach, ausgemacht und besiegelt?

Sigurdur und Unde hatten ihren Entschluss gefasst. Sie

waren bereit, mit der «Drachenmaul» und ihrer Besatzung zu segeln. Deren Ziel war Irland, eine grüne Insel westlich Britanniens, voller Korn und Vieh, wie die Männer sich erzählten. Und voller Mönche, wie einer spöttisch hinzugefügt hatte, die nichts täten, als seltsame Bücher zu bekritzeln. Das alles klang nicht schlecht in den Ohren derer, die es vernahmen. Es klang nach einem leichten Feind und gutem Leben.

Andere Wikinger waren vor ihnen dort gewesen. Sie berichteten, dass es in Irland viele rivalisierende Kleinkönige gab, aber keinen Herrscher über alle. Erobere ein Dorf, hieß es, und du bist sein Herr. Gründe eine Siedlung, und sie ist dein ohne Landherren und Steuern. Kein Heer kommt, dich zur Rechenschaft zu ziehen, keine Zentralgewalt verlangt Auskunft oder gar Abgaben von dir. Keine andere Rache hast du zu fürchten als die deiner Nachbarn. Und wenn du tatsächlich einem der Könige ins Gehege kommst, so wendest du dich an den nächstbesten, der gewiss sein Feind ist, hetzt sie gegeneinander und ziehst Gewinn aus der Fehde.

Auch fest gesiedelt hatten Nordmänner in Irland bereits. An einem Ort namens Dublin sollte eine Gemeinde entstanden sein an einem Fluss, dessen Hochwasser die erste Gründung allerdings hinweggespült hatte. Dennoch hörte man, dass der Handel langsam aufblühte. Und dahin wollten Sigurdur und Unde, nach Irland, an einen Ort, der ihnen beiden fremd genug war, um dort für ihre gegensätzlichen Naturen eine neue Heimat zu finden.

«Komm mit uns», warb selbst der sonst so zurückhaltende Isländer, der mittlerweile gelernt hatte, ihre Sprache zu sprechen. Hela erkannte ihn manchmal nicht wieder. Lag es daran, dass ein Schmied seinen Sklavenreif endgültig entfernt hatte? Oder daran, dass sie Björns Befehlen entwachsen und auf sich selbst gestellt waren? Sigurdur war lebendiger, fröhlicher und zuversichtlicher denn je und ließ keinen Zweifel an der Ernsthaftigkeit seiner Absicht, ein neues Leben zu beginnen. Oft wiederholte er, wie gerne er Hela an seiner Seite sähe. Dennoch zögerte das Mädchen.

«Ich sollte zu meiner Mutter», sagte Hela, allerdings ohne rechten Enthusiasmus. Zwar zog es sie nach Hause, in die Umarmung Valas, in das süße Vergessen all dessen, was schlimm gewesen war. Aber es gab auch so vieles zu erklären. Sigurs Tod, den sie schon fast vergessen hatte, der dort zu Hause aber sicher Wunden hinterlassen hatte, die noch frisch waren. Voller Unbehagen dachte sie daran. Sie müsste Vigdis und Floki gegenübertreten. Und wie sollte sie ihrer Mutter erklären, was sie damals dazu getrieben hatte, ihren Fuß auf die Laufplanke der «Bajadere» zu setzen? Wie es rechtfertigen, da sie ja selbst noch immer nicht recht wusste, ob es der Ruf der Liebe gewesen war oder schlicht eine Rieseneselei. So oder so, sie war auf und davon gesegelt.

Anstatt das Richtige zu tun. Oh, das Richtige. Wie oft hatte Hela gehadert, mit sich selber, mit Vala, der imaginären Partnerin all ihrer Selbstgespräche, und mit der Welt? Was wäre das Richtige gewesen?

Für Unde war die Frage einfach. «Du hast ihn eben geliebt», konstatierte sie. «Du konntest ja nicht ahnen, dass er so herzlos und gemein sein würde.»

Aber Hela gab sich damit nicht zufrieden. Wie hätte Goldar sein können, hätte sie das Richtige getan? War ein Körnchen Wahrheit in den Spötteleien von Irene, der Herrin des Hurenhauses, gewesen? Hätte sie ihn einfach richtig nehmen müssen, damit alles gut geworden wäre? War es gar ihre Schuld gewesen?

Und wie hätte ihre Fahrt mit Björn anders verlaufen können? Hätte es einen Weg gegeben, ihre Interessen zu versöhnen? Oder wenigstens sich seine Achtung zu erhalten? Wie hatte das geschehen können, dass sie für ihre Überzeugung die Freundschaft und das Ansehen all derer verlor, auf die es ihr ankam? Hela mochte es nicht, wie manche der Wikinger sie hier ansahen, und sie hasste es, Hexe genannt zu werden, auch wenn sie mit hoch erhobenem Kinn und unbewegter Miene an allen vorbeiging. Es gab ihr einen Stich, Björns Ablehnung zu spüren, jedes Mal, wenn sie ihm begegnete. Hatte ihre Mutter das gemeint, wenn sie sie immer tadelte für ihre leichtfertige Art, sich selbst für einen Außenseiter zu halten? Sie wusste es nicht, doch es ließ ihr keine Ruhe. Hela kam sich unreif vor und längst noch nicht am Ziel. Es gab so wenig, was sie vorweisen konnte.

«Was ist mit deinem Anteil?», gab Sigurdur zu bedenken. «Björn war großzügig. Er hat dir alles angerechnet, was seit Kartadjena dazugekommen ist. Streng, aber gerecht. Deine Mutter kann zufrieden sein.»

Hela nickte bloß. Ihr Anteil. War es das, was sie von der großen Reise gewollt hatte? Den Gegenwert für ein neues Pferd? Und wäre Irland die Lösung, ein Ort, an den nichts sie trieb außer der Freundschaft ihrer beiden Gefährten, eine Insel, nichts als ein Irgendwo im Nirgendwo? Die beinahe vergessene Stimme des Meisters kam ihr wieder in den Sinn, die sie stets so hartnäckig gefragt hatte: Was willst du?

«Ich weiß es doch nicht», brüllte Hela unvermittelt und veranlasste damit die Kinder, die sich ihnen während des Gesprächs leise wieder genähert hatten, unter entzücktem Geschrei erneut auseinander zu stieben.

Unde und Sigurdur schauten einander viel sagend an. Sie waren klug genug, zu dem Ausbruch zu schweigen.

Björns und Helas letztes Zusammentreffen verlief steif. Der Wikinger suchte zusammen, was ihr zustand, und legte es vor ihr ab. Hela betrachtete es einen kurzen Moment und schob es ihm dann wieder zu. «Bring es meiner Mutter», sagte sie.

Björn nickte. Er war erleichtert, Hela und ihre Freunde nicht mehr zu seiner Mannschaft zu zählen. Nach allen Erfahrungen schien es besser, dass sie sich trennten. Er und sein Schiff waren für so viel Besonderheit nicht gemacht. Und Björn war überzeugt, dass der Rest der Reise sich dann in nichts unterscheiden würde von seinen übrigen Fahrten. Und doch dachte er mit Wehmut an ihre Abenteuer, an überlistete Mönche, an aufgespürte Schätze und seltsame Pflanzen, die Gold wert waren. Wahrhaftig, Hela hatte ihm mehr als eine Geschichte für eine lange Winternacht verschafft.

Gerade auch die Erwähnung Valas gab ihm einen Stich, und für einen Moment hatte er das Gefühl, die Tochter seiner Freundin nicht so einfach gehen lassen zu dürfen. Auch wenn sie ihn verdammt nochmal vor versammelter Mannschaft zum Narren gehalten hatte.

«Du willst also wirklich ...», setzte er an.

Hela nickte rasch. «Es ist ausgemacht», erwiderte sie und zog ein Gesicht, das sich weitere Fragen verbat. Björn, der ohnehin nicht gewusst hätte, wie er in Worte fassen sollte, was ihn bewegte, zuckte nur mit den Schultern.

«Sag meiner Mutter», begann Hela, doch dann hielt sie inne. «Sag ihr, ich suche ...» Noch immer wollte sich kein Satz einstellen, der sich befriedigend anhörte. «Ach, sag ihr gar nichts», murmelte sie schließlich.

Björn zog die Augenbrauen hoch.

Hela stand auf. «Ich werde es ihr selbst erzählen, wenn ich es gefunden habe.»

Mit steifem Rücken verließ sie die Hütte. Björn räusperte sich mehrmals. Als er die Blicke der anderen bemerkte, räumte er rasch das Geld, das für Vala bestimmt war, in seine Kästen zurück. Durch die offene Tür sah er Helas schmale Gestalt mit den schwingenden schwarzen Haaren, wie sie zwischen dem Rauch von den Kochfeuern langsam undeutlich wurde, und der Hals wurde ihm eng. «Ich hätte ihr den Hintern versohlen sollen», brummte er.

Was ist Heimat?

Björn wiederholte den Satz einige Wochen später, in Valas Langhaus auf dem Schlangenhof, als er kam, um ihr Bericht zu erstatten. Er war durch eine hohe Schicht Schnee hinaus zu dem Anwesen gestapft. Und auch wenn es von den Eiszapfen herab bereits tropfte, die in dichten Bärten vom Dach der Hütte hingen und der Schnee wattig, feucht und schwer war, so hatte der Winter doch noch lange nicht ausgespielt. Die Amseln drängten sich dick aufgeplustert im Geäst des knorrigen Holunders, der dicht an der Mauer wuchs und letzte Beeren für die gelben Schnäbel bot. Drinnen war es behaglich warm und roch, wie es zu Hause riechen sollte, nach Holz, Schafswolle und dicker Milch. Voller Behagen sog Björn den Geruch ein. Er war hierher gekommen, noch ehe er seine eigene Hütte betreten hatte.

Auf dem Fell des Alkovens hinter ihnen lagen die Münzen ausgebreitet, die Björn mitgebracht hatte. Gewissenhaft hatte er sie vor Vala hingezählt, die mit ungerührter Miene zusah und seinem Bericht lauschte.

Von dem, was vor seinem Zusammentreffen mit Hela geschehen war, konnte Björn nur vage Rechenschaft ablegen. Sie hatte nie im Einzelnen darüber gesprochen. Aber er sah, wie Valas Hand die Feuerzange umklammerte, dass die Knöchel blass hervortraten, während er ihr erzählte, ihr Kind sei eine Sklavin gewesen. Sie stieß so ungeschickt in die Flammen, dass es von den brennenden Scheiten stieb. Björn nahm ihr die Zange ab und suchte die Glut selber zusammen, dankbar, dass er etwas hatte, worauf er seine Augen richten konnte, während er von Helas Klugheit sprach, ihrer Geschicklichkeit, ihrer Kampflust und dem unbändigen Lebenswillen. Als er an die Stelle kam, da er vor seinem eigenen, geplünderten Schiff stand, stieß Vala ein kleines Lachen aus.

«Ja», brummte er, «du lachst. Aber ich hätte sie in dieser Nacht am liebsten erwürgt.» Er starrte einen Moment in die Flammen. «Hätte ich doch meinem zweiten Impuls nachgegeben, sie an Händen und Füßen gefesselt und nicht mehr losgemacht, bis ich sie heil wieder hier bei dir gehabt hätte. Irland!» Er schnaubte. Die Götter mochten verstehen, was sie dort wollte.

Nun lachte Vala wirklich. Sie schüttelte den Kopf, dass ihr volles schwarzes Haar über ihre Schulter tanzte. Wie sie einander ähneln, dachte Björn, und es versetzte ihm einen Stich. «Man kann Hela nicht fesseln», sagte Vala gerade, «und man kann ihr nichts verbieten.» Sie neigte sich vor und tätschelte Björns Hand. «Die Erfahrung musste ihr Vater auch schon machen. Glaub mir, ich weiß, wie du dich fühlst.» Und sie erzählte Björn die Geschichte von damals, als die achtjährige Hela im Wald auf diesen jungen Wolf gestoßen war. «Sie schleppte ihn herum und streichelte ihn», berichtete Vala, ganz in die Erinnerung versunken, «ohne zu bemerken, dass die Mutter des Kleinen sich bereits angeschlichen hatte und sie mit hochgezogenen Lefzen belauerte. Eirik hat es mir erzählt. Er sagte, er wäre beinahe in Ohnmacht gefallen, als er es sah. Er griff sofort zu seinem Bogen und zielte. ‹Lass es hinunter›, befahl er dabei Hela scharf, aber leise. ‹Und geh beiseite.›» Wieder schüttelte Vala den Kopf. «Die Kleine aber stellte sich breitbeinig vor ihn hin, genau ins Schussfeld. Weiß der Himmel, was sie dachte: dass ihr Vater sie mit der Waffe bedrohte, damit sie das Tier aufgäbe, oder dass er den jungen Wolf erschießen wollte. Jedenfalls bot sie ihm stur die Stirn und wich einfach nicht. Eirik stand der Schweiß auf der Stirn, denn er konnte nicht zum Schuss kommen und sah im Geiste schon den Wolf auf den Rücken des Kindes springen und ihm die Zähne in den zarten Nacken bohren.» Sie lachte leise. «Als es vorbei war, hätte er sie am liebsten windelweich geprügelt. Er trug sie den ganzen Weg nach Hause, ich weiß noch, er war leichenblass, als sie ankamen. Und er verbot ihr, jemals wieder alleine in den Wald zu gehen oder gar einen Wolf anzufassen.»

«Und?», fragte Björn.

Vala lächelte ihn an und reichte ihm einen Teller mit Suppe, die endlich heiß genug geworden war. Behaglich machte Björn sich daran, sie zu schlürfen.

«In derselben Nacht fanden wir ihr Lager leer. Sie war in den Wald gelaufen, hatte das zurückgelassene Junge gefunden – seine Mutter hatte Eirik töten müssen – und war gerade dabei, sich und ihm eine Hütte als neues Zuhause zu bauen.»

Das Gesicht, das Björn zog, amüsierte Vala sichtlich. «Kein Wunder», meinte er, «dass das aus dem Mädchen geworden ist. Hela Eigensinn.»

Valas Blick wurde träumerisch. Eigensinn, so war auch sie selbst in ihrer Jugend genannt worden. Sie konnte noch Eiriks Stimme hören, die sie mit diesem Namen rief. «Wie?», fragte sie und schreckte aus ihren Erinnerungen auf.

«Und der Wolf?», wiederholte Björn seine Frage.

Vala wies mit dem Kinn in eine Ecke. Dort lag, alt und müde, die Hündin, die die Mutter aller jungen Welpen des Schlangenhofes war. Björn hatte sie all die Jahre gekannt und nie geahnt, dass sie aus der Wildnis stammte. Wieder lachte Vala. «Was glaubst du, woher Wolf seinen Namen hat?»

«Aber dass seine Mutter eine echte Wölfin ist …» Die Alte hob den Kopf und fiepte, als wüsste sie, dass von ihr die Rede war. Vala warf ihr ein Stück Flachsen und ein beruhigendes Wort zu. «Wir haben hier alle einen Schuss Wildblut», scherzte sie.

Björn schaute in ihre eigentümlichen Augen und sah zum ersten Mal das Licht eines Raubtieres darin. Verlegen wandte er den Blick ab, auch um dem Spott zu entgehen, der, wie er wusste, bald in Valas Augen aufscheinen würde. Er war nie so weit gegangen zu glauben, seine leise, mit Schaudern durchmischte Verehrung für sie würde irgendein Echo in ihr hervorrufen. Sie beide waren aus verschiedenem Holz geschnitzt, er wusste es. Und er war dankbar für ihre Aufmerksamkeit, ihre Freundschaft und ihren Respekt.

«Trotzdem, Irland?», begann er erneut, das gefährliche Thema rasch meidend. «Und dazu mit diesen Menschen?»

«Du hast mir Sigurdur als einen verlässlichen Mann geschildert», hielt Vala dagegen.

Björn nickte nur widerstrebend. «Ein hervorragender Schiffsbauer, versteht sein Handwerk. Aber doch so fremd.» Er dachte an die Insel, von der Sigurdur stammte, Island, Eisland, draußen im Atlantik. Dort gewesen war er nie, aber er hatte davon gehört und die Erzählungen an Vala weitergegeben. Eine wilde Landschaft, voller Vulkane und heißer Quellen, den Stürmen ausgesetzt, verwunschen. Außer den alten Göttern hatten sie dort seltsame Wesen, die in den Einöden hausten, Geister von wankelmütigem, willkürlichem Charakter. Und auch die Menschen, die dort mit ihnen lebten, hatten etwas von diesen feenhaften Wesen angenommen: fremdartig und ungewiss. «Er ist zu schön für einen Mann», fasste Björn seine Eindrücke zusammen. Vala lachte zu seinem Erstaunen. «Aber ja, ich würde ihm trauen. Unde dagegen ...»

«Zu schön für eine Frau?», neckte Vala ihn.

Er suchte, ihren Blick festzuhalten. «Zu wild», sagte er dann und hob die Hand, um ihren sofortigen Widerspruch aufzuhalten. «Anders als Hela», erklärte er. «Sie ist, wie soll ich das sagen, wie eine Wildkatze. So undurchschaubar und unbekümmert. Tut nur, was sie will.»

Vala lehnte sich zurück und betrachtete den Inhalt ihrer Suppenschale, auf die sie sacht blies. «Das scheint mir nichts völlig Verwerfliches zu sein», erwiderte sie.

Björns Stimme wurde ernster. «Sie kennt unsere Götter nicht», sagte er, «niemandes Götter, will mir scheinen. Es gibt für sie keine Regeln.»

Vala nickte langsam. «Ich verstehe», murmelte sie.

Björn schüttelte den zottigen Kopf. «Und diese Frau hat Hela sich als Gefährtin ausgesucht.»

Vala fasste ihre Schale fester. «Das wiederum ist für mich ein Grund, Unde zu vertrauen. Der beste sogar.» Sie trank schlürfend von der heißen Suppe.

Björn starrte sie an. «Ich verstehe nicht, wie du dich mit all dem so einfach abfinden kannst», empörte er sich.

«Wer sagt, dass ich mich abfinde?», hielt Vala dagegen. Aber sie sprach nicht weiter. Ihre Tochter segelte fern von ihr über ein ihr unbekanntes Meer, zu fremden Menschen, und es gab nichts, was sie dagegen tun konnte. Sie würde niemanden mit einer Beschreibung ihrer Gefühle behelligen. Es blieb ihr nur, auf den Rat ihres neuen, seltsamen Freundes zu hören und sich in Gelassenheit zu üben, damit das Schicksal seine Wege finden konnte.

«Was macht er da eigentlich?», fragte Björn und wies auf den Ausschnitt des Hofplatzes, der durch die offene Tür erkennbar war. Dort stand auf einer vom Schnee freigefegten Fläche der alte Chinese, eingehüllt in die viel zu großen Felle, die Eirik im Winter getragen hatte, und machte seltsame Bewegungen. Seine Augen waren offen, dennoch wirkte er wie ein Schlafender, so langsam und abwesend agierte er. Und es war kein Sinn in dem zu erkennen, was er tat.

Vala zuckte mit den Schultern. «Er sagt, es hilft ihm, seinen Geist zu konzentrieren und seine Kräfte zu bündeln.» Sie schaute ebenfalls hinaus. «Er tut es jeden Tag.»

«Er wird sich den Tod holen in der Kälte.»

«Er sagt, der Tod ist nur ein Übergang.»

Björn schüttelte den Kopf. Seltsame Fremde gab es, noch seltsamere als Hela und ihre Freunde. Und er war nicht erstaunt, sie hier zu treffen. Doch wenn Vala sagte, der Mann wäre in Ordnung, war er bereit, das zu akzeptieren. Sollte der Alte seine Kräfte bündeln, es sollte ihm recht sein.

«Er sagt, Hela hat ein Schwert von ihm.»

«Also das ...» Björn brauste auf. So viel Grund er selbst auch haben mochte, auf Hela wütend zu sein, dass sie eine Diebin wäre, war für ihn undenkbar, und er war nicht bereit zu dulden, dass andere so über sie sprächen. Auch die Sache mit dem Blutgeld, von der Vala ihm erzählt hatte, wollte ihm nicht so recht einleuchten. Sicher, das Mädchen war hitzig, aber sie hatte ein untrügliches Gerechtigkeitsgefühl. Nie hätte sie jemandem, der ihr so nahe stand wie Sigurd, etwas anderes getan, als ihn allenfalls mit ihrer scharfen Zunge zu verletzen. Er war sich sicher, dass dieser andere Fremde dahinterstecken musste, dieser Goldar, Valas Neffe hin oder her. Er war ja eine recht dubiose Figur. Hielt sich von Schlangen bewachte Schätze. Und hatte das Mädchen derart gegen sich aufgebracht. Also, die hatte ihn ja regelrecht gehasst. Oder auch geliebt, wie Harke gemeint hatte. Wie auch immer, er kannte sich da nicht aus. Aber eines wusste Björn. «Ein Schwert hat sie nicht dabeigehabt, als ich sie fand.» Er überlegte. «Aber sie wollte eines holen, aus dem Schatz von diesem Goldar.» Angestrengt versuchte er, sich zu erinnern. «Das war aber nicht da, wo sie es vermutet hat. Folgt daraus nicht, dass er der Dieb ist?»

«Möglich», meinte Vala. «Er hat sie nie eine Diebin genannt.» Eine Weile beobachteten sie beide stumm die stillen Verrenkungen des Alten. «Aber Goldar würde ich es zutrauen.»

«Du kennst ihn?», platzte Björn heraus.

Ernst schaute Vala ihn an. «Er war hier, vor wenigen Tagen.» Ihre Miene wurde wieder düster. «Er hat sich erklärt, sich entschuldigt, seinen Anteil am Blutgeld angeboten. Es sei ein unglücklicher Zufall gewesen, dass Sigurd starb.»

«Und?», fragte Björn gespannt. «Hast du ihm geglaubt?»

Vala zuckte mit den Schultern. «Es gab nichts gegen das einzuwenden, was er sagte. Er meinte auch», hier zögerte sie, «dass er Hela liebe.»

Björn schnaubte verächtlich. «Die Frau, die man liebt, lässt man nicht in den Händen von Sklavenhändlern.»

«Er konnte alles erklären.» Valas Blick wanderte zu den Flammen, während sie versuchte, sich an die Einzelheiten ihrer Unterredung zu erinnern. «Er sagte, seine Mannschaft habe gemeutert, er sei überwältigt worden. Es sei der schwärzeste Moment in seinem Leben gewesen, als er sie dort habe zurücklassen müssen.»

«Pah», brach es aus Björn heraus, der den Knaben hasste, der seine Hela aufgegeben hatte, was immer man von ihm erzählen würde.

«Es klang alles so glaubwürdig», sagte Vala und sah ihn an. «Er war bleich, er weinte, und er wies mir eine Wunde vor, die er sich bei dem Kampf zugezogen hatte.»

Björn brummte. «Die hat er vermutlich mit zehn Jahren beim Ziegenhüten bekommen.»

Vala schmunzelte und schlug ihm leicht auf die Hand. «Spötter», tadelte sie ihn. «Nein, es war alles ganz glaubhaft und zu Herzen gehend und ...»

«... und?», griff Björn begierig auf.

Vala schaute ihn durchdringend an. «Ich habe ihm kein einziges Wort geglaubt.»

Erleichtert aufatmend lehnte Björn sich zurück.

«Ich weiß auch nicht», fuhr Vala fort. «Ich konnte keinen Fehler in dem finden, was er sagte, und auch dagegen, wie er es vorbrachte, war nichts einzuwenden.»

«Woran lag es dann?», fragte der Wikinger.

Vala dachte nach. «Er hat mir Angst gemacht», sagte sie dann. «Etwas an diesem Jungen hat mir aufrichtig eine Gänsehaut verursacht, auch wenn ich dir nicht sagen kann, was es war. Und doch hat er mich an jemanden erinnert, den ich einst kannte.» Sie dachte an Thebais, die unglückliche, leidenschaftliche, tote Thebais. «Ein wenig kann ich verstehen, was Hela an ihm fand.»

«Unsinn», befand Björn, der wieder in seinem Element war. Unnennbare Gefühle lagen ihm nicht. «Du hast ihn hoffentlich weggeschickt.»

Vala nickte. «Selbstverständlich. Ich sagte ihm, dass ich nicht wüsste, wo Hela sei. Habe ich erwähnt, dass er sich nach ihrem Aufenthalt erkundigte? Jedenfalls, damals kannte ich ihn ja tatsächlich nicht.» Sie hob die Hände. «Und er ging. Allerdings ...»

Björn hob die Brauen.

«Gestern Nacht schlug Mondlied hier unvermutet an.» Sie tätschelte die zahme Wölfin. «Das tut sie selten, in ihrem Alter zumal. Sie heult nicht mehr oft mit ihren Artgenossen.»

Björns Verblüffung stand in seinem Gesicht geschrieben. «Ihr habt sie Mondlied genannt?», fragte er.

Vala klopfte ihm begütigend das Knie. «Das war Helas Idee. Kennst du einen passenderen Namen für eine Wölfin? Nur Eirik war es peinlich, er nannte sie zeitlebens ‹Fang›.»

Noch während sie lachten, kam der Chinese herein. Er trat zum Feuer und rieb sich seine Hände über der heißen Luft. Seine Nase war rot, aber seine Augen leuchteten klar und wach wie der Winterhimmel. «Ich habe», sagte er, «Spuren gesehen. Im Schnee.»

«Hmm», machte Björn, der sich wieder seiner Suppe widmete.

«Menschenspuren», verdeutlichte der Alte. «Hinter der Hütte. Sie verschwanden im Gebüsch.»

Nun wurden seine Zuhörer aufmerksam.

«Glaubst du, das Jüngelchen schleicht noch immer hier herum?», fragte Björn.

Vala wiegte den Kopf. Sie schaute den Alten an, der seine faltigen Hände betrachtete. «Ich glaube schon», sagte er. «Meine Konzentration war tief, aber dennoch erlaubte sie mir, eine Gestalt zu erhaschen, deren Fellmütze mir bekannt vorkam. Sie kauerte unter dem Holunder.»

Nun erinnerte sich auch Vala des Moments während ihres Gesprächs, da die Amseln kreischend aufgeflogen waren.

«Aber was kann er nur wollen?», wunderte sich Björn.

Vala kaute auf ihren Lippen herum. «Er wollte wissen, wo Hela steckt. Vielleicht hat er mir nicht geglaubt, dass ich es nicht weiß.»

Verärgert und beunruhigt wandte Björn sich an den Chinesen. «Warum hast du ihn auch entkommen lassen», fuhr er den Alten an, um seiner Laune Luft zu machen. «Dann hättest du vermutlich auch gleich das Schwert wiederbekommen, wegen dessen du Vala auf der Tasche liegst. Er hat es nämlich.» Nach diesen Worten hob Björn die Suppenschale und schlürfte alles mit einem tiefen, geräuschvollen Schluck aus.

«Ist das so?», fragte der Chinese, setzte sich und verschränkte die Finger. «Nun, das wird nicht immer so sein. Der Weise kann warten.»

Trotz ihrer Besorgnis musste Vala lächeln, als sie Björns Gesicht sah.

Regenbogen

Irland zeigte sich den Wikingern der «Drachenmaul» von einer schroffen Seite. Schon seit Tagen segelten sie nahe der Küste, die grau und zerklüftet zu ihnen herüberstarrte, mit grünen Matten harten Grases und zähen Kräutern, die sich an die Schrunden und Vorsprünge klammerten. Niedrige Blumen zitterten auf den Bergkuppen im Wind. Wo ein Flusstal einen Einschnitt bot, konnten sie Wälder und Grün erahnen. Doch die Hochebenen nahe der Küste, über die der salzige Seewind fegte, streckten sich weitgehend leer unter dem blassblauen Himmel.

Eines Tages passierten sie eine kleine vorgelagerte Insel, nicht mehr als ein Felsennest, bar jeden Bewuchses und gesprenkelt mit dem weißen Kot der Vögel. In steilen Hängen türmte sie sich schroff neben dem Schiff auf. Torvald nahm sie als Zeichen, dass sie auf dem richtigen Weg waren. Hela beschattete ihre Augen, um hinaufzublicken. Wenn der Himmel auch dunstig war, so blendete das diffuse, gleißende Licht doch in den Augen. «Dort oben sind Häuser», stellte sie schließlich fest. «Man sieht sie kaum, sie sind aus demselben Stein geschichtet wie der Grund. Sogar die Dächer.» In ihrer Stimme lag Staunen. Wer machte sich die Mühe, an einem so unzugänglichen Ort zu siedeln, wo es keine Lebensgrundlage und keine Nahrung gab?

Torvald lachte, dass man seine schadhaften Zähne sah. «Mönche», sagte er abfällig. «Wir haben sie das letzte Mal besucht. Ich dachte, sie verstecken dort oben etwas. Wie eine Festung sieht es ja beinahe aus. Aber sie besitzen nichts, leben von Fisch und Vogeleiern und dem, was ihnen verrückte Gläubige bringen. Sie hocken nur da und beten.» Er musterte die Klippen am Fuß des Felsens, die nicht zum Anlegen einluden. «Lohnt nicht, dort noch einmal vorbeizusehen.» Er gab das Zeichen, auf der Landseite vorbeizusegeln. «Sie haben alles wieder aufgebaut», stellte er dann fest, als sie dicht an der Siedlung vorüberzogen, die hoch über ihnen an den Felsen klebte. «Alle Achtung, zäh sind sie, diese Iren.»

«Verdammte Dickschädel», sagte Holmsten, der hinter seinen Vater trat, und er spuckte ins Wasser. Dann strahlte er Hela an, als hätte er etwas besonders Originelles gesagt.

Torvald klopfte ihm gutmütig auf die Schulter. Hela zwang sich zu einem Lächeln. Der Horror des Jungen bei seinem Erwachen hatte sich nach und nach in eine rührende Zuneigung ihr gegenüber verwandelt. Erst zögernd, dann immer lieber hatte er es geduldet, dass sie seine Wunden weiterpflegte. Dann begann er zu begreifen, dass er entstellt bleiben würde, und registrierte das erste Mitgefühl und den ersten Ekel in den Augen seiner Mitmenschen. Als er aber feststellte, dass Hela ihm weder das eine noch das andere entgegenbrachte, sondern voller Gleichmut über die Narben hinwegsah, um einfach den Menschen in ihm zu betrachten, da wurde seine Dankbarkeit unermesslich. Es war Hela fast ein wenig unheimlich, wie eng er sich an sie schloss. Zumal sie den Verdacht hatte, dass er andere, romantischere Hoffnungen damit zu verbinden begann, und das Grinsen seines Vaters in diesem Moment bestätigte ihre Befürchtungen.

An Bord der «Drachenmaul» schien jeder es für ausgemacht und vom Schicksal bestimmt zu halten, dass Holmsten und sie zusammengehörten und in Irland eine gemeinsame Zukunft vor sich hätten. Hela war unwohl, wenn sie an all die Erwartungen dachte, die auf ihr lasteten, noch ehe sie das erste Mal den Fuß auf den fremden Boden gesetzt hatte.

Unde, die ihr Unbehagen spürte, trat neben sie und nahm sie in den Arm. «Schau», sagte sie und wies auf das Land hinüber. Nach den leichten Regenschauern des Morgens waren nun endlich die Dunstschleier aufgerissen, die das Sonnenlicht abgehalten hatten. Licht ergoss sich über das Grau und das Grün und ließ beides leuchten wie frisch gewaschen. Hinter einer dreieckigen Felskuppe spannte sich, schimmernd und unwirklich, ein Regenbogen über der Küste. «Ist das nicht ein wunderbares Zeichen?» In ihrer Stimme bebte Erwartung.

Die Mannschaft schien es ebenso aufzufassen, denn

freudige Schreie waren zu hören, und Torvald schickte ein Gebet zu den Göttern. «Bei Odin», rief er, «der Bogen endet genau über der Flussmündung. Seht ihr das? Seht!»

Und sie sahen es. Die Liffey, an deren Furt im Landesinneren Dublin liegen sollte, hatte sich hier ihren Weg an die Küste gebahnt, und es war tatsächlich ihr Delta, auf das die zarten Streifen Gelb und Rot und Violett zu weisen schienen. «Unsere Reise steht unter einem guten Stern», rief Torvald, und ein vielstimmiger Ruf antwortete ihm.

Ihre Euphorie wurde allerdings gebremst, als sie wendeten und auf die Mündung zuhielten. In dem Maße, in dem sie näher kamen und der Regenbogen verblasste, wurde der Wasserlauf selbst sichtbar, dem sie sich anvertrauen wollten. Braun und angeschwollen ergoss er sich in wilden Strudeln in das blaue Meer und verursachte dort lehmige Schlammwolken, in denen Äste und Wurzeln mittrieben. Mit dumpfen Geräuschen stießen einige der größeren gegen den Rumpf der «Drachenmaul», die unruhig auf der Strömung tanzte.

Torvald zog ein verkniffenes Gesicht. «Hochwasser», stellte er fest. «Das wird nicht einfach werden.» Er befahl, auf den Strand zuzuhalten, damit er mit einigen Männern aussteigen konnte. Ehe sie sich dem offenbar außer Kontrolle geratenen Strom anvertrauten, wollte er ihn ein Stück flussaufwärts abschreiten, um zu sehen, wie ihre Chancen wären, die Liffey zu beschiffen, und ob sie das Boot würden ziehen müssen.

Noch ehe sie anlegen konnten, entdeckte Holmsten auf einem Felsen einen Mann. Es war eine wilde Gestalt, die sich da gegen den Himmel abhob, hager und gebeugt wie eine Strandeiche, die der Wind niedergedrückt hat. Sein langer Bart war zerzaust und sein seltsames langes Gewand wohl einmal weiß gewesen. Jetzt hing es in grauen Lumpen an ihm herab. Er sprang und krakeelte auf einem nahen Felsen herum und schien sich nichts daraus zu machen, dass die Fremden näher kamen. Lange Zeit konnten sie gegen den Wind und die Brandung nicht verstehen, was er sagte.

«Lacht er?», fragte Holmsten schließlich erstaunt und schüttelte den Kopf. «Warum lacht er nur? Das muss ein Verrückter sein.» Doch nun konnten es alle hören. Ja, der Alte tanzte dort oben auf seinem Stein einen infernalischen Freudentanz, und er lachte dabei wie ein böser Geist.

«Räuber», brüllte er in seiner Sprache, die keiner von ihnen kannte, «Mörder in euren gestreiften Schiffen, hah! Macha hat euch verflucht. Da geht nur hin. Macha hat euch verflucht. Gesegnet seien die Unterirdischen. Tuatha De Danann.»

«Was sagt er?», fragte Hela Torvald.

Doch der schüttelte den Kopf. «Ein Verrückter, was weiß ich. Ich verstehe kein Wort davon.»

«Es klingt nicht freundlich.» Nachdenklich betrachtete Hela den Mann, von dem eine seltsame Aura ausging.

Einer der Wikinger stellte sich neben sie. Hela kannte ihn als Åke. Er hatte eine Weile in Irland verbracht, als Sklave, ehe ihm die Flucht gelang, und Torvald hatte ihn mitgenommen, damit er als Dolmetscher diente. Angespannt lauschte er dem Kreischen des Alten. «Er verflucht uns», stellte er nachdenklich fest, «aber nicht im Namen des einen Gottes, den sie alle verehren. Die Iren sind Christen», erklärte er Hela und Unde, die hinzugetreten war. «Wenn sie nicht kämpfen, beten sie, und die Klöster sind nach den Königen die stärkste Macht auf der Insel, vielleicht die wichtigste überhaupt. Aber der hier ...», wieder wandte er sich dem Fremden zu, um zu lauschen. «Er verwendet Namen, die ich aus Erzählungen abends am Feuer kenne. Sie handeln von Teufeln und bösen Geistern, die früher hier herrschten und von schwarzen Magiern gelenkt wurden, die man Druiden nannte.» Unwillkürlich griff er nach dem Anhänger, den er an einer dicken Kette um den Hals trug, und Hela erkannte ein Kreuz. Also hatte Åke den Glauben seiner Herren angenommen und teilte nun auch ihre Ängste.

«Die Druiden», fuhr Åke fort, «beherrschten alles, sie konnten die Ernte verderben und das Wetter verhexen. Und», seine Stimme wurde ein ehrfürchtiges Raunen, «sie brachten Menschenopfer.» Hela und Unde warfen einander einen unbehaglichen Blick zu.

Åke nickte bekräftigend, zufrieden mit der Wirkung seiner Worte. «Heute sind sie fort. Aber es soll noch einige geben, die im Geheimen leben. Sie vergiften Brunnen und lassen die Frauen im Kindbett sterben, heißt es.» Er schauderte trotz des sonnigen Wetters. «Man erkennt sie an ihren weißen Gewändern, und wenn sie einem in die Augen sehen, dann ist man verloren.»

Ungerührt hob Unde ihren Bogen. «Dazu wird es nicht kommen», meinte sie nur.

Aber Hela legte ihr die Hand auf den Arm, um sie zurückzuhalten. «Tu es nicht», bat sie. «Vielleicht ist er nur ein alter Narr, wie Torvald sagt.»

«Er gefällt mir nicht», erwiderte Unde, doch sie gehorchte.

Nein, dachte Hela bei sich, mir auch nicht. Irgendetwas ist seltsam an ihm. Ihr war nicht wohl bei dem Gedanken, dass die Männer hier an Land gehen sollten. Aber das würden sie so schnell auch nicht, denn die Männer hatten etwas anderes entdeckt.

Mit großer Geschwindigkeit kam ein Kahn auf dem Fluss dahergeschossen. Sie konnten die Insassen erkennen, die stehend versuchten, mit langen Stangen sich der wild umhertreibenden Äste zu erwehren, während die Ruderer nur mühsam den Kurs hielten. Dennoch schwankte das Boot bedrohlich und geriet immer wieder in eine gefährlich schiefe Lage, während die Strömung gegen seine Bordwand drückte.

«Das sind Wikinger», rief Holmsten und richtig, die Bootsleute trugen die Kleidung der Nordmänner. Auch Frauen waren darunter in den charakteristischen Schürzen und den Umhängen ihrer Heimat. Landsleute von ihnen kämpften dort um ihr Leben. Torvalds Mannschaft war nicht mehr zu halten. Sie drängten an die Reling und schrien: «Hierher, hierher.»

Die Männer der «Drachenmaul» winkten und neigten sich weit über Bord, hielten ihre Ruder hin, damit die Treibenden sich daran festhalten könnten. Diese allerdings, weit davon entfernt, ihr Gefährt unter Kontrolle zu haben, konnten nicht verhindern, dass es hart gegen die Bordwand des Drachenschiffes prallte, was Torvald einen erschrockenen Fluch entlockte. Er sprang ebenfalls hinüber, um zu helfen, die Unglücklichen an Bord zu ziehen. «Kommt ihr aus Dublin?», fragte er, und die Antwort kam in vertrautem Idiom. Ja, sie kamen aus Dublin, das Hochwasser hatte die Siedlung wieder einmal zerstört, sie waren die Letzten.

Da ergriff Hela, die das Ganze aus der zweiten Reihe beobachtet hatte, Torvald an der Schulter. «Vorsicht», sagte sie, «sie sind krank.»

Unsicher starrte der Kapitän erst sie an und dann die beinahe Schiffbrüchigen, deren Hände sich nun dankbar nach den Rudern der «Drachenmaul» streckten. Hela zeigte ihm, was ihr aufgefallen war: die verfärbte Haut an den ausgezehrten Armen, von denen die Ärmel zurückgeglitten waren, die eingefallenen Gesichter und fiebrigen Blicke. Sie wies ihm die Geschwüre in den Gesichtern, halb unter Kapuzen und Umhängen verborgen, ließ ihn auf das Jammern derer lauschen, die in der Bootsmitte auf ihrem Lager kauerten, unfähig, sich aufzurichten. Hela kannte die Zeichen. Die Seuche hatte ihr Nachbardorf, Blaufurt, vor Jahren ausgelöscht. Waldweidler und Blaufurter hatten nicht in Frieden miteinander gelebt. Nie hatten die aus Waldweide den Nachbarn jenen Überfall vergessen, der damals nur durch Valas Hilfe vereitelt worden war. Dennoch war die Steppenreiterin hinübergegangen, um den Kranken zu helfen. Aber sie hatte nicht einen retten können. Es gehörte zu Helas schlimmsten Kindheitserinnerungen, wie die Mutter damals, endlich, nach so vielen Tagen zurückgekommen war. Sie war ihr entgegengerannt und hatte sich ihr voller Sehnsucht in die Arme werfen wollen. Aber Vala hatte sie zurückgewiesen, hatte nach Eirik gerufen und von ihm verlangt, dass er das schreiende, weinende Mädchen ins Haus sperrte. Sie hatte sich von niemandem berühren lassen. Das Essen hatte man ihr in Schüsseln zu ihrem neuen Schlafplatz gebracht, abseits, unter einem Baum. Tagelang war dies so gegangen, ihre Mutter von allen getrennt durch eine seltsame, unsichtbare Mauer der Fühllosigkeit, wie es Hela erschien. Bis sie sie endlich in die Arme schließen durfte. Damals war Hela sehr verwirrt gewesen und hatte an der Liebe ihrer Mutter gezweifelt, zum ersten und einzigen Mal. Erst später hatte sie begriffen, dass Vala damals nur sichergehen wollte, dass sie die furchtbare Krankheit nicht mit nach Hause zu ihrer Familie brachte.

«Wir werden sterben, wenn wir sie berühren», sagte Hela nun zu Torvald und musste gegen dasselbe Gefühl ankämpfen wie damals. Ihr war, als hörte sie wieder das Lachen des Druiden, und sie fuhr herum. Der Felsen, auf dem der Alte gestanden hatte, war leer. Nur seine Stimme hallte noch in Helas Ohren.

Torvald begriff zum Glück rasch. «Weg», schrie er und rannte an der Reling entlang. Er entriss einem Mann das Ruder und schüttelte die ab, die daran hingen. Dann schlug er damit auf den nächsten ein, der sich nach der «Drachenmaul» ausstreckte, hieb auf Köpfe, stieß gegen Holz und versuchte alles, um das Boot, das von der Strömung gegen sie gepresst wurde, wieder von seinem Schiff loszubekommen. Seine Mannschaft stand verständnislos und wie benommen da. Als aber einer der Enterer unter Torvalds Hieben ins Wasser fiel und sein Weib drunten in schrilles Geschrei ausbrach, kam wieder Leben in sie. Rasch halfen sie ihrem Kapitän und schauten dann beklommen zu, wie die Fremden sich in ihrem wankenden Kahn von ihnen entfernten. Fäuste wurden gegen sie geschüttelt und Verwünschungen gebrüllt.

Torvald wischte sich den Schweiß von der Stirn. Holmsten trat zu ihm, noch immer verunsichert, warum all dies geschehen war. Vorwurfsvoll wies er auf das Boot, das nun auf den unruhigen Wogen des Deltas ins offene Meer hinaustanzte. «Sie sind so gut wie tot», beklagte er.

«Sie waren schon tot, als sie losfuhren», sagte Hela. «Die Seuche muss Dublin im Gefolge des Hochwassers befallen haben. Auch in Blaufurt in der Nähe meiner Heimat kam sie damals nach den Fluten.» Sie hielt inne und musste schlucken. «Es gab nichts, was wir tun konnten. Außer ebenfalls zu sterben.» Damit wandte sie sich ab.

Kopfschüttelnd schaute Torvald ihr nach. «Da denkt man immer, das Mädchen wirft nichts um», sagte er. Dann stieß er seinen Sohn in die Seite. «Vielleicht gehst du und tröstest sie ein wenig, hmm?»

Unsicher schaute Holmsten zu, wie Sigurdur und Unde sich um Hela scharten, die in die Knie gegangen war, um ihren seltsamen grauen Hund zu umarmen, in dessen Fell sie gerade ihr Gesicht versteckte. «Ich glaube, sie hat schon genug Trost», sagte er. In seiner Stimme schwang ein leises Bedauern.

Menschenjagd

So plötzlich mit der Nachricht konfrontiert, dass ihr Reiseziel von Hochwasser und Seuchen zerstört war, berieten sich die Männer der «Drachenmaul» und beschlossen, ihr

Glück weiter nördlich an der Küste zu versuchen, wo es, wie sie gehört hatten, ebenfalls Wikingersiedlungen geben sollte, auch wenn diese Information weit ungewisser war. Im Zweifelsfall würden sie selbst an einer geeigneten Stelle, einer Bucht oder Furt, ein Lager aufschlagen und Nachricht in die Heimat senden, dass Siedler willkommen wären. Es fand sich keine Stimme dagegen, also richtete das Schiff seinen Bug nordwärts und segelte eine Küste entlang, von der die Mannschaft nun nicht mehr das Geringste wusste.

«Jetzt», meinte Torvald eines Tages, «wäre ein Regenbogen recht oder ein anderes Zeichen.»

Hela lachte. «Ja, es wäre nicht schlecht, wenn Odin uns einen seiner Raben schicken würde. Aber vielleicht ist es besser, wir halten nach eindeutigen Zeichen Ausschau, wie einem klaren Fluss oder gutem Ackerland.»

Torvald warf ihr einen anerkennenden Seitenblick zu. Recht hatte das Mädchen. Bei allem, was man über sie sagte, hatte sie doch eine zupackende, bodenständige Seite. «Du meinst, so etwas wie das hier?», fragte er, als sie die nächste Felsnase der Küste passiert hatten und sahen, was sie ihnen bisher verborgen hatte.

«Ja», sagte Hela und neigte sich vor. «So etwas meine ich.» Fasziniert starrte sie auf den Flusslauf, der in der Sonne lag wie eine friedliche Schlange, deren Schuppen verheißungsvoll glitzerten. Durch ein flaches, weites Tal ergoss er sich von Bergen herab, die erst weit im Hintergrund ihre Kuppen erhoben. Die Hügellandschaft davor war sanft und reizvoll, dichte Wälder lösten sich ab mit einsamen Weiden, wie gemacht für Vieh. Trotzdem war keine Hütte und kein Mensch zu sehen. Unberührt wie ein Geschenk der Götter lag die Landschaft vor ihnen.

«Ja», murmelte Hela noch einmal, und sie spürte ein seltsames Gefühl in der Magengrube. Als hätte sie diese Gegend schon einmal gesehen. Doch wenn, dann war das nur in einem Traum möglich. Sie hätte nicht zu sagen gewusst, ob es ein guter oder ein böser Traum gewesen war, aber sie wusste mit einem Mal mit großer Sicherheit, dass es sie dorthin zog.

Erst nach einer Weile spürte sie Torvalds anhaltenden Blick. Sie bemühte sich um ein Lächeln. «Starr mich nicht an wie einen Orakelstein», sagte sie abwehrend.

«Weißt du, wie du eben ausgesehen hast?», fragte der Wikinger andächtig.

Energisch schüttelte Hela ihr Haar. Nein, und sie wollte es auch nicht wissen. «Ich war nur in Gedanken», beschied sie ihm.

Torvald nickte und dachte dabei, dass er noch niemanden gesehen hatte, der so tief in Gedanken versunken gewesen war, und so lange. Wie eine Statue hatte sie dagestanden, tatsächlich wie einer der Steine, denen man bisweilen Fragen stellte. Nur dass er auf seine Fragen keine Antwort erhalten hatte. Sie schien ihn nicht einmal gehört zu haben. Und als er sie berührt hatte, war sie kalt gewesen, eisig kalt. Vielleicht, dachte er, hatten die anderen, die ihn vor ihr gewarnt hatten, doch Recht. Vielleicht hätte er auf seine Frau hören sollen, die zu Hause darauf wartete, dass er sie im nächsten Frühjahr nachholte, zusammen mit den anderen Weibern. Sie alle hatten Bedenken gehabt gegen Hela. Und es stimmte schon: Es war etwas Seltsames an ihr. Aber Torvald dachte an Holmsten, und er war bereit, es mit dieser Seltsamkeit zu versuchen. Bisher hatte es ihm nur Glück gebracht. Dankbar betrachtete er seinen Sohn, der kräftig am Ruder arbeitete, nun aber innehielt und ihn erwartungsvoll anschaute.

«Hier also?», wiederholte Torvald die Frage, die er Hela schon zweimal gestellt hatte, ohne dass sie die geringste Erinnerung daran zu haben schien.

Hela nickte. «Hier also», sagte sie und schaute zu, wie das Schiff unter den Gesängen der Besatzung auf den stillen Fluss einbog. Dichte Haine zeigten sich schon bald rechts und links des Wassers und spiegelten sich darin in leuchtendem Grün. Saftiges, frühlingsfrisches Laub neigte sich ihrem Mast zu. Umgeben von Hügeln, weitete sich der Flusslauf schließlich zu einem beinahe kreisrunden, spiegelglatten See, auf den die «Drachenmaul» hinausglitt und sich sacht einmal um sich selber drehte, ehe sie eines der Ufer ansteuerte, wo ein Kiesstrand wie geschaffen zum Anlegen schien. Mit ihrem leuchtenden Segel sah sie befremdlich aus in dieser grünen, waldigen Welt, die nichts mehr von dem nahen Meer ahnen ließ. Selbst die Luft roch kräftig nach Harz und Beeren, nach Erde und Pilzen und feuchtem Moos. Nur am Himmel erklangen noch die Schreie der Möwen, die sie auf ihrem Weg begleitet hatten. Alles war so friedlich, dass nichts die Unruhe zu erklären vermochte, die zur gleichen Zeit in Helas Innerem wuchs.

Sigurdur und Unde standen neben ihr, Hand in Hand, mit strahlenden Gesichtern, wie beschenkte Kinder. Und alles, was sie sahen, schien wahrhaftig ein Geschenk zu sein. Da erklang das Hundegebell.

Wolf hatte es als Erster vernommen. Mit gespitzten Ohren setzte er sich auf und stieß ein leises Jaulen aus. Hela suchte mit den Augen das dichte Laubwerk ab, das nichts von dem preisgab, was in seinem Schatten geschah.

«Es kommt von dort oben», meinte Holmsten und wies auf einen Hügel. Alle Köpfe folgten seinem Finger. Zunächst war nichts zu sehen. Nach einer Weile aber tauchte dort tatsächlich ein Mann auf, klein in der Ferne, nicht mehr als eine Spielfigur. Er schien sie noch nicht bemerkt zu haben. Ohne aufzusehen, rannte er geduckt zwischen den Stämmen hindurch und hielt nur von Zeit zu Zeit inne, um über ein felsiges Hindernis zu klettern. Bald entzog er sich ihren Blicken hinter der üppigen Vegetation, doch wurde er hier und da wieder sichtbar, immer in derselben Eile. Als er näher kam, konnten sie sehen, dass er Hosen und ein weites Hemd trug, über das er einen Bogen gestreift hatte. Seine Rechte, die er nie zum Klettern benutzte, hielt etwas, das wie ein Köcher aussah. Oder ein Schwert.

«Ein Jäger?», mutmaßte Sigurdur und legte den Kopf schräg. Auch das Hundegebell erklang nun näher bei ihnen. Alle verfolgten gebannt das Schauspiel. Es waren auch keine Ruderschläge mehr nötig. Die «Drachenmaul» trieb von selbst mit letzter Fahrt dem Punkt am Ufer entgegen, an dem, wie ihnen immer klarer wurde, auch der Fremde ankommen musste, wenn er seinen Weg beibehielt.

«Da!», rief Unde und zeigte auf einen der Hunde, die nun zum ersten Mal sichtbar wurden. Dem Mann neben ihr entfuhr ein Überraschungsruf: «Unglaublich.»

Das Tier, das weiter oben am Hügel erschienen war und witternd den Kopf senkte, um unruhig hin und her trabend die Fährte wieder aufzunehmen, die es kurz verloren zu haben schien, war größer als alles, was sie je an Hunden gesehen hatte. Selbst Wolf musste diesem Wesen höchstens bis an die Brust reichen. Es war hochbeinig, von zottigem Grau, schlank, beinahe überschlank sogar, doch mit mächtigem Kopf und einem seltsam eingeringelten Schwanz. Nun gab der Hund wieder Laut, und ein Gefährte tauchte an seiner Seite auf, um nichts kleiner als der Erste.

«Was bei Odin jagen sie mit solchen Tieren?», fragte Holmsten und spuckte ins Wasser.

«Menschen», sagte Unde.

Hela folgte ihrem ausgestreckten Finger und begriff. Die Hunde gehörten nicht dem vermeintlichen Jäger, dafür waren sie zu weit hinter ihm. Sie verfolgten ihn. Es war deutlich zu sehen, wie sie seine Fährte aufnahmen und ihm mit langen Sprüngen auf genau dem Weg nachsetzten, den auch er genommen hatte. Der Mann wandte jetzt mehrmals nervös den Kopf. Er schien bemerkt zu haben, dass die Verfolger näher kamen. Auch erklangen nun Stimmen, Rufe und Hundegebell von jenseits des Hügels, wo die Herren der Meute sich langsamer ihren Weg bahnten. Dort mussten Männer sein, viele Männer, man konnte es hören. Schon knackte und raschelte das Gebüsch, wo sie sich Bahn brachen. Die Hunde schlugen an.

Da hielt es auch Wolf nicht mehr. Er preschte zur Reling, legte die Pfoten darauf und stieß ein lang gezogenes Heulen aus. Er sprang hinüber, noch ehe der Bug auf den Sand knirschte.

«Hela, nicht!» Es war Unde, die diesen Ruf ausstieß, vergebens. Das Mädchen war seinem Hund nachgestürzt, ehe jemand an Bord hatte reagieren können.

Torvald murmelte Flüche in seinen Bart. Sein Blick wanderte hin und her zwischen dem Jäger und den Männern, die jetzt über den Hügel rannten. «Connor! Cormack!», erklang eine befehlsgewohnte Stimme und erzeugte ein Echo zwischen den Felsen. «Links herum, wir kriegen ihn.»

In diesem Moment brach der Verfolgte durchs Gebüsch und landete mitten auf dem Strand. Er fuhr herum, keinen Augenblick zu früh, denn die Hunde waren in lang gestrecktem Lauf herangekommen. Er duckte sich und hielt sein Schwert den knurrenden Tieren entgegen. Der erste Hund senkte den Kopf und schlich näher. Er blaffte und drohte, und doch wirkte er seltsam unentschlossen. Der Fremde redete in seiner seltsamen Sprache auf ihn ein, unterbrochen nur vom Keuchen seines hastigen Atems.

Wolf dagegen hielt nichts in seinem Lauf. Er hetzte über den Strand heran und sprang dem zweiten Tier, das gerade versuchte, den Mann zu umschleichen, um ihn von hinten anzugreifen, an die Kehle. Es gab ein unbeschreibliches Fauchen und Laute, die Hela noch nie von ihrem Hund gehört hatte, als die beiden mächtigen Leiber sich ineinander verbissen und wüst über den Kies kugelten. Ratlos hielt sie einen Moment inne mit erhobenem Schwert. Es war unmöglich, das eine Tier zu treffen, ohne das andere zu verletzen. Da blickte der Fremde zu ihr herüber.

Hela hielt den Atem an, als er herumwirbelte. Sein rotes Haar flog auf, seine Klinge blitzte. Für einen kurzen Moment nur trafen sich ihre Augen. Dann sauste das Schwert vor. In mein Herz, dachte Hela und stand so starr und ergeben wie damals an der Opfergrube, als sie ihn zum ersten Mal gesehen hatte. Mitten in mein Herz.

Der Kopf des zweiten Hundes flog durch die Luft und landete auf den Steinen, der Leib kippte, rotes Blut versprühend, zur Seite. Ehe Hela wieder zu sich kam, war der Fremde verschwunden.

«Hela!», rief Unde, die atemlos angerannt kam, «Hela, was machst du?» Sie umschlang die Freundin mit beiden Armen und hielt sie fest, ohne dass es ihr gelang, die um sich Schlagende zu bändigen.

«Lass mich», schrie Hela, «ich muss hinterher. Ich muss ...»

Doch Unde hielt sie unerbittlich fest, bis die anderen Männer herangekommen waren. «Unde», stammelte Hela aufgeregt gestikulierend, «hast du ihn nicht erkannt? Er war es, der Mann von der Opferstelle, von dem Abgrund, damals, als sie Sigurdur töten wollten. Und schon vorher, in meinen Träumen, als ich fast tot war. Unde.»

Åke, der bei den anderen stand, bekreuzigte sich, als er das hörte.

Torvald hingegen schnauzte nur: «Bist du verrückt geworden?» Er war außer sich vor Wut. Aber noch ehe er seinem Ärger angemessen Ausdruck verleihen konnte, waren die Fremden herangekommen, die den Hunden gefolgt waren. Mit gezückten Waffen bildeten sie einen Ring um die Wikinger. Torvald richtete sich auf und musterte die Mauer misstrauischer Gesichter. Na wunderbar, genauso hatte er es sich vorgestellt. Sie hatten noch kaum einen Fuß an Land gesetzt, da steckten sie schon mitten in Feindseligkeiten, die sie nicht begriffen und deren Ursache sie nicht kannten.

«Ruhe jetzt», verlangte er von seinen Leuten. Er funkelte Hela an, die noch immer auf Unde einzureden versuchte. «Und keiner rührt sich mehr. Åke», rief er den Dolmetscher an seine Seite. Dann wandte er sich dem Mann zu, den er für den Anführer hielt. Er trug einen weiten, grün und blaubeerfarben karierten Umhang, der von zwei prächtigen Fibeln gehalten wurde, und dazu eine kostbare Kette um den Hals, an der ein Kreuz hing, so groß wie eine Männerfaust. Sein braunes, schulterlanges Haar umrahmte ein zorngerötetes Gesicht, dem der hängende Schnauzer den Ausdruck melancholischer Bissigkeit verlieh. Ohne auf Torvalds Begrüßungsworte und Åkes eilfertige Übersetzung einzugehen, musterte er die Gruppe der Neuankömmlinge. Dann winkte er einem seiner Männer. «Cormack.» Es klang wie ein Knurren. Der Angesprochene ging hinüber zu dem zweiten Hund, der nahe des Ufers winselnd versuchte, sich aufzurichten.

Erst jetzt fiel er Hela wieder ein. Wolf schien ihn übel zugerichtet zu haben. Er wimmerte und hob nur den Kopf, als Cormack zu ihm trat. Offenbar war seine Kehle verwundet. Der Ire neigte sich über das Tier, dann rief er etwas zu seinem Herrn und schüttelte den Kopf. Der machte eine Handbewegung. Cormack zückte seine Axt und tötete den Hund mit einem Hieb. Unwillkürlich schrie Hela auf.

Der Blick des Anführers wanderte zu ihr. Offensichtlich verwunderte ihn, was er sah, denn er winkte mit dem Finger einen kleinen, hageren Mann näher, der in der zweiten Reihe gewartet hatte. Hela erkannte die Kutte und die Tonsur eines Mönches. Der Anführer wechselte einige Worte mit ihm, ohne Hela und die anderen aus den Augen zu lassen.

Schließlich öffnete der Mönch den Mund. «Ihr habt unseren Gefangenen entkommen lassen.»

«Gefangen hattet ihr ihn ja nicht gerade», entfuhr es Hela.

Torvald fuhr herum und zog die Augenbrauen zusammen. Åke schaute ratlos von einem zum anderen, war aber so klug, stumm zu bleiben.

Der Anführer der Iren blickte fragend zu seinem eigenen Übersetzer. Der Mönch flüsterte ihm einige Worte ins Ohr, worauf seine Augen sich verengten. «Ihr seid hier nicht willkommen», erklärte er.

Nun war es an Torvald, sich aufzurichten. Er warf seinen Männern einen rückversichernden Blick zu, die grimmig nickten und die Hände an die Schwertknäufe und Axtgriffe legten. Diesmal wies er Åke an, seine Worte zu übersetzen. «Wie ihr euch zu uns stellt, ist eure Sache», sagte er mit fester Stimme. «Wir», und seine Handbewegung umfing die Gruppe seiner Männer, «werden hier siedeln.» Er ließ die Wirkung dieses Satzes nachhallen. «Nachbarn oder Feinde», fügte er dann hinzu. «Uns ist beides recht.»

Obwohl Åkes Stimme all das klar und deutlich verkündete, ließ der Ire sich alles noch einmal von dem Mönch ins Ohr wispern. Es war ihm anzusehen, dass ihm nicht gefiel, was er da hörte. Doch ein Blick auf die Gruppe am Strand verriet ihm, was auch Torvald wusste: Die Wikinger waren in der Überzahl, ein Kampf zu diesem Zeitpunkt wäre wenig sinnvoll. Sie hatten sich nur dafür gerüstet, einen Mann zu töten. Und ihre Hunde lagen tot am Boden. Eine Weile zwirbelte er seinen Schnurrbart.

«Ich bin Libran», erklärte er dann schließlich, so laut und imponierend es ihm möglich war. Er wies auf den Hügel hinter sich. «Meinem Clan gehört alles Land jenseits der Höhe. Und ich bewirte Gäste, wenn sie friedlich kommen.» Der letzte Satz klang tief und drohend.

Torvald neigte sich zu Åke. «Er zieht den Schwanz ein.» Dann richtete auch er sich auf, so weit es ihm möglich war. «Ich bin Torvald», verkündete er. «Mir und meinen

Männern gehört dieser See und alles Land darum herum, so weit es uns passt. Und mit Eindringlingen machen wir kurzen Prozess.»

Libran nickte schwer. Dann lächelte er. «Wir ähneln einander», sagte er langsam. Dann ein scharfer Befehl, und seine Männer zogen sich langsam zurück. Sie senkten die Waffen nicht, bis sie zwischen den Bäumen verschwunden waren. Auch die Wikinger standen noch lange da, bereit, sich zu verteidigen. Erst als schon eine ganze Weile nichts mehr zu hören war, außer dem selbstgenügsamen Pfeifen der Vögel, entspannten sie sich.

«Wo», fragte Hela da laut, «ist Wolf?»

FOLGEZAUBER

Bran rannte bis zu einer Lichtung. Als er sicher war, dass er nicht mehr verfolgt wurde, ließ er sich ins Gras fallen. Sein Puls raste, und in seinen Ohren rauschte das Blut. Noch mehr aber als die Aufregungen der Flucht und des Kampfes beschäftigte ihn das Bild, das er gesehen hatte. Sie war es gewesen, es gab keinen Zweifel: Macha. Aus der Unterwelt war sie ihm schon einmal entgegengetreten. Es gab sicher kein zweites Antlitz wie das ihre. Er richtete sich auf und lauschte. Aber er war schon zu fern, um noch etwas vom Ufer zu hören. Bran strich sich durch die Haare, fasste sie hinter dem Kopf zusammen und drehte sie zu einem Knoten auf, den er mit raschen Bewegungen mit einem Metallstift feststeckte. So war es besser, die Luft strömte kühl über seinen Nacken. Konzentration, hatte Lucet ihn gelehrt, Konzentration und Ruhe. Aber wie sollte er zur Ruhe kommen?

Denn noch etwas war gewiss: Was ihm da gegenübergestanden hatte, war keine Göttin gewesen. Es war eine Frau aus Fleisch und Blut und so lebendig wie er selbst. Er hatte ihre Stimme gehört, ihren Duft gerochen. Er hatte Überraschung und Furcht in ihrem Gesicht gesehen. Und er konnte nicht umhin zu denken, was für eine wunderschöne Frau das gewesen war. Eine wie diese hatte er noch keine gesehen. So schlank und biegsam wie eine Jungfrau, die zum Brunnen gegangen war, aber mit dem Schwert in der Hand. Haare wie Rabenflügel. Und Augen ... Nichts, was er je kennen gelernt hatte, glich diesen Augen. Konnten sie tatsächlich einer Sterblichen gehören? Bran rief sich zur Ordnung. Sie war so sterblich wie er, war eine Wikingerin, er hatte ihr Schiff gesehen und ihre Freunde. Und es wäre an der Zeit, dass er sich Gedanken darüber machte, was ihre Ankunft für ihn und seine Männer bedeuten mochte, über den schlichten Umstand hinaus, dass ihr überraschendes Erscheinen ihm heute vermutlich das Leben gerettet hatte. Es galt nachzudenken, Konzentration. Aber wie war das möglich, wenn ihm immer nur das Bild dieser Frau im Kopf herumgeisterte? Wie sie ihn angesehen hatte. Beinahe, als ob sie ihn kannte, als ob ... Bran drehte sich im Moos und verschränkte die Arme hinter dem Kopf.

Da krachte es. Und von den Bäumen fielen Mael und Finn wie zwei reife Äpfel. Mit einem Ruck fuhr Bran auf. Errötend beantwortete er ihre besorgten Fragen und beruhigte die Freunde. Bald grinste Finn wieder. «Ich hatte dich schon tot gesehen», erklärte er, «diese Bestien ...» Er schüttelte den Kopf.

«Ich hatte mich auch schon tot gesehen», meinte Bran. «Und wenn Mael hier sich das nächste Mal wieder nicht verkneifen kann, am Fenster seiner Liebsten zu pfeifen, dann werde ich es bald auch sein.» Er knuffte den Freund, der verlegen protestierte. Bran beruhigte ihn, dennoch war es ihm ernst, und er machte den beiden klar, dass derartige Ausflüge ins Dorf in der Zukunft am Tage zu gefährlich wären. «Aber so viele sind unsere Freunde», meinte Mael bedauernd.

«Und so viele sind es nicht», sagte Bran ruhig.

«Hm», machte Finn, «so wie Libran und seine Neffen, Cormack und Connor.»

«Ich dachte auch an die, die nicht so offen gegen uns stehen», meinte Bran. «All die anderen, die sich nie geäußert haben. Woher wissen wir, dass sie für uns schweigen, wenn wir nicht dabei sind?»

«Du meinst, es gibt Verräter unter uns?», fragte Mael mit großen Augen. Und Finn zog ein misstrauisches Gesicht.

Bran klopfte beiden auf die Schultern. So einfach war es nicht, die Front zwischen dem alten und dem neuen Glauben verlief nicht so klar wie die zwischen dem Wald und dem Dorf. Sie verlief in jedem einzelnen Kopf, in dem die Ideen miteinander stritten und, was fast noch wichtiger war als die Ideen, die Loyalitäten mit den Clans und Häuptlingen. Das ergab ein kompliziertes Geflecht von Beziehungen, Wünschen und Antrieben. Nicht immer war die Lösung eindeutig, nicht immer folgte sie den Regeln der Vernunft. So mancher, der sie öffentlich als üble Heiden verfluchte, warf heimlich kleine Gaben in die Quellen, wie er es stets getan hatte, und fand nichts dabei. Während andere, die das Kreuz um den Hals trugen und ihre Töchter ins Kloster schickten, ihm aus alter Treue zur Familie seines Vaters noch immer heimlich Gastrecht gewährten. All dies war flüchtig, widersprüchlich, ungeklärt. Und wer konnte sagen, wie die Waage sich im Einzelnen neigen würde? Der sie heute aufnahm, würde morgen vielleicht mit seinem Beichtvater sprechen und sie übermorgen guten Gewissens verraten. Wer wusste es schon?

«Wir werden künftig vorsichtiger sein», versprachen Finn und Mael. Bran nahm sich vor, ganz gewiss dafür zu sorgen. Das heute war eine knappe Geschichte gewesen. Aber bei Aine, was für eine Jagd! Unvermittelt musste er grinsen. Der gute Libran war ganz schön ins Schwitzen gekommen. Finn erheiterte sie mit einer Parodie des feindlichen Anführers, der fluchend und puterrot im Gesicht gegen sie gehetzt hatte, was ihm zur Verfügung stand, bis sie sich bogen vor Lachen. Und das Beste: Mael hatte die geraubten Zicklein in einer Höhle verborgen, wo sie mit etwas Glück immer noch auf sie warteten. «Wenn die Hunde sie nicht finden», gab Mael zu bedenken.

Bran schüttelte den Kopf. «Librans Hunde sind tot. Einen habe ich erschlagen, den anderen hat der Hund erledigt von dieser ...» Er verstummte mitten im Satz. Da waren sie wieder, diese magischen Augen. Wer war die Fremde nur gewesen?

«Wikingerbande?», ergänzte Finn. «Was hältst du von ihnen, Bran? Glaubst du, sie und Libran gehen sich jetzt gegenseitig an die Kehle, und wir kriegen unsere Ruhe?»

Geistesabwesend klopfte Bran ihm auf den Rücken. «Wollen es hoffen», murmelte er, «wollen es hoffen.» Doch in Gedanken war er woanders.

«Wir haben was zu erzählen!», freute sich Mael und schulterte den Sack mit Saatgut, den er die ganze Zeit nicht losgelassen hatte. Dann wies er auf den Rand der Lichtung. «Und wer ist das da?»

Bran hob den Kopf. Ein unsinniges Herzklopfen lang dachte er, sie müsste dort stehen, fast zeichnete sein Blick sie dorthin vor das Laub. Aber hinter dem flirrenden Umriss tauchte nur die Gestalt eines grauen Tieres auf.

«Was soll das denn sein?», fragte Finn spöttisch. «Ein Wolf oder ein Hund?»

Mael lachte. «Er ist wohl selbst nicht sicher, sieh nur, wie er sich herumdrückt. Komm, puttputtputt.» Und er lockte Wolf feixend zu sich. Der duckte sich und begann zu knurren. Dabei zeigte er sein beeindruckendes Gebiss. In seine Augen trat jenes wilde Glimmen, das das Erbe seiner Mutter war. Finns Gelächter endete abrupt. «Ich glaube, er will doch kein Schoßtier sein», sagte er leise und griff zu seinem Bogen. Aber Bran hob die Hand und trat vor die anderen beiden.

«Na du», sagte er sanft und suchte Wolfs Blick aufzufangen. Der hörte auf zu knurren, lief unruhig zweimal hin und her, verharrte dann und jaulte leise, während der Druide weiter leise mit ihm sprach und die Hand auszustrecken begann. Langsam, Schritt für Schritt, ging Bran auf das zögernde Tier zu. Er sprach zu ihm, wie ihn Lucet gelehrt hatte, in der alten Sprache zwischen Mensch und Tier. Und der Hund der Wikingerin schien ihn zu verstehen. Noch immer war er unruhig, ängstlich, noch einmal wich er aus und knurrte drohend. Dann aber hob er den Kopf, stupste Brans Hand, die sich ihm Stück für Stück genähert hatte, drückte energisch seine Schnauze hinein und wedelte.

Finn und Mael atmeten hörbar aus. Letzterer senkte den Bogen. «Wie hast du das gemacht?», fragte er erstaunt und betrachtete den Hund, der sich nun an Brans Bein schmiegte, als wäre dieser sein Herr.

Bran lächelte. «Wie es alle Druiden machen, Mael. Beinahe hätte ich es auch mit Librans Bestien geschafft, aber die Zeit war zu knapp und ich unkonzentriert. Ich könnte es auch mit dir.» Er zwinkerte. «Also pass gut auf.»

Finn stieß ihn mit dem Ellenbogen. «Guck ihm nicht zu tief in die Augen», spottete er, «bleib bei deiner Grainne.» Mael schubste ihn verlegen. Finn dagegen war nicht zu bremsen. «Die Frau, die sich mal in unseren Bran verguckt, wird aber anschmiegsam werden», flachste er. «Und wenn sie einen Schwanz hätte, würde sie damit wedeln.» Die beiden anderen verzogen das Gesicht, doch er fand seinen Witz wunderbar.

Bran beschloss, dass sie aufbrechen sollten. Sie mussten ins Walddorf zurück, um den anderen von den wichtigen Neuigkeiten zu berichten, von dem Zusammenstoß mit Libran und der Ankunft der Fremden. «Und was machen wir mit dem?», fragte Finn und wies mit dem Kinn auf Wolf.

«Wir nehmen ihn mit.» Brans Entschluss stand fest. Er kraulte Wolf am Kinn, der daraufhin zufriedene Laute von sich gab.

«Na», meinte Mael, «hoffen wir mal, dass die Wikinger nicht so an ihm hängen, dass sie ihn holen kommen.»

Da lächelte Bran, gingen seine eigenen Hoffnungen doch tatsächlich in eine ganz andere Richtung. «Na komm», sagte er werbend zu Wolf, «komm schon.» Der blickte noch einmal zum uferwärts gelegenen Rand der Lichtung, winselte und wandte sich wieder um. Es war offensichtlich, dass er zögerte. Mit einem Mal aber straffte er sich, bellte laut und lief hinter Bran her.

«Wolf», rief Hela, «Wooolf!» Verzweifelt lief sie am Rand des Waldes auf und ab. Sooft sie auch rief, ihr Hund hörte nicht. «Ich verstehe das nicht», jammerte sie. «Er entfernt sich sonst nie weit von mir.»

«Er wird ein Wild gewittert haben.» Undes Stimme verriet ein wenig Ungeduld. Sie alle waren schwer damit beschäftigt, ein Lager aufzuschlagen und eine provisorische Mauer aus Weidenwerk zu errichten, die notdürftig gegen Angriffe schützen sollte. Zumindest würde sie verhindern, dass sie vollkommen überrascht und überrannt würden, sollte Libran sich doch entschließen, in dieser ersten Nacht zurückzukehren und nicht, wie er es angedeutet hatte, auf ihren Besuch in seinem Dorf warten. Torvald wollte für alles gerüstet sein. Er packte selbst mit an, war überall zugleich und gab seine Befehle. Die Männer und Unde arbeiteten fieberhaft gegen die hereinbrechende Dämmerung an. «Morgen», erklärte Åke ihnen vorfreudig, «werden wir damit beginnen, einen Crannog zu errichten, eine künstliche Insel, wasserwärts von Palisaden geschützt. Die Felsen dort am Ufer sind wie eine natürliche Brücke. Wir werden sie mit einem Tor sichern. Dahinter können wir uns zurückziehen, falls Angreifer kommen.»

«Ein Haus auf dem Wasser?», wunderte Unde sich und ließ es sich erklären, während sie nicht aufhörte, die Arme voll Weiden zu schichten, die Sigurdur aus dem Gebüsch anschleppte. Er hielt nur inne, um sich mit dem Ärmel den Schweiß aus dem Gesicht zu wischen.

«Wolf?» Helas Stimme wurde immer besorgter.

«Hier.» Torvald trat zu ihr und drückte ihr eine Sichel in die Hand. «Dort hinten sind noch Bäume. Schneid Ruten.»

Verdattert starrte sie das Gerät in ihrer Hand an.

«Du hast es gehört.» Das war Unde.

«Aber ...» Hela hatte Mühe, mit ihren Gedanken in die Gegenwart zurückzufinden. «Wolf ist vielleicht bei ihm, bei diesem ...»

«Deinem Traum-Mann?», warf Sigurdur ein und versuchte mit einem Lächeln, die Situation zu entspannen. Als er aber das Gesicht von Holmsten sah, der ihm Seile zureichte und seine Bemerkung gehört hatte, verstummte er wieder.

Hela schaute ihren Freund böse an. «Ich habe ihn gesehen an dem Ort, an dem du sterben solltest», sagte sie.

«Ja, das hast du bereits erwähnt.» Zum ersten Mal klang Unde gereizt. Mit heftigen Bewegungen schichtete sie ihre Lasten. Sie wurde nicht gerne an jene Nacht erinnert, in der sie Sigurdur retteten. Noch viel zu deutlich stand ihr der Mundus vor Augen, jenes seltsame, abgrundtiefe Loch, das ihr so viel Angst eingejagt hatte wie nichts sonst in ihrem Leben. Selbst mit geschlossenen Augen konnte sie noch ihr Blut sehen, wie es dort hineintropfte, auch wenn sie alles dafür gegeben hätte, diesen Moment vergessen zu dürfen. Sie wurde das Gefühl einer dumpfen Angst niemals los, und nichts, was sie mit jenen Augenblicken verband, wollte sie um sich haben. Außer Sigurdur. Nur er gab jenem Erlebnis Sinn, und nur an seiner Seite hatte sie das Gefühl, dass ihr gemeinsames Leben, ihre Zukunft, die einzige Frucht war, die daraus erwachsen würde.

«Von was redet ihr da nur?» Åke bekreuzigte sich protestierend, einmal, zweimal, was Hela ein Lächeln entlockte. Bald aber wandte sie sich wieder dem Wald zu. Wann immer sie sich selbst vergessen hatte, war sie diesem Mann begegnet, im Rausch der Schmerzen, an der Grenze des Lebens. Er schien auf sie zu warten, wie das Schicksal oder der Tod. Wer war er? Unwillkürlich setzte sie einen Fuß vor den anderen.

«Hela!» Torvalds Stimme war scharf wie ein Peitschenhieb. «Hast du die Ruten?»

Sie fuhr herum, bereit, zurückzufauchen.

«Ihr Hund ist verschwunden.» Das war Sigurdur, wie immer beschwichtigend. Er trat zu ihr, legte ihr den Arm um die Schultern und führte sie wie eine Schlafwandlerin von dem wütenden Kapitän fort, hin zu den Weidenbäumen. Dabei konnte er spüren, wie angespannt ihr ganzer Körper war. Er bebte, als kostete es sie ihre ganze Kraft, nicht in diesen Wald hineinzulaufen. Mit Sigurdurs Hilfe erreichte sie den ersten Baum und verrichtete ihre Arbeit, ohne dass sie auch nur mit einem Gedanken dabei gewesen wäre. So beladen, dass sie beinahe wankte, kehrte sie schließlich zurück. Ja, vielleicht war das die Lösung, arbeiten, bis sie zu müde war, um zu überlegen, und die Gedanken in ihrem Kopf, die einander jagten wie ein Hund seinen Schwanz, ohne mehr zu erreichen als ein Gefühl von berauschendem Schwindel, endlich zur Ruhe kämen.

«Wolf!», rief sie noch einige Male, ohne Hoffnung.

«Wäre gut», brummte jemand, als sie sich schlafen legten, «wenn sie die verdammten Iren nicht noch zu uns herriefe.»

Danach waren alle still. Man hörte nur noch das Knistern des Feuers, an dem die Wachen saßen, und die Geräusche des Waldes: das Rauschen des Windes in den

Zweigen, die Schreie der Käuzchen und das Knacken und Rascheln, wenn ein Nachttier durchs Gebüsch strich. Hela starrte mit fiebernden Augen in die Dunkelheit zwischen den Stämmen. Ihr war, als wenn die Schwärze sie riefe.

Mistelzweig

Auf dem Weg zu Librans Behausung schaute Hela sich aufmerksam um. Sie ging in einer Gruppe von fünf Männern, angeführt von Torvald und Holmsten, und sie war die einzige Frau. Unde hatte ebenfalls mitkommen wollen, als sie hörte, dass Torvald einen Besuch im Dorf der Einheimischen plante. Schon lange war sie neugierig darauf gewesen zu sehen, wie die Fremden hier lebten. Aber Torvald bestand darauf, dass sie zurückblieb. Ihm war aufgefallen, dass die Iren, die sich hier und da bei ihnen blicken ließen, um argwöhnisch ihre Bauarbeiten zu beobachten oder um ihnen Jagdwild zum Verkauf anzubieten, sehr erstaunt, ja erschrocken auf Undes Hautfarbe reagiert hatten, weit stärker als die Wikinger, die als Seefahrer viel herumgekommen waren und für die der Anblick von Arabern oder Afrikanern zwar etwas Besonderes, aber nichts Beunruhigendes war. Auch Hela hatte mit Misstrauen registriert, wie sich die Männer bekreuzigten, sobald sie Undes ansichtig wurden, und sie hatte der Freundin geraten, auf Torvald zu hören. Selbst allerdings hatte sie sich nicht zurückzuhalten vermocht. Und nun betrachtete sie mit wachen Augen alles, was sie sah.

Es schien sich auf den ersten Blick nicht allzu sehr von dem zu unterscheiden, was sie von zu Hause kannte. Als der Wald endete, setzte Wiesen- und Sumpfland ein, dann kamen die ersten Felder, auf denen sie Gersten- und Hafersaat erkannte. Weniger geläufig waren ihr die Bohnen- und Linsenpflanzen. Aber die Gatter aus Weidengeflecht, an denen entlang Pferde ein Stück mit ihnen des Wegs trabten, waren ganz dieselben wie daheim. Nur die Hütten ließen sie einen Moment staunen: Sie waren nicht länglich wie die Behausungen der Wikinger, sondern kreisrund, was ihnen in Helas Augen ein merkwürdiges, fast exotisches Aussehen verlieh, insbesondere auch durch das Dach, das nicht mit Moos und Steinen, sondern mit sorgsam einander überlappenden Lagen von Schilf gedeckt war. Die Wände bestanden wieder, wie sie es kannte, aus einem Holzgerüst, das mit lehmgedichtetem Flechtwerk ausgefüllt war. Librans Hütte, die größte in dem kleinen Dorf, besaß einen kleinen Vorbau aus wuchtigen Hölzern, der zum Eintreten einlud. Ein Ledervorhang diente hinter der Tür als zusätzlicher Schutz gegen die Kälte, und das Flechtwerk im Giebel darüber war unverputzt, sodass es ein wenig Tageslicht in das düstere Innere ließ. Hela neigte den Kopf und trat mit den anderen ein.

Libran erwartete sie in der Mitte der Hütte, am Feuer. Er hatte sich ein niedriges Podest mit Fellen drapieren lassen, auf denen er mit übergeschlagenen Beinen hockte. Auch für die Gäste waren Felle ausgebreitet, jedoch nur auf dicken Strohschütten. Rasch musterte Hela das Hütteninnere. Ein umlaufendes mannshohes Gestänge trennte den inneren Bereich von der Mauer. An einer Stelle war dieser mit Stoffen verhängt, die wohl Schlafnischen abtrennten. Hela konnte vier Kojen ausmachen. An anderer Stelle stand ein Webstuhl, Leder war zur Bearbeitung aufgehängt, und hinter der Abgrenzung in Fässern, Körben und Kisten stapelte sich, was sie an Vorräten im Haus hielten. Hela hatte auch die zweite, kleinere Hütte bemerkt, die wohl den Kornspeicher darstellte.

Libran hob eine Augenbraue, als Hela mit den Männern auf den Besucherfellen Platz nahm, doch er hielt es offenbar für unter seiner Würde, eine Bemerkung zu machen. An seiner Seite hockte wieder der Mönch, so wie Åke neben Torvald Platz nahm. Eine Frau huschte herum und reichte den Wikingern Schalen mit einem Getränk. Als sie zu Hela kam, zögerte sie kurz, bis Libran einen Befehl bellte und sie weiterging, ohne die Wikingerin bedient zu haben. Vergeblich versuchte Hela, ihren Blick aufzufangen. Sie arbeitete mit niedergeschlagenen Augen, ebenso wie das junge Mädchen, das sich im Hintergrund an die Verteilung der Fleischstücke machte, die offenbar bis kurz zuvor an dem Spieß über der Glut gebraten hatten. Als die beiden fertig waren, gingen sie hinaus, ohne die Köpfe gehoben zu haben. Connor und Cormack, die beiden Neffen Librans, reichten das Fleisch auf Holzplatten herum. Es duftete, dass ihnen das Wasser im Munde zusammenlief.

Die Wikinger waren nicht viel zum Jagen gekommen in den letzten Tagen, zu viel Arbeit nahm der Bau ihrer ersten Behausung in Anspruch. Torvald war ein vorsichtiger Mann. Er trieb sie alle gnadenlos an und konzentrierte sich auf das, was ihm wichtig schien. Die Jagd in unübersichtlichen fremden Wäldern gehörte eindeutig nicht dazu. Das Bauen von Mauern dagegen schon. Obwohl sie alle noch unter freiem Himmel schliefen – und schon mehr als ein Regenguss auf sie niedergegangen war –, hatte die Befestigung ihres Crannogs bereits deutliche Formen angenommen. Von der Seeseite her hielt ein aus dem Wasser ragender Palisadenzaun jeden Eindringling fern, von der Landseite her leistete ein Erdwall dieselben Dienste, den sie jenseits der natürlichen Brücke aufgeworfen hatten. Er wurde ebenfalls von Palisaden gekrönt. Und Torvald hatte beschlossen, des Guten noch mehr zu tun und dahinter ein Rahmenwerk aus Holz zu errichten, das er mit Erde und Bruchsteinen aufzufüllen gedachte. Auch diese Arbeiten waren bereits vorangeschritten, ebenso wie das Wachstum der Hornhaut auf ihren Händen. Hela musste zugeben, dass der Abend in einer geschlossenen Hütte, bei einem Feuer und umgeben vom fetten Dunst gebratenen

Fleisches, etwas ausgesprochen Anheimelndes hatte. Sie sah in den Gesichtern der Männer, dass es ihnen ebenso ging, dass sie Lust darauf hatten, zu essen, zu trinken und fröhlich zu sein, vielleicht ein paar Lieder zu singen und sich ihres Lebens zu erfreuen. Wenn da nicht der Gastgeber gewesen wäre.

Libran saß kerzengerade da. Sein in der Mitte gescheiteltes Haar, das ebenso lang herabhing wie sein Schnurrbart, der steife Fellumhang und das massive Kreuz, das vom Hals an einer dicken Kette auf seiner Brust lag, verliehen ihm das Aussehen einer Statue. Er bewegte sich wenig, aß kaum und verfolgte jede Geste, die seine Gäste machten. Das Gespräch kam nur stockend in Gang. Der Mönch übersetzte leise ins keltische Idiom, direkt ins Ohr seines Herren hinein, und Åke ahmte ihn zu Helas Ärger nach, sodass sie Mühe hatte zu verstehen, wobei es in dem gemächlichen Wortwechsel ging. Aber offenbar sprach man vom Wetter und der Ernte und dem wechselnden Glück der Jagd. Sowohl Torvald als auch Libran sparten offenbar die gefährlicheren Themen in ihrer Konversation aus.

Als sie sich eine Weile angehört hatte, welche Fische wohl im Meeresarm und welche im Fluss zu fangen seien, verlor Hela allmählich die Geduld. «Frag ihn, was das für ein Mann war, den wir am ersten Tag gesehen haben», drängte sie Åke. Der schaute sie unglücklich an und wollte sich wieder der Unterhaltung zuwenden, aber sie gab ihm einen Stoß. «Heh, hat das Übersetzen dich taub gemacht?»

Åke warf Torvald einen fragenden Blick zu, der nickte, wenn er auch missmutig dreinsah, also stellte er die Frage. Libran wandte den Kopf Hela zu und starrte sie an, als könne er sie alleine dadurch zum Verschwinden bringen. «Was sagt er?», fragte Hela, nachdem der Ire etwas Undeutliches gezischt hatte.

«Er sagt: ein entlaufener Sklave», erklärte Åke.

Misstrauisch blickte Hela den Anführer an, der nun

seine Zähne zu etwas entblößte, was ein Lächeln sein sollte. Es schien ihr so falsch zu sein wie seine Worte.

«Der lügt doch», sagte sie, an Torvald gewandt, und nicht leise genug, dass der Mönch es nicht mitbekommen hätte. Verärgert hieß Torvald sie schweigen.

Librans Lächeln vergrößerte sich noch. «Er sagt außerdem», fuhr Åke fort, der auf das lauschte, was nun kam, «dass er dankbar wäre, wenn wir den Sklaven, falls wir ihn und seine Kumpane beim Jagen aufstöbern, Libran zurückbringen würden. Libran erlaubt uns, in diesem Teil des Waldes zu jagen.»

«Ich werde jagen, wo ich will», erwiderte Torvald prompt, und das Gespräch nahm einen deutlich hitzigeren Verlauf.

Hela dagegen war ganz mit den letzten Worten des irischen Anführers beschäftigt. Seine Kumpane. Sollte das heißen, es gab hier im Wald einen ganzen Stall entlaufener Sklaven? Das war doch absurd. Sie versuchte, das Torvald zu sagen, aber der winkte ab, und Åke weigerte sich, weiter für sie zu übersetzen. Zu sehr waren sie in ihre eigenen Streitereien verwickelt.

«Der belügt uns doch von vorne bis hinten», murmelte Hela und lehnte sich beleidigt zurück, um ihren Unmut an einem Stück zähen Fleisches auszulassen, das sie wütend in Angriff nahm. Beinahe hätte sie die späte Besucherin übersehen, so leise trat die alte Frau durch die Ledervorhänge ein.

Libran gönnte ihr kaum mehr als ein Nicken, während sie vorbeihuschte und sich einer der Schlafkojen zuwandte. «Gormlaith», hörte Hela ihn zustimmend murmeln. Gormlaith! War das der Name der Alten? Neugierig reckte sie den Hals, um zu sehen, was dort hinten auf dem Lager geschähe. Sie sah, wie die Frau sich hinkniete und sich über etwas neigte. Dann legte sie ihr Bündel ab, knüpfte es auf und nahm eine Schale, einen Stößel sowie einige

Kräuter heraus. Jetzt bemerkte Hela auch den Arm, den die Alte ergriffen hatte, um an seinem Gelenk den Puls zu tasten. Dort lag ein kranker Mensch, und diese Frau war offenbar eine Heilerin. Nun hielt Hela nichts mehr. Connor raunzte etwas, als sie sich plötzlich erhob, um zu den Kojen hinüberzugehen. Schon war er auf den Beinen, um sich ihr in den Weg zu stellen. Aber Libran pfiff ihn mit einem Befehl zurück und zog ihn wieder hinunter an seine Seite, wo er ihm begütigend die Schulter tätschelte. Ungehindert ging Hela zu den Vorhängen hinüber und schob sie ganz auf. Die Alte schaute auf. Ihr Gesicht unter dem flusigen grauen Haar, das in einem dünnen Zopf über ihre Schulter hing, war braun und voller Runzeln, doch die schwarzen Augen darin blickten äußerst wach und kein bisschen erstaunt, als Hela so unerwartet vor ihr stand. Es war beinahe, als hätte sie mit dem Mädchen gerechnet. Sie lächelte einladend – es war das erste Lächeln, dem Hela auf der Insel begegnete – und winkte sie mit einer Handbewegung herein, ehe sie mit einer schnellen Geste den Vorhang hinter beiden zuzog.

«Gormlaith?», probierte es Hela. Und zu ihrer Freude wies die Alte auf sich und nickte. «Hela», fuhr die Wikingerin dann fort und legte die Hand auf ihre Brust. Gormlaith nickte auch diesmal, leicht und flüchtig, als erzählte man ihr nichts Neues. Ihre trockenen, faltigen Hände zupften währenddessen schnell und geschickt verschiedene kleine Bündel auf, die Hela alle mit dergleichen Neugier betrachtete. Sie erkannte Weidenrinde und Wacholderbeeren, frische Holunderblüten und Arnika und nannte alle Namen in ihrer Sprache. Gespannt beobachtete sie, wie die Alte mit heißem Wasser, das sie vom Feuer holte, einen Tee aus Weidenkätzchen und Holunder zubereitete. «Ah, er soll schwitzen», stellte sie fest, wies auf den Kranken, der vor sich hin zu dämmern schien, und dann auf die eigene Stirn, von der sie demonstrativ nicht vorhandene Schweißperlen abwischte. Gormlaith nickte. Sie hob den Kopf des Kranken an und gab ihm von dem Gebräu zu trinken. Als die Wirkung einsetzte, deckte sie ihn ab und wusch ihn am ganzen Körper mit einem feuchten, kühlen Lappen. Hela half ihr, ihn danach wieder zuzudecken. Interessiert beobachtete sie, dass die Alte den aufgebrühten Holunder anschließend in ein Säckchen füllte, um es dem Kranken auf das Ohr zu legen. Als dieser sich sträubte und hustete, sah Hela das entzündete Zahnfleisch. Sie wies mit dem Finger darauf und auf ein Häufchen Erlenrinde. «Das hilft», erklärte sie eifrig, «auch gegen die Krankheit in der Brust.» Und sie klopfte sich auf den Brustkorb.

Gormlaith tätschelte begütigend ihre Hand und lächelte in einer Weise, die Hela sacht erröten ließ. «Du weißt das natürlich», murmelte sie und schaute zu, wie die Alte mit sicheren Bewegungen den Erlensud herstellte, den sie ihr empfohlen hatte. Aber Gormlaith schien nicht verärgert. Als sie mit allem fertig war, schaute sie Hela so intensiv an, dass der Wikingerin ganz seltsam zumute wurde. Dann auf einmal fuhr sie ihr mit der Hand über die Wange. Ihre Finger waren trocken und rau, dabei warm. Und es ging ein tröstliches Gefühl von ihnen aus. Ja, dachte Hela, diese Frau verstand es, Kranke zu pflegen.

«Besuch mich», sagte Gormlaith da in Helas Sprache. Es klang krächzend, mühsam und fremd, als hätte sie etwas hervorgebracht, was sie selbst nicht verstand. Auch Hela brauchte eine Weile, bis sie begriff, was sie da gehört hatte. «Besuch mich», wiederholte Gormlaith, und für einen Moment trat der Schimmer eines Zweifels in ihre Augen, der allerdings sofort wieder verschwand, als sie bemerkte, dass Hela verstanden hatte. Wieder lächelte sie. «Bald», fügte sie in ihrer eigenen Sprache hinzu. Hela nickte. Sie wusste den Ton, freundlich und dabei dringend, gut genug zu deuten.

Ohne weitere Worte oder Umstände stand Gormlaith

auf. Sie ordnete ihr Bündel und ihre Röcke, ergriff das Kreuz, das sie, wie Hela jetzt erst bemerkte, um ihren Hals trug, und sprach ein Gebet, eilig und ohne Inbrunst, wie es Hela schien, doch mit so erhobener Stimme, dass man sie auch jenseits des Vorhanges hören musste. Dann ging sie ohne Gruß. Hela sah, wie sie sich kurz zu Libran neigte, der zu ihrem geflüsterten Bericht über den Kranken nickte, ohne sie anzusehen, um dann mit ebenso gesenkten Augen wie zuvor die anderen Frauen hinauszuhuschen. Aber sie wusste, dass kein Quäntchen Demut in diesem alten Körper steckte. Gormlaith mochte ihren Kopf senken, die Energie ihres noch immer kerzengeraden Ganges konnte sie nicht verbergen. Hela musste an Inga, ihre eigene Großmutter, denken, als sie ihr nachsah. Besuch mich! Von wem und wann hatte sie sich diese Worte lehren lassen? Und waren sie speziell für sie, Hela, bestimmt gewesen? Nachdenklich kehrte Hela zurück zu ihrem Platz und ignorierte die misstrauischen Blicke von Librans Männern und auch die besorgte Miene von Holmsten. Und ob sie die Alte besuchen würde! «Bald», murmelte sie, «sehr bald sogar.»

Åke starrte sie an.

Den ganzen Heimweg über debattierten die Männer lebhaft. «Brenn doch einfach ein paar Hütten ab», schlug Holmsten vor. «Dann werden wir schon sehen, ob er sich immer noch weigert.»

«Vielleicht, vielleicht», murmelte Torvald.

«Die da drüben», meinte Holmsten gut gelaunt und zeigte auf eine Behausung, die einsam vor dem Wald stand. «Dann könnten wir auch gleich das Vieh mitnehmen. Was ist das, was da so stinkt, Schweine?»

Hela sah, wie ein Licht kurz im Eingang der Hütte aufflammte, und ertappte sich bei dem Gedanken, dass es Gormlaiths Heim sein könnte. «Vielleicht», hörte sie sich sagen, «sollten wir damit noch warten, bis sie ihre Kornspeicher gefüllt haben.»

Sie spürte Torvalds erleichterte Zustimmung und lächelte. «Aber das Vieh hat jetzt schon Junge», schwadronierte Holmsten weiter. So diskutierten sie, bis sie das Lager erreicht hatten, wo die anderen sie bereits neugierig erwarteten. Hela ließ Sigurdur und Unde gegenüber ihrer Empörung freien Lauf. «Ein entlaufener Sklave», ereiferte sie sich. «Pah. Auf einmal war es sogar eine ganze Bande davon, die in den Wäldern hausen sollte. Hat man so etwas schon einmal gehört? Ich bin überzeugt, er lügt, wenn er nur den Mund aufmacht. Da steckt doch etwas anderes dahinter.»

«Und was sollte das sein?», fragte Unde mit erheblich mehr Gleichmut.

Hela zuckte mit den Schultern. «Ich weiß es nicht, aber es muss doch wichtig sein, wenn er es vor uns verbirgt. Meinst du nicht auch?», fuhr sie dann mit erhobener Stimme fort, da sie bemerkt hatte, dass Åke sich ihrem Kreis näherte.

«Keine Ahnung», meinte der Dolmetscher.

«Was geht dir durch den Kopf?», fragte Sigurdur.

Wieder machte Hela eine ratlose Geste. «Ich weiß nicht», sagte sie, «aber mir geht der komische Alte nicht aus dem Kopf, den wir an der Flussmündung gesehen haben.»

«Der Druide?», fragte Unde.

«Es gibt keine Druiden mehr», fiel Åke sehr schnell ein.

Erstaunt schaute Hela ihn an. «Den komischen Alten gab es aber ganz offensichtlich.»

«Das war ein Verrückter», wehrte Åke heftig ab. «Die Menschenopferer gibt es nicht mehr.»

Unde und Sigurdur tauschten einen raschen, traurigen Blick. «Wenn aber», meinte der Isländer behutsam, «Hela Recht hat und sie in den Wäldern dort auf uns warten ...»

«... dann wäre das ein guter Grund, uns darüber zu belügen», vollendete Unde seinen Gedankengang.

«Ja», sagte Hela, der diese Schlussfolgerung überhaupt nicht gefiel. «Und er hat uns aufgefordert, hier zu jagen.»

Entsetzt starrte Åke sie an. «Ein Sklave, ein entlaufener Sklave», stotterte er, «nichts weiter.»

Sigurdur klopfte ihm auf die Schulter. «Vor irgendwelcher Zauberei schützt dich doch dein Zeichen», meinte er freundlich grinsend und schob den verängstigten Dolmetscher fort. «Was mich angeht», meinte er und räkelte sich, ehe er nach Unde langte, «so werde ich mich auf die Mauern verlassen, die aufzurichten im Schweiße meines Angesichts mich Torvald heute wieder gezwungen hat. Meine müden Muskeln sagen mir, sie sind solide.» Die Sorge auf Undes Gesicht verschwand. Lächelnd umarmte sie ihren Geliebten, und die beiden rollten sich auf ihrem Lager ein.

Nur Hela konnte lange nicht schlafen. Die Frage, was in diesem Wald auf sie wartete, ließ sie nicht los. Der Fremde blieb ein Geheimnis. Ein Sklave? Nein, dagegen empörte sich alles in ihr. Niemals glaubte sie das von der Gestalt, die sie gesehen hatte. Ein böser Geist aber – konnte das sein? Er hatte ihr in ihren Träumen mehr als einmal die Klinge ins Herz gestoßen. Hieß das, er wollte sie töten? Hatte er sie deshalb hierher gerufen? Unsinn, ermahnte Hela ihren müden Kopf, schon halb im Schlaf, niemand hat mich gerufen. Ich bin hier, weil ich es will, ich wollte … Ihre Gedanken verschwammen, in ihrem Kopf kreiselten runde Hütten einen betrunkenen Tanz, sie sah Bäume und Brände, Gesichter, dazwischen auch das von Gormlaith. Die Alte trat auf sie zu, von Flammen umgeben. In ihren Händen hielt sie einen Totenschädel, der Hela mit seinen Zähnen angrinste. Dazu lachte sie, hoch und schrill, sie lachte und lachte.

Davon wurde Hela wach. Es war Unde, die so geschrien hatte.

Auf der Jagd

Blinzelnd kam Hela zu sich und wischte sich über die Stirn. Was drückte sie dort so? Verblüfft stellte sie fest, dass die Bewegung etwas von ihrem Kopf fegte. Sie kam endgültig zu sich und hob es auf. Es war ein Kranz, der auf ihrem Haupt gelegen haben musste, dick gewunden aus Mistelzweigen.

«Also gut», sagte Hela und gähnte. «Ihr hattet euren Spaß. Wer war das?» Als sie aufstehen wollte, bemerkte sie auf ihrem Schoß ein weiteres Bündel Misteln, verschnürt mit einer Lederschnur, an der die bronzene Miniatur einer kleinen Sichel hing. Es sah aus, als hätte ihr jemand einen Strauß geschenkt.

Verblüfft starrte sie das kleine Ding an.

Torvald drängte sich durch die herumstehenden Gaffer. «Wer hatte Wache?», schnauzte er. «Wer stand am Tor?» Murrend schüttelten die Männer die Köpfe und starrten vor sich hin.

Langsam begann Hela zu begreifen, dass all dies kein Scherz war. Weder Unde noch Sigurdur, der die sonst so Unerschrockene tröstete, noch irgendeiner der Männer hatte ihr in der Nacht diese Gaben gebracht. Sie waren von außerhalb gekommen, obwohl das unmöglich schien. Über die beiden Seepalisaden, an den Wachen vorbei und mitten zwischen all die Schläfer hinein. Welcher Mensch konnte so etwas vollbracht haben, ohne bemerkt zu werden?

Mit zitternden Fingern zeigte Åke auf die grünen Zweige. «Das ist ihr Zeichen», hauchte er. Hela starrte die Misteln in ihren Händen an, dann warf sie sie mit einer heftigen Bewegung von sich. Ein Sonnenstrahl fiel auf die kleine Sichel und ließ sie aufblinken. Torvald ging mit raschen Schritten hinüber, riss sie ab und betrachtete sie in seiner großen Hand. «Wir werden einen zweiten Graben anlegen», erklärte er grimmig, ehe er ausholte und die kleine Bronze in hohem Bogen hinaus aufs Wasser warf, wo sie knapp jenseits der Palisaden mit einem Platsch versank, der jedem im Ohr blieb.

«Was sollen wir tun?», fragte Unde, als die Umstehenden sich verlaufen hatten. Zum ersten Mal in ihrem Leben sah sie Hela verzagt. «Du ... du hast wie ein Opferlamm ausgesehen, mit all den Blumen.»

Energisch stand Hela auf und klopfte ihr Wams ab. «Wenn sie mich hätten töten wollen, hätten sie es schon getan, oder?», sagte sie und wusste selbst, dass in diesen kühnen Worten viele unbeantwortete Fragen mitschwangen.

«Was aber tun wir jetzt?», wiederholte Sigurdur die Frage seiner Gefährtin.

Hela schaute ihn an. «Wir gehen jagen», sagte sie.

Das allerdings wusste Torvald zu verhindern. Er verbot Hela strikt, den Wald zu betreten, ja überhaupt das Lager zu verlassen, und teilte vor ihren Augen vier Männer zum Jagen ein, die er anwies, einander nicht von der Seite zu weichen. Hela schäumte vor Wut. Sie stritt sich mit dem Kapitän herum, bis der androhte, sie persönlich festzubinden, und beruhigte sich erst wieder, als Holmsten sich in den Streit mischte und anbot, Hela mit ins Dorf zu nehmen. Torvald hatte am Vorabend Libran noch einige Zugeständnisse abringen können, in Form von Jungvieh, das Holmsten heute mit einigen Männern abholen sollte. «Und falls sie uns Krüppel andrehen wollen», erklärte er und tätschelte seine Axt, «dann werden wir ihnen gleich zeigen, womit sie künftig zu rechnen haben, wenn sie sich mit uns nicht gut stellen. Ein Geschenk, pah», erklärte er in fröhlichem Übermut. «Eine Abgabe ist es, die sie entrichten, und es wird nicht die letzte sein.»

Hela ließ ihn reden. Ihre Gedanken waren ganz woanders. Tatsächlich war sie nicht undankbar für die Gelegenheit, ihr Versprechen an Gormlaith so schnell in die

Tat umsetzen und die Heilerin aufsuchen zu können. Sie wurde das Gefühl nicht los, dass die Alte einige ihrer Fragen beantworten könnte. Heimlich steckte sie einen der Mistelzweige ein, die noch halb zertreten auf dem Boden herumlagen, die meisten hatte Åke ins Feuer geworfen, wo sie für mächtig Qualm gesorgt hatten. Nun, da die Sonne höher gestiegen war und die Nachtschatten endgültig verschwunden waren, bedauerte Hela, dass Torvald die Sichel fortgeworfen hatte. Zu gerne hätte sie Gormlaiths Reaktion darauf beobachtet. So musste sie sich ohne die Miniatur auf den Weg machen, durch einen Wald, der an diesem Morgen kein anderes Geheimnis zu haben schien als das fröhlich vor sich hin brütender Vögel. Ihr munteres Gezwitscher geleitete Hela und die anderen bis ins Dorf.

Die junge Wikingerin trennte sich von ihren Begleitern, ehe die mit ihren Verhandlungen beginnen konnten. Es war ihr recht, unbeachtet und unbeschwert durch die wenigen Gassen zu wandeln. Doch kein Aufsehen zu erregen, das war in diesem abgeschiedenen Flecken unmöglich, wo die Menschen oft ihr Leben lang keinen Fremden sahen, und schon gar keinen mit solchen fremdartigen Augen. Hela mochte die Kinder anlächeln, die hinter den Weidenzäunen standen und mit ihren schmutzigen Fingern das Gitter umkrallten, soviel sie wollte. Sie erntete keine freundliche Miene, nur intensivstes Interesse und sichtbare Angst. Die meisten Männer wandten ihr, ohne zu grüßen, die Köpfe nach, und Hela spürte ihre Blicke im Rücken. Eine Gruppe Frauen am Brunnen machte sich eilig auf den Weg, als sie auftauchte, und hinterließ nur eine große Pfütze aus ihren überschwappenden Eimern. Aber die Türen, hinter denen sie in ihre Hütten verschwanden, blieben nur halb geschlossen, und auch aus der Dunkelheit dahinter waren Augen auf Hela gerichtet. Die Wikingerin hatte es schließlich satt.

«Gormlaith?», fragte sie laut und deutlich einen Jungen, der darob so erschrak, dass er das Weglaufen vergaß. Schließlich zog er seinen Finger aus der Nase und wies damit auf eine Behausung ganz in ihrer Nähe.

«Danke», sagte Hela, was ihn veranlasste, wie ein Hase davonzurennen.

Langsam ging sie auf die Hütte zu, rund wie die anderen, klein, mit vom Alter dunklem Schilf auf dem Dach und blühenden Bohnenranken rechts und links der Tür. Die öffnete sich knarrend, noch ehe die Wikingerin heran war. Hela blieb stehen. An Stelle der erwarteten Alten war da ein junges Mädchen auf die Schwelle getreten, ein wenig jünger als Hela, voller Ernst und mit einer Fülle braunroten Haares, die beinahe zu viel für den schlanken blassen Hals schien. Doch ihre verschränkten Arme waren kräftig und ihr Gesicht offen und selbstbewusst. Hela bewunderte noch die zahlreichen Sommersprossen auf der milchweißen Haut, als sie im Hintergrund die Stimme hörte, die sie erhofft hatte.

«Gormlaith», rief sie und begrüßte erleichtert die Alte, die ihre Enkelin und den Ledervorhang beiseite schob und sie hereinbat.

«Besuch mich», wiederholte Hela die wenigen Worte, die bislang erfolgreich zwischen ihnen gewechselt worden waren. «Da bin ich also.» Gormlaith zog sie an der Hand herein, bugsierte sie auf einen Sitzplatz und eilte dann geschäftig hin und her, um Tee aufzugießen und ein Mahl zusammenzustellen.

«Bitte», sagte Grainne, als sie den Holzteller mit der Grütze vor Hela hinstellte. Sie sagte es in der Sprache der Wikinger, und Hela wäre beinahe der Löffel aus der Hand gefallen. Aber da war Grainne schon wieder fortgehuscht. Stattdessen ließ Gormlaith sich mit einem Seufzer an ihrer Seite nieder. Ihre Enkelin, einen gefüllten Korb am Arm, rief ihr vom Eingang etwas zu und ging hinaus. Hela konnte nicht widerstehen. Sie lief zur Tür und sah dem Mädchen nach, das den Weg quer durch den Garten zu einer Pforte einschlug, die auf eine Weide führte. Doch auch hier hielt das Mädchen nicht inne. Sich rasch nach allen Seiten umschauend, schob sie sich zwischen den Rindern hindurch und verschwand dann wie ein Schatten zwischen den Bäumen. «Wo geht sie hin?», fragte Hela.

Gormlaith schaute sie aufmerksam an. «Schafe hüten», sagte sie dann in ihrer Sprache. Als Hela nicht verstand, richtete sie sich noch einmal auf und ging zur Wand hinüber, wo ein Hirtenstab lehnte, den sie zur Untermalung ihrer Wörter hochhielt. Dazu ahmte sie die Laute der Schafe nach und fuchtelte mit dem Stock herum. Hela nickte. Ja, sie hatte verstanden. Was sie nicht begriff, war, wieso das Mädchen den Stock hier gelassen hatte, wenn sie zum Hüten ging, und stattdessen einen Korb mitgenommen hatte mit einer Menge Nahrung, die mehr als einen Schäfer für eine ganze Weile sättigen würde. Noch einmal schaute Hela aus der Tür, ehe sie zu Gormlaith zurückkehrte, die eifrig auf das Polster neben sich klopfte. Zögernd setzte sie sich nieder. Hela hatte das Gefühl, dass die Alte ihr einiges sagen könnte, wenn sie nur wollte. Wenn sie sich nur verständigen könnten!

Gormlaith indessen schien sich um Helas Unruhe nicht zu scheren. Sie nahm die Hand der Wikingerin und strich mit ihren Fingern mehrmals über deren Innenfläche, als wolle sie die Falten dort glätten. Dann hob sie sie dicht vor ihre Augen, fuhr mit ihren rauen Fingern die Linien nach, als läse sie eine Landkarte, und murmelte dazu Worte vor sich hin, die Hela allesamt nicht verstand. Ungeduldig rutschte sie auf ihrem Sitz hin und her. Aber da hatte die Alte ihre Inspektion auch schon beendet.

«Wir müssen reden», sagte Gormlaith auf Keltisch und schaute in Helas fragendes Gesicht.

«Ich wünschte, ich könnte ein Wort verstehen», sagte Hela und seufzte.

Die Alte nickte. Eine Weile starrte sie ins Feuer, als suche sie dort eine Lösung. Plötzlich zog sie Helas Hand an sich heran und legte sie sich auf die Rippen. Verwirrt wollte Hela sich zurückziehen. Aber Gormlaith hob einen Finger an die Lippen und forderte sie mit schräg gelegtem Kopf auf zu lauschen. Mit zitternden Fingern spürte Hela das klopfende Herz der alten Frau. Gormlaith nickte dazu im Takt. Ja, sie fühlten es beide.

«Leben», sagte Gormlaith. Zögernd wiederholte Hela das Wort.

Da zückte die Alte ein Messer aus ihrem Gürtel und zog es sich mit einer schnellen, entschlossenen Bewegung über den Hals. Hela schrie auf. Doch es floss kein Blut. Gormlaith hatte die Geste nur angedeutet. «Tod», sagte sie. Und sie las in Helas Gesicht, dass diese begriffen hatte. Zufrieden nickte die Alte. Das Wichtigste war gesagt.

Auf dem Rückweg hatte Hela noch weniger Sinn für Holmstens Gerede als auf dem Hinweg. Ihr Kopf summte von neuen Wörtern, und ihr war, als wäre die ganze Welt ein Bienenstock, frisch geschaffen wie am ersten Tag von den neuen Lauten. ‹Blatt›, säuselten die Blätter, ‹Wasser›, rauschte der Bach, und ihre Füße spürten, wie das Gras sich bei jedem Tritt unter ihnen neigte und dabei flüsterte ‹Gras›, ‹grün›, ‹frisch›. Hela staunte selbst, wie vieles sie gelernt hatte. Aber so viel blieb noch zu tun, bis die Mauer überwunden wäre, der Vorhang heruntergezogen, das Mysterium enthüllt. Morgen wollte sie wiederkommen, sie hatte es versprochen, gleich morgen. Mit klopfendem Herzen wiederholte sie das Wort dazu: «Morgen.»

«Was hast du gesagt?», fragte Holmsten, um sie dann übergangslos auf die Qualitäten des Schafbockes aufmerksam zu machen, den er Libran zusätzlich abgeschwatzt hatte. «Und die Mutterschafe haben volle Euter, fühl nur», prahlte er. «Heute Abend machen wir Suppe aus dicker

Milch, wie zu Hause. Ach, wenn es doch schon Beeren gäbe.»

«Ja», murmelte Hela, die wie er das dichte Moos und die Farne musterte, doch mit anderen Gedanken und ohne das dichte Brombeerrankengestrüpp zu würdigen, das für diesen Sommer üppige Ernte versprach. Ein rotes Eichhörnchen wieselte einen Stamm hinauf und erinnerte sie mit seinem buschigen Schwanz an Grainne mit ihrem dicken Zopf und den Beerenaugen. Wo in diesem Wald war sie jetzt, und was hatte sie dort zu tun?

In diesem Moment hörte Hela Hundegebell. Sie hätte diese Laute überall erkannt. «Wolf!», rief sie und zögerte keine Sekunde.

Umsonst versuchte Holmsten sie zurückzuhalten. Sie hatte den Pfad bereits verlassen und lief in den Wald, dass die Farnwedel um ihre Waden peitschten. Zweige schlugen hinter ihr zusammen, sie rannte wie ein Reh. Schon war von ihr nichts mehr zu sehen. «Verflucht», murmelte der Junge und verzog seinen von den Brandwunden entstellten Mund. Die Befehle seines Vaters waren klar gewesen, und er hatte teuer dafür bezahlt, als er sich ihnen das letzte Mal widersetzt hatte. Ratlos fuhr er sich mit der Hand über das Gesicht, als könnte er die Zweifel fortwischen. Er lief auf dem Pfad auf und ab wie ein Hund am Rande eines Baches, der sich nicht zum Sprung entschließen kann. Schließlich rang er sich durch. «Bleibt beim Vieh», rief er seinen Männern zu. «Bringt es zum Lager.» Er zog sein Schwert und stürzte sich in den Wald wie in unbekannte Fluten. «Und wehe», murmelte er, «den Tieren passiert etwas.»

Hela fand ihren Hund auf einer Lichtung, auf der große Felsen lagen, wie von einer Riesenhand dort ausgeschüttet. Er stand fröhlich bellend über dem Körper eines Hirsches, dessen noch atmende Flanke den Schaft eines Speeres zum

Zittern brachte. Achtlos knickte Hela ihn zur Seite, als sie sich auf ihren geliebten Gefährten stürzte, der sie ebenso stürmisch begrüßte, sich immer neu an sie drängte und ihr das Gesicht zu lecken versuchte. Schließlich musste Hela ihn lachend abwehren. «Wolf, lass das, igitt. Du riechst nach Blut.» Noch einmal umarmte sie das vor Freude bebende Tier. Dann wurde ihr langsam bewusst, was um sie herum geschah. Ihr Blick fiel auf einen Hirsch, dessen Auge nun brach, und ihr wurde klar, dass Wolf auf der Jagd gewesen war und dass das Bellen, das sie gehört hatte, den Jäger rief. Im selben Moment spürte sie, dass er bereits da war. Sie fuhr hoch und wirbelte herum, noch in der Bewegung ihr Schwert ziehend, dessen Spitze auf der Brust des Fremden landete. Der zuckte mit keiner Wimper. «Willkommen, Hela», sagte er.

Tod und Leben

Hela war so verblüfft, ihren Namen aus seinem Mund zu hören, dass sie eine ganze Weile nicht bemerkte, was er ihr entgegenstreckte. Ihr Name klang rau in seiner Sprache, wie ein Ruf, ausgestoßen nach langem Lauf, in großer Erwartung oder Verzückung. Sie konnte nicht umhin, einen Schauder zu spüren. Er muss uns im Lager belauscht haben, dachte sie. Oder er hat Verbindungen zum Dorf. Gormlaith und ihre Enkelin, fiel es ihr sofort ein. War das der Weg, den das Mädchen nahm, wenn es angeblich das Vieh hüten ging? Dann bemerkte sie den Mistelzweig. Er streckte ihn ihr entgegen wie ein Geschenk. Helas Blick wanderte weiter, über seinen Arm und die breiten Schultern in dem Hemd, das locker saß auf seiner sonnengebräunten Haut. Die Härchen darauf glänzten rötlich blond und fein. Und Sommersprossen tanzten drüber so dicht wie die Sterne in einer klaren Nacht. An seinem Hals blinkte ein Anhänger;

Hela erkannte die kleine Sichel sofort. «Du warst das», rief sie.

Er lächelte, obwohl er nichts verstand. Jetzt, da er sie in Ruhe betrachten konnte, gefiel sie ihm noch besser als in seinen Träumen. Ihre Wangen waren gerötet vom Laufen, ihre Augen über dem Schwert, das sie noch immer nicht gesenkt hatte, blitzten. Und bei Macha, was waren das für Augen! Kein Taghimmel konnte heller leuchten. Nun legte sie den Kopf schräg, und ihr glattes Haar floss ihr wie schwere Seide über die Schultern. Er musste schlucken bei dem Anblick. Am liebsten hätte er die Hand ausgestreckt und diese Schultern berührt, die so schmal waren und doch kräftig, bebend vor innerer Spannung und so fein wie die Arbeit eines kunstreichen Schmiedes der Anderswelt. Ja, sie kam ihm vor wie eine aus Silber getriebene Figur. Und doch war sie ganz aus Fleisch und Blut. Er glaubte sogar, ihren Duft wahrnehmen zu können. Mit bebenden Nasenflügeln sog er die Luft ein. «Ich habe dich erwartet», sagte er und kam sich wie ein Lügner vor. Dies war mehr, mehr als er jemals erwartet hatte.

Hela sah das Leuchten in seinen Augen. Sie waren braun, mit einem Schimmer des Grüns darin, das sie beide umgab, und sie schienen vom selben Licht durchdrungen zu sein. Wie ein Stück Bernstein, das man gegen die Sonne hält, beschattet von langen, dunklen Wimpern. Freundliche Augen, sanft, aber mit einem untergründigen Funkeln darin, das von mehr sprach als der Oberfläche, von Humor oder von Gefahr, und sie nur umso anziehender machten. Hela spürte, wie ihr Schwert langsam herabsank. Sie sah sein Lächeln, tat einen Schritt auf ihn zu und streckte die Hand aus, um mit ihren Fingerspitzen sacht diese Lippen zu berühren. Ja, das war es, was sie wollte, die Linie seines Mundes nachzeichnen, diesem Lächeln nachspüren, darin versinken. Aus dem Waldboden schien Hitze aufzusteigen.

«Ja», murmelte Bran und wiederholte flüsternd die Formel, die Lucet ihn gelehrt hatte, um den Geist eines Menschen zu fangen. Aufpassen nur, dass er nicht in die eigenen Fallstricke geriet und sich selber fing. Von der bebenden Erregung, von der erwartungsfrohen Angst, der zitternden Lust, die er jetzt verspürte, hatte Lucet nichts erwähnt.

Hela sah nichts mehr als diese Augen, die ihr vorkamen wie Sonne und Mond, als hätten sie schon immer über ihr geschienen, so vertraut. Woher kannte sie diese Augen? In dem Moment fiel es ihr ein: Goldar.

Sie trat einen Schritt zurück, und der Bann brach, so spürbar, dass sie beide für einen Moment wankten. Bran stöhnte, blinzelte, ließ den Mistelzweig fallen und fuhr sich dann über das Gesicht wie einer, der aus tiefem Schlaf erwacht. Hela starrte ihn an. Goldars Augen! Und dieselbe Magie. Oh, sie erinnerte sich nur zu gut an jenen Abend, als sie zum ersten Mal alleine waren, als er neben ihr stand und alles in ihr sie dazu drängte, sich ihm an den Hals zu werfen, seinen Duft einzusaugen und in seinen Küssen zu versinken. Es war dieselbe Erregung gewesen, derselbe Aufruhr in ihrem Körper, der sie über die Planke an Bord getrieben hatte und durch alle Erniedrigungen hindurch. Bis sie auf jener Felseninsel gestrandet war. Sie wollte das nicht noch einmal erleben!

Unwillkürlich den Kopf schüttelnd, ging sie Schritt für Schritt zurück.

«Hela», rief Bran und hob die Hand. Er war tief errötet, erschrocken und beschämt. Was er soeben getan hatte, war Blasphemie. Lucet hatte ihn den Bann für besondere Zeremonien gelehrt. Er war nicht dafür gedacht, sich damit ein Mädchen zu angeln. Bran fühlte sich wie eine höchst lächerliche Figur. Dass er sich dazu hatte hinreißen lassen! Noch erstaunlicher allerdings war, dass sie vermocht hatte, sich davon loszumachen! Wer war sie? Was für Kräfte besaß dieses Mädchen, und woher kam ihr starker Wille? «Hela Eigensinn», flüsterte er. Und wusste bei all seinen Fragen im Augenblick nur eines: Er wollte nicht, dass sie ging. Er würde es nicht ertragen, sie nicht mehr zu sehen, ihre Gegenwart nicht mehr zu spüren. Es wäre, als würde die Welt sich leeren, wenn sie jetzt zwischen den Bäumen verschwand. «Bitte», flüsterte er.

Hela hielt inne. Dieses Wort, bitte, das hatte Gormlaith sie gelehrt. Zögernd blieb sie stehen. «Bitte, danke», murmelte sie, die Lektion wiederholend, und musste lächeln, als sie sein erstauntes Gesicht sah. Das wiederum rief bei ihm ein so strahlendes Lachen hervor, dass ihr beinahe weh ums Herz wurde. «Du», sagte sie in seiner Sprache.

Bran hob die Hand und legte sie sich auf die Brust. «Bran», sagte er eindringlich.

Hela dachte nach. Dann trat sie auf ihn zu. Mit angehaltenem Atem schaute Bran auf sie hinunter. Hela musste den Kopf heben, um sein Gesicht zu mustern, und tat dies mit ernster Aufmerksamkeit. Er bot sich ihren Blicken dar und hielt still. Als sie ihre Inspektion beendet hatte, hob sie die Hand und griff sich plötzlich an die Kehle. «Tod.» Es kam seltsam heraus, sie betonte es falsch und verlieh dem Wort dadurch etwas Fremdes und Unheimliches, dass Bran ein Schauder erfasste, als er es hörte. Dann, unvorbereitet, spürte er die Berührung ihrer Hand auf seinem Körper. Sie legte sie auf seine Rippen und verharrte dort, so flüchtig und zitternd wie ein scheues Tier. Bran blieb der Atem weg. Doch auch er rührte sich nicht. Eine Weile standen sie so da und lauschten auf das Schlagen seines Herzens.

Sein Atem, seine Wärme, sein Geruch, dachte Hela. Es war eine Welt, die sie verließ, als sie ihre Hand zurückzog. «Leben», sagte sie sanft. Dann deutete sie auf ihn. «Bran, wofür stehst du? Für den Tod oder für das Leben?»

Er war sich nicht sicher, ob er sie richtig verstanden

hatte. Und doch schien ihm die Bedeutung ihrer Frage klar. Er öffnete den Mund, um ihr zu antworten, da knackte es im Unterholz.

«Hela!», rief Holmsten mit überschnappender Stimme. Er kämpfte sich durch die letzten Brombeerranken und stolperte auf die Lichtung. «Hela, geh da weg.»

Hela, der Druide und Wolf wandten in einer Bewegung den Kopf nach ihm um. Holmsten zog sein Schwert. «Tritt zur Seite», sagte er, «und lauf. Mit dem werde ich schon fertig.»

Hela wollte etwas sagen, als sie sich von Bran sanft beiseite gedrückt fühlte. Der Druide stand nun seinem Widersacher gegenüber, kerzengerade aufgerichtet. In seinen Augen tanzten grünliche Funken. Hela sah das Schwert in seinem Gürtel, und ihr war, als wäre sie zurückversetzt in jene Nacht. War das Sigurd oder Holmsten, der dort mit verkniffenem Gesicht stand, zitternd vor Wut und doch unsicher, sich auf die Lippen beißend und geduckt den Gegner umkreisend?

«Du hast sie angefasst», stieß Holmsten zwischen zusammengebissenen Zähnen hervor. «Ich habe es gesehen. Du wirst sie nie wieder anfassen.»

«Holmsten», rief Hela verärgert, doch auch mit Angst in der Stimme. «Holmsten, lass das.»

Bran ließ seinen Gegner nicht aus den Augen. Er drehte sich, immer mit ihm mit, ohne etwas an seiner Haltung zu ändern. Seine Hände waren noch immer in Hüfthöhe locker ausgestreckt, bereit, den Schwertgriff zu packen.

«Holmsten, hör auf, habe ich gesagt.» Hela war auf ihn zugelaufen und hatte ihn am Arm gepackt, um ihn von dem Druiden wegzuziehen. Zu ihrer Überraschung wurde sie mit einer energischen Geste abgeschüttelt. Holmsten schleuderte sie geradezu Richtung Waldrand. «Lauf ins Lager», rief er ihr zu, «bring dich in Sicherheit. Los.» Und dem Iren zugewandt, fletschte er die Zähne zu einem wilden Grinsen. «Du wirst ihr keine Blumen mehr schenken.» Dabei zertrat er den Mistelzweig, der zwischen ihnen am Boden lag.

«Holmsten», versuchte Hela es ein letztes Mal. Ihr Herz schlug heftig. Sie sah den ausgestreckten Arm in der Dunkelheit, hörte den gurgelnden Laut, den schweren Fall eines Körpers. Ach, Sigurds aufgerissene Augen im Mondlicht! Oder war es im grünen Schimmer des Mooses gewesen? Das Bild sprang sie an, Vergangenheit und Gegenwart legten sich übereinander. «Nein!» Der Schrei entrang sich ihr voller Qual.

Holmsten blieb entschlossen. «Das wird jetzt ein für alle Mal geklärt.»

Bran blickte ihm aufmerksam entgegen. Dann hob er die Hände, langsam, deutlich. Er streckte sie dem Jungen mit dem zerstörten Gesicht entgegen. «Ich kämpfe nicht gegen dich», sagte er. Sein Blick wanderte zu Hela, über deren Gesicht Tränen liefen. Fassungslos starrte sie ihn an.

Bran trat einen Schritt zurück und drehte Holmsten die Handflächen zu. «Ich kämpfe nicht gegen dich», wiederholte er.

«Feigling!», schrie Holmsten, puterrot im Gesicht. Er packte seine Waffe mit beiden Händen und stürmte vor.

Hela war, als müsste ihr Herzschlag aussetzen. Wieder öffnete sie den Mund, doch diesmal kam kein Laut heraus. Mit beiden Händen griff sie sich an den Hals.

Bran fixierte den heranstürmenden Jungen. Im letzten Moment zog er seine Klinge, parierte damit Holmstens Schlag. Bei dem Klang von Metall auf Metall schloss Hela die Augen. Als sie sie wieder öffnete, stand Bran da wie zuvor. Das Schwert steckte in der Scheide an seinem Gürtel. Seine Hände waren locker geöffnet. Holmsten, in der Wucht seines Angriffs durch den Hieb gebremst und dann verwirrt von der ausweichenden Drehung des Druiden, mit der dieser sich elegant außer Reichweite gebracht hatte, stand da und blinzelte einen Moment wie ein wütender Stier. «Ich kämpfe nicht gegen dich», hörte er es hinter sich. Diese verhasste Stimme. Mit einem Schrei hemmungsloser Wut warf er sich herum.

Wieder kostete es Bran nur eine Bewegung. Holmsten verfehlte ihn und knallte zu Boden. Bran packte den halb Benommenen am Wams und stellte ihn auf die Beine. «Ich ...», begann er, kam aber nicht weiter, da Holmstens Klinge hochfuhr und sein Hemd zerschlitzte.

Einen Moment starrte der Druide auf den Schlitz, aus dem langsam, ganz langsam, Blut zu quellen begann.

Menschen und Dämonen

Mit einem Aufschrei stürmte Hela heran und schubste Holmsten beiseite, der verwirrt dastand und zusah, wie der große Mann langsam zu wanken begann. Seltsamerweise hörte er noch immer nicht auf zu lächeln. Eine Gänsehaut überlief Holmsten, wenn er in seine seltsamen, waldfarbenen Augen sah. Alle Wildheit war plötzlich aus Holmsten gewichen, so wie das Leben aus dem anderen wich und rot auf das Moos tropfte. Willenlos ließ er sich von Hela herumstoßen. «Jetzt ist es genug», schrie sie außer sich. «Genug.» Tränen liefen ihr über die Wangen, während sie ihn fortstieß, Schritt für Schritt. «Verschwinde.» Ein letztes Mal hob er zögernd den Kopf, um sie anzusehen, aber da hatte sie sich schon abgewandt und kniete neben dem Verletzten. Eine letzte Aufwallung kochte in Holmsten hoch, die Lust, die Klinge zu heben und ihrer beider Köpfe abzuschlagen, seinen und den von ... Als er ihren Namen dachte, überkam ihn ein Schluchzen. Er presste sich die Faust in den Mund, damit niemand es hören konnte, und schlug sich in die Büsche.

Fassungslos kniete Hela neben dem Druiden. Er nahm

eine ihrer zitternden Hände und legte sie auf seine Rippen, die sich nun in einem krampfhafteren Atemrhythmus hoben und senkten. «Leben», sagte er und lächelte. Hela erwiderte es unter Tränen. Leben, ja, noch war da Leben. Und sie konnte sein Herz schlagen hören, aber ... Mit Entsetzen sah sie das Blut. Und der Anblick brachte sie wieder zu sich. «Wir brauchen Weide», murmelte sie, während sie mit einem Ruck sein Hemd ganz zerriss. Der Laut brachte Wolf dazu, einmal erschrocken zu bellen. Hela befahl ihm, still zu sein. Mit Fetzen, die sie aus dem Stoff riss, tupfte sie das nachquellende Blut ab. Die Wunde war lang und sah erschreckend tief aus, rot und klaffend wie ein Maul. An einer Stelle konnte man das Weiße einer Rippe schimmern sehen wie einen Zahn. Aber mit Erleichterung stellte Hela fest, dass sie an keiner Stelle tiefer zu gehen schien. «Weide», murmelte sie wieder, «und Ringelblume, verdammt.» Hastig schaute sie sich um. Warum nur konnte Wolf keine Blumen pflücken. «Du bleibst bei ihm», befahl sie dem Tier, während sie mit energischen Bewegungen die Wunde so verband, dass sie vorerst zu bluten aufhörte. «Du bewachst ihn. Ich komme gleich zurück.»

Sie warf Bran einen kurzen Blick zu, überlegte, wie sie sich ihm verständlich machen konnte, gab es dann aber als zu schwierig auf und wandte sich ab. Sie musste sich beeilen.

Bran streckte vergebens die Hand nach ihr aus. Er schaute den Hund an, der ihn mit schräg gelegtem Kopf betrachtete. «Was?», fragte er.

Wolf winselte.

Bran versuchte ein Grinsen. «Ich bin ein lausiger Beschwörer», stellte er fest. «Erst bietet mir eine Frau die Stirn, und dann unterschätze ich so einen jungen Kerl, kaum alt genug, sein Schwert zu halten.»

Wolf hechelte freundlich.

«Recht hast du», seufzte Bran und versuchte, seine Wunde zu inspizieren, aber es war zu schmerzhaft. «Na, ich hoffe, deine Herrin versteht etwas von ihrem Geschäft», murmelte er. Ihm wurde ein wenig schwindelig. Der Blutverlust, mutmaßte er. Bald würde er müde werden, dann kalt und dann seinen Göttern gegenüberstehen. Wie sie wohl über ihn urteilen würden? Fast glaubte er, einer Vision aufzusitzen, als er Hela wieder über sich bemerkte; ihr Gesicht senkte sich ganz dicht über seines. Blinzelnd schaute er zu ihr auf.

Atemlos blickte sie ihn an. Es hatte ihr keine Ruhe gelassen, sie hatte noch einmal umkehren und zu ihm zurücklaufen müssen, gegen jede Vernunft. Ihrem plötzlichen Verlangen folgend, schloss sie die Augen und senkte ihre Lippen auf seine für einen langen, weichen Kuss. Dann sprang sie davon wie ein Reh.

Bran streckte sich, so gut die Wunde das zuließ, im Moos aus und verschränkte die Arme hinter dem Kopf. «Vielleicht doch nicht so lausig», meinte er glücklich. Dann wurde er ohnmächtig.

Unde und Sigurdur hockten am Wasser und schmissen kleine Steinchen, die die stille Oberfläche zerrissen und Kreise aussandten, die sich weiteten, überschnitten und schließlich zu ihren Füßen als eifrig wispernde Wellen ankamen. Es war friedlich ringsum, die Bäume rauschten, und das rötlich gelbe Gras der Salzmarschen am gegenüberliegenden Ufer zitterte im Wind mit den Flügeln der Libellen um die Wette.

Hinter ihnen unterhielten sich die Wikinger, zufrieden mit der Ausbeute, die Holmsten und seine Männer aus dem Dorf mitgebracht hatten, gutes Vieh, kräftig und gesund, und ausreichend Jungtiere dabei. Der Junge selbst allerdings war etwas später gekommen und gleich darauf wie ein Berserker davongestürmt. Sie sahen ihn auf einem entfernten Felsen hocken, wo er sitzen blieb, verstockt und stumm. Schon seine Haltung verriet, was in ihm vorging.

«Und Hela ist überhaupt nicht zurückgekehrt», sagte Unde kopfschüttelnd. «Irgendetwas ist passiert in diesem Dorf.»

Sigurdur kniff die Augen zusammen und betrachtete Holmsten, der wie ein Unheilsvogel dahockte. «Er wollte kein Wort mit mir reden», stellte er fest. Sie schauten einander an. Was konnte nur vorgefallen sein? «Wenn sie nicht wieder da ist, bis die Sonne den Wipfel der Eiche dort drüben erreicht, dann gehe ich nachsehen», versprach Unde. Stumm saßen sie beieinander und schauten dem Lauf des Gestirns zu. Dann warf Unde einen großen Stein den anderen hinterher und zerstörte das feine Wellengespinst mit einem groben Plumps. «Ach was, ich gehe sofort.»

Sigurdur sprang auf, um sie zu begleiten.

Als sie aber das Lager durchquerten, hielt Torvald sie auf. Er hatte Beschädigungen an der «Drachenmaul» entdeckt und wollte mit Sigurdur über eine Reparatur sprechen, da auch er die Qualitäten des Isländers als Schiffsbauer schätzte. Noch im selben Monat plante er mit dem Schiff zurückzufahren, um Vieh und Frauen und Waren zu holen, die sie im Dorf nicht eintauschen konnten. Torvald war zuversichtlich. Sein Wall stand, ebenso das Tor. Libran schien sich abzufinden mit ihrer Anwesenheit, und die Zukunft sah viel versprechend aus. Es war an der Zeit, dass sie ihre Hausstände gründeten. Die Wände des ersten Langhauses wuchsen bereits in die Höhe.

Sigurdur ließ sich auf das Gespräch ein, während Unde unauffällig und ohne Gruß vorbeischritt. Torvalds Verbot, die Siedlung der Iren alleine aufzusuchen, galt für sie noch immer. Sie wollte ihn nicht auf sich aufmerksam machen. Sigurdur nickte ihr zu und bedeutete ihr hinter Torvalds Rücken, dass er nachkäme, sobald er könnte. «Wir treffen uns am Waldrand», gelang es ihm, ihr zuzuflüstern.

Unde marschierte los. Am vereinbarten Punkt ließ sie sich auf einem Felsen nieder, um zu warten. Sie lauschte dem Summen der Insekten, versuchte sich selbst an einem Lied und ließ die Gelenke ihrer langen Glieder knacken. Gelangweilt spielte sie mit ihrem Speer. Wie lange das dauerte! Ihre Blicke wanderten über den Boden, auf der Suche nach einer Beschäftigung. Sie sah Spinnweben im Gras aufblitzen, eine Mäusespur zwischen moosbewachsenen Wurzeln, dort war ein Loch, nicht groß, aber schwarz und dunkel, als führte es in das tiefste Innere der Erde. Ein leichter Schauer erfasste sie. Natürlich, rief sie sich zur Ordnung, war das Unsinn, dies hier war der Bau eines Tieres, eine zufällige Spalte, groß genug, um höchstens ein Rehkitz zu verschlingen. Doch das Unbehagen blieb. Der Wald in ihrem Rücken wurde ihr unangenehm bewusst, und sie musste an die Wesen denken, die vielleicht darin hausten, Opferpriester, Dämonen und Ungeheuer. Unde sprang auf. Aber das war ja lächerlich! Sie machte ein paar Lockerungsbewegungen und ging auf den Weg, um zu sehen, ob Sigurdur schon käme. Doch der Pfad blieb leer. Hinter ihr knackte es. Unde fuhr herum. Sie hob ihren Speer und prüfte sein Gewicht in ihrer Hand. Na gut, sagte sie sich. Sehen wir also nach. Sie ging zu dem Loch hinüber und starrte hinein. Mit Mühe holte sie Luft. Dann stocherte sie mit ihrer Speerspitze hinein. Nichts, ein wenig rieselnde Erde, eine Wurzel, die zurückschnellte, Waldgeruch. Erleichtert begann sie zu lächeln. Da hob sie den Kopf. Und erstarrte. Dort, zwischen den Ranken, fast verborgen vom Laub, starrte ein Gesicht sie an, genau in Höhe ihrer Augen. Gelassen blickte die Gottheit aus dem Stein, in den sie vor Jahrhunderten, vielleicht Jahrtausenden mit einem Griffel gebannt worden war. Unde öffnete den Mund. Es kam kein Laut.

Dann, ehe sie wusste, was sie tat, rannte sie, durch das Gras, den Pfad hinab, bis fast an die Grenze des Dorfes. Sie würde dort auf Sigurdur warten, dort, wo Menschen waren. Und Menschen, gleich welcher Art, waren den Dämonen vorzuziehen.

Bran erwachte davon, dass ihm etwas Feuchtes, Warmes über die Stirn wischte. Er versuchte sich aufzurichten, wurde daran jedoch durch die Schmerzen ebenso gehindert wie durch einen steifen Verband aus Stoff und Rinde, der seinen Brustkorb bedeckte. Er inspizierte ihn sorgsam, ehe er sich in einem zweiten, behutsameren Versuch vorsichtig hinsetzte.

«Nun, wie es aussieht, lebe ich noch», stellte er fest.

«Leben», bestätigte Hela und nickte. Einen Moment schauten sie einander an. Dann zog er sie mit der Hand zu sich heran.

«Ich möchte nur sichergehen», flüsterte er leise, «dass ich das nicht geträumt habe.» Dann küsste er sie, sanft, langsam. Schließlich öffnete sie ihm ihre Lippen. Dies war nicht der heftige, fast gewaltsame Rausch ihres ersten Kusses. Eine süße Woge hob sie hoch und spülte sie fort, ein Ziehen, schön und unerträglich zugleich in all ihren Gliedern, das sie drängte, ihm entgegenzukommen, sich an ihn zu pressen, ihn ganz in sich aufzunehmen. Atemlos riss sie sich von ihm los.

«Wir müssen hier weg», sagte sie. «All das Blut», sie wies auf das Moos. «Und Holmsten weiß, wo wir sind.»

«Holmsten?», wiederholte er fragend. Sie bestätigte, indem sie den Namen wiederholte und eine Hand über die Gesichtshälfte legte, die bei dem Jungen entstellt war. Bran nickte. Auf Hela gestützt, rappelte er sich hoch. Er suchte sein Schwert als Krücke einzusetzen, doch die scharfe Spitze versank im Erdreich. Hela brach ihm einen Stock. So wankten sie los, von Wolf umtanzt, der schwanzwedelnd seiner Begeisterung darüber Ausdruck verlieh, dass die beiden Menschen, die ihm etwas bedeuteten, in dieselbe Richtung aufbrachen.

Hela betrachtete sein glänzendes Fell. «Du hast gut für ihn gesorgt», stellte sie fest und drückte sanft Brans Arm. Er folgte ihrem Blick.

«Er sieht wie ein Wolf aus», stellte er fest. «Ein wenig wilder als normal. Wie du.»

Fragend schaute Hela ihn an. Er strich ihr über die Wange und musste sich beherrschen, sie nicht schon wieder an sich zu ziehen. Das gemeine Brennen auf seinen Rippen half ihm dabei. «Bran», stellte er dann fest, indem er auf sich wies. «Hela», er tippte ihr auf die Brust. Dann zeigte er auf den Hund.

«Wolf», sagte Hela, und ehe er fragen konnte, warf sie den Kopf zurück und stieß ein Heulen aus, so lebensecht, dass es ihm die Nackenhaare aufstellte. Sie lachte, als sie fertig war, und schüttelte über sich selbst den Kopf. Aber ihr war einfach danach gewesen, die Freude in ihr wallte so heftig, sie musste heraus. Sie hätte schreien und lachen und tanzen können. Glücklich schaute sie ihn an. Er blickte so ernst, dass sie beinahe erschrak. Dann nahm er ihr Gesicht in beide Hände. «Ich liebe dich», sagte er.

Und sie verstand jedes Wort.

Eichenlaub

«Was soll das heißen», verlangte Torvald zu wissen, «sie sind nicht da?» Er klang gefährlich gereizt. Holmsten und Sigurdur standen vor ihm, der Junge wie ein begossener Pudel, der ältere Mann mit sorgenvollem Gesicht. Der Anführer wandte sich zuerst an seinen Sohn. «Wo ist Hela?», verlangte er zu wissen. Doch Holmsten zuckte nur mit den Schultern. Als sein Vater näher trat und ihn an einem Arm packte, riss er sich heftig los. «Frag sie doch selber», brüllte er und rannte in die Dunkelheit.

«Das werde ich», murmelte Torvald grimmig. «Gleich morgen, wenn ich sie zu fassen kriege. Sich alleine im Dorf rumzutreiben ...» Er schlug sich mit der Faust in die offene Hand.

«Aber erst morgen?», gab Sigurdur zu bedenken.

Doch Torvald winkte ab. Er würde die Palisaden schließen und das Tageslicht abwarten. Libran kuschte zwar bislang, wie er es sich wünschte, und das führte er auch dem Isländer gegenüber an. Aber wie der Ire sich verhielte, wenn er einige von ihnen nachts überraschen konnte, das war eine andere Sache. Und da war immer noch dieser seltsame Wald. Torvald gefiel nicht, was er darüber gehört hatte. Er war nicht abergläubischer als andere, er hielt sich sogar für besonders mutig. Aber er hatte die Gesichter Åkes, Sigurdurs, Undes, ja sogar Helas gesehen, als davon die Rede gewesen war. Überhaupt Hela ... Wie ein Opfertier hatte sie ausgesehen mit der seltsamen Bekränzung. Es überlief Torvald kalt, wenn er daran dachte.

«Wir gehen morgen», befahl er, und seine Männer waren zufrieden. Sigurdur legte er die Hand auf die Schulter. «Libran wird nichts unternehmen», versicherte er ihm. «Sieh nur, was er uns überlassen hat. Wenn er gegen uns kämpfen wollte, hätte er uns sein Vieh gegeben?»

Sigurdur starrte in die länglichen Augen der Ziegen. Er wurde das unbehagliche Gefühl nicht los, das ihn ergriffen hatte. Vielleicht, sagte er sich, hatten Hela und Unde einander ja gefunden. Vielleicht waren sie irgendwo zusammen, ob im Wald oder in einer der Hütten des Dorfes, wo sie Unterschlupf gefunden hatten. Und er versuchte sie sich vorzustellen an einem Feuer, Schalen in der Hand und einen Dank radebrechend für ihre neugierigen Gastgeber. Unde war so ein offener, selbstbewusster Mensch, sicher hatte sie versucht, mit jemandem ins Gespräch zu kommen, hatte sich durchgefragt. Sie wusste sich doch stets zu helfen.

Sigurdur seufzte. «Ich übernehme die erste Wache», bot er an. An Schlaf war in dieser Nacht für ihn ohnehin nicht zu denken.

Bran hatte erwogen, Hela den Weg ins Walddorf zu zeigen. Er träumte davon, dort mit ihr in eine der Baumhütten zu steigen und nicht wieder herunterzukommen, wer immer auch nach ihm riefe. Aber der Weg hatte sich als zu weit für ihn erwiesen, und es wurde bereits dunkel. Also suchten sie die Schlucht auf, in der sie letztes Jahr Samhain gefeiert hatten, das Fest, das der Auftakt zu ihrer Verbannung gewesen war, aber auch zu ihrer Wiedergeburt. Als sie den engen Felsspalt passierten, wankte er bereits. Mit letzter Kraft schleppte Hela ihn an der Quelle vorbei zu einer der Grotten im hinteren Bereich, in der sich einige Gegenstände rund um eine Feuerstelle befanden. Die Höhle musste ein Zufluchtsort sein, den Bran kannte. Dort bettete sie ihn auf Decken und wehrte seine Arme ab, die sie an sich ziehen wollten. Sie holte Wasser, gab ihm zu trinken und kühlte auch seine Stirn. «Das ist kein Fieber», keuchte er mit brennenden Augen. Sie schüttelte liebevoll den Kopf. «Meine Krankheit heißt Hela.»

Sie erneuerte seine Verbände und legte sich neben ihn. Er zog sie an sich, so dicht er es vermochte. Wie ein Körper lagen sie da, aneinander geschmiegt, gewiegt vom Atem des anderen. Seine Lippen an ihrer Schläfe spürten das Zucken einer Ader. Das Pochen setzte sich fort in seinem ganzen Körper, wanderte seine Nerven entlang und fand den Ort, an dem es sich entfalten konnte. Hela musste lächeln, als sie es spürte. Sie hob den Kopf und schaute ihn an. Er strich ihr über das Haar. Da richtete sie sich auf. Sanft begann sie, ihn auszuziehen, die Fetzen seines Hemdes, seinen Gürtel, die Schnüre seiner Hose, die ihn nur noch quälten. Dann griff sie nach einer Holzschale, die an dem Feuer stand, das sie entfacht hatte, und an Samhain dort vergessen worden war. Sie nahm einen Lappen, tauchte ihn in das laue Wasser und begann, Brans nackten Körper zu waschen. Sie tat es sehr sorgsam und liebevoll. Jedes Detail verschlang sie mit den Augen, ohne Erröten, ohne Scham, mit einer offenen Neugier, die ihn mehr als Raffinesse quälte. Ihre Hand, obwohl kühlend, hinterließ Brände auf seiner Haut. «Ich sterbe», stöhnte er, als sie die Stelle seiner Qualen sacht vermied. Hela lächelte. Voller Glück betrachtete sie den schönen Leib, der im Licht des Feuers glänzte und der ihr gehörte, ganz und gar. «Im Gegenteil», sagte sie und neigte sich, um ihn zu küssen, auf die Augen, auf den Mund, auf seinen Hals. Langsam wanderten ihre Lippen tiefer.

Bran stöhnte.

Da sprang sie auf. «Ich gehe mich schnell waschen», sagte sie und war hinausgeschlüpft zur Quelle.

«Hela», rief Bran und streckte vergebens seine Arme aus, um sie festzuhalten. Zwischen Lachen und Weinen suchte er die Qual zu ertragen. Wenn sie nur wiederkäme!

«Bran?», flüsterte es da vom Eingang her.

Erschrocken richtete er sich auf. «Finn?», flüsterte er zurück. Das konnte doch nicht sein.

Sein Freund grinste. «Keine Angst, sie hat nichts mitgekriegt. Wir holen dich da raus.»

Bran ließ sich zurückfallen; sofort flammte der Schmerz wieder in ihm auf. Er schaffte es gerade noch, seine verräterische Blöße zu bedecken.

Finn kroch herein und machte sich daran, ihn sich über die Schulter zu laden. «Mael wartet am Ausgang», ächzte er unter seiner Last. «Wir bringen dich ins Dorf.»

«Finn, ich, nein», versuchte es Bran. Aber der Schmerz, als er so unsanft hochgehoben wurde, verschlang ihn beinahe. Die Wunde brach auf und begann, erneut zu bluten. Seine Gedanken verschwammen, und ihm wurde schwindelig.

«Keine Sorge», wiederholte Finn, keuchend, aber stolz, während er mit ihm in die Nacht wankte. «Wir retten dich.»

Brans Stimme war kaum mehr ein Lallen. «Ihr seid wahre Freunde.»

Das Bad in der Quelle

Hela legte ihre Kleider sorgsam zusammen, ehe sie in die Quelle stieg. Sie bemühte sich, alle Bewegungen langsam auszuführen, um das Zittern zu beherrschen, das ihre Hände, ihre Gedanken, ihren ganzen Körper gefangen hielt. Es war ein beängstigendes und herrliches Gefühl zugleich, und obwohl es sie auf eine quälende Folter spannte, wollte sie es auskosten bis zum Schluss: das Wissen, dass dort hinten der Mann auf sie wartete, von dem sie geträumt hatte, der, der für sie bestimmt war.

Sie prüfte die Wassertemperatur mit der Zehe. Es war eisig kalt, und sie holte tief Luft, ehe sie, ohne ein weiteres Mal innezuhalten, hineinschritt und untertauchte. Die Kälte war atemberaubend. Ich bin verrückt, dachte Hela, ich bin verrückt, ich bin verrückt. Doch der Gedanke war wie eine Melodie, und als sie wieder auftauchte, sang sie tatsächlich. Sie hatte beim Weg in das Tal ein wenig Seifenkraut am Rande des Wassers wachsen sehen. Der Duft verriet ihr nun in der Dunkelheit den Ort, an dem die Blüten standen. Sie zerrieb die Stängel und wusch sich mit dem Schaum. Ihr ganzer Körper war von einer Gänsehaut überzogen. Sie sah im spärlichen Mondlicht ihre nasse Haut glitzern. Die Kälte machte, dass sie sich wach fühlte, mit eindeutigen, klar definierten Umrissen, festem Fleisch und unverwundbar. «Ich bin verrückt», sang Hela vor sich hin. Und als Wolf mit aufgeregtem Wedeln zu ihr lief, küsste sie ihn auf die Schnauze und spritzte ihn dann mit Wasser voll, bis er wieder verschwand.

Hela spülte sich den zarten Schaum vom Körper. Sie ließ sich im Wasser treiben, legte den Kopf zurück, fächerte ihr schwebendes Haar auf und genoss das unirdische Rauschen des Wassers in ihren Ohren, das Knarren der Kiesel auf dem Grund der Quelle. Es war, als wäre sie von dieser Welt abgeschlossen, als kämen die Geräusche direkt von den Sternen über ihr, die in einem verschwenderischen Teppich auf sie herabblinkten. Der Nachtwind strich über ihre Haut, doch Hela fühlte keine Kälte mehr, nur sich selbst und das Glück, das sie erfüllte. Nach einer langen Weile stand sie auf.

Sie wand ihr Haar aus, griff nach ihren Kleidern und wollte sie anziehen, entschloss sich dann aber anders. Sie würde so zu ihm gehen, wie sie war, ohne Scham, nur sie selbst und ganz ihm gehörig. Sie wusste, es würde ihm gefallen. Ein Lachen stieg in ihr auf, das Gefühl reinster Lebensfreude. Leichtfüßig wie eine Nymphe lief sie zu der Höhle, pflückte im Übermut ein Farnblatt, mit dem sie ihm über die Stirn streichen wollte, damit er die Augen öffnete und sie ansah.

Als sie das heruntergebrannte Feuer erreichte, blieb sie stehen. Sein Lager war leer. Hela starrte so reglos auf die zerwühlten Decken, dass sie das Wasser aus ihren Haaren auf den Boden tropfen hörte, dessen Fels, sie spürte es nun, empfindlich kalt war. Ein Rest der warmen Glut behauchte ihre Beine und ließ sie fühlen, wie fröstelnd die Luft in der Grotte war. Rasch trippelte sie auf die Decken und hüllte sich hinein, mit einem Mal so vor Kälte zitternd, dass sie keinen klaren Gedanken fassen konnte. Sie erahnte noch einen Rest der Wärme seines Körpers und den Geruch seines Schweißes, den Hela verzweifelt einsaugte. «Bran», flüsterte sie. Noch hatte sie die Hoffnung, dies wäre ein Scherz oder ein Missverständnis und er tauchte gleich aus einem der Schatten auf, um sie lachend zu umarmen. «Bran?» Nur die Nachtvögel antworteten ihr. Spöttisch und unheimlich klang ihr Ruf.

«Aber er konnte ja kaum laufen», murmelte sie dann, und mit einem Mal stieg Wut in ihr hoch. Wie konnte er ihr das antun? Raffte er dafür seine letzten Kräfte zusammen, um sie lächerlich zu machen? «Bran?» Diesmal rief sie lauter, Zorn und Angst schwangen in dem Ruf mit. «Bran, verdammter Mistkerl.« Energisch fuhr sie in seine Kleider. Wenn dies ein Spiel war, fand sie es nicht komisch. Sie dachte an Goldar und seine Angewohnheit, sie mit ihrer eigenen Lüsternheit zu beschämen, und für einen Moment sah sie rot. Vorgeführt hatte er sie, ausgelacht. Und sie hatte nichts Besseres zu tun gewusst, als sich bei der erstbesten Gelegenheit die Kleider vom Leib zu reißen. Wahrscheinlich steckte Bran jetzt irgendwo und machte sich über das kleine Wikingermädchen lustig, das wie eine läufige Hündin nach ihm heulte. Hela schrie auf vor Enttäuschung und hieb mit der Faust auf den Boden. An ihrer Hand, als sie sie wieder hob, klebte Blut.

Ihre eigenen Worte hallten in Helas Kopf nach: Er konnte ja kaum laufen. Ihr Zittern wurde stärker, und diesmal war es nicht die Kälte, die sie schüttelte. Mit bebenden Fingern griff sie nach einem Holzscheit und zog es aus dem Feuer. Es glomm nur noch schwach und taugte nicht gut zur Fackel. Aber immer noch war es so heiß, dass sie sich beinahe die Finger daran verbrannte. Hela hatte nicht die Geduld, sich ein besseres Licht zu schaffen, und blies nun ein paar Mal kräftig. Sie rannte nach draußen und hielt an, um sich zu bücken und die kleine Flamme dicht über den Boden zu halten. Stück für Stück suchte sie den Grund ab, den buckligen Felsen, das federnde Gras, das unnatürlich grün im Licht strahlte, dürres Buschwerk, zwischen dessen Zweigen Spinnweben hingen, in denen der Nachttau funkelte. Hela hatte keinen Blick für die Schönheit der kleinen, dunklen Welt, die sie aus der Nachtschwärze hob. Sie kroch weiter, mit gebeugtem Rücken, die Kleider durchnässt von der Feuchte aus ihren Haaren, fröstelnd und die Schmerzen in ihren Knochen ignorierend, bis sie fand, was sie suchte: Blut.

Sie wischte es mit den Fingern von den Blättern. Es war rot, frisch, vor kurzer Zeit erst auf den Boden getropft. Es gab keinen Zweifel, Bran war hierher gegangen. Oder geschleppt worden, dachte sie und hob ihre kleine Fackel höher, um sich die abgebrochenen Zweige und das zertretene Gras zu betrachten. Dort waren kleine Pflänzchen. Losgetreten und mit den erdigen Wurzeln nach oben, lagen sie auf dem Pfad, der ins Gebüsch führte. Hela schauderte. Dies war nicht die Spur, wie sie ein einzelner Mann hinterließ, mehrere waren hier gegangen, in Eile, unvorsichtig. Einer schien ausgerutscht zu sein wie unter einer Last.

Ein Blitz explodierte in ihrem Kopf, und sie sah Bran, die Arme über die Schultern seiner Entführer gelegt, die Füße über den Boden schleifend. Eine Gestalt – war es Holmsten? War es Libran? – hob seinen Kopf an den langen Haaren, zerrte ihn zurück, dass die Kehle freilag, und lachte.

Hela erwachte vom Ruf eines Käuzchens aus diesem Albtraum. Mit einem Kopfschütteln suchte sie, die trüben Gedanken zu vertreiben. Ich muss der Spur folgen, dachte sie, ich muss ihn finden, ihn befreien, ich ... Angst und Schuldbewusstsein fraßen sie beinahe auf. Ich liebe dich, schrie es in ihrem Inneren. Ich liebe dich doch. Ich liebe dich. Und ich habe es noch nicht einmal gesagt, in keiner Sprache. Nun galt es, keine Zeit zu verlieren!

In diesem Moment erlosch ihre Fackel und hüllte sie in tiefe Finsternis. Ihr Schrei, hoch und laut, konnte für den eines Nachtvogels gehalten werden.

Sigurdur saß am Ufer des Meeresarmes, dort, wo der Fluss mündete, und starrte auf die schwarze Fläche, die makellos den Sternenhimmel widerspiegelte. Es war die stillste, die fernste Stunde der Nacht. In seiner Heimat hieß es, dass in dieser Zeit die Feen kämen, um die Seelen der Sterbenden zu holen, und dass, wer das Glück hätte, eine zu sehen und den Mut, sie anzusprechen, Antworten auf seine Fragen bekommen könne und manchmal die Gunst, mit einem

Verstorbenen noch ein paar Worte zu wechseln. Doch ihm schien, als ob die Geister, die in seiner kargen Heimat zwischen den Felsen und Quellen hausten, die feuchten Landstriche dieser Insel mieden. Denn nichts rührte sich um ihn herum, und nichts wollte ihm verraten, ob Unde lebte oder tot war. Kein Schatten trat zwischen den Bäumen hervor, kein Schleier legte sich über das Wasser, und aus der Stille stieg kein Gesang, nichts, das verriet, dass hinter dieser Welt noch eine andere lag. Nur der Geruch nach Salz und Erde und eine unendliche Einsamkeit machte sich breit.

Sigurdur warf einen Stein ins Wasser.

Da war es auf einmal, als antworte das Wasser ihm. Ein Wirbel erhob sich, unruhig, glitzernd, und verstummte dann. Sigurdur starrte auf die Stelle, bis vor seinen Augen Sterne tanzten. Ihm war, als erhöbe sich dort erneut etwas, schwarz und lautlos, und verschwände dann wieder zwischen den Wellen, die sich ausbreiteten und nun sanft bis zu seinen Füßen drangen, sie tränkten, neckten, beleckten. Sigurdur zog sich ein Stück vom Wasser zurück. Doch es half nichts, die Aufforderung war ausgesprochen, er würde gehorchen. Langsam, wie einer, der schlafwandelt, legte er seine Kleider ab und tat einen ersten Schritt ins Wasser. Es war kalt und vertrieb mit einem Schlag alle Gedanken aus seinem Kopf, nichts blieb zurück als eine eisige Leere. Schritt für Schritt ging Sigurdur der Stelle entgegen, Handbreit um Handbreit verschwand sein weißer Körper, der im Mondlicht leuchtete, in dem stillen schwarzen Wasser. Bis er den Grund verlor und kurz untertauchte. Dann legte er sich auf das Wasser, starrte in den Himmel, dem er entgegenzusinken meinte, und suchte das Grauen, das sich unter ihm ausbreitete und sein Rückgrat hinaufkroch, zu verdrängen. Da schlang sich etwas um seine Mitte, das aussah wie ein feuchter, glänzender schwarzer Arm und zog ihn hinab. Sigurdur verschwand ohne einen Schrei.

Mit Mühe fand Hela den Weg zurück zu der Höhle. Das Feuer war inzwischen komplett erloschen, und trotz aller Bemühungen gelang es ihr in der Dunkelheit nicht, ein neues zu entfachen. Auch musste sie feststellen, dass Brans Utensilien mit ihm verschwunden waren. Lange Zeit verschwendete sie damit, einen Zweig auf Rinde zu zwirbeln, doch gelang es ihr nicht, exakt genug zu arbeiten, oder aber das Moos, das sie zugab, wenn sie einen Funken aufglimmen sah, war nicht trocken genug, oder ihre Finger waren so klamm vor Kälte und Ermüdung, dass sie das Stöckchen nicht im richtigen Winkel hielten. Erschöpft gab sie auf, hüllte sich in die Decken und starrte den Nachthimmel an, der nur quälend langsam seine Farbe veränderte. Am liebsten hätte Hela die Sternbilder mit Gebrüll über den Horizont gescheucht, aber sie waren zäh und wichen nicht.

Wolf, fiel es ihr irgendwann plötzlich ein. Ich könnte mich in die Dunkelheit wagen, wenn ich mich dabei auf seine Nase verlasse. Wolf kannte Bran, er liebte ihn, wie es aussah. Und die Stoffe, in die er gewickelt gewesen war, rochen kräftig genug nach ihm. Hoffnungsvoll rief Hela nach ihrem Begleiter. Wann nur hatte sie ihn das letzte Mal gesehen? Am Wasser oder danach noch in der Höhle? Er war aufgeregt gewesen, fiel es Hela nun wieder ein, wenn auch nicht verängstigt. Sie rief und rief, bis ihre Stimme heiser wurde. Aus dem Wald kam keine Antwort, kein Knacken, kein Bellen, kein Trappeln von Pfoten. Der Hund blieb verschwunden. Hela wusste nicht, was das bedeuten sollte, aber sie wappnete sich, mit dem ersten Tageslicht draußen auch seine Leiche zu finden. Vielleicht war sie im Dunkeln schon ahnungslos daran vorbeigetappt. Noch einmal hüllte sie sich fester ein. Sie kauerte dicht am Eingang der Grotte, wo sie jede Veränderung beobachten konnte. Sobald es nur einigermaßen hell genug wäre, würde sie aufbrechen. Hela wiegte sich, die Arme um den eigenen

Leib geschlungen, immer wieder vor und zurück. Ihre Augen brannten, und auch ihre Wangen waren gerötet wie im Fieber. Es war das Fieber der Jagd.

«Aaaah!» Mächtig nach Luft schnappend, tauchte Sigurdur wieder auf. Die Flut hatte ihn nahe ans Ufer getrieben, und mit letzter Kraft zog er sich auf den Kies. Er war am Ende seiner Kräfte, seine Glieder wogen schwer, er hatte mit mehr als Irdischem gekämpft, mit seinen eigenen Dämonen. Er schloss die Augen, riss sie aber sofort wieder auf, um das Frauengesicht nicht sehen zu müssen, das ihn sehnsuchtsvoll durch die Fluten betrachtet hatte, umwogt von schwarzem Haar, mit einem Gesicht, bleich wie ein toter Mond, und Augen wie die Helas, nur dass ihnen Schwärze entströmte. Die Fee, hatte Sigurdur gedacht und sein Messer gezogen, als sie ihre lange schwarze Zunge ausstreckte und um ihn wand. Wo ist Unde?, hatte er sie gefragt und versucht zu beweisen, dass er kein Unwürdiger war, dass die Angst ihn nicht überwältigte. Und doch hatte er am Ende nur um das eigene Überleben gekämpft. Unde hatte sich ihm nicht gezeigt, nicht zu ihm gesprochen. Nur ein Gefühl der Leere war zurückgeblieben, das ihn hoffnungslos stimmte. Er legte die Stirn auf die Kiesel und erbrach Salzwasser.

«Sigurdur?» Holmsten hob seine Fackel. Der Wikinger trat zu dem sich windenden schwarzen Körper hinüber, der sich neben dem Isländer auf den hellen Steinen wand, und bückte sich. Am Griff von Sigurdurs Dolch, der in dem zuckenden Leib steckte, hob er ihn hoch. Er ringelte sich um seinen Arm wie um den einer fremden Götterstatue.

«Ein Aal», stellte er fest, «schätze, das ist die beste Jahreszeit. Wir sollten Reusen in die Flussmündung hängen.» Interessiert musterte er das Schilfdelta und unternahm im Geiste bereits die nötigen Arbeiten. Dann schaute er Sigurdur an, der mit abwesendem Gesicht zu seinen Füßen lag.

«Fängt man die bei euch zu Hause immer mit der Hand?», fragte er belustigt.

Sigurdur schloss die Augen.

«Na ja», Holmsten zuckte mit den Schultern. «Er wird ein prima Frühstück abgeben.» Er schulterte das Tier und wandte sich ab, um zurück zum Lager zu gehen, über dessen Palisaden bereits der Schein von Feuern aufglomm.

Sigurdur streckte den Arm aus. Ihm war, als würde ihm das Leben genommen. Doch er sagte nichts.

Die Eiche fällt

Bei Tagesanbruch näherte Hela sich Gormlaiths Hütte von der Rückseite, auf dem Weg, auf dem sie tags zuvor Grainne hatte im Wald verschwinden sehen. Sie konnte Stimmen vom Vorplatz hören, aufgeregte Stimmen vieler Menschen, und sie wollte nicht gesehen werden. Ohne innezuhalten und ohne einen Blick für ihre Umgebung, marschierte sie durch das grünende Weidentor, passierte die Stangen mit den blühenden Bohnen, wischte an den langstieligen Blumen vorbei und klopfte an die Pforte, noch einmal, und noch einmal, als niemand ihr öffnen wollte. Eng an die Tür gepresst, stand sie da und fiel daher beinahe ins Haus, als ihr endlich geöffnet wurde.

«Hela», rief die Alte überrascht aus, als das junge Mädchen über ihre Schwelle stolperte. Erstaunt musterte sie die Gestalt, die schwer atmete, blass und nervös aussah, mit zerzausten Haaren, in denen Laub hing, und mit klammen Kleidern. Sie wollte der Wikingerin ein paar Blätter aus der Stirn zupfen, doch die warf nur ungeduldig den Kopf zurück und wischte sich übers Gesicht. «Ist Bran hier?», fragte sie.

Sie hatte auf dem Weg hierher, obwohl sie ohne Pause gerannt war, genug Zeit gehabt, über ihr Vorgehen nachzudenken, und war zu dem Schluss gekommen, dass sie versuchen müsse, von Gormlaith mehr zu erfahren. Es blieb keine Zeit, sich weiter so vorsichtig zu umschleichen, wie sie das begonnen hatten. Sie war überzeugt davon, dass die Alte mit Bran und den Menschen im Wald, wer immer sie waren, in Verbindung stand, dass ihre Enkelin diejenige war, die regelmäßig dorthin ging, und dass Bran aus Grainnes Mund ihren, Helas, Namen erfahren hatte. Es konnte nicht anders sein, es durfte nicht anders sein. Sie trat vor und ergriff Gormlaiths Hände. Angespannt schaute sie ihr ins Gesicht. «Bran», wiederholte sie, langsam und deutlich. «Ist er hier?» Zur Unterstreichung ihres Satzes blickte sie sich demonstrativ im Raum um.

Gormlaith erwiderte ihren Blick. Sie biss sich auf die Lippen und begann, langsam und zögernd den Kopf zu schütteln. Nicht zum ersten Mal fragte sie sich, wer dieses Mädchen war. Vom ersten Moment an war sie ihr als etwas Besonderes erschienen, als jemand von den Ihren, und dass sie die Heilkunde beherrschte, hatte sie in ihrem Urteil bestätigt. Ihr Interesse für Bran war offensichtlich gewesen, schon an jenem Abend bei Libran, wo sie ihn verteidigt hatte, ohne ihn zu kennen. Cliodna hatte ihr das erzählt, die in der Hütte das Essen serviert hatte. Oh, sie war eine Schlange, die kleine Cliodna, aber ihr Bericht hatte zu dem gepasst, was Gormlaith mit eigenen Augen gesehen und mit allen Sinnen gespürt hatte. Zwischen diesem Mädchen und Bran bestand eine Beziehung. Aber woher kam sie nun? Wieso kannte sie auf einmal seinen Namen? Und was sollte ihre Aufregung bedeuten? Dies alles ging zu rasch für die alte Gormlaith. Noch misstraute sie ihren Wahrnehmungen, zu wenig wusste sie von dieser Fremden, die nun so herrisch vor ihr stand, sie jetzt sogar an den Schultern packte und schüttelte. Und doch stand in ihren Augen echte Angst.

«Bran», begann sie zögernd.

Da wandte Grainne sich um. Hela hatte sie bisher gar nicht bemerkt. Das Mädchen hatte an der Eingangstür der Vorderfront gestanden, dicht an die Wand geschmiegt, und durch einen Spalt im Ledervorhang gelugt, der sie von dem Treiben draußen abschirmte, das nur unklar in Helas Bewusstsein drang. Offenbar verbarg Grainne sich vor dem, was dort geschah. Nun wirbelte sie herum.

«Gormlaith», ermahnte sie ihre Großmutter. Die beiden tauschten einen Blick. «Wir kennen keinen Bran», murmelte sie dann abwehrend und wandte sich wieder dem Geschehen draußen zu.

Gormlaith lächelte entschuldigend. Hela schluckte vor Enttäuschung; ihre Gedanken rasten. Dann griff sie zu ihrem Dolch. Gormlaith zuckte zurück. Ihr Blick verdunkelte sich. Hela zog sich die Klinge in der Luft über den Leib, dort, wo Holmsten ihren Geliebten getroffen hatte. «Er ist verletzt», erklärte sie ihre Geste, «Bran, verstehst du. Er blutet.» Sie presste die Hände auf eine imaginäre Wunde, deutete ihre Größe an, grimassierte Schmerz. Gormlaith schlug die Hände vor das Gesicht, während Hela ihr gestenreiches Theater weiterspielte, angetrieben von Verzweiflung. «Er braucht Hilfe», rief sie schließlich und hob die Arme. «Ich muss wissen, wo er ist. Ist er ...» Wieder schaute sie sich um.

Gormlaith schüttelte den Kopf. Sie warf erneut einen Hilfe suchenden Blick auf ihre Enkelin, die ihnen wieder den Rücken zuwandte. Hela trat dicht an sie heran. «Hat Libran ...», begann sie und atmete erleichtert auf, als Gormlaith sofort und entschieden erneut verneinte. Sie schauten einander in die Augen. «Odin sei Dank», murmelte Hela und spürte, wie ihre Knie nach dem langen Lauf weich wurden. «Ich dachte schon ...» Ohne den Satz zu vollenden, sank sie in die Knie. Gormlaith zog sie auf ein Lager und beeilte sich, ihr eine Schale Tee zu holen, die Hela mit einem leicht schmerzlichen Lächeln annahm. «Also

ist er nicht im Dorf, ist nicht gefangen, keiner hat ihn ...»
Sie hielt inne, da ihr einfiel, dass Gormlaith sie nicht verstehen konnte. Die Alte aber musterte sie mit warmen, vor Mitgefühl leuchtenden Augen, und Hela hatte das Gefühl, dass sie sehr wohl verstand, was in ihr vorging, vielleicht mehr, als ihr lieb sein konnte. Sie schlug die Augen nieder, als die alte Heilerin ihr mit ihrer rissigen Hand über die Wange fuhr.

«Wir sollten es ihr sagen», meinte sie zu ihrer Enkelin. Doch die antwortete nicht. «Grainne?»

Plötzlich war ein lautes Johlen zu vernehmen, dann ein «Hau ruck» aus vielen Kehlen, dann lautes Ächzen und Krachen und schließlich ein Rauschen. Die nun folgende Erschütterung war so heftig, dass die Wände der Hütte bebten.

Grainne schluchzte laut auf. Sie hob die Hand, zur Faust geballt, vor den Mund und biss hinein, um das Weinen zu unterdrücken. «Sie haben es getan», flüsterte sie, als sie wieder dazu in der Lage war.

«Was ist passiert?», fragte Hela verwundert und wollte aufstehen. Gormlaith suchte sie daran zu hindern, aber sie stellte sich neben Grainne und schob den Vorhang beiseite. Was sie sah, war ein Gewirr von Ästen und Zweigen, das mitten auf dem Dorfplatz in die Höhe ragte. Die alte Eiche, die dort gestanden hatte, war gefällt worden, und als genüge das nicht, hatte ein Trupp Männer sich bereits darangemacht, die Wurzeln auszugraben. Libran höchstpersönlich war bei dem Schauspiel anwesend, flankiert von seinen beiden Neffen. Connor und Cormack trugen Äxte und musterten die Dorfbewohner, die beinahe vollständig erschienen waren, mit frechen Blicken. Der Mönch war vorgetreten und sprengte Weihwasser auf den Stumpf, was die Männer mit den Hacken und Äxten veranlasste, einen Moment innezuhalten, solange seine Gebete dauerten, und sich mit dem Ärmel ihrer karierten Wollhemden

den Schweiß aus dem Gesicht zu wischen. Es roch nach frischer Erde und nach Angst.

«Auf», rief Libran, der die Arbeiter nun dirigierte, und nach seinem Kommando hoben sie die Äxte. Mit einem metallenen Laut fuhr die erste gegen einen Stein, rutschte ab und hätte ihrem Besitzer beinahe den Fuß durchbohrt. Ein unruhiger Ruf ging durch die Menge, Hela sah vereinzelt Menschen, die sich bekreuzigten. Mit leichenblasser Miene schaute der Unglücksrabe nach seinem Befehlshaber; er zögerte, die Arbeit wieder aufzunehmen. Da bellte Libran erneut einen Befehl, und Connor selbst trat vor und nahm dem ängstlichen Mann sein Werkzeug ab, um sofort wie ein Berserker loszulegen, dass die Erde spritzte. Hela hörte das satte Geräusch, mit dem das kräftige Wurzelwerk durchtrennt wurde, und ihr war, als stürbe etwas Lebendiges. Grainne und Gormlaith waren nun ebenfalls aus ihrer Hütte getreten und betrachteten mit versteinerten Mienen, was dort geschah. Mit einem Mal fühlte Gormlaith, wie Librans Blick auf ihr ruhte. Da nahm sie das Kreuz, das an einem Lederband vor ihrer alten Brust baumelte, hob es an die Lippen und küsste es. Die Arbeiten gingen weiter.

«Was geschieht hier?», fragte Hela. Sie flüsterte instinktiv.

«Sie fällen die heilige Eiche», erwiderte Gormlaith. Ihre Stimme war tonlos vor Kummer und Verachtung. «Das Zeichen der Götter, den Ort des Rates, den Hort des heilenden Krautes.» Ihre Lippen bewegten sich kaum.

Hela verstand kein Wort von dem, was die Alte da murmelte. Aber es klang wie eine Litanei, ein trauriges Gebet, und sie ahnte ein wenig von dem, was Gormlaith bewegte. Auch in ihrer Heimat gab es Bäume besonderer Bedeutung. Einer schirmte mit seinen uralten Ästen den Platz des Thing, und es hieß, die Weisheit der Götter hätte Sitz in seinem Stamm und er sei beinahe so alt wie der Weltenbaum, dessen Stamm den Himmel trug. Eingewachsen in die Rinde waren die Hauer eines Wildschweins, schon vor so vielen Jahren, dass niemand mehr wusste, wie sie dorthin gekommen waren und wie lange der Baum gebraucht hatte, sie mit seinem Holz zu umschließen. Tatsache war, dass sie dort steckten, wie ein kleines Wunder. Und schon lange bevor Helas Mutter mit ihren Kräutern und Tinkturen gekommen war, hatte es als das unfehlbarste Mittel gegen Zahnschmerzen gegolten, diese elfenbeinfarbenen Zähne zu berühren.

Ob es so etwas hier auch gegeben hatte? Unwillkürlich trat Hela aus der Hütte und näherte sich dem Stamm. Sie berührte ihn und suchte nach Zeichen irgendeiner Besonderheit. Die Arbeiter hielten inne und schauten zu ihr hinüber; der Priester rief ihr irgendetwas zu, was sie ignorierte.

«Nicht.» Das war Grainne, die an ihre Seite getreten war und sie mit sich fortzuziehen suchte. Mit fliegendem Rock eilte der Mönch hinzu und baute sich vor Hela auf, um mit seinem Kreuz vor ihrem Gesicht herumzuwirbeln.

«Lasst das», verlangte sie barsch und schlug danach. «Hört auf mit dem Unfug. Ihr versteht mich sehr gut, das weiß ich.» Hasserfüllt starrte der Mann sie an. Er überlegte offenbar, was als Nächstes zu tun sei.

Ein Mädchen trat vor und flüsterte dem Mönch etwas zu, in ergebener Haltung, aber eifrig und mit einem Lächeln, das sich seiner Wirkung bewusst war. Hela verstand kein Wort von dem, was sie sagte, doch sie erkannte das Gesicht wieder. Es war dieselbe junge Frau, die damals am Abend bei Libran bedient hatte und dann so stumm und gehorsam hinausgegangen war, dass sie ihr kaum Beachtung geschenkt hatte. Erst jetzt sah sie, dass die Kleine üppiges blondes Haar besaß, das sie im Nacken zusammengesteckt trug, und Augen von der Farbe und Form derjenigen einer Katze hatte: ein leuchtendes Grün, das wunderbar zu dem Ton alten Goldes passte, in dem ihre Zöpfe schimmerten.

Sie bewegte sich auch wie eine Katze, träge und geschmeidig. Der Blick, den sie Grainne zuwarf, die an Hela Seite stand, hatte nichts mehr von der Demut ihrer ersten Begegnung. Er war so offen herausfordernd und hatte eine derartige Wirkung auf Gormlaiths Enkelin, die flammend rot anlief, dass Hela beinahe laut aufgelacht hätte. Die Kleine hatte einen großen Willen, das musste man ihr lassen. Unwillkürlich lächelte sie ihr zu, und Cliodna erwiderte dieses Lächeln.

Was immer sie gesagt hatte, der Mönch trat zurück, und Librans Neffen nahmen ihre Arbeit wieder auf. Hela wollte sich gerade Grainne zuwenden, als sie ihren Namen hörte.

«Torvald!», rief sie zurück und konnte nicht verhehlen, wie froh sie war, ihre Landsleute in diesem Moment zu sehen. Die Stimmung im Dorf war mehr als seltsam. Sie konnte gut jemanden gebrauchen, der ihr den Rücken stärkte und ihr helfen würde. Denn das musste Torvald. Er musste ihr helfen, Bran zu finden, jetzt, in seinem geschwächten Zustand, ehe es jemand anderes tat.

Den Schweinen ein Frass

«Torvald», rief Hela und arbeitete sich durch die Menschenmenge, die von der Ankunft der Wikinger beunruhigt worden war und sich nun noch dichter drängte, «Torvald.» Sie schob die Umstehenden beiseite, drängte und drückte, ohne auf die düsteren Gesichter zu achten. In ihr lebte nur ein einziger Gedanke. Das Laub der Eiche hinter ihr zischte böse, als Connor und Cormack an ihren Ästen rüttelten.

«Torvald! Dank Odin, dass du da bist!» Endlich hatte sie den Anführer erreicht und legte ihm beide Hände auf den Arm.

Torvald starrte sie einen Moment lang nur an. Dann

brüllte er los. «Hier bist du also!» Er packte sie an den Oberarmen und schüttelte die überraschte Hela so heftig, dass ihr Kopf hin und her flog. «Hier steckst du und kommst fröhlich angelaufen. Was denkst du dir eigentlich dabei, einfach fortzubleiben? Keiner weiß, wo du steckst. Alle vergehen vor Sorge. Holmsten hier ist die ganze Nacht herumgetigert wie ein Kranker.» Er holte kurz Luft.

Hela warf Holmsten einen raschen Blick zu, doch der wandte den Kopf ab. Immerhin, er schien seinem Vater nichts verraten zu haben. «Torvald, hör doch ...», begann Hela dann von neuem und suchte seine großen Hände abzustreifen.

Aber Torvald griff nur fester zu. «Nirgends eine Nachricht, Mädchen, bei allen Göttern ... Deinetwegen hätten wir beinahe einen Krieg angefangen!»

Diese letzten Worte drangen zu Hela durch. Als erwache sie eben aus einem Schlaf, betrachtete sie die Nordmänner, die sich hinter Torvald drängten. Alle hatten ihre Waffen gepackt, und alle trugen sie trotzige, entschlossene Mienen zur Schau. Das Dorf hingegen, das sich ohnehin in aufgewühlter Stimmung befunden hatte, summte seit ihrer Ankunft wie ein Bienenstock. Erschrocken bemerkte Hela, wie Libran näher kam. Wenn es jetzt zum Konflikt käme, fuhr es ihr blitzschnell durch den Kopf, dann könnte sie nichts für Bran tun. Sie schämte sich sogleich der Eigennützigkeit ihrer Überlegungen, aber sie konnte nicht anders.

Torvald musterte sie misstrauisch. «Man hat dir doch nichts getan, oder?», fragte er.

Holmsten schnaubte verächtlich, was Hela den Kopf aufwerfen ließ.

«Nein», beeilte sie sich zu sagen, «nein, ich ...» Sie suchte rasch nach einer plausiblen Antwort. «Ich habe bei Gormlaith übernachtet», haspelte sie dann. Es war eine leicht aufzudeckende Lüge. Aber sie glaubte kaum, dass

Torvald seinen Dolmetscher Åke losschicken würde, um es nachzuprüfen. Und wer weiß, dachte sie, vielleicht stünde Gormlaith sogar auf ihrer Seite und würde es bestätigen. Sie fluchte innerlich, dass sie mit der Heilerin nicht besser kommunizieren konnte. Es wäre so wichtig zu erfahren, auf wessen Seite die Alte und ihre Enkelin tatsächlich standen.

Libran hatte sie nun beinahe erreicht. Seine beiden Leibwächter hatten es aufgegeben zu graben und flankierten ihn nun. Cliodna, die kleine Blonde, lief hinter ihm her um ihm etwas zu sagen, aber Connor stieß sie so heftig zur Seite, dass sie stürzte. Mit bösem Gesicht starrte sie ihnen nach.

«Also dann», murmelte Torvald und straffte sich. «Hela, du gehst zu Holmsten. Haltet euch dicht bei den anderen. Wir haben unsere Aufgabe hier erledigt.»

«Unde fehlt noch», gab jemand zu bedenken.

Torvald brummte. «Richtig», gab er dann zu, «die Schwarze.» Er wollte sich an Sigurdur wenden, musste aber feststellen, dass der ebenfalls verschwunden war, und begann, fürchterlich zu fluchen. Dann stand Libran plötzlich vor ihm, und er hatte sich den Forderungen des irischen Anführers zu stellen, der mit kaum unterdrücktem Zorn zu wissen begehrte, was ihr Erscheinen im Dorf, in voller Zahl und Bewaffnung, zu bedeuten habe. Åke übersetzte so rasch, dass ihm der Schweiß auf die Stirn trat und er sich immer wieder mit dem Ärmel darüberwischen musste.

«Was heißt das?», erkundigte Hela sich inzwischen verwirrt. «Was ist mit Unde?»

«Sie war heute Nacht nicht da, wie du», erklärte jemand, fragte aber sofort darauf: «Was hat der Kerl gesagt?»

Hela versuchte, jemand anderen am Ärmel zu packen. «Wieso nicht da?»

«Wieso warst du nicht da?», kam es zurück. Ihr Gesprächspartner schüttelte sie ab, reckte den Hals und umklammerte mit beiden Händen seine Axt. «Sollen wir sie verdreschen?»

«Nächste Woche hätten wir die Langhäuser fertig gehabt.» «Fackelt doch alles ab.» «Verdammter Ärger.» «Jetzt werden wir Wachen auf den Feldern brauchen.» So riefen Torvalds Männer durcheinander, und Hela begriff, dass sie hier wenig Freunde besaß und keiner sich um ihre Sorgen scheren würde.

«Wo ist Unde?» Sie hätte es am liebsten geschrien. Wie die anderen suchte sie zu erkennen, was vorne vorging, aber ihre Augen suchten die Freunde, Unde und Sigurdur, die beide wie vom Erdbeben verschluckt waren.

Torvald ließ sich eben erklären, was auf dem Dorfplatz vor sich ging. Mit scheelen Seitenblicken auf den Baum, als wäre er ein gefährliches Tier, das getroffen, aber noch nicht ganz besiegt sei, lauschte er Åkes Worten. Der Dolmetscher erklärte ihm, dass es sich darum handelte, die letzten Reste eines heidnischen Opferglaubens zu beseitigen, damit die geflohenen Sklaven sähen, dass ihre falschen Götter schwach wären und ihnen nicht helfen würden. Und sie würden sich von den Wikingern von ihrem Vorhaben auch nicht daran hindern lassen.

Torvald beeilte sich zu betonen, dass das nicht ihre Absicht gewesen war. Er sei, erklärte er, der Letzte, jemandem seinen Glauben vorzuschreiben, und wolle sich nicht in die Angelegenheiten des Dorfes mischen. Man habe nur nach zwei Frauen gesucht, die eine aber bereits gefunden. Nun frage man nach der zweiten, Unde mit Namen. «Die mit der schwarzen Haut», übersetzte Åke, nicht ohne einen leisen Ekel in der Stimme, für den Torvald ihm einen strafenden Blick sandte. Verschämt senkte er die Augen und tastete nach seinem Kreuz.

Libran musterte die beiden Männer, die vor ihm standen, genau. Kein Tonfall, keine Geste entging ihm. «Sie ist nicht hier», sagte er schließlich und hob das Kinn, um anzudeuten, dies wäre sein letztes Wort in der Angelegenheit.

«Er lügt», flüsterte Holmsten seinem Vater ins Ohr. Torvald schaute Åke an, der schaute beiseite.

«Ist sie», versuchte Torvald es noch einmal, «vielleicht irgendwann im Laufe des gestrigen Tages hier gewesen?»

Libran starrte ihn an. Torvald starrte zurück. Er spürte, hier wäre nichts zu erreichen, wenn er nicht sein Schwert zöge. Und er überlegte, ob er dies der Fremden wegen, die Unde immer noch für ihn war, wirklich wollte. Hinter ihm kam Bewegung in die Gruppe der Männer. Hela drängte sich zu ihm durch, und Torvald seufzte.

Ehe allerdings einer von ihnen etwas sagen konnte, kam auch Bewegung in die Menge der irischen Dörfler. Schreie waren zu hören, erschreckt und angstvoll. Ein oder zwei Frauen fielen auf die Knie und verschränkten die Hände, um zu beten, andere umschlangen einander. Alle aber gaben widerstandslos Sigurdur den Weg frei, der zwischen den Häusern hervor auf den Platz geschritten kam. Er ging langsam und heftig schwankend, da er sich nicht wie gewohnt auf einen Stock stützen konnte, zu schwer war die Last, die er mit beiden Armen umschlungen hielt. Jeder konnte erkennen, was er vor sich trug: Zu menschlich war der Kopf, der im Takt des Ganges pendelte. Ein herabhängender Arm wippte bei jedem Schritt und schlug an Sigurdurs Knie. Doch es fehlte ihm die Hand.

Hela schrie, als sie es sah. Die Beine schleiften beinahe am Boden, geknickt wie dürre Äste. Sigurdur hielt vor Libran und Torvald und legte seine Last ab. Sein Gesicht, verzerrt von der Anstrengung, zeigte darüber hinaus keine Regung.

Voll Entsetzen starrte Hela mit den anderen auf das hinab, was einmal Unde gewesen war. Von ihren Kleidern waren nur Fetzen übrig geblieben, die kaum ihren Leib bedeckten, die Haut war verkrustet von Blut und schlammigem Schmutz, der sie fast vollständig überzog und ihr ein wie geschmolzenes Aussehen verlieh. Ihre Beine waren tatsächlich gebrochen. In den Schenkeln fehlten große Stücke Fleisch, und dort, wo vorher der Bauch war, klaffte ein Loch. Doch am schlimmsten war der Kopf. So deformiert, dass die Züge der Frau kaum mehr zu erkennen waren, bot er einen Anblick, der selbst Torvald schlucken ließ. Angeekelt wandte Hela den Blick ab.

«Jemand muss ihn mit einem Stein zertrümmert haben», murmelte sie.

Holmsten ließ den Armstumpf los. «Und die Hand ist abgeschnitten worden.»

Der Anführer der Wikinger richtete sich auf. Über dies hier würde er Auskunft verlangen.

«Wo hast du sie gefunden?», fragte er Sigurdur leise.

Der schluckte. Es dauerte, ehe er antworten konnte. Hela nahm seine Hand und drückte sie. «In einem Schweinekoben», sagte er schließlich.

Torvald nickte. Ein paar Tage später, und sie wäre so zerfressen gewesen, dass man sie nicht mehr erkannt hätte. «Also?», fragte er Libran, der mit ungerührtem Gesicht dastand.

Hela spürte, wie jemand sie am Gewand zog. Es war Cliodna.

«Nicht jetzt», murmelte sie. Der Schmerz drohte sie beinahe zu überwältigen.

Aber Cliodna gab nicht nach. Und dann erklang der Schrei. Als sie Grainnes Stimme hörte, schaute Hela auf. Cliodnas ausgestrecktem Finger folgend, bemerkte sie die Szene an den Wurzeln des Baumes. Gormlaith hielt noch immer etwas in den Händen, was sie offenbar aus dem Erdreich, dem der Baum entrissen worden war, geborgen hatte. Der Mönch rang mit ihr und versuchte es ihr zu entwinden, während Grainne die Großmutter von ihm wegziehen wollte und schrie. Der Mönch aber gab nicht auf und drang weiter auf sie ein. Es gelang ihm schließlich nach einiger Rangelei, Gormlaiths widerstrebende Hand unter ihrer Schürze hervorzuziehen, wo sie ihren Fund zu verbergen suchte. Triumphierend riss er sie hoch.

Nun sahen es alle: Eine Schlange wand sich in Gormlaiths Fingern, unruhig zischend ließ sie ihre Zunge spielen. Der Mönch stieß einen Schrei aus, sprang zurück und murmelte heilige Formeln, während er hastig ein Kreuzzeichen nach dem anderen schlug. Aller Augen waren auf die Schlange gerichtet, die in hoheitsvollen Kurven davonglitt. Als sie fast das Gras erreicht hatte, wachte der Mönch endlich aus seiner Versenkung auf und rief einen Befehl. Nun kam Leben auch in die anderen. Mit erhobenen Knütteln, Rechen, Stangen, mit allem, was sie gerade zur Hand hatten, stürzten die Dörfler dem Tier hinterher, das zwischen den Gräsern Schutz suchte, und droschen auf es ein, dass Fetzen von Erdreich flogen. Dabei schrien und kreischten sie, schubsten sich gegenseitig und steigerten sich in einen Furor hinein, der sie ihre Umgebung vergessen ließ.

Sigurdur stand stocksteif da und starrte das Schauspiel an. Eine Träne rollte ihm über die Wange, und Hela begriff: Was er vor sich sah, war Undes Tod. Der Zustand ihrer Leiche ließ kaum einen Zweifel. Genauso musste auch sie gestorben sein, zerschmettert, zerhackt von den Waffen, den Zähnen und Klauen eines wütenden Mobs. Hela umarmte ihn fest und murmelte ihm Trostworte zu. Seinen Kopf von dem Geschehen fortzudrehen allerdings gelang ihr nicht. «Ach, Sigurdur.» Zwischen ihren Fingern hindurch verfolgte er, starr wie ein Fels, das Geschehen.

Inzwischen war die Schlange erlegt, oder das, was von ihr übrig war. Durch Gormlaiths vom Kampf verwüsteten Garten trampelte die Meute, allen voran ein Bauer, der die blutigen Fetzen aufgespießt hatte, die von dem armen Tier übrig waren, und sie wie ein Feldzeichen vor sich her trug. Der Mönch erwartete den Zug und besprengte alles mit Weihwasser. Dann zeigte er mit dem Finger in die Menge.

Erneut schrie Grainne und stellte sich vor ihre Großmutter. Denn sie war es, auf die der unbarmherzige Finger wies. Sie redete schnell und hastig, hob die Hände, beteuerte, flehte. Doch die Menschen kamen näher, folgten jedem Schritt, den die beiden Frauen rückwärts machten.

«Sigurdur», sagte Hela. Mehr brachte sie nicht heraus. Es sollte eine Entschuldigung sein, ein Flehen um Verständnis, eine Bitte, eine Geste der Scham. Denn sie schämte sich, schämte sich bodenlos, und ihr Gesicht brannte davon. Aber sie konnte nicht anders. Sie ließ ihren vom Kummer erstarrten Freund los. Als zöge die Zeit sich plötzlich wie zäher Honig, sah sie seine ausgestreckten, einsamen Finger, aus denen ihre sich lösten, spürte die Wärme seines Körpers, von dem sie sich entfernte, machte einen ersten, mühsamen Schritt, wie gegen Wind, wie durch Schlamm und Sumpf, dann noch einen, und noch einen. Sie wurde leichter, schneller. Alles bewegte sich wieder normal, und Hela rannte. Sie lief zu Gormlaith und Grainne, Cliodna dicht auf den Fersen, warf sich zwischen sie und den Mob und zog ihr Schwert.

«Hela!» Das war Torvald, doch sie achtete nicht darauf. Die drei Frauen im Rücken, zog sie sich Schritt für Schritt zurück in Richtung Hütte, vorbei an den zerfetzten Weiden, den geknickten Bohnenstangen, und behielt dabei immer den Mann im Auge, der am wildesten drängte, am dichtesten vor ihr stand, Mordlust in den Augen. Hela ließ ihr Schwert kreisen, hieb zu und verharrte. Sie gab den Dörflern Zeit, sich den Verwundeten anzusehen, der mit Unglauben in den Augen vor ihr auf die Knie sank, den Mund offen wie ein Fisch auf dem Trockenen. Einige zogen sich erschrocken zurück, andere drängten nach, gerieten ins Stolpern. Librans Stimme, über dem Chaos, bellte einen Befehl. Da hörte Hela die Tür in den Weidenangeln quietschen. Sie spürte den Ledervorhang dahinter an ihrer Schulter, warf sich herum, drängte die anderen ins Innere und knallte die Tür zu. Ein schneller Blick, dann lief sie zur Wand, riss den Hirtenstab herunter und verbarrikadierte damit so gut es ging den Eingang. Möbel gab es keine, festere Hölzer auch nicht. Sie entdeckte ein Fass und gab Cliodna das Kommando, es mit ihr vor die Tür zu rollen. «Schnell», rief sie dann schwer atmend, «bevor ihnen einfällt, dass es hier einen zweiten Eingang gibt.» Die Frauen schienen sie verstanden zu haben, denn alle rannten zur hinteren Tür. Nur Gormlaith drehte sich noch einmal um, lief zurück und griff nach ihrem Korb mit den Kräutern. Hela rief ihren Namen und trieb sie an. Als sie an ihr vorüberkam, sah sie, dass Gormlaiths weißes Haar an den Schläfen schweißverklebt war, ihre Haut war grau, und ihr Atem ging pfeifend. Sie hielt sie kurz am Arm fest und lächelte sie an. Gequält nickte ihr die alte Heilerin zu.

Im hinteren Garten erklang ein Schrei. Connor, klüger, als er aussah, hatte sich um das Haus herumbewegt und bedrohte die beiden jungen Frauen mit seiner Axt. Mutig hielt Cliodna ihm den Dolch entgegen, doch sie wäre bei weitem zu schwach und die Klinge zu kurz, um ihm Widerstand zu leisten. Hela sprang vor und hieb zu, ehe er den Kopf wenden konnte. Verblüfft grunzend hielt er sich die Schulter und starrte das Blut an, das zwischen seinen Fingern hervorquoll. Dann sank er zu Boden. Hinter ihm ließ Grainne den Stein fallen, den sie mit beiden Händen umklammert hatte, um ihn gegen seinen Kopf zu schmettern. Cliodna wandte sich ab und würgte.

Hela ließ ihr keine Zeit. Sie packte sie am Arm und riss sie mit sich, die anderen antreibend. Die Frauen rannten, bis sie den Wald erreichten. «Weiter, weiter», rief Hela und hieb mit der Klinge auf alles ein, was ihren Lauf hemmte. Einmal blieb sie stehen. Die Stimmen klangen gedämpft und fern. Aber Hela wusste, wie schnell sie hier sein konnten. Das Pfeifen der Vögel um sie herum und das friedliche Tanzen des Staubes in den zwinkernden Sonnenstrahlen, es war trügerisch. «Weiter», kommandierte sie wieder. Ihr Schwert steckte sie ein. Es wäre nicht klug, weiterhin so eine Schneise der Verwüstung zu hinterlassen, wie sie es bis hierher getan hatte. Ab hier mussten sie versuchen, im Wald unterzutauchen. Hela schaute sich um und entdeckte einen Bachlauf. Dort hinein, dachte sie, und eine Weile im Bachbett entlang, das würde die Hunde verwirren, falls Libran noch welche hätte.

Sie stieg in das Wasser und wandte sich um, aber ihre Gefährtinnen schienen auch so verstanden zu haben. Ohne Widerrede schürzten sie alle ihre Röcke und stiegen in das kalte Wasser. Grainne hielt Gormlaith an der Hand und nahm ihr den Korb ab. Cliodna, deren blonde Zöpfe sich aufgelöst hatten und ihr zerzaust über den Rücken hingen, streckte die Arme aus und erbot sich, den Korb zu übernehmen. Aber Grainne presste ihn an sich und schaute weg. Es gab eine kurze Pause. «Weiter», befahl Hela. Und weiter ging es, als wäre nichts geschehen.

Keiner von ihnen wusste mehr, ob Augenblicke vergangen waren oder lange Stunden, als sie das nächste Mal innehielten. Sie standen am Fuß einer Felswand, die Hela vage bekannt vorkam. Sie glich derjenigen, hinter der die Grotte lag, in der sie die letzte Nacht mit Bran verbracht hatte. Bei Odin, war es wirklich erst eine Nacht her? Es kam ihr vor, als wäre es in einem anderen Leben geschehen. Mit brennenden Lungen stand sie da und untersuchte den Fels. Kein Spalt, kein Eingang war zu finden gleich dem, durch den Bran sie dirigiert hatte. Es musste doch ein anderer Ort sein. Verflucht! Sie hieb mit der Faust auf den Stein. Dass sie sich hier auch nicht auskannte! Da fiel ihr Blick auf Gormlaith, die zusammengesunken auf dem Boden saß. Grainne kniete neben ihr und redete tröstend auf sie ein. Den Korb trug sie noch immer am Arm. Genau wie an dem Tag – Himmel, es war gestern gewesen! –, an dem Hela sie hatte in den Wäldern verschwinden sehen.

Genau!, dachte Hela, warum mühe ich mich hier eigentlich ab? Sie sind es doch, die diesen Wald kennen wie keiner sonst. Und all seine Geheimnisse dazu. Sie trat zu Grainne und kniete sich ebenfalls neben sie hin.

«Du wirst uns ab jetzt führen», sagte sie und tippte ihr an die Brust.

Die beiden Frauen schauten sie verwundert an. Beide standen sie auf, Gormlaith mit einiger Mühe und unter Husten. Ungeduldig wartete Hela, bis Grainne ihr geholfen hatte. «Ihr führt uns», wiederholte sie, wies auf die beiden, dann auf den Wald und machte eine auffordernde Geste. Als die beiden einfach nur aneinander geschmiegt dastanden, wedelte sie mit den Armen, als wollte sie sie fortscheuchen. Zögernd machte Grainne einen Schritt.

«Ja», rief Hela, «ja, ja. Geh, zeig uns den Weg, bring uns zu Bran.» Es war ihr herausgerutscht, ohne dass sie nachgedacht hätte. Aber es war richtig, sie spürte es sofort. Wenn er nicht gefangen genommen worden war, musste er bei seinen eigenen Leuten sein. Vielleicht würde man dort mehr über ihn wissen oder, falls man ihn dort ebenfalls vermisste, ihn suchen wollen. Dort fände sie Hilfe. Torvald, Hela ahnte es, würde kein offenes Ohr für ihre Wünsche mehr besitzen, er hatte andere Sorgen. Und Sigurdur ... Sie biss sich auf die Lippen. Aber sie konnte, sie konnte nicht anders. «Ja», wiederholte sie leise, «bring mich zu Bran.» Es war alles, was sie wollte.

Grainne und Gormlaith wechselten einen Blick. Dann schauten sie erst Hela an, schließlich Cliodna, die mit aufgerissenen Augen und keuchend dastand. Auch sie war blass vor Anstrengung.

Langsam, ganz langsam schüttelte Grainne schließlich den Kopf. Gormlaiths Griff an ihrem Arm zitterte, und sie legte ihre freie Hand beschwichtigend darüber. Sie sagte etwas zu der Alten, was Hela nicht verstand. Cliodna wurde rot. Noch einmal schüttelte Grainne den Kopf. Nun war sie es, die die Arme schwenkte, abwehrend, als wollte sie jemanden verjagen. Fassungslos stand Hela da.

Da hob Grainne ein Stück Holz auf und warf es. Der Scheit flog dicht an Hela vorbei und traf Cliodna an der Stirn, die aufjammerte und zu schimpfen begann. Hela stellte sich zwischen die streitenden Frauen. «Ihr vertraut mir nicht», sagte sie vorwurfsvoll zu Grainne. «Ich habe euch gerettet, ich habe mein Leben für euch eingesetzt, und ihr vertraut mir immer noch nicht.» Tränen der Wut und Enttäuschung liefen ihr über die Wangen. «Bitte», presste sie noch einmal heraus.

Durch Gormlaith ging eine Bewegung. Grainne hielt sie fest. Keine der beiden sagte ein Wort.

«Na gut», Hela nickte mit dem Kopf, «na schön.» Die Wut in ihr wuchs. «Dann seht doch zu, wie ihr alleine weiterkommt.» Sie drehte sich auf dem Absatz um, packte Cliodna an der Hand und riss sie mit sich.

Die kleine Blonde wehrte sich und zog an ihrem Arm. Sie redete ununterbrochen, während Hela sie brutal hinter sich herzog. Als sie den Namen Bran in Cliodnas Redeschwall aufschnappte, blieb die Wikingerin stehen. «Bran?», fragte sie. Die andere wies auf die beiden Frauen. Hela lachte grimmig. «Oh ja, die wissen, wo Bran ist. Aber sie wollen es uns nicht sagen.» Tatsächlich hatten sich weder Grainne noch ihre Großmutter auch nur ein bisschen bewegt. Noch immer standen sie wie Statuen am Fuß des Felsens, und Hela wusste, sie würden keinen Schritt tun, ehe sie sie nicht aus den Augen gelassen hätte. Einen Moment lang erwog sie zurückzustürmen, die beiden an den Hälsen zu packen, sie zu schütteln, sie zu bedrohen. Ihr wisst nicht, wie es ist, dachte sie. Das Herz in ihrer Brust brannte. Ihr wisst nicht, wie es ist.

Dann aber winkte sie ab, wandte sich um und befahl Cliodna, ihr zu folgen. Sie würde ihn finden. Allein.

Das letzte Feuer

Müde und verdreckt kam Hela mit ihrer Gefährtin am späten Nachmittag im Lager der Wikinger an. Der Himmel lagerte grau und bleiern über dem Meeresarm; am Horizont glomm ein Streifen von Lila, der böses Wetter verhieß, wenn er näher käme. Die Luft war schwer zu atmen und warm; die Wolken, wo sie sich voneinander lösten, sahen aus wie feuchte Wolle.

Dumpf und bedrückt war auch die Stimmung unter den Menschen. Hela begegnete keinem Blick, alle wichen ihr aus, niemand sprach sie an. Ihr war es recht. Sie hatte keinem von ihnen irgendetwas zu sagen. Zu schwer wogen ihre Enttäuschung, ihre Sorgen und das schlechte Gewissen, das sie bedrückte.

Sie wies Cliodna ihren Platz am Feuer und wollte dann aufbrechen, aber das Mädchen hielt sie am Ärmel zurück. Eifrig wies sie zu den Männern hinüber, die sich in einiger Entfernung niedergelassen hatten. Als Hela Åke unter ihnen erkannte, verstand sie endlich, was Cliodna wollte. Sie rief den Dolmetscher zu sich. Er kam nur widerwillig. Hab dich nicht so, dachte Hela, ich kann dich auch nicht leiden. Sie erinnerte sich an die Art, in der er bei Libran nach ihrer Freundin gefragt hatte, seinen Unwillen, Unde auch nur zu erwähnen, und musste ein bitteres Gefühl unterdrücken. Sie brauchte ihn, wenn sie mit Cliodna sprechen wollte. Und das wollte sie unbedingt. Vielleicht konnte die Kleine etwas Licht in diese ganze dunkle Angelegenheit bringen.

«Ich heiße Cliodna», begann das Mädchen schüchtern und schlug die Augen nieder. Hela dachte daran, wie sie Connor mit einem Dolch getrotzt hatte, und stieß sie ungeduldig in die Rippen. Sie sollte sich nicht so zieren, sie war nicht aus Blumen gemacht. Cliodnas Augen funkelten kurz, dann schlug sie die Wimpern wieder nieder. «Ich bin eine Verwandte Librans», waren ihre nächsten Worte. Als Åke sie übersetzt hatte, strich er sich über den Bart. Dann hieß er jemanden, Torvald zu rufen. Mit mehr Konzentration übersetzte er daraufhin das, was Cliodna weiter zu sagen hatte.

«Die dunkle Frau, die ihr Unde nennt», begann sie, «kam gestern Abend in unser Dorf. Ich sah sie, als ich an den Hütteneingang trat.» Sie ahmte die Geste des Vorhangbeiseiteschiebens nach. «Es war noch nicht dunkel. Alle konnten sie gut sehen. Aber keiner wollte sie sehen. Alle blieben in ihren Hütten.»

Hela dachte an ihren eigenen ersten Besuch im Dorf. Auch da war es ihr seltsam still erschienen. Niemand hatte sich ihr zeigen wollen, obwohl sie die Augen gespürt hatte, die auf sie gerichtet waren, ohne Sympathie. Sie wusste, wie Unde sich gefühlt haben musste. «Warum?», fragte sie.

Erstaunt schaute Cliodna sie an. «Ihr seid Heiden», sagte sie, als wäre das das Selbstverständlichste von der Welt. «Seit Jahren kommt ihr nur an unsere Küsten, um zu morden und Sklaven zu nehmen.» Sie zuckte mit den Schultern.

«Weiter», kommandierte Hela. «Was geschah dann?»

Cliodna musste eine Weile überlegen, bis sie den Faden wieder fand. «Die schwarze Frau ...»

«Unde», unterbrach Hela sie scharf.

«Unde», wiederholte Cliodna gehorsam. «Sie ging über den Dorfplatz. Ein paar Kinder liefen aufgescheucht davon. Eines warf mit etwas nach ihr. Sie schien es nicht übel zu nehmen, sie hob es auf und warf es zurück. Es war wohl nur eine Eichel.» Sie hielt inne und starrte auf den Boden, als erstünde die Szene dort erneut vor ihr. «Sie pfiff, glaube ich, vor sich hin, ging zu dem Baum, dem, der heute gefällt wurde.» Das Mädchen schaute Hela von unten an, und die begriff, dass zwischen den beiden Vorfällen ein Zusammenhang bestand. «Sie betastete die Zähne in der Rinde, und ich hörte, wie meine Tante hinter mir etwas Gehässiges sagte: Dass die Heiden von den heidnischen Zaubern angezogen würden.» Sie schniefte. «Dann passierte es.»

«Was?», drängte Hela, da das Mädchen verstummte, um Torvald und Holmsten zu betrachten, die zu ihnen getreten waren. Der Jüngere wurde rot, als er Cliodnas Blick auffing. Dann sprach sie weiter. «Brigit kam aus ihrer Hütte; sie hatte die ... sie hatte Unde wohl nicht bemerkt. Sie war hochschwanger und mit den Gedanken immer schon bei dem Tag, da sie gebären würde.» Åke übersetzte und räusperte sich, aber keiner schenkte ihm Beachtung. «Sie schrie, Brigit, meine ich, schrie wie am Spieß, als sie die andere sah. Sie ließ ihren Korb fallen, dass sich alle Linsen, die darin waren, rasselnd auf den Boden ergossen, und schlang die Arme um ihren Bauch. Dann schloss sie die Augen. Es heißt», wandte sie sich erklärend an Torvald, «dass eine Schwangere gebiert, was sie sieht. Einmal hat bei uns ...» Torvald errötete leicht und winkte ab. Er kannte die Geschichten ebenfalls, von Säuglingen mit Wolfsfell, deren Mütter im Wald erschreckt worden waren, und fand sie unheimlich genug. Weiter, hieß seine Geste.

Cliodna gehorchte. «Ihre Schreie holten die Leute aus den Hütten. Ein paar führten Brigit nach Hause, die immer noch außer sich war, andere umringten die Fremde.» Der Name Unde wollte nicht mehr über ihre Lippen. «Sie redeten erst auf sie ein, dann schrien sie sie an und gestikulierten wild. Ich sah, dass die Frau fortwollte, aber man hielt sie fest. Da stieß sie mit ihrem Speer zu und traf auch einen der Männer. Die anderen entwanden ihr die Waffe. Ich glaube, sie wollten sie nur fesseln oder festhalten, vielleicht wegbringen, irgendwie.» Cliodna begann zu stocken. «Aber da kamen die Weiber aus dem Haus und schrien, dass Brigit blute, schlimm blute, und dass man Gormlaith rufen solle, auch wenn sie wenig Hoffnung hätten. Da glaube ich begannen sie, ihr wehzutun.»

Hela stöhnte auf. Cliodnas Stimme und Åkes tonlose Übersetzung verschmolzen zu einem Teppich von Lauten, der sich über ihre Ohren legte und alles in ein dumpfes Rauschen verwandelte. Sie schloss ihre Augen, aber dann sah sie nur noch deutlicher, wie ein immer größer werdender Mob sich um Unde schloss, wie Bienen um einen Wabenräuber, in dicken Klumpen, mörderisch summend, und wie Schlag auf Schlag auf sie niederging. Wie Hände ganze Büschel ihrer Haare ausrissen, jemand ihren Ohrring packte und heftig daran zog, bis das Blut spritzte, wie schließlich eine Klinge ihre Speerhand abhieb, die daraufhin zu Boden fiel, und dann das Taumeln, das Sinken unter die Tritte, die Bisse, die zu Krallen gewordenen Hände, bis nichts mehr übrig war als der zerfetzte Rest, den sie gefunden hatten. Was die Dörfler nicht getan hatten, das erledigten in der Nacht die Schweine.

«Das Kind ist am Morgen gestorben.» Cliodna verstummte.

«Das ist nicht Undes Schuld», begehrte Hela gegen die Stille auf. Niemand antwortete ihr.

«Wer bist du?», fragte Torvald schließlich. «Und was tust du hier?»

Cliodna strich ihr wirres Haar zurück. «Ich bin die Tochter von Librans Bruder und seine Erbin», sagte sie nicht ohne Stolz. Dann runzelte sie die Stirn. «Mein Onkel ist nun für mich verantwortlich. Schon zweimal hat er mich verlobt und den Bund wieder gelöst, weil es ihm vorteilhaft erschien.» Ihre Miene wurde immer düsterer. «Er hält mich in seinem Haus wie eine Sklavin und will mir verweigern, die Ländereien zu verkaufen, die mir gehören.» Sie krauste die Nase. «Er will sie lieber einem Mann geben und ihn damit an sich binden.»

Torvald neigte den Kopf. Er hörte all dies nicht ohne Wohlgefallen. Sein erster Gedanke, als er die Irin gesehen hatte, war ein Fluch gewesen. So knapp waren sie einem Kampf mit den Iren entronnen, so mühsam der Frieden wiederhergestellt nach den Aufregungen des Tages, dass er keine Lust auf weitere Komplikationen verspürte. Aber eine Nichte Librans, mit Ländereien, das war unter Umständen eine Lösung, die Zukunft versprach. So jemand stellte eine gute Geisel dar, und wer weiß, vielleicht war sogar ein dauerhafteres Band denkbar. Schließlich hatte er einen Sohn.

«Es ist gut», sagte er daher, ungewöhnlich mild, und gab Anweisung, sie mit einer Decke, Met und etwas Fleisch zu versorgen. «Du kannst neben Hela liegen», sagte er und wandte sich an die Wikingerin. Doch Hela war verschwunden.

«Sigurdur!» Mehr sagte sie nicht, als sie an seine Seite trat.

Der Isländer wandte sich nicht um. Er starrte in die Flammen, die hell in den dunkler werdenden Himmel schlugen und deren Licht auch Hela angezogen hatte. Der Scheiterhaufen für Unde war nicht groß und unregelmäßig geschichtet. Es war alles, was er alleine in der kurzen Zeit hatte tun können. Die Leiche seiner Geliebten lag kerzengerade darauf. Hela spürte, wie ihr die Tränen über die Wangen liefen, als sie es sah. Sigurdur hatte den geschändeten Körper gewaschen und gerichtet, alle Glieder wieder an ihren Platz gelegt, sie sogar in ein sauberes Gewand gehüllt. Nichts war mehr von dem schändlichen Tierfraß zu erkennen, sogar ein paar ihrer Gesichtszüge waren wieder zum Vorschein gekommen unter der dicken Schicht aus Blut und Schmutz. Nur die zerdrückte Form des Kopfes war nicht zu verändern gewesen. Hela stellte sich vor, wie Sigurdur all dies getan hatte, traurig, gegen die Übelkeit kämpfend. Und allein. Sie war nicht bei ihm gewesen.

Schüchtern suchte sie seine Hand und hoffte, er würde sie nicht zurückweisen. Erleichterung durchflutete sie, als sie tatsächlich den Griff seiner Finger spürte. Zum ersten Mal, seit Hela ihn kannte, waren sie eiskalt.

«Du musst dich nicht entschuldigen», sagte Sigurdur. Seine Stimme war rau. «Du hast getan, was du musstest. Ich habe getan, was ich musste. Aber es war nicht genug.»

Entsetzt schüttelte Hela den Kopf. «Du hättest sie nicht retten können», sagte sie. «Keiner von uns hätte das gekonnt. Sie hatte selbst entschieden, in das Dorf zu gehen.» Und sie hoffte, dass sie die Wahrheit sagte. Was sie, Hela, hätte tun können, das stand in den Sternen, denn sie war nicht da gewesen, war fort gewesen und möglicherweise so glücklich wie noch nie in ihrem Leben, genau in dem Moment, in dem Unde ihr Martyrium erlitt. Sie unterdrückte ein Schluchzen.

Aber Sigurdur schüttelte heftig den Kopf. Es war nicht das, was er gemeint hatte. «Ich habe nicht genug getan», murmelte er, «habe nie genug getan.» Stöhnend schlug er sich die Hände vor das Gesicht. «Ich habe sie nicht geliebt», sagte er.

Hela stand eine Weile steif da. Sie spürte, wie sie wankte. «Aber ...», flüsterte sie und verstand nicht, oder doch, sie verstand, ganz plötzlich, nur zu gut.

«Sie hat mich gerettet.» Sigurdurs Stimme war kaum mehr als ein Flüstern. «Ihr hattet mich gerettet, und ich spürte, dass unsere Leben auf irgendeine Weise miteinander verbunden waren durch diesen, diesen Schlund.» Er hielt inne, um Kräfte zu sammeln. «Ich spürte, wie Unde mich ansah, Hela, sie war so verwundet und allein.»

Hela nickte. «Da hast du dich von ihr lieben lassen.»

«Es ist nicht so, dass ich sie nicht mochte», versuchte er, sich zu wehren. «Und ich wäre ihr ein guter Mann gewesen. Ich schwöre dir, sie hätte es nie gemerkt. Aber ich wusste es.»

Hela nickte, langsam. Hatte sie selbst es gespürt? Nein, da war nicht mehr gewesen als das Staunen darüber, dass zwei scheinbar so verschiedene Temperamente zueinander gefunden hatten. Und Erleichterung, dass etwas, was auch Teil ihres Lebens gewesen war, sich so harmonisch gefügt hatte. Nicht viele Dinge hatten das bis dahin getan.

Sigurdur lachte bitter auf. «Ich glaube, der einzige Mensch außer mir, der das Geheimnis kannte, war die alte Hexe von der Insel, die Björn als Sklavin genommen hatte. Erinnerst du dich an die alte Frau?»

Hela überlegte und verneinte. Aber Sigurdur war es, als stünde sie noch immer vor ihm. Wie seltsam sie ihn angesehen hatte, als blicke sie ihm ins Innerste. Dieses Mitleid in ihren Augen. Und das seltsame Kauderwelsch, das sie gesprochen hatte. Schade, dass er nichts davon verstanden hatte. Er konnte sich kaum mehr das Wort ins Gedächtnis rufen, das sie zuletzt gesagt hatte.

«Ich habe sie nicht geliebt», wiederholte er abschließend, als wäre damit alles, seine Schuld und sein Vergehen, umfassend benannt.

Hela umarmte ihn. «Du hast getan, was du konntest», sagte sie leise. «Und glaub mir, sie war glücklich.»

Das Holz vor ihnen brach krachend zusammen, Funken stoben auf, die Flammen leckten höher empor. Undes Gestalt verrutschte, sank zwischen die Scheite, verlor ihre Umrisse und verschwand, während Hela und Sigurdur darauf starrten, Stück für Stück aus dieser Welt. Als alles heruntergebrannt war, vergruben sie die Knochen am Ufer und streuten die Asche ins Meer.

Die übrigen Wikinger verfolgten es aus der Ferne. Als die Glut erlosch, wandten sie sich ihrem Abendessen zu. Cliodna nahm neben Holmsten Platz. Aufmerksam betrachtete sie ihn, so intensiv, dass ihm heiß wurde vor Wut und Scham. Schließlich, zu seiner unendlichen Überraschung, hob sie die Hand und tippte an seine Narben. «Gott hat dich berührt», sagte sie.

Staunend reichte Torvald ihr ein Stück Fleisch.

Neues Leben

Die Wikinger hatten gerodet, und sie hatten gesät. Die Färsen hatten geworfen, das Jungvieh gedieh prächtig, und der Giebel des zweiten Langhauses sollte sich bald schon erheben. Es gab Arbeit im Übermaß, aber auch Zuversicht und Lebenslust. Und am Tag nach Undes Begräbnis schulterten alle wie immer ihre Hacken, um sich auf die Felder zu begeben. Die Wachen blieben pfeifend zurück und machten sich an die noch anstehende Zimmermannsarbeit, während einige ins Schilf gingen, um dort zu schneiden, was ihr künftiges Dach werden sollte. Holmsten und Cliodna waren unter ihnen.

Zwei Tage hatte Hela sich auf ihrem Lager zusammengerollt und das Treiben um sich herum ignoriert. Am dritten sah sie die Spitzen von Torvalds Schuhen vor ihrer Nase. «Es ist Zeit», sagte er und ließ eine Sichel fallen. «Du kannst Cliodna mit dem Schilf helfen. Sie kennt sich damit am besten aus.» Daheim pflegten sie ihre Häuser mit Moos und Steinen zu decken. Doch hier hielt man es anders, und Torvald hatte beschlossen, es mit der neuen Technik zu versuchen, die den hier häufigen Regen vermutlich besser abhielte als ihre eigene.

«Also», fügte er hinzu. Es war keine Frage.

Hela setzte sich auf. Wütend starrte sie zu ihm hoch. «Hast du das Thing schon einberufen?», fragte sie. «Ist Libran bestellt? Hast du über das Blutgeld verhandelt?»

Torvald starrte sie an, in seinem Gesicht zuckte es. «Das hatten wir doch nun schon tausend Mal, Hela.» Er kaute auf seinem Schnurrbart herum. «Es wird keine Blutgeldforderung geben.» Zuerst hatte er es erwogen. Aber in der Tat, es war schwierig. Blutgeld konnte nur eine Familie einfordern, und Unde besaß keine unter den Wikingern. Sie war keinem Stamm verwandt, und Sigurdur, der als ihr Gefährte galt, wenngleich keine Zeremonie stattgefunden hatte, war ebenfalls ein Fremder, den nur wenige unterstützen würden. Torvald kam zu dem Schluss, dass die anderen es kaum akzeptiert hätten, wenn er ein Thing hätte einberufen wollen.

«Sie ist keine von uns», hatte er Hela zu erklären versucht.

Die hatte leidenschaftlich protestiert. «Sie war meine Schwester.»

Torvald hatte gelacht. «Das hätte deine Mutter aber überrascht, schätze ich.» Schwester, was für ein Unfug! Allein schon die Hautfarbe machte es zu einem Witz. Inzwischen konnte er nicht mehr darüber lachen. Er schüttelte den Kopf. Nein, jetzt war Schluss, ein für alle Mal. Hela räkelte sich demonstrativ. «Schön», sagte sie, «du wirst sehen, wie viel Respekt Libran vor Männern hat, die sich ungestraft ihre Frauen erschlagen lassen.» Sie stand auf und nahm die Sichel.

Ihr Argument berührte eine Seite in Torvald. «Sie war keine von uns», wiederholte er mechanisch. Dennoch war sein Ehrgefühl gekitzelt. Er fragte sich, ob die Kelten es so sehen würden. Aber Libran hatte sich als sehr nachgiebig erwiesen, fast unterwürfig. Der Leichnam war von zwei Iren zu ihrem Lager getragen worden, zwei Kühe waren gefolgt, als Dreingabe. Und der lang geführte Streit um eine Hangseite, die die Wikinger beanspruchten, um sie zu roden, war am gestrigen Tage wie von Geisterhand gelöst worden; Libran hatte nachgegeben. Für ein Frühlingsfest, das bald in Aussicht stand und irgendeinem Heiligen geweiht war, dessen Namen sich Torvald nicht merken konnte, war bereits eine Einladung an sie ergangen, zum Festbankett zu erscheinen. Torvald hatte sie angenommen. Nein, es gab nichts auszusetzen an Librans Respekt ihm gegenüber. Der Anführer der Wikinger verdrängte das unangenehme Gefühl. Er war für mehr als nur eine Frau verantwortlich; in seinen Händen lag das Wohl der ganzen Gemeinschaft. Bald würde das Schiff ablegen, um ihre Familien nachzuholen, ein Trupp Männer war schon an der Küste gewesen, um dort einen Steinhaufen zu errichten, die vorderste Platte graviert mit dem Zeichen der speienden Schlange, damit sie auch sicher zurück in ihr neues Zuhause fänden und damit das Meer, das sie hergebracht hatte, und jeder, der darauf reiste, erfuhr, wem die Küste künftig gehörte.

«Also», wiederholte er nun drohender und war erleichtert, als sie ohne weitere Widerworte ging. Tatsächlich war er mehr als froh. Zwar hatten sie nie offen darüber gesprochen, dass Holmsten und sie ein Paar waren, aber ausgemacht gewesen war es auf gewisse Weise doch. Und Torvald war nicht ganz wohl dabei, dass sein Sohn nun ganz offen mit Cliodna flirtete, obwohl ihm die Sache alles andere als missfiel. Eine Frau aus der Gegend, mit Land und einem einflussreichen Namen war genau das, was Holmsten als seinem Nachfolger hier Gewicht geben konnte. Es würde die Parteien versöhnen, ihre Autorität begründen, ihren Reichtum mehren. Und ihm eine Schwiegertochter ersparen, die sich als mehr als widerspenstig erwiesen hatte. Torvald sah Hela nach. Sicher, sie hatte Holmsten das Leben gerettet. Aber seines hatte sie schwieriger gemacht. Dennoch würde er sie weiter respektieren, falls sie sich fügte und falls sie, er dachte mit Schaudern daran, ihre seltsame Macht nicht gegen ihn wandte. Dass sie es konnte, bezweifelte er nicht. Andererseits, was sollte schon geschehen, beruhigte er sich und sog den wohligen Geruch nach Milch, Vieh, Mist und Erde ein, der dem Lager entströmte. Torvald blinzelte in die Sonne, die sein Getreide jeden Tag ein wenig mehr reifen ließ.

Missmutig schlenderte Hela in den Schilfgürtel, dessen wispernde Halme bald über ihrem Kopf zusammenschlugen. Ein Entenpaar flog schnatternd vor ihr auf, Frösche quakten in den sumpfigen Lachen, die sie vorsichtig umging. Es raschelte geheimnisvoll, und einen Moment musste sie an jenes andere Ried denken, fern an der afrikanischen Küste, in dem giftige Schlangen auf sie gelauert hatten und eine hässliche Erfahrung.

Hela setzte ihre Schritte vorsichtig. Doch hier schien nichts Gefährlicheres auf sie zu warten als eine Wolke von Moskitos, die dichter wurde, je weiter sie sich vorarbeitete und je stärker sie dabei schwitzte. Immer öfter musste Hela sich ins Gesicht und auf den Hals schlagen, und bald waren ihre Hände von den scharfen Halmen zerschnitten, und ihre Haut juckte von den Stichen. Sie machte eine Pause, um sich ans Wasser vorzutasten und sich zu kühlen. Bald konnte sie das Schwappen der Wellen hören. Da war aber auch noch etwas anderes zu vernehmen, Stimmen. Hela hielt inne.

Eine Frau sprach, leise, überlagert vom Murmeln eines Mannes, sodass keiner von beiden zu verstehen war. Unwillkürlich neigte Hela sich vor; ihr stockte der Atem. Vorsichtig teilte sie mit den Händen das Schilf, dort, zwischen den senkrechten Strichen der Halme, einem durchsichtigen Vorhang gleich, sah sie die Umrisse zweier Menschen.

«... waren sogar schon nachts in unserem Lager», hörte sie eine vertraute Stimme. Das war Holmsten, der da redete. So leise sie konnte, setzte Hela ihren Fuß auf die knotigen Graswurzeln und zwängte sich näher. Die Rispen über ihrem Kopf schwankten, aber das schien keinem der Belauschten aufzufallen, die wie in einem Nest lagerten, das sie aus dem Schilf getreten hatten, um sich ein wenig auszuruhen. Hela erkannte Cliodna. Sie saß da und tändelte mit einem langen Halm, der Holmsten an der Nase kitzelte.

Der Junge lag auf dem Rücken, die Arme hinter dem Kopf verschränkt. Etwas abseits entdeckte sie nun auch Åke, die Hände um die Knie geschlungen. Er übersetzte, was das Mädchen erzählte, so eifrig und rasch, wie es sonst selten seine Art war.

«Sie rauben Korn und Vieh und Menschen», erklärte er. «Solange sie da sind, wird es niemals Frieden geben.» Holmsten stemmte sich auf den Ellenbogen hoch, um besser zuhören zu können. «Und sie üben blutige Riten.» Åkes Stimme begann, kurzatmig zu klingen.

In Hela wuchs der Ärger. «Das ist eine Lüge», rief sie und trat aus ihrem Versteck, errötend, weil sie sich als Lauscherin offenbart hatte, aber auch, weil sie vor Ärger kochte. «Bran würde so etwas niemals tun.»

«Wer ist denn Bran?», fragte Åke verwirrt und schaute herum.

Holmsten stieß einen ärgerlichen Laut aus und warf sich auf sein Lager zurück.

Cliodna war es, die antwortete. «Er ist der Anführer», erklärte sie, «ein gefährlicher Zauberer, ein Dieb und ein Mörder.»

«Niemals», rief Hela. «Nichts davon ist wahr.» Sie machte Miene, sich auf Cliodna zu stürzen, die mit einem überraschten Quieken bei Holmsten Schutz suchte.

Der stellte sich zwischen die beiden Frauen. «Cliodna ist keine Lügnerin», erklärte er und fügte gehässig hinzu: «Alles, was du von diesem Mann weißt, ist doch wohl, wie er gebaut ist.»

Hela hob die Faust, um sie mit Wucht auf seiner Nase zu platzieren. Åke fing ihren Arm allerdings rechtzeitig ab und hielt ihn fest. Wütend machte Hela sich frei.

«Ach», giftete Holmsten derweil. «Erst ruinierst du mir die eine Hälfte meines Gesichts, und dann willst du auch noch die andere zerstören.»

Hela blieb vor Ärger der Atem weg. «Dein Gesicht

hast du durch deine eigene Dummheit verloren», japste sie. «Und immerhin sprichst du hier von dem Mann, der dein Leben verschont hat. Darüber solltest du mal nachdenken.»

Holmsten schnaubte abfällig durch die Nase. «Ach der ... Der hat bloß Glück gehabt. Das nächste Mal schlitze ich ihn auf. Wenn er nicht gerade zu beschäftigt ist damit, dich zu besteigen.»

Erneut ging Hela auf ihn los. Åke und Cliodna mussten sich mit vereinten Kräften dazwischenwerfen, und eine Weile rangelten sie zu viert ziellos umher, bis sie schließlich schwer atmend voneinander abließen.

«Wirklich, Hela», sagte Cliodna, die als Erste wieder zu sprechen begann. Ihre Augen, fiel es Hela auf, leuchteten inmitten des Grases noch grüner als sonst. Und ihre Stimme war sanft. «Er ist ein gefährlicher Mann, du kennst ihn nicht. Er kann Menschen lenken, mit seiner Stimme und mit seinen Augen. Wie ein Geist.»

Hela wurde rot. Ja, das konnte er, es war nicht zu leugnen; sie wusste, dass Bran es bei ihr versucht hatte. Aber es war ihm nicht gelungen. Sie musste lächeln, als sie daran dachte. Alles, was geschehen war, hatte sie danach aus freiem Willen getan, da war sie sich ganz sicher.

Irritiert runzelte Cliodna die Stirn, als sie Helas amüsierte Miene sah. Sie warf erst Holmsten, dann Åke einen besorgten Blick zu. Hatte er auch richtig übersetzt? Doch der hob nur hilflos die Schultern. Da fasste Cliodna nach Helas Hand.

«Hela», sagte sie, langsam und eindringlich, «es geschehen schlimme Dinge in diesem Wald.»

Sie verzog das Gesicht, als Hela sich ihr entzog. Dennoch fuhr sie fort. «Er ist eine Gefahr. Und ich fürchte», sie legte die Hand auf ihr Herz, «ich fürchte mich wirklich für Gormlaith und Grainne.»

Hela, die die Namen erkannte, horchte auf, noch ehe

Åke mit der Übersetzung fertig war. «Gormlaith?», sagte sie. «Was ist mit ihr?»

Cliodna zog ein mitleidiges Gesicht, lächelte dann traurig und schüttelte den Kopf. Sie hob die Hand, als wollte sie Hela über die Wange streicheln, ließ es dann aber bleiben. «Ich weiß», sagte sie, «du hast das Beste für sie gewollt, aber ...» Sie brach ab und wandte sich abrupt wieder ihrer Arbeit zu.

«Aber was?», fragte Hela scharf. «Was?» Sie erhielt keine Antwort. Die beiden Männer warfen ihr nur tadelnde Blicke zu und nahmen ebenfalls die Arbeit wieder auf. Für eine Weile war nichts zu hören als das schneidende Geräusch der Sicheln und der schwere Atem gebückter Menschen.

«Verdammte Heuchler», rief Hela und ließ sie allein. Es war doch wahr, dachte sie und stampfte bei jedem Schritt. Sie waren doch schließlich diejenigen gewesen, die Gormlaith hatten töten wollen. Zurück an ihrer eigenen Schneidstätte, stürzte sie sich mit Furor in die Arbeit. Sie hackte wie eine Wilde auf die widerspenstigen Stiele ein, die zwischen ihren Fingern zersplitterten. «Verdammt!» Mit aller Kraft riss sie an den Halmen und schob die Finger in den Mund, als sie zu bluten begannen. Doch weder die Anstrengung noch der Schmerz vermochten die unangenehmen Gedanken aus ihrem Kopf zu vertreiben, die dort so beständig vor sich hinsummten wie die Mücken über ihre Haut. Was wusste sie von Bran?, fragte Hela sich.

Alles, rief es leidenschaftlich in ihr. Alles, was ein Mensch von einem anderen wissen kann. Nichts, meldete sich eine andere, kleinlautere Stimme. Sie hatten ja kaum drei Worte miteinander gewechselt. Das war auch nicht nötig, befand Hela voller Trotz. Aber ... Wieder dieses Aber. Hätte sie über Goldar in den ersten Tagen, den ersten Stunden nicht dasselbe gesagt? Die Überlegung schnitt tiefer als das Schilf. Und Hela konnte nicht umhin, an Gormlaith zu denken, sah ihr auf einmal so uraltes, erschöpftes Gesicht dort im Wald vor sich. Sie hatte sie zur Flucht getrieben, sie hatte sie in den Wald gezerrt und zu Bran gejagt. Wenn sie nun einen Fehler gemacht hatte?

Fröhliches Hundegebell weckte sie aus diesen trüben Gedanken. «Wolf!», rief Hela und umarmte ihn. Mit beiden Händen fuhr sie durch sein struppiges, aber wohlgenährtes Fell. Er war am Leben, es ging ihm gut. Bei Odin, sie hatte ihn beinahe vergessen! Tränen traten ihr in die Augen, als er ihr Gesicht leckte. «Du bist nicht tot», seufzte sie und gab ihm einen Stoß. «Einfach so zu verschwinden, du Rumtreiber. Wo bist du nur gewesen?»

Im selben Moment wusste sie die Antwort.

«Wolf.» Sie flüsterte nun. Mit einem Mal war ihr klar, welch ein Geheimnis sie hier besaß, was für einen Schlüssel. Auf keinen Fall durften die anderen davon erfahren. «Ist ja gut, mein Bester, scht, scht.» Hastig versuchte sie, seine Freudenausbrüche zu dämpfen und ihn zur Ruhe zu bringen. Sie lauschte ins Schilf, doch von den anderen war nichts mehr zu hören. Wolf winselte, als er ihre Unruhe spürte. Hela zwang sich zu Gleichmut. Sie griff mit den Fingern in seinen Nacken und mit den Gedanken hinein in seinen Kopf, diesen bunten Wirbel aus Gerüchen, Fährten, Emotionen, den sie beinahe so gut kannte wie sich selbst. Etwas ließ sie plötzlich zurückfahren. Was war das? Vorsichtig tastete sie danach, näherte sich dem Unbekannten und erschauerte. Es war ein Ruf, sie konnte ihn hören, so deutlich, wie sie Bran vor sich sah. Hela war so verblüfft, dass sie stolperte und sich auf ihren Hintern setzte. Konnte das sein? War das möglich? Besaß auch er diese selbe, verfluchte Gabe? Und wie konnte er so wunderbare Dinge damit tun? Wolf saß hechelnd da und sah sie an mit seinen seelenvollen braunen Augen, so vertraut und verständig wie immer. Hela nahm sein Gesicht in ihre Hände. Er blaffte und suchte ihr mit der Zunge über das Gesicht zu fahren. Nein, entschied sie, da war nichts. Nur ihr Hund.

Aber das war mehr als genug. «Komm, mein Alter», sagte sie leise. «Bring mich zu Bran.» Das Schilf schloss sich hinter ihnen.

Im Wald der fremden Götter

Zu Helas Freude schien Wolf in der Tat genau zu wissen, wohin er wollte. Er führte sie tief in den Wald, quer durchs Unterholz, auf Wegen, die sie nie zuvor gegangen war. Bald gelangte sie auf den ersten bewaldeten Hügel. Tief unter sich sah sie das Lager der Wikinger, in dem die Umrisse der Langhäuser sich nun schon deutlich abzeichneten. Sie sah auch die Kreise im Schilf, wo sie vor kurzem selbst noch gewesen war, und die wuselnden Gestalten am Strand ringsum. Eine Person stand abseits, nahe der «Drachenmaul», die auf den Strand gezogen worden war. Der Anblick versetzte Hela einen Stich ins Herz. Dort war Sigurdur an der Arbeit. Verbissen werkelte er Tag und Nacht, um das Schiff zu reinigen, zu reparieren und nach der Ruhepause wieder seetauglich zu bekommen. Er schlief sogar auf den Planken. Und er hatte die Absicht mitzufahren, um nicht wiederzukehren. Hela glaubte, sein silberhelles Haar in der leichten Brise, die aufgekommen war, flattern zu sehen, aber sie war nicht sicher. Hinter ihr blaffte auffordernd Wolf. Mit einem Seufzer wandte sie sich ab.

Ihren Speer als Spazierstock verwendend, kam Hela auch beim Klettern gut voran, auch wenn das Schwert ihr gegen die Knie schlug, wann immer sie größere Felsstufen zu überwinden hatte. Vor einer hohen Wand dachte sie erneut, die Höhle gefunden zu haben, die ihr und Bran in jener Nacht als Zuflucht gedient hatte. Für einen Moment fürchtete sie, Wolf würde nichts weiter tun, als sie an ihr erkaltetes Liebeslager zu führen, wo noch immer Brans Blut auf dem Boden trocknete. Und sie verfluchte sich dafür, dass sie am Morgen danach so kopflos durch den Wald gerannt war, wie eine Flüchtende, und sich den Weg zu dieser Stätte nicht eingeprägt hatte. Ein Wunder war es gewesen, dass sie überhaupt ins Dorf zurückgefunden hatte, erlangt durch mehr Glück als Verstand. Damals war sie außer sich gewesen, doch diesmal, schwor Hela sich, würde sie ihren Kopf gebrauchen. Trotzdem konnte sie nicht verhindern, dass ihr Herz beim Anblick des Felsens klopfte.

Wieder aber war es falscher Alarm. Es gab keine Schlucht, keinen Eingang. Wolf führte sie an der Wand vorbei, in eine Senke und über einen Bach, dessen Lauf, wie Hela glaubte, auf das Dorf zuführen musste. Aber sicher war sie nicht. Danach ging es wieder aufwärts. Und die Wikingerin umfasste ergeben ihren Stab.

Zwei Stunden später sprang auch Wolf nicht mehr so munter herum wie am Beginn ihrer Wanderung. Mit hängender Zunge stand er über einem schmalen Wasserlauf und schlappte das kühle Nass in sich hinein. Hela kniete sich neben ihn, um sich das Gesicht zu kühlen. Für einen Moment, ehe sie die Hand eintauchte, sah sie ihr Spiegelbild in dem stillen Wasser, und einen Wimpernschlag lang glaubte sie, daneben ein anderes Gesicht zu erkennen. Sie schreckte zurück und stieß gegen Wolf, der protestierend aufjaulte.

Hela schalt sich einen Dummkopf. Erneut blickte sie ins Wasser, das hinter ihren Zügen nun nichts mehr wiedergab als die Wipfel der Bäume und das Mosaik des Himmels über dem Blattwerk. Was immer sie gesehen hatte, musste dort oben stecken. Konnte es sein?, fragte sie sich und verneinte bereits, während sie noch den Kopf drehte. Welche Wesen sollten schon in Bäumen hausen? Sie ermahnte sich zu mehr Besonnenheit, derweil ihre Augen über das Astwerk wanderten. Dann griff sie nach Wolf.

«Das ist ja unglaublich», flüsterte sie. Dort drüben, nicht

über dem Bach, ein paar Bäume weiter erst, schwebte eine Hütte. Hoch über den ersten Ästen ragte ihr Dach auf, beinahe unter den Wipfeln. Wie kam sie dorthin? «Odin, das ist Zauberei», murmelte Hela und legte die Hand auf ihr klopfendes Herz. In ihrem Kopf drehte sich alles. Es dauerte eine ganze Weile, ehe sie wieder klar sehen konnte und bemerkte, dass die Hütte keinesfalls in der Luft schwebte, sondern auf einer Plattform stand, die wiederum auf einer Astgabel verankert war.

Aber dennoch, ein Haus, so hoch über dem Boden, es grenzte an ein Wunder. Hela suchte nach einer Leiter und entdeckte schließlich Seile, die offenbar nach Bedarf hinabgelassen werden konnten. An einem hing etwas wie eine Schaukel und verriet, dass wohl nicht alle der geheimnisvollen Bewohner gute Kletterer waren. Nun erkannte sie auch eine Brücke aus Zweigen und Seilen, die hinter der Hütte im Laubwerk verschwand. Hela neigte den Kopf. Sollte etwa ... Ja, dort war eine weitere Hütte, und noch eine, und noch eine. Ein ganzes Dorf war dort, friedlich an die Stämme geschmiegt. Und nun roch sie auch den Rauch.

Wolf blaffte. Hela wollte ihm die Schnauze zuhalten. Zu spät nahm sie das Geräusch wahr, auf das der Hund reagiert hatte. Im dichten Laub über ihr raschelte es. Erst wurden baumelnde Füße sichtbar, dann ein nackter Bauch, schließlich landete ein Mann neben ihr auf dem Boden. Ein Koboldgesicht grinste sie an, überzogen von schmutzigen Striemen und gesäumt von schwarzen Ponyfransen.

«Willkommen, Wikingerfrau», sagte die Gestalt. «Ich bin Finn, der Weitgereiste.» Er sagte es in ihrer Sprache.

Aber Helas Bedarf zu staunen war für diesen Tag gedeckt. Ohne zu zögern, zog sie ihr Schwert und setzte ihm die Spitze auf die Brust, ehe er mit der Axt, die er hinter dem Rücken gehalten hatte, auch nur ausholen konnte.

«Eine Bewegung», knurrte sie. «Und du bist tot. Bring mich zu Bran.»

Finn lächelte breit, als hätte sie ihm ein Kompliment gemacht. Langsam hob er die Hände. «Seltsam», stieß er zwischen zusammengebissenen Zähnen hervor. «Genau das wollte ich auch eben vorschlagen.»

Hela wandte nur kurz die Augen ab, um ihren Gürtel zu lösen und ihn damit zu fesseln, da sprang Finn noch einmal vor. Es gelang ihm, ihre Schwerthand zu packen und so zu verdrehen, dass sie mit einem Schrei die Waffe fallen ließ. Während sie sich noch das schmerzende Gelenk rieb, kickte er die Klinge aus ihrer Reichweite. Hektisch schaute Hela sich um. Da stand Finn direkt vor ihr, riss mit Triumphgeschrei die Axt hoch und ging auf sie los.

Die grosse Suche

Zweifelnd schaute Vala sich zwischen den abgerissenen Hütten um. Der Schlamm auf den mit Unrat bedeckten Gassen war getrocknet, doch er stank noch immer. Die moosbedeckten Dächer gähnten voller Löcher in den Himmel und ließen die schwarzen, fauligen Dachsparren erkennen. Einzig der Rauch, der aus allen Ritzen kroch, verriet, dass in den Ruinen Menschen hausten. Tatsächlich wuselten sie über die Stätte der Vernichtung, sammelten Trümmer, hämmerten, sägten und schleppten, ohne sich um ihre Umgebung zu kümmern. Drei Drachenschiffe dümpelten im seichten Wasser nahe dem Ufer, an dem nur noch einige geborstene Planken an den vormaligen Landesteg erinnerten.

«Das ist tatsächlich Dublin?», fragte Vala

Björn nickte und spuckte aus. «Was davon übrig ist. Das Hochwasser hat sich das meiste geholt. Dann die Seuche.» Er spuckte noch einmal. «Und ich habe meiner Tochter versprochen, ich bring ihr ein seidenes Halstuch mit.»

Auch er betrachtete die Menschen, die damit beschäftigt waren, ihre Heimstatt wieder aufzubauen. Auf den Feldern grünte es, und die meisten Viehkoben waren bereits wieder intakt. Männer, nackt bis an die Hüften, standen im schlammigen Wasser und räumten die Trümmer beiseite, die den ehemaligen Hafen blockierten. Auch an den Piers wurde gearbeitet. Bald würden die ersten Handelsschiffe kommen. Und nicht lange, dann würden die Lagerhäuser sich wieder füllen. Mit Fellen, Bernstein, Silber, Seide. Und mit Sklaven. Die ersten langen Reihen von Menschen, mit Stricken gebunden und aneinander gekettet, bewegten sich schon jetzt auf die Siedlung zu. Manche waren im Hinterland gejagt worden, andere wurden gekauft von Kriegsparteien, die so ihre Gefangenen zu Geld machten, wieder andere hatten sich selbst ergeben, um ihre Familien von Schulden zu lösen. So zogen die irischen Sklaven zur Küste, um den Gewinn der Dubliner zu mehren.

Vala hatte jeden Einzelnen gemustert, um sicherzugehen, dass kein bekanntes Gesicht dabei war, und jeder Frau mit langen dunklen Haaren in die Augen gesehen. Hela war nirgends zu entdecken. So war es an der ganzen Küste: keine verdammte Spur von der «Drachenmaul» und ihrer Mannschaft. «Keiner hier kennt mein Mädchen», stellte Vala beunruhigt fest.

Björn nickte. Er hatte mit dem Siedlungsoberhaupt gesprochen und dasselbe gehört. «Die ‹Drachenmaul› ist hier nie gesehen worden. Nicht vor der Flut.»

«Vielleicht haben sie von der Katastrophe gehört und gar nicht erst angelegt», meinte Vala.

«Oder», warf Björn ein und machte eine Pause, denn der Gedanke behagte ihm nicht. Verlegen kratzte er sich am Kopf. «Oder sie sind kurz vorher angekommen.» Noch einmal schaute er sich um. «Dann werden wir von ihnen nicht mehr viel finden.»

Alle Schiffe, die vor Anker lagen, waren Neuankömmlinge. Die alten hatte die Flut zertrümmert, versenkt und ihre Reste aufs Meer gespült, ebenso, wie sie es mit den meisten Häusern gemacht hatte. Wenn die «Drachenmaul» hier gelegen hatte, war nichts mehr von ihr übrig. Und die Toten waren, falls das Wasser sie nicht davongeschwemmt hatte, in große Gruben geworfen worden, denen sich, obwohl sie zugeschüttet waren, aus Angst vor Krankheiten bis heute niemand nähern wollte. Nein, ihre Chancen standen nicht gut. Aus den Augenwinkeln betrachtete Björn Vala.

Sie war so voller Energie gewesen. Mit welcher Laune, welchem Schwung sie ihre Schulden beglichen hatte. Und mit welcher Hartnäckigkeit sie ihn beredet hatte, diese Fahrt zu machen. Sicher, sie war aus Haithabu mit viel Geld zurückgekommen, Geld, das sie aus dem Verkauf ihres kleinen Schatzes erhielt. Und Geld machte jede Diskussion einfacher. Björn versuchte, nicht darüber nachzudenken, dass er vermutlich bis ans Ende der Welt gefahren wäre, auch wenn Vala nicht hätte dafür zahlen können, nur um ihrem energischen Blick nicht mehr standhalten zu müssen und ihrer eindringlichen Stimme. Odin, was hatte diese Frau alles für Argumente gehabt! Schließlich hatte seine Tochter ihm die Hand auf die Schulter gelegt und gesagt, sie hätte schon lange einmal ein Halstuch haben wollen, so glatt und fein wie die, die es angeblich in Dublin gab. Dabei hatte sie Vala hinter dem Rücken des Vaters zugeblinzelt. Björn hatte es nicht bemerkt.

Nun also standen sie in Dublin, oder vielmehr in den Resten der irischen Siedlung, neben ihnen der alten Chinese, an dessen Anblick Björn sich immer noch nicht gewöhnen konnte. Und wer an ihnen vorbeiging, der starrte sie an.

«Ich weiß nicht», murmelte Vala. Die Augen gegen die Sonne zusammengekniffen, musterte sie die Siedlung, als erwartete sie noch immer, dass Hela auf einmal um die nächste Ecke böge.

Björn seufzte. Sie war ja erstaunlich gelassen. Aber er

wusste, das würde nicht so bleiben. Es galt, eine Entscheidung zu fällen. Und sie stand nun an.

«Was wollen wir tun?», fragte er. «Umkehren oder weiterfahren?»

Aber Vala hörte ihm nicht zu. Ihre Aufmerksamkeit wurde von einem neuen Sklavenzug gefesselt, der eben in die Gasse einbog, die zum Hafen führte. Eine Reihe Männer, abgerissene Gestalten, wurde nahe der Piers gegen Pflöcke gedrängt und dort festgebunden. Einer, ein alter Mann mit Lumpen, die kaum mehr seine graue Haut bedeckten, weckte aus einem Grund, den sie selbst nicht hätte benennen können, Valas Interesse.

«Vala», rief Björn, als sie hinüberging. «Das hatten wir doch schon. Es sind ja nicht einmal Frauen dabei.»

Der Alte, dessen Bart so schmutzig war wie seine Kleider, stand mit hängendem Kopf an einen Pfosten gekettet. Er brabbelte hektisch vor sich hin. Als er Valas Schatten auf sich fallen spürte, schaute er auf.

«Hehe», krächzte er und zeigte in seinem Grinsen einen einsamen schwarzen Zahnstumpf. «Dich habe ich schon einmal gesehen.» Und setzte mit zitterndem Kopf zu einer Art Singsang an.

«Was hat er gesagt?», fragte Vala einen Mann, der mit einem Eimer vorbeikam, um jeden Gefangenen aus einer Kelle trinken zu lassen.

Der stellte ihm eine barsche Frage. «Er sagt, er kennt Euch», erklärte er dann. Der Alte beobachtete Vala grinsend. «Er sagt, die Augen würde er überall erkennen», übersetzte der Wächter widerwillig und schüttelte den Kopf. «Aber ich würde nicht zu viel drauf geben. Das ist ein Irrer, weiter nichts.»

«Er hat meine Tochter gesehen.» Vala konnte vor Erregung kaum atmen. «Er hat Hela gesehen.» Sie hielt den Mann am Ärmel fest und nestelte nach einer Münze, gleichzeitig versuchte sie, Björn und dem Chinesen zu winken. «Bleibt», flehte sie, «bleibt. Ihr müsst übersetzen, jedes Wort, das er sagt.»

Die Augen des Mannes wurden groß, als sie ihm ein Silberstück gab. Dann nickte er.

«Er hat Hela gesehen», rief Vala ihren Freunden entgegen. «Der Alte kennt sie. Wo hat er sie gesehen?», wandte sie sich dann an ihren Dolmetscher.

Der wiederholte die Frage auf Gälisch. Der Alte gab einen langen Wortschwall von sich, unterbrochen von Gekicher und Gesinge.

«Auf dem Fluss», erläuterte der Übersetzer.

Björn hob die Brauen. «Das ist alles? Der quatscht doch ununterbrochen.»

Der Wikinger zuckte mit den Schultern. «Das meiste ist Mist, alte Lieder, Gebete. Aber er sagt, es war ein Drachenschiff auf dem Fluss, als er noch angeschwollen war.»

Vala konnte nicht an sich halten. «Was ist mit ihnen geschehen?», unterbrach sie das Gespräch der Männer.

Diesmal kreischte der Alte, dass es ihnen durch Mark und Bein ging. Dass er Verwünschungen ausstieß, brauchte ihnen niemand zu übersetzen. Björn und der Chinese traten einen Schritt zurück, um nicht vom Geifer des außer sich geratenden Mannes getroffen zu werden.

«Was spricht er?», fragte Vala. «Gebete?»

«Wenn, dann zu Göttern, die hoffentlich schon lange gestorben sind.» Selbst dem Wikinger stellten sich die Haare zu Berge, während er lauschte. Als es ihm zu viel wurde, nahm er den Eimer und schüttete dem Alten das Wasser ins Gesicht. Daraufhin verstummte der, aber sein tropfnasses Gesicht war noch immer zu einem Grinsen verzogen. Er sprach noch einen Satz.

Der Wikinger wandte sich zu Vala um. «Sie sind alle ertrunken», sagte er und fügte zu seiner eigenen Überraschung hinzu: «Es tut mir Leid.»

Björn nahm Vala am Arm, der Chinese trat an ihre andere Seite. Von den beiden Männern flankiert, wankte sie zurück zum Schiff. Björn schimpfte, dass das alles Unfug wäre, Schwindel, Lügerei. Sie wüssten gar nicht sicher, ob er Hela wirklich gesehen hatte oder sich das nur ausdachte. Und auf die Worte des Alten würde er nicht so viel geben. Energisch spuckte er aus. Auch der Chinese wiegte den Kopf. Es könne Weisheit in den Worten des Narren liegen, meinte er. Aber hier habe er vor allem Bosheit gehört.

Vala schaute keinen von beiden an. «Ich muss es wissen», war alles, was sie sagte, ehe sie alleine losging.

Als sie am Abend wiederkam, hatte sie ein großes Bündel dabei, das Björn äußerst misstrauisch beäugte. Sie sagte, sie müsse alleine sein, dennoch verfolgte er sie mit den Augen, und als sie hinter einer Uferbiegung verschwand, warf er dem Chinesen einen kurzen Blick zu. Der stand auf. «Ich werde gehen und meine Übungen machen. Sicher ist es geraten, das nicht in Sichtweite der Siedlung zu tun.»

«Sicher», brummte Björn.

«Wir sollten die Einsamkeit suchen», fuhr der Chinese fort. Björn schaute auf. Hatte er richtig verstanden? Da erkannte er den Schimmer eines Lächelns in den Augen des anderen, und sein Herz schlug schneller.

«Genau», sagte er. Und wenn sie dabei zufällig Vala fänden, nun, so könnte man ihnen daraus wohl keinen Vorwurf machen, oder?

Schulter an Schulter brachen sie in die Richtung auf, in der die Steppenreiterin verschwunden war. Als sie ihre Gestalt von weitem erkannten, wie sie kniete und sich eine Feuerstelle schaffte, hielten sie inne und suchten Deckung. Der Chinese begann tatsächlich mit seinen Übungen, und Björn reinigte sich mit seinem Messer die Fingernägel, während er abwechselnd Vala und den Alten bei ihren seltsamen Verrichtungen beäugte. Keine Ahnung, dachte er, was sie treiben. Aber solange sie es selbst wussten, war es gut. Er würde eingreifen, wenn es nötig wäre.

Vala entzündete das Feuer und warf einige Kräuter hinein, die sofort ihren strengen, betäubenden Duft entfalteten. Tief sog sie die Dämpfe ein, bis sie die Wirkung in sich spürte: ein Gefühl von Leichtigkeit, als wäre es möglich, sich von der Erde zu lösen und zu fliegen. Sie knüpfte das Bündel auf, das sie mitgebracht hatte, griff hinein und holte unter dem Grünzeug heraus, was sie darunter verborgen gehalten hatte: ein Kaninchen. Zitternd hing es in ihrem festen Griff. Vala spürte seinen Herzschlag, das Heben und Senken seines Brustkorbes und von Zeit zu Zeit das hoffnungsvolle Zucken seiner Läufe. Das Tier lebte. Vorsichtig griff Vala nach seinem Geist. Da war Leben, Vorsicht, Angst, der grüne Duft von Gras, Geschwindigkeit, braune Geborgenheit der Erde. Langsam hob sie ihr Messer und führte es dann mit einer schnellen Bewegung über den Hals des Tieres. Mit dem Blut floss all das davon. Der Tod kam. Und Vala ging ihm entgegen. Sie hatte dies schon einmal getan. Zuerst war es unbeabsichtigt geschehen. Das Tier, in dessen Geist sie als Teil ihrer Ausbildung zur Schamanin gereist war, war unerwartet gestorben, und Vala hatte zu ihrem Schrecken einen Blick in die Totenwelt geworfen, ehe ihr Meister sie gerettet, aber zugleich auch streng ermahnt hatte, dies nie wieder zu versuchen. Vala hatte sich seinem Befehl widersetzt, fast umgehend. Denn so abstoßend die Erfahrung auch gewesen war, für sie als Waise von Kindesbeinen an, die sich nie geliebt und immer nur in den Hütten herumgestoßen fühlte, barg es doch auch eine herzklopfende Hoffnung: die, einmal das Gesicht ihrer toten Mutter zu sehen.

Vala war damals ertappt und ausgestoßen worden. Es hätte ihr Tod sein sollen, stellte aber den Beginn jener langen Reise dar, die sie schließlich ins Wikingerdorf geführt hatte. Und nun ging sie noch einmal den weiten Weg zurück. Da waren sie wieder: die schwarzen Schatten, dunkler als die Dunkelheit; der kalte Fluss; jene Ahnung von

Hütten, vor denen Feuer glommen, aus denen die Nacht erst aufzusteigen schien. Schwarze Feuer, dachte Vala, konnte das sein? Dann dachte sie nichts mehr.

Der Chinese hielt mitten in einer seiner langsamen, ausladenden Bewegungen inne. «Ich glaube ...», sagte er. Er brauchte nicht weiterzusprechen.

Björn schaute von seinen Fingern auf zu Vala, sah, wie sie zur Seite sackte, und war schon auf den Beinen. Gemeinsam rannten sie zu der Frau hinüber, die dalag wie eine Tote.

Vorsichtig strich Björn ihr die halblangen Haare aus dem Gesicht.

«Sie atmet», stellte der Chinese fest.

«Aber sie ist eiskalt.» Der Wikinger packte sie an den Schultern, um sie zu schütteln. Valas Kopf baumelte haltlos herum, ohne dass sie zu Bewusstsein gekommen wäre. Björn wurde nervös. Immer wieder rief er ihren Namen, tätschelte ihre Wangen, knuffte sie, hob sie herum, umschlang sie schließlich und drückte sie an sich wie ein krankes Kind. «Bei Odin, sie ist eiskalt. Vala!» In seiner Stimme war Panik.

«Nimm ihr das Tote aus den Händen», riet der Chinese.

Erst jetzt bemerkte Björn das verblutete Kaninchen. Voller Ekel wand er es aus Valas Fingern und schmiss es in hohem Bogen in den Fluss. Dann wischte er sich das Blut an seinen Hosen ab.

Der Alte legte Vala derweil auf den Rücken. Er schloss für einen Moment die Augen, dann spreizte er seine alten Finger, dass die Knochen knackten, und hielt sie über Valas Körper.

Björn runzelte die Stirn. «Was machst du da?», fragte er argwöhnisch.

Der Alte würdigte ihn keiner Antwort.

«Du berührst sie ja noch nicht einmal.»

«Das Lebens-Chi braucht keine Berührung.» Es war nicht mehr als ein Murmeln.

«Was?», fragte Björn.

Der Alte öffnete die Augen nicht. «Ein wenig heißes Getränk wäre recht», sagte er ruhig, «wenn sie wieder zu sich kommt.»

«Wenn», brummelte Björn und kickte gegen einen Stein, ehe er folgsam ging, um Feuerholz und einen Topf zu holen. Dem Alten würde er nicht zeigen, dass er Angst hatte, pah! Und noch weniger, wie sehr er ihm vertraute.

Björn brachte Kessel, Wasser, Schnaps und warme Decken. Mit Letzteren versorgte er Vala, mit dem Alkohol sich selbst, während er Feuer machte und einen Tee aus verschiedenen Gräsern zum Kochen brachte, den der Alte ihm beschrieb.

Er bot auch ihm aus der Tonflasche an, aber der Chinese lehnte mit einem Kopfschütteln ab. Schweigend hockten sie beide neben der Frau, die wie eine Tote dalag und flach atmete. Ihr Gesicht war bleich, ihre Glieder reglos. Nur von Zeit zu Zeit zuckten ihre Augenlider.

Nach einer Weile griff der Chinese nach Björns Flasche und nahm einen tiefen Schluck. Der Wikinger starrte ihn mit offenem Mund an, dann grinste er, schließlich aber legte sich seine Stirn in Falten. «Heißt das», begann er, «ich muss mir Sorgen machen?»

In diesem Moment gab Vala ein Stöhnen von sich.

Sofort waren beide Männer auf den Beinen. Als Vala die Augen aufschlug, schaute sie in zwei besorgte Augenpaare, eins dunkel und still wie ihr eigenes, eines blau und zwinkernd, voll roter geplatzter Äderchen und verzweifelt bemüht zu verbergen, dass sich Feuchtigkeit in seinen Winkeln sammelte. Vala lächelte.

«Sie ist nicht tot», sagte sie.

Flammen knistern

Cliodna saß am Feuer und rieb sich die Füße. Der Weg vom Wikingerlager ins Dorf war anstrengend gewesen. Sie hatte sich beeilt und würde sich auch auf dem Rückweg wieder beeilen müssen, damit ihr Fernbleiben möglichst nicht auffiele. Von Zeit zu Zeit warf sie einen Blick zu Libran, der missmutig am Feuer saß und tat, als wäre sie nicht da. Ärger stieg in Cliodna auf. Und sie fragte sich, ob das Ganze der Mühe wert wäre.

«Sie ist dir also entwischt.» Endlich ließ der Dorfvorsteher sich herab, mit ihr zu reden.

Cliodna neigte anmutig den Kopf. Es war eine Gewohnheit, und sie schalt sich umgehend dafür. Holmsten konnte man mit solchen Gesten um den Finger wickeln, bei Libran funktionierte Derartiges nicht. Sie sparte sich das Lächeln, das schon um ihre Mundwinkel gespielt hatte.

«Ich glaube, dass sie jetzt bei ihm ist», sagte sie. «Sie kennt den Weg, da bin ich mir sicher.»

Libran funkelte sie böse an. «Was nützt uns das, wenn wir sie nicht in unseren Händen haben.»

«Wir kriegen sie schon», erwiderte Cliodna gereizt.

Er hob die Hand, und sie duckte sich. «Der Sohn des Anführers bei den Wikingern tut, was ich will», sagte sie, leiser und sanfter.

Aber Libran winkte ab. «Das hast du von Bran auch einmal gesagt. Und jetzt …» Wütend stocherte er mit dem Schürhaken in den Flammen herum. Ärger, er hatte nichts als Ärger. «Es ist das Mädchen, das wir brauchen.»

«Sie vertraut mir eben noch nicht genug», wagte Cliodna einzuwerfen. «Sie hasst alles, was mit unserem Dorf zu tun hat. Es war ja nicht meine glorreiche Idee, ihre beste Freundin umzubringen.»

Diesmal traf seine Ohrfeige. Cliodnas Kopf flog zur Seite, und ein brennend roter Abdruck ging auf ihrer Wange auf. Sie legte die Hand darauf und starrte Libran wütend an. Lange würde das nicht mehr so gehen, schwor sie sich. Bald kam der Tag, da er sie zum letzten Mal geschlagen hätte, da kein Mann es mehr wagen würde, Hand an sie zu legen. Wenn sie erst ihr Geld hätte, würde sie zum Kloster gehen und ihm die Ländereien mit der Mühle vermachen, das war ihr Plan. Das Geschenk würde ihr die Würde einer Äbtissin einbringen, man hatte es ihr in die Hand versprochen. Das war der Weg, Cliodna sah ihn vorgezeichnet vor sich: das Geld, die Mühle, das Kloster, der Äbtissinentitel. Und dann würde ihr niemand mehr Vorschriften machen, dann wäre sie es, die den anderen Befehle erteilte. Oh, Cliodna sah sich schon, wie sie huldvoll die Abordnungen aus den Dörfern empfing, die Geschenke für ihren Orden entgegennahm und dafür Segenswünsche austeilte, Recht sprach, Streitigkeiten entschied, Vorteile vergab, ganz, wie es ihr am besten erschien. Sie würde berühmt werden über die Hügel ihrer Heimat hinaus. Aber vorerst brannte ihre Wange. Cliodna senkte vorsichtig den Blick.

«Es wird dir ebenso ergehen, wenn du nicht aufpasst», drohte Libran.

«Du wirst sie kriegen», versicherte Cliodna zwischen zusammengebissenen Zähnen, «und den Weg zu Bran erfährst du auch, ich verspreche es.» Noch einmal schaute sie auf, lauernd, misstrauisch, wie ein in die Ecke gedrängtes Tier. «Du gibst mir doch das Geld dafür?»

Libran schnäuzte sich. «Geld, Geld», murmelte er.

«Es steht mir zu», begehrte Cliodna auf, «das Land ist mein, und es ist diesen Preis wert.»

Libran grinste. «Warum willst du dann nicht das Land?», fragte er scheinheilig.

Cliodna knirschte mit den Zähnen. Warum? Darum, dachte sie aufsässig. Damit du wie bisher bestimmst, was dort gesät und was geerntet wird? Damit du weiterhin nach Bräutigamen für mich angeln kannst, ohne mich zu fragen, ob ich sie haben will? Ich bin ein Sklave dieses Landes, sein Anhängsel nur. Mit dem Geld werde ich frei sein! Aber sie sprach es nicht aus.

«Und die andere Sache», sagte sie stattdessen, «ist jetzt so weit.»

Libran nickte huldvoll.

«Ich gebe sie dir, wenn die Zeit da ist.»

«An Beltane», sagte Libran und bekreuzigte sich umgehend. «Ich meine, am Erntefest des Hl. Patrick.»

Cliodna lächelte, als sie die Geste sah. «Wenn es so weit ist», wiederholte sie und machte eine Bewegung des Geldzählens.

Libran runzelte die Stirn, dann nickte er. Mit einem Fußtritt beschied er ihr, dass sie gehen konnte. Cliodna sagte nichts zum Abschied. Noch vor der Hütte rieb sie sich die Wange. Zum Teufel konnte er gehen, sie alle, auch die Dorfbewohner, die sie jetzt anglotzten, und sämtliche Wikinger dazu. Sie zwang sich zu einem Lächeln. Wenn sie erst Äbtissin wäre ...

Das Volk in den Bäumen

Finn glaubte, die unbewaffnete Frau schon bezwungen zu haben. Er würde ihr nichts tun, beschloss er. Ohnehin hatte er nicht mehr vorgehabt, als sie einzuschüchtern und gebunden ins Dorf zu bringen. Er schwang seine Axt mit mäßiger Kraft und erwartete, dass sie schützend die Arme über den Kopf hob, die er dann seinerseits packen und fesseln wollte.

Umso überraschter war er, plötzlich einen Tritt zu fühlen, dann einen zweiten. Beinahe hätte es ihn von den Füßen gerissen, so unerwartet kamen die Stöße. Noch erstaunter war er, als er bemerkte, dass Hela mit diesen beiden Schritten an seinem Körper hochgelaufen war, als wäre er nichts weiter als ein etwas steilerer Hang. Dann spürte er einen Ruck an seiner Schulter, als sie sich mit einem Salto über ihn hinweg katapultierte. Noch ehe er sich von dem Schreck erholen und umdrehen konnte, war sie wieder auf den Beinen. Ihr Sprung hatte sie in die Nähe ihrer Waffe gebracht, die sie hastig ergriff. Finn kam nicht mehr dazu, sich von seiner Überraschung zu erholen. Zwar tapste er auf sie zu, doch sie wich ihm scheinbar mühelos aus, zielte im Vorbeiwirbeln mit dem Knauf nach seinem Handgelenk, entwaffnete ihn und hielt ihm die Spitze ihrer Klinge erneut an die Kehle.

«Da wären wir wieder», murmelte Finn. Er schielte aus den Augenwinkeln nach seiner Axt, die in hohem Bogen ins Gras gefallen war, aber ein leichter Druck auf seinem Hals sagte ihm, dass er nicht einmal daran denken sollte. Der Hund schlich knurrend um seine Beine; Finn schalt ihn in Gedanken ein undankbares Tier. So setzten sie sich in Bewegung.

«Du verstehst mich», stellte Hela, die endlich zum Nachdenken kam, nach einer Weile fest.

Finn seufzte. «Nur zu gut.» Er schaute sie über die Schulter an. «Mir hat schon mehr als ein Nordmann das Schwert an die Kehle gehalten.»

Hela ignorierte die Abneigung, die sich darin ausdrückte. «Dann weißt du ja, was ich will.»

«Wäre das erste Mal, dass ich kapiere, was 'ne Frau wirklich will», moserte er, doch er stolperte brav weiter in Richtung der Hütten. Sollte Bran doch selber sehen, wie er hiermit zurechtkam.

«Finn! Finn, es geht los.» Ein korpulenter Mann mit rotem Gesicht kam ihnen entgegengerannt. Als er erst Hela und dann die Waffe bemerkte, blieb er erstaunt stehen. Seine Hände zuckten zu seinem eigenen Gürtel, doch fanden sie ihn leer. Schweißtropfen standen auf seiner Stirn.

«Reg dich nicht auf, Oengus», rief Finn ihm zu, «es ist

alles in Ordnung.» Er wies mit dem Kinn auf Hela. «Das ist nur Brans Freundin. Über Geschmack ...», begann er viel sagend und brach dann ab. Er wollte sich gewiss nicht mit Bran streiten. «Ich schätze, sie kommt ihn besuchen.»

«Aber es geht jetzt los», wiederholte Oengus ein wenig ratlos.

«Oh», fügte Finn hinzu. «Würdest du dann bitte so freundlich sein und mir von da hinten meine Axt holen? Sie liegt unter der Birke am Teich.» Ohne eine weitere Erklärung ging er stolz aufgerichtet weiter auf das Dorf zu, so als säße nichts und niemand in seinem Nacken.

Der Rauchgeruch verstärkte sich.

Als sie aus einer Fichtenschonung traten, tat sich vor ihnen ein Platz auf. Die Baumhütten waren nun direkt über ihnen, aber Hela sah, dass auch auf dem Waldboden selbst einige Behausungen standen. Aus manchen von ihnen traten Menschen heraus. Frauen mit Tüchern um die Schultern standen in den Türen, die Arme verschränkt oder um Kinder geschlungen. Männer hockten auf einem gefällten Baumstamm, auf den Plattformen oder lehnten auf ihren Speeren. Sie alle schauten in dieselbe Richtung. Und auch Hela wurde von dem Geschehen gefesselt, das sich an einer der Hütten abspielte. Sie war kleiner als die anderen, das Flechtwerk der Mauern nicht abgedichtet mit Lehm und Moos, sondern durchsichtig, sodass der Holzstoß im Inneren gut zu erkennen war. Und auch das Dach war offen, nur die nackten Sparren, ohne Moos oder Stroh, blickten in den Himmel.

Aus einer der Hütten trat nun eine kleine Gruppe Männer und zog etwas hinter sich her. Hela erkannte eine Bahre, die sie hochhoben, um sie sich auf die Schultern zu stemmen. Die Gestalt darauf, streng ausgestreckt daliegend, die Arme über der Brust gekreuzt und reglos, war Gormlaith. Hela stieß einen leisen Schrei aus. Die Heilerin war tot. Schwankend auf den Schultern ihrer Träger, zeichnete sich ihr hakennasiges Profil ab, bleich und hart, ohne die Milde, die sie im Leben gekennzeichnet hatte. In ihren Fingern aber, Hela sah es nun deutlich, und ein Schauer überlief sie, schien noch immer Leben zu sein. Gebannt starrte sie auf die sich scheinbar räkelnden, spielenden Finger, und einen Moment lang glaubte sie alle Geschichten, die sie je über die Waldmenschen gehört hatte. Dann entdeckte sie die Schlange. Man hatte sie in Gormlaiths blasse Greisinnenhände gelegt. Und dort wand sie sich unruhig. Aber Hela konnte klar den flachen, züngelnden Kopf ausmachen.

Atemlos verfolgte sie, wie Gormlaith in die Hütte getragen und auf den Scheiterhaufen gelegt wurde. Nun begriff sie auch den Sinn der Fackeln, die von einigen Frauen gehalten wurden und deren durchsichtige Flammen in den hellen Himmel züngelten. Was dann aber kam, versetzte sie in Panik.

«Grainne!» Niemand wandte sich um nach ihrem Ruf, auch das Mädchen selbst nicht. In ein weißes Gewand gehüllt, trat sie aus der Hütte, mit offenen Haaren, einer Flut von rotem Haar, brennender als die Fackeln. Darauf saß ein Kranz von Mistelzweigen, und um ihren Hals baumelte an einer langen Schnur ein bronzenes Amulett. Hela wusste, ohne hinzusehen, dass es eine Sichel war.

«Nein!», schrie sie. Aber Grainne hörte sie nicht. Ihre Augen waren unnatürlich aufgerissen, schimmernd und schwarz von der erweiterten Pupille. Unmöglich zu sagen, was sie wahrnahm, doch war es offensichtlich nicht von dieser Welt. Mit unsicheren Schritten trat sie ins Freie und blieb stehen, unklar, welchen Weg sie nehmen sollte, bis der Mann, der hinter ihr herauskam, sie am Arm nahm und führte.

Hela glaubte, sterben zu müssen. Der Mann war Bran. Und er brachte Grainne zu der Hütte. Auch er sah fremd aus, unheimlich in dem weißen Hemd, das bis zum Boden reichte und von einem gleichfarbigen Mantel kunstvoll umschlungen war. Sein Haar, zu einem Knoten gedreht und aufgesteckt, ließ ihn ebenfalls fremdartig erscheinen, wie den Priester eines geheimnisvollen Kultes, und genau das, machte Hela sich klar, war er auch. Nichts war übrig von dem Krieger mit dem warmherzigen Lächeln. Starren Gesichts schob er Grainne zu dem Scheiterhaufen. Dann winkte er den Fackelträgerinnen.

In Helas Augen schossen die Tränen, dass um sie herum alles verschwamm. Wütend wischte sie sie beiseite. Nein, sie wollte nicht wegsehen, sie würde sich nicht belügen. Dort stand Bran, und er war ein Mörder, er war alles, was Cliodna behauptet hatte. Hela hatte ein zweites Mal ihr Herz vergeben, und wieder hatte sie das Falsche getan. Der Schmerz wurde unerträglich. Unwillkürlich stöhnte sie auf.

Finn hörte und missdeutete es. «Er hat jetzt keine Zeit für dich, Süße», sagte er und fügte ein wenig sanfter hinzu: «Er hat eine wichtige Aufgabe zu erledigen.» Dann erfasste die Weihe des Augenblicks auch ihn, und er ließ sich, wie die anderen in diesem Moment, auf die Knie nieder.

Hela allein stand noch aufrecht. «Ja», sagte sie bitter. «Er muss einen Menschen töten.» Die Wut überfiel sie mit einer Schwärze, die sie beinahe blind machte. Ohne nachzudenken, stürmte sie vor, genau in dem Moment, als Bran den Arm hob, um das Zeichen zu geben. Die Fackeln fauchten auf. Bran betete.

«Du Mistkerl!» Mit einem Schrei, den niemand überhören konnte, stürzte Hela sich auf ihn. Sie stieß ihn zu Boden, ein paar Mal rollten sie herum, während sie ihn mit Faustschlägen zu traktieren suchte und ihn wieder und wieder beschimpfte. Tränen rannen ihr über das staubige Gesicht und vermischten sich mit dem Blut, das aus seiner Nase spritzte. Wolf, der das Gerangel der beiden irritiert verfolgte, jaulte gequält auf. Bran hob nur abwehrend die

Hände. Warum tötete sie ihn nicht einfach? Hela trat und kratzte und biss. Aber sie tat eines nicht, sie hob nicht ihr Schwert. Und sie hasste sich dafür noch mehr als ihn.

Auf einen Wink Brans hin überwältigten vier Männer schließlich die Tobende. Er richtete sich auf, wischte sich das Blut von der Nase, rückte sein Gewand zurecht, wiederholte das Zeichen, auf das die Hütte endlich in Brand gesteckt wurde, und wandte sich ihr dann zu. Sanft strich er ihr über die Haare.

«Scht», sagte er, «es ist gut, es ist ja alles gut.»

Hela trat um sich und spuckte nach ihm.

Aber Bran wich nicht zurück. Er nahm sie in seine Arme, fesselte sie so mit entschlossenem Griff und hielt sie fest, indem er sich über sie neigte. Sosehr Hela auch zuckte und zappelte, sie konnte ihn nicht mehr entscheidend treffen. Dabei flüsterte er ständig beruhigende Worte, als zähme er ein in Panik geratenes Pferd.

Tatsächlich wurde die Wikingerin langsam ruhiger. Erschöpfung und eine lähmende Verzweiflung überfielen sie, als sie sah, wie die Flammen höher schlugen und der beißende Geruch verbrennenden Fleisches sich ausbreitete. Gormlaiths Gestalt wurde undeutlich, ihre Umrisse flimmerten hinter einer spiegelnden Wand aus Hitze. Die Holzscheite sirrten, als die Glut sie fraß. Äste voll Harz explodierten knackend und sandten Funkenregen in den Himmel. Schwarzer, fetter Qualm stieg hinterher.

Das Dach stürzte ein. Hela schluchzte auf.

Finn war neben sie getreten. Auch in seinen Augen spiegelten sich die Flammen. Er neigte sich vor. «Es wird ihr nichts geschehen», sagte er in der Sprache der Wikinger. «Der Tod ist nur ein Übergang.»

Bran nickte. Zärtlich schmiegte er seine Wange an ihre. «Sie wird es verstehen», sagte er.

Hela schaffte es nicht, mehr zu tun, als wieder und wieder ihren Kopf zu schütteln. Sie war fast blind vor Tränen.

Mit offenem Mund weinte sie vor sich hin. Als ein entzückter Aufschrei durch die Menge der Menschen ging, hob sie nicht einmal den Blick. Sacht löste Bran seinen Griff und ließ sie auf die Knie gleiten. Mit hängendem Kopf hockte sie da, am Ende ihrer Hoffnungen und ihrer Kräfte. Was blieb ihr noch? Verzweifelt vergrub sie ihr Gesicht in Wolfs Fell, der sich neben ihr niedergelassen hatte.

«Grainne», sagte Bran leise. Es klang erleichtert, freudig und warmherzig.

Hela stieß einen bitteren Laut aus. Erst als auch die Umstehenden den Namen wiederholten, lauter und lauter, hob sie den Kopf. In den Resten der Hütte regte sich etwas. Hela musste blinzeln, um klar sehen zu können, was es war. Ungläubig strich sie sich die nassen Strähnen aus dem Gesicht. Aber es geschah wirklich: Zwischen den brennenden Trümmern erhob sich Grainne, der Stand ein wenig unsicher, das Gesicht erhitzt und gerötet, aber erleuchtet von einem strahlenden Lächeln. Zögernd schritt sie auf die Umstehenden zu. Da erst schien ihr etwas einzufallen, und sie hob die Schlange, die sie in den Händen hielt, über ihren Kopf. Brausender Jubel brach los. «Gormlaith», hörte die Wikingerin es hier und da, «Grainne», und auch Hochrufe auf Bran mischten sich hinein. Die Enkelin der Heilerin lief zu ihm und küsste ihn auf die Wange. «Danke», hauchte sie. Er zwinkerte ihr zu.

Finn neigte sich zu Hela hinunter. «Es war ihr eigener Wunsch», erklärte er. «Sie wollte mit Gormlaiths Kräften wiedergeboren werden, unsere neue Heilerin.» Auch er sah glücklich und ergriffen aus.

Hela hatte nur mehr die Kraft zu flüstern. «Wie macht er das?», fragte sie.

«Bran?» Finn runzelte die Stirn. Er verstand die Frage nicht ganz. «Er ist unser Druide», sagte er stolz, als sei damit alles erklärt. Dann lief auch er wie die anderen zu Grainne, um sie zu umarmen.

Wankend stand Hela auf. Sie wischte sich das feuchte Gesicht und die Nase, zog ihre Kleider zurecht und ging auf Grainne zu. Die löste sich aus der Schar ihrer Gratulanten, als sie Hela kommen sah. Lachend lief sie zu ihr hin und umarmte sie. «Du hast mich gerettet», sagte sie, «ohne dich wäre ich nicht hier.»

Fragend sah Hela über die Schulter der Freundin zu Bran hinüber. Sie hielt seinen Blick fest, lange, forschend. Und langsam, fast ohne es zu bemerken, erschien auch auf ihrem Gesicht ein Lächeln. Ihr wurde leicht und glücklich zumute. Die Freude der anderen, deren Lärm zu einem Rauschen verschwamm, war wie ein warmes Meer, in dem sie trieb. Doch sie sah und hörte nur noch das eine: Bran.

Hela löste sich aus Grainnes Umarmung, die sie lächelnd freigab, und lief zu ihm hinüber. Einen Moment stand sie nur vor ihm. Ihr Atem ging heftig, und ihr Gesicht glühte so heiß, als wäre auch sie gerade den Flammen entstiegen, als wäre auch sie wiedergeboren, wie Grainne. «Du verdammter Mistkerl», rief sie. Dann schlang sie ihm die Arme um den Hals und zog ihn zu sich herab für einen Kuss.

Finn übersetzte für die Umstehenden, die in Gelächter ausbrachen, erst zögernd, dann immer ausgelassener. Anerkennende Rufe wurden laut, je länger der Kuss dauerte. Schließlich, ohne sich von ihr zu lösen, hob Bran Hela hoch und trug sie aus dem Kreis der Schaulustigen.

Hela rührte sich nicht. Das Gesicht an seiner Schulter geborgen, überließ sie sich seinen Armen. Tief sog sie seinen Duft ein, der, unter Wolle und Rauch verborgen, bei jeder Bewegung zu ihr drang. Sie spürte seine Muskeln, die Wärme seiner Haut, und sie wünschte, er hätte sie ewig so weitergetragen.

Bran brachte sie zu einer alten Eiche und setzte sie dort in eine der Schaukeln, die Hela schon gesehen hatte.

Langsam und vorsichtig zog er sie hoch. Hela sah ihren Geliebten kleiner werden, in ihrem Magen flatterte es, und ihr war, als flöge sie und ließe die Erde hinter sich. Mit behutsamen, stetigen Bewegungen kletterte er ihr über eine Strickleiter nach. Wie ein Kind hob er Hela aus der Schaukel und setzte sie auf das Lager in der offenen Hütte, die sich oben auf der Plattform befand. Wolf, der den beiden interessiert gefolgt war, blieb am Fuß der Eiche sitzen und hielt Wache.

Hela kuschelte sich in die Felle, zufrieden damit, wie es war. Sie spürte ihr Herz klopfen, fühlte das Blut in ihren Adern pochen und hatte noch nie so sehr wie in diesem stillen Moment gewusst, dass sie am Leben war. Sie sah Bran zu, der ein Feuer in einer Tonschale entfachte, bis die Flammen knisterten, sah, wie er Wasser in eine Schüssel schöpfte, Blumen brachte. Er zerrieb die Blüten und ließ sie auf ihr Lager herabregnen.

Lächelnd räkelte Hela sich auf dem Rücken und genoss den sanften, duftenden Schauer. Als er sich über sie neigte, nahm sie eine der Blüten und fuhr ihm damit über Stirn und Nase. Lange schauten sie einander an. Dann hob er die Hand und begann, mit seinem Finger die Konturen ihres Gesichtes nachzuzeichnen: die markante Linie ihrer Wangenknochen, den Schwung ihrer Augenbrauen, das schwellende Profil ihrer Lippen. Hela fing seine Fingerspitze ein und küsste sie, sog daran. Sie erprobte sacht ihre Zähne und sah, wie die Funken in seinen Augen aufglommen, die sie dort schon einmal gesehen hatte und die sie nun nicht mehr fürchtete.

Jetzt, dachte sie bebend, jetzt.

Seine Hände wanderten über ihren Hals, liebkosten die flache Grube zwischen ihren Schlüsselbeinen, schlüpften unter ihr Gewand, über die Rundung der Schultern, fanden die Schnüre, mit denen der Stoff zu öffnen war. Helas Brust hob sich so heftig, als wäre sie gerannt. Ihre Finger fuhren ziellos über die Felle, auf die sie gebettet war, die Blüten, das Heu. Als sie es nicht mehr auszuhalten glaubte, streckte sie die Arme nach ihm aus.

Bran nutzte die Bewegung, ihr das Hemd über den Kopf zu streifen. Sanft, aber entschlossen drückte er sie wieder auf das Lager. Mit glänzenden Augen schaute Hela zu ihm hinauf. Sie hob die Hände und umfasste sein Gesicht, zog es an sich, an ihren Hals, zwischen ihre Brüste. Sie glaubte zu sterben, als sie seine Lippen über ihre Haut wandern fühlte.

«Ja», seufzte sie.

Bran hob den Kopf. «Ja?», fragte er mit seinem seltsamen, rauen Akzent.

«Ja», wiederholte sie, diesmal in seiner Sprache, wie sie es von Gormlaith gelernt hatte. Sie fuhr mit den Händen durch seine Haare und zog sein Gesicht an ihres heran. «Ja, du.» Mehr vermochte sie nicht zu sagen, doch es lag alles darin, was sie empfand. Und obwohl auch er stumm blieb, wusste sie, er fühlte dasselbe. Ihre Lippen fanden einander, tändelten erst zart, weideten sich aneinander, verschmolzen schließlich in einem Kuss, der die Welt um sie herum verglühen ließ. Undeutlich fühlte Hela seine Hände, die sich an ihrer Hose zu schaffen machten. Sie hob ihm die Lenden entgegen. Ja, dachte sie. Ja, ja, ja! Mit fliegenden Fingern schaffte Hela es, auch ihn zu entkleiden, der sie nunmehr umschlang, als wollte er sie nie wieder loslassen. Besitzergreifend wanderten ihre Hände über seinen Rücken, sein Gesäß, seine Schenkel, genossen die glatte Haut und das kräftige Spiel der Muskeln darunter. Du bist mein, dachte Hela, mein Mann. Und ein großes, glückliches Lachen stieg wie eine Blase in ihr auf. Sie öffnete ihre Beine und schlang sie um ihn. Erwartungsvoll presste sie sich an ihn, bereit, ihn aufzunehmen in ihren heißen, pochenden Schoß.

Bran stemmte sich auf und schaute auf sie hinunter,

verschlang ihren Anblick mit seinen Blicken: ihre schillernden Augen, den hingegeben geöffneten Mund mit den feuchten Lippen, den Schimmer von Schweiß auf ihren Brüsten und den bebenden, flachen Bauch. Du bist mein, dachte er, mein Weib, schön wie eine Göttin. Wer bist du?

Langsam senkte er sich auf sie, drang in sie ein. Hela riss die Augen auf. Sie wollte ihn sehen, ihn ganz erforschen, ihn verschlingen und halten. Er verschränkte seine Finger mit den ihren und schob ihre Arme hoch über ihren Kopf, bis ihr Körper gespannt wie ein Bogen sich ihm darbot. Hela stöhnte. Sein Gesicht senkte sich auf ihres, seine Stirn berührte ihre Stirn, die Stelle zwischen ihren Augen. Hela begann sich zu bewegen, fühlte ihn, spürte, wie vollkommen er sie ausfüllte.

Bran war in ihr, er war da, aber auf eine neue, erschreckende, ungeahnte Weise. Sie spürte seine Gegenwart, seine Gedanken, die Präsenz seines Wesens. Es war beängstigend, erregend, fremdartig und doch so beglückend, als wäre sie jetzt erst ein Mensch, vollkommen, erfüllt und eins. Du, dachte sie.

Ja, antwortete er. Und sie wusste, sie konnte ihn verstehen, ohne dass einer die Sprache des anderen beherrschen musste. Während ihre Körper ineinander wogten, verschmolzen auch ihre Gedanken, und sie hielten eine Zwiesprache jenseits der Worte.

Du, sagte Bran zu ihr, ich habe von dir geträumt, ich habe auf dich gewartet, so lange schon.

Hela stöhnte und wand sich. Sie presste ihre Brüste seinem Mund entgegen und ruhte nicht, ehe er sie zwischen seine Lippen nahm. Du hast mir das Herz durchbohrt, sagte sie ihm.

Nie täte ich das.

Du hast mich getötet.

Tod und Leben sind eins.

Ich weiß, sagte Hela. Hier in deinen Armen weiß ich das. Ich würde sterben für dich.

Ich werde sterben in dir. Und leben.

Mit aufgerissenen Augen betrachtete sie sein Gesicht, dessen Züge die Leidenschaft verzerrte, nahm jeden Ausdruck gierig in sich auf, bis auch sie überwältigt wurde. Mit einem leisen Schrei fühlte Hela kommen, was er als Tod bezeichnet hatte. Langsam rollte es heran, süß, ziehend, von ihrem Schoß bis in die Spitzen ihrer Finger fahrend und wieder zurück, alles überspülend, alles auflösend. Sie vermeinte, schwach zu werden, zu schmelzen, und krallte sich doch mit all ihrer Kraft an ihn. Sie glaubte, stumm zu vergehen, und schrie doch, schrie, bis ihre Ohren von fern eine Stimme wahrnahmen, die sie als die ihre erkannte.

Als er auf ihr zusammenbrach, schlang sie Arme und Beine um ihn, um ihn zu halten, solange sie konnte. Mit einem Stöhnen rollte er sich schließlich von ihr, um sie nicht zu erdrücken, die Arme um ihren Hals geschlungen und die Wange an ihre gepresst.

Hela rang nach Luft, die Welt drehte sich um sie herum, und sie wollte, konnte sie nicht zum Stillstand kommen lassen. Rittlings setzte sie sich auf ihn, fuhr mit den flachen Händen über seine heiße, verschwitzte Haut und leckte mit breiter Zunge die Tropfen von seinem Hals.

Was tust du?, murmelte er. Entzückt stellte sie fest, dass sie seine Stimme noch immer in ihrem Kopf hörte. Sie waren eins, sie würden es bleiben. So war es gut.

Mit ihrer Zunge kitzelte sie seine Kehle, seine Brustwarzen, fuhr über seinen Bauch. Sie spürte das Beben seiner Muskeln, das Zucken seiner Schenkel.

Bran ächzte. Weib, du wirst mich umbringen.

Lächelnd ließ Hela sich nieder auf dem, was ihr erneut entgegenwuchs. Tod und Leben sind eins, neckte sie ihn. Und diesmal war Bran es, der sich vergaß und schrie, bis sie ihm die Hand über den Mund legte, bis die Leidenschaft sie verbrannte, weiß und rein und rückstandslos, und sie beide in einen erschöpften Schlaf glitten.

Als sie wieder erwachten, war es Nacht. Noch drang Feuerschein vom Festplatz her, und zwischen den Bäumen erklang der Rhythmus einer Trommel, unterbrochen vom Locken der Flötenklänge.

Was die anderen wohl denken mochten?, überlegte Hela und stützte sich auf den Ellenbogen.

Sie werden glauben, dass die Käuzchen geschrien haben. Bran kam hoch und küsste ihren Nacken. Sie spürte seinen warmen Körper an ihren Rücken geschmiegt und lehnte den Kopf zurück, bis er auf seiner Schulter lag. Er strich ihr Haar zurück, legte ihre Kehle frei, umfasste sie mit seiner Hand und grub seine Zähne in ihren Hals. Eine Gänsehaut überlief Hela, und sie wehrte sich nicht, als er mit der anderen Hand ihre Hüften umschlang und an sich zog. Sie öffnete sich seinen suchenden Fingern, ohne Scham, bog sich ihm entgegen und spürte schließlich, wie er in sie glitt. So aneinander geschmiegt, dass kein Tuch zwischen sie gepasst hätte, lagen sie da und genossen einander in langsamen, weichen Bewegungen. Seine Hände wanderten über ihren ungeschützten Körper, fanden ihre Brüste, die empfindsamen Stellen, neckten und liebkosten sie.

Was ist?, fragte er, als er über ihr Gesicht strich und die Feuchtigkeit ihrer Tränen spürte. Was hast du?

Hela schüttelte den Kopf. Ich bin nur glücklich. Sein Zögern ignorierend, griff sie nach hinten, umfasste seine Pobacken und zog ihn mit einem beinahe brutalen Ruck an sich. Nur glücklich.

Das sollst du auch sein. Seine Bewegungen verstärkten sich sacht.

Es ist das erste Mal.

Was? Dass du glücklich bist mit einem Mann?

Dass ich es ganz bin. Ganz und gar. Dass ich es will.

Du hast nicht gewusst, fragte er, und Hela erbebte, dass es so sein kann?

Sie schüttelte leise den Kopf. Ihre Tränen flossen noch immer. Sie schmeckte das Salz auf ihren geöffneten Lippen.

Nein, dachte sie, rief es, schrie es. Und zugleich war es ein großes Ja. Nimm mich, stöhnte sie.

Und Bran legte sich auf sie, rollte sie herum auf den Bauch, hob ihre Hüften an und stieß zu. Hela wühlte ihr Gesicht in die Felle. Sie spürte seine Hände, die fest über ihren Rücken wanderten, ihre Brüste packten, ihre Schultern, und sie auf ihn schoben, fester und fester, bis sie glaubte, mehr könne es nicht mehr geben.

Doch, flüsterte er in ihrem Kopf, das gibt es. Meine Schöne, meine Liebste. Mein. Helas Schrei war ein Schluchzen und Lachen zugleich. Dann wusste sie nichts mehr.

Druiden-Geheimnisse

Sie schliefen bis in den Morgen hinein. Bran stellte ihr ein Frühstück aus Beeren und kaltem Fleisch ans Lager, dann wuschen sie einander, liebten sich, wuschen sich noch einmal und stiegen schließlich mit weichen Knien und müden Armen die Strickleiter herab. Zwischen den Bäumen war es still. Entweder schliefen die Dorfbewohner ebenfalls lange, oder sie zogen sich aus Pietät von dem jungen Liebespaar zurück. Bran führte Hela zu den noch immer schwelenden Resten von Gormlaiths Scheiterhaufen, in dessen warmer Asche es sich eine Katze mit ihren Jungen gemütlich gemacht hatte. Ganz bestäubt stapften die Kleinen heraus und folgten ihrer Mutter, die sie mit aufgeregt gerecktem Schwanz fort von diesen störenden Menschen und ihrem zottigen Begleiter führte. Hela hob eines der Kätzchen hoch, pustete es sauber und drückte es kurz gegen ihre Wange. Dann folgte sie Bran. Lächelnd wischte er ihr die Ascheflocken ab, als sie kam. Sie brauchte ihm nichts zu erzählen, nichts von dem Kätzchen und nichts davon, wie sehr sie ihn liebte, er wusste alles und noch mehr und überwältigte sie mit dem Gefühl seiner Nähe. Sie verstanden einander noch immer, ohne Worte, ohne Blicke, ganz als wären sie eins.

Sieh, meinte er und schob ein paar schwarze Hölzer beiseite. Er verbrannte sich an versteckter Glut und schüttelte die Finger, dann wies er auf den freigelegten Hüttenboden. Hela neigte sich vor. Die Hütte war nicht ebenerdig angelegt, sie besaß eine Art Keller, einen Schacht in ihrem Inneren, in den gut und gerne ein ausgewachsener Mensch sitzend hineinpasste, ohne dass man auch nur eine Haarspitze von ihm gesehen hätte. Bran lachte. Oengus baut die Hütten, ich grabe dann in der Nacht die Aushebung. Was habe ich mir dabei schon Blasen geholt. Er hob seine Hände. Hela ergriff und küsste sie spielerisch.

Dass Grainne dort nicht erstickt ist, meinte sie dann.

Bran schüttelte den Kopf. Es gibt auch einen kleinen Schacht nach draußen. Er ist jetzt verschüttet, glaube ich. Von dort kommt kühle Luft, so kann sie atmen. Sicher, die Hitze ist mörderisch. Aber es soll ja auch sein wie ein kleiner Tod.

Und eine Wiedergeburt, fügte Hela hinzu und schaute ihn an, dass seine Gedanken zu wandern begannen und auch ihm ganz heiß wurde.

Es gibt ein Mittel, eine Droge, die hilft dabei, sagte Bran.

Ich weiß. Hela nickte. Ich habe es an Grainnes Augen gesehen. Ist Bilsenkraut darin?

Er nickte anerkennend. Und auch ein wenig Schierling. Ich weiß, es ist ein Gift, beruhigte er sie, als er ihr Gesicht sah. Aber in der richtigen, geringen Menge kann es auch hilfreich sein. Ich zeige dir die Zubereitung später.

Du willst mir deine Geheimnisse verraten?, fragte sie erstaunt.

Liebevoll schaute er sie an. Es gibt keines, das du nicht schon kennst.

Doch, sagte sie und richtete sich auf. Ihr Blick schweifte über das Dorf. Ich weiß nicht, wer ihr seid und was ihr hier tut. Sie ergriff seine Hand. Aber ich weiß, dass ich dazugehöre. Sie sah Wolf, der in lockerem Trab zwischen den Stämmen herumlief, und pfiff ihn zu sich.

Bran verschränkte seine Finger mit den ihren. Dann wird es Zeit, dass du alles kennen lernst. Den Rest des Tages führte er sie herum, erzählte die Geschichte ihres Glaubens, ihrer Verfolgung und der Zuflucht, die sie im Wald gefunden hatten. Er führte sie von Hütte zu Hütte und stellte sie vor, erklärte ihr den Bau der Hütten, die Lage des Dorfes, nannte ihr die Namen seiner Götter, die Reihenfolge der Feste und die Zutaten der Tränke, die er dafür braute. Langsam spazierten sie dabei weiter und weiter, durch die Erdbeerfelder, wo er ihr ein Mittagsmahl pflückte, auf die Hochebene und bis zu dem Hügelgrab, unter dessen grauen Platten sie sich niederließen. Mael und Grainne hatten dort gesessen und sich erhoben, als sie kamen. Lächelnd grüßend gingen sie, umschlungen wie Bran und Hela, und überließen ihnen den Platz. Wolf, der ihnen auf Schritt und Tritt gefolgt war, suchte sich einen Platz im Heidekraut und hechelte zufrieden vor sich hin.

Grainne war einem anderen versprochen, erklärte Bran. Aber sie hat sich für uns entschieden, für die Ausgestoßenen. Sie wird bei uns bleiben.

Wie ich, sagte Hela und drückte seine Hand. Aneinander geschmiegt hockten sie da und sahen auf die grünen Hügel.

Was habt ihr weiter vor?, erkundigte sich Hela.

Bran zuckte die Schultern. Es gab nicht viel, was sie tun konnten. Im Wald ging es ihnen gut, sie lebten, das war mehr, als sie vor dem Winter erwartet hatten.

Aber wollt ihr eure Hütten, euer Land nicht wiederhaben?, fragte Hela.

Hah, schnaubte Bran. Doch dann schüttelte er den Kopf. Wir würden niemals stark genug sein, um Libran und seinen Leuten die Stirn zu bieten. Und selbst wenn, in unser Dorf könnten wir nicht zurückkehren, die Zeiten des friedlichen Lebens sind vorbei, ein für alle Mal. Wir könnten dort unseren Glauben nicht leben, erklärte er. Das nächste Kloster ist nicht weit.

Hela nickte, sie hatte den Mönch gesehen, der Libran in allem beriet.

Und hinter ihm liegt das nächste Kloster, und das nächste. Bran lachte bitter. Irland ist voll von Mönchen. Die Christen sind überall, ringsum. Wenn uns die einen nicht erschlagen, so werden es die anderen tun. Seine gelöste, glückliche Stimmung war wie weggeblasen. Manchmal denke ich, unsere Zeit ist vorbei. Wir sind Überreste von etwas, was es nicht mehr geben sollte. Und das Einzige, was uns bleibt, ist, einen guten Weg zu suchen, die Anderswelt zu erreichen.

Aber die Kinder, die ich gesehen habe?, fragte Hela und ergriff seine Hand. Und Mael und Grainne? Und wir? Das ist doch kein Ende. Sie weigerte sich, den Gedanken zu akzeptieren. Das kann keines sein.

Bran strich ihr übers Haar und drückte ihren Kopf an seine Schulter. Ich überlege jeden Tag, was ich tun soll.

Fieberhaft suchte Hela nach einer Idee. Ich muss mit Torvald reden, dachte sie. Er muss mir zuhören. Gemeinsam wären wir stark genug, wir könnten Libran besiegen, eine Gemeinde aufbauen, ein größeres Gebiet erobern. Andere Wikinger werden nachziehen, und sie werden ihren Glauben mitbringen. Ihre Götter, überschlugen sich ihre Gedanken, sind den unseren gar nicht so unähnlich. Unter einer Wikingerherrschaft …

Bran schüttelte den Kopf. Meine Männer würden sich

nie unter den Befehl eines Nordmannes beugen. Finn trägt noch die Narben seiner Knechtschaft auf dem Rücken.

Hela begehrte auf. Aber das ist nicht logisch. Lassen sie sich lieber von ihren Landsleuten töten, als von uns am Leben gelassen zu werden?

Sie sind Iren, sagte Bran.

Hela schnaubte. So schnell gab sie nicht auf. Sie würde trotzdem mit Torvald reden, beschloss sie. Vielleicht gab es einen Weg, vielleicht konnten sie gemeinsam etwas unternehmen. Ihre Gedanken summten lauter als die Bienen in den Kelchen der Blumen zu ihren Füßen.

«Schsch», machte Bran beruhigend und streichelte ihr Haar. Schwer lehnte sie sich an ihn. Eine Weile schwieg es in ihren Köpfen. Wolf schnappte nach ein paar Fliegen.

Riechst du den süßen Duft?, fragte Bran. Er gab dem Hund einen Klaps und pflückte ihr eine Blüte; Hela versenkte ihre Nase hinein. Es ist schön hier, sagte sie.

Ja, es ist schön.

Wenn Torvald bereit ist, dich zu treffen, begann sie wieder, versprichst du mir dann, dass du ...

Bran unterbrach sie, indem er sie an sich zog. Weißt du das nicht, murmelte er in ihr Haar.

Doch, sie wusste es. Und als er sich ins Gras legte, ließ sie sich mit ihm sinken. Sie wusste, er würde es tun für sie. Und sie fühlte die Kraft seiner Liebe, süß und traurig zugleich, wie das Wissen, dass der Frühling, der sie umgab, nicht von Dauer war.

Hela blieb einige Zeit im Waldlager. Die Tage verschwammen mit den Nächten, denn beide verbrachte sie eng an Bran geschmiegt. Manchmal leistete Grainne ihnen Gesellschaft, manchmal saß auch Mael neben seiner Geliebten, die anderen Dorfbewohner allerdings mieden sie beide, solange die Wikingerin da war. Es war nichts Boshaftes darin, nur Vorsicht, die zu höflich war, um sich in feindseligen Gesten zu manifestieren. Man respektierte, ja liebte Bran, Hela spürte es deutlich. Sie duldete man, und man beobachtete sie. Oft bemerkte sie Finn, der am Rande ihres Blickfeldes herumhing, bereit einzugreifen, sollte seinem geliebten Druiden irgendeine Gefahr drohen.

Hela, die neugierig war auf das Leben im Wald, bedauerte diese Zurückhaltung der Iren ein wenig. Zwar hätte es ihr gereicht, allein mit Bran zu sein, am liebsten bis an ihr Lebensende. Mehr als ihn, so schien es ihr, hatte sie zu ihrem Glück nicht nötig. Doch sie spürte nur zu gut, dass ihr Geliebter mit diesen Menschen verwachsen war. Nicht nur sie verehrten ihn, gehorchten ihm und suchten seine Führung, auch er war ihnen verbunden. Ihr Wohl war seine Lebensaufgabe. Sie spürte sein Verantwortungsgefühl und seine warme Zuneigung, und obwohl sie eifersüchtig darauf war, achtete sie ihn darum nur noch mehr. Ob sie wollte oder nicht: Wenn sie Brans Leben wirklich teilen wollte, würde sie sich an diese Menschen gewöhnen müssen.

Sie begann damit, indem sie Grainne zur Hand ging. Wie schon mit Gormlaith, war es auch mit der jungen Heilerin ein spannendes Erlebnis, gemeinsam zu arbeiten und Rezepturen auszutauschen. Schnell hatten sie sich über die Namen der Pflanzen geeinigt und konnten sich so einiges beibringen. Zu Helas Erstaunen waren es diesmal nicht die Männer, die zuerst Zutrauen zu ihr fassten, wie sie es gewohnt war, da sie die meiste Zeit ihres Lebens unter Kriegern verbracht hatte und ihre Art gut kannte, sondern die Kinder. Bald wusste sie kaum noch, wie sie sich der neugierigen Schar erwehren sollte, und schließlich ging sie dazu über, sie zu unterrichten, nicht in Kräuterkunde, sondern im Bogenschießen. Mit flinken Fingern bog sie kleine Äste zurecht, schnitzte Pfeile und wand Zielscheiben aus altem Stroh. Dann erklärte sie den Kleinen, wie die Waffe zu halten sei. Manchmal wollten sich ihre

Schüler ausschütten vor Lachen über ihren Akzent und ihr wildes Gestikulieren, wenn Hela wieder einmal ein Wort fehlte. Aber sie lernten von ihr, und da ihre Lehrerin durchaus streng war, lernten sie schnell.

Grainne schaute ihnen mit einem Kopfschütteln zu. Lächelnd verabschiedete sie diejenigen, die von ihren Müttern gerufen wurden, verteilte zärtliche Gesten und strich den Abschiednehmenden über den Kopf.

«Du Kinder gerne?», fragte Hela, die der Unterricht ein wenig ermüdet hatte. Sie schaute bereits wieder nach Bran aus, der mit Finn und Mael auf die Jagd gegangen war. Nie konnte sie länger als ein paar Stunden sein, ohne den brennenden Wunsch nach seiner Berührung in sich zu spüren.

Grainne errötete, und einen Moment lang fürchtete Hela, diese hätte ihre Gedanken erraten, wie Bran es konnte. Aber als Grainne sich über den noch flachen Bauch strich und glücklich zu lächeln begann, begriff sie.

«Du Kind», sagte sie, verärgert, dass sie der Freundin gegenüber wieder auf das mühevolle, dürre Kauderwelsch zurückgeworfen war, das sie noch immer von allen anderen trennte. Außer von Bran. Sie kramte in ihrem Gedächtnis und strengte sich an. «Du bekommst Kind.»

«Ich erwarte ein Kind, ja», bestätigte Grainne. Sie schaute Helas Schülern hinterher. «Bald wird es auch hier herumlaufen.»

«Hier?», konnte Hela sich nicht verkneifen zu fragen, bedauerte es aber, als sie sah, wie der rosige Schimmer von Grainnes Gesicht verschwand und sie den Mund fest zusammenpresste. Grainne bückte sich und hob den Korb mit Kräutern, die sie gepflückt hatte, auf ihre Hüften. «Bald ist Beltane», wechselte sie das Thema. «Es wird dir gefallen. Überall brennen Feuer, und Bran segnet das junge Vieh.»

«Warte, ich nehme das.» Hela nahm der Freundin den Korb ab. Als Grainne lachend meinte, so schwanger sei sie noch nicht, war sie erleichtert. Sie wusste, dass ihr verziehen war. Über die Zukunft redete man im Dorf nicht viel, das hatte sie schon begriffen. Aber Hela konnte nicht anders, als daran zu denken. Denn sie wünschte sich nichts sehnlicher als eine Zukunft mit Bran, so viel davon, wie irgend möglich war.

Als sie Grainne half, die Kräuter zu sortieren und zum Trocknen zusammenzubinden, war sie nicht so bei der Sache wie sonst. Ich muss dringend mit Torvald sprechen, heute noch, beschloss sie. Ich darf es nicht länger hinausschieben. Jeden Tag, den ich fort bin, versteht er sich vielleicht besser mit Libran. Ich darf es nicht länger hinauszögern.

Als endlich Bran mit seinen Freunden am Rand der Lichtung auftauchte, wurde viel Gewese um den Hirsch gemacht, den sie zwischen sich an einer Stange trugen. Es versetzte ihr einen Stich ins Herz. Wie schön er war, wie wunderbar. Wie sehr sie ihn liebte. Der Gedanke, dass sie ihn gleich verlassen würde, für wie kurz auch immer, kam ihr abwegig vor, schierer Unfug. Sie musste ja verrückt sein, auch nur daran zu denken. Ihrem Impuls nachgebend, rannte sie auf ihn zu und verbarg das Gesicht an seiner Brust.

«He, he», rief er mit gespieltem Erstaunen und umarmte sie, den Bogen noch in der Hand. Dann schob er sie von sich und schaute sie an. Während Finn noch seine Witze darüber riss, dass Bran die Frauen beschwören konnte, ihm wie gebratene Tauben zuzufliegen, nickte er langsam.

«Du hast dich entschlossen», sagte er.

«Du einverstanden?», fragte sie.

Bran machte ein betrübtes Gesicht. «Es liegt nicht nur an mir, das weißt du.»

Da reckte Hela das Kinn. «Mael bald Vater», sagte sie. «Will er Waldbewohner aufziehen?»

Bran zog erstaunt die Brauen zusammen. Finn, der den

Namen seines Freundes gehört hatte, kam näher, blieb aber auf einen Wink des Druiden stehen. «Du weißt viel», sagte er langsam. Dann brach sich ein Lächeln auf seinen Zügen Bahn. «Vielleicht weißt du auch über die Zukunft mehr als ich. Also gut.» Er richtete sich auf. «Wenn er mich sprechen will, werde ich bereit sein.»

Wolf, der mit dem toten Hirsch getändelt und immer wieder seine Schnauze angestupst hatte, kam herbeigelaufen und setzte sich zwischen sie.

«Wolf bei dir», sagte Hela und kraulte den Hund, wobei sie ihm den Befehl gab, Bran zu gehorchen. «Er liebt dich», fügte sie hinzu. Wie ich. Das Echo erfolgte nur in ihren Gedanken.

Ich werde ihn hüten, versprach Bran im Geiste, wie deine Liebe.

Hela dankte ihm mit einem Kuss. Für einen Moment wünschte sie, er würde niemals enden. Es dauerte eine Weile, bis sie realisierte, dass Finns mageres Gesicht sie anstarrte. Missmutig wischte der Krieger sich die schwarzen Strähnen aus der Stirn.

«Er wird dich begleiten», sagte Bran. «Damit du sicher durch den Wald kommst.»

Noch einmal fiel Hela ihm um den Hals. Dann riss sie sich abrupt los, wandte sich ab und ging davon, ohne sich noch einmal umzudrehen. Sie brauchte es nicht. Sie sah ihn auch so, spürte seine Blicke mit jeder Faser, spürte seine Gedanken wie er die ihren. Unnötig, ihm zu verbergen, dass sie weinte.

Finn ging aus Respekt vor ihrem Kummer eine ganze Weile schweigend neben ihr her. Auch später sprachen sie nicht viel, kletterten stumm über Felsen, stolperten über Wurzeln. Einmal wichen sie einem Bären aus, der friedlich an einigen Zweigen kaute und sie nicht weiter beachtete, während sie rückwärts davonkrochen.

Als sie gleichzeitig aufatmeten, fanden sich zum ersten

Mal ihre Blicke. «Grainne mag dich», sagte Finn in der Sprache der Wikinger, als dächte er darüber nach.

Hela bemühte sich um ein Lächeln. «Ich mag Grainne», erklärte sie.

Finn nickte. «Sie sagte zu Mael, wenn es ein Mädchen wird, soll es Hela heißen.» Er unterstützte das Gesagte mit einigen Gesten, trotzdem dauerte es eine Weile, bis Hela begriff. Aber sie schüttelte zu Finns Erstaunen den Kopf.

«Es wird Junge», sagte sie, ruhig und im Brustton fester Überzeugung.

Eine Weile starrte Finn sie mit gerunzelter Stirn an. Dann nickte er. Und mit neuem Respekt im Blick ging er neben ihr her. Sie war wahrhaftig Brans Frau, dachte er. Sie wusste Dinge. Dass sie sich irren könnte, zog er keinen Moment in Betracht.

«So», meinte er schließlich und kratzte sich. «Dann werde ich den zukünftigen Eltern das so berichten.»

Und Hela nickte. Auch sie hatte die Stelle wiedererkannt. Von hier aus würde sie alleine ins Lager finden. Für Finn konnte es gefährlich sein, weiter mitzukommen.

«Sag Bran», begann Hela, dann hielt sie inne und schüttelte den Kopf. «Grüß Grainne von mir», meinte sie stattdessen. «Ich bin bald zurück.»

Finn nickte nur knapp. Eine Weile schaute er Hela nach, die davonging. «He», rief er dann plötzlich.

Sie blieb stehen und wandte sich um.

«Glaubst du, dass Aidan ein guter Name wäre?»

Hela lachte. «Ein sehr guter Name, Finn. Sehr gut.» Sie winkte ihm zum Abschied. Und er erwiderte die Geste.

Nicht weit davon hob Holmsten den Kopf. «Hast du auch was gehört?», fragte er Cliodna, die neben ihm ging. Stunden schon war er nun auf der Pirsch, ohne etwas anderes erlegt zu haben als zwei magere Kaninchen. Cliodna trug sie an den zusammengebundenen Hinterpfoten über der

Schulter. Was musste sie von ihm denken? Und wer waren die Fremden mitten im Wald?

Cliodna nickte. «Stimmen», bestätigte sie. Dann packte sie seinen Arm und zeigte durch die Zweige eines Schlehenbusches.

Beide hielten sie den Atem an. Dort stand Hela, die seit Tagen verschwunden war und die sie schon für tot erklärt hatten. Und hinter ihr, vom Blattwerk halb verborgen, ein Mann.

Holmsten wurde es mit einem Mal heiß. Wie sie lachte, wie sie winkte. Sie hatte sich doch tatsächlich wieder mit diesem Kerl getroffen. Mit zitternden Händen packte er seine Waffe und legte einen neuen Pfeil auf. Sein Leben also sollte er dem Iren verdanken? Er pfiff darauf, sie sollte es schon sehen.

«Schieß», flüsterte Cliodna an seiner Seite. Es war überflüssig, er hatte sein Ziel bereits anvisiert. Diesmal würde er ihr eine bessere Beute bringen. Lautlos zählte er bis zehn. Das Zittern in seiner Hand verschwand.

Erste Erfolge

Hela eilte an dem Gebüsch vorüber, ohne Holmsten oder Cliodna zu bemerken. Singend verschwand sie im Farn, der sich hinter ihrem Rücken schloss. «Schieß doch», wiederholte Cliodna. Holmsten ließ die Sehne los.

Laut sirrte es in seinen Ohren. Und das «Ouch», mit dem seinem Opfer die Luft aus den Lungen fuhr, traf ihn wie ein Schlag in den Magen.

Cliodna sprang hoch wie ein aufgescheuchtes Wild. Langsamer folgte Holmsten ihr. Ihm war ein wenig schwindelig, als er auf den Mann hinuntersah.

«Er ist es nicht.» Für einen Moment fiel es ihm schwer, irgendetwas zu empfinden.

Cliodna verspürte zunächst nur Enttäuschung. Schließlich aber erkannte sie den Mann, der da vor ihr lag, an allen Gliedmaßen zitternd von dem Schock und mit den Augen rollend wie ein verendendes Reh.

«Finn», flüsterte sie, und durch ihre Gedanken zogen ein paar erfreuliche Ideen.

«Er lebt noch», stellte Holmsten leicht beschämt fest. Sein Pfeil war durch Finns Leib gedrungen, dicht unterhalb der Rippen. Er hatte weder das Herz noch die Lungen ernsthaft verletzt. Dem Mann stand auch kein Schaum vorm Mund, und wenn er nicht innerlich verblutete, könnte er den Schuss sogar überleben.

Cliodna kniete sich neben den Verwundeten und suchte seinen Blick auf sich zu lenken. Finns Augen, zunächst unstet, fixierten sie plötzlich, seine Pupillen wurden groß.

«Guten Tag, Finn», sagte Cliodna leise und strich ihm über die Wange. «Libran wird sich freuen, dich zu sehen.»

Der Ire versuchte ein Grinsen, das ihm jämmerlich misslang.

Holmsten verstand nicht, was da vor sich ging, doch als Cliodna ihn anwies, den Mann auf die Schulter zu nehmen und ihr zu folgen, gehorchte er ohne Weiteres. Finn schrie auf, als der Wikinger ihn schulterte, und fiel dann in Ohnmacht. Holmsten wankte kurz, dann hatte er Tritt gefasst. Er räusperte sich, spuckte aus und folgte Cliodna, die ihm schon weit voraus war.

Im Wikingerlager wurde Hela teils mit Neugier, teils mit Abneigung empfangen, aber insgesamt mit wenig Wärme oder Freundlichkeit. Manche sprachen gar nicht mit ihr, andere schüttelten auf ihre Frage, wo Torvald sei, nur unwirsch den Kopf. Schließlich fand sie den Anführer am Ufer, wo er stolz sein Schiff betrachtete, dessen Segel sich im Wind blähte.

«Übermorgen sticht sie in See», erklärte er ihr statt einer Begrüßung. Er wandte sich ihr zu. «Vielleicht solltest du mitfahren. So wie Sigurdur.»

Hela warf einen Blick auf die «Drachenmaul» und sah den Isländer an der Reling stehen. Er war noch blasser als gewöhnlich, hager und hatte einen stoppeligen Bart. Wild sah er aus, zum ersten Mal, seit sie ihn kannte, und sie fragte sich kurz, was sie eigentlich von ihm wusste. Dann erinnerte sie sich ihrer Mission.

«Ich werde nirgendwohin fahren, Torvald», sagte sie. Sofort runzelten sich seine Brauen, und um den forschen Einstieg ein wenig zurückzunehmen, fügte sie begütigend hinzu: «Ich will dir keinen Ärger machen, Kapitän, dir nicht und auch nicht Holmsten. Wenn er Cliodna möchte, soll er sie kriegen, ich werde euch da bestimmt nicht hineinreden, ich bin nicht verärgert und werde nicht klagen.»

Das klang schon besser in Torvalds Ohren, und seine Miene wurde milder. Eine Klage auf Bruch des Eheversprechens wäre das Letzte gewesen, was er mit Hela hätte ausfechten wollen. Nun, sie schien ein vernünftiges Mädchen zu sein. Und er lebte gerne mit ihr in Frieden. Mit dem zaubermächtigen Volk lebte man am besten so.

Da trat Hela einen Schritt näher an ihn heran. «Aber ich muss dich sprechen, Torvald, bitte. Gewähr mir eine Unterredung», sagte sie, schnell und leise, da sie sah, wie Åke herbeigeschlendert kam, langsam und teilnahmslos, als hätte er nichts Besseres zu tun, als das Schiff zu inspizieren. «Und allein.»

Wieder regten sich ungute Gefühle in Torvald. Er überlegte. Aber es fiel ihm nichts ein, was er dagegen hätte einwenden können. «Nun gut», sagte er und wies mit der Hand den Strand entlang, um sie aufzufordern, mit ihm in diese Richtung zu gehen. Åke winkte er ab, ehe dieser ihnen folgte. Nach einer Weile kamen sie zu einem umgestürzten Baumstamm, auf dem Torvald sich ächzend niederließ. Hela nahm mit gekreuzten Beinen auf einem flachen Stein Platz.

«Ich höre», erklärte Torvald. «Das zumindest bin ich dir schuldig.»

Hela nickte aufgeregt; sie holte tief Atem, dann begann sie. Sie schilderte Torvald, wer die Menschen im Wald waren, dass sie aus dem Dorf kamen, dass Libran sie vertrieben und sich ihr Land angeeignet hatte. «Sie sind wie wir», sagte sie, «sie verehren dieselben Götter. Sie zaubern nicht mehr als ich oder du» – mehr du als ich, dachte Torvald dabei, aber er schwieg – «und sie schaden niemandem. Auch Menschen opfern sie keine. Übermorgen ist ihr Beltane-Fest, es gleicht unseren Frühlingsfeiern, Torvald: Feuer, überall Freudenfeuer, zwischen denen Vieh hindurchgetrieben wird, Trankopfer aus Bier für die Ackerfurchen, die Pärchen machen sich auf in dunkle Ecken, und die Älteren betrinken sich.» Sie musste lächeln, wenn sie daran dachte und sich an die Feiern ihrer Kindheit auf dem Schlangenhof erinnerte, bei denen es ähnlich zugegangen war.

«Und?», fragte Torvald trocken.

«Und sie laden uns ein, dabei zu sein.» Hela setzte ihm auseinander, warum sie glaubte, dass die Waldleute die besseren Partner für die Wikinger wären. Warum sie für ein Bündnis plädierte und was Torvald dabei gewinnen könnte. Sie hatte es lange mit Bran diskutiert. «Sie bieten euch alle Ländereien an, die westlich der Hügel liegen», sagte sie mit vor Eifer glühendem Gesicht. «Das ist mehr, als Libran zu bieten bereit ist. Bran will euch Librans gesamtes Vieh geben. Und falls ihr euch einigt, dieses Land hier gemeinsam zu beherrschen, soll euch gehören, was zum Kloster zählt.» Atemlos hielt sie inne.

Torvald wiegte nachdenklich seinen Kopf. Er musste zugeben, dass das nicht schlecht klang, es hatte allerdings einen Haken. «Nur dass deinem Bran nichts davon gehört», sagte er. «Er braucht uns, um überhaupt erst in den Besitz dessen zu kommen, was er uns anbieten will.» Verächtlich spuckte er aus. «Er verkauft die Haut des Bären, bevor er ihn erlegt hat. Nichts hat er zu bieten.»

Verzweifelt wollte Hela weiterargumentieren. Sie versuchte ihm klar zu machen, dass die Waldleute ihnen ähnlicher wären und insgesamt vertrauenswürdiger seien als die im Dorf, Bran allen voran. «Libran ist nicht zu trauen», rief sie erregt, «das musst selbst du zugeben.»

Torvald gestand es ihr mit einem knappen Nicken ein.

«Und für Bran würde ich meine Hand ins Feuer legen, ach was, meinen Arm.»

Torvald musste lächeln. Bald aber wurde er wieder ernst. «Und wenn du in Feuer baden würdest», sagte er und verstummte. Es war neu, was sie ihm da anbot. Es fiel ihm schwer, sich mit dem Gedanken anzufreunden, obwohl manches von dem, was sie sagte, vernünftig klang. Dann aber schüttelte er den Kopf. «Wenn ich diesem Bran die Hand reiche», sagte er, «müssen wir kämpfen, in jedem Fall. Ist Libran loyal, bleibt mir an seiner Seite ein Kampf erspart.» Er schaute aufs Wasser. «Ich werde mich nicht ohne Not für den Krieg entscheiden, Hela.»

Die dachte fieberhaft nach. «Und wenn ich es tatsächlich täte?», fragte sie. Sie dachte an das Opfer, dem sie beigewohnt hatte. «Wenn ich das Bad im Feuer nähme, als Unterpfand für unser Bündnis?»

Entsetzt starrte Torvald sie an.

Hela ließ nicht locker. «Und wenn ich lebendig aus den Flammen hervorkäme? Wäre das ein Zeichen? Würdest du dann mit Bran ziehen?»

Der Wikinger winkte erschrocken ab. Das Feuer in ihren Augen war bereits zu viel für ihn. Und was war es nur, was sie da redete? «Das könntest du nicht», murmelte er erschüttert.

Hela nickte entschlossen. «Ich kann, und ich tue es.»

Torvald starrte sie an. Er glaubte ihr. «Nun gut», seufzte

er, als er aber das Strahlen auf ihrem Gesicht sah, hob er die Hand. «Nicht, was du denkst», bremste er sie. «Ich will ihn mir anhören, diesen Bran, ja, ich spreche mit ihm. Mehr sage ich zu diesem Zeitpunkt nicht.» Mit gemischten Gefühlen betrachtete er seine Hände. «Sollte Libran mich enttäuschen, werde ich gegen ihn das Schwert ziehen.»

Hela sprang auf. «Ich gehe ihn holen», rief sie.

Torvald winkte ab. «Nicht heute», verlangte er. Er wollte Zeit haben, alles in Ruhe zu bedenken.

«Dann morgen.»

«Morgen sind wir zum Festmahl im Dorf geladen.»

Helas Miene verdüsterte sich umgehend. Aber Torvald blieb hart. «Ich werde nicht damit beginnen, dass ich meine Zusagen breche, Hela. Ich habe gesagt, ich werde ihn mir anhören. So wie ich morgen Libran anhören werde. Sag deinem Bran, er soll am Abend darauf hier erscheinen.» Das war sein letztes Wort, Hela spürte es. Sie war enttäuscht, doch alles in allem hatte sie wohl mehr erreicht, als sie hatte erwarten dürfen. Alle um sie herum lebten in Abscheu und Furcht vor den Waldleuten. Dass sie Torvald hatte überzeugen können, dass es Menschen waren, ja sogar mögliche Bündnispartner, und dass er zu einem ehrlichen Gespräch bereit war, das war viel.

«Ich danke dir», sagte sie, und sie meinte es aus tiefster Seele.

Verlegen nickte Torvald ihr zum Abschied zu, bevor er zum Lager zurückkehrte. Einen Moment stand Hela nur da. Auf einmal spürte sie, wie zutiefst erschöpft sie war. Die Aufregungen der letzten Tage hatten sie ausgelaugt, die hässlichen wie die schönen. Schlaf, dachte sie und kicherte in sich hinein, Schlaf habe ich auch kaum bekommen. Sie räkelte sich und gähnte. Die Botschaft konnte sie Bran ebenso gut morgen bringen, an Beltane. Das Fest im Dorf würde sie liebend gerne dafür ausfallen lassen. Das verschaffte ihr ein paar Stunden, um sich zu erholen.

«He, Sigurdur», rief sie zur Reling hinauf, als das Schiff wieder in Sichtweite kam. Der Kopf des Isländers erschien. «Nimmst du einen einsamen Passagier auf?», fragte sie und war froh, als er lächelte und ihr die Hand hinstreckte.

Hela ergriff sie und zog sich hinauf. Sie umarmten einander für einen Moment.

«Wie geht es dir?», erkundigte sie sich schüchtern.

Sigurdur wandte den Blick ab. «Morgen werde ich zusehen, wie sie gehen, um mit denen zu saufen, die meine Frau ermordet haben. Ich bin kein Mann.»

Hela legte ihm die Hand auf die Wange. «Du bist einer der besten, die ich kenne», sagte sie und wusste, dass es die Wahrheit war. Ob es bei den Waldleuten, überlegte sie, wohl ein Mädchen gab, das gut genug für ihn wäre?

Sigurdur winkte ab. «Du siehst müde aus», meinte er und holte eine Decke. Dankbar ließ Hela sich einwickeln. Noch ehe sie sich richtig ausgestreckt hatte, war sie auch schon eingeschlafen.

Beltane

Finn erwachte, als ein weißer Blitz aus Schmerz die Dunkelheit seiner wohltuenden Ohnmacht zerriss. Er schmeckte Blut in seinem Mund und blinzelte, bis er eines seiner verschwollenen Augen aufbekam. Seltsam, dachte er, wie klein die Menschen waren. Er, der eher Zierliche, konnte auf einmal auf Cormack hinuntersehen. Nur langsam begriff er, dass er an der Decke einer Hütte hing, hinaufgezogen an seinen gefesselten Händen. Seine Schultergelenke brannten so sehr, dass er glaubte, es nicht aushalten zu können. Und mit jedem Ruck, den Connor ihn höher zog, knackten sie beängstigender.

Werde ich je wieder einen Bogen halten können?, fragte er sich und rätselte zur selben Zeit: Seltsam, was einem für

Dinge durch den Kopf schießen. Dabei bin ich schon tot, ich muss es mir klar machen, ich bin tot. Es gibt keine andere Lösung. Er dachte an Bran, an Mael und Grainne und biss seine Zähne zusammen. Es gab Dinge, die es wert waren zu sterben. Wenn nur der Tod bald kommen würde.

Libran lächelte, als er die Träne sah, die an Finns Nase entlang über seine Wange lief. Er machte Connor ein Zeichen aufzuhören. «Genug», befahl er. «Unser kleiner Mann hier hat, glaube ich, begriffen, worum es uns geht.» Drohend trat er einen Schritt näher. «Wo», fragte er, «ist Brans Lager?»

«Keine Ahnung», stieß der Gefolterte hervor. Und fügte, als er die düsteren Blicke sah, rasch hinzu: «Aber vielleicht würde mein Gedächtnis besser funktionieren, wenn ich nicht so in der Luft hinge und wenn ich vielleicht einen Krug Schnaps ...»

Ehe er zu Ende sprechen konnte, hatte Libran seinen Dolch gezückt und ihn mit einer schnellen Bewegung einmal über Finns nackten, schweißnassen Bauch gezogen. Der schrie. Fassungslos starrte er auf die klaffende Wunde, die sich mit seinem pumpendem Atem öffnete und schloss, während das Blut wie ein purpurner Schurz über seine Lenden floss. Ich bin tot, raste es in seinem Kopf, ich bin tot. O Aine, aber es tut so weh. Krampfhaft schloss er die Augen.

«Das», zischte Libran, «werde ich noch einmal tun, und noch einmal. Bis deine Gedärme hinunter auf den Boden hängen. Danach werde ich sie dir in dein verdammtes Schandmaul stopfen. Und du wirst immer noch leben, das garantiere ich dir. Connor hier», er klopfte seinem Neffen, der zufrieden lächelte, auf den Rücken, «versteht sein Handwerk. Wie Cormack auch. Wir alle wollen doch, dass du mit uns als Gastgebern zufrieden bist.» Seine Stimme wurde noch leiser, sie zischte, schien es Finn, wie die einer Schlange. «Du wirst leben, Finn, solange wir es wollen.» Er lachte leise. «Na komm schon, du denkst, du bist ein Held?» Langsam hob er seine Hand, schob sie in Finns Wunde und sah zu, wie seinem Opfer der Schweiß in Bächen von der Stirn lief. «Du bist ein kleiner Dieb und Betrüger, Finn, ein Tunichtgut, ein Sklave. Bran mag ein Held sein, er würde hier hängen und seine Zähne verschlucken. Aber du, du wirst ihn verraten.» Er zog seine Hand zurück und hielt die purpurnen Finger vor Finns Gesicht. Langsam, wie ein Brandmal, drückte er sie ihm auf. «Und das wissen wir beide.»

Finn weinte. Verzeih mir, dachte er, verzeih mir, Bran. Mael, Grainne ... Er sah Librans Dolch ein weiteres Mal blitzen und schloss die Augen.

Das Festmahl

Mittag war lange schon vorüber, als Hela erwachte. Noch ehe sie die Augen aufschlug, hatte sie den köstlichen Duft gebratenen Fischs in der Nase. Sigurdur schob ihr eine prächtige Portion auf einer kleinen Holzplatte ans Lager.

Hela stemmte sich auf den Ellenbogen hoch und nahm etwas von dem weißen, zerfallenden Fleisch. «Hmm», sagte sie, «köstlich.»

Sigurdur bemühte sich um ein Lächeln. Sie betrachtete ihn nachdenklich. «Du isst immer hier alleine, nicht wahr?», fragte sie schließlich.

Er schaute hinauf aufs Wasser und nahm sich Zeit, das Spiel der Sonnenstrahlen auf der Oberfläche zu betrachten, dieses zerspringende Mosaik von Splittern aus Licht. «Heute nicht», sagte er und fügte, um das Thema zu wechseln, hinzu: «Ich fange sie mir dort draußen.»

Hela folgte seinem Blick und kniff die Augen zusammen. Sie spürte die Sonne auf ihrer Haut, dachte an die Wärme von Brans Händen und konnte nicht anders, als sich wohlig zu räkeln. «Es ist schön hier, nicht wahr?», begann sie.

Nun lächelte Sigurdur tatsächlich. Sein hager gewordenes Gesicht erhellte sich ein wenig, und Hela fand, dass er nie besser aussah. Teilnahmsvoll ergriff sie seine Hand. Sigurdur überließ sie ihr.

«Es ist in Ordnung, dass du hier bleibst», sagte er. «Du musst dich nicht bemühen.»

«Nein, ich ...» Hela überlegte, wie sie ihm ihre Absichten am besten schildern könnte. Wie sollte sie beginnen? Mit den Hütten in den Bäumen? Die dem gewöhnlichen Leben enthoben sind? Wie wunderbar waren die Tage dort oben gewesen! Sie wünschte manchmal, sie wäre nie mehr hintergeklettert. Oder mit Beltane? Ach, wenn sie nur dabei sein könnte. Sie sah es schon vor sich: die beiden Freudenfeuer, darum die Kinder, die sie mittlerweile so gut kannte, Bran in seinem weißen Gewand und Oengus, der wie immer mit Schweiß auf der Stirn, die Ärmel seines karierten Kittels aufgerollt, einen widerstrebenden Stier dazu zu bringen sucht, zwischen den beiden Flammenhaufen hindurchzugehen. Dazu die Musik, Grainne, die Mael entgegenlachte, und Finns Fuchsgesicht. Bestimmt war er schon halb betrunken. Unwillkürlich hob Hela die Nase und witterte. Fast vermeinte sie, den Rauchgeruch wahrzunehmen, der von den Feuern aufstieg. Und stand da über dem Wald nicht tatsächlich eine kleine, hauchzarte Wolke von Rauch?

Mit leuchtenden Augen wandte sie sich Sigurdur zu. «Es könnte auch dir gefallen, das ist es, was ich meine.»

Aber der Isländer schüttelte entschieden den Kopf. Lange betrachtete er seine Hände. «Ich habe viel nachgedacht», sagte er, schwieg aber dann. Hela wartete geduldig. «Ich habe auch viel geträumt», fuhr er fort, «von vergangenen Dingen, mich erinnert.» Er sah aus, als wanderte er immer noch in diesen Erinnerungswelten, als befände er sich mehr in einem dunklen Traum als hier neben Hela im hellen Sonnenschein.

«Hela, dabei fiel mir ein Wort wieder ein, das ich einmal gehört habe. Weißt du, was es bedeutet: Vala?»

Hela war so verblüfft, dass sie nicht antworten konnte.

«Heda, Sigurdur und Hela!» Es war Torvald, der sich polternd näherte. Immer wieder ihre Namen rufend, trampelte er über den Kies auf das Schiff zu und baute sich davor mit in die Hüften gestützten Händen auf. «Wir gehen los», verkündete er.

Erstaunt bemerkte Hela, dass Sigurdur, der sich an der Reling aufgestützt hatte, um dem Ankömmling entgegenzusehen, mit den Zähnen knirschte. Beruhigend legte sie ihm die Hand auf den Arm. Dabei arbeiteten ihre Gedanken fieberhaft. Sie hatte Torvalds Wort, und sie vertraute ihm. Aber da hinten kamen schon Åke und Holmsten heran, beide mit verschlossenen Gesichtern. Sie hassten Bran beide, das ahnte Hela. Und sie würden den ganzen Abend um den Anführer sein, ihn beschwatzen und umgarnen. Vielleicht wäre es gar keine so schlechte Idee, überlegte sie, Torvald bei seiner Unterredung mit Libran nicht alleine zu lassen, sondern zu sehen, wie alles lief, wie die Dinge sich entwickelten, und notfalls sogar einzugreifen. Damit sie wusste, in welche Situation sie Bran brachte, wenn sie ihn morgen zu Torvald sandte, und was ihn dort erwartete. Sie neigte sich zu Sigurdur. «Ich habe etwas vor», flüsterte sie ihm rasch zu. «Bitte, begleite mich.» Sie wiederholte ihren Wunsch mit einem inständigen Blick.

Man sah dem Isländer an, wie schwer ihm die Entscheidung fiel.

Dankbar umarmte Hela ihn, als er ihr zunickte. «Es wird gut sein zu wissen, dass ein Freund dabei ist», sagte sie.

Sigurdur warf Torvald und seinen Männern einen düsteren Blick zu. «Der einzige», meinte er traurig. Dann steckte er sein Schwert in den Gürtel. «Ich bin bereit.»

Aufgeregt überblickte Cliodna die Tafel. War alles an seinem Platz? Alles schon fertig? Sie klatschte in die Hände und rief Kommandos, stauchte die Knaben zusammen, die die Spanferkel auf ihren Spießen drehten und nicht darauf achteten, wenn aus dem tropfenden Fett Stichflammen aufschossen, um die krossen Schwänze und Ohren der Tierchen anzusengen. Sie trieb die Mädchen zur Eile, die die Trinkbecher auf den Holzbalken verteilten, die zu einem rohen Tisch zusammengezimmert worden waren. «Jedem ein Becher», rief Cliodna. «Es ist wichtig, dass jeder seinen Becher hat.»

In riesigen Töpfen dampfte die Grütze vor sich hin, gewürzt mit frischen Kräutern, die mit den Braten um die Wette dufteten. Ein Eintopf aus Linsen und Zwiebeln warf Blasen und verbrühte seiner Köchin die Hand. Cliodna schimpfte die jammernde Frau ein dummes Ding. Wieder und wieder ging sie zu dem Fass mit Met, um zu prüfen, ob alles zum Besten sei. Dabei wanderte ihr Blick immer auch unruhig zum Waldrand hin. Die Gäste würden bald erscheinen, aber Libran mit seinen Kriegern war noch nicht zurück. Sie lief hinüber zu seiner Hütte und schob den Vorhang beiseite. Lange stand sie am Eingang und betrachtete die Pfütze aus dunklem Blut, die dort zu sehen war, wo Finn die letzte Nacht gehangen hatte. Sie hatten ihn mit sich geschleppt. Der Tod seiner Gefährten sollte das Letzte sein, was er in diesem Leben sah. Bevor er, dachte Cliodna, in die Anderswelt hinüberging. Was anders sollte die Hölle sonst sein? Sie bekreuzigte sich hastig und küsste ihren Daumen. Wenn Libran sich doch nur beeilen würde.

Schon wurden Stimmen zwischen den Bäumen laut. Man hörte Männer singen. Cliodnas Gesicht hellte sich auf. Das waren sie, sie kamen. Und sie mussten siegreich gewesen sein. Rasch lief sie hinaus auf den Platz und ihnen entgegen. Sie wollte sehen, wie Brans Kopf auf einem Speer herbeigetragen wurde. Er, der sie verspottet hatte. Diesmal würde sie über ihn lachen. Oh, wie sie lachen würde! Ihre Hände kneteten aufgeregt die Falten ihrer Schürze. Doch ihr frohes Gesicht verdüsterte sich rasch. Das waren nicht ihre Männer, das waren nicht ihre Lieder. Sie erkannte die fremde Sprache, den rauen Klang der Nordmänner. Ihre Gäste kamen! Cliodna wurde bleich. Was wollten sie so früh hier? Wussten sie nicht, dass ein Festmahl erst mit dem Einbruch der Dunkelheit begann? Diese Heiden! Und was sollte sie jetzt tun? Zwischen ihr und den Schwertklingen der Wikinger stand nichts als ein paar Mädchen, Kinder und alte Weiber.

Cliodna rannte zurück zur Tafel. Außer Atem blieb sie hinter dem Metfass stehen und klammerte sich an seinen Rand, als böte es ihr Schutz und Deckung. Auch die anderen waren blass geworden. Jammernd drückten sich die Mädchen aneinander, und die Jungen am Bratspieß sahen aus, als wollten sie jeden Moment davonlaufen. Auf ihren blassen Gesichtern stand der Schweiß nicht nur von der Hitze des Feuers. Eine Alte trat neben Cliodna. «Was machen wir jetzt?», fragte sie und schaute die junge Frau mit ihren feuchten, rot entzündeten Augen an.

Cliodna straffte sich. Es galt, die Sache durchzustehen. Sie strich ihre Schürze glatt, hob das Kinn und richtete die Bronzefibel, die ihr Gewand auf der Schulter zusammenhielt, so, dass Holmsten sie gut würde sehen können. Es war ein Geschenk von ihm, und es würde ihm gefallen, dass sie es trug. Auch sollte der Schmuck ihm eine Erinnerung daran sein, dass sie Freunde waren. «Freunde», murmelte Cliodna vor sich hin. Sie lächelte nervös.

Dann trat sie den Gästen entgegen.

Torvald war stehen geblieben und schaute sich um. «Riecht gut», stellte er fest, und seine Männer lachten über den gelungenen Scherz. Bei Odin! Es roch in der Tat köstlich. Und nicht weniger köstlich war der Ausblick: lauter

Frauen und Mädchen, eine Augenweide, wo die eigenen doch einen halben Ozean entfernt waren, während ringsum der Frühling sich mit aller Macht Bahn brach. Zu Hause hätten sie heute ein Fest gefeiert, bei dem der Met in Strömen geflossen wäre, bis keiner mehr hätte geradeaus gehen können. Sie hätten getanzt und den Mond angegrölt, und wer umgesunken wäre, hätte im letzten Moment die Arme um sein Mädchen geschlungen und es mit sich ins Gebüsch gezogen.

Einer der Männer, der Tove hieß, leckte sich unwillkürlich die Lippen und blinzelte dem ihm am nächsten stehenden jungen Ding zu. Das Mädchen erbleichte und versteckte sich hinter seinen Freundinnen.

Toves Freund stieß ihn in die Seite. «Sie mag dich», sagte er. «Das sieht man sofort.»

«Wo», dröhnte Torvald da, «ist Libran?» Åke brauchte nicht zu übersetzen. Die Worte des Wikingers waren verstanden worden.

Cliodna faltete ihre Finger ineinander, die ein Eigenleben gewonnen hatten, das sie nicht zu beherrschen vermochte. Unaufhörlich verwoben und lösten sie sich, während sie sprach. «Sie sind noch auf der Jagd», erklärte sie. «Wir ... wir haben euch erst mit der Dämmerung erwartet.»

Torvald hörte Åke geduldig zu, zog dann eine Augenbraue hoch und verwies auf den zarten Streifen Abendrot, der sich am türkisblauen Himmel hinzog.

Cliodna beeilte sich, eifrig zu nicken. «Wir hatten Angst, das Essen könnte nicht reichen, da sind sie noch einmal losgezogen. Einen Hirsch jagen», improvisierte sie mit einem nervösen Seitenblick auf Åke und hoffte, man würde das Zittern in ihrer Stimme nicht bemerken. «So will es der heilige Patrick. Aber sie müssen jeden Augenblick zurück sein.» Sie nickte erneut heftig, um ihre Worte zu bekräftigen.

Torvald starrte sie an. «Heißt das, es sind keine Männer im Dorf?», fragte er.

Cliodna lauschte Åkes Übersetzung und wollte schon nicken, da hielt sie inne. Einen Moment lang trafen sich ihre Blicke, und mit Entsetzen begriff sie, welcher Gedanke ihm durch den Kopf schoss. Sie sah die Bilder, die ihm vor Augen schwebten: brennende Hütten, schreiende Frauen, Kinder als Geiseln, ein leichter Sieg. Cliodna biss sich auf die Lippen.

Da trat Holmsten vor und legte ihr den Arm um die Schulter. Er tippte an die Fibel, und Cliodna schaffte es, ihm ein Lächeln zu schenken. Torvald räusperte sich; der Moment der schrecklichen Vision war vorüber. «Vielleicht wollt ihr schon etwas trinken», hörte Cliodna sich sagen. Und wie im Traum wankte sie hinüber zu dem Fass und hob den Deckel ab. «Ich habe den Met selbst angesetzt.» Sie griff nach der Kelle und begann, Krug um Krug damit zu füllen.

Bran schaute sich um: Die Hütten rauchten noch, Trümmer lagen umher, dazwischen Leichen und totes Vieh, alles gleichermaßen abgeschlachtet. Tränen trübten seinen Blick, als er weiterwanderte. Die Angreifer waren im Morgengrauen gekommen, ehe die Sonne sich über die Wipfel erhoben hatte. Sie hatten noch im Schlaf gelegen, freudig dem Festtag entgegendämmernd. Sie waren chancenlos gewesen. Den Wächter, der nicht gerufen hatte, hatte er später gefunden, mit eingeschlagenem Schädel. Die Angreifer hatten genau gewusst, was sie erwartete. Brans Leute dagegen nicht. Die Hütten am Boden brannten, ehe ihre Bewohner Zeit hatten, auch nur von ihren Lagern hochzukommen. Noch immer hörte er die Schreie derer, die gegen die von außen blockierten Türen schlugen. Die in den Bäumen hatten sich verteidigt, mit Pfeil und Bogen, mit heißem Wasser. Mit dem Mut der Verzweiflung.

Als sie die ersten Axtschläge gehört hatten, wussten sie, dass ihre Zukunft trügerisch war. Bran hatte Oengus und Mael angesehen und in ihren Augen dasselbe gelesen. Sie hatten sich den Angreifern gestellt, hatten gekämpft, nicht um zu siegen, nur um mit der Dauer ihres Lebens den anderen die Möglichkeit zu geben, in den Wald zu flüchten. Bran hatte sein Schwert so oft gehoben, er glaubte, keine Kraft mehr in seinen Armen zu haben. Blutspritzer verkrusteten sein Gesicht. Er hatte die Schreie gehört, aber sich nicht umgewandt. «Lauft», hatte er geschrien, wie ein Wahnsinniger, immer wieder. «Lauft!» Er hatte auf die Gesichter eingedroschen, die vor ihm auftauchten, ihn bedrängten, ihm keine Atempause gaben. Er hatte nicht gewusst, wer lebte und wer tot war. Bis auf einmal der Ring aufgebrochen war und er die Gelegenheit genutzt hatte, die letzte, sich in den Wald zu stürzen. Er war über eine Leiche ohne Kopf gesprungen und in das Farndickicht eingetaucht.

Lange war er gerannt, mit brennenden Lungen, bis er bemerkte, dass niemand ihm folgte. Bran verstand es nicht. Aber wer verstand schon den Tod? Als nun jemand seinen Namen rief, entdeckte er die Überlebenden. Grainne, das Gesicht vom Weinen verzerrt, fiel ihm um den Hals. Ein paar Kinder, starr und bleich, hüllten sich in hartnäckiges Nichtverstehen. Mael vergrub das Gesicht in den Händen. Bran ließ sie zurück, um das Lager noch einmal aufzusuchen. Er wagte nicht, sie an einen der geheimen Orte zu führen, die sie für solche Augenblicke vorbereitet hatten. Er hatte ein ungutes Gefühl. Und als er den Wächter in seinem gut getarnten Versteck mit zertrümmertem Schädel fand, wurde sein Verdacht bestätigt. Sie waren verraten worden.

Müde, sehr müde, nur aufrecht gehalten von seiner Wut, durchschritt Bran den Ort, der seine Heimat gewesen war. Versengtes Gras, glimmende Balken, gestürzte Bäume, deren Wurzelwerk verzweifelt in alle Richtungen griff. Der Himmel verfärbte sich bereits rot, als er den Körper entdeckte. Die Silhouette hob sich schwarz vom Abendrot ab. Sie hing zwischen zwei Bäumen, mit ausgebreiteten Armen an den sich zueinander neigenden Ästen, wie ein Christus ohne Kreuz. Einen Moment lang dachte Bran, er wäre schon tot. Doch als er mit zwei Schwerthieben die Stricke durchtrennte und der Körper schwer zu Boden fiel, vernahm er einen dumpfen Laut. Bran kniete neben dem Mann nieder, und dann erkannte er ihn.

«Finn!», rief er gequält.

Der Gemarterte schlug die Augen auf. Sie glänzten fiebrig in der hereinbrechenden Dämmerung. Seine ersten Worte waren nicht zu verstehen. Mühsam bewegte er die Lippen. «Du ... Recht», verstand Bran schließlich. Und er erinnerte sich. Es war lange her, dass sie sich über Verräter unterhalten hatten. Finn hatte die Möglichkeit empört von sich gewiesen, dass einer ihrer Freunde sie verraten könnte. Er selbst dagegen hatte darauf bestanden, dass man nie wissen könne, was in den Köpfen vorginge und wie sich jemand letztlich entscheide. Bran schloss die Augen. Wie sehr er sich wünschte, nicht Recht behalten zu haben.

Da spürte er das leichte Kratzen von Finns Fingern, die seine Hand zu ergreifen suchten. Unwillkürlich und mit einem Gefühl des Ekels schüttelte er sie ab.

Finn versuchte ein Grinsen, es war eine herzzerreißende Grimasse. «Sie sagten», begann er und wurde von einem Husten geschüttelt. Aus seinem zerfetzten Bauch quollen daraufhin die Eingeweide, die er vergeblich mit der anderen Hand zurückzuhalten suchte. Bran starrte auf die schillernden Würmer, die sich in dem blutigen Wulst bewegten, und musste ein Würgen unterdrücken. «Sie», keuchte Finn, «wollten die Frauen und Kinder verschonen.»

Bran kämpfte mit sich. Seine Wut verflog, als er den ehemaligen Freund so vor sich liegen sah, schon jenseits des Lebens und doch noch immer nicht tot. Ihr Götter, warum stirbt er nicht einfach? Doch ihm zu vergeben brachte er ebenso wenig fertig. «Da haben sie dich belogen», sagte er bitter. Er dachte an den verkohlten Stumpf von Cummens Arm, der aus den Trümmern ihrer Hütte ragte. Sie war Oengus' Frau gewesen, eine gute Frau. Mit letzter Kraft hatte sie ein Loch in die Weidenwand gebogen und ihre Kinder hindurchgeschoben, ehe sie selbst zusammenbrach. Sie hatte nicht mehr mit ansehen müssen, dass ihr Mann im Gras lag, sein Hals ein blutiger Stumpf. «Sie haben dich belogen.»

Finn nickte. Blut quoll aus seinem Mund. Er hustete erneut. Bran wandte die Augen ab. «Aber ich werde unser Volk für dich retten», sagte er plötzlich.

In Finns Augen trat ein Leuchten. Er packte Brans Hand. «Bitte», sagte er. Und Bran verstand. Langsam legte er Finn die Hand auf die Stirn, die kalt war von Schweiß. Er murmelte ein Gebet. «Ich empfehle dich Lucet», sagte er. «Der soll entscheiden.» Dann schnitt er Finn die Kehle durch.

Es kam nicht mehr viel Blut.

Cliodna hob ihren Becher. «Trinken wir auf den Frühling», rief sie, «den Gott uns gesandt hat. Auf die Fülle und die Ernte und alles, was folgen wird.»

Torvald zögerte noch, als er Åkes Übersetzung lauschte. Er war es nicht gewohnt, mit einer Frau zu trinken. Noch immer schaute er sich erwartungsvoll nach dem Weg um, auf dem Libran erscheinen sollte. Die Dorffrauen gingen eifrig um die Tische und schenkten in die Schalen ein, die ihnen hingehalten wurden. Ein Bellen unterbrach Cliodna.

«Wolf!», rief Hela und stellte ihren Becher ab, dass es schwappte. Sie rannte ihrem Hund entgegen und ergriff seinen Kopf mit beiden Händen, als er ihr die Vorderpfoten auf die Brust stemmte. «Hab ich dir nicht gesagt, dass du bei Bran bleiben sollst?», fragte sie streng. «Was ist das?» Verwundert zog sie ihre Finger zurück, mit denen sie ihm das graue Fell gesträhnt hatte, und hob sie hoch. Sie waren rot und klebrig, voller Blut. Einen Moment lang setzte ihr Herzschlag aus. Ein Reh, überlegte sie hastig, ein Kaninchen, das er erbeutet hat, Schlachtabfälle vom Fest, sie feiern ein Fest dort, wie wir. Doch die Verzweiflung stieg dunkel und mächtig in ihr auf.

Jetzt hörten sie auch die Stimmen. Männer kamen singend den Weg herauf. Sie konnte Cormack erkennen und Connor. Der trug seinen Arm in einer Schlinge, Cormacks Gesicht war von langen Kratzern entstellt. So sahen keine Jäger aus, wenn sie aus dem Wald zurückkehrten, dies waren Krieger auf dem Heimweg von einer Schlacht. Und was sie an ihren Lanzen trugen, waren keine Hirschgeweihe. Hela schrie, als sie auf einer der ersten Oengus' Kopf erkannte. Mit aufgerissenen Augen starrte er auf sie hinunter.

Librans Stimme übertönte den Gesang seiner Männer. «Das ist ein Grund zum Feiern», rief er. «Die aufständischen Sklaven sind besiegt.»

«Darauf trinken wir», rief Cliodna, mit einem Mal euphorisch, und hob ihren Becher hoch über den Kopf.

«Hela», rief Torvald scharf und warf ihr einen mahnenden Blick zu.

Doch sie hörte nicht auf ihn. Statt ihren Becher aufzunehmen, fegte sie ihn mit einer Bewegung vom Tisch. Ihr Schrei ließ die Gesänge der Iren verstummen.

Libran zupfte sich den Schnurrbart und betrachtete Hela, die drohend auf ihn zutrat. «Wo ist Bran?», fragte sie. Libran benötigte keinen Übersetzer. Sein böses Lächeln verriet, dass er genau verstand.

«Tot», sagte er. Und Hela kannte dieses Wort. Aber sie sah auch das Flackern in seinen Augen.

«Du lügst», sagte sie. «Wenn er es wäre, steckte sein Kopf jetzt dort oben.» Sie zog das Schwert und hieb, ehe jemand eine Bewegung machen konnte, die Lanze durch, auf der Oengus' Schädel steckte. Dann wirbelte sie herum und rannte in den Wald.

Sigurdur wollte ihr folgen, aber Torvald hielt ihn am Arm zurück. Der Isländer kämpfte einen Moment lang mit sich. Dabei fiel sein Blick auf Wolf. Der Hund, der sichtlich erschöpft war und mit hängender Zunge winselnd dagestanden hatte, schnupperte an der Pfütze, die sich aus Helas Becher auf den Boden ergossen hatte. Angewidert trat er dann einige Schritte zurück und schaute sich um, ehe er resigniert seiner Herrin in die hereinbrechende Dunkelheit folgte.

Kluges Tier, dachte Sigurdur, trinkt nicht mit diesen Mördern. Und er war schon versucht, auch seinen eigenen Krug fortzuschleudern, als er das Schwein sah. In eifrigem Trab kam es über den Festplatz, schnüffelte kurz in Richtung seiner toten Artgenossen auf dem Feuer und näherte sich dann, genau wie Wolf, der Pfütze unter dem Tisch. Anders als der Hund allerdings wühlte es mit Freude in dem metfeuchten Grund und schlabberte eifrig. Dann aber hielt es plötzlich inne. Sigurdur sah, mit gerunzelten Brauen, wie es die Schnauze hob, plötzlich quiekte, zu taumeln begann und mit den Hinterbeinen einbrach. Schaum bildete sich vor seinem Maul, der rasch blutig wurde. Als es auf die Seite fiel, entleerte es sich; Gestank breitete sich aus. Ein letztes Zucken mit den Beinen folgte. Sigurdur trat das Vieh in die Seite. Es war tot. Entgeistert starrte er es an.

«Auf unseren gemeinsamen Sommer», hörte er da wie von ferne. Libran prostete Cliodna zu. Torvald hob den Becher an die Lippen, seine Männer taten es ihm nach.

«Halt», brüllte Sigurdur, der endlich zu sich kam. Er packte seinen Krug und schleuderte ihn quer über den Tisch. «Der Met ist vergiftet.»

Nicht jeder verstand, was er sagte, und nicht jeder wollte es glauben. Aber die Geste war drastisch genug, dass Torvald zumindest einen Moment innehielt. Für einen Wimpernschlag sah er Cliodnas Gesicht, das über den Becherrand Holmsten zulächelte, so süß, so erwartungsvoll. Und er bemerkte, dass Libran seinen Krug in der Hand hielt, auf Höhe des Gesichtes, ohne ihn auch nur einen Fingerbreit weiter zu bewegen. Er sah den Blick des Iren über den Rand hinweg, und er wusste, dass Sigurdur nicht log.

Langsam senkte Torvald den Becher von seinen eigenen Lippen. Dann fuhr er herum, totenbleich. Holmsten hatte Cliodna zugeprostet und seinen Trunk angehoben. Torvald sah es, sah den Adamsapfel seines Sohnes sich bewegen und wusste, ehe er zuschlug, es war zu spät. Holmsten, der nur Augen für Cliodna gehabt hatte, starrte seinen Vater völlig erstaunt an. Mit demselben Gesichtsausdruck sank er im nächsten Atemzug zu Boden.

Torvald schrie dumpf auf. Cliodna aber lachte, lachte und lachte. Gelungen! Sie hatte es erreicht. Das Geld würde ihr gehören, das Kloster, alles! Triumphierend ließ sie ihren Blick über die Szene gleiten. Am Ende der Tafel sank Tove mit einem Stöhnen vorneüber. Sein Freund glotzte mit großen Augen in den Becher, aus dem er eben einen Schluck genommen hatte. Er wollte sein Schwert ziehen, griff daneben und ging schon in die Knie. Ja, dachte sie, sterbt alle.

Cliodnas Lachen brach abrupt ab. Erstaunt griff sie sich an den Bauch, sah auf die Klinge, die dort steckte, blickte an ihr entlang zu Sigurdur, der sie mit unbewegter Miene wieder herauszog, sodass sie taumelte. Ihr brechender Blick suchte Libran. «Das Geld», murmelte sie. Dann stürzte sie hin. Libran schob sie mit dem Fuß beiseite und zog seine Waffe. Mit raschem Kommando scharte er seine Leute um sich. Nicht weit davon entfernt hielt Torvald kummervoll den Kopf seines Sohnes. Sigurdur klopfte ihm auf die Schulter, während er gleichzeitig die Überlebenden zu sich rief. Bleich, geschockt, aber entschlossen sammelten sich diejenigen, die nichts von dem vergifteten Met getrunken hatten, und boten den sie umzingelnden Iren die Stirn.

«Torvald», mahnte Sigurdur leise.

Der Anführer nickte. Er ließ seinen Sohn zu Boden gleiten. Dort lag er, wie sein eigenes Leben. Mit Holmsten war auch Torvald gestorben. Aber er würde verflucht sein, wenn er die Mörder davonkommen ließ.

«Odiiiiin!», brüllte Torvald und zog sein Schwert. In die Wikinger kam Leben und eine große, alles versengende Wut. Sigurdurs Augen glommen wie blaues Feuer. «Odin!», nahm er den Ruf auf. Der Kampf begann.

Im Maul des Drachen

Es war Wolf, der Hela schließlich zu Bran führte. Sie fand ihn, umgeben von einem abgerissenen Häufchen Überlebender, das ziellos durch den Wald taumelte. Sie war erleichtert, dass auch Grainne und Mael überlebt hatten. Eine Quelle war ihr vorläufiger Rastplatz, doch Bran trieb sie bereits weiter. Er wusste nicht, was Finn den Dörflern noch verraten hatte.

Hela umarmte ihn so heftig, dass sie ihn beinahe zu Boden geworfen hätte. Sie roch Rauch an ihm und Blut, Schweiß und Müdigkeit. Und doch war es Bran, ihr Bran, und er lebte. Sie wollte ihn niemals wieder loslassen. Auch er drückte sie an sich, so fest er konnte. Niemals hätte er gedacht, sie noch einmal wiederzusehen, nie daran geglaubt, dass es etwas gäbe jenseits seines überwältigenden Kummers. Doch nun war sie bei ihm, und er spürte, dass er noch lebte. Für eine Weile standen sie stumm da, ihre Umrisse miteinander verschmolzen.

Sanft, aber mit Nachdruck löste er dann ihre Arme von seinem Hals. «Wir müssen weiter», sagte er. Was er noch empfand, las Hela in seinen Augen.

Entschlossen stellte sie sich an seine Seite. Sie würde ihn nicht noch einmal verlassen, egal, was geschah. «Wohin?», fragte sie ruhig.

Sie sah, dass er zögerte. Die Küste, dachte er, und dann ...

Küste! Das Wort weckte einen Gedanken in Hela. «Nein!», rief sie, plötzlich ganz aufgeregt, und ergriff seinen Arm. Mit einem Mal wusste sie, was zu tun war. Ihr Herz klopfte so sehr, die Gedanken drängten so rasch hervor, dass sie es kaum fertig brachte, ruhig zu stehen. Wir nehmen die «Drachenmaul». Unser Schiff. «Schiff», wiederholte sie auch auf Gälisch für die anderen, glücklich über ihren Einfall. Und die erschöpften Menschen um sie herum verstanden. Gemurmel kam auf, teils abweisend, teils aber hoffnungsvoll.

Bran wiegte den Kopf. Er sah den Vorteil klar vor sich. Auf den Wellen, fern dem Land, wären sie zunächst einmal sicher vor Librans Verfolgung, sie wären rasch und beweglich. Immer deutlicher zeichnete sich die Möglichkeit vor ihm ab, und es kam Leben in seinen müden Körper.

Hela lachte beinahe und schmiegte sich an ihn. Es würde ein Kinderspiel! Ihr Herz an seiner Brust pochte zuversichtlicher. Torvalds Männer, flüsterte ihm ihr Herzschlag zu, sind alle im Dorf, es gibt an Bord also keine Wachen. Wir müssen uns nur beeilen. Am liebsten wäre sie sofort losgerannt.

«Und wo fahren wir hin?», überlegte er laut. Hela verstand seinen fragenden Ton, seine Sorge.

Auch sie wusste es nicht. Doch sie ergriff seine Hand. An einen sicheren Ort, sagte ihr Händedruck. In eine Zukunft.

Bran überlegte nicht lange. Mit leiser Stimme gab er

seinen Leuten das Kommando, und die hoben ihre Bündel auf, setzten sich die kleineren Kinder auf die Schultern und machten sich, zitternd vor Erschöpfung, daran, Bran und Hela zu folgen.

Als sie am Strand anlangten, war es finster, doch die Umrisse des Drachenbootes zeichneten sich deutlich vor dem Sternenhimmel ab. Aus Angst vor Entdeckung verzichteten sie auf Fackeln. Hela kletterte an Bord und versicherte sich, dass tatsächlich keine Wachen zurückgeblieben waren. Dann streckte sie die Arme aus und ließ sich das erste Kind heraufreichen. «Schnell», flüsterte sie, «rasch.»

Brans Leute bewegten sich lautlos.

Mael neben ihr starrte zum Mast hoch. «Wie segelt man so ein Schiff?», fragte er Grainne. Die schlang sich die Arme um den Leib und schüttelte den Kopf. Der wankende Boden war ihr unheimlich.

Hela kroch zwischen den Ruderbänken herum. Sie schob Taue beiseite, zerrte an Segeltuch und wühlte in Kisten. Mehr als einmal verletzte sie sich in der Dunkelheit und fluchte. Schließlich aber war sie sich sicher. «Die Ruder», erklärte sie den Umstehenden mit Händen und Füßen. «Sie sind nicht hier. Torvald. Dieser verdammte Fuchs.»

«Keine Ruder?», fragte Mael. Hela machte die entsprechende Geste, und er verstand.

Sie biss sich auf die Lippen. «Sie müssen im Crannog sein.» Es konnte keine andere Erklärung geben. Sie hatte selbst oft genug gesehen, wie Åke, Holmsten und die anderen an neuen Ruderblättern geschnitzt hatten. «Im Lager», bekräftigte sie und schaute zu den Umrissen der Palisaden hinüber, die sich schwarz vor dem ansonsten sternfunkelnden Himmel abhoben. «Ich gehe.»

Bran wollte ihr folgen und befahl Mael und einem weiteren Mann, sie zu begleiten. Langsam schritten sie auf das Tor des Crannog zu, leise und sich in den tiefen Schatten haltend, damit das Mondlicht sie nicht verriet. Doch es war einfacher, als sie gedacht hatten.

«Wer da?», fragte die Wache. Hela fluchte. Torvald hatte also doch jemanden zurückgelassen. Dann trat sie vor und forderte Einlass. Sie murmelte eine Entschuldigung, als sie dem öffnenden Wächter auch schon ihren Schwertknauf gegen die Schläfe hieb. Bran und Mael zogen den Mann an den Füßen in den Graben und stießen ihn hinein.

«Jetzt rasch», murmelte Hela und rannte über die Brücke. Es gab nicht viele Möglichkeiten. Zwei Langhäuser ragten rechts und links von ihnen auf. Eins barg die Schlafkojen und das Vieh, das andere die Vorräte. Dort würde sie zuerst ihr Glück versuchen. Mit einem Tritt öffnete Hela die knarrende Tür.

Niemand stellte sich ihnen entgegen. «Hier!», rief Hela nach einer Weile. Triumphierend hielt sie ein Ruder hoch.

«Lang und schwer», stellte Mael fest, als sie alles auf einen Haufen am Tor geschleppt hatten. «Wir nehmen diese hier jeweils zu zweit und werden ein weiteres Mal gehen müssen.»

«Es muss doch ...», keuchte Hela verärgert und versuchte, sich noch ein weiteres Ruder aufzuladen.

Bran legte ihr die Hand auf den Arm. «Lass», sagte er.

Hela wollte erst nicht hören, dann bemerkte sie den Ernst in seiner Stimme. «Was?», fragte sie und richtete sich auf. Doch sie vernahm bereits das Gelärme.

«Sie kommen zurück», hauchte sie, und dann lauter: «Verdammt.» Sie hieb mit der Faust auf die widerspenstigen Ruder. «Schließt das Tor», rief sie, «schnell», und machte sich schon daran, einen der hölzernen Flügel zuzustemmen. «Das wird sie aufhalten», keuchte sie und nickte Mael zu, der stumm neben ihr arbeitete. Nur sein gehetzter Blick verriet seine Angst. Der andere Mann schaute mit verzerrtem Gesicht auf Bran, der sich mit all seiner Kraft gegen die Torflügel stemmte.

Fieberhaft überlegte Hela. Noch war alles möglich. Sie konnten die Ruder zur Wasserseite bringen, sie aneinander binden und zum Schiff hinüberflözen, wenn sie ...

«Aufmachen!», ertönte es da bereits aus der Nähe. Das war Torvald. Unwillkürlich schüttelte Hela den Kopf und packte ihr Schwert fester. Sie würde standhalten, komme, was da wolle.

Bran kletterte auf den Innenwall und steckte vorsichtig seinen Kopf über die Palisaden. Etwas an dem, was er hörte, kam ihm seltsam vor. Das Waffenklirren, die Schreie, die drängende Panik in Torvalds Ruf, nichts davon schien ihm zur Heimkehr von einem Gelage zu passen. Und dann sah er es, undeutlich zwar, aber die herannahenden Fackeln ließen keinen Zweifel.

«Schnell», rief er hinunter und fuchtelte mit den Armen. «Die Wikinger werden verfolgt.»

Ohne zu begreifen, starrte Hela zu ihm hinauf. Aber Brans Zeichen waren eindeutig. Sie sollten die Torflügel öffnen.

«Libran ist hinter ihnen her», rief Bran und wies mit dem Finger. Auf allen vieren krabbelte Hela zu ihm hoch. Was sie sah, ließ ihr den Atem stocken. Libran stürmte mit einem Trupp seiner Krieger heran. Es war sein Gebrüll, das sie gehört hatten. Vor ihm auf dem Weg, halb hinkend, halb rennend, kamen die Wikinger. Aufeinander gestützt suchten sie die Sicherheit ihres Lagers zu erreichen, Torvald mit Holmstens Leiche auf dem Arm, Sigurdur der Letzte, rückwärts gewandt und mit seiner Klinge Cormack in Schach haltend.

«Öffnet, bei allen Göttern!»

Diesmal zögerte Hela nicht. Sie rutschte auf dem Hintern den Wall hinunter und warf sich an Maels Seite ins Zeug, der das quietschende, widerstrebende Tor bereits in langsame Bewegung versetzt hatte. Mit aller Kraft zog sie. «Jeeeeetzt.»

Die Wikinger drängten durch den Spalt. «Schließen», brüllte Torvald, sobald er den Innenwall erreicht hatte. Hela sprang hinzu, packte Sigurdur am Gewand und zog ihn herein. Das Tor fiel zu, und sie schoben den Riegel vor.

Keuchend starrten sie einander an: Torvald, Hela, Bran. Der Wikinger nickte, zu sehr außer Atem, um zu sprechen. «Sieht so aus», sagte er schließlich, als er endlich wieder Worte fand, «als säßen wir doch im selben Boot.»

Hela zeigte ihre Zähne in einem entschlossenen Grinsen. «Weil du gerade Boot sagst ...», begann sie. Doch ein Donnern ließ sie innehalten. «Sie berennen das Tor», flüsterte einer von Torvalds Männern. Da flog ein Pfeil über ihre Köpfe. Sirrend und glühend zog er seine helle Spur in den Himmel, schlug mit einem Funkenhagel ins Dach eines der Langhäuser ein und entzündete dort ein prasselndes Feuer.

Torvald brach in die Knie, die Flammen spiegelten sich in seinen Augen. «Wusste ich doch», murmelte er, «dass Schilf eine bescheuerte Idee war.» Dann fiel er vorneüber.

Im Feuerring

Hela versuchte, Torvalds Körper herumzudrehen. Sie schaffte es mit Mühe, konnte aber keine Wunde finden, nur einen Streifen schwärzlicher Flüssigkeit, die aus seinem Mundwinkel lief.

Bran ging neben ihr in die Knie und roch daran. «Wie viel hat er getrunken?», fragte er. Hela riss Torvalds Hemd auf und suchte nach einem Herzschlag.

«Wie viel?», wiederholte Bran unmutig seine Frage, bis er sich erinnerte, dass keiner der Wikinger ihn verstehen konnte. Er stieß Hela an.

Sie hob verwirrt den Kopf. Schließlich begriff sie und richtete sich fragend an die Umstehenden.

Sigurdur antwortete ihr. «Ich dachte, er hätte gar nichts getrunken», stammelte er. «Er war so stark, er hat gekämpft wie ein Bär. Wie ein Bär. Es war Cliodna. Sie hat den Met vergiftet, mit was, das weiß ich nicht, aber ...»

«Schierling», unterbrach Hela ihn, «ich denke, es war Schierling.»

Bran an ihrer Seite nickte.

Sigurdur wurde blass.

«Holmsten.» Als sich das Wort über Torvalds Lippen quälte, schwiegen alle.

Hela neigte sich über sein Gesicht. Sie fing den Blick des sterbenden Anführers auf. «Ich kann nichts mehr für deinen Sohn tun», sagte sie leise. Torvald versuchte, etwas zu sagen.

«Ich glaube, er will, dass wir den Leichnam mitnehmen», warf Sigurdur leise ein. Hela legte Torvald die Hand auf die Wange. «Ist es das?», fragte sie. Als sie sein Nicken, eine kaum wahrnehmbare Bewegung, spürte, versprach sie ihm, dafür zu sorgen, dass Holmstens Körper nicht hier zurückbliebe. Torvald seufzte tief. Er rührte sich nun nicht mehr, aber seine Augen lagen immer noch auf ihrem Gesicht, mit einem seltsam fragenden, ebenso hoffnungsvollen wie verängstigten Blick.

«Es tut mir Leid», flüsterte Hela schließlich, als sie zu verstehen meinte, worum er sie so stumm und flehentlich bat. Er erinnert sich, dachte sie, erinnert sich, wie ich seinen Sohn vom fast sicheren Tod zurückgeholt habe. Und er wünscht sich dasselbe für sich, wünscht es sich und fürchtet sich zugleich davor. Dabei braucht er keine Angst zu haben. Ich kann ihn nicht aufhalten, jetzt nicht mehr. Langsam schüttelte sie den Kopf und griff nach seinen Händen.

«Ich kann nichts tun», sagte sie sanft. «Diesmal nicht. Du musst gehen. Aber geh in Frieden, Torvald. Geh in Frieden.» Ihr Händedruck bekräftigte ihre Worte.

Einen Moment war ihr, als lächelte er. Hela sah, wie er

sich bemühte, die Lippen zu bewegen. Doch heraus kam nur ein weiterer schwärzlicher Schwall Erbrochenes, dann rollten seine Augen herum. Der Wikinger war tot.

Mit schwankenden Knien stand Hela auf.

«Dass er es so lange durchgehalten hat.» In Brans Stimme lag Bewunderung. Er sah Hela an. Dieser Mann muss einen starken Willen besessen haben.

Den hatte er, antwortete Hela seinen Gedanken. Niemand sonst sagte ein Wort.

Über ihre Köpfe sirrten weitere Pfeile und schlugen in die Dächer ein. Die Nacht wurde von roter Glut erhellt, und die Hitze prallte gegen ihre Gesichter.

Schließlich riss Hela sich vom Anblick des toten Gefährten los. «Wir müssen die Ruder ans Wasser bringen», erinnerte sie die anderen. «Wenn wir hier nicht wegkommen, können wir unser Versprechen gegen Torvald nicht einlösen. Los jetzt.»

Jeder schulterte, soviel er vermochte, und machte sich mit seiner Last auf den Weg. Mael war der Erste, der zurückhetzte, um sich ein zweites Mal zu beladen, während die anderen an der Wasserseite die Ruder zu einem Floß verbanden. Es konnte ihm gar nicht schnell genug gehen. Das Wissen, dass Grainne auf einem Schiff festsaß, verlieh ihm Flügel. Sorgsam schlug er einen Bogen um die Körper Torvalds und Holmstens, die reglos auf dem Boden lagen, die Gesichter von den unruhigen Flammen rosig gefärbt und seltsam belebt. Sogar ihre Augen schienen ihm zu glühen. Im Geiste bat er seine Götter, sie sicher in die Anderswelt zu geleiten, und erinnerte die Toten, falls sie ihm grollten, daran, dass er hart arbeitete, um sein Gelöbnis zu erfüllen. Doch seine Gedanken galten den Lebenden, galten seiner Geliebten und dem Schiff.

Er bückte sich, um so viele Ruder wie möglich zusammenzuraffen. Da hielt er plötzlich inne. Irgendetwas hatte sich verändert, er konnte nur nicht sagen, was es war. Maels

Haare stellten sich auf, als er den Kopf hob und lauschte. Schließlich begriff er: Es gab nichts zu hören. Das Wummern gegen das Tor hatte aufgehört. Libran und seine Bande versuchten nicht mehr, zu ihnen zu gelangen. Welche Teufelei hecken sie nun aus?, dachte er. Und während er noch in die Schwärze starrte, um zu ergründen, was dort drüben, auf der anderen Seite, wohl vor sich ging, und sich auszumalen, was sie dort vielleicht planten, hörte er es.

Zuerst glaubte Mael ein leises Wispern zu vernehmen, geflüsterte Worte, in seiner eigenen Sprache, dann ein Schleifen, wie von Holz auf Holz. Das Quietschen eines Riegels? Aber das konnte doch nicht sein! Er verengte seine Augen, um besser sehen zu können. War da etwas? Ein Schatten in der Schwärze?

«Heh», rief er und richtete sich endgültig auf. «Wer da?» Hastig zog er sein Schwert und lief zum Tor hinüber, das fast völlig im Dunkeln lag, jenseits des unruhigen Lichts der brennenden Dächer. Nur die gezackten Enden der Balken waren zu erahnen, die in den Himmel ragten, schwärzer als das sternengesprenkelte Schwarz der Nacht. Und diese Spitzen setzten sich nun in Bewegung, leise, kaum ächzend, begannen sie zu zittern. Das Tor wurde geöffnet!

Mit einem Schrei stürzte Mael hin und warf sich gegen das Holz. Er hörte überraschte Rufe von der anderen Seite. «Heh, was soll das? Mach schneller», vernahm er eine bekannte Stimme. Das war Libran! «Ich habe keine Zeit zu verlieren!»

Schwitzend vor Angst und vor Anstrengung zitternd, tastete Mael nach dem Riegel. Wo war das verdammte Ding bloß? Wo saß es? Und warum steckte es nicht in seiner Verankerung? Wieder warf sich ein Gewicht gegen die Tür, und wieder musste er sich mit aller Kraft dagegenstemmen. Nur langsam wurde ihm dabei bewusst, was offensichtlich war: Jemand hatte das Tor geöffnet, jemand, der drinnen stand, nicht weit von ihm, durch nichts von ihm getrennt als die Dunkelheit. Er war es, dem Librans Worte galten. In dem Moment, als er es begriff, zogen sich Maels Eingeweide zusammen. Ein schneller Blick zeigte ihm, dass er sein Schwert hatte fallen lassen, um beide Hände zum Drücken freizuhaben. Dort lag es nun, im Staub, das Spiegelbild der Flammen leckte über die blanke Klinge. Er streckte eine Hand aus und versuchte sich vorzuneigen, doch es ging nicht. Sobald er sein Gewicht vom Tor nahm, würde es aufschwingen und Librans Leute einlassen. Er war ein Gefangener der Tür.

Mael sog keuchend die Luft ein. Dann hörte er es: das zweite Atmen, dicht neben sich, dichter, als er vermutet hätte.

«Na gut», knurrte er, all seinen Mut zusammenraffend und bemüht, seine Angst in Wut zu verwandeln. «Da bist du also, Verräter, zeig dich!»

Dennoch zuckte er zusammen, als ein bleiches Gesicht sich aus dem Schatten löste. Es war Åke. Der Ire fletschte die Zähne. «Wikingerschwein», zischte er und sah, wie der andere zusammenzuckte, aber nichts tat, als ihn weiterhin anzustarren. Mael sammelte Speichel, um ihm ins Gesicht zu spucken.

Da wurde von außen erneut heftig gegen das Tor gedrängt, und er stolperte vornüber. Mit aller Kraft stemmte er seinen Rücken dagegen, wurde Stück für Stück über den Boden geschoben, rappelte sich hoch, hielt dagegen mit schier übermenschlicher Kraft. Schnell, dachte Mael, den jeder Muskel schmerzte, den Riegel.

Der Wikinger stand regungslos vor ihm. Nur seine Augen bewegten sich und folgten dem Iren in seinen verzweifelten Bemühungen, beobachteten, wie seine Füße den Halt verloren und er weiter und weiter abgedrängt wurde. Langsam hob er seine Axt.

Mael stierte ihn an, unfähig, das Tor preiszugeben. Mit zusammengebissenen Zähnen starrte er den Verräter an und dachte an Grainne. Nur noch einen Moment aushalten, ihr einen Augenblick Vorsprung mehr geben, den einen Augenblick, der sie vielleicht retten würde, bevor auch auf sie eine Axt niederzugehen drohte. Als er das Bild vor sich sah, glaubte er sterben zu müssen. «Verrecke», zischte er Åke zu, in hilfloser Wut.

Der lächelte. «Leider wirst du es sein», erwiderte er, für einen Moment innehaltend. Dann holte er aus. «Du wirst hier ...» Das letzte Wort auszusprechen gelang ihm nicht mehr. Mit großen Augen glotzte er Mael an. Langsam, ganz langsam sank seine Axt hinunter. Schließlich wankte er und fiel zur Seite. Sigurdur senkte den Bogen.

«Er hatte nichts vom Met getrunken», sagte er. «Ich hätte es wissen müssen.» Dann stürzte er an die Seite des Iren und stemmte mit ihm gemeinsam das klaffende Tor wieder zu. Mael rutschte mit dem Rücken an den Balken hinunter, lachend wie ein Irrer. Sigurdur hockte sich neben ihn und keuchte.

«Wie hast du das geschafft?», fragte er anerkennend, wohl wissend, dass der andere ihn nicht verstand. «Wie konntest du alleine gegenhalten?»

Mael schüttelte nur den Kopf. Er lachte und lachte, bis ein Schluchzer ihn schüttelte. Dann fasste er sich wieder und suchte sich mit seinem Schwert hochzustemmen. Beim ersten Mal versagten seine Beine. Sigurdur bot ihm die Hand, und der Ire schlug ein. Seine ersten Schritte waren wankend, doch gemeinsam schafften es die beiden Hinkenden, sich zum Ufer zu schleppen.

Bran stand bis an die Hüften im Wasser und fing die Seile auf, die ihm einer der Wikinger zuwarf. Wolf rannte unruhig am Ufer auf und ab.

«Schneller», drängte er, «schneller.» Zwei Wikinger verschwanden in der Dunkelheit und kamen mit der Leiche ihres Anführers und seines Sohnes wieder.

«Sigurdur», rief Hela, als sie den Freund plötzlich neben sich bemerkte, wie er Arm in Arm mit Mael zu ihnen ans Ufer trat. «Wo ist Åke? Was war los?»

Der Isländer warf Mael einen schnellen Blick zu, dann schüttelten beide nur den Kopf. «Nichts», sagten sie gleichzeitig, jeder in seiner Sprache. «Seid ihr hier fertig?», setzte Mael hinzu. Hela nickte.

«Nein», sagte einer von Torvalds Männern, und ein anderer stellte sich an seine Seite. Sie zogen bockige Gesichter, doch reden wollten sie nicht. Schließlich ahnte Hela das Problem und fluchte leise. «Kann noch einer nicht schwimmen?», fragte sie. Auch Ruadan meldete sich, einer von Brans Gefährten. Und ein weiterer Krieger aus den Reihen der Wikinger. Das waren im Ganzen vier, vier tote Lasten, neben den beiden, die wirklich ihr Leben ausgehaucht hatten.

«Es muss gehen», beschloss Hela zähneknirschend. «Wenn ihr euch einfach festhaltet und wir anderen treiben das Floß schwimmend voran, dann ...» Hilfe suchend schaute sie Sigurdur an. «Verdammt, wir haben auch das Seebeben bei Sizilien überstanden, du und ich!»

«Oder wir lassen sie zurück», schlug Sigurdur vor. «Vorerst», setzte er eilig hinzu, als er die fragenden Gesichter der Männer sah. «Und holen sie später mit dem Schiff.»

In das einsetzende Gemurmel und Gegrummel sagte einer der Wikinger: «Wir werden gar nichts tun. Seht doch!» Und er spuckte aus.

Da hatte auch Hela es bemerkt. Mit entsetztem Gesicht streckte sie den Arm aus, dem großen Schatten entgegen, der sich lautlos übers Wasser bewegte. «Sie treibt auf das Ufer zu!»

Es war ein gellender Schrei. Alle wandten die Köpfe. Und sie sahen, dass sie Recht hatte: Die «Drachenmaul», mit falsch gehisstem Segel, trudelte langsam, aber unaufhaltsam zurück gegen das sandige Ufer, getrieben von einer leichten Brise und der nächtlichen Flut. Bald schon würde sie auflaufen. Sie erwarteten jeden Moment das Knirschen des Kieles zu hören.

Auch Libran schien das Schiff bemerkt zu haben, denn seine Männer ließen vom Tor ab und rannten die Bucht entlang. Mit ihren Fackeln waren sie gut zu erkennen, und schon flog der erste Feuerpfeil einem der Segel der «Drachenmaul» entgegen.

«Wenn sie treffen, brennen sie alle», schrie Ruadan.

«Grainne», brüllte Mael und musste mit Gewalt davon abgehalten werden, sich sofort ins Wasser zu stürzen. Wirklich fing das erste Segel in diesem Moment Feuer. Hilflos starrten sie hinüber und konnten die Umrisse der Menschen an Bord schwarz vor den grellen Flammen erkennen. Ihre Schreie waren nicht zu hören, doch an ihren erhobenen Armen und an ihren Bewegungen war unschwer zu erkennen, dass sie in Panik waren. Eine Gestalt, klein in der Ferne, kletterte in die Wanten und hieb mit einer Axt auf brennende Seile ein. Sie tat es mit dem Mut der Verzweiflung, doch ungeschickt, und geriet unter das brennende Tuch, fing selber Feuer und stürzte ins Wasser wie ein erlöschender Komet.

«Das Schiff ist im Eimer», befand ein Wikinger. Er packte sein Schwert fester. «Wir kommen hier nicht mehr weg.» Auffordernd schaute er seine wenigen verbliebenen Gefährten an. «Jetzt heißt es nicht Fahrt, sondern erst mal den Kampf aufnehmen.» Er nickte.

«Gegen den Tod», antworteten ihm einige dumpfe Stimmen. Doch keiner von ihnen tat einen Schritt.

Es war Bran, der nun seine Waffe zog und so weit ins Wasser hinauswatete, wie es möglich war. Dort stand er mit erhobenen Armen und brüllte mit aller Macht Verwünschungen gegen seine Landsleute heraus. Macha rief er gegen sie auf und Dagdas Macht, den Zorn aller Tuatha De Danann, die ihm gehorchten und mit ihm zögen, an ihrer

Seite Finsternis, Wahnsinn und Tod. Rache, schwor Bran, Rache den Frevlern, die Menschen mit Hunden jagten, sie den Schweinen vorwarfen, folterten und verbrannten. «Kein Blutgeld wird euch je freikaufen», schrie er, dass es über die Wellen hallte. Das Wasser um ihn herum schien zu brodeln, als wollte es sich aus seinem Bett erheben. Mael und Ruadan überlief es kalt; ihnen war, als öffnete sich die Anderswelt zu ihren Füßen und spie ihre schrecklichsten Gestalten aus. Doch zugleich fühlten sie, wie ein seltsames, kaltes Feuer sie zu erfüllen begann. «Ja», murmelte Mael und schwenkte sein Schwert. «Ja!»

Auch die Wikinger, die kein Wort von all dem verstanden, stimmten nun in den Chor mit ein, denn sie spürten die Kraft, die von dem Druiden ausging. Es brach rau aus ihrer Kehle. Als Bran sich herumwarf, aus dem Wasser stapfte und zum Tor rannte, folgten ihm alle wie ein Mann, selbst Wolf begleitete sie in gestrecktem Lauf. Der Ire, ihnen voran, lief, ohne innezuhalten, mit verdüstertem Geist und Tränen in den Augen. «Rache», murmelte er, als spräche er nicht mehr von Lebenden, als gäbe es keine Rettung mehr und kein Morgen, keine Hoffnung für die auf dem Schiff und ihn selber. Selbst seine geliebte Hela war nur mehr ein fernes Echo in seinen Gedanken, ein süßer Traum, den aufzugeben nicht mehr schmerzte als das, was vor ihm lag: Verzweiflung und Tod.

Hela stand wie angewurzelt da.

Sigurdur, den sein Bein hinderte, dem rasenden Lauf zu folgen, sah ihr Gesicht und blieb stehen. «Hela?», fragte er und humpelte zu ihr heran. «Hela, du musst ihn verstehen, er ...»

Aber sie schüttelte den Kopf.

«Sieh nur», murmelte sie. Ihrer Stimme fehlte jede Farbe und Kraft.

Und Sigurdur sah es. Aus dem Seitenarm des Sees, der hinunter zum Meer führte, schob sich etwas Dunkles, eine träge, langsame Masse, als nähere sich ihnen eines der Ungeheuer, die Bran beschworen hatte, ein Bote des Untergangs. Dann erblickten sie das Segel. Es war rot und weiß, und seine Streifen leuchteten frisch im Widerschein des Feuers, der das nächtliche Wasser um sie erhellte. Wie eine Erscheinung schwebte es in der Finsternis.

«Ein Drachenschiff», flüsterte Sigurdur.

Hela schaute ihn an. «Nicht irgendeines.» Eine Weile wussten sie nicht, ob sie lachen oder weinen sollten, ehe sie einander um den Hals fielen.

Bran und die Männer hatten die Bucht erreicht, in der Libran sich mit all seinen Männern auf das Schiff konzentrierte, dessen Segel, anders als sein majestätisch gleitender Bruder, bereits in hilflos glimmenden Fetzen hing und von dessen Bord die hilflosen Schreie von Frauen und Kindern nun deutlich herüberhallten. Mit gezückten Schwertern stürzten sich Brans Leute ins Chaos.

«Nicht irgendein Drachenschiff.» Helas Stimme kippte vor Begeisterung; in ihrem Hals würgten Tränen. «Es ist die ‹Windstier›.»

«Björn?», fragte Sigurdur, mit Verwunderung in der Stimme. «Aber warum sollte er ...?»

«Nein, nicht Björn», sagte Hela, die mit einem Mal ganz andächtig wurde. Eben noch hatte sie der Jubel beinahe überwältigt, doch nun stand sie still, satt und schwer vom Glück, das sie durchflutete. Sie hatte das wehende schwarze Haar am Bug entdeckt. Sie hob den Arm und winkte, ihrerseits eine kleine, schwarze Silhouette im Feuerschein.

«Wer ist das?», fragte Sigurdur.

Seine Stimme brachte Hela wieder zur Besinnung. Sie formte ihre Hände zu einem Trichter und schrie: «Übernehmt das Schiff!» Mehrfach wiederholte sie ihren Ruf, während die «Windstier» vorbeiglitt, und gestikulierte dabei in Richtung «Drachenmaul», bis sie sicher war, verstanden worden zu sein. Dann schlug sie Sigurdur auf die

Schulter, über das ganze Gesicht lachend. «Komm mit, ich muss dir jemanden vorstellen.»

Das grosse Treffen

Cormack und Connor waren die Ersten, sich den heranstürmenden Feinden entgegenzustellen. Bran stürzte sich auf sie wie ein Stier. Er hieb nach rechts und links, tauchte zwischen ihnen durch und schaffte es, Connor einen Hieb in die Seite zu versetzen, der ihn taumeln ließ. Mit einem Wutschrei ging Cormack erneut auf ihn los, während Mael sich von hinten auf den in die Knie gegangenen Connor warf und ihm die Klinge über die Kehle zu ziehen suchte. Doch seine Kräfte waren erschlafft, der Hüne schüttelte ihn auf seinem Rücken herum wie ein Kätzchen. Würgend und ringend rollten die beiden über den Kies, während andere über sie hinwegstolperten, um sich ihren Gegner zu suchen.

Bran erwartete Cormack mit gesenkter Klinge, ruhig stand er da, fast gelassen, doch in ihm loderte eine unendliche Wut, und als sein Feind endlich bei ihm war, entlud sie sich in einer einzigen Geste, einem schnellen, unwiderstehlichen Schlag, mit beiden Händen ausgeführt. Die Klinge wirbelte durch die Luft. Bran folgte ihr, warf sein ganzes Gewicht in die Drehung und sah, wie Cormacks Kopf in hohem Bogen davonflog. Blut besprut ihn, sein eigenes Haar klatschte ihm nass ins Gesicht. Er schrie und schrie und schrie. Wut und Triumph brachen aus ihm heraus. Und er wusste, es war erst der Anfang.

Libran, der eben einem Wikinger das Schwert in die Brust setzte, hörte den Ruf. Während der Mann noch ächzend hinsank, schaute er auf und entdeckte hinter Bran, was dieser in seinem Furor nicht bemerkte. Er sah das zweite Drachenschiff, das längsseits der angeschlagenen

«Drachenmaul» ging. Er sah die Seile, die geworfen wurden, um das Schiff zu sichern, er sah die Krieger, die sich daranmachten, über die Reling zu steigen und sich in den Kampf zu mischen, hörte die Pfeile, die von Bord abgeschossen wurden und rings um seine Leute im Sand einschlugen. Und er wusste, er hatte verloren.

Mit einem wütenden Grunzen trat er dem Sterbenden vor die Brust, um seine Waffe freizubekommen. Er kämpfte hier nicht, um den verfluchten Druiden zu guter Letzt am Leben zu lassen. Das schwor er sich, ein letztes Mal.

«Bran», brüllte er, mühelos den Schlachtenlärm übertönend. «Hier bin ich.»

Und sein Gegner antwortete ihm.

Hela, die mit Sigurdur im Schlepptau angelaufen kam, sah gerade noch, wie die beiden aufeinander zu stapften. Sie wollte dazwischenstürzen, wurde aber von Mael aufgehalten, der sich gerade ächzend erhob und Connors Blut von seiner Klinge wischte. «Lass», sagte er. «Das ist allein ihre Sache.»

«Ach», fauchte Hela, die sich denken konnte, was seine Worte zu bedeuten hatten, und riss sich los. «Und was ist das dort?» Ohne sich aufhalten zu lassen, stürzte sie vor, nahm Anlauf und sprang mit beiden Füßen einem Dörfler in den Rücken, der seinem Anführer hatte zu Hilfe kommen wollen und soeben einen Pfeil auf Bran anlegte.

«Verdammte Schweine», stöhnte Mael und stürzte sich gemeinsam mit Sigurdur in das erneut einsetzende Getümmel.

Hela krachte in den Sand, rollte sich ab, kam auf die Füße und hob ihr Schwert, während sie sich um sich selber drehte, um nach dem Gegner zu suchen. Der hatte sie einen Augenblick eher ausgemacht. Den nutzlosen Bogen in der Hand, trat er hinter sie und zog ihn ihr über den Kopf, sie mit der Bogensehne würgend. Helas Hände fuhren zum Hals, hilflos, ohne sich unter der schneidenden

Schnur hervorschieben zu können. Die Nacht vor ihren Augen verwandelte sich in ein funkelndes Violett, und sie schnappte nach Luft. Aber Luft war nicht zu bekommen. Wie ein Taucher unter Eis war sie in dem tödlichen Griff gefangen. Vergebens bäumte sie sich auf und trat um sich. In ihren Ohren brauste es, ein ferner, kalter Ozean.

‹Dein Gleichgewicht›, hörte sie es da; es musste eine sehr alte Erinnerung sein. Und eine andere Hela, die sich nicht würgend wand, sondern ihr gelassen zusah, musste darüber lächeln. Seltsam, fand sie nur, seltsam, dass ich jetzt sterben soll. Dann trübte sich ihr Bewusstsein. Das Violett wurde schwarz. Ihr Schwert entglitt ihr.

Mein Gleichgewicht! Es war das letzte wache Echo in ihrem Kopf. Und es fand seinen Weg durch ihre Gedanken, stieß eine Idee an, einen Impuls, ein letztes Zucken ihrer Muskeln. Hela ließ sich fallen. Sie gab den Widerstand ganz plötzlich auf und brachte den überraschten Gegner so ins Taumeln. Für einen kurzen Moment löste sich der Druck auf ihre Kehle ein wenig; sie schnappte nach Luft. Dann trat sie dem Mann rücklings gegen die Knie. Ohne voneinander loszukommen, rollten sie durch den Sand und suchten, einander zu fassen zu kriegen. Hela kam als Erste wieder hoch, wurde von einem Fausthieb an der Brust getroffen und fiel auf den Rücken. Ihre Hände fuhren suchend über den Boden, fanden nichts und schleuderten in ihrer Verzweiflung dem Gegner eine Ladung Sandkörner ins Gesicht. Dann zog sie die Beine an, trat ihm vor die Kniescheiben und sprang auf. Mit dem nächsten Blick entdeckte sie ihr Schwert. Sie hechtete danach, fühlte aber seinen Griff um ihre Füße. Einen Moment lang lag sie da, die Finger ausgestreckt, gespannt bis zum Äußersten, vergebens. Während ihr Gegner sie triumphierend einholte wie ein Seil, stolperte ein kämpfendes Paar vorbei, trat sie schmerzhaft, trat auch gegen ihr Schwert, das weggekickt wurde und in der Nähe ihrer Hand landete.

Schon hatte sie den Griff gepackt, sich zusammengekrümmt und ausgeholt. Der Mann, der sie zu sich zog, hatte das Grinsen noch im Gesicht, als sie sich nach ihm umwandte und ihm die Klinge in die Brust stieß. Mit letzter Kraft rollte sie sich beiseite, damit er nicht auf sie fiel. Mit voller Wucht landete er dennoch auf ihren Beinen.

«Hela?» Sie hustete, hob aber die Hand, als sie die Stimme hörte.

Sigurdur kam und beugte sich über sie. «Du lebst.» Erleichterung lag in ihrer Stimme. Hela versuchte zu lächeln. Da sah sie den Mann hinter ihm.

Sigurdur bemerkte ihren Gesichtsausdruck und fuhr herum. Doch es war zu spät. Der Hieb senkte sich auf seine Schulter und fällte den Isländer, der in Helas Arme sank. Sie fühlte sein Haar über ihr Gesicht fallen und das warme Blut, das sein Gewand auf dem Rücken tränkte. An seinem Gürtel hing sein Messer. Sie zog es heraus.

Der Ire rollte Sigurdur mit einem Tritt beiseite und packte Hela, die noch immer wie gefesselt von dem schweren Körper auf ihren Beinen dalag, an den Haaren, um ihren Kopf hochzuzerren. «Seht», brüllte er seinen Kameraden zu. «Da ist die Hexe!»

Hela schnellte hoch, so gut sie konnte. Sie reichte gerade an seine Achsel heran und schaffte es, die Klinge hineinzustoßen. Mit aller Kraft drückte sie gegen den Brustkorb des Mannes, damit er zur Seite sank und sie sich unter all den Toten herausarbeiten konnte. «Sigurdur», rief sie dabei. «Sigurdur!» Die Tränen liefen ihr über die Wangen. Doch sie sprang auf.

Es standen nicht mehr viele auf dem Strand, als Hela sich umsah. Die meisten waren Männer von der «Windstier», die, mit Schwertern und Fackeln bewehrt, vom Schiff an Land gesprungen waren, um die Kämpfe zu beenden.

Hela bemerkte Ruadan und Mael, die auf ein letztes Paar starrten, das sich im Sand gegenüberstand.

«Bran», schrie Hela und rannte hinüber. Diesmal brauchte Mael sie nicht aufzuhalten, denn Libran wankte bereits. Mit blutigem Gesicht, zerschrammt von Brans Schlägen, stand er da wie ein Schilfrohr in einem unsichtbaren Wind, der ihn von einer Seite auf die andere torkeln ließ. Doch auch Bran war kaum mehr wiederzuerkennen, blutverklebt, mit verzerrtem Gesicht, sein Kittel in Fetzen und den linken Arm verletzt vor den Körper gepresst, war auch er am Ende seiner Kräfte.

«Gib dein Leben Macha», keuchte er und trat zurück, während Libran langsam in die Knie sank.

Von den Hängen erklang Hundegebell.

«Wolf», sagte Hela erschrocken, doch da schob er ihr winselnd seine Schnauze in die Hand. Dankbar spürte sie die warme Zunge des Tieres.

Mühsam wandte Bran den Kopf in die Richtung, aus der nun lauteres Bellen zu vernehmen war. Er runzelte die Stirn, als hätte er Mühe zu verstehen, was dies bedeuten solle.

«Vorsicht!», rief Hela. Bran fuhr herum, neigte sich wie ein Tänzer und wich so dem Hieb aus, den Libran mit letzter Kraft nach seiner Hüfte geführt hatte. Mit einem Tritt hieb er seinem Gegner das Schwert aus der Hand. Der wankte, ohne zu fallen. Bran trat nah an ihn heran. «Sie kommen zu spät», sagte er, «um dich zu retten.»

Libran verzog sein Gesicht zu einem letzten Lächeln. «Zu spät für uns beide», flüsterte er, so leise, dass nur Bran es verstand. Die anderen lauschten auf das Bellen und die Stimmen, die jetzt von den waldigen Hängen widerhallten. Es klang wie das Rufen vieler Krieger.

«Zu spät für uns beide, Druide», rief Libran noch einmal, lauter. Er bleckte seine Zähne. «Ihr alle, ihr habt nicht begriffen, dass eure Zeit um ist.»

«Was ist das?», fragte ein Wikinger neben Hela und starrte auf die finsteren Hänge.

Mael, der die sorgenvolle Frage richtig deutete, antwortete an ihrer statt. «Sie haben Verstärkung gerufen. Wir hätte es wissen müssen.»

«Librans Clan?», fragte Hela besorgt. Sie sprach das keltische Wort holprig aus, doch Mael verstand sie. Er lachte bitter. «Christen. Sie sind der neue Clan. Und wir sind die Letzten, die nicht dazugehören.»

Bran packte Libran am Haar. «Für Finn», sagte er und schwang ein letztes Mal sein Schwert.

«Für Oengus», murmelte Mael. Und auch die anderen Überlebenden nannten die Namen derer, die im Wald gestorben waren, während Bran Librans abgetrennten Kopf hochhob.

Hela schloss die Augen. Ihr Geist tastete nach ihm und spürte seinen Schmerz, seine Verwirrung und den schwarzen Abgrund, an dem er stand, nicht weniger kalt und tief als die Wasser, in denen sie ihre Mutter treibend gefunden hatte am Tag von Eiriks Tod.

Komm, flüsterte sie tonlos. Komm zurück.

Verwirrt hielt Bran inne. Er schaute auf und fand ihren Blick. «Komm.» Sie trat an seine Seite, nahm seine Hand, die kalt war, und führte sie an ihre Wange. «Komm nach Hause. Es wird Zeit.»

Sie führte Bran über den Strand. Er war erschöpft, sie fühlte es, müde vom Kampf und den Erlebnissen der Nacht. Doch er richtete sich auf, als eine kleine Gestalt sich ihnen über den Sand näherte.

«Mutter», sagte Hela, als wären sie nicht länger als einige wenige Stunden getrennt gewesen. Doch in ihrer Stimme lag Stolz. «Dies ist Bran.»

Sie bemerkte die Sorge in Valas Blick, die unausgesprochene Frage, dann die Überraschung. «Ja», sagte Hela und nickte. «Er ist wie wir.»

Vala schaute ihn lange an. Dann nickte auch sie. Ihre Tochter hatte Recht, der Mann war wie sie beide, er besaß die Gabe, in die Köpfe anderer einzudringen. Mehr als das aber überraschte sie das schlichte «wir», mit dem Hela von dieser Fähigkeit gesprochen hatte. So lange hatte sie sich dagegen gesträubt, irgendetwas damit zu tun zu haben, und nun ging sie damit um wie mit etwas Selbstverständlichem, etwas, worauf sie stolz war. Sollte ich, dachte Vala mit Wärme, dieses «wir» dem fremden Mann verdanken, dann werde ich allein dafür in seiner Schuld stehen.

Bran hob den Kopf und erwiderte ihren Blick eine Weile. Dann lächelte er. Ich wusste, dass sie so sein würde, sandte er seine Gedanken zu Hela. So und nicht anders. Dann brach er zusammen.

«Bringt ihn an Bord», kommandierte Vala, die sich über ihn geneigt hatte. «Ich sehe mir seine Wunden an.» Sie richtete den Blick auf ihre Tochter. «Aber ich verspreche dir», sagte sie voller Wärme, «er wird es überleben.»

«Ich weiß», sagte Hela und lächelte. Vala streckte eine Hand aus, und Hela schmiegte ihre Wange hinein.

Da fasste sie jemand an der Schulter. «Dein Freund dort drüben ...», sagte Mael mit kummervollem Gesicht. «Es tut mir Leid.»

Hela riss sich von Bran los und folgte ihm. Auch Vala schloss sich den beiden an. Der Ire führte sie zu Sigurdur, der zusammengekrümmt im Sand lag, eine dunkle Lache unter sich. Als Hela neben ihm in die Knie ging, lächelte er matt. Doch ihre Versuche, ihn hochzuziehen, wehrte er ab. «Lass», sagte er. «Lass mich hier. Ich habe mir schon gedacht, dass ich nirgendwo mehr hingehen werde. Es ist besser so.»

Hela schüttelte den Kopf. «O nein», erklärte sie entschieden. «So einfach lasse ich dich nicht gehen.» Aber Sigurdurs Blick glitt fort. Seine Augäpfel rollten, und Hela musste ihm den Arm um den Hals legen, den Kopf anheben und die Wangen tätscheln, damit er noch einmal zu sich kam. «So nicht», sagte sie in gespielter Strenge und musste schlucken. «Ich wollte dich doch noch jemandem vorstellen. Sigurdur», rief sie, als müsste sie ihn aus weiter Ferne zurückholen.

Er öffnete die Augen. Hela lächelte. «Das ist meine Mutter. Ihr Name ist Vala.»

Morgenröte

Hela und ihre Mutter blieben auf der «Drachenmaul» bei den Verwundeten, während Björn sie mit der «Windstier» in den Schlepp nahm. Die beiden Drachenboote hielten nur noch einmal beim Crannog, um die Leichen ihres ehemaligen Anführers und seines Sohnes zu holen, dann legten sie endgültig ab. Langsam ließen sie das Ufer hinter sich zurück, die dunklen Silhouetten der Bäume, das Knistern der Feuer, die in sich zusammenstürzten und zu einem stummen Glosen wurden, das diesen Fleck des Strandes verfärbte, als trockne dort dunkles Blut. Bald waren nur noch die stillen Ufer des Fjords um sie, und die Schiffe glitten dahin zwischen dem Glucksen der Dünung und den Rufen der Nachtvögel.

Hela seufzte und strich über die Stirn ihres Geliebten, der still und schlafend in ihrem Schoß lag. Es umgab sie ein Frieden, den sie lange nicht mehr empfunden hatte. Als Vala zurückkam von ihrer Runde unter den Kranken und sich neben ihr niederließ, schmiegte sie sich an sie.

Vala umarmte ihre Tochter. Sie war zu dankbar, um sprechen zu können. Eine Weile saßen sie so nebeneinander.

«Mama», sagte Hela schließlich. «Ich habe eine Menge Dummheiten gemacht.»

Vala ließ sich Zeit mit der Antwort. Sie schaute über das Schiff, die schlafenden Menschen, die ihnen ihre Rettung verdankten, den Mann zu ihren Füßen und sagte schließlich: «Mir scheint aber, du hast auch eine Menge richtig gemacht.»

«Ach, Mama.» Mit einem leisen Aufschrei sank Hela an ihren Hals und weinte, so heiß und heftig, so tieftraurig und erleichternd, wie sie es zuletzt als Kind getan hatte. Lange lag sie so und ließ ihren Tränen freien Lauf, getröstet von Valas sachtem Streicheln über ihren Rücken. «Mein Mädchen», flüsterte ihre Mutter und küsste sie aufs Haar. Müde und glücklich, geborgen in ihrer Erschöpfung, rollte Hela sich ein.

«Er kommt also aus Island», hörte sie ihre Mutter noch nachdenklich sagen. «Er ist weit fort von zu Hause.»

Da musste sie lächeln. «Nicht mehr lange, glaube ich», hauchte sie. Ihre Lippen gehorchten ihr beinahe nicht mehr. Sie spürte, wie ihre Mutter eine Decke nahm und über sie und Bran breitete. Dann schlief Hela ein.

Als der Morgen dämmerte und sie weckte, trieben sie nahe der Mündung an einer Lagerstätte vorbei. «Hier hatten wir uns für die Nacht eingerichtet», sagte Vala und deutete hinüber. «Aber dann sahen wir den Feuerschein, und ich wusste, wir würden uns beeilen müssen.»

«Wie habt ihr uns überhaupt gefunden?», fragte Hela. «Es ist ein Wunder, dass ihr auf einmal aufgetaucht seid.»

«Kein Wunder», sagte Vala und wies voraus. Vorne, am Delta, wo der Fluss sich ins Meer ergoss, stand auf einem Felsen aufgerichtet ein Stein. Darin eingraviert war eine Schlange, ähnlich der auf dem Grabstein bei ihrem Hof. Das Tier wand sich in zahlreichen Schlingen einmal um den Stein und schien aus seinem geöffneten Maul ein Schiff zu speien.

«Torvald hat noch seinen Namen in Runen dazusetzen lassen», erklärte die Steppenreiterin und strich sich das Haar aus dem Gesicht, das der Wind ihr vor die Augen wehte. «Aber es wäre nicht nötig gewesen. Wir hätten auch so gewusst, dass die ‹Drachenmaul› hier war und Anspruch auf dieses Land erhob.» Sie warf einen Blick auf die beiden verhüllten Körper, die im Bug lagen. «Er hatte große Pläne, nicht wahr?»

«Er war kein schlechter Mann», sagte Hela. «Warte, ich flechte dir einen Zopf.» Sie setzte sich in Positur und fuhr fort. «Aber er hatte kein Glück bei seiner Unternehmung.»

Sie betrachtete ebenfalls die steifen Körper. «Wir werden sie bald bestatten müssen.»

Wie als Antwort wandte die «Windstier» den Kiel und hielt auf das Ufer zu. Björn hatte beschlossen, hier die Reparatur des kaputten Schiffes zu wagen, ehe sie sich damit den Wellen des Meeres aussetzten. Auch wollte er die Mannschaften und Lasten gleichmäßig verteilen und die Toten bestatten.

Nachdenklich betrachtete Hela seine mächtige Gestalt, die am Mast stand und gestikulierte. «Ist er noch sehr wütend auf mich?», fragte sie Vala.

Die lachte nur.

Hela schüttelte den Kopf. «Wie hast du ihn bloß dazu gebracht, diese Fahrt zu machen?»

«Ich habe ihn bezahlt, Kind», sagte Vala. Und sie erzählte Hela in knappen Worten die Geschichte. Von der Blutgeldforderung, mit der Sigurds Familie zu ihr gekommen war, und wie sie gefürchtet hatte, den Hof zu verlieren, von Helges kurzem, traurigem Gastspiel und dem Schatz, den er einst auf dem Dachboden zurückgelassen hatte. «Ich konnte alle Schulden begleichen», stellte Vala fest, «ein neues Pferd kaufen und Björn ein gutes Angebot machen. Nicht, dass er das gebraucht hätte», meinte sie lächelnd und winkte dem Kapitän der «Windstier» zu. «Er war mehr als begierig, dich wiederzufinden, glaub mir. Hatte wohl ein schlechtes Gewissen. Aber das hätte er ja niemals zugeben können. Da war er froh, sich hinter dem

Geld verstecken zu dürfen. Du wirst sehen, er wird auf der Rückfahrt bestimmt in Dublin und andernorts halten, um Handel zu treiben. Damit wir ja nicht glauben, ihn triebe etwas anderes als die Lust auf Gewinn.»

Sie lachte erneut. Aber Hela fühlte sich beklommen. Sigurd! Wie lange hatte sie schon nicht mehr an ihn gedacht. Wieder sah sie jene Nacht im Hafen vor sich, die ringenden Männer, entschlossen, einander umzubringen, und ihre eigene fatale Entscheidung.

«Es war wirklich ein Unfall», versuchte sie ihrer Mutter zu erklären. «Glaube ich», fügte sie dann unsicher hinzu. «Schau, Sigurd war außer sich vor Eifersucht, dabei hatte er dazu gar kein Recht. Und ich, ich stand daneben und konnte in der Dunkelheit nicht erkennen, wer wem an die Kehle ging. Das eine Messer, das ich sah, habe ich noch fortgetreten. Aber dann ...» Sie dachte an Sigurds tote Augen im Mondlicht. Und heiße Dankbarkeit überfiel sie mit einem Mal, dass Bran Holmsten am Leben gelassen hatte. Sie nahm seine schlafwarme Hand und legte sie an ihre Wange.

«Ich konnte nichts dafür», sagte sie dann. «Es war nicht recht, dass sie sich an dich wandten.»

«Nun», erwiderte Vala. «Auch Goldar ist mein Verwandter, nicht wahr?»

Hela nickte vage. Der Klang des Namens weckte unangenehme Erinnerungen in ihr. Sie wollte ihn nicht hören, wollte nicht daran denken, wie nahe er ihr noch immer stand.

«Er hat mich besucht», sagte Vala.

Helas Kopf fuhr hoch. Erschrocken starrte sie ihre Mutter an. «Was wollte er?», fragte sie.

Vala zuckte mit den Schultern. «Sag du es mir.»

Hela wandte den Kopf weg. «Ich kann es mir schon denken», seufzte sie.

Vala wartete, doch als nichts mehr kam, tippte sie ihrer

Tochter auf die Schulter. «Komm, wir werden Feuerholz sammeln müssen für einen Scheiterhaufen.»

Langsam stand Hela auf. Da regte Bran sich und murmelte etwas im Schlaf. Hela legte ihm die Hand auf die Stirn, die sich heiß anfühlte. «Das Fieber setzt ein», erklärte sie. «Wir brauchen frisches Wasser. Und Weidenrinde, wenn wir hier welche finden. Ich mache mich sofort auf den Weg.»

Vala hielt sie am Arm zurück. «Lass», sagte sie, «ich kümmere mich darum.»

«Aber das ist meine Aufgabe», widersprach Hela.

Vala kräuselte amüsiert die Lippen. Es lag ihr auf der Zunge zu bemerken, dass Hela sich früher stets um die Aufgaben der Krankenpflege gedrückt hatte und speziell das Kräutersammeln ihr ein Gräuel gewesen war. Aber sie unterließ es. So vieles war anders. Und das, was sie sah, gefiel ihr gut. Warum das Mädchen necken, dachte sie. «Auf dich wartet noch eine Überraschung», verkündete sie stattdessen.

Ungeduldig hielt Hela an der Reling inne. Was sollte das sein?

Vala lächelte. «Ich habe noch jemanden mitgebracht.»

Goldar, durchfuhr es Hela, und in ihr zog sich alles zusammen. Einen Moment lang hielt sie es für möglich, dass er sich bei ihrer Mutter eingeschmeichelt und sich einen Platz in ihrer Familie erobert haben könnte, um wieder an sie heranzukommen. Ihm war alles zuzutrauen, niemand war vor seinem Charme gefeit, das wusste Hela. Dann wieder erschien ihr der Gedanke absurd. Sie runzelte die Stirn. Vala wies mit dem Kinn zur «Windstier», die das Ufer erreicht hatte und wo eben eine schmale Gestalt ihre Hosenbeine hob, damit sie nicht nass würden, und mit dürren Beinen ans Ufer stakste.

Hela erkannte die Silhouette sofort, sie hätte sie überall wiedererkannt. Aber war denn das möglich? Vala nickte.

«Er war den Winter über mein Gast. Er sagte, er suche dich, weil du ihm etwas gestohlen hättest.» Hela wurde tiefrot, aber Vala fuhr fort: «Ich glaube, er meinte sein Herz.»

Hela schüttelte verzagt den Kopf. «Er hält mich für eine Diebin und glaubt, ich hätte ihm sein Schwert geklaut. Er wird mich hassen. Er hat kein Herz.» Sanft schob ihre Mutter sie zur Bordwand. «Probier es aus», sagte sie.

Hela biss sich auf die Lippen. «Reden muss ich mit ihm, so oder so», meinte sie. Dann wandte sie sich um. «Die Weidenrinde ...», begann sie noch einmal.

Vala nickte begütigend. «Und Ringelblume, ich weiß. Mach dir keine Sorgen.»

Am Ufer kreuzte zunächst Björn ihren Weg. Einen Moment lang stand Hela vor ihm und wusste nicht, wie sie beginnen sollte.

Es war Björn, der sich als Erster räusperte. «Ich schätze», sagte er und wies auf die Iren, die sich in einer kleinen Gruppe aneinander drängten und die Wikinger misstrauisch beäugten, «du hast etwas dagegen, dass ich sie als Sklaven verkaufe.»

Hela spürte, wie die Rührung ihr die Kehle zuzuschnüren drohte. «Es tut mir Leid», krächzte sie. «Björn, ich hätte nicht ...»

Seine heftige Umarmung nahm ihr den Atem. Der Bär von einem Mann hob sie hoch, dass ihre Beine in der Luft zappelten, und drückte sie mit beiden Armen fest an sich. Dann ließ er sie runter und wandte sich ab. «Los», raunzte er, «nun lauf schon.»

Hela tätschelte wortlos seinen Arm und überließ ihn seiner Rührung, für die er keine Zeugen wünschte.

Der alte Chinese wartete auf sie, auf einem gefällten Baumstamm sitzend, die Hände über einem Stock gefaltet.

Hela stellte sich mit gesenktem Kopf vor ihn hin. Unwillkürlich nahm sie die Haltung ein, die für die Übungen vorgeschrieben war. «Ich bedaure den Verlust Eures

Schwertes», begann sie. «Ich habe es nicht genommen, aber ich weiß, wer es war und wie sehr der Diebstahl Euch bedrücken muss.» Sie holte tief Luft. «Ich habe einmal versucht, es wiederzubekommen, aber ... Aua!»

Sein Stock war vorgeschnellt und stieß schmerzhaft gegen ihr Schienbein.

«Was ist das?», beschwerte er sich. «Soll das ein Gleichgewicht sein? Wie stehst du denn da? Das habe ich dich nicht gelehrt.»

«Verzeihung, Meister», murmelte Hela und rieb sich unauffällig das Bein.

«Und was ist das?» Er hob mit der Stockspitze ihr Kinn und betrachtete den schwärzlichen Streifen an ihrem Hals, dort, wo die Bogensehne sie gewürgt hatte. Energisch schüttelte er den Kopf. «Du hast den Gegner in deinen Rücken gelangen lassen. Das war sehr nachlässig. Du bist aus der Übung.»

«Aber ich ...», suchte Hela zu protestieren, doch er schnitt ihr das Wort ab, ließ sie sich drehen und wenden, Bewegungen ausführen und beugen, und fand an allem etwas auszusetzen. Halb empört, halb amüsiert folgte Hela seinen Anweisungen und spürte dabei, wie jede Bewegung zunächst wehtat, dann aber etwas in ihr zu lösen schien.

«Du bist steif wie ein Brett», stellte der Alte abschließend fest.

Hela rieb sich die schmerzenden Muskeln. «Ich hatte eine harte Nacht», sagte sie. «Aber das hat gut getan, danke.»

«Ich schinde sie, und sie bedankt sich», maulte er griesgrämig. Dann hielt er inne. «Mir scheint, du hast tatsächlich etwas dazugelernt, wie?»

Als Hela grinste, zuckte es auch in seinem Gesicht. Würdevoll setzte er sich wieder zurecht und räusperte sich. «Man braucht dich, scheint mir, dort drüben.» Er wedelte mit seinem Stock heftig in Richtung der Schiffe. «Verplempere deine Zeit nicht mit einem alten Mann. Morgen, ja, morgen üben wir weiter.»

Hela antwortete mit der rituellen Verneigung und wandte sich ab. Da rief er sie noch einmal zurück. «Das Schwert», sagte er, «ist dort, wo es sein muss. Du wirst es sehen.»

Hela nickte vage. Sie wagte nicht zu widersprechen. Doch sie bezweifelte sehr, dass der Meister in diesem Fall Recht hatte.

Die Morgenröte färbte den Himmel aprikosenfarben, als durchsichtige Flammen von dem Scheiterhaufen aufloderten, auf dem Torvald und Holmsten lagen, Seite an Seite, die Hände um das Schwert auf ihrer Brust gelegt, die bleichen Gesichter mit grimmig geschlossenen Augen. Da Hela darauf bestanden hatte, dass die beiden ihrem letzten Wunsch gemäß nicht in Irland bleiben sollten, hatte Björn das Feuer auf einem Floß entzünden lassen, dessen Taue sie nun kappten. Langsam wurde es von der Strömung erfasst. Wankend und wippend drehte sich das träge Gefährt in den kabbeligen Strom, der sich ins Meer ergoss, und wurde von ihm auf seiner unruhigen Bahn mitgerissen, bis die Wellen des Atlantiks es aufnahmen. Eine Weile noch sahen sie den Flammenschein immer wieder auftauchen zwischen den einzelnen Wogenbergen, ein unregelmäßiges, immer ferneres Aufblinken, dann stand nur mehr die fette schwarze Qualmfahne wie ein Segel am Himmel, dann war auch das vorbei.

Mit leeren Gesichtern schauten die Zurückgebliebenen einander an, bis Björn schließlich in die Hände klatschte.

«Auf, Leute», rief er, «uns hält hier nichts mehr. Wir brechen auf, in die Heimat.»

In die Männer kam Leben, zustimmendes Murmeln wurde laut. Die Wikinger packten das Werkzeug zusammen, schulterten die Wasserfässer und machten sich singend daran, die Boote zu besteigen. «In die Heimat», wiederholte Hela mit Wärme. Vala schlang einen Arm um ihre Schultern.

«Nein», rief da eine Stimme auf Gälisch. Es war Mael. Er hatte sich vor seine Landsleute gestellt, die sich in einer Gruppe auf der Landzunge drängten. Selbst die Verwundeten, bemerkte Hela, hatten sie zu sich geholt. Und dort kam Ruadan, mit Bran in seinen Armen. Hela wollte zu ihm laufen, doch Mael stellte sich vor sie, das Schwert gezückt, und verweigerte ihr den Weg.

«Wir», sagte er, «bleiben hier.»

Erde und Götter

Es war ein müder, aber entschlossener Haufen Menschen, dem Hela da gegenüberstand. Die Schrecken der Nacht standen noch in ihren Gesichtern. Viele waren verwundet, blutig, die Gesichter verklebt von Schmutz und Schweiß, in den Augen ein Ausdruck des Entsetzens, das sie noch frisch erfüllte. Mütter umarmten ihre Kinder und drückten sie an sich, als könnten sie ihnen von einer unsichtbaren Macht entrissen werden. Es war ihnen nicht viel geblieben, woran sie sich klammern konnten: ein paar Knüttel, ein, zwei Schwerter. Anderen blieb nur die nackte Faust, die sich um diese letzte Entscheidung schloss.

«Mael», bettelte Hela, «Mael, was soll das? Grainne!», rief sie, als sie die Irin sah. Sie war an Mael herangetreten und stellte sich dicht hinter ihn. Über seine Schulter hinweg schaute sie Hela an, unruhig, unsicher, innerlich zerrissen. Aber auch sie schüttelte schließlich den Kopf.

«Wir sind Iren und wollen hier bleiben», sagte sie, und in ihrer Bitte lag ein Flehen um Verständnis. «Wir bleiben, wo wir hingehören.» Dabei senkte sie den Blick vor der Frau, deren Freundin sie in den letzten Tagen geworden war. Mael umfasste sie und drückte sie mit entschlossener Geste an sich.

«Aber Grainne ...» Hela suchte nach Worten, den wenigen, die sie auf Gälisch kannte. «Hier ...», sie wies mit einer Geste hinter sich, die alles einschloss: Land, Himmel, Meer. «Hier ist kein Leben. Leben», wiederholte sie und schüttelte den Kopf. «Nur», sie zog ihr Schwert und streckte es zum Himmel. «Das hier. Und Hunde», fügte sie hinzu, «und» – sie bückte sich und hob zwei dürre Zweige auf, die sie zu einem Kreuz verband und hochhob. Ein aufgebrachtes Murmeln antwortete ihr, als sie das Zeichen zeigte.

«Tod hier», meinte sie abschließend und schüttelte den Kopf. «Nicht gut für Aidan.»

«Aidan?», fragte Grainne überrascht, ehe Mael sie unterbrechen konnte.

Hela zog die Brauen hoch. «Kind in dein Bauch. Ist Junge. Finn sagt: Aidan. Dir nicht gesagt?»

Mael und Grainne schauten einander an. Unwillkürlich legte er ihr die Hand auf den noch flachen Leib. «Ein Junge», flüsterte er. Sie umschloss seine Finger mit den ihren.

Hela nickte strahlend. «Ein Junge.»

Da räusperte Mael sich. Sein Gesicht, das einen Moment geleuchtet hatte, wurde wieder ernst und blickte so entschlossen drein wie zuvor.

Hela seufzte.

«Lass sie doch», rief Björn herüber, der sich das Ganze von weitem angeschaut hatte.

Vala legte ihm beschwichtigend die Hand auf den Arm. «Ich weiß, ich weiß», murrte er, «sie wird den Teufel tun ...» Er grunzte noch einmal, dann hielt er den Mund und gab vor, sich ganz auf die Arbeiten seiner eigenen Männer am Schiff zu konzentrieren. Aus den Augenwinkeln aber verfolgte er das Geschehen.

Vala dagegen beobachtete fasziniert ihre Tochter, die sich mit diesen Menschen auseinander setzte. Zu Hause, dachte sie, hatte sie es nicht einmal für nötig gehalten, sich mit den Bewohnern ihres eigenen Dorfes ins Einvernehmen zu setzen. Sie musste lächeln, als sie sich daran erinnerte, dass es Hela nicht möglich gewesen war, auch nur kurz an einem Thing teilzunehmen, ohne die Hälfte der Anwesenden vor den Kopf zu stoßen. Ihre Tochter hatte stets so getan, als wäre sie allein auf der Welt. Und jetzt will sie die Verantwortung tragen für eine ganze Sippe! Dieser Bran, dachte sie, muss ein Zauberer sein, und sobald er wieder auf den Beinen ist, werde ich ihm in Ehrfurcht die Hand drücken. Vorerst aber drückte sie Björns Arm, um den Riesen davon abzuhalten, dem Palaver ein Ende zu bereiten.

Mael hatte zu einer langen Rede angesetzt, von der Hela nur die Hälfte verstand. «Ja», antwortete er ihr. «Wir sind verdrängt worden. Unsere Götter sind in die Anderswelt gegangen, und Fremde haben ihren Platz eingenommen. Diese hier.» Er stocherte mit der Schwertspitze nach den beiden Hölzern, die, auf den Boden gefallen, noch immer das unheilvolle Kreuz bildeten, und stieß sie auseinander. «Aber dennoch gehören wir hierher, zu dieser Erde.» Wie Hela es zuvor getan hatte, wies er auf das Land, doch seine Geste galt einem bestimmten Hügel. «Das dort», sagte er, «ist der Ort, wo Dagda einst seinen Hammer schwang, um seine Feinde auf dem Gipfel zu zermalmen. Man sieht noch die zertrümmerte Spitze und die Felsbrocken, die seit damals herumliegen. Die Quelle dahinter ist Aines Schoß, der Ursprung allen Lebens. Und ihre Brüste sind es, die man dort am Horizont sieht, am Anfang der Bergkette. Die Götter Diarmaid und Grainne haben hier ihre Betten aus Stein aufgeschlagen, deshalb ist jeder Fußbreit des Bodens heilig. Alles ist belebt.» Mael riss die Arme hoch. Er steigerte sich beinahe in einen Rausch. «Bran könnte dir das besser erklären», rief er. «Aber alles, alles hier ist göttlich. Jeder Baum, jeder Stein. Man kann nicht einfach weggehen. Nicht, ohne die Götter zu verlassen.»

Hela runzelte die Stirn und dachte nach. Einzelne Wörter, die er benutzt hatte, kamen ihr bekannt vor. Mal sehen, hatte sie das richtig begriffen? Er meinte, seine Götter wohnten in dem Boden der Insel? Nachdenklich bückte sie sich und ergriff eine Hand voll Erde, die schwarz und krümelig durch ihre Finger quoll, fett, fruchtbar und duftend war dieser Boden. Sie roch daran. Dabei kam ihr eine Idee. Suchend wandte sie sich um, erblickte, was ihr geeignet erschien, und nahm einem der verblüfften Wikinger, die die Schiffe beluden, eine kleine Kiste ab, aus der sie den Inhalt herausschüttelte. Dann schaufelte sie mit den bloßen Händen Erde hinein, bis sie randvoll war. Sie nahm die Kiste, zeigte sie den Umstehenden, die ihr angespannt zuschauten, watete damit zum Schiff hinüber und hievte sie hinein. Stumm blickten Mael und die anderen ihr entgegen, als sie durch das flache Wasser zurückgestapft kam.

«Götter in Erde», versuchte Hela es. «Erde dort», sie wies auf das Schiff, «Götter dort.» Erwartungsvoll schaute sie Mael an. «Erde reisen», fügte sie hinzu, als er nichts dazu sagte, «Götter reisen. Mael reisen.» Auffordernd schaute sie ihn an.

Mael und die Iren blieben stumm. Doch plötzlich erhob sich eine Stimme und lachte und lachte, so froh und ausgelassen, wie es gar nicht zu diesem Moment und diesen Menschen passen wollte. Es war Bran.

Hustend und ächzend kam er von seinem Lager hoch, noch immer von Gelächter geschüttelt. Ängstlich um seine Wunden besorgt, half ihm Grainne auf, und die anderen umringten ihn neugierig. War ihr Druide wahnsinnig geworden? Hatte die Fremde ihn mit einem Zauber behext? Sie berührten ihn ehrfürchtig, wagten aber nicht zu fragen.

Bran stellte sich hin, schwankend, aber aufrecht. In seinen Augen leuchtete das Fieber, aber auch eine große Freude. «Das», sagte er laut und ging mit unsicheren

Schritten auf Hela zu, die Arme weit ausgebreitet, «war mit Abstand die schlechteste Rede, die ich jemals gehört habe.» Er umarmte sie und wühlte sein Gesicht in ihre Haare.

Verzeih mir, hörte sie seine Gedanken. Ich habe es zugelassen, dass ich dich vergaß über all meinem Hass und der Verzweiflung. Für einen Moment nur. Doch beinahe hätten wir uns nie wiedergesehen.

Hela presste sich an ihn und umschlang ihn mit all ihrer Kraft. Ich liebe dich, dachte sie, ich liebe dich, ich liebe dich.

Bran küsste ihren Scheitel, dann löste er sich von ihr und wandte sich seinen verunsicherten Landsleuten zu. «Aber sie hat Recht», rief er und suchte seiner Stimme Kraft zu geben. Hela, die ihn noch immer gestützt hielt, spürte, was ihn diese Anstrengung kostete. Aber sie wusste, dies war ihm wichtig, es musste geschehen. Trotz ihrer Sorge hielt sie ihn nicht zurück. «Die Götter», begann Bran, «haben nicht nur diese Insel geschaffen. Wir wissen, die Welt ist groß. Aber die Tuatha De Danann sind größer. Oder könnte es anders sein?» Zustimmendes Gemurmel erhob sich auf seine Frage hin.

«Also», fuhr Bran fort, «werden wir sie auch überall in dieser Welt finden. Die Erde ist ihr Fleisch, die Felsen ihre Knochen. Und solange wir mit beiden Beinen auf dem Boden stehen, werden wir sie auch nicht verlieren.» Er neigte den Kopf zu Hela. Wo reisen wir eigentlich hin?, vernahm sie seine Frage.

Vertraust du mir?, wollte sie wissen und legte die Hand auf sein Herz.

Er hielt ihre Finger mit seinen fest. Ich vertraue dir.

In meine Heimat. In den Norden, in ein Land, das waldig ist und grün. Mit langen Wintern und hellen Sommern. In ein Dorf, aus dem die meisten Menschen fortgezogen sind. Dort ist Raum für arbeitende Hände, für freie Köpfe und für eure Götter. Dort kann Leben sein.

Er nickte. Er würde es den anderen so weitergeben.

Seine Freunde lauschten seinen Worten, mit Zweifel, aber auch wachsender Hoffnung in den Gesichtern. Maels Schwert war herabgesunken. Grainne lehnte an der Schulter ihres Geliebten und flüsterte mit ihm. Schließlich nahm sie seine Hand und legte sie erneut auf ihren Bauch. Sie wollte daran glauben, dass es eine neue Heimat gab für ihr Kind.

Als Bran seine Ansprache beendet hatte, standen seine Gefährten mit gesenkten Köpfen zusammen und tuschelten lange miteinander, ehe sie einer nach dem anderen vortraten, seine Hand nahmen und dann das Schiff bestiegen. Mit Tränen in den Augen stand Hela da, ihre Arme um Bran geklammert, und sah zu. Auch als alle an Bord waren, blieben die beiden noch lange so, aneinander gelehnt, eng umschlungen, scheinbar wortlos für die Umwelt.

Es war Björn, der es schließlich auf sich nahm, sie zu stören. «Na», dröhnte er höhnisch, «ihr scheint einander ja nicht sehr viel zu sagen zu haben.»

Bran warf den Kopf zurück und lachte. «Er Recht», radebrechte er. «Ich deine Sprache ...» Er brach ab, wusste nicht, was lernen heißt. Aber Hela verstand ihn auch so. Ja, vielleicht war es an der Zeit. Und diesmal würde sie die Lehrmeisterin sein.

«Du?» Fragend schaute Bran sie an. Mit welchem Wort würden sie beginnen? Hela lächelte, ehe sie ihm mit einem Kuss den Mund schloss. «Das», murmelte sie dann, «verrate ich dir, wenn wir alleine sind.»

Auf rascher Fahrt

Die Heimfahrt ging zügig vonstatten. Anders als Vala es vermutet hatte, hielt Björn nicht an jedem Handelsposten an. Es gab keine Verwicklungen, keine Zusammenstöße, und da sie die Nacht über nicht fuhren, schlugen sie abends friedlich ihr Lager auf. Hela teilte ihre Zeit zwischen den Übungen bei ihrem chinesischen Lehrmeister, ihrer Mutter, die begierig darauf war, Einzelheiten ihrer Reise zu hören, und Bran, mit dem sie sich zurückzog, wann immer es ihnen beiden möglich war. Dann lagen sie unter der Decke auf ihren Fellen, spürten die Wärme des anderen neben sich und schauten in den Sternenhimmel, der nur sie allein zu umhüllen schien.

Von den Lagerfeuern drangen gedämpft die Stimmen der anderen herüber. Es waren hoffnungsfrohe Geräusche. Wikinger und Iren begannen, sich gegenseitig ihre Lieder zu lehren. Sie vertrauten einander mittlerweile so weit, dass sie in wechselnden Besetzungen auf den beiden Schiffen fuhren. Alle waren sie mittlerweile passable Seeleute geworden und arbeiteten Seite an Seite. Ruadan und einer von Björns Männern hatten einander sogar schon wegen eines rothaarigen Mädchens die Nasen eingeschlagen.

«Und das ist gut?», fragte Hela.

Bran ballte die Fäuste. «Sie haben so gemacht», sagte er und versetzte ihr einen spielerischen Nasenstüber, «nicht mit Schwert. Das ist sehr gut.»

Hela lachte. «Deine Sprache ist auch schon sehr gut», lobte sie ihn.

Bran zog sie enger an sich. «Ich vergesse immer eines Wort», sagte er leise, und sie spürte seinen heißen Atem an ihrem Ohr.

Sie kicherte. «Das glaube ich dir nicht», tändelte sie. «Sag es.» Ihre Haut zog sich erwartungsvoll zusammen.

Er flüsterte es in ihr Ohr.

«Ja», hauchte sie. Sie spürte die heiße Woge, die aus ihrem Schoß aufstieg, sie überschwemmte, bebend, bis in die Fingerspitzen, und sie warf den Kopf zurück und stieß ein glucksendes, sinnenfrohes Lachen aus, «ja, ja», bis er ihren Mund mit einem Kuss verschloss. Hela umschlang ihn mit Armen und Beinen und setzte sich auf ihn, vorsichtig, um seine Wunden zu schonen, die ihn noch immer schmerzten.

Bran spürte ihre Zurückhaltung und griff nach ihren Haaren. Mit allen zehn Fingern zog er ihren Kopf zu sich herunter. «Du denkst, ich schwach», flüsterte er und ließ seine Hände weiter über ihren Rücken wandern, hinab bis zu ihrem Gesäß, das er kräftig umfasste und näher an sich zog. «Du denkst, du kannst mit mir spielen.»

Helas Augen funkelten. «Wir werden sehen», flüsterte sie gurrend. Sie machte seine Hände los und rollte sich herum. Langsam begann sie, ihn zu entkleiden, nestelte an seinem Gürtel, den Schnüren seines Hemdes. Er fühlte die Nachtluft auf seiner Haut und erschauerte.

Hela lachte leise. «Das Spiel geht so», sagte sie. «Ich nenne ein Wort, und wenn du es kennst, dann weißt du, wo meine Lippen dich als Nächstes berühren. Hals», hauchte sie dann und neigte sich über seine Kehle, die sie mit Zunge und Zähnen liebkoste, bis sie die Gänsehaut spürte, die ihn überlief. Zufrieden richtete sie sich wieder auf. Doch ehe sie ein weiteres Wort aussprechen konnte, hatte er sie schon an sich gezogen.

«Nein», flüsterte er rau, «das Spiel geht so.» Und er fuhr mit Händen und Kopf unter ihr Gewand. Seine Lippen fanden ihre Brüste, und sie stöhnte auf, während er ihr das Hemd über den Kopf zog. Hela wand sich unter ihm. Doch er ließ nicht von ihr ab, bis er auch ihre Hosen abgestreift hatte. Langsam glitt er mit seinen warmen Händen über ihre Haut, folgte ihnen mit feuchten Küssen, hüllte sie in sich ein. Verlangend streckte Hela ihm die Arme entgegen und seufzte wohlig, als sein Gewicht sich auf sie niedersenkte. «Willst du noch spielen?», flüsterte er, sein Atem ging rasch. Hela schüttelte den Kopf. Mit heißen Wangen schaute sie zu ihm auf. Sie hätte in ihm versinken mögen.

«Ich will dich», entgegnete sie, «nur dich», und hob sich ihm entgegen.

Bran stützte sich auf die Ellenbogen und strich ihr die Haare aus dem Gesicht, während er sie mit sanften Bewegungen in eine andere Welt entführte. Deine Augen, sagte er ihr in Gedanken, alle Sterne spiegeln sich darin. Als wären sie der Himmel. Himmelsaugen.

Hela fuhr über sein Gesicht und zog es an sich. In deinen Augen sehe ich nur mich, erwiderte sie im Geiste.

Dort ist auch nichts anderes, dachte er und vergrub sich an ihrem Hals. So eng umschlungen drifteten sie durch die Nacht.

«Hela?», fragte Vala eines Tages, als sie nahe dem Mast saßen und die Zeit totschlugen. «Als du mich Sigurdur vorgestellt hast, damals, da hast du meinen Namen so merkwürdig betont.» Sie warf einen raschen Blick zu dem Isländer hinüber, doch er stand mit Björn am Bug und war in ein Gespräch vertieft.

«Findest du?», fragte Hela und versuchte, ein unbeteiligtes Gesicht zu machen.

«Ja, und jetzt hat er gefragt, was mein Name bedeutet.»

«Aha?», sagte Hela. «Und was hast du geantwortet?»

«Ich habe gesagt, er bedeutet mich.» Ungeduldig und ratlos zuckte Vala mit den Schultern. «Ich frage mich, was er erwartet hat.»

«Frag ihn doch selber», schlug Hela vor. Auch ihr Blick wanderte nun zu Sigurdur, der Björns lebhaften Gesten folgte und dann lachte. «Er ist ein schöner Mann, nicht wahr?»

Vala gab einen unbestimmten Laut von sich. «Er ist eigenartig», sagte sie, «freundlich und ernst, aber sehr verschlossen. Björn sagt, er ist ein guter Bootsbauer.»

«Der beste», bestätigte Hela. «Und der beste Freund.»

Sie schwiegen eine Weile. Hela wusste genau, woran

ihre Mutter gerade dachte. «Wenn du mehr von ihm wissen willst», meinte sie dann, «such doch seine Gedanken auf.»

Empört wehrte Vala diesen Vorschlag ab. Es stimmte, sie war in der Lage, in die Köpfe von Menschen ebenso einzudringen wie in die von Tieren, doch hatte sie davon bislang selten Gebrauch gemacht, meist nur in Notlagen, und es stets bereut. Sie fürchtete die Reaktion der anderen darauf, und sie konnte nicht abschütteln, was sie einst bei ihrem Schamanen gelernt hatte: dass es sündhaft war. «Nein», erklärte sie daher unnötig heftig. «Du weißt doch, dass ich das nicht tue.»

«Bei Bran hast du es sofort gemacht», antwortete Hela wie aus der Pistole geschossen. Sie grinste ihre Mutter offen an. «Kaum, dass er dir unter die Nase gehalten wurde.»

«Das war etwas ganz anderes.» Vala wurde über und über rot. Ihre Tochter hatte Recht, sie musste sich schuldig bekennen. Sie hatte nicht an sich halten können, sondern wissen wollen, für wen Hela ihr Leben aufs Spiel gesetzt hatte und wer der Mann war, mit dem sie es auch künftig teilen wollte. Außerdem hatte sie an ihm dieses Etwas gespürt, wie einen Ruf. Eigentlich, sagte sie sich, um sich zu rechtfertigen, war sie ja nur einer Einladung gefolgt. Nein, sie hatte sich keine Vorwürfe zu machen. «Ich wollte doch nur ...», begann sie. Und schwieg dann.

Hela nahm ihre Hand. «Bist du denn mit meiner Wahl zufrieden?»

Vala drückte sie dankbar. «Ich bin glücklich», sagte sie warm. «Und zufrieden, wenn du es auch bist.» Hela konnte nur stumm nicken.

Nach einer Weile fügte Vala hinzu: «Du hast da aber nicht nur einen Mann bekommen, das weißt du, nicht wahr? Du trägst an seiner Seite die Verantwortung für eine ganze Gruppe von Menschen.»

«Das sieht mir nicht ähnlich, meinst du?», fragte Hela neckend und umarmte ihre Mutter schließlich lachend.

«Ich gebe zu», sagte sie, «ich hoffe ein wenig auf deine Hilfe bei der Vermittlung in Waldweide. Du konntest schon immer gut mit Gardar reden.» Sie lächelte ein wenig entschuldigend. «Oder hast du inzwischen seine Anträge zu oft abgelehnt?»

Vala blieb ernst. «Gardar ist tot», sagte sie und fuhr, als sie das erschrockene Gesicht ihrer Tochter sah, fort: «Es war im Winter, er glitt beim Holzhacken mit der Axt aus und hieb sich ins Bein. Ich nahm es am Knie ab.» Eine Falte erschien auf ihrer Stirn, als sie sich daran erinnerte. «Ragnar, du kennst ja Ragnar, witzelte noch, jetzt wären sie quitt, sein Bruder und er: Der eine hätte nur ein Auge, und der andere nur ein Bein.»

Vala musste lächeln. Sie hatte den einäugigen Ragnar immer gemocht, rau, wie er war. «Gardar hat ihm bestimmt eine passende Antwort gegeben.»

«Er war stockbetrunken», sagte Vala. «Ich konnte ihn nicht davon abhalten, sich mit Bier zu betäuben.» Sie schüttelte den Kopf. «Aber die Wunde entzündete sich wieder, es war wie verhext. Ich hätte noch einmal amputieren müssen. Aber das verbot er mir.» Sie seufzte und streckte die Beine. «Als ich gehen musste, um nach meinem Vieh zu sehen, ließ ich ein junges Mädchen aus seiner Familie bei ihm. Als ich wiederkam, hockte sie draußen bei den anderen. Er hätte ihr zu sehr gestunken, sagte sie.» Man konnte den Ärger in Valas Stimme noch immer hören. «Gardar drinnen war tot.» Sie schluckte. «Irgendein Tier hatte bereits an ihm gefressen. Seine Familie fuhr einen Mond später fort zu Verwandten. Tja», sagte sie, bemüht, die Spannung aus der Situation zu nehmen. «Es ist still geworden in Waldweide. Zu still. Vielleicht kommen Brans Leute gar nicht so ungelegen.»

«Ich habe dich zu lange allein gelassen», sagte Hela. Vala strich ihr über die Wange.

Eine Weile sagten beide nichts.

Erst als sie Kinder lachen und kreischen hörten, schaute Hela sich um und bemerkte die Kleine, die schon damals im Wald immer zu ihren eifrigsten Schülerinnen gezählt hatte. Mit ihren Kameraden hockte sie nun da und ärgerte den Chinesen. Der Alte faszinierte die Kinder, nicht nur wegen seiner Andersartigkeit. Sie beobachteten bei jeder Rast genau die Übungen, die er vollführte und zu denen er Hela aufforderte. Fasziniert betrachteten die Kinder seine Schwertkunst. Noch mehr aber fesselte sie, was er mit seinen bloßen Händen tat, und bald gingen die Mutigsten dazu über, an seinem Gewand zu zupfen oder sich an ihn zu hängen, damit er sie mit einem seiner Griffe in hohem Bogen zu Boden beförderte, nicht ohne sie gekitzelt oder ihnen zu einem Salto verholfen zu haben. Der Flug kam stets atemberaubend plötzlich, aber die Landung war immer weich genug, sodass die Kleinen, vor Überraschung und Begeisterung nach Luft schnappend, kaum auf dem Boden lagen, als sie schon wieder aufsprangen, um es nochmal und nochmal und nochmal geschehen zu lassen.

«Er ist einzigartig», stellte Hela fest. «Aber ich hätte nie gedacht, dass er so gut mit Kindern umgehen kann.»

«Er hat einmal erwähnt, selbst eine Tochter gehabt zu haben», antwortete Vala.

«Und?», fragte Hela interessiert.

Vala zuckte mit den Schultern. «Nichts und. Wenn Sigurdur schon verschlossen ist, dann ist dieser Mann eine vernagelte und versiegelte Kiste auf dem Grund eines Ozeans.» Sie lachten beide.

«Ich glaube», fuhr Vala nach einer Weile nachdenklich fort, «dass er Schuldgefühle hat. Wegen irgendetwas, was er mit diesem Schwert getan oder nicht getan hat. Es war ein Geschenk seines Kaisers, sagt er. Aber später wurde er vertrieben ins Exil, so wie ich. Auch er ist ein Toter, der eine neue Heimat in der Fremde gesucht hat.»

Hela hörte das Mitgefühl in der Stimme ihrer Mutter.

Zum ersten Mal begriff sie ein wenig von dem Leben, das sie und der Alte dort allein auf dem Hof geführt haben mochten.

«Glaubst du, er tut das alles wirklich nur, um sein Schwert zurückzubekommen?», fragte sie neugierig.

Vala schüttelte den Kopf. «Nein, aber ...» Sie hielt inne. «Ehrlich gesagt», fuhr sie dann leise fort, «habe ich einmal versucht, seine Gedanken zu belauschen, nur ein einziges Mal.»

«Ja?» Hela nahm ihre Hand. «Du brauchst nicht rot zu werden», fügte sie hinzu.

Vala winkte ab. «Ich nahm den Kontakt auf, als er bei seinen Übungen war und abgelenkt, wie ich hoffte.»

«Und?», fragte ihre Tochter gespannt.

Vala schaute sie an. «Da war nichts», sagte sie. «Sein Kopf war leer, völlig leer. Wie ein Ozean ohne Fische.»

Gleichzeitig schauten sie zu dem Chinesen hinüber und fragten sich, ob er wohl in diesem Moment wusste, was sie beredeten, und ob er sich wohl heimlich über sie lustig machte.

Das letzte Treffen

Es war, als wären Wind und Meer auf ihrer Seite, um ihnen eine schnelle Heimfahrt zu gewähren. Erst kurz vor dem Ziel verfärbte der Himmel sich mitten am Tag plötzlich zu einem unfreundlichen Gelbgrün. Mit besorgter Miene betrachtete Björn den Horizont, an dem sich erst einige wenige, dünne Wolkenschleier befanden. Aber er wusste, wie schnell sie wachsen würden.

«Sturm?», fragte Bran, der an seine Seite getreten war. Er blickte sorgenvoll zu der «Windstier» hinüber, wo sich viele seiner Leute aufhielten.

«Das sieht nicht gut aus», meinte Björn. Da erfasste eine

erste Böe das Segel über ihren Köpfen. «Wir sollten die beiden Schiffe seefest machen», meinte der Kapitän und gab Anweisung, die Ladung neu zu verstauen. «Wir laufen die Bucht der Insel da vorne an», rief er Bran gegen den stärker werdenden Wind zu. «Siehst du die Landspitze? Dahinter ist eine sichere Bucht.»

«Schaffen wir das noch?», fragte Bran ungläubig.

Björn blieb stumm. Statt seiner antwortete der Himmel mit einem vernehmlichen Grollen. Die Dunstschleier zogen sich zusammen und nahmen eine violette Färbung an, die von flimmernder Tiefe war. Nicht lange, dann zerriss sie der nächste Blitz. Alle zählten die Zeit bis zum nächsten Donnerschlag. Sigurdur machte ein besorgtes Gesicht.

«Wir müssen es schaffen», rief Björn. Die Gischt spritzte bereits über die Reling. Bran stützte sich mit beiden Händen darauf und hielt Ausschau nach der «Drachenmaul», die ihren Platz dicht an der Seite der «Windstier» verlassen hatte, um ihren eigenen Weg durch die höher schlagenden Wogen zu finden.

«Ich muss hinüber», schrie er. «Ich muss bei ihnen sein.»

«Unmöglich bei dem Seegang», gab Björn zurück.

«Sie sind keine Seeleute. Sie haben Angst.» Die Sorge um seine Leute war Bran anzumerken. Und wer Angst hatte, der machte Fehler. Sie waren nicht so sicher im Umgang mit dem Boot wie die Wikinger. «Ich muss hinüber, Björn.» Mit beiden Händen packte er den Wikinger bei den Armen.

«Wer zu mutig ist, macht auch Fehler», gab der Kapitän mürrisch zurück. Doch nach kurzem Zögern erwiderte er Brans Geste. Dann machte er einem seiner Männer auf der «Drachenmaul» Zeichen, und sie versuchten, die beiden Schiffe so nahe zusammenzubringen wie möglich. Als die Mannschaften einander in die besorgten Gesichter schauen konnten, hielt Björn die Hände vor den Mund wie einen Trichter und verlangte mit dröhnendem Bass ein Tau. Es kam geflogen, aber erst beim dritten Versuch bekam er es zu fassen und machte es fest. «So.» Björn schnaufte tief durch. «Pass auf dich auf.»

Bran nickte. Sein Blick suchte Hela, und er bemühte sich, ihr zuversichtlich zuzulächeln, ehe er sich daranmachte, an der Leine hinüberzuklettern. Impulsiv trat sie vor. «Ich komme mit dir.»

Björn hielt sie zurück. «Einer nach dem anderen», murmelte er und verfolgte angespannt, wie der Ire sich daranmachte, mit dem Rücken zur tobenden See das Seil entlangzuhangeln. Hela knetete, ohne es zu bemerken, Wolfs Ohren. Der Hund hatte sich jaulend zwischen ihre Beine gedrängt und verfolgte ebenso angespannt wie die Umstehenden das waghalsige Manöver. Hüben wie drüben schrien sie auf, als ein Brecher Bran erfasste. Für einen Moment war nichts zu sehen als die tobende Gischt, die ihn ganz verschlungen zu haben schien, nichts als graues Wasser und kochender Schaum. Dann tauchte er wieder auf, wie ein Affe sich mit allen vieren ans Seil klammernd und den Kopf eingezogen. Das Wasser rann aus seinen Haaren und aus seinen Kleidern, doch er kletterte weiter. Schließlich zogen ihn kräftige Arme über die Bordwand der «Windstier». Bran hob den Arm, zum Zeichen, dass es ihm gut ging.

«Jetzt ich», verkündete Hela gegen den Sturm und gürtete ihr Schwert fester. Aber Björn löste den Knoten, und ehe sie sich's versah, ringelte das Tau sich ins Wasser hinunter und verschwand. «Das Schiff bekam plötzlich gefährliche Schlagseite», brummte er.

«Du Mistkerl», brüllte Hela. Die ersten Regentropfen liefen ihr übers Gesicht wie Tränen der Wut.

«Besser das als ein Idiot», spottete Björn und winkte der «Drachenmaul» zu. Hela stürmte an die Reling. Mehr als Umrisse waren von Bran nicht mehr zu sehen, verwischt von den Sturzbächen des Regens, der nun mit steigender

Wucht auf sie einprasselte. Der Streifen schäumenden Wassers zwischen den beiden Schiffen wurde immer größer. Bald konnten sie einander nicht mehr erkennen. Hela wurde von der Bordwand gerissen. Jemand packte sie und schob sie zum Mast, wo schon andere kauerten, die sich nicht mehr gegen den Regen schützten, der alles eroberte und übergoss, sondern nur noch bemüht waren, den Halt nicht zu verlieren. Sie packte Wolf, dessen Fell bereits klitschnass war, und band ihn fest.

«Die Bucht!», brüllte Björn das Kommando seinen Männern zu, die verbissen gegen den Sturm ankämpften. Hela dachte an die «Drachenmaul», wo sie dasselbe taten. Sie umschlang das Mädchen, das zu ihr gekrochen kam, die kleine Bogenschützin. «Alles wird gut», murmelte sie. Ihre Blicke und die ihrer Mutter trafen sich über den Kopf des Kindes hinweg.

«Ich heiße Maeve», sagte die Kleine. Hela drückte sie fester. «Alles wird gut, Maeve.»

Und gemeinsam kauerten sie sich näher an den Mast.

Die «Windstier», von Björns erfahrener Hand geführt, schaffte es bald darauf in die rettende Bucht. Mit letzter Kraft zogen die Männer ihr Schiff auf den sicheren Strand, dann hockten alle in seinem Windschatten und warteten darauf, dass das Toben der Elemente endete. Ihre Augen hingen starr auf der Meeröffnung zwischen den beiden Landspitzen. Doch der schmale Streifen Horizont wurde schwarz, als die Nacht hereinbrach, dann blass unter dem Licht einer schüchternen Morgensonne und prunkte schließlich im strahlenden Blau eines neuen Tages, der von Unwettern nichts zu wissen schien und ohne dass ein Segel darauf sichtbar würde.

«Es muss ihnen nicht unbedingt etwas passiert sein», meinte Brodir, ein vierschrötiger Krieger aus Björns Mannschaft, der mit Hela am Strand nach Brennholz suchte.

Hier und da bückte er sich schnaufend nach einem Scheit. «Vielleicht haben sie die Einfahrt nicht gefunden und sind auf der Nordseite der Insel gelandet.»

In verbissenem Schweigen ging Hela ihrer Arbeit nach. Fast alle benahmen sich so, schweigend und angespannt versuchten sie sich nützlich zu machen. Hier und da hielt Vala inne, um ihre Tochter zu beobachten. Aber sie wusste, würde sie sie jetzt umarmen, würde Hela ihre Berührung abschütteln. Vala biss sich auf die Lippen. Auch ihr war elend zumute. «Ja, vielleicht ...», stimmte sie Brodir zu, als Hela vorbeikam.

Die lächelte gequält. «Sicher», sagte sie. «Es muss ihnen nicht viel passiert sein.»

Vala nickte erleichtert. «Der Sturm kann sie sonst wohin verschlagen haben.»

Björn trat an ihre Seite. «Wir sollten ein großes Feuer machen», schlug er vor. «Der Rauch könnte ihnen helfen, sich zu orientieren.» Er beschattete seine Augen mit der Hand, um zum wiederholten Male den Horizont abzusuchen. «Ture war mit an Bord», meinte er dann. «Und Anje. Zwei meiner besten Männer. Sie kennen diese Gewässer.» Er gab sich Mühe, zuversichtlich zu klingen. «Vermutlich sind sie zum Mittagessen schon hier und beklagen sich, dass wir nichts gekocht haben.» Es sollte munter wirken, doch er merkte selbst, wie künstlich seine Worte klangen.

Hela wandte sich ab. «Ich darf meine Übungen nicht vernachlässigen», sagte sie.

«Natürlich nicht», ermunterte Björn sie. Er musste die Stimme heben, denn sie war schon ein gutes Stück weg. «Kein Grund dafür. Alles in Ordnung.» Er schaute Vala an und fügte leise hinzu: «Hoffentlich.» Dann riss er den Kopf hoch. Jemand hatte gerufen.

«Da!», erklang es noch einmal. «Segel!»

«Verdammich», murmelte Björn, dessen Augen noch nichts ausgemacht hatten, und schaute weiter angespannt hinaus aufs Meer. «Ich werde langsam alt.» Er folgte dem ausgestreckten Arm des Rufers; jetzt sah auch er es: Ein Schiff schob sich in die Einfahrt der Bucht.

Die Menschen liefen am Strand zusammen, rufend und jubelnd. «Odin sei Dank», seufzte Vala.

«Das ist nicht die ‹Drachenmaul›!», verkündete Sigurdur, der neben sie getreten war. Erschrocken starrten Björn und Vala ihn an.

«Er hat Recht», musste der Kapitän nach einem weiteren Blick zugeben. Langsam schob das fremde Schiff sich vor die Sonne. Björn musste blinzeln, seine Augen tränten. «Zu groß, zu hoch», stellte er schließlich fest. «Das ist ein Segler.»

Auch Hela stand bei den anderen und schaute hinaus, ein ungutes Gefühl im Bauch, das sich verstärkte, als das fremde Schiff näher kam, wendete und langsam die Figur am Bug sichtbar werden ließ, eine Frauengestalt, auf deren vergoldetem Haar für einen Moment die Sonne aufblitzte.

Björn wiegte nachdenklich den Kopf. «Das ist ein ganz schöner Brocken», erklärte er. «Ich möchte es ungern auf einen Kampf ankommen lassen. Schon gar nicht mit dem angeschlagenen Schiff.» Er beobachtete den fremden Segler. «Möchte wissen, was die hier zu suchen haben.»

«Uns», sagte Hela gefasst.

Was man liebt

Erstaunt schauten die anderen sie an. Sie lächelte gequält.

«Das ist die ‹Bajadere›», erklärte sie, «Goldars Schiff. Und ich würde mein zweites Auge wetten, wie Ragnar zu sagen pflegte, wenn er nicht just auf uns gewartet hätte.»

Wieder starrten alle auf das Schiff.

«Wie viele Kämpfer hat er?», fragte Björn.

Hela sagte es ihm, und er fluchte.

«Keine Sorge», verkündete sie, «er will nicht kämpfen.» Ruhig erwiderte sie Björns erstaunten Blick. «Er will mich.»

Die Auseinandersetzung, die auf diese Eröffnung folgte, wogte eine ganze Weile hin und her.

«Auf keinen Fall setzt du mir einen Fuß auf das Schiff», schnarrte Björn zum wiederholten Male. Mit ausgebreiteten Armen stand er da, als wollte er sie persönlich daran hindern.

«Kind», versuchte Vala es sanfter, «ich kann ja verstehen, dass du durcheinander bist wegen ...» Sie hielt inne, wagte nicht, es auszusprechen. «Wegen der Sache, aber das ist doch kein Grund ...»

«Wollt ihr, dass er uns abschlachtet?», fragte Hela.

Björn schnaubte verächtlich. Aber draußen lag nach wie vor die «Bajadere», stumm wie ein unwiderlegbares Argument, und die «Windstier» war noch immer auf den Strand gezogen. Sigurdur arbeitete mit Hochdruck daran, die Sturmschäden zu beseitigen, hatte aber angekündigt, nicht vor dem nächsten Tag fertig zu werden.

«Könntest du es verhindern?», fragte Vala ihre Tochter.

Die wies statt einer Antwort auf das Boot, das schon vor einiger Zeit zu Wasser gelassen worden war und nun an der Seite des Schiffes vor sich hin dümpelte. Zwei Mann saßen darin, ohne irgendwelche Anstalten zu machen, die Ruder zu ergreifen. «Ich muss nur ans Ufer treten, dann wird Leben in sie kommen», meinte Hela.

«Ja, aber will Goldar auch verhandeln?», wiederholte Vala ihre Frage.

«Ich weiß es nicht», antwortete Hela ehrlich. Wieder wanderte ihr Blick zu dem Schiff hinüber. Sie musste dorthin, das wusste sie. In gewisser Weise hatte sie immer geahnt, dass sie Goldar noch einmal würde gegenübertreten müssen. Schon in Sizilien damals hatte sie erwartet, ihm zu begegnen. Es ließ sich nicht vermeiden, so sah sie es. Und im Grunde wollte sie es auch gar nicht, im Gegenteil: Sie brannte darauf, ihm nach all der Zeit zu sagen, was sie von ihm hielt. Es war zu vieles ungesagt geblieben. «Ich weiß es nicht», wiederholte sie. «Bei Goldar weiß man nie, was er als Nächstes tut.»

Vala schauderte leise. Zu gut erinnerte sich die Steppenreiterin an das seltsame Gefühl, das dieser schöne, düstere, befremdliche Junge bei seinem Besuch bei ihr hinterlassen hatte. Sie hatte es nicht oft gespürt: Angst.

«Kommt überhaupt nicht infrage.» Björn blieb bei seiner Meinung. Nachdrücklich verschränkte er seine Arme vor der Brust. Er funkelte Vala auffordernd an, dass sie seinen Standpunkt verträte, die aber senkte den Kopf.

Hela packte ihre Waffen und trat an den Saum der Wellen. Wolf folgte ihr neugierig. Drüben hoben sich die Ruder, kaum dass Helas schmale Gestalt am Strand sichtbar geworden war. Björn wurde puterrot im Gesicht. «Das tut sie nicht», sagte er trotzig und starrte hilflos auf das näher kommende Boot. Dann hatte auch er einen Entschluss gefasst. «Nicht ohne mich.» Er ruckte an seinem Gürtel und machte Anstalten, Hela zu folgen. Vala wollte etwas einwerfen, doch es war der Chinese, der zwischen sie trat.

«Ich werde sie mit Eurer gütigen Erlaubnis begleiten», sagte er. Und es klang nicht wie eine Frage. «Ihr erinnert Euch sicher», fügte er nach einer Weile höflich hinzu, «dass der Eigner dieses Schiffes mir vor Zeiten ein kostbares Schwert gestohlen hat.»

Björn starrte ihn an, seine Unterkiefer mahlten, schließlich aber nickte er. «Na gut», verkündete er großspurig, «ich erlaube es.» Er räusperte sich. «Wenn da noch eine Sache zu klären ist, will ich nicht im Weg stehen.»

Der Chinese lächelte fein und verneigte sich, ehe er Hela an das Ufer folgte.

Björn und Vala schauten den beiden nach. «Ich vertraue

ihm», erklärte der Anführer der Wikinger schließlich. «Ein guter Mann, wenn er auch ein wenig seltsam ist mit seinem Schwert.»

«Und ich», sagte Vala, «vertraue meiner Tochter.»

«Goldar hat gesagt, nur die Frau», schnarrte einer der Ruderer, als der Boden ihres Kahns auf dem Sand aufschabte und Hela und der Alte Anstalten machten einzusteigen. Er wollte dem Chinesen den Zutritt verwehren, aber Hela machte ihm sehr bestimmt klar, dass sie zu zweit kämen oder keiner von ihnen.

Die beiden Männer wechselten einen Blick. Der eine spuckte ins Wasser. «Na gut», meinte er dann, und man sah ihm an, was er dachte: Das alte Männlein würde wohl kaum eine Gefahr darstellen, dürr und klapprig wie es war. «Aber der Hund bleibt hier. Goldar kann Hunde nicht ausstehen.»

Hela strich Wolf über den Kopf, der sich an sie gedrückt hatte und versuchte, in die Wellen zu beißen, die um seine Pfoten kabbelten; es gab jedes Mal einen hohlen Laut, wenn seine Kiefer sich über nichts als Luft schlossen.

«Ich weiß», sagte sie. Und sie dachte an den Mann, der damals auf der Rah gesessen hatte, ins Wasser geworfen und hinter dem Schiff hergezogen worden war. Der, den die Haie gefressen hatten. Sie hatte lange darüber nachgegrübelt und war inzwischen sicher, dass sie nun sein Vergehen kannte: Er war freundlich zu ihrem Hund gewesen. «Bleib», befahl sie Wolf und wies auf Vala. Mit einem protestierenden Winseln drückte das Tier sich noch eine Weile am Wasser herum, ehe es ihr gehorchte. Hela stieg ein, der Alte folgte ihr nach. Mit jedem Ruderschlag, den sie der «Bajadere» näher kamen, wuchs die Unruhe und Spannung in ihr. Dankbar spürte sie, wie die trockenen Finger des Alten ihr über den Handrücken strichen. «Ich weiß», sagte sie lächelnd. «Nicht das Gleichgewicht verlieren.»

Er schüttelte den Kopf. «Nicht wichtig», nörgelte er, unzufrieden mit ihr wie immer. «Wichtiger ist, was du willst.»

Was ich will, dachte Hela und schaute die Bordwand hinauf, die inzwischen dunkel neben ihr aufragte. Die Frage ist doch, was will Goldar. Und jede Faser in ihr war angespannt und bereit, ihm gegenüberzutreten. Da schlug das Boot mit dumpfem Laut gegen den feuchten Rumpf des Schiffes.

Als sie die Strickleiter hinaufgeklettert war und an Deck krabbelte, fassten grobe Hände nach ihr. Aber statt sie endgültig an Bord zu ziehen, drangen sie auf sie ein. «Heh», protestierte Hela, «wir sind Unterhändler.» Sie schaffte es nicht einmal mehr, ihr Schwert zu ziehen, kaum, dass sie sich auf den Beinen halten konnte, so, wie die Männer sich auf sie stürzten. Im Handumdrehen hatte man sie entwaffnet und ihre Hände gefesselt. Wütend trat sie einen der Angreifer in den Bauch, die anderen zogen sich zurück.

Würdevoll ließ der Chinese an ihrer Seite es zu, dass man ihm ebenfalls die Hände band. Hela schaute verdrossen zu ihm hinüber. Erst jetzt fiel ihr auf, dass er nicht einmal bewaffnet gewesen war. Aber er zuckte nur mit den Schultern. «Ich wusste, dass das passiert», meinte er, «und habe nicht noch ein Schwert zu verschenken.» Zähneknirschend musste Hela zusehen, wie ihr Schwert und ihr Dolch durch die Hände von Goldars Männern wanderten, die sich bereits darum zu streiten begannen, wem die Beute gebührte.

Man stieß sie in Richtung des Abgangs, den Hela nur zu gut kannte. Goldar also würde sie in der Kabine erwarten, vielleicht in derselben, die so lange ihr Gefängnis gewesen war. Für einen Moment krampfte ihr Herz sich zusammen, und sie musste gegen den Drang ankämpfen, um sich zu schlagen und zu treten und loszuschreien wie ein Tier. Mit aller Macht bezwang sie sich. Als ihre Füße schon die Stufen hinunterstolperten, hob sie noch einmal den Kopf. Sie konnte nicht anders, als einen raschen Blick auf das offene Meer hinter der «Bajadere» zu werfen. Der Blick von hier oben reichte weiter, doch er zeigte nur die immer gleiche Aussicht: einen leeren Horizont ohne Schiff und ohne Segel. «Also dann», murmelte Hela leise. Sie stieß dem Mann, der sie vorwärts schubsen wollte, ihren Ellenbogen in den Brustkorb und ging erhobenen Hauptes die Stufen hinab. Der Chinese und einer ihrer Bewacher folgten durch die Tür.

«Da bist du ja endlich.» Goldar empfing sie im dumpfen Halbdunkel der Kabinenkammer. Es dauerte einen Moment, ehe ihre Augen sich an das düstere Licht zweier Öllampen gewöhnt hatten, die im Takt der Wellen an der Decke baumelten und ihren Kreis von Helligkeit hin und her über die Szenerie wandern ließen. Die Luft war dumpf und schwer, aber noch immer hing darin ein Hauch des Duftes, den Hela so gut kannte, seit sie ihn bei ihrer allerersten Begegnung eingeatmet hatte: Sandelholz.

Der Lichtkreis glitt in Abständen über einen Stuhl mit hoher Lehne, in dem Hela zwei Knie erkennen konnte und zwei Beine, locker gespreizt, sowie zwei Hände, die sich nun aufstemmten, als der Sitzende seinen Oberkörper nach vorne neigte. «Ich dachte schon, ich müsste ein Massaker anrichten, nur damit du mich mit deiner Gegenwart beehrst.»

Der Lampenschein glänzte auf seinen Locken, wie seinerzeit das Licht der Sonne. Die Augen aber wirkten hier drinnen schwarz wie ein bodenloser Abgrund. Dunkle Ringe ließen sie größer aussehen, das Gesicht bleicher. Da saß Goldar vor ihr, schöner denn je, wenn das Böse denn schön sein konnte, dachte Hela. Und sie seufzte; ja, es konnte, es konnte so verführerisch sein, dass man sich bereitwillig dafür dem Tod überantwortet hätte. Sie dachte an ihren ersten Abend, an Sigurds tote Augen und ihre unentschlossene Angst, die sich so rasch in flatternde, fiebrige Lust verwandelt hatte. Sie dachte an das Holz der Planke unter ihren Füßen, die auf Goldars Schiff geführt hatte, trügerisch fest. Denn es war ein Sprung ins Bodenlose gewesen.

«Das würdest du niemals tun», sagte Hela und ärgerte sich im selben Moment über ihre Worte. Sie wusste genau, er hätte keine Hemmungen, und an derartigen Selbsttäuschungen war er nicht interessiert.

Tatsächlich ließ er ein verärgertes Lippenschnalzen hören und verzog das Gesicht. «Glaubst du, du kannst mir schmeicheln?», fragte er.

«Niemals so gut wie du dir selbst», zischte sie. Aber ehe sie fortfahren konnte, hatte er mit einem Fingerschnippen einen ihrer Bewacher vor sich zitiert.

«Ich sagte, nur die Frau.» Seine Stimme klang gelangweilt, mit einem leisen Grundton von Spannung, den nur wahrnahm, wer sie sehr gut kannte.

Der Mann öffnete den Mund, um etwas zu seiner Rechtfertigung vorzubringen. Er kam nicht mehr dazu, ihn wieder zu schließen. Goldar war bereits aufgestanden und hatte sein Schwert gezogen. Wie er war, fiel der Mann um und knallte auf den Kabinenboden. Goldar betrachtete missmutig die tropfende Klinge und wischte sie an den Kleidern des Toten ab. Dann wies er mit der Spitze auf Hela. «So verfahre ich mit Leuten, die mir in kleinen Dingen nicht gehorchen», raunte er bedrohlich leise. «Was, glaubst du wohl, tue ich mit solchen, die mir wirklich großen Ärger bereitet haben?» Er trat näher an sie heran.

«Du sprichst von deinem Schatz», sagte Hela, um Zeit zu gewinnen.

«Der Schatz!», brach es aus Goldar heraus. Theatralisch hob er die Arme und schaute sich um, als erwarte er die Zustimmung eines Publikums. «Der Schatz», wiederholte er abfällig und schüttelte den Kopf. «Hältst du wirklich so wenig von mir, Hela? Hela», wiederholte er mit plötzlicher Zärtlichkeit ihren Namen. Nun war es an ihr, angewidert zu schauen. Doch sie konnte nicht verhindern, dass er sein Gesicht ganz nah an ihres brachte. Seine langen goldenen Wimpern säumten Augen, die nur aus Pupillen zu bestehen schienen, bodenlos wie ein Ozean. Ihr wurde schwindelig. Voller Gefühl flüsterte er: «Ist es wirklich das, was zwischen uns steht, nur schnödes Gold?» Langsam strich er ihr mit dem Finger über die Wange, den Mundwinkel, fuhr die Linie ihrer vollen Lippen nach.

Hela versuchte Goldar einen Kopfstoß zu versetzen, dem er aber geschickt auswich. Hart packte er daraufhin ihr Kinn. «Wo ist es, nebenbei bemerkt?»

Sie zeigte ihm alle Zähne. «Auf dem Grund des Meeres», zischte sie.

Missmutig ließ er sie los. «Und du hast alle Pflanzen ausgerissen», sagte er dann trotzig und so klagend wie ein Kind, das ein kaputtes Spielzeug bedauert. «Du bist wirklich böse gewesen, Hela. Ich muss nachdenken, ja.» Man konnte sehen, wie es in ihm arbeitete. Dann verpasste er ihr aus heiterem Himmel eine Ohrfeige, dass ihr Kopf beiseite flog und sie in die Knie sackte.

Unerwartet öffnete der Chinese den Mund. «Dürfte ich das Schwert einmal sehen?», fragte er mit ruhiger Höflichkeit, während Hela mühsam wieder auf die Beine kam und sich mit den gefesselten Händen das Blut aus dem Mundwinkel wischte. «Das Schwert, das Ihr uns eben so eindrucksvoll vorgeführt habt? Ich habe Grund zu der Annahme, dass ich es kenne.»

Goldar betrachtete ihn so überrascht, als hätte er seine Anwesenheit eben erst bemerkt. Für einen Moment zeichnete sich eine Frage auf seinem Gesicht ab, dann lachte er laut auf. Er ging auf den Chinesen zu.

«Nein!», schrie Hela, als er das Schwert hob.

«Betrachte es, Alter», rief er und trieb es in die Brust

des alten Mannes, dass Hela die Rippen und das Fleisch krachen hörte. «Betrachte es bis ans Ende deines Lebens.»

Der Chinese griff mit beiden Händen nach der Klinge und taumelte zurück. Goldar ließ die Waffe los, bösen Triumph im Gesicht, während er den Todeskampf betrachtete.

Hela stürzte zu ihrem Freund. «Nein», stammelte sie, «nein, nein.» Das war unfassbar, das war unmöglich. Ihr Meister war unbesiegbar, unantastbar. Es würde ihn immer geben, ihn und seine schlechte Laune und seine Vorwürfe und die schmerzhaften Schläge, die er verteilte, wenn ihre Haltung schlecht gewesen war. «Nein.» Tränen liefen ihr über das Gesicht, als sie sich über ihn neigte.

Er hob die gefesselten Hände, von denen das Blut tropfte, und lächelte. «Jetzt bist du bewaffnet», flüsterte er und wies auf die Klinge. Hela öffnete erschrocken den Mund, aber er schüttelte den Kopf. «Es ist gut», sagte er, «das musste so sein. Dieses Schwert ist verflucht, schon lange Zeit, und es konnte nur mit meinem Blut davon reingewaschen werden.» Seine Brust hob sich in einem schweren Atemzug, rosafarbener Schaum trat auf seine Lippen. «Ich habe lange darauf gewartet. Nun kann ich es dir überlassen.» Er wollte noch etwas sagen, aber es kam kein Ton mehr über seine Lippen. Nur seine Augen sprachen zu ihr, dringend, mahnend, doch es spiegelte sich auch ein gütiges Leuchten darin.

Goldar hinter ihr wurde unruhig. Noch lag ein hämisches Lächeln auf seinen Lippen, doch eine vage Ahnung stieg in ihm auf, dass er einen Fehler gemacht hatte. Er wusste nur noch nicht, welchen. Als er einen Schritt auf sie zu machte, kam Leben in Hela.

«Verzeih mir», flüsterte sie ihrem Meister zu. Sie zog ihre Fesseln über die Seite der Klinge, die sofort abfielen, dann packte sie den Griff. Einen Moment nur zögerte sie, fühlte die Kühle der Jade auf ihrer Haut, das Vibrieren des

Schwertes unter den letzten, krampfhaften Atemzügen seines Besitzers. Mit einem Ruck zog sie es heraus und wirbelte zu Goldar herum.

Der stolperte in der ersten Überraschung einige Schritte zurück. Dann fing er sich wieder. Er lachte höhnisch. «Das hast du schon einmal tun wollen, Hela. Erinnerst du dich?» Wieder lachte er, diesmal leiser, liebevoll beinahe. «Du hast es schon damals nicht fertig gebracht.»

Hela trat einen Schritt auf ihn zu.

Goldars Blick wanderte nach rechts und links, dann nach oben, als dort das Trappeln von Schritten laut wurde. Auf einmal hechtete er hinter den Stuhl. Mit einem Tritt stieß er ihn Hela vor die Füße, die geschickt auswich. Als er wieder auftauchte, hielt auch er ein Schwert in der Hand. Lachend fuchtelte er damit vor ihrem Gesicht herum.

«Ist es also das, was du wolltest, ja?», rief er. «Die ganze Zeit über. Rache, ja?» Er tänzelte durch die Kabine und zwang sie, ihm zu folgen.

«Ich will nichts von dir Goldar, als dass du gehst», sagte Hela. Sie war mit einem Mal ganz ruhig geworden. Vorbei der Drang, ihm ins Gesicht zu schleudern, wie sehr er sie verletzt hatte, vorüber das Bedürfnis, sich mit ihm auszusprechen. Er würde doch nur jedes ihrer Worte verdrehen, jedes ihrer Gefühle verhöhnen. Hinter ihr starb ein Freund, er starb für sie. Es gab nur noch eines zu tun.

«Ja, ich gebe es zu», fuhr Goldar im Plauderton fort. «Ich habe dich damals ausgesetzt, das war nicht nett von mir. Und es hat dich verärgert, ich kann das verstehen. Arme Hela, jetzt ist sie so wütend.»

Hela schüttelte den Kopf, als wollte sie den Spott wie Wasser von sich abschütteln. Sie wandte den Blick nicht von Goldars Klinge, die vor ihr tanzte, sie verspottete und neckte. Nicht einen Moment der Unaufmerksamkeit erlaubte sie sich. Plötzlich änderte er den Tonfall. «Aber ich habe dich geliebt, Hela, aufrichtig geliebt. Und du, du hast mit mir gespielt.» Er verzog das Gesicht zu etwas, was eine wütende Grimasse werden sollte, doch es misslang, und eine Träne rollte seine Wange herab.

Hela schnürte es mit einem Mal die Kehle zu. «Das habe ich nicht», entfuhr es ihr. Es war nur ein Flüstern. «Das niemals.» In diesem Moment griff er an. Beinahe wäre sie unter der Wucht seines Hiebes gestolpert. Als sie auswich, geriet der gestürzte Stuhl zwischen ihre Füße. Seltsam, dachte sie, es ist der aus Helges Hütte damals. Einen Wimpernschlag später hatte sie sich gefangen und parierte seinen nächsten Schlag. Fest biss sie sich auf die Lippen. Doch sie hatte keine Zeit, sich für ihren Fehler zu schelten; Hieb folgte auf Hieb. Unnachgiebig trieb er sie durch die Kabine, deren Enge es Hela nicht erlaubte, die Vorteile ihrer Technik auszuspielen. Sie verteidigte sich, so gut sie konnte. Wenige Momente später aber stand sie mit dem Rücken zur Wand, die Spitze seiner Klinge an ihrer Kehle.

Goldar lächelte.

«Das wirst du nicht tun», krächzte Hela.

Wieder schnalzte er missbilligend. «Noch einmal derselbe dumme Fehler», meinte er mit leisem Tadel. «Ich bin enttäuscht, Hela.» Dann wurde sein Gesicht hart. «Mein Vater hat die Frau, die er liebte, getötet. Mit ihrem Blut bin ich getauft. Warum sollte ich weniger vollbringen, hm?» Hela spürte, wie die Schwertspitze einen kleinen, kalten Kreis auf ihre Haut malte, dann wanderte sie abwärts, den Hals hinab, über ihr Schlüsselbein, schnitt in den Saum ihres Kleides.

In diesem Moment schlug sie zu. Mit dem Griff ihrer Klinge hieb sie die seine beiseite. Sie stürzte an ihm vorbei, drehte sich, ehe er auch nur Zeit fand, sich umzuwenden, und setzte mit voller Wucht auf den Schwertarm an. Aber Goldar war besser, als sie dachte. Er schaffte es, ihr auszuweichen. Der Hieb zerteilte seine Kleider von der Schulter herab und hinterließ eine lange, blutige Scharte. Seine

Rechte allerdings wurde schlaff. Er wechselte die Waffe in die Linke. Hela sah die Unsicherheit seines Griffs. Das Trappeln über ihren Köpfen wurde lauter. Goldars Blick wanderte hastig zwischen ihr und der Tür hin und her. Sie versuchte, sich dazwischenzuschieben, um ihm den Fluchtweg zu versperren. Langsam griff sie mit der freien Hand nach dem Strick, mit dem ihre Hände gefesselt gewesen waren.

Goldar schüttelte heftig den Kopf. «Darum kann es doch zwischen uns nicht gehen, Hela. Nicht das, nicht schnöde Spielchen, komm schon.» Er wagte eine Attacke, die sie mit Leichtigkeit abwehrte, die sie aber immerhin dazu zwang, die Fesseln fallen zu lassen. «Komm», gurrte er, «du weißt so gut wie ich, dass keiner von uns lebend diesen Raum verlassen wird. Hela!», appellierte er an sie. In seiner Stimme lag alles Gefühl, dessen er fähig war. «Wir gehören doch zusammen. Im Leben wie im Tod. Komm schon, sag, du liebst mich.»

Hela starrte ihn an und biss sich erneut auf die Lippen.

Er lachte. «Ich kann es sehen, Hela. Dein Gesicht ist ein offenes Buch, war es immer. Ich konnte es jedes Mal sehen, wenn du mich begehrt hast.»

Das war zu viel für Hela. «Ich liebe dich nicht», schrie sie.

Wieder lachte er, laut und fröhlich, wie ein unbeschwertes Kind. «Dann hasse mich», sagte er. «Dazu wirst du doch wenigstens in der Lage sein. Oder bist du keine Frau? Bist du immer noch so ein dummes kleines Mädchen, das in Tränen ausbricht, wenn es einem Mann Freuden bereiten soll?»

Polternde Schritte kamen die Treppen hinunter, die Tür flog auf. Hela achtete nicht darauf, blind vor Zorn und Tränen hob sie das Schwert.

«Hela!», kam es von der Treppe.

«Bran!» Fassungslos ließ sie die Waffe sinken. Sofort

wollte Goldar sich bewegen, wurde aber durch das Schwert des Druiden daran gehindert, das dieser an seinen Nacken hielt.

«Bran», wiederholte Hela weicher.

Er nickte ihr zu. Wir sahen das fremde Schiff, ließ er sie wissen, als wir endlich die Bucht fanden, und dachten uns, es bedroht euch. Also ruderten wir lautlos heran. Unser Glück, dass die Mannschaft sich nur für das Ufer interessierte, keiner von ihnen schaute Richtung Meer. Fragend sah er sie an.

Hela schüttelte den Kopf, dies war ihr Kampf. Bran verstand. Langsam trat er von Goldar zurück, der sich unruhig straffte. Er wusste, er hatte verloren, den Kampf, sein Schiff, die Frau, alles. Man konnte förmlich sehen, wie sich der Raum um ihn verdunkelte. Dann auf einmal erschien wieder sein strahlendes Lächeln. «Genau! Sag ihm, er soll gehen, Hela. Das hier geht nur dich und mich etwas an.»

Goldar verzog spöttisch den Mund. «Oder soll ich ihm erzählen, wie du vor Lust geschrien hast, wenn ich dir ...»

Ihr Hieb schnitt ihm das Wort ab. Doch mit beiden Händen parierte er. «Na bitte. Schick ihn weg, sag ich. Er gehört nicht zu uns.»

«Er gehört zu mir», gab Hela zurück, schwer atmend, aber wieder ruhiger. «Und ein ‹uns›, Goldar, gibt es zwischen dir und mir nicht mehr. Wenn es denn je eines gab.»

Er wiegte den Kopf. «So ist das, ja? Du willst mich nicht mehr? Dann töte mich!» Den letzten Satz spie er förmlich aus. Und dann ging er auf sie los.

Hela trat einen Schritt zurück. Sie hob das Schwert und parierte. «Nein, Goldar», sagte sie. «Ich will dich nicht töten.» Nicht einmal das, dachte sie. Sie sprach es nicht aus. Aber es schwang im Raum, so ohrenbetäubend wie die Stille, die sich für einen Moment ausbreitete.

Da stieß Goldar einen Schrei aus, der noch lange in ihren Ohren klang. Mit erhobener Klinge stürzte er sich auf sie. Hela hob die Waffe, um ihn abzuwehren. Goldar riss im selben Moment die Arme auseinander, weit und offen bot er ihr die Brust, als er heranflog. Und ehe Hela es verhindern konnte, fuhr ihr Schwert hinein. Sie ließ es los, als hätte sie sich verbrannt.

Mit großen Augen starrte Goldar sie an bevor er zu Boden sank. «Siehst du», röchelte er. «Wieder hast du dich getäuscht.»

Bran trat zu ihr und nahm sie in den Arm. Er wandte ihren Kopf und bettete ihn an seine Schulter.

Er betrachtete das Gesicht Goldars, auf das sich im Sterben ein Lächeln legte. «Er hat dich sehr geliebt», sagte er.

Hela schüttelte heftig den Kopf. «Er hat nur verzweifelt etwas gesucht.» Sie schaute Bran ins Gesicht, angstvoll, angespannt. Hatte er Goldars böse Worte über sie gehört? Hatten sie ihn getroffen?

Bran nahm ihr Gesicht in seine Hände. «Und ich habe es gefunden», sagte er.

Sechster Teil
Heimat

Ernte

Der Sommer lag mit leichter Hand auf dem Schlangenhof. Hela band die Garben und reichte sie Bran auf den Wagen, bis Vala kam und ihre Tochter zu einer Pause in den kühlen Schatten einer Birke führte. Wolf kam angelaufen und ließ sich hechelnd neben ihr nieder. Seit er wieder zu Hause war, schien er gesetzter geworden zu sein, doch seine ganze Haltung strahlte die Zufriedenheit darüber aus, bei den Menschen zu sein, die er liebte.

«Trink», sagte sie und reichte ihr eine Schale. Auch für Sigurdur schöpfte sie einen Trunk, der mit überkreuzten Beinen dasaß und an einem Werkzeug bastelte, das er für sie reparieren wollte. Er dankte, und sie schenkte ihm einen zweiten Blick. «Wird es noch gehen?», fragte sie dann Hela, die sanft die Hände auf ihren geschwollenen Leib gelegt hatte und in sich zu lauschen schien.

Hela nickte. «Vater hat mir immer erzählt, wie du hochschwanger im Winter durch den Schnee ins Dorf gestapft und dabei noch mit zwei Räubern fertig geworden bist.» Sie lachte. «Natürlich geht es.» Wieder horchte sie in sich hinein. «Ich glaube, er mag den Duft des Heus, so wie ich.»

Vala fuhr ihr liebevoll über den Scheitel. «Was du magst, ist, sich in der Sonne zu räkeln wie eine Katze.»

Mael und Grainne kamen heran, verschwitzt, mit glücklichen Gesichtern. Sie trug ihren kleinen Sohn auf der Hüfte, ihr Mann hielt einen Rechen in der Hand. Dankbar nahmen sie die Einladung an, die Pause gemeinsam zu verbringen. Sie waren heute auf den Schlangenhof gekommen, um bei der Ernte zu helfen, und würden am nächsten Tag dafür Brans Hilfe auf ihrem Hof erwarten. Bran hatte gesagt, das Wetter würde lange genug halten. Also hielt es auch, davon waren sie überzeugt. Auf den Druiden war in allen Fragen Verlass; selbst ihre Wikingernachbarn ließen inzwischen nach ihm schicken, wenn sie wissen wollten, wie die Ernte und das Wetter würden. Von ihm ging ihrer aller Segen aus. Und er war reichlich gewesen in diesem ersten Jahr.

Auch Bran stieß nun zu ihnen, nachdem er das Pferd abgeschirrt und an den nahen Bachlauf geführt hatte. Sein Haar, das triefend nass auf seine Schultern hing, verriet, dass er ebenfalls kurzerhand seinen Kopf ins Wasser getaucht hatte.

Hela lächelte, als sie die Hände nach ihm ausstreckte. Sie kreischte, als er heftig den Kopf schüttelte und sie nass spritzte. Dann ließ er sich neben ihr nieder. Sie lehnte sich an ihn.

«Das Tier gehorcht dir ohne ein Wort», stellte Vala fest und nickte zu dem Hengst hinüber. Hela knuffte sie in die Seite. «Mama», mahnte sie.

Aber Bran lachte. «Das liegt an eurer Gesellschaft», sagte er und zwinkerte ihr zu, «deiner und Helas. Da kann sogar ein Druide noch etwas lernen.»

«Heda!» Der Ruf kam über die Wiese.

Ragnar winkte ihnen zu, die kleine Maeve an seiner Seite, die einen Korb trug. Fröhlich wurden die Neuankömmlinge willkommen geheißen.

Mit einem Schnaufen ließ der Einäugige sich nieder, grüßte Vala und Bran mit einem respektvollen Kopfnicken, blinzelte Hela zu und tätschelte Maeve den Scheitel, die es nicht lang neben ihm aushielt und bald darauf begann herumzutanzen. Sie versuchte, Aidan für ihre Spiele zu interessieren, gab es aber schon nach kurzer Zeit wieder auf mit dem Kleinen und widmete sich dann imaginären Kampfübungen mit einer Haselrute, die gnadenlos auf die Blumenköpfe niederschlug.

«Sie erinnert mich an dich in dem Alter», sagte Ragnar stolz. «Genau so ein Wildfang, die Kleine. Ach ja, das soll ich dir von Flokis Frau geben.» Er reichte Vala den Korb. «Und es wäre ihr recht, wenn einer morgen mal vorbeisehen könnte. Sie hat so ein Gefühl, sagt sie.»

Vala nickte. «Sie wird es wissen; es ist schon das vierte. Sag ihr, ich werde morgen …»

Ragnar räusperte sich verlegen. «Verzeih, aber ehrlich gesagt hat sie gefragt, ob Grainne kommen könnte. Sie meint, sie hätte ihr nach der Geburt des Jungen so geholfen und nun …»

Die junge Irin wurde ganz rot vor Freude. Erschrocken schaute sie dann schnell zu Vala hinüber. Doch die lächelte. «Ich bin froh», sagte sie und legte Grainne die Hand auf den Arm. «Ehrlich. Es ist ein gutes Zeichen.»

Erleichtert atmete Ragnar auf, dass er sich seines heiklen Auftrags so leicht entledigt hatte. «Ja, es geht uns gut in Waldweide», brummte er, «was, Mael?» Er stieß den Iren in die Seite. «Bei Odin, was bin ich froh, dass ich damals nicht mit der muffigen Verwandtschaft mit bin.» Er schüttelte den Kopf. «Ihr Hof liegt im Inland. Was soll ich dort? Nein, nein, ich will wenigstens mit meinem einen Auge noch das Meer sehen. Übrigens, in dem Korb ist auch ein Krug von ihrem Waldmeisterschnaps.»

Hela verstand den Hinweis, zog das Tuch beiseite, öffnete den Krug und schenkte ihm ein. Mael und Bran taten ihr Bescheid und hielten ihre Becher hin. «Saufen könnt ihr Iren, das muss man euch lassen», meinte Ragnar und prostete ihnen zu. «Auf die Ernte.»

«Auf die Ernte», erwiderten die beiden und ignorierten die Blicke ihrer Frauen.

«Auch etwas zu essen?», fragte Hela. Aber der alte Wikinger schüttelte den Kopf. Er war mit seinem Trunk mehr als zufrieden.

Bran hingegen nickte. Er schaute zu, wie Hela das Brot nahm und schnitt, und fand, dass noch keine Frau dies anmutiger getan hatte. Mit einem Dank nahm er die frische Scheibe entgegen. «Hm», sagte er und biss hinein. «Es duftet beinahe so gut wie du.» Lachend knuffte sie ihn, als er sie umschlang und seine Nase an ihrem Hals vergrub.

«In meiner Heimat», begann Sigurdur, den Blick verträumt auf die grünen Blätter über seinem Kopf gerichtet. Und alle horchten auf. Seit er auf dem Hof lebte wie ein Mitglied der Familie und doch noch immer ein kleines Rätsel, brach er manchmal sein Schweigen, um Geschichten zu erzählen. Sie lohnten das Zuhören, das hatten die anderen bereits gelernt; so manchen Winterabend hatte er ihnen im ersten Jahr damit verkürzt. Und sie begannen fast alle mit den Worten «In meiner Heimat».

Diesmal aber war es keine Erzählung von Göttern, die in Geysiren hausten, von wandernden Bären mit weißem Fell oder von Feen, die einsame Wanderer auf die Probe stellten. «In meiner Heimat», erzählte er, «gibt es Geschichten von Frauen wie euch.» Er schaute Hela an und dann, für einen Moment, auch Vala. Die spürte das Feuer in seinen blauen Augen und senkte den Kopf. «Frauen wie uns?», fragte sie ruhig. Nur Hela erkannte die leichte Spannung in ihrer Stimme und vermutete, sie war nicht allein Sigurdurs Worten geschuldet.

«Frauen wie die gibt es sonst nirgends mehr», verkündete Ragnar und bediente sich selbst.

Der Isländer lächelte leicht, hielt die Hand über seinen Becher, als Ragnar ihm einschenken wollte, und nickte. «Frauen mit Haaren, so schwarz und glänzend wie die Flügel des Raben, mit den Augen von Katzen und einer Sprache, die die Tiere verstehen.»

«Wirklich?», konnte Hela sich nicht enthalten zu rufen.

«In einem Land, weit im Westen», bestätigte Sigurdur.

Mael schüttelte erstaunt den Kopf. «Es gibt kein Land im Westen», erklärte er bestimmt. «Nach Irlands Küste wartet nichts weiter als das Meer.»

Sigurdur schaute ihn belustigt an. «Wenn man von meiner Heimat absieht», sagte er.

Mael brummte etwas von wegen, die läge ja nördlich. Grainne umarmte und küsste ihn, dann nahm sie ihm den Becher ab und drückte ihm stattdessen Aidan in die Arme. Sie trank den Rest mit einem Schluck und setzte sich auf, um besser zuhören zu können.

«Mael hat Recht», unterstützte Bran seinen Freund. «Dort hinter dem Meer ist nichts als das Chaos, der Abgrund, der große Leib der Schlange.»

«Worauf du einen lassen kannst», verkündete Ragnar.

«Und wir», sekundierte Hela ihnen, «kommen aus dem Osten, von weit hinter dem Meer, das das Schwarze heißt, und weit hinter dem Land, aus dem die Kalifen stammen, die ihre Macht bis nach Kleinasien ausgedehnt haben. Wir sind von dort, wo auch der Alte herstammte», fügte sie hinzu und verstummte für einen Moment, während sie an ihren Lehrmeister dachte. Er hatte seine Ruhestätte hinter dem Hof gefunden. Dort, neben dem Schlangenstein, war sein Grab. Und die Jadeklinge ruhte an seiner Seite. Hela hatte sie niemals wieder in die Hand nehmen wollen.

«Er glaubte», hatte sie Bran damals erklärt, als sie an seinem Grab standen, «dass ein Fluch auf der Klinge lag, den er mit seinem Blut fortgewaschen hätte. Aber ich weiß nicht.» Für Hela stand fest, dass nichts, das mit Goldar in Berührung gekommen war, jemals wieder rein sein könnte. Nicht für sie. Und Bran hatte sie verstanden, ohne dass sie es aussprach. Er hatte auch seinerzeit in der Bucht nichts dagegen gesagt, als sie Goldars Leichnam versenkt hatte, mitsamt der «Bajadere» als Grab. Alle hatten sie am Strand gestanden und zugesehen, wie das Schiff, ein riesiger Scheiterhaufen, vor ihren Augen verbrannt und untergegangen war. Goldars letzter Schatten verschwand mit dem Schwert im Grab des Chinesen.

«Vom Westen wissen wir nichts», bekräftigte sie nun im Kreise ihrer Freunde, in die Gegenwart zurückfindend.

Sigurdur nickte, als wollte er sagen, er glaube ihren Worten.

«Dann hört gut zu», meinte er nur, «damit ihr etwas über den Westen lernt.» Und er erzählte seine Geschichte. «Schon lange kommt immer wieder eine seltsame Unruhe über die Menschen meiner Heimat. Dann wollen sie mit einem Mal aufbrechen, etwas Neues tun, ein Ziel finden, das sie nicht kennen, doch von dem sie den vagen Glauben hegen, dass es dort besser sein müsste als auf ihrer Insel. Die Unruhe kommt oft, wenn die Ernte schlecht war und das Moos auf den Dächern fault. Aber ihre wahre Ursache, davon bin ich überzeugt, liegt nicht in der äußeren Not, sondern in den Herzen der Menschen. Sie suchen ihre Heimat», fuhr er fort. «Von der sie spüren, dass sie nicht da ist, wo sie herstammen.»

Hela nickte gefesselt. Auch ihr war es so gegangen. Nie hatte sie den Schlangenhof einfach als ihr Zuhause angesehen. Immer hatte sie geglaubt, die Ferne, aus der ihre Mutter stammte, wäre auch ein Teil von ihr und riefe sie, hinaus in die Welt, zu einem unklaren Ziel. Erst an Brans Seite hatte sie die Ruhe gefunden und den Ort, an den sie gehörte. Das hätte überall sein können, überall dort, wo er lebte, im Osten wie im Westen. Nun war es der Schlangenhof geworden. Und er war erst durch ihn zu ihrem Zuhause geworden.

Sigurdurs Blick aber galt Vala, die durch seine Worte ebenfalls nachdenklich geworden war. Auch sie musste an ihre lange Suche denken, an die neue Heimat, die sie hier gefunden und mit Eiriks Tod ein Stück weit wieder verloren hatte. Auch in ihr hatte es diese Sehnsucht gegeben nach dem einen Ort, an den man gehörte. Ihr war ein wenig, als erzählte er mit seinen Worten ihre Geschichte. Oder sprach Sigurdur von sich selbst?

Nachdenklich betrachtete sie den Mann, um den ihre Gedanken immer wieder kreisten, fast gegen ihren Willen. Er lebte mit ihnen, so eng wie ein Familienmitglied, so höflich wie ein Gast, so schweigsam wie ein Fremder. Er tat alle Arbeit, noch ehe sie ihn darum bat, und noch mehr. Er hatte ihr einen Kamm geschnitzt, aber dann den Dank nicht abgewartet und war stattdessen hinausgegangen, um auf der Bank den Sternenhimmel zu betrachten, bis drinnen alle schliefen. Vala hatte wach gelegen und seine Schritte gehört, als er in die Hütte zurückkam. Nicht das Rascheln seiner Kleidung oder das Ächzen der Bretter, als er sich niederlegte, nicht das leiseste Atmen war ihr entgangen, und sie hatte sich eingestehen müssen, dass ihr Körper es sich vorstellen konnte, neben seinen zu gleiten, seine Berührung zu spüren, seine Wärme, den Hauch dieses Atems auf ihrer Wange. Aber wollte er sie? Was dachte er? Sie hatte inzwischen erfahren, dass eine alte Frau ihm einst ihren Namen geweissagt hatte, und sie war nicht unbeeindruckt. Doch bei allem Respekt vor der Weisheit alter Frauen, etwas mehr erwartete sie schon von dem Mann ihrer Träume, etwas mehr Feuer. Ein wenig von der Glut, die in Eiriks Augen geleuchtet hatte und die in Brans braunen Augen auftauchte, wann immer er Hela auch nur von weitem sah.

Vala hob den Blick. Und begegnete dem ihrer Tochter, die Wolf gedankenverloren kraulte.

«Ich verstehe», sagte sie laut. «Sprich doch weiter.»

Sigurdur gehorchte. «Wenn Unruhe die Isländer treibt, dann bauen sie ein Boot. Keiner kann das wie wir. Sie bauen es schlank und fest, sicher und stark, gerüstet für eine lange Reise.»

«Für eine Reise ohne Wiederkehr», warf Mael ein.

«Und unterschätz die Wikinger nicht», entrüstete Ragnar sich. Seine Aussprache wurde bereits undeutlich von dem Schnaps.

«Bist du deshalb Bootsbauer geworden?», fragte Vala.

Sigurdur schaute sie an. Doch er antwortete Mael. «Von der ersten Reise kehrte nur einer zurück. Nach Jahren. Er war alt, abgerissen. Er war in vielen Ländern gewesen, die auch andere kannten, auf vielen Schiffen. In vielen Diensten. Zunächst hatte ihn keiner wiedererkannt. Er war zurückgekommen, wie er sagte, um zu sterben. Seine Familie nahm ihn wieder auf. Doch er starb dann doch nicht so bald.»

«Genau wie ich», grölte Ragnar, «da können die lange warten, drüben in Haithabu.»

Sigurdur lächelte. «Stattdessen berichtete der Heimkehrer von dem Land, das er gesehen hatte, am Ende des Ozeans. Sie hatten es erreicht, als all ihre Vorräte zu Ende waren, als alle Freundschaften in Streit, Misstrauen und Verzweiflung zerfallen waren, als ihre Körper glaubten, nur mehr Skelette zu sein, die einem halb toten Willen gehorchten, und der Kapitän am Mast stand, die Waffe gegen die eigenen Männer gezogen, die bereit waren, ihn zu ermorden.» Sigurdur hielt inne und ließ seine Worte in der warmen Sommeratmosphäre nachhallen, die so friedlich war, dass man sich die Gräuel kaum vorstellen konnte. Die Bienen summten über die Wiese, der Wind rauschte im blinkenden Birkenlaub. Ein Falter gaukelte um den Stamm, und der kleine Aidan versuchte, ihn mit unsicheren Händchen zu berühren. In der Ferne schnaubte zufrieden der Hengst, den Maeve hingebungsvoll mit Gräsern fütterte. Dennoch hatte Hela eine Gänsehaut auf den Armen.

«Dieses neue Land war grün», fuhr Sigurdur fort, mit Sehnsucht in der Stimme. «Er sagte, es sei so grün, wie er noch keines gesehen habe. Voller Wälder und mächtiger Ströme. Gutes, fruchtbares Land, fischreiches Meer. Alles in Fülle, in Überfülle.» Er schloss die Augen und lächelte. Dann öffnete er sie wieder. «Und dort lebt ein Volk, schlank und braun und geschickt, mit Haaren wie Ruß und Augen wie die von Füchsen. Vor allem von einer Frau sprach er und behauptete, sie geliebt zu haben. Sie hätte Bänder im Haar getragen und Vogelfedern.»

Unwillkürlich griff Vala sich ins Haar. Vogelfedern und Bänder! Sie war ein Kind gewesen, als sie zuletzt so geschmückt gewesen war.

Sigurdur neigte sich vor, pflückte eine Blume und reichte sie ihr. Errötend nahm Vala sie an. «Und sie sprachen mit den Tieren?», fragte sie.

Sigurdur nickte. «Es gab weise Frauen unter ihnen, so hat er berichtet. Sie saßen in Zelten, in denen ein Feuer brannte, Tag und Nacht. Sie hatten Trommeln und sangen, bis sie in eine andere Welt eintraten.»

Interessiert rutschte Bran näher und lauschte aufmerksam den Worten des Isländers.

«Und der Rauch quoll aus ihren Hütten empor vorbei an ...»

«... einem jungen Birkenstamm», vollendete Vala den Satz. Sie flüsterte ihn nur. Wieder, nach so langer Zeit, sah sie die Hütte ihres Schamanen vor sich, hörte sie die Trommeln und den Gesang. Wie viele Stunden hatte sie dort einst verbracht?

Auch Hela hörte es, und wie ihre Mutter überlief sie ein Schauder. Sie selbst hatte die Trommel gespielt und dazu gesungen, als sie eine Gefangene gewesen war. Sie hatte sich festgehalten an ihrem Erbe und ihre Umwelt damit verblüfft, die sie fürchtete und verehrte. Und sie in Ruhe ließ. «Dass es das gibt», flüsterte sie und schüttelte sich zugleich. Nein, auch wenn der Bericht stimmte, es verlangte sie nicht danach, dieses Land mit eigenen Augen zu sehen. Instinktiv suchte sie Brans Hand und verschränkte ihre Finger mit den seinen. Sofort wurde sie ruhiger.

«Wirklich wie wir», murmelte Vala. Dann schüttelte sie den Bann ab. «Sind viele von deinen Leuten dorthin gefahren?», suchte sie das Gespräch wieder zu beleben.

«Immer wieder», bestätigte Sigurdur. «Aber von keinem von ihnen hat man wieder etwas gehört. Der, der zurückkam, wurde eines Tages auf den Klippen gefunden, er lehnte friedlich an einem Felsen, tot, das Gesicht nach Westen gewandt. Man sagt, er habe gelächelt.»

Bran schlang seine Arme um Hela. «Er wird an seine Geliebte mit den Fuchsaugen gedacht haben.» Er schaute sie lange an. «Glücklicher Mann, glücklicher Tod», murmelte er. Dann küsste er sie.

Errötet tauchte Hela aus der Umarmung auf. «Schmeichler», sagte sie und gab ihm einen Klaps. Aber sie lächelte glücklich. Bran stand auf und streckte ihr die Hand entgegen, um sie zu sich hochzuziehen. Er reckte sich demonstrativ. Das Heu wartete. Mael und Grainne verstanden den Wink und gesellten sich zu ihnen. Gemeinsam machten sie sich wieder an die Arbeit.

«Was meinst du?», rief Mael lachend zu Bran hinauf, der mit nacktem Oberkörper auf dem Wagen stand und kraftvoll die Garben stapelte. «Wenn euer Sohn geboren ist, wird er dann auch losziehen, um sich eine Frau mit solchen Zauberaugen zu suchen?»

Hela warf eine Gabel voll Heu nach ihm.

Grainne revanchierte sich mit einer weiteren Ladung. Prustend klaubten sie sich die Halme aus den Haaren. Bran stand über ihnen, die Arme in die Hüften gestemmt, und räusperte sich demonstrativ. «Undisziplinierte Arbeiter», spottete er. Sofort wandten sich die drei ihm zu und bewarfen ihn mit allem, was ihnen unter die Finger kam. Er stürzte sich herab und warf sich auf Hela, mit der er sich durch das Heu wälzte, bis sie atemlos innehielten und in einem langen Kuss versanken.

Mael zuckte die Schultern. «Wenn er so verrückt wird

wie sein Vater, wird er jeden Ozean überqueren, schätze ich.» Grainne stieß ihn in die Seite. Er zog sie an sich. «Würde ich auch», sagte er leise zu ihr.

Aus der Ferne betrachtete Vala ihre Tochter, die sich glücklich mit ihrem Mann balgte. Sie stellte Sigurdur eine letzte Frage. «Und du», fragte sie, «hat es dich nie verlangt, dorthin zu fahren?»

«Wozu noch?», erwiderte er.

Und als sie diesmal aufschaute, lag alles in seinem Blick, was sie vermisst hatte.

Abrupt löste sich Hela von Brans Lippen. Dieser richtete sich auf und schaute sie erschrocken an. «Ist etwas?», fragte er und berührte liebevoll ihren Bauch. «Haben wir ...?» Aber Hela schüttelte den Kopf. Sie zeigte hinüber zu der Birke. Bran folgte ihrem Finger, bis auch er es sah. Zufrieden nickte er dann. «Es wurde auch Zeit», stellte er befriedigt fest.

«Ach?», fragte Hela provozierend. «Zeit wofür? Du hast wohl alles schon vorher gewusst?», meinte sie dann und kitzelte ihn mit einem Halm an der Nase. Er umschlang sie und zog sie auf sich nieder. Mit den Händen strich er ihr die Haare aus dem Gesicht, diesem Gesicht, das er mehr liebte als alles auf der Welt und das nun Nacht für Nacht neben ihm lag. «Zeit für die Ernte», meinte er. «Zeit ...», er zögerte. Zum ersten Mal in seinem Leben fehlten ihm die rechten Worte, um zu erfassen, was in ihm vorging. Wie sollte er dieses überbordende Gefühl benennen, das ihn ganz und gar erfüllte? Umfassender und tiefer, als es alle Magie der Steinkreise seiner Heimat, alle Betten Diarmaids und Grainnes je gekonnt hatten. «Zeit für all dies.» Seine Hände umfassten in einer Geste den Himmel, die warme Erde, sie selbst. Wieder umschlang er sie fest. «Für dich. Ach, meine Liebste», hauchte er.

Hela schmiegte ihre Wange an seine und verbarg ihr

Gesicht für einen Moment, selbst überwältigt von dem Glücksgefühl, das sie durchflutete. «Zeit zum Leben», flüsterte sie.